高文 ◎ 主编

李芙　席逢遥 ◎ 副主编

幸福的黄丝带

全国司法干警优秀作品选（2021）

中国检察出版社

图书在版编目（CIP）数据

幸福的黄丝带：全国司法干警优秀作品选.2021 / 高文主编；李芙，席逢遥副主编. —北京：中国检察出版社，2021.11
ISBN 978-7-5102-2633-5

Ⅰ.①幸…　Ⅱ.①高…②李…③席…　Ⅲ.①中国文学—当代文学—作品综合集　Ⅳ.①I217.1

中国版本图书馆CIP数据核字（2021）第183285号

幸福的黄丝带——全国司法干警优秀作品选（2021）
高　文　主编　李　芙　席逢遥　副主编

责任编辑： 杜英琴
技术编辑： 王英英
美术编辑： 曹　晓

出版发行：	中国检察出版社
社　　址：	北京市石景山区香山南路109号（100144）
网　　址：	中国检察出版社（www.zgjccbs.com）
编辑电话：	（010）86423704
发行电话：	（010）86423726　86423727　86423728
	（010）86423730　86423732
经　　销：	新华书店
印　　刷：	北京宝昌彩色印刷有限公司
开　　本：	710 mm×960mm　16开
印　　张：	34
字　　数：	537千字
版　　次：	2021年11月第一版　2021年11月第一次印刷
书　　号：	ISBN 978-7-5102-2633-5
定　　价：	128.00元

检察版图书，版权所有，侵权必究
如遇图书印装质量问题本社负责调换

前　言

2021年是中国共产党成立100周年。100年来，中国共产党始终以思想文化新觉醒、理论创造新成果、文化建设新方略、文化发展新成就来推动党和人民事业向前发展，丰富了广大人民群众的精神文化生活，促进了人的全面发展，为中华民族实现历史性飞跃提供了重要支撑。习近平总书记在庆祝中国共产党成立100周年大会上向党员同志们号召，坚持真理、坚守理想、践行初心、担当使命，不怕牺牲、英勇斗争，对党忠诚、不负人民，继续为实现人民对美好生活的向往不懈努力，努力为党和人民争取更大光荣。

我国司法行政工作文化建设是中国特色社会主义文化的重要组成部分。在以习近平同志为核心的党中央正确领导下，全国各级司法行政部门坚持马克思主义在意识形态领域的指导地位，坚定文化自信，坚持以社会主义核心价值观引领文化建设。在建党百年的重要历史节点，各级司法行政部门紧紧围绕实现中华民族伟大复兴的主题，大力弘扬伟大建党精神，从党的光辉历程和伟大成就中汲取前进力量，积极响应习近平总书记代表党中央发出的伟大号召，服务法治实践，为全面建成社会主义现代化强国提供有力法治保障。

作为司法部直属理论研究单位，司法部预防犯罪研究所长期关注、从事并推动着预防犯罪工作研究、监狱工作研究、社区矫正工作研究、强制隔离戒毒工作研究、国际犯罪与刑事司法研究等，主办了在以上研究领域具有重要影响力的专业性期刊《犯罪与改造研究》，推出了针对罪犯改造的内部资料《黄丝带》，一直承担着推动与促进我国司法行政领域文化事业建设的任务，担负着干警精神文化建设的重要使命。

在办好《犯罪与改造研究》和《黄丝带》的基础上，司法部预防犯罪研究所以习近平新时代中国特色社会主义思想，特别是习近平法治思想为指导，根据党的十九大提出的"坚持思想精深、艺术精湛、制作精良相统一，加强现实题材创作，不断推出讴歌党、讴歌祖国、讴歌人民、讴歌英雄的精品力作"要求，切实提高政治站位，坚守安全底线，践行改造宗旨，精心汇编了2017

年卷、2018年卷、2019年卷、2020年卷《幸福的黄丝带——全国司法干警优秀作品选》，充分反映了我国司法行政系统文化建设的丰硕成果，进一步繁荣和发展了我国的司法行政工作文化，取得了良好的社会反响。

初心易得，始终难守。司法部预防犯罪研究所决定延续优良传统，继续组织策划、编辑出版2021年卷《幸福的黄丝带——全国司法干警优秀作品选》，在新的征程上更加坚定、更加自觉地牢记初心使命，为加强社会主义法治文化建设，推动新时代司法行政工作文化发展贡献一份力量！

目录 Contents

缅怀篇

003	一个理论工作者的精神追求 / 高　贞
010	书生与斗士 / 张建秋
015	像牛一样劳动　像土地一样奉献 / 何延军
017	安放思念 / 陈江南
020	党旗覆盖在父亲的身上 / 常秀华

爱情篇

027	幸福的婚姻一定就是柴米油盐酱醋茶 / 高　文
029	白湖的母亲们 / 秦亚青
032	罗先生的俗艺 / 刘高艳
035	情人节的礼物 / 陈义兴
037	逛街随想 / 何小西
040	两只燕子 / 王饮兰

师生篇

045	钱塘江畔话狱道 / 刘　瑜
047	一路上有你 / 王文芳
050	心灵深处的声音 / 史　芳
052	感谢时光让我遇见你 / 刘兴旺

054	大爱生万象 / 陈继康
056	我们在警院再相会 / 赵　洁

乡情篇

061	牵念白湖五十年 / 袁传峰
066	乡愁荡漾在金丰溪畔 / 王福星
069	故乡的毛竹林 / 朱　明
071	香肠带我回到梦寐的故乡 / 曹玉洁
074	青山有个"小上海" / 徐霞客
079	白湖医院的前世今生 / 张　保
083	路的变迁 / 余　丰
085	矿工子弟 / 董留洋
087	念家 / 胡德才
090	大雪节气话腌菜 / 魏竹兰
093	冬至时节话冬至 / 罗文亮
095	又是一年槐花开 / 鲁晓松
097	我的家乡乌拉山 / 郝雪梅
099	麦田不是田 / 苏明胜
101	庞家河的脸 / 刘世民
103	剃头刀 / 谢春武
105	白湖的明天会更好 / 徐万清

情怀篇

111	记住历史仰望智者　研究所必将行稳致远 / 祝效民
113	感受第365期的温度 / 李　芙
115	"说不出来"的苦 / 胤　骁
119	永远不能忘却的日子 / 乌日娜
121	五色生活 / 程　建
124	带着爱与使命如期绽放 / 覃秋林
126	种树小记 / 孙尊超

128	我的书房 / 葛新成
130	难忘那拥有自行车的日子 / 刘应尧
133	方池 / 韩　峰
135	深夜留一盏灯 / 王道广
138	闲话阅读 / 王　航

友谊篇

143	装修那点事儿 / 杨会娟
146	知心姐姐宋大 / 高凤池
149	愿你被世界温柔以待 / 李勇琳
152	下个路口见 / 王　喆
154	那个可爱的"老杆子" / 张楚彧
157	脚伤 / 张丽红
161	老指导员 / 汪明啟

理想篇

165	红心永向党 / 张志明
167	从警25年，真的白过了吗？/ 宋立军
172	阳光真好 / 曹强新
175	伟大的觉醒 / 刘青松
177	我叫高国良 / 高思思
182	碧空中最美的花朵 / 张东波
185	红色是监狱民警永远的基因 / 覃文民
187	关于梦想 / 孔秋阁
190	幸福，像条延绵的河 / 涂光军
193	永恒的青春记忆 / 惠　强

成长篇

197	用智识愉悦达致良知初心——新时代青年科研人员如何践履使命 / 叶勇豪

200	坚决听从党中央号召——观看《庆祝中国共产党成立100周年大会》有感 / 唐　田
202	从《新青年》杂志说起 / 童海浩
206	愿有岁月可回首 / 刘　颖
208	总结评优话感想 / 马传法
210	后浪——献给青年监狱人民警察 / 高　峥
212	步履不停　向阳生长 / 张　宁
214	难忘的打字岁月 / 陈忠萍
217	努力让自己变得更好 / 符琼莲
221	放"菲" / 易雪芹
225	许多吃过的苦最终都会成为生命的滋养 / 李复三
231	约定 / 董艺文
234	搬家的记忆 / 张　恋
236	嘿，你好吗？——写给自己的入职纪念 / 丁昕婧
239	细雨纷纷　你在长大 / 刘菲菲　陈玉东
240	新警的信念 / 张景琦

父亲篇

245	父亲的"抗美援朝"情怀 / 宋建伟　米冬青
247	父亲刘明智 / 吴　渺
252	拿什么奉献给你　我的父亲 / 李　蓉
255	父亲的爱党情结 / 周东风
257	父亲 / 梁　银
259	父爱如山　愿时光温柔以待 / 刘　源
264	体味父亲 / 田　霞

母亲篇

269	亲爱的老妈 / 徐　波
272	母亲的"唠叨" / 侯秋棉

274	母亲的眼泪 / 余功才
277	母亲,儿想您了 / 熊信奎
282	我们的母亲 / 刘文禄
285	母亲的言行是我生命的坐标 / 吴志毅
288	母亲的心 / 王晓光
291	母亲的笤帚把教育 / 刘利平
293	我的母亲 / 谢倩倩

亲情篇

299	我的爷爷是红军 / 葛向伟
305	小别离 / 虞幸翰
307	父母之爱 / 陈　峻
310	奶奶,我想您了 / 舒梦玥
313	您的样子 / 王慧敏
316	鹩哥声声 / 陈无忧
321	亲情琐事一二 / 李　环
324	家的味道 / 张　冬

节日篇

329	迎接新年 / 焦莹慧
331	年关到来馋面皮 / 闫晓梅
333	儿时的年味 / 李志国
336	城市过年 / 汪大义
339	就地过年 / 周　明
342	最念是那鞭炮声 / 杜　威
345	哦,又到了端午节 / 河在河东
348	妈妈味道的粽子 / 杨　征

职业篇

- 353　走进《劳改农场》/ 张　晶
- 366　话说"劳改"——读《劳改农场》一书有感 / 孙　平
- 370　我眼里的《劳改农场》/ 胡安乾
- 375　我读《劳改农场》/ 褚荣兴
- 378　教育科长观教育 / 丁祖胜
- 381　克刚 / 罗忠贤
- 383　女警的力量 / 李小培
- 386　墙角的一朵小红花 / 于　翔
- 389　这就是我们的工作 / 王成刚
- 394　栀子花开 / 吴国平
- 398　重生 / 田长锁
- 402　女犯林素晓 / 孟天姝
- 408　"你一定要好好的" / 巴晓松
- 410　一池荷香 / 何　娅
- 413　硬气 / 刘玉功

哲理篇

- 419　手持利刃　心怀慈悲 / 刘凤英
- 421　"断头树"遐想 / 赵　桥
- 424　凡人小事 / 林　青
- 427　苦楝花 / 佘苏生
- 429　一两茶叶 / 贾志保
- 432　一碗热汤面 / 卓　凌
- 434　金毛狮王谢逊教育改造成功的启示 / 李亚伟
- 437　慎独·慎初·慎微 / 高延钧
- 440　时尚 / 文锁勤
- 442　我的童心之《哪吒之魔童降世》谈 / 乔悦智清
- 447　别让人生有遗憾 / 蔡正云

励志篇

451	我的监狱煤矿记忆 / 岳光明
453	铁梦豪情映丹心 / 何　杰
457	记得的幸福 / 余智明
460	英雄无名 / 汪　彤
463	这一次，我们为自己感动 / 华志浩
465	他们的三十岁 / 范　明
468	《烈火金刚》铸警魂 / 胡　旭
470	我们家的四代人 / 赵瑞英
473	党员徐大义 / 夏必俊
478	大凉山的青爸爸 / 简玉菊

四季篇

485	赴一场春天的鲜花之约 / 春　冬
488	武汉之春 / 赵　珏
490	武大樱花细雨中 / 徐　晶
492	写给春天的信札 / 杨筱英
495	生命含香　岁月生香 / 戴文会
498	手机里的春天 / 熊玉华
499	崔家沟的夏天 / 任　宏
501	关中平原的秋 / 王小林

山水篇

507	骑行与徒步的情怀 / 图圉梦话
511	秋登大蜀山 / 蒋　莉
513	蜀山东坡书院记 / 杨飞明
517	再游茅山 / 张学佳
520	沙雅小镇 / 郭剑敏
523	宝鸡青铜博物馆游记 / 白　茹
525	湖光山色　美在流溪湖 / 古德英

缅怀篇

一个理论工作者的精神追求

高 贞

黄稻同志是一位理论工作者,他在平凡的法治理论研究岗位上,做出了不平凡的成绩,对于推进国家法治建设做出了自己特殊的贡献。

在黄稻同志逝世一周年之际,作为他曾经的下属、后辈,我怀着无比崇敬的心情深深地怀念他,学习和传承他作为一名理论工作者的精神追求。

◆ 担当精神

"为天地立心,为生民立命,为往圣继绝学,为万世开太平"是我国知识分子自古以来的传统和志向。黄稻同志出生在一个以办教育为本的书香门第,祖辈在当地兴办教育事业,一家三代中绝大部分人都是从事教师工作。黄稻同志从小秉承读书奋进的家训,耳濡目染知识报国的思想意识,之后经过漫长革命生涯的洗礼和锤炼,这种思想意识逐渐升华为使命意识、担当精神。

黄稻同志毕业于江苏无锡师范学校,当过小学教员,1949 年参加革命后在部队当过文艺战士、文化教员、报社记者,后来在南京军区直属政治部和军区政治部秘书处从事宣传、青年、秘书和政工研究等工作,1965 年转业后先后到文化部、中宣部和司法部工作。无论是在行政机关岗位,还是在科研岗位,黄稻同志绝大部分工作都与宣传和理论研究有关,他是 20 世纪 80 年代中宣部评审出的唯一的研究员。

黄稻同志在他工作的每一个时段里,都创作出了体现时代主旋律的作品:从解放初期的鼓动农村征粮献粮支援前线打胜仗的歌曲《送粮行》,到在军区直属政治部宣传科野直小报上引人注目的陈毅司令员视察报道;从深入到基层取得第一手材料的调研报告,到为领导同志起草重要讲话、起草中央文件,尤其突出的是完成了《社会主义公民意识》《社会主义法治意识》两部巨著的编著，填补了相关理论研究的空白，这一切成果的取得，无不体现了黄稻同志高度的政治责任感和强烈的职业使命感。

黄稻同志作为理论工作者最重要的贡献，是他在中宣部工作的后期和调入司法部组建司法研究所及离休后的前后十年间，为推进中国法治建设的不懈努力，不仅苦研古今中外的法治理论，提出诸多关于社会主义法治的创见性观点，又身体力行，积极投身到推行法治的各项宣传教育的具体实践工作中，用行动诠释了为理想矢志不渝的担当精神。

黄稻同志曾多次讲过，之所以全身心投入到依法治国重大理论研究中，与自己人生中一段重要经历有着直接的关系。1965年转业到文化部不久，他就因曾任文化部代部长肖望东的秘书而被"反肖派"诬陷，被投入监狱，长达7年之久，家人受到牵连。虽然后来冤案得以平反，但面对无端承受的牢狱之灾，始终不能释怀，当有机会接触到法制工作之后他就反复思考：社会主义中国如何才能杜绝这种悲剧重演？国家应如何走上法治的道路？正是自己无端蒙冤受难的切肤之痛，激起他强烈的忧患意识，从而铸就了他为党和国家长治久安而奋斗的使命意识，自此立下为社会主义法治这一重大课题潜心求索的宏愿，在自己有幸参与的一系列重大文稿起草和重大课题研究中发挥一名理论工作者的强大能量，担当作为，终身无悔。

正如习近平总书记对哲学社会科学工作提出的期望那样，黄稻同志始终践行"立时代之潮头、通古今之变化、发思想之先声，积极为党和人民述学立论、建言献策，担负起历史赋予的光荣使命"。黄稻同志作为理论工作者的担当精神，是他能够从平凡中见证伟大的根本力量，在新时代理论工作者完成新使命的进程中尤其可贵，值得大力弘扬和传承。

◆ 求索精神

不畏艰难，不惧权威，潜心求索，追寻真理，是理论工作者的精神特质。在这一点上，黄稻同志堪称典范。

黄稻同志在一篇文章中提到，他是1985年受中宣部领导指派，与司法部法制宣传司合作，具体参与指导全国普及法律常识工作时才开始涉足法的领域。在这之前，他的工作与法制工作几乎无关联，用他的话说就是，"文化底子薄，对法知之甚少，对'依法治国'和'法治'更是一无所知"。一个原本不懂法的人后来竟然成了对推动法治建设起到重要作用的理论专家，这与他作为一名理论工作者所具有的锲而不舍、潜心求索的精神有着直接的关系。

1985年，中央宣传部和司法部决定联合召开全国第一次法制宣传工作会议，指定黄稻同志负责起草邓力群部长讲话。在突击起草讲话稿的一个多月里，除了去基层调研外，黄稻同志一头扎进书堆里，夜以继日地翻阅研读古今中外的法学著作和法制资料，进行独立、认真、深入的思考，特别是结合自身蒙冤的切身体验，对新中国成立以来的法律制度与法学理论进行反思，对于加强法治、增强公民法律意识有了自己的观点。根据会议要求，融入自己的思考，完成了讲话稿——《把法律交给人民》，经全国人大有关领导审提意见修改，最后由邓力群部长亲自审阅定稿，会后由新华社发通稿，外电称"中国走向法制"。这次会议决定，由中宣部、司法部报请党中央、国务院批转关于全国普及法律常识第一个五年规划，再次指定由黄稻同志起草中央通知的代拟稿，在代拟稿中他写了"创造依法治国、依法办事的良好气氛"一句，由此，"依法治国"一词第一次在中央文件中出现。

1986年11月，中宣部、司法部召开第二次全国法制宣传工作会议，黄稻同志再次受命起草部领导讲话，这次是以"法制教育要着眼于增强社会主义公民意识"为题，会后发表于《光明日报》头版。此后，黄稻同志就在"依法治国"这个重大理论和实践课题里一发不可收，深耕不辍，硕果累累。

从1985年到1995年十年间，黄稻同志的代表作《社会主义公民意识》和《社会主义法治意识》相继出版，两部著作都是拓荒之作，在当时产生了较大的社会影响。《社会主义公民意识》一书于1987年11月出版，荣获辽宁省学术研究成果一等奖。黄稻同志为此书写的"导言"改写为论文发表于中央党校《理论月刊》，后又改写为《社会主义公民意识的时代意义》，发表在《光明日报》2001年11月27日理论周刊版一版头条。关于增强社会主义公民意识，黄稻同志提出应着重树立如下观念：人民当家作主的民主观念，公民权利与义务观念，社会主义的平等观念，社会主义自由与纪律观念，依法办事的观念，公共财产神圣不可侵犯的观念等，探讨阐释了公民与人民的概念、社会主义公民意识与工人阶级意识之间的关系等重要观点。当时的法学大家张友渔先生在序言中指出，"《社会主义公民意识》是建国以来专门而系统地论述社会主义公民意识的第一部著作"。

1995年3月，《社会主义法治意识》一书由人民出版社出版。在《社会主义法治意识》一书中，黄稻同志系统研究了人治与法治的特定含义、人治与法治的区别、古代法治与现代法治的异同、法治的基本特征、社会主义法治意识的概念、基本构成及特质等，提出了"法制不等于法治""法治的要害在于如何合理运用和有效地控制公共权力""法治的意义在于管理管理者"等重要创新观点，得到当时中宣部、司法部领导的充分肯定，称之为"建国以来具有开创精神的法学论著，是人人应读的法治启蒙""具有理论性、学术研究和实践价值的力作"。

在这期间，黄稻同志深入开展法治研究，在《光明日报》《中国法学》《学习》陆续发表《坚持依法治国谈》《如何看待法治问题》《中国共产党领导与法治问题》《法治与司法独特地位》《营造依法治国氛围》等系列重要理论文章，为《中华人民共和国史百科全书》撰写"依法治国""法治国家"两个重要辞条，在推进"依法治国，建设社会主义法治国家"的特殊历史时期作出了宝贵的理论贡献。

◆ 实践精神

马克思说："哲学家们只是用不同的方式解释世界，而问题在于改造世界。"只有不断指导、改造实践的理论才能保持旺盛的生命力。黄稻同志在他的法治理论研究中始终与法治实践紧紧相联，从实践中总结、创新理论，又致力于将理论用于指导实践、推动实践。作为一名优秀的理论工作者，他充满着实践精神。

无论是《社会主义公民意识》，还是《社会主义法治意识》，其研究的源头都起于20世纪80年代中国法治建设的实践需求。党的十一届三中全会之后，党和国家明确了坚持法治方针，学术界对法治的研究也逐渐重视，但现实中与法治相悖的现象和观念比比皆是，比如经济转型中双轨制带来的权力失控、"上有政策、下有对策"现象，法治和人治问题争论，等等。正视现实中的法治问题，给出回答，已然是"中华民族步入现代文明进程中的一大课题"。基于"社会主义法治的完善必有赖于社会主义法治意识的成熟与普及""普及法律常识教育的根本立足点要落到提高人的素质，增强社会主义公民意识上面"等基本判断（参见《社会主义法治意识》"前言""问题的提起"），黄稻同志带领他的团队，围绕以上两个重大课题进行了全面系统的研究，推出回答时代课题的重大理论成果。

　　黄稻同志的理论研究工作是真正与实践紧密结合的，他到基层开展调查研究的热诚、深入和实干非常人可比。我曾有幸作为《社会主义法治意识》课题组成员，多次跟随黄稻同志赴基层调研，他对于基层实践的尊重、思考的深入、吃苦的精神和务实的作风仍历历在目。印象最深刻的是第一次随黄稻同志赴江苏、浙江调研，那是1989年11月，我刚到研究所工作不久，调研任务除课题调研外，还承担了部领导交办的有关基层情况专题调研，为即将召开的全国司法厅局长座谈会做准备。临行前部里工作的年长同志叮嘱我出差途中要好好照顾黄所长。当我还在为如何照顾领导发蒙的时候，就已经被带入繁忙的调研工作中了。除了在省厅安排一次座谈会之后，就马不停蹄地到市、县、乡了。江、浙两省的一些市县距离不远，基本上是半天路途半天座谈，晚上还经常约同志到黄所长房间来谈情况。行程20多天，跑了十几个市、县。我当时二十几岁，只能靠上车就睡觉，才能保证下车开会有足够的精神。开始两周还能跟上，到最后几天有点盯不住了，甚至有时沮丧得不想说话。而黄稻同志当时已60岁了，还患有糖尿病，这样没日没夜的工作节奏，他却没有显示出丝毫的疲惫，自始至终保持深入细致的工作作风！我也由此经历了职业生涯中最重要的第一课。

　　黄稻同志不仅在理论研究过程中注重掌握实践情况，他把理论成果的宣传、推广、应用也作为理论工作的重要内容。《社会主义法治意识》出版后，人民日报、法制日报、光明日报、解放军报、解放日报、报刊文摘和中国法学等报刊均作了报道。他策划了《社会主义法治意识》的出版座谈会，在人民出版社隆重召开，产生了广泛的社会影响。他还利用参加全国法理学会年会等各种有影响的研讨会，宣讲他的法治观点。这期间，为配合法治研究和依法治国宣传的需要，他发表了《现代法治的权利平等性》《应当区分"法制"与"法治"》等十多篇论文或访谈录，推动学界研究的不断深入和向全社会广泛宣传法治观念。

　　摒弃躲进小楼成一统的知识分子的清高，投入到火热的依法治国实践中，实现一名坚定的共产主义理论工作者的报国之志，是黄稻同志给理论工作者示范的实践精神。

◆ 忘我精神

任何有大成就者都具备忘我精神，而理论工作者的忘我精神则更显重要。黄稻同志就是这样一个具有忘我精神的人，他真正地把做人、做事、做学问统一起来，成就了一个共产党员为党和人民做事的个人价值。

如果说刚参加革命时，黄稻同志只是显示出奋发向上的进步青年特质的话，那么经过军队革命的洗礼，他已经炼就了光明磊落、坦荡无私的共产党人品格，这不仅让他在曲折时期保持清醒，而且也是他日后始终保持平和心态、看淡个人进退得失、心无旁骛投入到法治理论研究的人格保证。

功成不必在我，功成必定有我。从黄稻同志的工作经历中和与他的共事中，都能真切感受到，他干工作，从没想过自己的官位、没想过自己的名和利，更没想过身后功过是非，想的只有如何利用各种工作机会和平台，通过一己之力为推进国家法治建设出一份力。在几次受命起草部领导讲话和中央文件时，职位不高、年龄不小的黄稻同志都欣然接受这最辛苦、最默默无闻的幕后工作，而且全力以赴、废寝忘食。

黄稻同志在开始法治相关研究时已接近退休年龄，在承担中宣部理论宣传繁重任务和白手起家筹建司法研究所的艰难时日，他一边苦心钻研理论，一边不遗余力地传播理论成果，甚至不惜拿出自己的微薄工资买自己的书赠送，以推动理论成果转化。只有把自己的职业理想完全融入到中国特色社会主义共同理想和共产主义远大理想之中，才会有这样的胸怀和格局。

舍小家顾大家，忘记小我成就大我。1989年初，黄稻同志调到司法部负责创办司法研究所，当时他59岁。上任伊始，司法研究所还未得到正式批准，他的第一件事就是起草报国家科委设立司法研究所的申请报告，经科委批准后人事部才能正式批复。接下来是调人、找房子、添置设备、选购资料，等等，他都是亲力亲为。在没人没钱的情况下，相关理论研究工作却已开始了。黄稻同志操刀于1990年2月申请到国家社会科学基金会通过的"社会主义法治意识"课题，基金资助总额为1.8万元，当年度拨付1万元，这笔钱成了司法研究所第一笔可观的业务经费，有力地支持了该所科研工作的顺利起步。据他生前回忆，司法研究所成立的最初几年，在缺少经费和人员的情况下，就是靠着"社会主义法治意识"这一课题研究，汇聚了众多法学界的专家、学者，广泛深入研究，探寻法治真理，宣传社会主义法治理念，为中国走向法治做好了理论上的铺垫。

黄稻同志就是这样身体力行，把一个小我连接到一个单位、一个研究集体，再连接到国家的法治事业，进而对国家、对社会、对公众做出实实在在的贡献，没有忘我的精神是不可能做到的。

司法部官方的《黄稻同志生平》中有这样一段文字，"他始终保持着共产党员的优秀品质，对工作兢兢业业、勤勤恳恳、任劳任怨，从不计较个人得失。1988年调到司法部工作后，克服重重困难完成了司法部司法研究所的组建工作。作为司法研究所第一任所长，他历经单位创建初期的艰辛，为司法行政事业培养法治理论研究专业人才。他作风扎实，为人正派，离休后仍然十分关心司法研究所后辈们的工作生活；他谦虚谨慎、严于律己、率先垂范；他一生清廉，生活简朴，反对腐败，在司法研究所和司法行政系统享有崇高的威望。"

这是对黄稻同志极为客观的评价。

今天，谨以此文记念黄稻同志，以表达对这位优秀的老共产党员和优秀的理论工作者的深深敬意！并以他为榜样，做一名合格的共产党员和理论工作者。

（作者系司法部预防犯罪研究所所长、研究员）

书生与斗士

张建秋

2021年7月1日,是建党100周年,回顾党的发展历史,早期的中国共产党人,很多都是从书斋走向战场,从书生变为斗士的。在他们中间,能始终保持一介书生的人文情怀,同时又不失共产党人的坚定信仰、不屈意志和大无畏牺牲精神的斗士品格,瞿秋白无疑是其中最具代表性的人物。

尽管这种书生与斗士集于一身的性格,曾经让瞿秋白蒙上了不应有的阴影与浮尘,但当和煦的春风拂去尘埃,人性的光芒驱散乌云,一个既朴实无华又熠熠生辉、既可敬可亲又可信可爱的真正的共产党人形象,就生动地展现在了人们的眼前。

1899年1月29日,瞿秋白出生于古城常州的青果巷。

和很多江南小巷一样,青果巷悠长而宁静。青石板和鹅卵石铺就的路面,依稀存留着人来人往的气息。想必少年瞿秋白,就是踩着这青石板和鹅卵石,走向一个他未可知的、遥远而广阔的前方的。

这条小巷,我去过多次。

小的时候,随大人从乡下走到湖塘桥,然后坐车一路往北,经兰陵进常州城,过了广化桥不远就是青果巷了。

据记载,瞿秋白出生于书香门第、官宦世家。瞿秋白叔祖父是湖北的布政使,伯父瞿世琥是浙江知县。父亲瞿世玮擅长绘画、剑术、医道,但他生性淡泊,不治家业,寄居叔祖父家,经济上靠伯父接济。辛亥革命后,伯父弃官闲居杭州,停止对瞿秋白一家的资助。于是瞿秋白家陷入困境,被迫搬到常州城西瞿氏宗祠居住,靠典当、借债度日。1915年冬,因交不起学费,瞿秋白被迫辍学。农历正月初五,母亲为此服毒自尽。自此,瞿秋白一家家破人亡,只得四处投亲靠友,苦苦度日。1916年年底,瞿秋白得到表舅母资助,西赴汉口,寄居在堂兄瞿纯白家,并进入武昌外国语学校学习英文。1917年春,瞿秋白随同堂兄北上报考北京大学,但付不起学膳费,于是考入外交部办的"不要学费又要出身"的俄文专修馆学习俄文。这之后,瞿秋白的俄文特长让他自觉不自觉地加入到了那个风起云涌的大革命潮流中,并最终成为杰出的革命者。

我接触到瞿秋白的作品并约略知道他的传奇人生是在上大学以后。在中文专业的"现代文学"课程中,瞿秋白与"左联"是其中一个很重要的话题。作为曾经担任党内最高领导人的瞿秋白,在被王明等人取代之后,瞿秋白把更多精力放在了党的文化战线上,将包括鲁迅、茅盾、冯雪峰、丁玲、柔石等在内的著名"左"翼作家团结在党周围,创作了一大批进步文艺作品,为传播党的思想和主张、唤醒民众觉悟产生了极大影响。

做一个"纯粹"的文人曾经是瞿秋白的人生目标,但终因时代的需要与个人的际遇,让他成为一个"纯粹"的革命者。作为"文人"的瞿秋白并没有留给后人太多的、有影响力的作品。在20世纪70年代末中文专业使用的教材《现代文学作品选》中,选编了瞿秋白的4篇散文作品,分别是《饿乡纪程·绪言》《兵燹与弦歌》《赤色十月》和《那个城》。这些作品,如果从文学的角度来看,也许并不显得十分的成熟和经典,但却能让人感受到瞿秋白的文人情怀和一个早期革命者的理想与追求,特别是俄国十月革命胜利后最早来到这片热土的中国青年,瞿秋白用一个东方人的独特视角与开阔视野,对人类历史上第一个社会主义国家进行了热情洋溢的报道和宣扬。同时,瞿秋白也是唯一一个有幸亲眼见过革命导师列宁的中共早期领导人。

在《赤色十月》中,有这样一段精彩描述:

集会的人,看来人人都异常兴致勃发,无意之中,忽然见列宁立登演坛。全会场拥挤簇拥。几分钟间,好像是奇愕不胜,寂然一响,后来突然万岁声,鼓掌声,震天动地……

工人群众的眼光,万箭一心,都注射在列宁身上。大家用心尽力听着演说,一字不肯放过。列宁说时用极明显的比喻,证明苏维埃政府之为劳动者自己的政府,在劳工群众之心中,这层意义一天比一天增胜,一天比一天明了。

这段简短的文字,十分生动、逼真地表现了革命领袖伟大的人格魅力和与人民群众血肉相连的深情厚谊。读来一如身临其境,并不由得让人热血沸腾。

在瞿秋白存世不多的作品中，《多余的话》无疑是存有争议并产生很大影响的作品。《多余的话》的确不是一篇激励人们奋起抗争的战斗檄文，相反，大量的文字都叙述了作者选择并走上革命道路后的无奈、苦闷与自责。这样的文字，在当时那样十分恶劣的斗争环境中流传，确实会给革命者带来消极甚至负面的影响。

但是，今天看来，如果从瞿秋白的成长经历、性格特征、身体疾病（痨病），和他最初的人生追求等方面去分析，《多余的话》其实更是一篇带有浓厚书生意气、表里如一、不带有半点偏见的人生告白。尽管作者用很多文字来否定自己的人生选择，但其目的并不是以此来否定中国革命和共产主义理想。相反，他认为，要成为真正的共产主义战士，必须要"有非常巨大的毅力磨炼自己"。

他说："从我的一生，也许可以得到一个教训：要磨炼自己，要有非常巨大的毅力，去克服一切种种'异己的'意识以至最细微的'异己的'情感，然后才能从'异己的'阶级里完全跳出来，而在无产阶级的革命队伍里站稳自己的脚步。"但他认为自己直到生命的终点来临之时，依然没有彻底摆脱与生俱来的"绅士意识"，由此觉得自己不是一个"真正的共产党员"。

这种近乎残酷的自我解剖与光明磊落的崇高境界，正体现出一个中国传统文人的傲然风骨和一个革命斗士的英勇气概。他的这种风骨与气概，在他生命走向终点时，表现得更为壮美如虹，淋漓尽致。

《新华文摘》2016年第7期转录了一篇回忆文章，题目是《宋希濂亲述奉命枪杀瞿秋白详情》，作者汪东林。汪先生长期在全国政协工作。"文革"前受组织委托，要求他就瞿秋白"变节"之事与原国民党高级将领宋希濂进行接触、"探个究竟"。当年，正是宋希濂的36师奉蒋介石"就地枪决，照相呈验"之命，于1935年6月18日在福建长汀罗汉岭枪杀瞿秋白的。此后，汪先生用了近10年时间，先后3次与宋希濂进行交谈，获取了瞿秋白在狱中及就义的第一手珍贵史料。在这篇回忆文章里，让我们可以更加清晰而强烈地感受到瞿秋白的文人风骨与斗士气概。比如，被捕后，一方面对敌人的软硬兼施不为所动，另一方面对宋希濂提供的生活优待"二话未说，欣然处之"（宋希濂语）。

就义那天，宋希濂的回忆是这样描述的：

6月18日是个大晴天。清早进餐后，瞿秋白换上了新洗净的黑褂白裤，黑袜黑鞋，泡上一杯浓茶，点支烟，坐在窗前翻阅着《全唐诗》。金灿灿的霞光投进了门窗。他翻阅，吟读，思索，然后提笔书写起来：

1935年6月17日晚，梦行小径中，夕阳明灭，寒流幽咽，如置仙境。翌日读唐人诗，忽见"夕阳明灭乱山中"句，因集句偶成一首：

夕阳明灭乱山中，（韦应物）

落叶寒泉听不穷；（郎士元）

已忍伶俜十年事，（杜心甫）

心持半偈万缘空。（郎士元）

此时，军法处长传令催促起程，瞿秋白于是疾笔草书：

方提笔录出，而毕命之令已下，甚可念也。秋白半有句："眼底烟云过尽时，正我逍遥处。"此非词谶，乃狱中言志耳。秋白绝笔。

十时整，军法处长传令出发。瞿秋白昂首走出36师大门，脚踩着行进的节拍，轮流用俄语、汉语高歌："英特耐雄纳尔，一定要实现！"

进入戒备森严、游客一空的中山公园，一桌酒肴已摆在八角亭里。

……照相后，他背北面南坐定，自斟自饮，旁若无人。酒兴中他又高唱《国际歌》《红军歌》数遍。

……痛饮多杯后，他又放声歌曰："人之公余稍憩，为小快乐；夜间安眠为大快乐；辞世长逝为真快乐也！"歌毕，瞿秋白在呆若木鸡的士兵刀枪环护之下，走出中山公园，漫步走向刑场。他手夹香烟，顾盼自如，再一次高歌吟唱，并不时高呼："中国共产党万岁！""中国革命胜利万岁！""共产主义万岁！"

走到罗汉岭下蛇王宫侧的一块草坪上，他盘膝而坐，对剑子手微笑点头说："此地正好，开枪吧！"

读罢此文，这让我想起了瞿秋白在《多余的话》中的最后一句话："中国的豆腐也是很好吃的东西，世界第一。"

在一个人的生命即将遭到暴徒杀戮的时刻，竟然能如此的调侃和用如此充满人情味的话语与这个世界永别。

这是一个真书生，更是一个真斗士！

瞿秋白，一个真正的共产党人的光辉形象，深深地印刻在我的脑海中。

英雄不死,浩气长存。他的书生风骨与斗士品格,将永远激励后人前行的脚步,正如鲁迅先生指出的那样:"瞿秋白的革命精神和为党为人民的崇高品格是杀不掉的,是永生的!"

(作者系江苏省江宁监狱民警)

像牛一样劳动　像土地一样奉献

何延军

我们，是作家路遥影响下的一代人。

1984年，一群豆蔻年华的初二学生集体观看电影《人生》，出了影院却一改往日的叽叽喳喳，个个眼圈红红泪痕纵横，耳畔久久回响着"上河里的鸭子下河里的鹅，一对对毛眼眼照哥哥"的曲调，那个刘巧珍坐着毛驴出嫁时红盖头下泪雨滂沱的镜头竟如刻进脑海，一想起便忍不住泪流，还有那高加林兜兜转转、涨涨落落的曲折历程带给了我们这些初涉人世的少男少女许多感慨与感伤、思索与启示。

高一时，英语老师讲 marry 的用法，造句就是"巧珍的爸爸把巧珍嫁给马栓"，大家一下子就记住了"marry to"的用法。

1988年踏进大学校门，恰逢小说《平凡的世界》在中央人民广播电台开播，李野默的娓娓演播是陪伴我们每日午餐的精神食粮，让我们与少平、晓霞一个个活生生的人物同喜同悲。正是在那些点点滴滴的情感共鸣中，少平、少安那些普通人历尽坎坷而不懈奋斗的精神点亮了我们的青春历程。

1992年初夏，即将告别大学时代，路遥应邀为师大师生做文学讲座。那晚，联合教室挤得水泄不通且不时掌声如雷，路遥一口浓重的陕北方言讲了些什么已记不清，只清晰记得当时他的脸上有黄豆大的汗珠涔涔滑落，后来想，那时的病魔应该已经暗暗发作，但是作家却依然用尽生命在不懈创作。

1992年11月，我刚刚参加工作在陕北子午岭深处的槐树庄农场锻炼。时已隆冬，寒风呼啸，有天一大早突然听到大广播里播报"路遥病逝"，那一刻，我一下子僵在操场，仰望漫天飞舞的雪花，凝望白雪皑皑的群山，止不住热泪潸然。

这几年每去延安，总爱走进延安大学路遥文学馆，一帧帧老照片里追寻作家成长的脚步，体味平凡世界里的不凡人生，更加理解那些现实主义力作的思想源泉。沿文汇山一路爬坡拾阶而上，到达山顶路遥墓，两行刚劲有力的大字"像牛一样劳动　像土地一样奉献"正是作家短暂一生的真实写照。幸得路遥文学馆馆长梁向阳（即厚夫）亲笔签名的《路遥传》，一口气读完良久沉思。

　　近日，连看两遍话剧《路遥》，同样是深深的沉醉与感动。这部话剧是陕西省廉政文化精品剧目，无论是思想性还是艺术性均堪称佳作，六幕话剧三个小时一气呵成，台上演员与台下观众都是全情投入。主演——西安话剧院国家一级演员谭希和先生不仅形似而且神似，他走进了路遥的精神世界，塑造了真实而丰富的舞台形象，更是传达出路遥坚忍不拔的人格力量。

　　"春天里播种，秋天才能收获，这中间，就是坚持！"贫瘠而厚重的黄土高原既带给人们生存的艰难，又赋予人们踏平坎坷的豪迈与韧性。我想路遥影响当代乃至后世的，恰是那句"像牛一样劳动　像土地一样奉献"。

　　无论时光如水流逝，无论我们走向何方，路遥用他的文字、用他的笔触、用他的思想、用他的精神已经并将永远深刻影响着我们，这种烙印深深融入一代人的DNA，不可磨灭且历久弥新，那些热爱人民贴近现实、生命不息创作不止的精神如星汉灿烂光芒长存！

（作者系陕西省监狱管理局民警）

安放思念

陈江南

父亲，我来了。

一转眼，你离开我已有一年时光。

这一年，思念无处安放。今天，我来到你的三处居所，在回忆的长廊里，找寻曾经的岁月，缅怀和你在一起的芬芳……

我来到了农科所，这里是你和母亲工作生活了30多年的地方，曾经的人声鼎沸已变成一片废墟。你和母亲观风测雨的气象站已改建成一口池塘。你们退休前入住的那栋所里唯一的楼房，如今寂寥地伫立着，向院外那两口已被当作垃圾填埋场的池塘，诉说着岁月沧桑。

在这里，你一直将最好的吃穿让给祖母，为我们树起无声的榜样；你总抢在母亲前面说"我来"，把所有家务都自己扛；你不顾我的抗议，用你那络腮胡子扎我的脸庞；你为我搭起高高的秋千架，放飞我童年的梦想；你教我背唐诗宋词，让文学的种子在我心中萌芽生长；你为我常备当时小伙伴们都眼馋的鸡蛋糕；你常在节假日纪念日为我们烹制一大桌美食；你总爱在和朋友饮酒正酣时，拿筷子蘸一点酒，喊来不知情的我品尝；你在这里迎来了错划"右派"、反革命冤案的彻底平反；厚厚的一摞奖状，记载着你三届江陵县人大代表的荣光；你常深夜笔耕，为劳改农场的发展勾画梦想……

你在这里将祖母送上山，你为我披上嫁衣，你为中风失语的母亲每一条裤子都换上橡筋，你不厌其烦地为母亲泡醋蛋、读书念报……直到你搬上三楼，我才知道，你们总在窗口，眺望我的归来。那盏昏黄的灯光，成了我心中永远的避风港……

我来到了荆州城老南门外老财政局宿舍。二楼靠西的两居室，是母亲去世后你置办的二手房。你常在这里和我煲电话粥，谈你的同学会，谈又接受了哪些媒体的专访，谈你在荆州电视台《江汉风》系列剧当男一号的感受，谈你新写的诗和散文，又在哪家媒体亮相；你说城南的樱花开了，要不要过来看一看？你说朋友送来了东北的大肠，双休日一起过来品尝；你叮嘱我住的小区第二天停电停水，你提醒我第二天变天别忘了添加衣裳……

你在这里写出了你的两部书；你学会了用电脑在QQ上看我的初稿，再用手写笔提意见；你逛遍城区所有的报刊亭买我的样刊，并以此"不经意"款待朋友们的造访。你欣然接受我的邀约，在城内多家餐馆小聚；你穿着我为你买的新衣出门聚会，打趣说这是"江南孝敬，粉墨登场"；你将我特意为你学做的羊杂汤错听成我要吃，拖着刚出院大病未愈的身子下厨房；你执意送我到车站，看着我上车才转身离开；你常在夜晚和我拥抱送别后，又健步跑回二楼窗口，目送我走出小巷。昏黄的灯光，照着你日渐衰老的身影，让我总忍不住热泪盈眶……

我来到了热水瓶厂宿舍楼。这是城南那栋二手房拆迁后，我们为你重新置换的精装修二手房。我们请了保姆照料你的起居。拆迁前一次起夜时摔倒致骨折难愈，腰痛从此缠身，你因此常常卧床。因为离我家很近，我几乎每天都去看你。每次我过来，你都会挣扎着起身为我拿拖鞋；我离开时，你总在门口送别后，转眼又摸到阳台，向我挥手告别。路灯将斑驳的枝叶打在你的身上，我看不清你的脸，"江南，明天再来啊！"你虚弱而期盼的声音传来，让我忍不住黯然神伤。

有一天下午四点，你打来电话，发好大的脾气，说我害人，不守信用，"我在路口等了你一个多小时，腰都要痛断了……"

我傻了眼。那次我和朋友相约去宜昌玩两天，因为上午要去看你，所以大家特意将出行时间改在下午。没想到我刚到宜昌不久，你就想我了，执意要保姆扶着，一路拄着拐杖颤巍巍地走到小区路口，顶着太阳扶着腰站了一个多小时望我回来，保姆怎么劝也劝不动……

老年痴呆症在这里缠上了你。你远离了你钟爱一生的书籍，开始出现幻觉，分不清晨昏，你再没去阳台和我们挥手道别；直到有一天，你在我们走时突然清醒，阳台上再次出现你的身影和声音，你可知道，我当时是多么欣喜若狂！

在这里，你的身体状况每况愈下。我们三兄妹看在眼里，痛在心里。连续两年，我们为你筹划和举办了两次80寿宴，分别邀请亲戚和你的老同学赏光，你已叫不出曾经熟悉的名字，眼里却分明闪着泪光……

没想到四个月后，也是在这里，我们不得不和你做最后的告别。苍天泪目，一夜呜咽到天明。因为疫情肆虐，没有花圈，没有葬礼，一席薄棺将你送上山，回到这里时，鹅毛大雪翩然而至，为你的风雨人生续写传奇……

一年了，思念的你已经不在。我终于鼓足勇气，触摸这三处居所。思念在每一处决堤，我在每一处大口大口地呼吸旧事，吞咽回忆，安放思念。满满地，盛放着我们的半世亲情与希冀。

（作者系湖北省江北监狱民警）

党旗覆盖在父亲的身上

常秀华

父亲走了。

在 2021 年 6 月 20 日父亲节的这一天，在午后和煦的阳光下，在母亲为他梳理头发的温馨中，父亲走完了他平凡而又伟大的一生。

党旗，覆盖在父亲的身上。父亲本就不算魁梧的身躯，使得这面党旗越发显得厚重而又鲜艳，更慰藉着我们原本心中无限的悲伤。

7 月 1 日，就是父亲 96 岁生日，也是我党的百年华诞。

在党旗盖上父亲身躯的那一刻，父亲如果泉下有知，一定深感遗憾，十几年南征北战，枪林弹雨都挺过来了，怎么这十天就没能坚持住？

父亲进入 90 岁以后，每年的"七一"，我们家都要大庆，既为党的生日，也为父亲的生日。

父亲的生日本不是 7 月 1 日，只是战乱和贫寒，使得爷爷奶奶根本就无暇顾及孩子的生日，15 岁走上革命的道路以后，父亲也就彻底忘记了自己的生日。待到入党之后，父亲便义无反顾地将自己的生日定为 7 月 1 日。

成家以后，母亲知道了这个情况，便经常调侃父亲，说是把个人的生日和党的生日放在一起会折寿的。每逢这时，父亲总是用他那一辈子也没改掉的上海口音，极其认真地对母亲说："胡说，我一辈子听党的话，坚定不移地跟党走，怎么会折寿呢？"

现在，父亲走了，96 岁，真的是高寿了。熟悉父亲的人，都说父亲是个最过硬的党员干部。组织上致父亲的悼词更是感人肺腑，催人泪下。

那天，参加建党 100 周年庆祝活动，看到宣传栏里有这样一段话：时代是出卷人，我们是答卷人，人民是阅卷人。我心中顿生感慨，做一个优秀的答卷人，是时代赋予我们每一个共产党人的历史使命。父亲正是用自己的一生，来践行在党旗下宣誓过的诺言。兢兢业业、一丝不苟地完成着这份答卷，努力让阅卷人满意。

"父亲是个最过硬的党员干部",这是人民对他的评价,也是这份答卷最完美的答案。我非常骄傲能有这样的父亲。可年少时的我,并不认同父亲,总觉得他是个极端自私的人,在他的心目中,除了他的党性和他的原则,已容不下任何别的东西,尤其是涉及个人利益方面。

前天,弟弟来电话,让把我们的身份证带过去,说是组织上要发放抚恤金。父亲如果地下有知,肯定不乐意组织上这么做。因为他始终坚定地认为,他参加革命是为人民大众谋福利的,而不是为自己的子孙谋利益的,尽管他的子孙也是人民大众的一员。

初看《人民的名义》,觉得剧中达康书记这个人物形象有点假。现在,纵观父亲的一生,达康书记的形象在我心中活起来了,我党确实不乏这样的同志。虽然父亲的职位远不及达康书记之高,但父亲的骨子里却有着达康书记的品格。

听母亲讲,从朝鲜战场上回来之后,组织上安排给父亲的第一份工作是回原籍,职务是地方政府的副区长。父亲第一次拒绝了组织的安排:他不想离开他战斗了十几年的部队。这是父亲的真心话。

不过,私下里他也对母亲道出了他心中的小九九,他说:他不想回上海的主要原因是因为那里的亲朋故友太多,他不想在人情世故中泯灭了自己的党性。

父亲的这种想法似乎有点不近人情。想他在外征战多年,家中的爷爷奶奶都靠叔叔一家照料,于情于理父亲都应该回去做点贡献,既然组织上都这么安排了,哪有不顺水推舟之理?

但父亲对自己说"不"!因为他把自己的生日定在7月1日。

灵堂前,堂兄弟们在深切地哀悼着我的父亲——他们崇敬的伯父。我不知道,他们有没有遗憾过,如果他们的伯父当年能够回到上海去做副区长,那他们的日子是不是会过得更好一点?从他们悲伤的泪眼中已读不出当年的心思。

可我曾经遗憾过,弟弟肯定也遗憾过。

改革开放初期,国家百废待兴。特殊的时代,自然有特别的需要,我们系统内的孩子遇上了可以转为国家干部的机会。在那段日子里,无论是组织上还是个体家庭，都在全力以赴地忙着这件事。那时，弟弟正是超期服役的优秀士兵，想退役，申请一下也就可以了。单位组织部门的同志热心地提醒父亲：赶紧让你家老四回来吧，机会难得啊。

我们全家也都热切地期望着，父亲立即召开家庭会议，可会议内容让我们大失所望。他斩钉截铁地说："不可以给组织添麻烦，部队没让回来，自己要求回来，那就是逃兵。谁也不许让老四知道现在的情况，动摇军心者，家法处置。"

就这样，等弟弟顺理成章地从部队复员回来，已错过了最佳的转干时机。母亲心中的那个疼啊！虽然在部队荣获过优秀共产党员称号的弟弟并无怨言，但母亲还是宣称，她要把自己的工资全部给弟弟。

母亲就是这样，她一方面要维护父亲的党性原则，另一方面又要平衡她心中的儿女亲情。每次我们回家，母亲都会给我们一点零花钱，搞得好像我们的生活很艰难似的。其实，母亲也知道我们并不缺这点钱，她只不过是为了填补一下她心中的缺憾。

在江苏，人们都清楚无锡和镇江之间存在着地域经济差异，这种差异，在我们系统内同样存在。刚参加工作时，听从父亲的命令，服从组织安排，从无锡地区来到了镇江地区。随着年龄的增长，心中便滋生出诸多不平衡。一心一意想要调回到父母的身边。而且，也有老乡同事调回去了。我也知道，这不算一件难事，只要父亲一句话的事。可父亲说出的却是这样的一句话："不要动这个心思，都跑到富裕的地方来，其他地区的工作谁来做？"一句话定音，从此，我只能在此"安居乐业"了。

为这事，妻子没少抱怨过父亲，母亲更没少流过泪。随着时间的推移，我们都理解并原谅了父亲。妻子喜欢写文章，父亲的形象经常出现在她的笔下，而她笔下传颂的都是满满的崇敬和赞扬。一如所有优秀的共产党人，人们在埋怨他们铁面无私、不近人情时，心中也会油然而生崇高的敬意。因为他们从骨子里对得起党，对得起人民。正如父亲，他完全对得起盖在他身上的这面党旗。

追悼会上，看到局里的两位领导和监狱党委的全体成员悲痛地在父亲的灵前默哀，我真切地感到，党从来就没有亏待过任何一个对她赤胆忠心的战士。

父亲，一路走好！

（作者系江苏省未成年犯管教所民警）

爱情篇 ———

幸福的婚姻一定就是柴米油盐酱醋茶

高 文

那一天，单位里有个急活需要我赶出来，偏不巧，干活用的手提电脑莫名其妙的关了机，无法打开了，就急忙赶到与单位有常年合作关系的电脑公司，找公司员工小陆给我修理。

小陆是我的老乡，两个孩子都在农村老家上学，他们夫妻二人在北京打拼了十多年，很是辛苦。过去我经常找小陆修电脑，见的面多了，就比较熟，有话没话都可以聊上一阵子。

手提电脑得重新装系统，时间比较漫长。在等待的过程中，我用手机刷看微信朋友圈，一个朋友新发的一则消息让我看后感慨万千。

朋友刚刚参加了她的中学同学H的遗体告别。据朋友介绍，H年轻时是个开朗活泼的女孩，H的前夫其貌不扬，比H矮半个头，还比H大8岁，但他比较有才华，H不顾父母的反对，毅然决然地嫁给了他。H的前夫后来发达了、有钱了，在H生下儿子不久，就抛弃了H和儿子，另结新欢。H只能独自抚养儿子成人，其中的艰辛可想而知。

想来，一定是生活的艰辛和心中长久的郁闷摧毁了H的身体，几年前，中年的H患了癌症，经过两次手术，顽强地活了下来。这时，戏剧性的事件发生了，H的前夫突发重病，被截去了双腿，更悲剧的是，他的那个新欢竟然把他赶出了家门。无奈之下，他只得求助儿子，所幸他的儿子是个孝子，把他接回了家，结果，在他最悲惨的时候，竟是被他抛弃的H承担起照料他的责任。而此刻的H也是重病在身，尽管这样，H的前夫依然不甚满意，对H的照料还挑三拣四。这样，双重的折磨，让H早早离开了人世。

我感觉H的悲惨经历比电影剧本还要曲折，就唏嘘不已，忍不住给一旁的小陆讲了一遍，顺带还痛斥了一番H的前夫。

小陆听完我的话，并没有像我一样激动，而是放下手里的活，淡淡地对我说，H和她的前夫都过错了人生，他们的悲剧其实就是他们在为自己的错误付出的代价。

小陆接下去说了一段我认为极具哲理的话：H的错误在于她原本应该嫁的是丈夫，结果却嫁给了才华；她的前夫原本应该娶的是妻子，结果娶的却是漂亮和年轻。夫妻过日子，过的内容实质上应该就是简简单单的柴米油盐酱醋茶，看似简单普通，但却是货源充足，能够把握的住，因而是长久的。而才华、漂亮和年轻，当然还有金钱、权势，人人都向往，人人都喜欢，但都是些稀缺的东西，是不容易把握住的，自然也就很难长久了。所以，H和她的前夫悲催的命运怨不得别人，只能怨他们自己。

小陆两口子在北京打拼，工作虽然辛苦，但是两人互依互靠，老家还有一双儿女，生活过的有滋有味，这番话想必就是他自己夫妻生活的真实感受。

小陆的这段话让我对他刮目相看，他确实说出了婚姻生活的真谛：幸福的婚姻，一定就是柴米油盐酱醋茶！

（作者系司法部预防犯罪研究所副所长、研究员）

白湖的母亲们

秦亚青

母亲是安徽省白湖农场（现白湖监狱管理分局）第一代女性中统称为"家属"行列里的一员：她们随夫而来，没有工作，少有文化；她们默默无闻，相夫教子，勤俭持家。普通得犹如环绕白湖的新河中的点点滴滴，平凡得好似万顷良田中的朵朵稻花。

母亲是广东人，父亲是山东人，两人相识相爱于土改时期，当时父亲是土改工作队干事，我姥姥不愿意唯一的女儿远嫁他乡，但母亲认定了，义无反顾地跟着父亲走了。先是北上东北密山农场，后又辗转几地，最终来到了白湖农场姥山脚下的十大队。

言语不通，生活习惯不同，种种困难，母亲咬牙挺过来了。她一个没做过家务的南方姑娘学起了做北方面食，拿起了针线缝缝补补；她用广东腔的白湖话和人交流，现在健在的十大队老人，看到母亲仍会亲切地喊一声"小广东"。父亲回家来，吃上母亲包的、他最爱的饺子，特别高兴、满足。

我从小到大就没见过父母吵架，即使在父亲年老耳背之后，母亲高音大嗓地讲话，那之间的感觉也是和谐的。母亲对父亲的爱，更体现在父亲偏瘫住院后，那时作为子女的我们，孩子小，又要上班，基本上是母亲一个人在照顾，我们只是下班后或者星期天去替换一会儿。现在想想，母亲当年也是六十多岁的人了，其中的苦累母亲从未提过。父亲临终前，最不放心的就是母亲，反复叮嘱我们一定要照顾好母亲。夫妻之间的深情，我们做子女的都很羡慕、感触、感动。

母亲那辈人，家中孩子多，仅靠父亲的工资过日子，常常捉襟见肘，难以为继。当时大队为了建设需要，也为了让每个家庭增加一点收入，成立了五七连，组织家属参加劳动。我记得母亲打过草绳，砸过石子，做过面条，挖过白泥，夏天还起早贪黑地割过稻子。

母亲砸石子时我去送过饭。寒风中，烈日下，母亲和许多阿姨一起，坐在小板凳上，拿着小榔头，一下一下地把大石块砸成小碎石子。手上虎口处贴满了胶布，从早干到晚，中午都舍不得花时间回家吃饭。虽然又脏又累，母亲却一天假都舍不得请。那时五七连劳动都是多劳多得，每人一个工分本，每天记账，月底兑现。母亲不识字，全靠脑记心算，难免有误差。母亲深感没文化的苦处，在子女上学问题上，从不含糊，劳动再累，家务再多，从不耽误孩子的学习。

冬天天冷，我们不愿意起床，母亲就把我们的衣服在炉子上烤得热乎乎的，才喊我们起床、吃饭、上学。人常说，新老大，旧老二，缝缝补补是老三，可我这个老三，时尚的黄色仿军裤，格子书包，都是新的，也是该有的都有。我们兄弟姐妹之间一直都是和和睦睦、相处融洽，和母亲的平等相待是分不开的。

母亲为人处世从不占别人的便宜，别人的点点滴滴的好，她都谨记于心，老家曾经帮助过父亲的二大娘，1969年洪灾中住过的姥山湾一户村民，父母亲都一直与他们保持着联系，在自己并不富裕的情况下力所能及地给予帮助。

时光荏苒，如白驹过隙。转眼间，母亲已经八十多岁了，洗澡、洗衣服啊，还是自己能做的就不让子女帮忙，不愿意麻烦子女。门前的小菜园，她除草、施肥、浇水，勤耕不止。某天早晨，母亲看到一只辣椒突然长大了，高兴得像个孩子，一遍又一遍地说着，喜悦之情溢于言表。

看着母亲一天一天、一年一年地老了，我的心里莫名地会有一丝恐慌，当年住一栋房子的五位母亲只剩下两位了。想当年，正值芳华的母亲们离开了亲人，离开了熟悉的家乡，在白湖这块圣洁的土地上，重新开始一切。她们学着与身为监狱警察的爱人相处，尊重他们，关心他们，一步步走出爱情的模样；她们在艰苦的劳动中，无怨无悔，学会了乐观豁达；她们像燕子衔泥般一点一点，从无到有地给爱人和孩子建起一个温暖、快乐的家。父辈们的功绩，大美白湖的今天，离不开她们的默默支持、无价奉献。她们是普通的、平凡的，但她们的付出值得记录和铭记。

白湖的水土养育了来自五湖四海的母亲，铸就了母亲们独有的白湖特色，而母亲的思想、言行、做人的原则又不知不觉中影响着我们。受父母的福荫，赶上了好时代，白湖女儿的人生有了更多的选择。我们穿上了警服，穿上了工装，工作环境好了，工作性质变了，人生的舞台变得更加多姿多彩。

我们相信爱情，珍爱家庭，源于母亲美好的婚姻；我们在困难面前不怯懦是因为母亲的自立自强；母亲的善良让我们懂得悲天悯人；母亲的节俭有度，让我们学会了拒绝奢华；母亲的淡泊，使我们纯真快乐，心里充满了阳光。我们在岗位上体味着工作的充实和快乐，我们是建设美丽白湖的重要参与者；我们见证了白湖六十年的沧桑巨变，我们和白湖共成长。

生活，一半是回忆，一半是继续。回忆可以净化人的心灵，继续则是挑战与机遇并存。唯有自带光芒，才能披荆斩棘！

（作者系安徽省白湖监狱管理分局民警）

罗先生的俗艺

刘高艳

一场疫情，不仅口罩进入寻常百姓家，爱、依恋、珍惜，这些不易觉察的情感细节，也随着进入我家。

罗先生，没有征兆地爱上了做荷包蛋。

此前，他贪恋黎明觉，不睡到上班前最后一刻钟，是不会主动起床的。现在，七点准时系围裙，洗鸡蛋、锅底抹油、倒水、烧水，小心端详蛋液入水的距离和角度，然后精准地一个一个磕开蛋壳……做这一切的时候，他的目光专注得如同实验室里的老教授。

我披衣站在玻璃门后，他成了我们家早上的第一道风景。

四个鸡蛋入水后，他便立在锅边，肩膀前倾，下颌回收，目光紧盯着水面浮动的蛋液，从无色晶状缓缓变白、变大，变成鱼儿游荡在水中。偶尔，他会用手里的筷子做桨，轻轻划动一下水面，让锅里的"鱼儿"离开水底、绕开气泡……真没想到，一个粗疏了二十年的男人，在做荷包蛋的过程中，竟然呈现出艺术创作的愉快神情来！

在我偷偷看他的三分钟里，他毫无察觉。

这时，他用筷子头第二次轻轻触压蛋白之后，满意地关掉火源，盖上锅盖，回身，才发现玻璃门后的眼睛。

"整个荷包蛋，咋还用上了绣花功了？"

"捂一下，看会不会更好。"

疫情暴发以来，除了上班，罗先生几乎天天在家。尽管他从没有说过疫情对他的触动到底有多大，可我能感觉到他心理纬度的变化。他会在粗茶淡饭中制造精致，在一成不变的日子里尝试诗意，他主动用心底的爱，浇灌自己不多的创造力。

他养花，从种子养起。对待一粒粒蝌蚪似的碗莲，他会拿出母鸡抱窝的热情，一日看三回不说，早晚换清水，中午捧到阳台晒日光浴，傍晚再捧回客厅生怕夜气侵扰到它们。就那么几根生锈的缝衣针，托着个褪不掉的种子壳，在他的盛情邀请下，我看了两回，实在没啥看头。可他天天都有满眼的风景要与我分享："看，这个生出了毛根，那个长出了尖叶子。还有这个，你看你看，弯腰偏头的样子多好看。"

尽管我只是用"嗯、啊、是"来响应他，可罗先生仍然不放过我这个唯一的听众和观众。在他心里，那十几颗待字闺中的碗莲，每一个都与众不同，每一个都有名有姓，每一个都仿佛是他生育的儿女，值得全情爱护。

除了伺候这些不起眼的小碗莲，罗先生还从网上购买了山茶花、茉莉花和桂花。可惜茉莉花，枯枝样进家门，快满月了，依然还是枯枝。我几次打算扔掉，罗先生都说再等等。山茶花倒是不负他的深情，开了三朵粉中飞白的花朵，重峦叠嶂，香气四溢。那几日，罗先生的眼里层层叠叠开放的都是喜悦。每一次，我脚步刚踏上阳台，他必会连拉带拽地叫我"快看快看"，一副要将花开到我眼里的架势。至于桂花，一直在落叶子，直到今天，仅剩两片原叶挂在枝头。可罗先生拉着我的手，指给我："看，有新芽了！"

我寻觅不着，心想："也许是你老人家长心芽了吧。"

两个月来，罗先生做荷包蛋的水平，从小学到专科毕业，火力大小、水量水温、时间长短等影响形态、口感的因素，他都一一实验、揣摩、总结，在失败中改进、在成功中巩固、在巩固中提高。就他目前的手艺，简直可谓炉火纯青，个个圆嘟嘟，一口弹牙香。

当然，他的爱好，很快变成我的喜欢。我的喜欢，又进一步强化了他爱好的持续。就这样，顺理成章地，我们以荷包蛋的方式，再次体会了人到中年的平凡浪漫。

至于他养的花，疏影横斜水清浅，一抹淡淡的光影、淡淡的诗意，虽然不如荷包蛋有营养，可只要他爱，我也就配合着他爱。尽管目前美还在远方，可我相信，有他做荷包蛋的耐心和用心，这些花儿定不会辜负他。即使陪伴中走丢了一株两株，罗先生一定还会找回新的花，继续种、继续养、继续爱的。

有了这些源自柔软的执着，浪漫、希望、爱，不管多么阳春白雪的东西，罗先生都有可能将它们嫁接到俗常中来。而且，让它们展枝散叶、开花结果，从厨房到阳台，满屋子都是生活本色的美。

（作者系陕西省庄里监狱民警）

情人节的礼物

陈义兴

和妻子在一起好些年头了,可给妻子买的礼物却屈指可数。

妻子很漂亮,有一双会说话的眼睛和一头乌黑的长发,还有一双纤纤玉手。

记得第一次给妻子买礼物,是在我们刚认识不久,两人有种相见恨晚的感觉。恰巧,那一年的情人节快到了,我就想买一件让她惊喜的礼物,买什么呢?妻子怕冷,让我想起曾看到过市面上的一条围巾,很喜庆的颜色,上面还绣着小桔灯。心中瞬间有了主意,我立马飞奔而去,到了记忆中的那家专卖店,果然看见模特身上挂着那条漂亮的围巾。

因正是节日的前夕,专卖店的生意非常好。老板娘见我对这条围巾爱不释手,就对我说:"你看这么好的料子,展开还可以做披肩,你要,我就给你打包,一口价80元,不还价。不要没关系的!"

我说打包。出门时,听到身后两位店员小声嘀咕,"这条围巾80元也卖,40元也卖,男人就是不会买东西,价都不会还!"

虽然我听明白了,这条围巾我买贵了,但我的心里依然美滋滋的:我终于完成了一项伟大的任务。

结婚后,由于工作的原因,我和妻子聚少离多,特别是节假日,我更是没回过家,礼物自然也就谈不上送了。

虽然妻子嘴上不说,但是,我依然能感觉出妻子是多么希望在这些特殊的日子,我能与她一起度过。

今天,是2021年的大年初三,又是一个情人节到了。已记不清楚有多少个春节是在单位坚守了,我曾允诺过妻子,今年的情人节要给她送礼物的,恐怕又要失言了。

下班后,望着家的方向,我思绪万千。父母是否还是将做的饭菜凉了又热，热了又凉，不时地守望着窗外期盼儿回家；儿子是否数落着玩具熊，"说好的陪我过年的，都快两个月了还不回来……"

妻子呢，她在做什么呢？

在等我的礼物吗？

有种爱叫理解，妻子就常说："你守护着一方平安，那我就为你守护好家。"

都说军嫂和警嫂是最伟大的，在我的心中，妻子就非常的伟大！

既然又无法履诺了，我就只好借助网络，给妻子来了一个网络寄语，权当是送她的情人节礼物吧！

（作者系新疆生产建设兵团科克库勒监狱民警）

逛街随想

何小西

女人爱逛街，就像老鼠爱大米，是习惯，更是天性。

有心理专家介绍，女人追求漂亮的第一个动力来自异性，因为男人评价女人的起点标准是漂亮，相夫教子、知书达理则是附加的标准。更有洞悉者说，女人穿美丽的衣服不是取悦男子的，而是使其他的女人烦恼。当穿行于街上的女人，收获接二连三的善意或惊羡的目光时，逛街的现实意义已经被进一步地深化和拓展了。

有人认为，陪妻子逛街是女人兴奋，男人遭罪。别看平时一副弱不禁风、小鸟依人的模样，逛起街来可是意气风发、健步如飞，没有这点体验的男人往往叫苦不迭。

其实，任何事情只要换位思考，情况都会有所不同。

妻子要求老公陪逛，无外乎有以下几点：与夫携手，出入成双，可"秀"恩爱，美滋滋的；购物时有人出谋划策，当"军机大臣"；买了东西有人掏钱拎包，当"财政大臣兼义工"，彰显女主人威风，乐哉；遇到个别服务态度不太友善、耍横耍赖的，也有人挺身而出，当"护花使者"……

难怪当年胡适老先生有"三从四'得'"之说："太太出门要跟从，太太命令要服从，太太说错要盲从；太太化妆要等得，太太生日要记得，太太打骂要忍得，太太花钱要舍得。"那可是大家之见啊！

所以，当妻子提出逛街时，作为丈夫，千万不要扫了人家的兴。

陪妻子逛街，先要有足够的心理准备。据观察，节假日、双休日往往是女人逛街的黄金时段，当然，这只是揣测。这时，作为丈夫，应该有足够的心理准备，吃饱、喝足、养好精神，招之即来，来之能陪，一陪到底，绝不含糊，"不到长城非好汉，奉陪到底真男人"。记住，别忘了带钱包哦。

陪妻子逛街，耐心是前提。女人逛街，目标模糊，漫无边际，兴之所至，难分白天和黑夜,她们东瞅瞅,西瞧瞧,两眼放光,一脸春风,大商场转完了还要逛小商店,甚至连地摊也不放过。要命的是女人总是从近及远,又从远及近;从这店到那店,看了零售货摊再看批发市场。这里看看,那儿摸摸,流连忘返,苦累不知,犹如欣赏美丽的风景,其"敬业精神"实在可嘉!

陪妻子逛街,足够的体力是基础。从南街到北街,从东巷到西巷,漫无边际;从日上三竿到万家灯火,商场地摊,楼上楼下,一个不落,不断"重复着刚才的故事"。偶感"是可忍,孰不可忍",但强笑而问之:"汝不累乎?"昂然答曰:"奈之若何?"闻此言,大凡丈夫者往往从维护和谐大局出发,选择沉默是金。故奉劝诸位,如果没有足够的体力,还望三思而后行啊!

陪妻子逛街,财力是根本。她看好的东西你要及时付款。有时女人会思前想后,拿不定主意,这时你要有男子汉的气度,扮一回"大款",断然出手,掏出票子,立马拿下。别忘了说一声,看好就买,你花钱,我快乐!大度、体贴、宽厚、仁爱,众目聚焦之下,集所有男人优秀品格于一身的你,何乐而不为!女人喜欢多多益善,有时遇上大减价、跳楼价什么的,不管是否用得着,往往是先买回家,此时此地,白花花的银子就从你腰包里流出去,没有财力能行吗?

当然,如果没有财力,也可以陪妻子逛街。只逛不买也是一种"境界"!

妻子看好的东西,你可编出种种理由,有时以虚击实,故作潇洒,大手一挥,作掏钱包状;有时"曲线救国",轻言细语,来一句"家中的油盐酱醋不够了";有时装聋作哑,环顾左右而言它……方法很多,关键看你的才思及应变能力。总而言之,言而总之,要善于表达"逛街我奉陪,要钱一分无"的境界,不过,千万记住,别伤了女人的自尊……"至高境界"是让妻子比画、试穿,先满足一下她的虚荣心,再"吹毛求疵"一番,最后的结果是——不买!随后乐颠颠地陪妻子昂首挺胸地走出店门。

女人喜欢逛街是女人的浪漫使然,这和钱没有必然联系。有钱逛,自然是春风得意,神清气爽;没钱逛,那也是乐在其中,健身、醒脑,于身心有益。女人是感性的,极易满足,心情沮丧时,常常是绷着脸出门,回来时往往笑脸若花,那一定是在街上遇到了心仪之物,而且已据为己有。如此说来,逛街的现实意义竟被拓展至抚慰心灵之痛,真有点惊诧莫名了。

陪妻子逛街是家庭和睦的润滑剂,是妻唱夫和的标志之一,是做丈夫的一种职责，更是男士的一种美德。

所以，有人断言：丈夫称职与否，从陪妻子逛街中也能看出一二。

其实，陪妻子逛街，从中可以体会到家庭主妇过日子的仔细及艰辛，领略她讨价还价时的思维与口才。如此之多的益处，到哪儿找去？

丈夫们，请做好准备，随时准备陪妻子逛街吧！

（作者系安徽省白湖监狱管理分局民警）

两只燕子

王饮兰

两只燕子的故事是老公讲给我的。

在监区执勤时,两只燕子把窝筑在老公所在的值班室的屋檐下,从而引发了一连串关于燕子的故事。

2020年,疫情严重,为防控需要,监狱开启了全封闭备勤执勤工作模式,这段经历是所有参与备勤执勤民警刻骨铭心的人生历练。封闭管理的环境,单调枯燥的工作,随时随地需要绷紧的弦,难免使人烦躁。

冬去春来,筑窝的两只燕子,给沉闷单调的执勤工作带来一丝趣味,每天观察两只燕子的行踪就成了生活中的一项内容。

两只燕子是一对情侣,比翼双飞,形影不离,从遥远的南方一路相伴、风雨兼程来到北方,要完成它们作为燕子的神圣使命——生儿育女、安居乐业。

两只燕子不顾旅途劳顿,站在离禁闭室门头不远一根电线上,叽叽喳喳商量片刻便一起飞离了。

两只燕子相中了禁闭室门头,可能觉得这儿是最安全的地方吧。从此,两只燕子就起早贪黑,一天来来回回飞个无数次,用嘴衔来泥土、草茎、破布条,开始筑巢了。

晚上,两只燕子就随便找个角落依偎在一起,有时睡在电线上,有时栖在墙角里。没多久,一个漂亮的碗状的巢就建好了。两只燕子有了新家,看起来特别高兴,雄燕在前,雌燕紧随其后,每天出门之前都在巢的周围盘旋一会儿,然后像黑色的闪电一样飞向远方。

循环往复的备勤执勤工作时时中断燕子的故事,让我牵肠挂肚。一周后,又到了执勤的日子,燕子的故事也有了续集。电话那头,听起来老公非常兴奋,他说刚交了班来不及休息急着跟我分享燕子的故事。

一天清晨，从窝里出来了一只燕子，它出来又进去徘徊不定，这是怎么了？老公好奇地观察一会儿，猛然间明白了，原来雌燕在巢里孵蛋呢。这个时候的雄燕变得特别谨慎，每次出门前都要在周围巡逻一会儿，然后再飞回巢里，给雌燕反复叮咛一番，才起身飞出去寻找食物，每天呵护着雌燕，周到又细心。

外出寻找食物的雄燕也时时让人牵挂，万一遇到野猫、遇到狂风暴雨、遇到不怀好意之徒，小小的燕子时刻都有遭到致命打击的概率，好在每天傍晚，雄燕都能安全回来，想到在舒适的窝里，两只燕子和它们未出生的宝宝相拥而眠，内心真的是满足且温暖的。

听着老公喃喃地讲着燕子的故事，我也仿佛置身其中，想不到平时寡言少语、沉稳内敛的老公也有柔情似水的一面。

等老公再次进监执勤的时候，雌燕已孵出了三只燕宝宝，可爱的燕宝宝每天从窝边露出小小的脑袋，张着鹅黄的小嘴，叽叽叽地叫个不停，等着爸爸妈妈来给它们喂食。

两只燕子更加地忙碌了，每天不辞辛苦，风雨无阻穿梭在寻食喂食的途中。三只燕宝宝在爸爸妈妈的精心呵护下羽翼渐丰，燕爸燕妈适时教孩子们飞行、觅食，一家人其乐融融度过了美好的春夏季节，当秋风吹来冬天来临的时候，两只燕子带着它们的三只宝宝和其他燕子一起成群结队地飞向温暖的南方。

2021年春天，它们又回来了，不得不佩服燕子，它们无论迁飞多远，哪怕隔着千山万水，也能凭借着自己惊人的记忆力返回故乡，所以就有了那著名的诗句——"似曾相识燕归来"。

燕子的巢经过秋冬的风雪洗礼，有些残破。它俩依旧凑在一起嘀嘀咕咕，好像是在商量怎么办？究竟是在别处新建房子还是修补原有的老屋？商量一会儿，两只燕子倏地就飞走了，不一会儿它们又飞来了，嘴里衔着草茎、小树枝，原来它们是要修补老屋，看来燕子和人一样，也是念旧的。

两只燕子一起早出晚归、辛苦劳作。十多天后，那个残破的巢被修补的完好如初。正当它们憧憬美好生活的时候，天有不测风云，一天傍晚，天气突变，电闪雷鸣，狂风肆虐，暴雨如注。早上起来一看，树枝树叶被风雨打落了一地，一片狼藉。不知道燕子咋样了？窝里没有燕子的踪影，树枝电线上也不见它们，中午时分，雄燕羽毛凌乱慌慌张张地飞到窝边，转来转去地瞅着窝里，叫声急促像是在呼唤它的伴儿，没有动静，它急忙转身飞走了，过了一会儿又回来了，不安地在窝周围来回飞，叫声越发地急促，甚至有些嘶哑。

一连几天，雄燕不停地寻找着伴儿，身上的羽毛失去了光泽，缩着脖子站在电线上叫声凄厉。也不知道天气突变的那天晚上到底发生了什么？雌燕是被雷电击中还是被狂风吹落跌到山涧里，抑或是被野猫逮去或者被人捉走？不得而知。

自从那天以后，雄燕再也不进窝了，就站在电线上。大约过了十多天，雄燕又领来了一只雌燕，它们宛如新婚燕尔的夫妻，相依相偎莺莺燕燕的，又出双入对地过起了幸福的小日子，或许不久的将来，又会繁衍成群的儿女了。

春来冬去，四季更迭，自然界就是这样循环往复不断发展的，是可谓"年年岁岁花相似，岁岁年年人不同"吧。

万物有灵，光阴常喜，生活不必浓烈如酒，一杯白水，半盏清茶，于浮世繁华里慢煮清欢，懂得时光温柔，生命的花园就会开满鲜花，懂得万物皆有情，才能在庸常的日子里发现生命的美好。

"空山寂寂无人语，水流潺潺花自香。"心中有爱，人间有暖。时间永不停歇，美好的事物必然会消逝，又不断有新生事物出现，世界不会因消逝变得虚无，这使得我们在感叹之余又得到慰藉，唯愿每一个生命都被善待。

（作者系甘肃省白银监狱民警）

师生篇

钱塘江畔话狱道

刘 瑜

2020年10月，经历住国庆假期疫情控制的考验，终于有幸得以到访钱塘江畔的浙江警官职业学院刑事学术文化交流中心，聆听国内监狱理论研究（监狱史学领域）大咖之一的郭明教授对当今监狱理论研究之分析。

细究起来，我与郭明教授是有一些学缘的。在2014年江苏省局举办的监狱理论研究培训班上，有幸聆听过郭明教授的一堂精彩讲座，他的渊博学识和儒雅气度让我颇为受教，留下了对狱道思考之星火！

讲座后，又有幸与郭教授同座共进自助餐，在用餐期间再次聆听郭教授对监狱理论研究现状的一些独到而真实的见解，让我了解当今监狱理论研究的应然与实然，对我选择朝监狱理论研究方向努力有了路径式的指引，即带着问题去思考，身遇困惑要尝试。

经过几年的摸爬滚打，当我在攀爬到监狱理论研究半山腰之际，有幸再次近距离聆听郭明教授的指导，心中不胜惊喜，也有着莫大的期待！

怀着期待，在监狱理论研究方面颇有建树的老大哥——龚研究员的带领下，我们一行四人，经历四个小时左右的车程，来到浙江警官职业学院所在地——杭州市下沙高教园区2号大街附近。

车子一下杭州绕城，就有种进入大学城的感觉，泾渭分明的校域建设格局，在宽敞马路的分割下显得清晰分明，进取的节奏，求知的氛围，厚植于青春的鲜明，让人不禁有着轻快的脚步。

经过短暂休息，我们驱车来到浙江警官职业学院，车到学院门口，入眼是"厚德弘毅明法笃行"八字石刻校训，整个校区看上去是以广场为中轴，对称构建，个人感觉有着公平、公正的寓意！

坐落在最中间的大楼就是学院图书馆，刑事学术文化交流中心（以下简称"交流中心"）位于其第六层。因为龚研究员曾到交流中心进行过访学，我们很快就到了图书馆六楼，见到交流中心策划创办者郭明教授。

我们拜访之时，郭明教授还有两个月时间就到退休年龄了，虽临近退休，但其并无倦怠，依然坚持埋头于工作，致力于监狱理论的思考。

两鬓苍白，但掩饰不住其风采奕奕；学富五车，依旧平易近人、和蔼健谈。郭明教授介绍，交流中心是为了促进刑事学科建设、推动刑事理论研究、助益刑事人才交流、传播刑事学术文化而创建的。交流中心占地面积 800 余平方米，包括资源典藏区、专业研修区、期刊阅览区、休闲交流区等四个功能区块。其中，资源典藏区以收纳刑事学术资源为主，主要集成上万种犯罪、刑罚、监狱、警察、安全、刑事法律法规、司法行政管理等具有刑事学科、专业及行业特色的各类中外文纸质和数字资源；专业研修区设有专供应邀访问学者研究使用的 15 个独立工作间和多个小型研讨区；期刊阅览区订购有近 300 余种刑事学科及相关社会人文学科的专业期刊；休闲交流区以清新、雅致的露台茶吧环境，为休闲交流提供服务。

参观交流中心之后，郭明教授于百忙之中抽出近一天的时间，与我们围坐交流，面对我们的困惑与茫然，郭明教授仔细地聆听，并一一予以耐心解答，期间不仅有生动的旁征博引、解惑答疑，还有结合自己及天津一位博士监狱民警的心路历程给我们以生存启示，即在阐释狱之大道的同时，也给我们以发展路径之建议。

现细细想来，无不是实诚之语，肺腑之言！

交流是短暂的，但指引却是长远的！郭明教授对狱存大道的坚信，无疑给了我们灯塔般的指引……

前途是光明的，但道路或许是曲折蜿蜒的！面对应时应景而出的摇旗呐喊般的所谓研究，郭明教授另辟蹊径地给我们指出了一条思维新路，既要有越狱式的思考，更要有跨越式的求证！

如此，或许狱道之思的江湖之远和庙堂之高就都不会独存。

道别已有三月有余，但每每研读其撰写的《中国监狱学史纲》《监狱的隐喻》时，不禁有些希冀，希望郭明教授能身退而声不退，使广大关注狱道者有幸聆听郭明教授的谦和之音，继续给我们以狱道之解析！

（作者系江苏省龙潭监狱民警）

一路上有你

王文芳

师生篇

曾经有一个人，对我说过这样一句话："用心看用心写，只要付出就会有收获，只要一点一滴的耕耘，你就可以用你的笔唱出心中最美的歌。"

这句话一直刻在我的脑海里，从警十几年，从未忘记。

文章本天成，妙手偶得之。

她是我们海南司法厅的一支笔，无论是领导讲话稿、新闻稿，还是随笔散文，她都是信手拈来，笔歌墨舞，斐然成章。

从《警嫂的礼物》《女大学生猪倌》到《一名死缓囚犯的新生之路》再到《震撼心灵的爱》，在她的笔下，很少有高大全的人物，都是一些平平凡凡默默耕耘在工作岗位上的人，这些带着朴素而真挚情感的作品让她获得了很多荣誉。然而，最能打动人的，是她对小人物的关注，对普通民警的理解，对工作的尊重。

很多民警喜欢向她请教写作上的问题，只要有时间，她都会详细而不余遗力地给予解答。她最常说的一句话就是："用心看用心写，只要付出就会有收获，只要有心，一支笔也能唱出动人的歌。"

她，就是现任海南省司法厅罪犯研究所所长刘京。

◆ **与君初相识，犹如故人归**

2004年，是我入警的第一年。经过所里的选拔，我代表单位参加厅里的演讲比赛，怀着兴奋的心情，我洋洋洒洒地写了一篇演讲稿交了上去。没多久，就接到刘京姐的电话，要我去找她，说一说稿子的事情。

到了厅组宣处的办公室，刘京姐很热情地招呼我，她说："演讲稿好写，写好却不容易，一篇好的演讲稿不是空喊口号，而是要把你的情感灌输进去，再诉说出来，这样才能感染听众。"

她看我还有些懵懂，又耐心地细说："文芳，你看，你的文章立意不错，但是题目和角度太大了，这样就让人觉得太空洞，没有实在的情感与内容，你尝试着从小处小事写起，反映一个大的主题，也就是以小见大。"

临走时，她塞给我一张报纸，上面用笔圈了几篇文章："你拿去看看，这些文章都是从小角度反映大主题的。"

那是和她的第一次见面，不到半个小时，却让我获益匪浅。可以说，我经她指导修改后的演讲稿有了一个质的飞跃。

之后，因为陆陆续续又参加了几次省直机关工委组织的演讲比赛，和刘京姐的接触渐渐多了起来。

在我看来，刘京姐是一个十分热心开朗的人，对工作又极其负责，用她自己的话说就是："要么不接，接了就得做好"。

帮我们改稿子，带我们去找老师辅导，我们一遍一遍地练，她一遍一遍地听，脸上始终挂着鼓励的微笑。

有一次上台前，看了前一位选手出色的发挥，我突然有了压力，人也开始紧张起来。但当我站到台上，看到刘京姐给予我那专注的眼神时，怦怦怦跳得飞快的心一下子镇定了下来，顺利完成了演讲。

刘京姐对我，称得上亦师亦友。她教我"勤笔耕"，教会了我合理利用好"三个八小时"。

有一段时间，因为工作生活中诸多不顺，我的情绪跌入谷底。她知道后，约我出来吃饭，送给我一瓶她自己酿造的葡萄酒，她告诉我：每一杯光泽丰满、香馨浓郁的红酒，就像一个真正的生命，她曾在阳光下无忧无虑地生长，也曾落入命中注定的黑暗渊薮，然后，在岁月的流逝和磨砺中，她慢慢地变得成熟、优雅、令人沉醉……

看着杯子里鲜艳的玫瑰色红酒，听着她娓娓道来，我浮躁的心，慢慢沉淀了……

◆ 君子淡如水，岁久情愈真

16年前，初入警营的我梦想太多，16年后，我已褪去当初的青涩，逐渐迈向成熟。从最初的"一毛一"到现在的"二毛一"，从警路上伴随着喜悦、也夹杂着阵痛。因为工作中的困难，我时常会产生消极感慨；面对喜悦，我变得容易飘浮；面对成功，我变得容易骄傲；面对顺境，我变得容易懒惰；面对逆境，我变得容易失去恒心……

但不知道从何时起，每当我觉得前路有过不去的"坎"的时候，我就会想起刘京姐，以及她对我说过的话。她的坚强让我不得不重新审视自己的性格缺陷和精神软肋；在她的乐观中我学会了勇敢；在她的笑容中我知道了什么叫作"且行且珍惜"；从她的豁达中，我明白了只要揣着一颗感恩的心，去做自己该做和想做的事情，真诚地对待身边的朋友，热情地接受和挑战迎接每一天，我就是富有的；从她不问断的文耕笔辍中，我也养成了写一些随笔小散文的习惯，闲暇时，慢慢翻起，不求笔底烟花，不求璧坐玑驰，但求我手写我心，我笔唱我歌。

一个人一生中可以结识很多人，但其间真的能够让你引以尊敬的人不会很多，离你很近而依然令你尊敬的人则更少。

感谢刘京姐，感谢她在我16年从警途中，一路的携行与指引。

（作者系海南省琼山强制隔离戒毒所民警）

心灵深处的声音

史　芳

　　有些人或事，早以为已经忘记，但实际上却一直珍藏在心里，在一定情景下便会从心里走出来。有的声音也是如此，原以为已经遗落，其实已融入了心灵，一旦情景再现，便会从灵魂深处悠然响起。

　　40年前的小学铃声便是如此，青葱古树，古铜的铁铃，失跛的敲钟人，远延的炊烟，红红的晨曦，伴随悠长的铃声，昨日又走近了我。

　　40年前我刚上小学，很多人和事都记不得了，但是清晰记得有一个姓吴的师傅，他是监狱子弟学校的工作人员，负责敲铃等杂事。

　　20世纪70年代小县城的学校里没有电铃，教室里也没有钟，像戴老师那样有手表的也是凤毛麟角，这个铃声就非常的重要了，仿佛是个指挥棒，告诉大家现在是什么时候，该干什么了。

　　这位吴师傅得过小儿麻痹症，脚微跛，行动不甚方便，人非常清瘦，显得羸弱，五官没有什么特点，我已记不清他的模样，但是他敲的铃声却仿佛是有灵魂的，至今难忘。

　　吴师傅敲的铃声节奏，让我们一听就知道这个铃声是该起床了，该出操了，该熄灯了，这个铃声是该上第1节课还是第2节课……

　　尤其是快晌午时，当我们听到慢慢敲四下，然后一阵急促连续的铛铛铛铃声后，就知道该上第4节课了，离中午放学吃饭的时间就不远了，心情也就雀跃起来。

　　长大后，才知道我们享受的铃声可以和军营里的号声媲美，虽然吴师傅没进过军营，也没经过什么业务培训，但铃声就是这么"专业"！

　　吴师傅还是学校的司务长，要买菜、要算账，感觉他应该是很忙碌的，却又仿佛分身有术、有条不紊。后来学校换了一位师傅，显然是很想模仿吴师傅的铃声，但怎么也不像，且乱了起来，都是听不懂的"腔调"，大家提了意见有所修正，但一直没有能够敲出吴师傅那种言语，那种有灵魂的铃声。

20世纪70年代我生活的监狱叫劳改农场，有自己的学校、医院、食品加工厂等，学校是服务单位，在学校里教师是核心人物，教书才是中心工作，敲铃、司务长，那是后勤部门中的后勤，只有做得很好了才是实现后勤保障，才是真正服务于中心工作。吴师傅做到了！

老子说"天下大事，必作于细"。吴师傅认真对待别人眼中无足轻重的工作，把别人吹牛谈天的时间用来细细琢磨铃声，他对工作的专注，精益求精，使得他敲出的铃声都有了灵魂。

中华民族历来有敬业乐群、忠于职守的传统美德，这也是当今社会主义核心价值观的基本要求之一。联想到自己的工作经历，越发心生感叹：受父辈影响，20世纪90年代加入监狱人民警察队伍，从警30年，经历了生产经营、教育改造、纪检监察、编辑、记者、干部和人事等工作岗位，目睹、亲历了监狱工作从粗放式向精细化、规范化管理模式的转变，无论监管改造主业还是综合管理岗位，身边都有一大批如吴师傅一样值得尊敬的人，在为我们的监狱事业默默付出。

他们用心对待工作，一丝不苟的精神值得传承。

（作者系湖北省武昌监狱民警）

感谢时光让我遇见你

刘兴旺

人海茫茫，一生中遇到的人很多，有些是一面之缘，有些会留下些许感动，而有些却是终生难忘。

如果说人生是一部无法回放的电影，那这部电影中最珍贵的片段一定是学生时代，而那个情窦初开、叛逆伊始的初中一定是这个片段中最精彩的地方，这个片段中也一定有那么一个人对你今后的人生产生过很大的影响。

你是否还记得她？是否记得作业未完成时她那严厉的眼神？是否记得学习遇到瓶颈时她那亲切的鼓励？是否记得生病感冒时她那无微不至的关怀？相信你一定记得。也许多年不曾联系，但不论时间怎么流逝，她都永远在你的记忆深处。

经师易遇，人师难遇。人生中遇到良师是一件幸事，她不仅授予我们专业的知识，更教会了我们做人的道理。

我的初中班主任茹建华老师就是这样一位良师，在应试教育可以改变贫寒子弟命运的大环境下，她教会了我如何掌握知识，如何提高成绩，如何考上重点高中。作为一名老师，这必然是她工作中的重心，但除此之外，她教给我更多的是如何做事、如何做人。从她那里学到的知识让我顺利考上了重点高中，而后考上大学，再后来考上公务员，人生命运的改变与她息息相关。而她所教给我的那些为人处世的道理，也成了我人生中走的平稳、走的踏实的力量源泉。

良师一言，受益一生。我至今还清晰记得她曾说过的话："这个世界很公平，但也很现实，社会地位的差异是真实存在的，所以你们一定要努力学习，通过学习来改变自己的命运。但是你们也一定要记得，当你们以后有了一定的社会地位，也要尊重身边的每一个人，做一个既对社会有用，又对人民友善的人。"

这句话对我的触动很大，尤其是在参加工作之后，我对这句话有了更深刻的理解。我们通过不断学习、不断努力来提高自己，让自己有了一份较好的工作，有了一个美好的未来，也让自己有了一个为社会做贡献的机会。但是，我们绝不能因此而产生优越感，身边的每一个人，无论从事什么工作，都在为实现中华民族伟大复兴的中国梦而努力奋斗，每一个人都活得有价值，每一个人都值得被尊重。

毕业之后与茹建华老师鲜有联系，因在外地工作很少回家，也未曾再见恩师一面，但心里时常会想起老师讲过的话，偶尔在微信与老师聊天时，多希望还能回到那个满是阳光的夏天，听听老师的嘘寒问暖，虽然时光不能倒流，但却见证了我们的师生情谊。

此生，能做您的学生，何其有幸。

（作者系新疆生产建设兵团石河子监狱民警）

大爱生万象

陈继康

又来到了警校，恰是夏末秋初，温度渐渐转凉，道路两旁的梧桐树叶淅淅沥沥的落个不停，高大挺拔的身姿总让人感触颇多。不需要等到它满树金黄，在任何时候都有属于它特别的味道。

走在校园林荫路上，欢声笑语还是那样不间断。远处隐隐约约传来响亮的号子，奶茶店还是那般大排长龙，图书馆门前的猫依旧懒洋洋地在晒着太阳，宜人的晚风卷起紫藤长廊的满地落叶。我站在原地，闭上眼轻轻感受这一切：只瞬间便将我拉回到五年前的那个夏天，五年前的桃花坞，五年前的警校，五年前的我。

好像什么都没变，又好像什么都变了。

如今的我，少了些曾经的青春懵懂，多了些肆意洒脱。往日的种种在刹那间浮上脑海，却又随晚风飘逸而去。我回来了，这一次如心所愿，在五年后的这个季节，我成为了一名光荣的监狱人民警察。

门口的保安大叔还是那般热情地与我打着招呼，我连忙笑着回礼。不经意间，大叔的脸上似乎又多了几道皱纹，酱紫色的眼眶周围平添了许多老年斑。其实，只有短短几个月不见，但大叔似乎在眨眼间就老了。他还是那般爱笑，拍拍我的肩膀，说没想到你们这群15小杆子们都毕业了，送走了你们我也快退休咯！一时之间我竟难以平复情绪，是啊，一切都过得太快了，快到我来不及陪伴。

我喜欢在校园内散步，这五年，我把校园所有角落都逛了个遍。要论最喜欢的地方，必然是校门口的那块石头。它就那样静静地伫立在那里，小小的，不争也不抢，岁月不断的冲刷将它本不多的靛青转为铅白。我习惯性地将手放上去，感受着它内在的神奇力量，但你要问我具体是什么，我也说不上来。只是每当我心烦意乱，或是学习压力大或是工作不顺心，只要我来到这儿短暂的抚摸这块石头，便能很快趋于平静。要是非要探究个所以然，我想大概是石头上的那五个大字吧。

这一次回来是因为新警培训，下一次又是什么时候？我不知道，对于未来的一切，我始终是积极且乐观的，但唯独对于警校，我第一次感到了害怕。害怕这一次离别会是一次长久，害怕自己再也无法经常回来看看，害怕……

青山不改，绿水长流，天下没有不散之筵席，但天下定有不散之情谊。正如我深爱的警校。

"一滴水如何才能不干涸？"

"放进大海里。"

我深以为然，所以，我就把我这颗心灵，放在了警校。

噢，对了，石头上那五个字是——大爱生万象。

（作者系江苏省常州监狱民警）

我们在警院再相会

赵 洁

1997年的夏天，20岁的我从河南司法警官职业学校毕业。

火热的季节里，火红的青春年华，我离开母校奔赴工作岗位。

2020年的初冬，因为警衔培训，我再次回到母校，如同一个羁旅多年的游子回到故乡一般，亲爱的母校啊，思念你的学子又回来了。

初冬的阳光，依然温暖着我的心。道路两边的树木，依然高大挺拔。在长长的道路上走走，仿佛20多年前自己常常在校园里走过的路。

我们走着，谈论着这几天每天下午6点至7点之间可以到操场上活动，顺便往四周看看从哪里能通往操场，这时从我们身边擦肩而过的一个热心人马上给我们详细地介绍了方位，从哪里走，往哪走，之后开上自己的汽车离开了。

她或许是我的师长亦或校友，但此时此刻，我脑海中第一个闪现的词汇就是——警院人，这就是警院人，我们都是共同的警院人。

晚饭后来到操场，明亮的灯光下，操场中间的绿茵场上仍有部分学员在做训练，同事们不禁感叹，像这样的严格要求，像这样的苦和累，很多年轻人不一定会选择从警，愿意承受这份辛苦。

望着他们青春的脸庞，仿佛照见了20多年前的自己，那时的自己，也曾如风一样在操场上自由奔跑，只是那时的操场比现在小多了，跑道也是水泥路面。如今的操场，已是标准化的运动场，有篮球场地、乒乓球场地、羽毛球场地、足球场地、看台、裁判席等，跑道换成了色彩明艳的塑胶跑道，让人运动起来更加舒适。

操场，如同一滴水能折射太阳的光辉一般，映射出河南司法警官职业学院伴随着时代前进的步伐，在一代代人的共同努力下，以更加坚定的脚步成为司法教育战线上一道更亮丽的风景线，成为一朵最美丽的警苑之花。

时光太瘦，指缝太宽。20多年匆匆飞逝，我已进入不惑之年。当初，带着警校的嘱托和师长的叮咛与祝愿出发。20多年的基层工作，在琐碎与忙碌中苍老了容颜，飘落了三千根长发，但自己好像从来没有后悔过。

恰同学少年，我以母校为荣，时至今日，我虽然未能做到母校以我为荣，或许一生也只能做一个默默无闻的平凡人，我仍会以警校赋予我的勤奋和品格做一名司法战线上的坚持者，那也挺好。

发培训教材了，打开扉页，编委委员中昔日师长熟悉的名字映入眼帘，我们在警院再相会……

（作者系河南省豫西监狱民警）

乡情篇

牵念白湖五十年

袁传峰

1963年，我坐上一辆蒙上帆布的卡车，颠簸而艰难地行进在合肥到白湖的沙石路上，大约5个小时后，才到了安徽省白湖劳改农场农机修配厂。

报到以后，我先是住在破烂、阴暗而潮湿的庙里，后又搬到一个土墙草顶、地面坑坑洼洼的茅草房里。

我当时想，老家虽是农村，但也还是一个水旱码头的小镇；想起南京学校的高楼大厦、林荫大道；想起1959年起抽调到学校教研室当"预备教师"时，同学们羡慕地称我们是未来的教授，全班同学还为此欢送我们在玄武湖玩了一天；想起了院党委书记在会上对我们说："你们的任务是上大学、管大学、改造大学，要把你们培养成为又红又专的、无产阶级的知识分子……"

今昔对比，落差太大了！

那时的白湖农场农机动力还是较少的，已是晚秋初冬季节，拖拉机还在稻板地里犁田。

那年的秋冬时节，白天秋高气爽，晚上皓月当空，但留着稻茬的地上，已见霜冻，寒风习习。我驾着东方红—54拖拉机，在空旷的夜空下，只有轰隆隆的马达声，偶尔出现一只野兔，在拖拉机前灯光中一闪而过。

到了下半夜三四点钟，我大都会睡意朦胧的，机子还照常行进在正常的轨道上，到了地头，我又清醒起来，把绳索一拉，后边的犁铧就能自动提升起来，待机子转到另一陇未耕地时，再把绳子一拉，犁铧又是自动落下入土，继续翻耕，不一会儿我又会晕晕然似醒似睡起来，拖拉机还是轰隆隆响，前灯照射着行进的方向。

寒冬季节，在几间简陋、破旧的茅屋里，我和十几名工人师傅及一部分劳改人员，一起检修拖拉机。

那时的机子用了一年，大都要检修一次，有些要进行大修。对大修的拖拉机要全部拆卸下来，几乎每个部件都要用柴油清洗干净，然后技术鉴定损坏程度，研究整修方案。有的发动机气缸要镗削、研磨，再用加大尺寸的活塞来研配；有的发动机曲轴要用磨床磨削，再把新浇合金的轴瓦刮削好，两者合并一起进行研磨后配合；等等。全部整修好的部件装配好后，还要上马力试验台测试，看马力恢复到什么程度，只有马力达到或接近原来新机的马力后，才算合格出厂。

那时的车间，门窗不挡风雪，连屋顶也漏雨窜风落雪。我是一个农村放牛孩子出身而后上的大学，苦脏累是不怕的，很快，大家对我的印象就好了起来。

一天早晨，刘计顺厂长冲我喊到："小袁，快！我们一起陪王涛副厅长去西大圩检查防汛。"

我赶紧跟着厂长上了船。下了船后，我随七八位领导走在王涛副厅长的前后，穿行在正在劳动的近百名劳改犯中间，看到他们有的挑土，有的抬土，有的拿着大铁锹挖土，我从未见过这么多劳改犯劳动的大场面，有些紧张……当时西大圩的排涝，主要靠兆河站的14台蒸汽轮机带动水泵排水，那一大片天空黑烟滚滚，又随风飘荡而去。

1963年修配厂产值只有25万元，发工资都很难，经常缺钱买不回农机具修理的配件、材料。1964年起，总场把拖拉机站、排水站、修配厂、机务科合并一起管理，更是增大了经济上的困难。

1963年底到1964年初，经刘计顺厂长牵线和力争，开始接受合肥五金供应部门试制阀门的任务，接着又大胆决定接受国家物资部华东一级站生产全铜阀门的任务。不花一分钱，一下子从上海运来了300多吨电解铜，全厂四五十名干部、工人，在刘计顺厂长带领下，用背驮把铜板卸下船来。没有厂房和熔化设备，就用油毛毡搭棚子，买来坩埚，砌炉子熔化铜，经过反复试验，炼出了合格的铜件。没有图纸，便派我随郭玉杰同志去上海，借到了近百套阀门图纸，但人家要一周内必须送还，我把分配在上海的同学找来帮忙，在大沪饭店连夜加班画，也无法完成。于是，急中生智，把借来的图纸送到西藏中路一个照相馆，拍照成2到4寸黑白相片，又买来30副放大镜，回厂后从农业大队调来10多名上过机械类专业的大学生劳改犯，戴上放大镜，照着照片上的图的尺寸，重新作出生产图纸来。没有加工设备，又从金工车间调来了几名有技术的劳改犯，和设计室的人一起研究设计出车、刨、铣等数十台加工设备。不久，成批的全铜阀门产品不断发往上海，生产出现了大好势头。

事情不是那么简单，许多难题接踵而来，最主要的是两站、场部甚至各农业大队的同志普遍认为农机修配厂不专心致志地为农机修配服务，却在大搞阀门生产，这是方向性的错误；两站干工家属来厂参加劳动，没有房子住，生活困难，意见很大；等等。因此，1965年上半年，吴定远场长带领机关的10位科室同志来厂调研。

一天，吴场长问我："小袁，现在大家有很多意见，这里好像有些乱，你有什么看法？"

在他一再启发和鼓励下，我大着胆子说："1963年我来时，这里发工资、买修理配件、材料等都是很难的，接受上海阀门生产后，连大庆油田都派人来厂要阀门，生产阀门没有动用一名农机修配和两站的干部、工人，现在每月从上海等地汇来几十万到上百万元，利润在50%左右，既支援了国家重点项目的建设，又有钱买配件、材料、燃油料了，真正是有力支援了农机具修配和机耕排灌工作。造成问题的原因，一是许多人特别是两站、农业大队的同志，不清楚这个情况。二是两站的干工家属参加清砂劳动，每月能收二三十元，原来只靠男人每月三四十元工资，每家大都有三四个孩子，一家四五口人，生活是困难的，现在生活改善了，大家是很欢迎的，但住房确实是个困难，认为修配厂的人有房住，不关心我们外面人，其实这个事已经开始在解决当中了，一排排简易房子正在建，其实要求不高，每户只要一间就可以了。三是分管拖拉机站、排灌站、修配厂和机务科的领导各想各的、各干各的，互相缺乏交流、沟通，互不谅解，工作上矛盾自然会很多，只要注意多沟通、多交流就可以了。这里的主要领导人是个很能干、很能吃苦、大胆负责的人，他白天黑夜忙生产，有些人找他谈事情，他一边走一边听人家说，他的个子大，人家跟不上，有时要小跑步向他说，他有时还不耐烦人家，这样久而久之，有意见的人自然会多起来。如果增加一位比较善于做政治思想工作的领导人，问题可能会逐步好起来的。我感到这里的矛盾和问题是发展中的问题、前进中的问题。"

过两天，吴场长从场部来修配厂时，对我说："小袁，我和万书记商量了，马上把八大队王清文教导员调来任书记,他在老同志中涵养比较好,文化程度也高一些,做政治工作比较适合……"

很快,我们就建起了一排排简易房子,让两站干工参加劳动的家属住,之后又逐步建起了大金工、新翻砂车间,并逐步配置了大立式车床等大中型设备,生产的规模迅速扩大,阀门发往全国各地,中国运载火箭、毛主席纪念堂、秦山核电站等重点工程,都采用了白湖阀门。两站、场部、各农业大队,再也没人说修配厂服务方向有问题了。事后,我听别人对我说:"吴场长对你评价很高,说你年轻,看问题很有见地……"

当然,这绝不是我一个人反映了真实情况提出了见解和建议起到的作用,肯定是吴场长他们吸纳了许多同志反映的情况和意见后,逐步在全场统一认识而起的作用。

白湖有近20万亩肥沃的土地,耕耙地、排灌水早已机械电气化了。1963年我到白湖时,已经使用DT4-413、热托、东方红—54等拖拉机及配套农机具,但插秧、除草、收割,特别是水田整地,还靠人工及老水牛种双季稻,劳动强度特别大。

如何使农业机械配套作业,提高机械化程度是一大难题。1980年搞机械化试点,叫我带几个人到东大圩12大队,在三四个中队并起来的试验点上,现场研究、设计、制作配套农机具。我们与点上的干部、相关操作人员等研制出水田抄——以代替人工驾牛拖耙整平水田;点播机——以代替人工插秧,并采用已在农机修造厂试制成功的稻麦两用收割机收割。

当时的中队办公室没有纱窗,没有电风扇,蚊子既多又大,身上到处被蚊虫咬得难受,在这样艰苦的环境中,我们最后终于制成了几个配套机具,先后两次召开全场性的现场演示大会。有一次,安徽省公安厅吴定远副厅长亲自到现场观看,与会的同志都认为效果很好,为全盘机械化找到了一个比较适合的方案。

白湖防汛排涝,几乎是年年都有的事,大圩里的雨水全靠机电排水站来完成,每年的冬修春汛排涝必须早计划、早安排、早完备。排涝常常是连续十天左右,甚至一个多月都在进行,必须日夜到现场巡查,解决问题。

有一次,我在东大圩当时的10大队排水站检查机械设备,一不小心掉下有9米深的闸板槽里去了,后背和肩膀多处被水泥箱板的毛刺啦刮破了,多处流出鲜血，幸亏当时掉下去时，刚好闸板积有很厚一层潮湿的污泥，脚落在上面时，起到一个缓冲的作用，否则定会造成肌体损伤，甚至会造成终身残废。当时在场的叶宝林同志迅速下去帮我爬出闸板槽，站里没有医药品，只有碘酒，就用棉纱浸上碘酒擦洗伤口，真是烧得疼痛难忍。

1990年到安徽省监狱局机关后，分管全省监狱的工农业生产，经常要去白湖，每次去，都有一种回家的感觉，听到白湖和白湖人有什么好消息，心里就特别的高兴。

在我的心里，美丽的白湖已让我牵念了50余年。

美丽的白湖，你就是我心中最美的家乡！

（作者系安徽省监狱管理局原副局长）

乡愁荡漾在金丰溪畔

王福星

年到五旬,思乡的情绪日渐浓烈,故乡旧时的风貌人物时常走进我的梦境,也在心底牵出一段段绵绵乡愁。

我的故乡在福建省龙岩市永定区下洋镇,这里是全省著名的侨乡,有着远近闻名的温泉和客家"牛系列"小吃,还有最令我难忘的故乡那条穿镇而过的金丰溪。

金丰溪是从永定金丰大山流出的一条小河,河流经永定的古竹、湖坑、崎岭、下洋多个乡镇,后汇入广东韩江,小河不大,河宽不足百米,清澈的河水汩汩而流、终年不息。

我的老家就在临河的小街上,小街的房屋开门见河,举目望水,从我降生到这个世界,我稚嫩的小生命就与小河朝夕相处,我的童年、少年都在金丰溪畔度过。

在孩提时代,金丰溪是我童年的乐园。那时我和庆佬、华牯、军头、桃姐等一群小伙伴时常光着脚丫,在河里捉鱼、摸虾、捡石螺,或者玩"过家家""好人坏人"等之类的游戏,邻家女孩桃姐总喜欢和我搭挡扮演一对"小夫妻",让小心眼的庆佬小嘴巴噘得老高。

记忆中的金丰溪水可真清呀,清得可以看见水底的鹅卵石和惬意流动的鱼儿。那时大人们常把溪里的水挑回家,用作生活用水甚至是饮用水。

最快乐的时光应该是夏天来临之际,下午或傍晚时分,我和小伙伴们总是只穿条小裤衩,甚至光腚冲到小溪里,迫不及待让那清冽冽、凉丝丝的溪水洗去难耐的暑热。我们在水里嬉戏、打闹,在水中扎猛子、翻跟斗、打水仗……

而最刺激的应该是军头、华牯几个胆大的家伙,他们看见有些年龄稍大的后生哥爬上石拱桥的桥墩,从上往下表演"高台跳水",淘气的他们也学着人家的样式，爬上桥墩，"扑通"一声跳进桥底的深潭，让我们这些胆小的伙伴们看得瞠目结舌。

一次，华牯因为没掌握好动作要领，跳进水潭时溅起巨大水花，上岸后看见他整个肚皮都被拍打得通红，但他为了显示自己的勇敢，却照样对我们傻笑，嘴里还说，"没事，不疼"。

最难忘的是金丰溪畔的夏夜，那是多么恬静、醉人的夜晚呀，满天的星星在深蓝色的天幕上闪烁，几只萤火虫从身边悠悠滑过，小河里吹来潮湿的风，是如此的清爽、润滑。那时候，辛苦劳作了一整天的大人们总会从家中搬出竹椅、藤椅，这里一群，那里一簇，兴致勃勃地闲聊、拉家常，而我们这些精力旺盛的小家伙则继续在人群中追逐打闹，让欢声笑语打破金丰溪夜晚的宁静。

例外的情况，是我的爷爷端坐在门口的藤椅上，一手轻摇蒲扇，一手捻着长胡子开始讲故事，我就会搬只小板凳安静地围坐在爷爷身边听故事。爷爷那又圆又光的脑袋里装的故事可真多呀，三国、聊斋、西游记、薛仁贵、岳飞、杨家将……他嘴里的故事是我最早的文化启蒙，在我细小心田里播下了文学的种子。

1988年，我从警校毕业后到监狱系统工作，一般只有逢年过节才能回乡探望父母，与金丰溪相见的机会变少了。

1996年8月，一场百年不遇的特大洪灾突袭下洋，美丽的小镇被冲得满目疮痍，老家的土木结构房屋也被冲毁坍塌。洪灾过后，父母举家迁至永定县城，身居异乡的我离金丰溪就越来越远了。但金丰溪却始终在我的记忆深处流淌，特别是人到中年，思恋故土的情怀日益迫切，金丰溪的影子便时常出现在我的睡梦中，让我魂牵梦萦、难以释怀。

因着这种缭绕的乡愁，偶尔我也会专门回到故乡下洋，去看看我生于斯长于斯的金丰溪。只可惜，不知什么时候起，由于工业废水、生活污水和牲畜粪便的随意排放，加之河道淤塞，缺乏整治，记忆中美丽的小河已经变得河床狭窄、水面萎缩、水流也不旺，水质大不如前，一些地方甚至面目全非。

那次，我独自一人在金丰溪畔流连，却很难寻找到她过去的模样。那天，我专门去探访儿时的玩伴，好不容易先后找到军头、华牯，但因久未谋面，我们之间已经很难找到共同的话题，而且他们大多忙于生计，也没太多时间与我长谈深聊。还有我那位会讲故事的爷爷已经长眠在青山将近30年了。而那位曾经与我两小无猜的桃姐，据说已经是快当奶奶的人了，天天忙碌得很，我也不便再去搅扰她了，就让童年那份美好记忆长留在心里吧。

但我的内心却难免感到一丝惆怅和伤感……

大约前年某个秋日，我偶遇一地方政府部门工作的同学，据他说，近年来永定区政府非常重视生态环境建设，已经启动小河流治理工程，专门对金丰溪河道进行清淤疏浚。同时结合美丽乡村建设，要在金丰溪两岸建起木栈道和亭台景观。

果然，近年当我偶回故乡，虽步履匆匆，却总能感受家乡的新变化，特别是空气更清新了、道路更整洁了、楼房也更气派了，金丰溪的水质也有了较大改观。

尽管金丰溪的环境整治工程与我们的愿望还有差距，但只要不懈努力，相信不久的将来，我又能重见过去那条波光粼粼、清澈见底、奔流不息的金丰溪了。

（作者系福建省闽西监狱民警）

故乡的毛竹林

朱 明

每个人都有自己的故乡与村庄，不同的人对故乡的定义不尽相同，或许是"采菊东篱下，悠然见南山"的自在与惬意；或许是"开轩面场圃，把酒话桑麻"的真切与灵动；或许是"露从今夜白，月是故乡明"的离愁与别绪，而我的故乡给我最深的印象是那片毛竹林……

我的老家地处四明山革命老区，崇山峻岭，修竹成片，大竹子粗壮挺拔如壮汉，小竹子轻盈细小若少女，微风过处，竹叶摩挲发出"沙沙沙"的声音，好似情人间的私语。竹林掩映下，用条石砌成的农房一幢挨着一幢，故乡的小山村静谧在一片翠绿中。

毛竹对于村民来说是一条赚钱的门路，因为毛竹的全身都是宝贝。在我们那，冬天挖冬笋，春天挖春笋，夏天挖横鞭笋、大铁锅煮笋干、晒笋干菜。砍下竹子，可以绑成竹扫帚、竹椅子、竹篮子拿去卖钱。不说大人，我从小就跟竹子打交道，父亲特地为我打造了一把小锄头，我的零花钱都是自己挖笋挖回来的……

毛竹的儿子竹笋是一道好菜，选一根黄泥白壳根正的"太子"笋，去壳洗净切片，单烧或者配咸肉，是春天里的一道美味时令菜。我最爱吃的是咸菜豆腐笋，烧法非常简单且物美价廉，买一块四方豆腐，平均划成几块，用雪里蕻咸菜配上竹笋煮在一起，咸菜能够中和笋的涩味，随着豆腐在锅中开始慢慢变老，咸与鲜、嫩与老、大与小，混合在一起，诠释大自然原汁原味的滋味，吃完令人口舌生津，回味无穷。每回吃完这道菜，我就会感叹一下，这大豆腐炖笋饱腹减肥，真是太好吃了！这个时候，母亲就骂我，胡说什么，太没有教养了。原来按照我们当地的习俗，吃大豆腐是丧事的说法，母亲比较忌讳。父亲倒是乐呵呵地替我辩解，小孩子知道什么，下次不说就是了。所有的这一切，都是往日美好的记忆。

只是毛竹与毛笋的价格并没能跟上经济腾飞的脚步。上初中的时候，毛竹卖三毛钱一斤，我家一年能卖五千块，现在20多年过去了，毛竹价格却跌到了一毛钱，或许是塑料制品替代了竹制品，或许是现在的竹制品人工费太高。竹林承载着农民绿色的希望，然而如今，山民放下了菜刀，去城市打工，竹林已经是一片无人照料的破败局面，山里年轻人已经外出县城里面定居，母亲把二亩毛竹山卖了五千块钱，还高兴的不得了，村里的篾匠师傅也失业了。

远离家乡的我，难得休息天回老家挖笋，传统技能不能丢。穿上胶鞋，扛起锄头，可惜通货太便宜，号称满山飞的我，挖一千斤也就200元！

有的时候，真想回家创业，创业词都写好了：本人身高八尺减去二寸，力能扛百斤，愿意承包大片毛竹，可以代挖笋，可以砍毛竹，可以慰问孤寡老人，可以为新农村建设奉献自己的力量，可以发展"竹筒酒"，竹林产业能够一直繁盛下去……但我总归是思想上的巨人、行动上的侏儒，真的要辞职，那是万万不敢的。

残雪压枝犹有橘，冻雷惊笋欲抽芽。

还是这片竹林，现在看到当地政府发展新农村建设，振兴乡村经济，修桥铺路，大力发展竹子产业，为山区扶贫开发，怎能不让人心潮澎湃！

（作者笔名飞奔的牛，系浙江省未成年犯管教所民警）

香肠带我回到梦寐的故乡

曹玉洁

农历冬至前后腌鱼、腌肉、灌香肠，是湖北人迎接过年的仪式感，有着"冬至前后，腌鱼腌肉"的习俗说法。

要想知道谁是大户人家，看看他们家阳台上晒的腊货就知道了。每到这个时候，街头灌香肠的门店排起了长队，阳台上、院子里，红彤彤的，挂满了香肠，像"门帘"，微风一吹，整条街飘着醉人的腊肠香，闻着都想过年。

作家池莉在《在武汉过年》一书中提到"在武汉，腊月的太阳腊月的风，就是金贵，就是好得没法说，就是熏香，晒什么香透什么，风干什么香透什么，武汉的腊月有很神奇的魔力，就是要你辜负不得它。"

腊货是农村屋檐下冬天特有的景色，老人家们常说，腊货一挂，年就近了。

腊月里温和而慷慨的阳光赋予了腊货特殊的风味，再加上每个地方的气候不同，风干的过程也就带上了家乡的味道，让腊货成为了外地游子共同的乡愁。外出打拼的人都会提前告知家里多做一些腊货，过完年以后带走，背上了属于家乡的味道和思念，到达各个陌生的城市。

打小跟着办年货，就总听长辈们说没灌香肠的年不完整。湖北农户家灌香肠，纯手工会比机器灌得更快，切肉、绞肉、调味、套肠衣、灌香肠，动作娴熟而麻利，灌完一圈又一圈。

每年冬天，妈妈都会割上30来斤半精半肥的猪肉，用刀将肉切成条，加适量的食盐、生姜、料酒，并调以五香粉等佐料，灌入洗净的猪小肠内，一边灌一边用牙签扎孔跑气，然后用筷子塞紧，扎紧两端，扎成一节一节的，放在太阳下晒。一般晾晒两三天左右，还会用牙签在上面扎孔，让水分散发出来。

刚灌出来的腊肠是粉嫩的肉色，经过长时间的风干和熏制后，肠里的鲜肉会缩水，肉色也会慢慢变成腊味特有的深红色。

家乡有些地方还会在制作过程中放入辣椒等调味品，腌6至8小时，把香肠安置在农村的火炕屋里，用干橘皮、树枝、松柏枝烟熏。熏过的香肠黑乎乎的，外观不那么抢眼，洗净煮熟切开的时候会发现熏过的香肠对比那些太阳晒干的香肠，特殊的香味是无法比拟的。而且熏过的香肠存放的时间更长，过完炎热六月都不会变味。熏制好的腊肠只要经过最简单的烹饪就能变成美味至极的家常菜，不管是炒菜薹、炒蒜苗、炒大蒜、炒青椒，还是直接蒸，都是很下饭的。

我家做香肠一般都是用太阳晒干的，口感也以咸味为主。自家做的香肠，总是有一种魔力，怎么吃都吃不腻。

香肠炒蒜苗是妈妈最爱做的家常菜，将香肠用开水烫一下，再和蒜苗一起切横刀，然后放油锅里爆炒，简单放点生抽和耗油提个鲜就能起锅了。炒出来的香肠带着蒜香味，一点不觉得油腻。如果锅里还剩了那么一点隔夜饭，炒上一碗香肠炒花饭也足够饱餐一顿。

灌香肠是一项很耗费时间和精力的事情，腊肠好不好吃，完全取决于肉的腌制。

灌香肠到我这辈基本上就失传了，主要还是爷爷奶奶外公外婆和爸爸妈妈他们那两辈人在做。不久前，发小给我发来了她向家里长辈请教做香肠的视频，如何挑肉、如何切肉、如何拌料、如何制作……完成后挂阳台自然风干。我笑她成手艺人了，她说没做之前觉得灌香肠很难，学会了之后发现很简单，也很有意思。

灌香肠的传承是年的味道、家的味道，想着以后每年自己可以动手灌香肠，就觉得特别自豪和开心。

香肠是最有人情味的美食，有岁月打磨的质感，有红尘烟火的气息，有肥瘦相间的富足，香肠是独属于冬天的舌尖记忆。香肠每到一处，都会根据当地的气候、风土、风俗演变为本土的传统，填塞料和口味表明了不同生活环境、不同家庭的差异，代表了家的习惯。

对很多离家的人来说，乡愁就是家乡的味道。年关将近，我越发想念家里的香肠。继秋天吃上家人寄过来的果冻橙和柑橘后，这个冬天我又吃到了家人寄过来的香肠，每一片都让我想起梦寐的故乡。

而且，吃上了香肠，我知道离过年也就不远啦！

（作者系江苏省女子强制隔离戒毒所民警）

青山有个"小上海"

徐霞客

坐落在安徽省巢湖市西南端与白湖监狱管理分局相邻的坝镇青山村，背靠龙王山、濒临兆河，依山傍水、风光旖旎。

上世纪七八十年代，中国人民解放军的一支野战部队曾屯戍在这里执行军垦任务，使这个偏远孤寂的小山村一下子热闹起来，繁华了近20年时间，甚至盛极一时，在坊间被称为"小上海"。

如今，这位慈祥的老人又似被忘却在岁月深处，任凭年轮更替，背后的故事早已鲜为人知。但她曾经在局势混乱、部队军垦、造纸生产等年代享誉周遭，宛如乱世佳人历经数代而荣辱不惊。

今天，漫步在巷道上看到的废弃老屋仍残存些许当年的风韵，只有知晓她们身世的老者才能真正读懂她们内心的荣光和酸楚。

我所在的单位——安徽省青山监狱的前身便是白湖造纸厂，当地人都直称它造纸厂。

谈论白湖造纸厂，必须提及原中国人民解放军南京军区陆军第12军（时称6408部队）第34师，代号南字127部队。这支驻守青山的英雄部队曾参加了1979年的对越自卫反击战。

在1969年春夏之交，第34师派出人员来到白湖农场、巢县青山，提前做好师部、所属团部营房的规划建设。同时，通过拖轮与大型驳船航运，将部队的军务用品、建设物资从江苏淮阴启运，出运河，溯长江，过裕溪河，渡巢湖，入兆河，从水路运输到巢县坝镇公社姥山湾。

短短的半年多时间里，三层的师部办公大楼拔地而起，师部直属单位的办公用房、生活用房以及一个执勤团官兵的营房迅速建成。时年10月，第34师奉命进驻巢县坝镇公社青山大队，部队官兵聚集到白湖农场东大圩参加军垦。师部直属单位和一个执勤团驻扎在青山，另外几个团分别驻守在白湖农场场部塘串河,以及东大圩。从此,从兆河边到龙王山东侧的近千亩山冈上,大片营房连绵排开,集结了近万名官兵,形成了一处军事要塞。

1971年初,运送军部直属工兵团的全体官兵及所有军事装备配送物资的运输车辆,也浩浩荡荡开到龙王山下驻扎。至此,这个与无为、庐江、巢湖三县接壤的偏僻乡村,迅速聚集了大量军事单位和近万名部队官兵。而在青山村从兆河边到龙王山东侧的近千亩山岗上,部队营房连绵排列,形成了一处处军事要塞。

一次下班之余,我沿着同事指引的道路,来到龙王山麓,探访曾经火热的军营驻地,重温那段激情燃烧的峥嵘岁月。可不料弹指一挥间,早已人去楼倒,寥落、萧瑟的场景刺痛了我脆弱的心灵,一阵阵悲苦情绪充斥全身,可谓"无言有泪,断肠争忍回顾"。但我仍想在仲春季节,再邀约三两知情者,再次造访这凄凉地,熟知她的传奇故事。

当年,为了迎接这支英雄部队的到来,根据上级指令,巢县、槐林区与所属坝镇公社三级迅速行动起来,把安置好驻防子弟兵、为部队官兵服务作为一项重要国防任务。青山、竹林、湖东、山王等四个大队按照规划和布局摆开了长达十华里之远的建设战场。建设工地上红旗飘舞、人山人海,数千名民众热火朝天地投入到紧张的基本建设战斗中。

那些年,那些事,今天我们每一次遐想那样的场面都能满腔热情、心潮澎湃。

当时,青山地区不通公路,于是,巢县交通局组织力量沿龙王山东侧修建了一条坝镇至青山、再连白湖农场东大圩的砂石公路,使驻军的车辆能顺利到达各营房处。并且巢湖地区汽车公司与南京市汽车公司商定,开通了青山至南京的客运班线,这是县城以外唯一省际长途客运专线。还在青山设立了汽车站,为驻军官兵、家属往来提供了极大的方便。

巢湖地区航运管理局也在青山的兆河边修建了航运码头,并设置了航管组,为驻军水路运送军用物资和建设材料提供航运服务。巢县粮食局在靠近兆河的山边建设了青山粮站,方便部队的军粮供应。槐林区供销社在青山大队建起了供销分社营业及仓储用房,负责为驻军提供生活用品。槐林食品站专设青山食品组,负责青山驻军所需生猪的供应与调运。

为适应大部队集中后的用电需求,在白湖农场架设从塘串河场部至青山的供电专线的同时，槐林供电所分别从槐林、沐集两处变电所架设了直通青山驻军营地的两条10千伏高压供电线路。此外，为驻军部队服务的粮站、供销分社、食品站、农行营业所、信用社、邮电所、交管所、公路站与卫生院等机构应有尽有。

1970年初，为解决驻军单位干部职工子女的上学需求，巢县革委会与驻军协商，在部队驻地兴建一所县管完全中学，名为"巢县青山五七中学"。这所学校建成后，不仅解决了部队家属子女的上学问题，也招收了附近农村学生、白湖农场附近工厂单位的职工子女，这也是地方与驻军共建的办学成果。今天，我们行走到青山职高门前，依稀能看见门前大理石上镌刻的"青山五七中学"字样，只是躲藏在岁月深处里的文字没有了往日的才情和神态。

尤为重要的是，1972年春，经巢湖地区批准，巢县革委会将沐集公社的龙王、涧泉两个大队，以及坝镇公社的青山、竹林、湖东、山王四个大队划出单独设立青山公社，方便为驻军所在地的政治、经济、文化与其他社会事务实行统一管理，也为青山驻军提供最有效和便捷的服务。

一天加班夜宿青山，拂晓时分被一阵噼里啪啦的鞭炮声吵醒，打听后方知一位"老就业"离世，后来几番探究后方知"老就业"这个称呼的特殊含义（当地特指留场就业的刑满释放人员）。

青山街上有一个集中居住众多"老就业"的地方，监狱系统统称"696"，位处师部大院东北方，距离造纸厂三公里之遥。1970年初，为驻军服务的原中国人民解放军南京军区第696野战医院，代号南字366部队，驻防于青山。此后，696野战医院经常抽调医务人员对槐林区六个公社的卫生院进行巡诊，还扩大医疗门诊，救治当地病人，解决了偏远山区群众就医困难。

696野战医院附近村庄的很多孩童经常去那里买2分钱一支的冰棒，一起偷看新兵训练，回去后和村子里的玩伴们一起操练、玩打仗。有时几个顽童在家门一起歌唱《在那桃花盛开的地方》，引得医院护士倚窗观望。更有少不更事者，大中午不睡觉，跑到军营里吹哨子……

1982年秋季，696野战医院被改编为武警安徽省总队医院，整体搬迁到现在合肥市亳州路新址，升格为安徽省一家三甲医院，医院营房移交给白湖农场，成为刑满释放就业人员退休后的集中安置点，又称为"青山休养所"。

一次到合肥市体检，医院里一位年近古稀的老者听说我是青山监狱民警，主动和我攀谈，他问我答、他说我听……本该几分钟的体检项目竟持续了近20分钟，我似乎从老者深情的话语和脉脉的眼神中读懂了他内心深处对青春岁月的炽热追忆。

现在"696"里面的"老就业"随着年龄的增加，每年都有人离世，这个特殊群体的人数在逐年减少，"老就业"这个名词也终将被滚滚历史所淹没。

1970年9月，驻地部队在此地筹建造纸厂，1971年3月投产，当时造纸为一条1575稻草制浆生产线，主要生产机制纸产品。这片火热的军营、闹腾的驻地、繁忙的造纸生产……白天军歌嘹亮、机器轰鸣，夜晚灯火辉煌、欢声笑语，让这个偏僻的小山村一下子热闹起来，如同一个失宠多年的弃妃突然得宠，先后繁华近20年时间，直到1987年元旦，留守青山的最后一支部队挥泪告别驻地的父老乡亲，驱车奔赴新的营地。

军人已去，营房仍在。他们，不曾远逝，亦不曾老去。他们，在记忆里鲜活，在文字里茁壮。

一次傍晚时分，与一名新民警同行登访"老八栋"，"老八栋"顾名思义就是八栋房屋，这里曾是部队营房。走进大门，环绕一周，里面居住了几户人家，院内散乱堆放着一堆堆杂物，几间房屋有气无力地硬撑在那里，早已没有了当年的威风，偶尔走出的三两老人似乎诉说着那里尚残存的丝毫生机。

从青山最繁荣的三岔路口向西南方向步行50米便能到达师部大院，高大的门楼、宽敞的广场、略显破旧的三层楼房……依稀能够看到当年的威严和气派，仿佛一位年老的贵妇人虽饱经沧桑但风韵犹存。

走进楼道，在昏黄灯光的照射下，从编有数字的宿舍门牌号、办公室标识牌中依旧可以猜测到这里房屋的用途。青山驻军撤离后，师部办公大楼变成了造纸厂的青工楼，很多民警职工在青工楼和后面的平房居住、成家，那里俨然是他们曾经的幸福港湾。

沿路询问了几位乡邻，他们提及每年都有很多退役军人结伴而来，走走看看这里的房屋、草木，搜寻年轻时的记忆。谁人都对芳华年岁奋斗过的地方刻骨铭心。稍微推算一下，这些当年风华正茂的战士今天至少已近七十岁，这样的年纪最容易怀旧。

一晚值班，听同班的工人师傅说道拍摄师部大院旧址的纪录片曾在中央电视台播放过,足见她的深远影响力。我只是比较惊奇,直到今天,还没有单位或个人倡议对这些旧址进行修复。

愿时光能缓,愿故人不散。

岁月本来就是一场用来告别的旅程,未曾经历离别的青春,无法体会到时光的残忍……

人也只有在孤寂的时候才会任凭思绪泛滥,将那些泛黄的往事读了又读,唯恐遗漏了人生精华。

(作者系安徽省青山监狱民警)

白湖医院的前世今生

张 保

我是 1994 年来安徽省白湖监狱管理分局白湖医院工作的。

回首往事,岁月过得太快,转眼年过五十,让我不知所措,只好望着那过去的曾经发呆,努力回忆着以前的日子,于是,总有一股冲动想写一写白湖医院的前世今生,在走访了很多长者和知情人,在翻阅了可以找到的所有资料后,写下此文。

◆ 白湖医院前世

1953 年春,白湖农场还在筹备中,在兆河工程指挥部所在地沐集(估计应该是现在的巢湖市沐集镇)设立门诊所,当时仅有医护人员 5 人,这是白湖医院最早的雏形。随着 1953 年 12 月 5 日白湖农场的正式成立,在 1954 年 12 月正式成立"白湖农场卫生队",到 1956 年 4 月,白湖农场卫生队易名为"白湖农场卫生院",时有医护人员 19 人,同时成立卫生防疫委员会,各大队也成立医疗门诊室。

1961 年,白湖农场卫生院正式改名为"白湖农场医院",时有医护人员 22 人,此时医院对内科常见病和外科常规手术均能诊治。翻阅多个资料显示,1961 年当年门诊量 7220 人次,住院治疗 6220 人次。这一数据,说明了 22 个医护人员工作量的确太大,为我的前辈们点赞。

1971 年 4 月,医院正式设专门区域为罪犯住院治疗,即罪犯住院部,我们习惯称为白湖医院二病区(具体到"白湖农场医院"什么时候改名为"白湖医院",已无从考证)。

◆ 数次搬迁

白湖医院的前身最早是建在兆河工程指挥部所在地沐集,沐集和马头咀相距不远，医院有没有从沐集搬到过马头咀，终因时间太长，已无从考证。现在老人口述中，场部的医院是从马头咀搬迁过来的，那么有两个可能：一是医院曾经从沐集搬到马头咀；二是马头咀和沐集近，人们就用马头咀这个白湖边上的地名代替了沐集，而医院并没有从沐集搬到过马头咀。

1967年1月，医院由马头咀搬迁到场部附近，原征用的土地60亩、房屋210间于当年4月移交给巢县办"五七"干校。1971年4月，为了适应形势的发展，白湖医院在现在的梅山监区的地址上建了罪犯住院部，供罪犯住院治疗，这就是最早的白湖医院二病区。二病区建成以后，和白湖医院有一河相隔，来往并不方便，为了方便管理，二病区医疗属于白湖医院领导，但行政上属于老残大队领导。

1993年，可能是考虑到白湖医院的一病区和二病区中间相隔着外圩河，来往不方便，管理上存在困难，二病区搬迁到圩外的原冷冻厂的办公楼，至此，白湖医院的门诊、一病区、二病区、宿舍楼连在了一起。二病区也完全划归医院管理。

随着监狱事业的发展，要求所有的关押罪犯的监区必须要在圩区内。二病区明显不符合要求，正好原看守所改建的女监整体搬回合肥，白湖监狱决定把二病区搬迁到原女监关押点。2015年1月20日，二病区从老医院所在地搬迁到原女监关押点，仅病人转移、病床及医用电脑、各种重要仪器的搬迁就用了一天的时间，后续的各种必需品转移又持续了几天。搬迁当天还下着雪，所有医护人员和管教人员都按预案圆满完成各自的任务。这次搬迁也为医院后来向新医院搬迁积累了经验。随后，在2019年11月16日又搬迁到现在的新医院。

◆ 医护人员来源

早期的白湖医院医护人员主要来源于部队转业的医务人员。

1961年正式更名为医院后，医护人员主要来源有四：一是部队转业的医务人员；二是各医学院校毕业生；三是部分刑满留场就业人员；四是本场干工子女培训上岗。

1998年11月26日，白湖监狱正式推行公务员制度，从那以后，医院完全走上正规，医护人员基本上都是各医学院校毕业生经公务员考试后招录。

◆ **曾经的辉煌**

1961年,白湖农场卫生院正式更名为白湖农场医院,从此医院一步步走向辉煌。

当时物质贫乏,药品紧缺,白湖医院坚持"三土(土医、土方、土法)四自(自采、自种、自养、自制中草药)"方针,医院不仅自种草药,并且还有专业挖药队伍挖野生中草药。在此基础上,自制中草药剂60多个品种,有很多制剂疗效较好。

1972年6月,在场部礼堂举办了中草药制展览。1973年后,经临床应用,能肯定疗效、经过药检合格的,筛选保留50余种制剂,一直延用至1984年。这期间劳教人员林泽徐利用煤油灯开展生化检验,服刑人员中医李道辅针灸治病,劳教人员钱洪连成功利用山芋自制口服葡萄糖,服刑人员叶元祥等人用报废切草机改制成切药片机,等等,充分发挥了劳改劳教人员的技术专长,为医院发展作出贡献。

20世纪70年代,是白湖医院中医中药发展的鼎盛时期。白湖医院老一辈专家们甚至自编教材,亲自授课,仅仅是为了中医的传承。学生主要是有一定基础的干工子女,当然还有犯医的培训。

20世纪60年代开始到70年代,由于当时的历史环境,一大批省市级医疗专家因为各种原因来到白湖医院,让白湖医院的医疗水平直接上了一个台阶。在这些专家的带动下,医疗水平超越了周边县市级医疗水平,加之当时交通不便,周边群众大多首选白湖医院就医,白湖医院也成为当时周边屈指可数的好医院。

1979年2月以后,白湖医院的这些外来专家因为落实政策,陆续返回原籍或原单位工作,到1987年,张元正最后一个离开白湖医院的工作岗位。到这时,白湖医院基本没有了这些外来的专家教授。

1996年7月26日,白湖医院与安徽省巢湖卫生学校签约,白湖医院正式成为巢湖卫校首家监狱教学医院。当年,白湖医院迎来巢湖卫校首批实习生,这也应该是白湖医院的荣耀。

◆ 白湖医院的今天

现在的白湖医院是新医院,是在 2019 年 11 月 16 日从老二病区(原女监)搬来的,随后,2020 年职工医院由老医院迁入。新医院在围墙内有两栋五层大楼和三栋稍小点的大楼,拥有核定床位 499 张。有精神科、感染科、综合病区等,有 ICU、大型手术室、检验科、放射科等。在围墙外,还有办公楼和职工医院。

刚搬入新医院,我们就迎来了一个巨大的挑战。2020 年 1 月 27 日,司法部通知,为应对新冠肺炎疫情,所有监狱封闭执勤,这一封闭执勤就一直到现在。但我们在封闭区住宿环境要比其他单位好些,这主要得益于新医院环境好和房间多,真的应该感谢领导让我们及时搬家。我经常和同事们聊天,说如果没有搬入新医院,我们封闭执勤的困难是无法想象的,可能就是几十人住在那一间大会议室,生活、休息根本无法保证。

现在的新医院在硬件和环境上都有了质的飞跃,但也存在着诸多困难,比如有证医务人员紧缺、部分科室医生年龄结构不合理、手术室尚未投入使用、感染科有住院病人却没有正规护士,等等。

所幸的是,医院的领导班子已经意识到这些问题,并正在着力解决中。我深信在白湖局的领导下,医院的二次腾飞指日可待。

其实,白湖医院的发展史就是新中国发展史的一个缩影。现在的中国正在为中华民族的伟大复兴而努力奋斗,白湖医院也必将实现自己的第二次辉煌。

(作者系安徽省白湖监狱管理分局民警)

路的变迁

余 丰

我的家乡在湖北荆门较偏远的农村,那里阡陌纵横,梯田成行。

离开家乡30年,每年回乡探亲,目睹家乡的变化,其中路的变迁使我感慨万千。

记得小时候上学,一遇到下雨天,通往村小学的路就泥泞不堪,根本无法穿鞋行走。因为买不起胶鞋,只得打赤脚,常常一不小心就会摔上一跤,全身都是泥,还不敢回去换,怕挨打。所以一到天气不好时,我们姐妹几个,总会结伴而行,互相搀扶,小心翼翼,生怕摔跤。那时候,脚被藏在泥巴里的碎瓦片划破口子,那是常有的事,所以对下雨总是心有余悸。

20世纪80年代初,我到镇上读中学,离家有20多里路。一周放一次假,这时我们常走的是石渣路,比过去的土路强多了,下雨天不用打赤脚了。有时候运气好的话,碰上熟人,爬上一辆拖拉机捎带一程。但石头大小不一,固定性能差,如果拖拉机碰上一块大石头,就容易翻车,危险得很。

80年代末,我走出了农村,参加了工作,家乡陆续有了许多小洋楼,人们生活越来越好,石头路变成了煤渣路,乡里也有了一些小面包车跑来跑去。煤渣路平坦多了,但时间长了,车子长期碾压,坑坑洼洼,极不平坦,人坐在里面颠簸得厉害,容易晕车。我结婚那天,老公找了一辆的士去接我,结果在半路上司机说什么也不走了,说路太难走了,硬是把老公、姑姐他们丢在了半路上。后来只好请了一辆土麻木(就是人力三轮车),将我接到婆家,气得母亲几天没睡好觉。

到了21世纪初,"村村通"工程在家乡如火如荼地开展起来,煤渣路陆续被柏油路代替,黑黝黝的沥青路面,给人深沉稳重的感觉,路面平整干净、透水性强、经久耐用,人走在上面心里踏实,汽车在上面行驶感到舒适有弹性。道路的改善,大大调动了农民自主创业的积极性,私营小客车渐渐多起来，每隔 20 分钟发一趟车，大大方便了农民的出行，地里的农产品源源不断地走出山坳，成为城市人饭桌上的美味佳肴，农村经济迅猛发展，家乡的小洋房鳞次栉比，农民脸上挂满幸福的笑颜。

2012 年，外甥结婚，我回去贺喜，刚走到村头，老远就听见挖土机"嗡嗡"的声音，青石在搅拌机里不停地翻滚，老乡们在烈日下挥汗如雨地修路，父亲兴奋地对我说："我们这儿要修水泥路了，以后回来你一步路不用走了，车子直接开到家门口。"

酒桌上，与乡亲们闲聊中，他们深切体会到农村翻天覆地的变化，从心底里感谢中国共产党的正确领导，"村村通"公路作为新农村建设的一项重要内容，让广大农民兄弟从中得到了实惠，让他们成功脱贫摘帽、发家致富。

如今家乡的道路变宽变通畅了，加上国家政策好，许多在城市打工的农民陆续回到家乡，采用现代化机械种地，为建设美丽家乡、实现小康生活不懈奋斗着。

（作者系湖北省广华监狱民警）

矿工子弟

董留洋

我是来自皖北煤城、绿金淮北的一位平凡又普通的矿工子弟。

在外漂泊多年,突然很怀念从前,怀念小时候的灯光球场、早点小吃铺的水煎包、矿外食堂的油酥饼和大麻花、大澡堂里的氤氲缱绻、菜市场中叽叽喳喳的小商贩……都是回不去的美好时光。

身为矿工子弟,从小看着父辈们背着沉重的工具,满脸煤灰,早出晚归。为了生活,年复一年、日复一日地深入到地下几百米处挖煤,一天高强度劳作十几、二十几个小时,用他们那并不宽广的肩膀扛起整个家。

小时候觉得煤矿真大,那就是我小小少年的全部天地。矿里职工食堂有四五家,包子、葱油饼、油茶、刀削面……隔壁的小孩都馋哭了。矿工俱乐部前有卖凉粉、凉皮等各色小吃,还有被矿工们叫作"冰淇淋"的(就是装着汽水的大塑料桶,用压力使汽水在桶里反复循环,有红艳艳的,有绿莹莹的,五光十色,好生向往)。

父母亲带我出门玩,出门前问我:"喝不喝汽水?"

我傲娇地说:"坚决不喝"。

但一到了"冰淇淋"摊前,我便按耐不住地喊:"渴啊!渴啊!渴死了!"

父亲说:"渴了到旁边给你舀一碗面汤。"

我说:"不喝面汤!"

父母这时就笑了,温柔地抚摸着我的头,给我买上一大杯"冰淇淋"。

矿上的澡堂里面装着拨号电话、摆放着蓝色的盆景,茶几上有咖啡机、彩色电视机,还有专门的更衣室,在那个物资匮乏的年代,这是很高档的享受了。看管澡堂的师傅是父亲的朋友,小时候父亲偶尔会带我来洗澡,临走前给看管澡堂的师傅道声谢、递根烟。

池子水深,我只敢站在池子边缘的一圈台阶上,一不小心,就会跌入大池子里。父亲会把我拉起来，让我单腿跳，把耳朵里的水跳出来，然后他摁住我，给我打洗头膏洗头，给我搓背。玩水是高兴的，搓背是痛苦的。和父亲在一起的感觉，有高兴有痛苦，就如人生一般，会跌倒、会爬起，高兴的时候很开心，痛苦的时刻你反抗也没有用。

厂外后山、子弟学校、灯光球场、雾气澡堂……这些都是我24岁以前生活过的地方，承载了无数美好的回忆。

随着国家产业升级、煤矿闭井，年轻人大多搬往市里，老房子也卖了，儿时的玩伴、球友也各奔东西，心中淡淡的伤感。

青春最大的痛处在于再也回不去了，人间有多少芳华，就有多少遗憾，一个人在经历了许多事情之后就会发现青春是一个人拥有过的最好的东西。

煤矿闭井那天，好多人都哭得稀里哗啦的。眼前模糊的画面让我想起初中、高中还有大学毕业的散伙饭，我明明觉得那样的学习生活无趣又累得要死，盼着它快点结束。可当它真的要结束的时候，又非常不舍，这里埋葬着我的整个青春啊！

回不去的是故乡，到不了的是远方，厂矿子弟的家国情怀，仿佛是没有故乡的几代人，始终飘零在他乡里。

我们的父辈不少都是像《平凡的世界》中孙少平那样，从农村来到煤矿逆流而上、努力奋斗。煤矿，对于他们更多的是生存，而对于我们才是满怀深情的生活，承载了太多我们这一代人童年时的无邪、少年时的顽劣、青年时的奋发图强、又感伤成年时厂矿子弟的萧条与衰败……这就是改革开放历史大背景下厂矿兴衰的浓厚缩影，感同身受。

如今矿工子弟走出矿山，在各行各业继续发挥着自己的力量。有的成了商界老板，有的当上了公务员，还有的在海外继续深造，更多则是安安稳稳地经营自己的小家庭。

无论走到哪里，煤矿人大都带着父母辈的草莽烙印，讲义气、有个性、关心朋友，爱憎分明。互不认识的煤矿人在外地相见都有一种他乡遇故知的感觉。

愿时光可忆，未来可期，矿工子弟们在新时代为更好地实现"中国梦"而努力奋斗。

（作者系安徽省白湖监狱管理分局民警）

念家

胡德才

一滴水落入湖中，是加入，还是被并吞？

是加入的喜悦，还是被吞的恐惧？

立于湖边，涟漪拍打着脚尖，很柔和，没有伤害，应该是加入的喜悦。对着满满的湖水，蓝白的湖面似乎在施术催眠，使自己放空，变小，再变小，成了一滴水，加入了湖中。

湖的对岸，太远了，一片朦胧。风景伸展成一幅壁画，却比壁画更加壮丽、灵动。家乡的母亲湖——白马湖，她哺育了一方人。

恋湖，更念家！

从白马湖到石臼湖共有九十九道弯。传说附近村庄的一女人生下一条小白龙，因怕村上人看见，就偷偷地把他放进村口的水塘里。一次，到水塘边喂奶时，被别人发现了，母亲就让小白龙远离此地，到大湖里去。哪个孩子愿意离开母亲呢？为了让他更好地生活，不在闲言碎语中度过此生，母亲挥泪斩断了龙尾。小白龙朝着石臼湖游去，心中的不舍让他不断停留、回望。九十九道"望娘弯"中被龙血染红的岩石至今还静静地躺在那里。小白龙游出的这条河，流淌着白马湖的水，养育着河两岸的百姓，我老家就在这河边。

母亲的故事还在延续。

母亲是个地地道道的农民，一生养育了五个子女，安静的一生是对母亲最好的诠释。

"我下次回家，带六袋大米。"我说。

"带两袋，最多带三袋就行了。"母亲说。

"我还准备带十袋呢。"

"十袋米，我和你爸吃到哪天啊，你不想回来啦！"

突然意识到，母亲的心思不在大米上。种了一辈子田，现在都八十多岁了，不种粮食了，母亲安排我负责家中吃的米。其实，超市就在楼下，买什么都很方便，还能送货上门。怕耽误儿女工作，不能总让儿女回家来，送米只是想见儿女的一个借口。米袋子快见底了，又可以看到儿子了；米袋子快见底了，父母更健康了。加油吃，两头都挂念。

"妈，下次回来，我只带两袋米。"

母亲去厨房了，转身的那一刻，面带喜色。

放暑假了，带着女儿回老家看看。每次放假，回老家看望爷爷、奶奶是女儿的头等大事。女儿是母亲一手带大的，一直到上小学才离开，和奶奶特别亲。

敲门，没人应。再敲，还是没人应。是不是到菜园摘新鲜的蔬菜去了。下楼去找，在转弯口，看到母亲拎着一盒蛋糕，满面笑容。我和女儿都很开心，巧了，碰到有人过生日，有蛋糕吃了。

"乖乖，回来啦！"

"奶奶，谁过生日啊。"

"你啊，今天是你的农历生日。"

女儿问我，怎么还有农历生日。我说，我们这代人的父辈大多数都种田，只知道二十四节气，只知道农历。自己都不过生日，给儿女过生日都是他们所熟知的农历。我都不知道女儿是农历哪天出生的。

我和女儿眼里都噙了些泪水。第一次过农历生日，毫不知情，激动、感恩、新鲜、念家，复杂的心情让女儿不能自已。打开盒盖，一个木偶女孩穿着粉色的裙子，单脚踮在湛蓝的海洋上，显得那么宁静。女儿愣神了，我知道她入心了。我也非常喜欢这诗意的蛋糕。母亲是怎么知道女儿的喜欢。我没有问，也不想问，留一些心灵相通吧！

那天中午，母亲和女儿在房间里谈心，谈了好久。

每次回家，都有一项重大活动，去菜园。这是父母最开心的时刻，可以讲述他们的故事了。父母年纪大了，儿女都不让他们种地了，但母亲说菜园子是和儿女之间的念想，有了念想就念家了。

整整齐齐的八垄地，周围种了樱桃树、小青梨树、石榴树，还有一些蓝莓、黑莓之类。既考虑整体美观，又有些当地的特色。母亲说，果树不能太高，挡了阳光会影响蔬菜的生长。豇豆架子、黄瓜架子、西红柿架子，上面剪的一齐，侧面也剪的一齐；畦修得笔直；土培得很细，绿油油的蔬菜种了一茬又一茬。

父亲会跟我说，镇上像他这岁数能种地的人没几个了，翻地培土都是他，显得很自豪。

母亲会跟我说，这是谁喜欢吃的芋头，这是谁喜欢吃的南瓜头，这是谁喜欢吃的菊叶……精心种植的每样蔬菜都带着念想，长出的蔬菜也还回了念想。

"妈，这是什么菜？"我指着菜园边上乱石堆旁的一排青苗问。

"是地豇豆，再过一个多月才能吃到。"

"怎么长在乱石堆里？"

"豆类喜好边角地，结出的豆肥嫩、饱满。菜园子里都有安排了，只能在这乱石里翻出土来，那天翻的时候还把手弄破了。"

想着八十多岁的老母亲那微胖的身体吃力地搬弄着石块，就是手上有了血口子，还在坚持着。母亲是用念想在坚持，我的心里似打翻了五味瓶，对父母的念想、对家的念想，只能在意念之中，而无法用言语表达。

念想就如一滴水，带着喜悦加入湖中，顺河流淌，浸入到小菜园，与母亲为伴，这时的我无比的幸福。一花一世界，一叶一菩提。小菜园的世界因念想而给万物并育增添了灵光！

儿女有时不能及时回家拿菜，母亲就想着法子储存。长豇豆用开水烫一下，晒干，烧肉时放一些；高梗白菜的茎切成丝，晒成半干，父亲的手制总是口感最佳，老家称之为"香菜"；山芋去皮蒸熟切成片晒干，熬稀饭时可以放些；每年冬天的泡菜是一定要回家拿的。好像怎么也说不完，菜园在脚下，但念想是那么深远……

地豇豆、笨黄瓜、香韭菜、小蒜蒜……城里的菜市场是不常见的。偶尔看到，会想起父母的菜园。

打个电话回家。

"忙的话，近期不要回来了，家里的米还有。"

"妈，我想吃地豇豆了！"

（作者系江苏省龙潭监狱民警）

大雪节气话腌菜

魏竹兰

一年的大雪时节已到,是收获萝卜的好季节。勤劳的人会在工作之余利用附近农民荒种的田地种上各种蔬菜,一年四季的蔬菜基本都是纯天然的绿色蔬菜,茄子、青菜、萝卜……有时散步时,看到路边的菜和整齐、笔直的田垄,不禁会夸一句:比农民的田还漂亮,这些娇艳欲滴的新鲜蔬菜还真是喜人!

一天傍晚,去附近的超市闲逛,聊起腌菜,正好有人送去了腌制好的萝卜片,让我们几个闲逛的人试尝,都觉得好吃。一起的侍姐把人家送的萝卜片全送给了我,第二天,侍姐又给我新鲜白萝卜,大致讲了一下步骤,让我尝试着腌萝卜:萝卜洗净、切片、用盐腌半小时左右,再用冷开水泡一会儿,最后用生姜、青(红)辣椒、糖,再来几粒红红的枸杞,白醋浸泡就行了。

一周后,带到食堂吃早餐,邀同事们品尝,都夸好吃,脆脆的!爽口!

没想到第一次学腌萝卜片竟然成功了,还尝到一点点成功的甜头。同事让我把步骤记录下来分享到群里,我有点不好意思地笑着说:我自己还是个初学徒弟呢!

的确,这个节气是腌菜的时候,我们高淳的特产缸腌菜、东坝萝卜干、灌香肠就是这时候开始腌制的。街上常听到叫卖"东坝萝卜干喽!酒酿元宵嘞!"不由想起年幼时老家洗菜、腌菜的场景。

我们高淳是鱼米之乡,小时候听大人说,家门前的河水是活水,通长江的。那时的我没见过长江,就觉得通长江是很了不起的事情,在学校里跟山乡的同学们说起,她们都会对我有种羡慕的眼光,我当然就有显摆的感觉,就说高淳女孩漂亮,是因为水质好。高中毕业后第一次进省城,第一次踏上南京长江大桥,真实地感受到南京长江大桥的宏伟,见到浩瀚的长江,滚滚江水向东流,是如此壮观!想起小时候的自豪感是真实的,一点也不虚荣。

20世纪80年代的农村没有自来水，淘米、洗菜就在家门口的水堤上（用几块石头搭起的）或者船上，每家至少有一条船。我家有两条船，一条小木船、一条大水泥船。父母去田里干活必须划船去，最远的田地有七八里路远，田里收获的庄稼也只能用船装载回来。我家的大水泥船在当时起着很大作用，经常被左邻右舍借用，从田地里装运稻谷、小麦、油菜等回来。

洗衣服用棒子捶洗，在通长江的大河里再漂洗，感觉更清爽干净，我家的水泥船就经常被人家用以洗衣服，那个时候，每天的傍晚时分，我家的大水泥船是农家妇女们淘米、洗菜、洗衣服、聊天的一个聚集点，聊着各家的小孩这样那样的趣事。

父亲最心疼他的水泥船，我还笑话过父亲太小气，当然，他只在家里跟母亲嘀咕几声，从不好意思跟洗衣服的女人们计较。那时，干完农活回家的妇女还得淘米、洗菜、洗衣服，有时天黑了，父亲会大方地把门口的电灯拉亮，照着到家门口洗东西的大人们，父亲说，天黑了上（下）船，看不清，容易摔跤的，可见父亲是很善良的。

那个时候，田里干活回来的男人们一般都会点起烟，聊着自家的收成或说着山海经般的话题，等饭烧好，听到"吃饭咯"的吆喝声，便各回各家吃饭了。

那时，每家都会踩腌一大缸腌菜。在我们家，这件事情是由父亲来做的：父亲洗干净脚，站进大缸里，母亲在一旁把长梗青菜递给父亲，在大缸里铺几层菜，父亲抓一把大粗盐撒上，在缸里踩着菜转上几圈，直到把母亲洗好的长梗菜全部铺完，再踩实后用一块洗干净的青石头压在菜缸里。

那时，腌菜腌好后，是用大锅烧饭时炖着吃的，不像现在是用肉丝炒腌菜。母亲切腌菜的时候，时常会挑一根缸腌菜芯给当时没有零食解馋又特别容易饿的我们吃，我一般是边嚼着酸酸的、金黄剔透的腌菜梗边给母亲烧灶。缸腌菜一般吃到开春，天气热了腌菜会变成烂腌菜。腌菜水也不浪费，腌菜水炖豆腐，如今饭店为其取名——千里香：大火炖好后，放一点红彤彤的辣椒酱在一侧，真是下饭的好菜。

大雪节气，在晴朗的冬日暖阳下，我家的水泥船就是准备腌菜的一个场地，左邻右舍便把各家稍微晾晒一下的长梗青菜搬到我家水泥船上洗。我家船上又成了一个聚会点：船的一侧堆放着要洗的青菜，另一侧三五个女人在洗菜。她们几个人和几堆青菜把船压得感觉河水都快进到船里了,但她们一点也不紧张。她们不慌不忙脱掉各自的花棉袄放在船的一角,撸起自己手工编织的五颜六色的毛衣袖子。很遗憾,那时没有智能手机,如果当时能够拍下一张她们劳动的情景,那一定是可以珍藏的风景照。

那个年代,农村还没用手套来洗东西,看着她们通红的双手在河里洗菜,让人感觉浑身都在发冷,可她们却说:发火烧辣着(高淳话),一点也不冷!她们确实一点也不在乎冷,她们边洗菜边开心地聊着各种话题,时而发出哈哈哈的笑声,是聊到收成好的笑声,是聊到小孩顽皮可爱、优秀的笑声……小孩子们则在家门口无忧无虑地玩着自己喜欢的土游戏。

如今,生活条件好了,也开始讲究养生了,腌菜由原来的大缸换成小坛了;家里的大水泥船闲置了多年,不再装运粮食了,也不用来洗东西了。田地租给了螃蟹养殖户,洗衣服的也换成了一条宽宽的水泥船板,没有船仓,比水泥船更方便洗涮东西。听母亲说,这是村上统一提供给村民的,因为正好在我家门口,弟媳还特意买了一把超大遮阳伞,固定在船板上,用来洗衣服时遮阳或挡雨。虽然每家都有洗衣机,她们还是喜欢到我家门口的船板上洗,顺便聊聊家常。

有时回老家跟父母聊起这些话题,还笑话父亲当年的"小气"。父亲憨笑着说,哪晓得现在国家政策这么好啦!从小事为村民着想,为村民造福!让村民享福!

(作者系江苏省高淳监狱民警)

冬至时节话冬至

罗文亮

冬至，是我国最早确立的节气，也是二十四节气中最后一个节气。

冬至有白天短、夜晚长的特点。也是数九的第一天，数九意味着冬天最寒冷的时节来了。

以前读《杜甫诗集》，里面有一首诗名叫《小至》，当时感觉这首诗有负诗圣盛名，今日再读，却越发感觉诗圣之名实至名归，感悟颇多！

诗曰："天时人事日相催，冬至阳生春又来。刺绣五纹添弱线，吹葭六琯动浮灰。岸容待腊将舒柳，山意冲寒欲放梅。云物不殊乡国异，教儿且覆掌中杯。"一方面，冬天终会远去，春天即将来临的意味深在其中；另一方面也说明，古人对冬至这个节气的重视，要不然，家境贫寒的杜甫也不会酌酒一杯表示庆祝。

我的家乡有"冬至大如年"的说法，在南方，冬至人们是吃汤圆或者过桥米线，但在北方，冬至这天要吃饺子。

2016年的冬至，有幸能在家里过，母亲说冬至了，按北方的风俗要吃饺子，今晚就吃饺子，顺便给你们上一堂实践课。

别以为包饺子只是将肉裹进皮儿里，这里面的学问可大着呢！每个人包出的饺子姿态各有千秋。

老妹自身就活泼可爱，看母亲示范了几个，只见她携手端起一张饺子皮，另一只手随即拿起勺子，舀了一点儿肉馅，手一横，肉入了皮儿，手指如款款蜻蜓，轻巧地沾水、涂抹，反手一扌合，再一合，一只只精致的饺子犹如打了胜仗的军队，整整齐齐，在菜板上排列有序，像是在等着人民的检阅。

反观我，别看平日里机灵得很，包饺子可把我难坏了。我抄起一张饺子皮，是稳稳地托在手里了，另一只手执勺子，想舀些馅儿放到皮上，手一斜结果皮掉了。勉强包了几个，不是皮包不住馅，就是馅太少净剩皮了。都不好意思往菜板上放，只能搁在一边，犹如打了败仗的虾兵蟹将，歪歪扭扭，不成饺子样。

那一年的冬至有家人的陪伴，直到今天，一想起来就感到温暖如初。

如今，远离了家乡和亲人，但一路走来，幸好有母亲的言传身教，巧用节日节气，教育我们，引领我们，让我们走上热爱祖国、捍卫祖国、建设祖国的道路。

随着时代的发展，冬至曾一度成为地理书上的一个名词，日历里的一个节气，有段时期年轻人也更喜欢过西方的圣诞节、平安夜之类的节日。近几年，随着国家的强盛，民族的复兴，过中国节，说中国话，已慢慢深入人心。每逢节气、节日，各大媒体也会大力渲染，朋友圈也渐渐被中国节气和节日刷屏，文化自信的笑容也渐渐洋溢在国人的脸上。

中国文化博大精深，中国节日内涵更是丰富。作为一个中国人，每个人都应该铭记于心。

冬至这一天，白昼最短，思念最长。

（作者系新疆生产建设兵团乌鲁克监狱民警）

又是一年槐花开

鲁晓松

又到了五月，清香扑鼻的洋槐花漫山遍野竞相开放。

如今，在东北地区吃花的人并不多，而在我的老家黄河流域，人们对于吃花依旧情有独钟。

我的父母都是老实本分的农民，靠着种田收入维持生计。俗话说，"半大小子吃死老子"，我家中有兄弟三人，且年纪相仿。小时候，每每到了初春，冬季的储存吃食渐近尾声，母亲就开始准备"吃春"了。挖野菜，掺入玉米面贴成大饼子或者窝窝头，兄弟几个每人能吃四五个。对比野菜，兄弟几个都期盼着槐花的成熟，用槐花做的美食清香美味，吃一口，清香淡雅沁人心脾。

那一年，母亲一早在林中撸槐花时，听到不远处的十字路口有婴儿的啼哭声，走近一看，路边的竹筐里放着一个用小褥子包着的女婴。看模样，大概刚出满月，被遗弃到路边，看着甚是可怜，母亲怜惜地抱着襁褓中的婴儿带回了家。几日对女娃的照顾，母亲和兄弟几个都非常喜欢这个小宝宝，但在父亲的坚持下，还是将她送到了村大队，大队里贴了告示，找了几日也没有人认领孩子。母亲坚持每日去送吃食，后来，母亲力排众议，毅然决然地留下了这个小宝宝。母亲说，天下没有母亲不爱自己的孩子，定是有天大的为难才肯舍弃自己身上掉下来的肉。

那年的槐花时节，母亲在家悉心照顾着女娃，错过了撸槐花的最佳时期。洋槐花花期很短，大约只有十几日的样子。但奇怪的是，每日清晨，母亲都能在自家的门口拾到一篮子槐花。母亲觉得蹊跷，隐隐觉得这槐花定跟女娃有着什么联系，便给孩子起了"槐花"的乳名。

那个时候，每每吃饭前，母亲都会默默祈祷，以此感谢那些互相帮助、互相取暖的人。母亲用自己特有的包容、感恩去准备每日三餐的吃食，总是能够用心调制出只属于回忆里的味道。

"晓松啊,把妹妹抱来,蒸槐花好了,快来吃。"

母亲一声声呼喊着,我抱着妹妹想要飞奔而去,却忽然梦中惊醒,嘴角挂着一丝不易察觉的微笑。

如今,远离家乡在东北扎根的我,每年跟妻儿还保持着五月撸槐花的习惯。按照母亲教授的方法,将新鲜的槐花冲洗干净,放上适量的面粉、油、调料粉后,搅拌均匀平铺于滚烫的蒸屉锅中,十几分钟后便蒸好了一锅槐花饭。热气腾腾的盛出装盘,用蒜泥、香油点缀槐花饭之上,吃上一口,酥酥软软的槐花清香溢满口中。

经过几年的吃花,妻子也摸索出了一套自己制作槐花的心得,她将槐花和面制作成软糯的槐花饼。妻子常说好吃不如饺子,竟将槐花加入肉馅当中,包成极其鲜美的槐花肉馅水饺,咬一口,滋滋的汁水从饺子中溢出,成了难得的美味。平淡无奇的锅碗瓢盆里,盛满了中国式的人生,更折射出中国式伦理。人们成长、相爱、别离、团聚。家常美味,也是人生百味。

今年的槐花时节,我刚好在监狱院内封闭执勤。进院执勤那日看到槐花刚刚冒出嫩芽,几日后槐花便进入了盛开期,槐花的清香扑面而来,远远望着大墙之外的槐花,不禁咽了咽口水。我抬手正了正警帽,毅然地转过头去,继续巡查执勤,心中的责任,肩上的担子,无时无刻不提醒着自己的使命担当。

今早换岗要出监院了。

穿梭的车辆,忙碌的人们,飘落的槐花映着旭日东升,虽错过了今年的槐花开,但看着棵棵槐树已经枝叶丰茂长成为参天大树,心中又有了新的期盼。

(作者系辽宁省锦州监狱民警)

我的家乡乌拉山

郝雪梅

生在阴山下敕勒川的乌拉山脚下，对于大山的记忆是悠远的，或者因为生命中从不缺少山，也便不解山的风韵和大山带给我的点点情缘。

懵懂中，我在山脚下长大，而关于山脉的印象也渐渐清晰。当青春的脚步扬起，妈妈的叮咛和希冀在我年少成长的心中慢慢扎根。乌拉山成了我对无数心事的倾诉和对生活无限情感回馈的向往……

由于家庭原因，我从乌拉山的前山迁到了后山，山前的黄河离我渐远，而后山的富硒泉水却滋养出了我的健康活泼和智慧美丽，西山咀人都说喝着乌拉山水的女子牙齿白洁、皮肤白皙、头发黑润，是出美女的风水宝地，我虽不以为然，但加热的乌拉山水对着阳光却是可以看到许多多彩的结晶，据说山中富含铁矿、锰矿、金矿，也有人化验水的成分，结论是含 29 种物质的矿泉水。

乌拉山是岩石山，丰富的矿产让淘金的人们热衷掏掏挖挖，现在整个山体的容貌已大不如前。闭目回神，往昔中，刁人沟的荒芜和走西口成年往事，乌拉山路的一波三折，乌拉山山口的四季风，哈达门沟的金脉，沙德盖的青沟，大桦背的原始森林和瀑布美景，梅力更的樱桃、山棘和泉水，还有多少乌拉山的景色我都说不清，但印象最深的还是爬到乌拉山顶远眺黄河如金色丝带，柏油马路像画板上的铅笔素描沟沟壑壑交叉前行，身后的黄土高原上最大的淡水湖乌梁素海像一面巨大的镜子在阳光折射下熠熠生辉，不远处的天池就是仙女的洗脸盆。

山后的乌拉山绒山羊由于牧草的独特和山中气候特点而绒长、体美，牧羊的汉子喜欢在半山腰上唱上几个爬山调，高飞的山鹰，洁白的羊群，顽皮的山鼠，临风微动的灌木丛，云在脚下，情在心中，蓝天很近，当我大声喊出心底的渴望，山中的回音也总是热情地回应。躺在山顶，没有人可以分享那份宁静。

真的很怀念那样的景致，尽管时过境迁，成长中我却始终没有离开乌拉山。而今，我身处五原，很久都没有那样与乌拉山近距离的心灵对应了。有时我想，或者我真的变了，变得忘了我与大山的倾诉，变得忘了我无处可寄的漫天飞舞的绵绵情书，变得忘了我泪流满面的祈祷，变得忘了我要的快乐豁达承诺。

风驰电掣，蹑景追飞，让生命飞跃的美丽，人总会有如意和不如意，人生的追求也是有卑微、有高尚、有内涵、有简单，乌拉山里从来不缺寻找矿源的、开采矿产的、偷采偷挖的、旅游修生的、放牧为生的人们，而大山的喜与悲似乎也少有人懂，偶尔驱车路过乌拉山，远远地望去，除了美丽还多了些满目疮痍，心内隐隐作痛，回想当年，深情不已，轻轻对视，我无语，生命的精彩与平庸始终在自己手里。

故乡，故乡的人，故乡的情，渐行渐远。在静默里品味生动，在憧憬中扬起自信。

我爱我的家乡，一如血脉融入我的精神。

（作者系内蒙古自治区五原强制隔离戒毒所民警）

麦田不是田

苏明胜

单位大院的空地上开垦了两块地,一块地种上了小麦,另一块地也种上了小麦。

由于种的比较晚,到了秋天还是绿油油的,麦田里不时有几株向日葵露出迷人的金色笑脸向外张望,向人们述说着儿时的怀念。

老家也种麦,不过是大麦。我们那里田比较多,九亩田一亩地,村民们为了养活一大家子人,田里几乎都是种水稻,极少有把田放干种麦子的,虽然儿时的我内心深处更喜欢麦子,麦子只能种在地里。那时候一切都以吃饱为目标,所以大家都把为数不多的土地种上了麦子。

大家的地都在一块,在离家 2 公里外的半坡山上。到了收割麦子的季节,人家就像赶集一样,纷纷往半坡山上赶,一路上充满了孩子的欢声笑语和大人的寒暄、唠嗑声。父母一人手里拿把镰刀,提个军用水壶,扛一根楠竹做的三米长纤担走在前面,我就跟在他们后面。

午后到了那半坡山,放眼望去,一片片金黄的麦地里不时有布谷鸟飞过,风吹过,捎来一阵阵麦香,是收获的味道。地旁边有一块大岩石,不时有水从石头缝里流出,下面有个一尺见方的凹水塘,人们渴了就拿军用水壶去那儿打水喝。父母忙着割麦子,渴了就呼唤我去打水,我也乐得去。

我最爱站到巨石上面看大人们忙碌的场景,边贪玩地往山坡下丢小石子,但被母亲看到了就免不得训我赶紧下来。

在我的记忆中,只要父母手里的镰刀一挥,麦子就一片片倒下。每一次,当我玩得百无聊赖的时候,就是父母把麦子收割好了的时候。这时候,父母就把麦子打包捆起来,用纤担穿到两头,人在中间担着走,同时叮嘱我,提着水壶,跟在他们后面别乱跑。

父母把麦子扛回家后,放在石坝上用碾耙反复敲打脱壳,脱壳后的每一粒麦子都有父母的汗滴和回忆。那时候还是集体制，一个生产队就一台面粉机，父母把脱壳后的麦子担去生产队保管室，把罗兜放机器出口处，机器出口处缝接了一个空心布袋子，防止面粉跑掉。父母把布袋摞罗兜里后就去盯着给面粉机加麦子，而我就负责盯着给鼓胀的布袋泄气，防止气流把下面的面粉吹跑了。

那时打出来的面粉都是黄色的，后来生活条件改善了，我才看到了白色的面粉，家里也开始慢慢不种麦子，直接买面粉了，而半坡山上的土地也退耕还林种上了树。

原以为我爱的是麦子，后来才发现不是，我爱的是麦田。

再后来，我终于发现，我爱的也不是麦田，而是那个午后。

（作者系新疆生产建设兵团图木舒克监狱民警）

庞家河的脸

刘世民

我像一个孩子,疾步走在坎坷不平的泥土路上,满脑子的小河,满心的喜悦,脚步轻又快,希望如约不迟到,快些融进它的怀抱。

这条小河叫庞家河。

从监狱家属区出发,大约一里半的路程,翻过近两米多高的护堤就看见小河的全貌了。

红日暖斜,河面波光粼粼,宽约10米,向南蜿蜒。河水清澈,能望见河底的草、河床,偶尔会见到几条小鱼,它们极畅快地结着伴畅游。

河湾处偶尔会有柳树,柔美的枝条挂满了翠绿的柳叶,像翡翠穿成的小辫,悠闲地荡着秋千,也有几条伸到水里玩着姜太公钓鱼的游戏。旁边还有泛黄了的低了头、折了腰的芦苇和蒲蓬草相伴,各顾各地独自欣赏着它们映在水里的倩影。

岸边不时响起家雀、三燕子、壕溜子那甜美又纤细的清唱,偶尔会引来一些野鸡、布谷鸟、喜鹊等铿锵有力的高歌喝彩。这些新来的鸟儿或一枝独秀,或三五小群从身边飞过,秀一秀它们的仙姿媚态。两岸的堤坝上到处是泛着新绿的杨树、柳树、榆树,都敞开臂膀含笑欣赏着百鸟的鸣唱。

最清新的、能够拨动心弦的是那久别的蛙声,极富磁性,足以让人长长地吸一口气,闭一次眼,露出甜甜的、醉美的笑靥。

走在人迹罕至的小河护堤上,仿佛这一切都是为自己一个人准备似的。踏着发白而鲜明的车轮印痕,穿梭在整整齐齐伫立在两旁挺拔大树的夹道中,踏在密密麻麻挤着绿的可以食用的车前子、蒲公英、水荠菜间,我不服气地同树背靠背比直立,扯着嗓子学鸟儿优雅地高歌、散步,挺着僵硬的身子像鱼儿左右摇摆,班门弄斧学青蛙的样子来几个蛙跳。

需要特别提起的当属蒲公英的花了,水灵灵的,金黄金黄的,点缀在无边的旷野间，很是煽情。悄悄地蹲下来，贴近它，用鼻子深深地吸一下，然后闭上眼睛，就能觉察到那淡淡的醉人的香。

抬起头回望河对岸北方几十里的远方，那是我的家乡。当时这条河边有我喜欢的树、花草、虫鸟，在发水的夏季里可以捉到几条鱼，在草长莺飞的季节，割草、拾粪、捕鸟，在寒气逼人的冰面上滑冰……

只是，那时的河水是黑红色的，泛着白沫，冒着气泡，臭气熏天，像一条瘦长的魔鬼。每当路过，我总是提早捂上鼻子，小跑着，尽快通过河上的桥，然后长出一口气。可怕的是，一些牛羊猪鸡喝河里的水，个别农民还用河水浇水稻……

我恨上游的造纸厂，每当我经过大门时，看到那里进进出出的人，就有些恨意。那时，我暗暗立志：长大了，一定要改变这条河的形象。

无奈，我长大了，做了一名老师，我的好几个学生，写作文的时候竟把这条河写成了母亲河，让我哭笑不得。

再后来，我成了一名执法者。可我这个监狱警察却管不着这一段。记得，有一次我问正读初中的女儿："将来大学毕业了，回家乡吗？"

女儿毫不犹豫地回答道："太臭了，一定不回来！"

我背地里鼻涕一把泪一把，哭得像个小孩。

欣喜的是，十几年前，造纸厂停了工，河水渐渐地清澈起来，臭气渐渐地淡了，慢慢成了今天的样子。

望着缓缓的河流，我惭愧过去自己的辱骂和对立、偏执，没能有小河的胸怀。我感谢今生最好的遇见、陶醉，感谢人与自然这美好的相处。

多想成为小河的一分子！

我要随着这小河，一直向南，向南，流进大海，阅尽世间千番况味，赏玩两岸万般美景，来一个"采菊东篱下，悠然见南山"，再来一个"不破楼兰终不还！"

（作者系辽宁省北镇监狱民警）

剃头刀

谢春武

剃头是老式叫法了。我没见过挑着担子下乡的剃头匠，但隔一段时间总是要光顾剃头铺的，那明晃晃能自由旋转的老式剃刀给我留下了许多印象：到了刮须工序，剃头匠抬腿往那木头生铁制成的大转椅下铁机关轻轻一踩，右手一按，"哗"的一声，大转椅应声放下，那或虬髯乱须或粉面绒毛的剃客，皆乖乖平躺在厚重黝黑的椅上。

樊哙曾说"人为刀俎，我为鱼肉"。"鱼肉"舒适躺着，暂时没了自由，任由摆布。剃头匠不慌不忙，从镜前杂乱案台抽出剃刀，俯身拉起那块历经无数岁月熏煮得黑乎乎油亮亮的狭长小皮子，这东西又叫荡刀布，磨砺已久，黑漆麻乌。"荡"字形象生动，剃头匠一手掌刀一手牵布，刀片薄亮，皮子厚沉，剃刀在皮子上来回翻飞，寒光闪烁，像极了一叶扁舟在江湖上飞荡。

剃刀刷刷来回几下，更显锋芒。师傅往客人嘴上颌下抹一遭肥皂水，拿了温热毛巾捂着，一会儿胡须软化湿润，师傅左手拉了客人脸皮往下绷紧，右手舞刀"沙沙沙"几下功夫，脸上顿时焕发出光采。

"耳朵刮不刮？"

"刮刮吧！"

师傅又提了刀，拇指食指扯住客人的耳朵，另三指推脸靠一边，右手扶着刀头便往耳朵塞，迅速转动几下，未及看清已移步另一耳去打扫。这技艺十分了得，恐非当下年轻理发师能操纵。

小时候，我对小人书中"自刎"很是不解，那剑只轻轻一抹，怎么就要了命？要是剃头匠有歹心，贼亮贼亮的剃刀一抹之下岂不被"自刎"了？修耳毛更是惊心，"临其穴，惴惴而栗"，看剃头匠掏耳朵，心总不安，还好我小，不用刮耳毛。

有一回，与小伙伴争先剃头，我胖，先挤上那木椅子。

"长大要干嘛？"师傅问。

"当司令！"

"好，我今天刮个白面司令。"

我一听"噔"一声跳下来。

"别，别刮脸。"

街上有一家大剃头铺，十几个师傅。一次圩天（客家话，赶集的日子），我趴橱窗看刮须入了神，不知何时，身旁趴了一个蓬头垢面、胡子拉碴的老乞丐，他看一会儿，进店里在镜前照照自己，又看看剃头的客人，如此来回数次。

店里一位瘦小的师傅看出老乞丐的心思，招呼老乞丐进来，拿了白色剃布盖住身子，拿出剪子，风卷残云，乱发落地，老乞丐顿时像换了个人。

老乞丐看着镜里的自己，左右摸摸，欢天喜地剃布未脱就要跑出去。师傅忙扯住他，在下巴处比划一下刮须姿势，老乞丐很是吃惊。大椅舒适，没多久老乞丐竟然打起呼噜了。老乞丐的胡须纠结粗硬，乱成一团。利剪平整胡须，敷热毛巾抹肥皂水，师傅剪子剃刀交替，好一阵忙活。

待叫醒老乞丐，他早已变了个样。原来这乞丐并不老，面貌方正清楚，刮了脸更显年轻。他在镜子前仔细看了很久，大概想起了往事，忽然掉下泪来。他从破口袋中翻出两个硬币塞给师傅，师傅不收，他掉头跑了出去。不久他又回来了，手上多了个盖着蓝布的破篮子，他小心地从篮中掏出一碗米饭，饭粒洁白如雪，双手捧给师傅，师傅推辞，他急切地又从篮中掏出一个破碗，碗中饭粒菜肴杂夹，看得出是讨得的剩饭，乞丐神情恳切地看着师傅。师傅明白了他的意思，高兴地将白米饭倒进了自己的饭盒。乞丐见了，手舞足蹈，消失在圩天的人群中。

岁月悠悠，剃头刷刷，又怎能刮掉那些旧时光呢？

（作者系福建省闽西监狱民警）

白湖的明天会更好

徐万清

父亲1981年离休，1985年12月去逝。父亲离开我已有37个年头了，但他的容颜仍清晰记得，他是个慈祥而严肃的父亲。对儿女和蔼可亲，对工作严肃认真，这是他多年所处的工作环境而养成的习惯。

在父亲离休的那年，我退伍回来，被分配在看守所担任看守员。子承父业，接过父亲的事业，如今我也退休几年了，两代人在安徽省白湖这片土地上，在监狱事业上，磨砺到站，感慨万千。如今的白湖通过几代人的努力，呈现在人们面前的是一个居民城镇化、农业机械化的新型现代化监狱，罪犯的改造教育工作法制化也步入正轨。白湖这张名片已走向社会，并得到充分认可。

过去，罪犯脱逃一直困扰着白湖的正常工作，消耗诸多的人力、财力、物力。经过白湖几代监狱人艰辛的奋斗，现在脱逃已不再是白湖监狱的主要矛盾。纵观白湖的发展，不由得使我想起初到白湖时父辈的艰苦创业情景。

1965年，那时我7岁。11月中旬，随父母由安徽省南湖农场迁至白湖。大客车把我们送到芜湖江边码头，乘船到白湖，当晚天上挂着月亮和星星，天气已带寒意。在东风桥下船，因围堰建造东风桥，船不能行使。我和姐妹就只能坐在箩筐里，由挑夫挑着前往父亲工作的白湖农场七大队（旧址在现八大队）一中队。

第二天，才看到这里的条件很差，几户人家住的是草屋、土墙，荒草遍地，屋后就是稻田。前面是中队办公室，与其并排的是中队小食堂。罪犯住的是四合院，床是土坯砌的大通铺。门是用草帘编制的，监房中间隔墙有门，一栋监舍从这头能走到那头。四合院外是围沟。后来听大人们说："现在条件好多了，之前来白湖的罪犯住的是用芦苇、芦席扎的工棚。职工在河对岸住的是草棚，连土墙都没有，四面透风，条件更差。"

从此，父亲和他的同事在白湖农场基层中队的工作拉开了序幕。每天带着罪犯日出而作，日落而息。晴天一身汗，雨天一身泥。奔波在中队的大田里。检查、指导罪犯的作业。父亲对农业生产十分在行，参加革命前，十几岁就给地主干农活，使用农具也是得心应手，后来同事们称他是农业土专家。

那时，中队主产水稻和棉花，还有少许其他农作物。旱田还好，水田有点麻烦，水田淤泥较深，浅点在小腿肚，深处淹到大腿根。

白湖是由湖泊围垦而成，野鸭较多，习惯因湖而生栖。稻种下田后，晚上就见许多罪犯拿着破脸盆、铁锹等发音工具，猛敲击，以驱赶野鸭。白天看到稻种田，插的好多稻草人手里拿着各种颜色的布带，随风抖动，目的都是驱赶野鸭和麻雀。那时父亲给我的印象就是，头戴草帽，脚穿草鞋，裤脚卷的老高，手里拿着一米长的尺子，检查农作物的株距和行距，常下地亲手给罪犯示范和指导。

收割季节时，因湖底淤泥较肥，稻杆粗壮而高，一颗一把抓不住。割后运往场基很费事。故而用大桶（约1.9米高）方形，上大下小，桶底下方有二根船形木棍，便于在田里拖行，俗称斛桶。桶的四个角各站一个人，将割下的稻把拿起，在内沿摔打，使稻子落入桶里，边摔边拖，摔到田埂边，将桶里稻子装入稻箩挑到场基。那时，水田里的鱼虾也多，割稻时遇到低洼处，一下子能逮到好多鱼，是名副其实的鱼米之乡。

稻田的事忙完，就开始忙着摘棉花。农活季节性强，中队忙不过来，干工家属也来摘棉花，每人胸前挂个大布袋，可双手同时摘棉花。小孩子帮着大人们摘，花桃壳又硬又尖，一不小心就扎破小手。因棉花桃成熟时间不一，几乎天天要摘。待棉花摘完，还要把棉花秸秆拔掉运回。那可是烧锅煮饭的好东西，不但好烧，火还烈。中队和家庭一样，能省则省。

那个年代种地，全是人工。没有机械，也没有电，只有数十头耕牛。中队唯一的一台机子，是柴油抽水机，用以田间灌溉。过年抽塘逮鱼，将抽水机抬到塘埂边，就像八抬大轿迎亲似的。塘里的水快抽完时，看到各种鱼在水里露出脊背乱窜，大家指着塘里的鱼高兴的直叫。

春节，罪犯在监院里也开展一些自娱自乐的活动，扑克牌、象棋都是中队节前自制的，棋子全是瓶盖子，扑克牌是用六六粉牛皮纸袋几层裱在一起，里面的数字，黑、红、方、梅是雕刻出来的，然后用不同颜色印上，由中队宣鼓统一发到各组。

在那个计划经济年代，父亲用他每月 45.50 元的工资养活全家六口人。他自己很节俭，旧军装补了又补，脚上穿的草鞋、麻窝子都是自己亲手编的，就连抽的香烟也是自己卷制。在那个物资十分匮乏的年代，购物凭供应票、券，粮油计划定量供应。母亲拿着父亲的工资要是精打细算，操持这个家真不易，巧妇难为无米之炊，真的难为母亲了，父亲这微薄的工资持续到 70 年代末，待条件好转了，母亲却离开了我们……

白湖的老一辈，绝大多数都是从军和从战争年代走过来的，他们脱下戎装，听从祖国的召唤，带着妻儿老小，从四面八方来到白湖，为白湖的开创付出了一生。有的劳累成疾，倒在了工作岗位上，有的在即将退休之际各种疾病显现出来，退休后不久离世。对于他们过早地离去，我们十分悲痛和深切怀念。他们在艰苦的年代做出了巨大的贡献。我们应铭记他们，不辜负前辈的希望，不忘初心，牢记使命，让前辈们放心。

今天的白湖，已走过半个多世纪，经历了风风雨雨，饱经数次的洪水洗礼，依然前行。如今发生了翻天覆地的变化，高楼林立，花园式的小区设施齐全，民警职工的生活指数不断提升，上下班、节假日小轿车川流不息，出行旅游结伴而行。

罪犯劳动改造，已告别昔日的面朝黄土背朝天。住宿条件大幅度改变，再也看不到以房带墙的四合院，在 90 年代，"三个转移"全面实施，罪犯的习艺场所是花园式的车间，宽敞明亮的厂房，并配备空调电扇，室内劳动环境风吹不到，雨淋不到，太阳晒不到，环境大为改善，硬件、软件的投入早已达到现代化标准。白湖这艘改造人的"航母"在新时代乘风破浪，不断开拓前进！

如今，我已经离开熟悉的岗位数年，但我在白湖监狱工作的 36 年中，见证和参与了白湖的发展，虽没有惊天动地的业绩，但在平凡的工作岗位上爱岗敬业，认真履职，为白湖监狱事业添砖加瓦，贡献了绵薄之力，得到同事们的认可，也曾多次获得上级的表彰和奖励，无愧于一名监狱人民警察的称号。

现在的白湖，通过几代人的努力，已发生了翻天覆地的变化，但我坚信：白湖的明天会更美好！

（作者系安徽省白湖监狱管理分局民警）

情怀篇

记住历史仰望智者　研究所必将行稳致远

祝效民

我与司法部预防犯罪研究所所长高贞同志从未见过面，也没有通讯交流。但我认真阅读了她的三篇文章——《精神的力量：纪念李均仁先生》《学者风范：致敬冯树梁先生》《一个理论工作者的精神追求》。

文似路桥，牵动我这过来人的心扉，难免联想久远，感触颇多，心潮奔涌。

三篇文章中敬颂礼赞的三位先生，李均仁是司法部预防犯罪研究所的奠基人、创办者；冯树梁是90岁高龄的预防犯罪研究的高士大家；黄稻同志是司法部司法研究所的首任所长。这三人是在寂寞的工作环境中，为了法治理论、法治精神、法治文化和预防犯罪与改造罪犯理论与实践的特殊事业，忍得住清贫，熬得住孤独，坐得了冷板凳，胸有大格局，能写大文章，是理论为实践服务、学问为工作服务、职业与事业融通的人。他们在权力场域中，在社会网络圈中，在资源拥有中，很少有高光时刻，大都忙碌奔波在发现、求索、创新的寂静中、思考中、写作中。

李均仁所长、冯树梁副所长都是我的老领导，在他们的帮助和指导下，我也创办过研究所和期刊。在20世纪80年代，监狱系统的研究机构也曾蓬勃发展，全国性科研工作会议、理论研讨会议，年年召开，甚至一些小型专题会议还应需适时召开。司法部预防犯罪研究所的科研人员与各省市相关部门有着密切的工作联系和业务指导。由于一些原因，在党中央、国务院下发专门文件，强调加强智库建设，注重顶层设计，号召科研先行、创新为先，以文载道、以文传声、以文化人的时候，大多数省市监狱系统的研究所却撤销了。当理论研究没有了机构平台，失却了组织保障的时候，从纵贯历史的角度看，这种结构性、系统性断裂，是极不利于司法行政工作和监狱事业发展的。

我是个爱学、善思、常写之人。在以文辅政、以笔立业、以书会友的人生苦旅中,尝尽了酸甜苦辣,也收获了尊严荣光。高贞同志的文章,让后人记住了司法部在理论研究的阵地上,前辈们曾呕心沥血、夙兴夜寐,留下了闪光的足迹、无价的成果。李均仁先生,以家国情怀、求真务实、开拓创新,让后人崇敬;冯树梁先生,以职业使命感、独立思考、求真务实、达观谦和叫人折服;黄稻先生,以担当精神、求索精神、实践精神、忘我精神给人启迪。

我们都是从历史中走来,也在创造着自己的历史。司法系统、监狱系统创建研究所、开展理论探索、进行学术研究,本就是一种历史的突破和创新,是一种时代的记忆。它是"八劳"会议纪要倡导的,是监狱工作发展变化的迫切需要催发的。我们有理由像鸟儿爱护自己的翅膀一样,爱护研究机构的生存和发展史,应为后人留下在理性思维、科研创新基础上,值得回望、珍视、点赞的文化标识和精神记忆。

今天,有意识地讲好研究所成长与发展中的故事,铭记那些在科研理论战线曾有所奉献、有所创新、有所作为的人,这是一种司法文明建设与法治文明建设的具体实践行动,也是研究所应有的文化自信和温故知新、行稳致远的工作自觉。

高贞所长的三篇文章,是以文化的名义、科研的名义、创新的名义,向昨天的成功业绩鼓掌,向明天的开拓发展加油;向前辈的示范行为致敬,向后辈的砥砺奋进呐喊。

每个监狱警察队伍中的文化人、阅读者,都应该好好阅读一下这三篇文章。

(作者系山东省监狱局退休民警)

感受第 365 期的温度

李 芙

2021 年 8 月是《犯罪与改造研究》创办 35 周年，心中颇多感慨。坐在办公室里翻看工作笔记，忽然看到《犯罪与改造研究》出刊 365 期时自己的一篇小记，忍不住整理出来，作为《犯罪与改造研究》创办 35 周年的纪念：

像往常一样早早地出了门，外面漆黑，小区的路灯发着微弱的光，空气中带着湿气，预报今天有雪。

来到办公室，我一边看着新排出的《犯罪与改造研究》2020 年第 1 期校稿，一边回着微信中来自天南地北的问好。

"上班了吧？"

"对，在工作！"

"忙些啥？"

我随手翻到第 1 页，拍了照发过去。

"噢，第 365 期了，有点意思。经过您手的有几期？"

我也愣住了，盯着第 365 期有点恍惚：是呀，几期了？

杂志于 1986 年 8 月创刊，当年出 4 期，1987 年出 6 期，到 1988 年 7 月我参加工作前出了 13 期。哦，经我手的杂志有 352 期了，岁月不经意间从"纸"间划过了。

我拿起手机找着早上的回复，自从有了微信，一切都没了距离。看着一线民警、高校老师、写作爱好者、忠实读者的问候，一股股暖流在心中回荡。

电话铃声响起，"老师您好，上个星期给您邮箱投了稿，贵刊是我投稿首选，如果不行我可以修改……"

像这样的问稿电话经常接到，一般会查阅后尽快回复。但今天在杂志即将出版第 365 期之时，我想放下手里的活马上回复他。我要用实际行动感谢他给我们投稿、感谢他对本杂志的认可、感谢他遵守行规的态度……他们是

《犯罪与改造研究》月刊成长和发展的不竭动力，是《犯罪与改造研究》月刊立于本系统权威期刊之一的根之所在，更是我们不行万里路能辨千万事的源头活水。

前几日中午，中国政法大学的熊教授来拿采稿证明，初次见面因我手上全是油墨，没有握个手。坐下聊几句，越聊越有话题感，达成约稿口头协议。临出门前，熊教授又对杂志给予了极大的肯定，听得我满心欢喜：他要是个女士，我会给他一个大大的拥抱！这是来自第365期编审工作中的一个意外惊喜！

电话铃声不断响起。

"您好，是杂志社吧，我想订你们的杂志，以前从没订过，不知如何订？"

"您接收订单方便吗？"

"我就在电脑前。"

于是，我迅速地一边给他的邮箱发订单，一边问些情况：您是哪个单位、从事什么工作、怎么知道我们杂志的……他说要写文章，下载了一些论文，发现许多出自《犯罪与改造研究》月刊，为了阅读方便和留存，所以决定自己订一本。

挂电话前，我非常认真地对他说，《犯罪与改造研究》确实办得很尽心尽力，我们的编辑和作者都是追梦人，大家都在努力奔跑，非常感谢他订阅我们的杂志。

365期了，不是365天，而是33年半的不忘初心，是12125个日日夜夜的牢记使命，是司法部及预防犯罪研究所领导的关心和大力支持，是前后三代12名编辑的无私奉献，更是广大作者深入实践、千万读者厚爱鼓励的结晶。我们将以庆祝中华人民共和国成立70周年所激发的爱国热情为动力，继往开来，与广大读者、作者携手谱写全面建成小康社会中犯罪与改造研究领域的新篇章。

我踏着第365期的节奏，迈着轻快的脚步，迎着2019年冬的第二场雪，一扫往日下班后的疲惫，怀揣着美好的憧憬，汇入匆匆的人流中。

（作者系司法部预防犯罪研究所《犯罪与改造研究》副主编）

"说不出来"的苦

胤 骁

情怀篇

昏昏沉沉不住地往水底坠去，心里焦急地使劲呼喊，可是根本力不从心。口腔里被大口大口的气泡塞满，挤不出一丁点求救的呼声……

一阵惊心动魄的挣扎，路惊魂未定地从床上坐起来：慢慢地从刚才的梦中清醒过来，他已是大汗淋漓，仿佛历经了一场九死一生的劫难。

类似的经历不是在梦中，路也活生生地被煎熬过。曾几多时，路拖着疲惫的身体从办公室赶回家，失魂落魄地一下子瘫到沙发上就不想起来。

多少次，妻子丽不知情地叫他起来吃饭。连续叫了几声，路勉强轻轻应了一句"你，先吃！"可是，丽会变本加厉地叫唤，甚至跑到沙发边上来训斥，仿佛是懒汉跟前的主人，叫嚣着拉他起来。

路每每都得使出最后一搏，歇斯底里地把丽挥走。这，无疑对丽产生了深深的伤害，可是路的委屈又有谁懂！其实，基层监狱机关的综合文字工作岗位最是辛苦，也最是默默无闻的：常常连续几天加班加点，对稿子质量的苛求，对领导赞许的期盼，一次次形成无形的压力和堆积起的劳累，路只想静静地躺着，争取恢复元气。

路已是疲惫至极，吃饭的欲望早就荡然无存。多少次想象着丽能看懂他，可是，面对的却是河东狮吼………人，一下子发不出声，自己的意思无法表达，那将是陷入怎样的一种辛苦？路的这种感受不仅来自自己，也来自宽叔的经历。

已经71岁的宽叔住在一个靠近海边的小镇上，原本悠闲地享受着晚年生活。他年轻时凭借一身木工手艺，东闯西走，辛勤地干活，不仅供养了一双儿女上学、成家，而且还盖起了五上五下的两层楼房，这在苏北的乡下也算是屈指可数了。

可是，一次上街买菜途中发生了交通事故，硬生生地改变了宽叔的生命轨迹。那时，正是新冠肺炎病毒疫情最凶猛的时候，在暮秋的一天上午，在乡间小路上安稳地步行时，宽叔被骑着摩托车的年轻人从背后重重地擦撞了。

宽叔立即被送进县里的中心医院抢救，紧急地做了开颅手术。之后，他仍一直处于重度昏迷状态，中途被转入省里的脑神经专科医院，在重症监护室里待了 6 个多月了。

清明后第一个双休日，已是宽叔住院后的第二个年头的春天了，各地对新冠肺炎病毒疫情的管控也稍稍宽松了下来，路与丽去省城大医院探望重病的宽叔，虽然进城的路上耽误了他们一个多小时，但是路并没有埋怨。兴许，路是觉得这点小小的困难对他而言已经是司空见惯了。

重症病房里宽叔静静地躺着，头的右上部一大块凹陷进去，仿佛头颅只剩下半边，让人不忍直视。宽叔鼻孔里插着的导流管一直送到大肠里，除了右手还能动弹，全身都失去了知觉，连眼神动一动都十分吃力。这让路心情很沉重，很能体会到生命的脆弱和艰难………

或许是家里的亲人趁周末回家料理家务去了。病床边，陪护宽叔的不是他的儿子盛，不是他的女儿梅，也不见了他的老伴黄阿姨，只有一位陌生人。路联系了梅才知道，那男人是请来的护工，叫杨。

路小心翼翼地贴近宽叔耳边，悄悄地安慰，鼓励他很快会好起来的。他让宽叔不要说话，就只听他讲，宽叔会意地点点头。

脱开宽叔右手套着的纱布巾，路摸着宽叔的手，他能明显感觉到宽叔手上的温度和力道，这是好转的迹象，他很开心地希望宽叔快点好起来……

在病房里时间过得很快，不觉已接近午饭时间。杨的家人打来电话，问他有没有吃饭。从杨和家人的对话中能听出，他早上吃了面条，中午了还不觉得饿。和杨的闲聊中得知，他已 67 岁了，可他保养得很好，穿着也接近城里的大叔，看上去顶多也就 50 来岁，手上还戴着一枚金戒指，越发让人觉得他不像是一位来自农村的护工。

走廊里有位妇女在喊："老杨，要汤吧？"

"不要！"杨答着，又嘟囔了一句，"汤有什么好喝的。"

杨的搭话忽然间让路心急地想讨好他，有请杨吃饭的冲动……

这时杨冲拌营养液，又用针筒一下一下地从导管推进宽叔的肠胃里……

路触摸了一下针筒，问道："这不热吗？"

杨说："不热。"

宽叔感受怎么样呢？也许宽叔很想表达，可是重病缠着他，路看不出他的表情和感受。

也许是针筒推得有些急，宽叔的咳嗽让路听了很不安，但无从下手，不知怎么帮他。就忙问杨怎么给宽叔去痰。

杨说："他已丧失了去痰的能力，只能用吸管去痰"。

杨又补充了一句："七成以上的老人，最后都是被一口痰窒息的。"

杨的话宽叔听了会怎么想？路更是想到，家人不在身边时，杨能及时帮宽叔去痰吗？

面对宽叔越来越急促的咳嗽，路着急地问："怎么办？"

杨帮宽叔戴上了雾化器，但痰仍没有出来，杨示意路按铃叫护士。

来了一位护士，指导说："雾化后五分钟左右再吸痰。"说完就离开了病房。因不会操作，用导管吸痰这项技术活，一下子在路面前变得很是高深莫测。

第二位护士过来给打上一袋吊针，是生理盐水。杨告诉路，这都是医院硬上的药水，可有可无。五分钟后，路记得又按了下病床旁边的铃。

第三位护士来了，她长得很高，也很娴熟地帮宽叔用导管吸了痰。但这种机械的操作与服务，总让人觉得对待病人少了点什么。到底是什么呢？只有病人才知道吧，只是宽叔已说不出话。

之后，杨一边埋怨医院设备陈旧，一边为宽叔腿部包裹上电力按摩裤。结束后，又为宽叔上了腿部健身电动踩踏转盘……

路觉得，宽叔身上有些热，可以帮他擦擦身子，但又不敢乱动，就用眼神询问杨。杨用湿毛巾麻利地擦了下宽叔的脸。路帮宽叔宽松了下外套和棉被，宽叔右手还把肚子部位的被子拉了拉……让人惊喜的是，宽叔的神志是清醒的。

有几次，宽叔想用右手去扯鼻孔的导管。路想，那管子一定给他带来很多痛苦。连续几个月闻不到茶米饭香，连续几个月躺着没人说说话，他一定很寂寞。想说说话，却表达不出来，这份难受可想而知。护工对他怎么样，他一定很想对亲人说吧……

"亲人，让我的诉求冒个泡吧！"路想，在自己梦中无助时，在累倒说

情怀篇

不出话时，多想让亲人知道自己的愿望和苦恼啊。路就想，下次再来，趁护工不在时，一定拿个笔和纸让不能说话的宽叔，用他的右手把诉求写出来，因为重病中的他，犹如沉入水底的无助，他是最需要这份关爱与温暖的。

看着病床上沉睡的宽叔，路祈福他能早日渡过难关。不过，最让路感动的还是宽叔的坚强。

路就想，生命中有鲜花也会有荆棘，每个人的生活都会碰到种种磨难与艰辛，但是，不屈地面对，从容地向前走，那便是如春天喷薄而出的笑响，一定会让整个世界都不敢藐视他的存在。

（作者本名高汝成；作者单位：江苏省司法警官高等职业学校政治处）

永远不能忘却的日子

乌日娜

前些天，我在大剧院观看了获得国家荷花奖的舞剧《骑兵》，70多年前的草原，列强入侵，土匪横行，内蒙古骁骑舍身忘死，保家卫国，战马情、英雄泪、骑兵魂……一幕幕令人心潮澎湃，让我又想起了骑兵的故事，想起了许多生命中不能忘却的日子。

1928年，骑兵出生在科尔沁草原，生日不详，因为家里穷，被送去当了喇嘛。草原民不聊生，人民水深火热，16岁的小喇嘛毅然跨上战马，加入了中国人民解放军，因为他坚信：跟着共产党，就有好日子！

马背驮载着战士的使命，鲜血染红了壮士的初心，骑兵和他的战马穿越战火，解放北疆，骑兵的梦想终于实现了。后来骑兵光荣地加入了中国共产党，从此骑兵有了自己的生日，英雄不论出处，壮士不改初心，入党的日子就是自己的生日！

这位没有生日的骑兵就是我的外公，没有外公就没有我，我会永远如生日般铭记3月2日外公入党的日子，没有共产党就没有新中国，没有共产党就没有勇敢无畏、为人民而战的蒙古骑兵。

铭记入党的日子是外公的赤诚，更是作为骑兵后代的忠贞。

第二个不能忘却的日子是2020年3月20日。

2020年3月20日，内蒙古援鄂医疗队撤离，市民夹道十里相送。我们监狱和援鄂医疗队居住的酒店只有一湖之隔，我们在这边，他们在那边。

那一天，我所有的同事都在岗位上，没有一个人能跨过那个湖，亲自挥手送别。那一天，我的同事小周发消息给我："姐，谢谢，谢谢你的家乡人"。那一天，我工作12年第一次在岗位上落泪。因为我知道从家乡到湖北的距离，那一路穿越无人之境的忧伤此生不会再有，我也知道像小周一样的湖北战友，倚在大树旁，4天3夜不合眼，护目镜里有眼泪，摘下手套是一双烂手。

青山一道同风雨，明月何曾是两乡。那一天，我遥望医疗队北归，感谢家乡内蒙古，他们不畏生死，逆行支援，用无疆大爱温暖荆楚。感谢伟大的中国共产党，一方有难，举国支援，中国人，你中有我，我中有你。

第三个不能忘却的日子是 2021 年 3 月 15 日。

我开车第一次开雾灯，黄沙漫天，整个城市都是混沌的，在停车场连单位的办公楼都看不清楚。十几年了，我第一次经历沙尘暴，这让我怀念起烟雨蒙蒙的三月，怀念起四季常青的湖心小岛，怀念起工作 12 年的收获。

和我一起的同事都成了监狱发展的中坚力量，而现在的我却变成了新人，在我的印象中第一次出现了警卫队、防暴队、法制科，我习惯称呼的张区长、李区长，在这里变成了张大、李大……

我认真回想我的新警时刻，回想当初的梦想，我曾和身边所有同事一样都是梦想远方的少年，又为了更需要我们的人回到了这块土地。总书记说过，无论我们走得多远，都不能忘记来时的路，不能忘记为什么出发。为了更需要我们的人、更需要我们的土地，他们用比远方更坚定的信念驱散了黄沙的混沌和孤寂，驻守祖国北疆，黄沙百战穿金甲，一腔热血铸警魂，他们是奋进的理由和方向。

我最近喜欢上了一档节目——《百年党史青春说》，每天上班路上都听一段"党史之今日"。历数百年党史，不是简简单单 100 个历史的今天，而是每一个平凡中国人的每一个不能忘却的家国时刻，是中国共产党与人民心连心、命运连着命运的壮丽史诗。

那些永远不能忘却的日子，有新中国草原儿女的赤子情怀，有新时代举国同心共克时艰的英雄壮举，有新征程爱岗敬业投身边疆的奋进力量。

那些永远不能忘却的日子，融入我们的血脉，铸成了我们的信仰，带给我们前行的力量。

（作者系内蒙古自治区鄂尔多斯监狱民警）

五色生活

程 建

闻一多先生曾写下这样一首哲理小诗：生命是张没有价值的白纸 / 自从绿给了我发展 / 红给了我热情 / 黄教我以忠义 / 蓝教我以高洁 / 粉红赐我以希望 / 灰白赠我以悲哀 / 再完成这帧彩图 / 黑还要加我以死 / 从此以后 / 我便溺爱于我的生命 / 因为我爱他的色彩

我的生活中，也有五种颜色，构筑了我丰富多彩的工作和业余生活。

第一种颜色，当然是庄重的职业蓝。

那是我执勤时制服的颜色。它们从橄榄绿嬗变成深蓝、浅蓝，不变的是要求着装的民警有爱岗敬业、守职尽责的职业道德和干事创业、争先创优的精气神儿。

从警时间越长，越发懂得这身职业装的分量。职业的神圣，使命的崇高，压在肩上的担子不轻，唯有负重前行，殚精竭虑守土担当，恪尽职守慎独慎微。

湛蓝情怀，是胸襟，是格局，有大海一般的宽广深邃，有星宇一般的辽阔高远，有夜空一般的博大包容。这份荣誉与鞭策，激励着我对工作兢兢业业、一丝不苟，始终坚持尽善尽美，怕辜负了一生珍爱的职业蓝。

第二种颜色，是热烈的志愿红。

2020 年下半年，单位要求所有党员下沉社区，开展"双报到"活动。利用周末工余时间，我参加了所在社区全国第七次人口普查入户摸底、核实登记工作。红色驿站值守、创文迎检中清理卫生死角活动，也有我忙碌的身影。年关将至，社区为增强防疫抗疫工作力度，开展了夜间治安巡逻、小区门卫值守、入户摸排登记返乡人员信息等活动，我也是积极参与。

志愿活动不仅有实在内容，每次活动仪式感也强。先在 i 襄阳 App 上报名，活动开始要签到，活动结束签退，每次要佩戴党徽，穿上印有襄阳志愿者 logo 的红马甲，臂上佩挂红袖章。行进中还会举支部党旗和志愿服务队旗。一般是群众哪里有困难，志愿队伍就服务到哪里。每次红旗招展，红马甲醒目，也是街头巷尾一道靓丽的风景线。

第三种颜色，是轻快的环保绿。

共享单车在大街小巷盛行后，我爱上了骑车兜风。我在单车 App 上购买了年卡。红色的轿车是上下班远途驾驶。下班后，刷个单车，市内近郊小放风一趟，去瞅一瞅唐城、古隆中的亭台楼阁，听一听卧龙大桥、凤雏大桥边的江涛拍岸，闻一闻月亮湾、黄家湾的鸟语花香，拍一拍习家池、米公祠的园林秋色。

美景宜人又养眼，骑车还锻炼了身体。绿色的青桔单车轻便而环保，颜值又高，为我游山玩水、观花赏月立下了汗马功劳。

第四种颜色，是工作、做志愿服务、游玩归家后，家中那一盏始终亮着的温暖橙。

客餐厅的灯饰，装修时选用了好几种颜色的光源，最温馨可人的，是那抹橙色暖光。

从寒冷逼人的室外回到家，只要有这束光，顿觉无比舒适和可心。家是避风的港湾，是小憩的码头，无论我在外面如何打拼，如何劳累，家是不问缘由只讲亲情的地方。

人群中我并不怎么优秀，但却是父母的宠儿、孩子的榜样、家庭的顶梁柱。不管年龄，不问得失，亲人总是无私包容我的失败和挫折，在我伤痛时给我抚慰，在我意志消沉时鼓舞我奋发图强。

我爱我的家，我爱家里常亮的温暖橙。

最后一种颜色，是怎么也不能丢的书香墨。

许多年前，我凭高考跻身警队，靠的是 12 年寒窗苦读。知识给人生智慧，知识给工作能力，知识给生活乐趣。每晚临睡前，靠在床上看一会儿书，时不时会心地一笑，为书中某个段落、某个情节触动了某段回忆、激发了某种感喟。时间仿若静止，周遭宁静，我陷入了书籍所营造的世外仙源，这便是书的魅力。经常读书，锻炼思维，增强理解、分析和解决问题的能力，在工作中就能直面困难，克难攻坚，有效提升工作效率和能力。

职业蓝、志愿红、环保绿、温暖橙、书香墨，陪我度过了春花秋月、夏雨冬雪。

期待已经到来的2021年，我能探索和品味生活中更多五彩斑斓的颜色。让它们，装点新年新生活，让生活，点燃新年新火花！

（作者系湖北省襄北监狱民警）

带着爱与使命如期绽放

覃秋林

"开了3朵,格桑花,像极了那轮璀璨的太阳!"轮训姐妹告诉我,脸上因惊喜而泛起比花还鲜妍的红润。

半个月前,我和轮训姐妹来到医院监区花圃,移栽了几株未开花的苗子,植入本监区小院。天大寒,甚至下起了霜冻,连续一周太阳都懒在被窝里,不愿出门与绵绵阴雨争锋。格桑花苗儿太稚嫩,遭受冰冷霜露暗无天日的摧残,于我焦虑的心看来简直是蹂躏了。格桑花儿全蔫了,耷拉着叶茎,像极了站在老师面前认错的小学生。换防出去时,上苍将南疆边陲误作大漠孤烟,寒潮肆虐不减,格桑花茎皆弯成了驼背,我的心有些疼痛。轮训姐妹安慰我,"放心吧,每一朵花儿都会带着爱与使命如期绽放!只是迟早和先后的问题。"

她们比我还胸有成竹。

再次进防是14天之后。

果然,格桑花开花了。先是1朵,过几天成了2朵,7天后,我们准备换防出去时,第3朵含羞悄然来临。一份如期而至的邂逅和遇见!

每一朵花儿都带着爱与使命如期绽放!我喃着姐妹战友安慰我的话释然,含泪而笑。

开花与落英,都是对大地的眷恋,也是对大地的坚守。我蹦出了诗意般的句子。

园区冬季是另外一番景致,含蓄、内敛与矜持,也是沉静、酝酿和希望。

凤凰石两侧那两棵高大的凤凰树,是监狱搬迁次年栽种,足足挂了一年营养瓶,才换来夏秋云团般茂密如盖的绿。不想寒风一刮,凤凰树便褪却,剩下几片稀疏枯萎的黄叶在寒风中执拗地摇曳,像极了耄耋老者的头发,唯余粗壮的树根在萧瑟颤抖,全没了皇后的尊贵。与之相对应,朱槿花的绽放与凋谢经历了一个漫长的过程,或者说从开花那一个刻便是凋零的开始。

朱槿花花期长，边开边落，边落边开。反正，天上一树一树的繁华，树根地面也是一团一团铺开的锦簇，都奢侈地鲜妍和妩媚，骄傲地表明她们是大自然的宠儿，亦是大地的恋人。真不愧是绿城南宁市的市花，开花与落英都秀着芳华，霸占着最靓丽、最吸引人眼球的风景线。要问这片特殊园区的花草树木，谁对大地最深情？首推朱槿花。

广场上跑道中央宽大的草坪，统一步调换上新装。暖色调来自家乡秋收的稻田麦浪，莫非平时的绿茵草坪也解大家的思乡之愁？冬季是节奏，更是命令。看来，这里的花树也被耳濡目染了；叫不出名字的树，被寒风刮净叶子的树木面部全非，只剩下粗糙的枝丫和树根，全秃了。树根枝丫镌刻着岁月的沧桑和时光的斑驳，显出难得的男人的苍劲与力量，倒是诠释了"丑到极致便是美"的雄性审美观。

冬天的矜持，其实是酝酿。到春天，春雨来临，无声润物，万物复苏，南国邕城是一片窗外雨潺潺、春意阑珊之景色。轮训姐妹帮我揉一揉我那如门板一般坚硬的疼痛的肩膀，鼓励着我。这种熬人的执勤模式整整一年了。

一年一度的新春到了，这个春节又是在封闭执勤中。我暗自神伤。

然而，还有格桑花开了呀！在凛冽的寒天里，说不定已经长出一大片灿烂地喜迎我们呢！我相信，每一朵花儿都带着爱与使命如期绽放！

战友姐妹的乐观让我羞愧。她们是轮训警，其中有不少是双警家庭，她们中有些二娃未满两岁……她们抛家舍子，千里迢迢来支援我们……

开花与落英，都是对大地的眷恋，也是对大地的坚守。想起诗意般的句子，我挺起了腰杆，仰望星空。

目光透过枯萎的凤凰树干、朱槿花落英、地毯般铺满丰收色泽的操场、那株我叫不出名字的秃树根，以及背后小院子里那三小朵格桑花骨朵儿，然后，目光落在广场高高飘扬的五星红旗上。

此时的五星红旗，像一座巍峨的高山，或者说像一位伟岸的巨人，无论春花夏雨，不管秋叶冬雪，始终鲜艳地擎立着，坚守这片园地，坚守这个阵地，从来没有犹豫，没有丝毫的改变。

31年了，我一直仰望着这面五星红旗，颜色是那么鲜艳，也总是高高飘扬。

（作者系广西壮族自治区女子监狱民警）

种树小记

孙尊超

监狱的指挥中心坐落在监狱老办公楼旁边的山坡上，是一栋独立的两层小楼。

这栋小楼过去是健身房，有一些简单的杠铃、跑步机和乒乓球馆。再以前，曾经是单位的招待所，接待过来来往往的不少客人，警校的宋教授就是其中之一。

宋教授那时正在读博，趁学生放寒假，过来做一些社会学调查，住了几天。那个时候监狱学术研究的氛围很浓，我跟他相熟已久，且对社会学很有兴趣，就去招待所里陪他聊天，把几篇写监狱生活的小说拿给他看。他白天要找人谈话，晚上还要见一些曾经的学生，几乎没有闲着的时候。这种状态下他还能看书、写材料，着实令人钦佩。他现在虽然已不在监狱系统工作，但还依然从事犯罪学的研究，空闲时间练练书法，《圣教序》《祭侄帖》之类的，写得有模有样，让我这个不懂书法的人看后真觉得好。写完了拍照片，半夜三更发朋友圈，倒也自得其乐。

有一年，河南信阳监狱的五位客人来交流，也住在招待所。他们都是很内行也很朴实的人，对各自监狱管理上的优势和不足看得很准，对江苏监狱良好的基础设施赞赏不已。有天晚上，我们在房间里喝茶聊天，他们请我喝正宗的信阳毛尖，芽尖细而长，颜色青翠欲滴，味道很甜美。

一晃十年过去了。朋友们各自安好，彼此相忘于江湖，而小楼依然是这栋小楼。前几年，重新装修以后，安装了很多设备，改作现在的用途。这段时间，我也换了几个岗位，春节前被调整到这里来。旧地重游，已经没有当初的意气风发，而是多了几份安详和淡然，随遇而安中，透着一份不甘心。

装修小楼时，楼前地面铺上了水泥，只在旁边留一块空地，长着几株构树。构树是最擅长侵占空间的植物，不好看，也没什么用处，山上每个空隙都是这种植物。我把构树清理了，决定在这里种一棵枇杷树。

种树百利而无一害。在我看来，没有对这个世界发自内心的热爱，是不会去种植一棵树苗，然后陪着它慢慢长大的。

我在进入监区工作时，曾经种过一棵乌桕树。当时这株树苗生长在假山上的凹坑里。凹坑土层很浅，不存营养、不存水，所以树苗长了好几年也只有一人高，瘦骨伶仃，赖赖巴巴。后来我连根带土把树刨出来，移植到食堂门前的草坪边。那棵树长得漂亮着呐！七八年过去了，这棵乌桕树已长到碗口粗细，跟房顶差不多高。满树油亮的叶子，春夏秋三季变换着不同的颜色。每回经过那里，我都要过去看看，抚摸树叶，轻轻地拍拍树干。我觉得这棵树就像我的朋友，一位人生道路的旅伴。

这次种的枇杷树是偶遇来的。

小区楼下的花坛里，有一大片映山红花，春末夏初会开成一片红艳艳。在密密匝匝的花丛中，不知何时长出了一棵枇杷树。也许是谁吃枇杷的时候，顺手把核儿扔到了这里。这棵树现在已经长到一米多高。在花坛里既破坏整体的美感，又缺乏生长的空间。移到指挥中心旁边的空地上，岂不是两全其美？

来单位封闭隔离的那天，我把树挖了出来，用口袋和绳子细细地扎紧，装在车上带到了单位种下。一个多月了，经历过一场春雪和几场春雨，枇杷树叶子掉落了几片，但顶端的芽儿却还是绿的。这一个多月来，我们很多人都没能回家，这棵树就是见证。我祈祷着，它能顺利地活下来，慢慢长大，与这片山坡融为一体，成为监狱的一部分。

铁打的营盘流水的兵，人会不断调动，但树不动。将来无论调动去到哪里，这儿都留着一个念想。看到它，就能想起2020年那个非同寻常的春天，想起许多人、许多事。

有念想就有希望。有朋友有时感叹：人到中年，找不到希望。我说，没有希望，就自己制造希望呗！

（作者系江苏省金陵监狱民警）

我的书房

葛新成

书房对于一个书虫来说是必不可少的，否则就会有严重的饥饿感和空虚感。

我的书房建设始于参加工作之后。

刚参加工作时，单位新建了一栋宿舍楼，在没有正式分房之前就让我们这些新来的民警享受了，给五个小年轻安排了一套两室一厅。

我主动要求住厨房，因为客厅、卫生间是公共区域，两个客厅是两人合住，只有厨房可以躲进小楼成一统。我买了一个书桌，把厨房的壁橱改为我的书架，那时图书不多，简单布置一下就颇有文化气息。

结婚时，单位分了一间平房，我简单地装修一下把它隔成两间，外面是客厅兼餐厅，里面是卧室兼书房。除书桌以外，又多了一个竹子的书架，书架是堂哥的，我在他家借读时就朝夕相伴，因为始终把堂哥视为学习的榜样，就向伯父讨来书架以激励自己。把书桌放在后窗之下，晴天可以看夕阳的余晖，雨天可以听雨打竹叶，很有一番诗情画意。

后来单位又给分了一间新平房，带厨房的。我就和长期不住单位的同事商量，把我原来的房子让给他，把两房子间打通，在院子里又盖了一间平房作书房。这样我就有了更大的空间，有了单独的客厅、卧室、厨房、浴室、小院，最重要的是有了真正意义的书房，也就有了书桌、电脑桌、书柜和沙发，书柜是铁皮档案柜。后来图书实在太多又奢侈了一把，买了一个实木书柜放在客厅。三五好友来聚，书房就是会客厅，品茗谈经不亦乐乎，沙发后面是一组梅兰竹菊的铁花，让书房显得古色古香。工作调动时，除了实木书柜和竹书架外，把档案柜和沙发全都送给了小妹。

新单位是省内新建的一所监狱，为了解决好选调民警的后顾之忧，单位团购了几栋住宅楼。房子没建好之前，我们都是租房，看到满纸箱的图书委屈地蜷曲在那，似打入冷宫的妃子，甚是心痛，就赶紧又买了一个实木书柜，换了一个书桌，用以放书。

住宅楼建好，有幸分到了一套三室一厅。房子一拿到手就考虑着一定要给自己置办一个书房，于是就定做了一面墙的书柜，这样，在我的书房里，背后是一面书墙，面前是书架和书柜，右侧还是书柜，坐拥书城，感到自己多少真的有了点做学问的味道。

最近单位为解决民警上班的来回奔波又建了两栋备勤楼，有幸分得一室一厅。看房子的时候就盘算着该怎样给自己搞个小书房，最后决定利用阳台的空间回归一下刚参加工作时的小书房。

我在网上搜索可以摆放的书桌书柜一体样式，让同事代为网购。下午书柜就到了，赶忙找个出租车把家里常看的图书打包和笔记本一起带到单位。按图索骥当了两个多小时的小工终于把它组装完毕，看着自己的杰作，心满意足，在朋友圈发了一组照片，引来众多好友围观，甚至有同事预约参观。

现在如饥似渴的读书是因为在该读书的年龄没有条件读书，是工作倒逼产生的知识恐慌。因有在书上批注的陋习，信奉"书非买不可读也"的宗旨，我每年给自己最大的奖赏就是买书，少则几本、十几本，多则论捆，以至于成了弟弟家后面旧书店最受欢迎的人。

"活到老学到老"，学的是做人，学习传统文化以后开始敛起了锋芒，为当初的自以为是而羞愧。学习只有两个价值：认识自己，了解社会。认识自己是为了更好的生存，而了解社会则是为了更好的发展。

在新书房打造完成之际，趁热写下此文，以示纪念。

（作者系安徽省马鞍山监狱民警）

难忘那拥有自行车的日子

刘应尧

　　随着汽车和电动车的普及,自行车似乎已不被当今社会所关注,然而它在我心中,却依旧斑斓如初,余韵悠长。

　　20世纪60年代末,我的一位同学,全家从石河子调到连队。正值夏收季节,他用一辆自行车往家中一次次驮麦草。对此,我不屑一顾,因为连队大点的孩子,背一趟麦草,比他自行车驮六七趟还多出许多,可他那辆自行车却让我心里痒痒了很久。

　　工作后的1972春天,值班连的羊群在克兰河羊圈产羔,因人手不够,临时抽调我去帮忙。

　　帮忙的日子里,羊圈饲草垛旁一辆锈迹斑斑的自行车吸引了我。于是,工作之余和饭后,我就抓紧时间围着羊圈草场学骑自行车。由于从未摸过自行车,不得要领,一上车就摔倒,摔倒了再骑上。手背、胳膊和膝盖多处摔伤出血,衣裳也弄得脏兮兮的。但我顾不了那许多:我担心突然回连队,错过学自行车的机会。

　　次日又接着练,渐渐地,手、脚以及身体的协调性越来越好,随之摔跤次数越来越少,终于用了两天空余时间学会了骑自行车。那一年,是我18岁,也是我信心和恒心的历练。

　　1973年,商品供应十分紧缺,尤其自行车、缝纫机、收音机之类的家用电器,更难买到。父亲千方百计托人买回的一辆永久牌自行车,成了我家的宝贝。

　　新车推回家那天,我和兄弟高兴得合不拢嘴,一会儿拨弄铃铛,一会儿用抹布擦车。两人爱不释手,不知摸了多少遍,擦了多少回。再把车子推到公路上,来回骑几趟,还觉得不过瘾,又骑到连队篮球场转了几圈,虚荣心得以满足,也让篮球场上的人羡慕不已。那个年代,在人们眼里,若是谁家有一辆自行车，那可是一件相当体面的事。

没过多久，我骑车去营部商店买货，顺便过过车瘾。不料，在过阿克大渠便桥时，一紧张连人带车掉进水渠，顾不上衣裳被打湿的狼狈，急忙把车推上渠沿，又赶紧看看车子摔成啥样。还好车摔得不严重，只是脚踏拐子摔歪了。回家路上，一边走一边用抹布不停擦拭渠水浸过的痕迹。一连几天心惊胆战，生怕父亲发现了责骂我。

1977年国家恢复中断11年的高考。次年10月9日，当年那个用自行车驮麦草的同学，以优异的成绩，应验了他的名字"春花秋实"。秋实金榜题名，我按捺不住兴奋，立刻放下课本和教案，从办公室快步走去他家，与他父母一同分享喜悦。

次日骑车送行的情景，恍若昨日。

那天，我们各骑一辆自行车，驮着行李和提包向阿苇滩机场驶去。沿途条田玉米金黄，公路两旁沙枣缀满枝头。一路开心爽朗，不知不觉就到了机场。候机坪上，两人沉默无语，似乎有许多话要说，可不知从何说起。登机铃声响起，握手告别时，他突然从衣兜掏出一支英雄金笔放到我手中，深情地说："这支金笔随我多年，留个纪念吧！"随之转身向飞机旋梯跑去……

我怅然若失，随即将他的自行车绑于后捎架驮回。

1985年，所带初中毕业班面临统考，为缓解学生心理压力和疲劳，我带全班学生骑自行车，去20多里地的戈壁滩游玩。40多名学生，40多辆自行车，宛若长蛇游曳于戈壁。

80年代初，家庭生活条件逐年提高。每逢腊月年关，我都要骑自行车到阿勒泰市置办年货，将新鲜的青椒、蒜苔、黄瓜等蔬菜买齐，装满一大提包，于皑皑白雪山路上驮回。遥想那些年，年夜饭餐桌上的丰盈，皆归于那辆自行车的功劳。

调回内地，那辆与我有着深厚情感的自行车，和其他家具一起，从遥远的边疆辗转千里运回。还是那辆自行车陪我上下班，陪我接送女儿上幼儿园和小学。再后来它不幸落入贼手，我难受了很长一段时间。

于过往的每一个家庭，自行车都有着一份无法替代的情愫，它承载着"50后""60后""70后"几代人的情感记忆，与之鲜为人知的自行车故事，悄然淡出人们的视线。

随着私家车进入百姓家庭，城市交通拥堵十分严重。政府增设自行车共享车站，有效缓解了这一矛盾。不经意间，自行车又显露于街头，从幕后走向台前。

蓦然回首，那道令我流连忘返的风景，依旧鲜活：那上下班潮水般涌过的自行车洪流；那骑自行车穿梭于马路的一对对恋人；那办公楼与学校前摆放着自行车的画面……多像一幅镌刻时代印记的版画，永远定格于时代记忆的画卷中，那样绚烂、靓丽而夺目！

（作者系甘肃省临夏监狱退休民警，甘肃省作协会员，
青年文学家理事）

方池

韩　峰

情怀篇

从监舍楼到车间有一段不长的路，路的两边长着低矮的青草，草上面是不知名的观赏性植物，一段距离就有一棵，修剪得很好，像是雨后的蘑菇。

路的尽头有一方小小的水池，不起眼却非常独特。水池不大，只有几株睡莲点缀在里面，水也不深，一眼就能望到底。水底铺以各种奇形怪异的鹅卵石，几株睡莲下游弋着几尾锦鲤和不过巴掌大的鲫鱼。等到傍晚时，形色各异的云彩倒映在里面，呈现出另一番别致的风景：水面平静，游动的锦鲤仿佛和水面是两个世界，睡莲间也横卧着几朵祥云……

在封闭执勤的日子里，无论是弥漫着年味、寒风还在肆虐，还是大雁北归、树木抽出新枝；无论是夏蝉蛞噪、大地蒸腾着热浪，还是秋高气爽、水稻透露着金黄。每个傍晚不备勤的时候，总是要走上一走，过来看一眼这小小的方池，欣赏鱼儿的欢快、睡莲的摇曳，在忙碌的工作中偷闲，体验一把古人"偷得浮生半日闲"的乐趣。

每一次来到水池旁，忙碌时的匆匆一瞥、闲暇时的驻足欣赏，都会有不同的感受。水池里的睡莲也就三四株，叶子虽小，但异常繁盛，一叶一叶漂浮在水面之上，独占了池的四分之三。睡莲的花朵立于叶片之中，有白色的、紫色的、深红色的、粉色的，花瓣是一层一层的极富层次感，在阳光的映衬下像是一块玉经过精心打磨而成，纯粹又真实。锦鲤不多，却在肆意游荡，有时躲在睡莲下，有时停留在池底，时不时地搅动水面，溅起水花、激起涟漪，好不快活。水池里的锦鲤与睡莲可谓是相得益彰、相辅相成。池中鱼儿大抵由红、白、黑三色组成，交相辉映，色彩斑斓。最喜欢的两条是全身金黄色的，也是最有活力的，在整个水池中，在绿色与红色的衬托下，显得格外突出、特别。

一年四季，睡莲不是在蓄势待发，就是绿意盎然，它就一直静静地待在那里，不知哪一天就会带给你惊喜。最奇妙的是它的花，夜幕降临就慢慢合拢，等到第二天阳光照射时，便迎着阳光重新绽放。记忆的深处，在高中学校旁的公园里，在木桥下，也有一株睡莲，绽放的白色花，算着距离到现在也有四五年的光阴了。而我也慢慢地褪去了青涩，怀揣着的梦想也已经实现——进入警校，顺利成为一名人民警察。来九成工作近一年了，因为疫情的原因，一直在封闭执勤，从最初的42天到现在常态化的7天，封闭执勤的天数一直在减少，批次在不断增加，数字在不断推进，疫情不结束，封闭执勤也不结束，我们会一直坚守，直至国土无恙。

  水池中的水是流动的，源源不断地提供着活力，有时就想，这方小小的水池什么时候开始存在的？是谁设计的？谁主持修建的？又为什么会设计水池？

  这些问题我不得而知，只知道现在它静静地躺在那里，孕育着一方生命。它一直在那里，看着来来往往、行色匆匆、一直在坚守的人们。

  在我来到这里之前，不知有多少人曾在这里驻足凝望，在这之后，还会有新鲜的血液不断注入，使其熠熠生辉。

（作者系安徽省九成监狱管理分局民警）

深夜留一盏灯

王道广

情怀篇

夜，静静地褪去热气腾腾的暑气，慢慢地铺开黑色的帷幕，微风律动中依稀飘来几声虫鸣蛙唱，几缕青草泥香，偶尔细碎的巡夜脚步声和交谈声……

灯，远处的灯火逐渐模糊，稀稀拉拉地散落在周边，从睡眼惺忪到昏昏入睡；再远处，夜未央，是灯火璀璨、充满烟火气的江城，宛若撒落人间的银河，漫天星斗化作一江斑斓梦境，清朗之气一扫疫情阴霾。

此刻大墙内，也有一盏灯，闪耀着藏蓝的光明，给黑夜带来一束光，映照着负重前行的民警们，指引着黑夜迷途的船舶早日归航，守护着人们的仲夏夜平安梦。

"昨夜西风凋碧树，独上高楼，望尽天涯路。"

曾记否，那些艰苦奋斗的岁月。党员，听从党中央的号召，就要去最艰苦的地方，哪怕只有一个党员，也要让红旗坚定地扎根在祖国的土地上！

面对当年一片芦苇荡、烂泥塘，他们住窝棚、啃馒头、战天斗地，肩挑手扛，一锄头一筐泥一块砖，用双手铸就了法治堡垒；筑红砖、建厂房，艰苦奋斗，自给自足，一面旗帜一个支部一群人的火焰，用热血谱写了法治的铿锵篇章。

"衣带渐宽终不悔，为伊消得人憔悴。"

此刻的他，依旧难以入眠，灯光照耀下警徽熠熠生辉。

他，自立志投身监狱事业以来，一辈子兢兢业业、殚精竭虑，快要退休了，那满头的白发依旧倔强地挺立，整整齐齐，清清爽爽，显得格外精神。

此刻的他，还在忙碌什么？是在复盘白天的工作，筹划明天的安排，还是在思考"七一"安保的细节管理？口号声、机器声、读书声，声声入耳；琐碎事、麻烦事、重要事，事事关心。

数十年如一日，他早已经习惯了操心，习惯了深夜常伴他的那一盏明灯。

"众里寻他千百度，蓦然回首，那人却在灯火阑珊处。"

这些年来，他经历过大风大浪，也习惯了平平淡淡，经得住风雨的洗礼，抵得住糖衣炮弹的诱惑，也耐得住清贫和寂寞。所谓"穷则独善其身，达则兼济天下"，这就是咱们监狱工匠人忠贞不渝的家国情怀。

在这个没有硝烟的战场上，有党员冲锋陷阵的地方，正义的火焰就不会熄灭，即使在黑暗的角落也会顽强地开出光明的花朵。

管教，就是心灵的工程，事无巨细，矛盾叠加，考验着每一位管教民警的管理智慧，更考验着他们的责任担当。如何在一张一弛中探寻心灵的平衡之道，如何在宽严相济中捍卫法治的公正之道，如何在家国情怀中不负江山不负卿，这需要一盏慰藉心灵的温暖之灯，需要一盏指明方向的光明之灯，需要一盏有情怀有格局的初心之灯。

人潮人海的噪杂褪去，酷暑炎炎的浮躁褪去，剩下的是挥汗如雨之后的疲惫，是一地琐碎之后的宁静……

夜已深，人未眠，蚊虫萦绕的办公桌前，还闪烁着电脑的微光，那穿梭在字里行间的是点点星光、滴滴汗珠。

劳累了一天的他，站起身来，活动一下僵硬的肩膀，眺望那窗外的夜空，如此澄清，如此美丽。他轻轻地推开门，走到院子里，顿感神清气爽，精神为之一振。

天地如此辽阔，时光天际流转，忆前辈披荆斩棘、筑坝造厂，方有我辈直挂云帆、乘风破浪。

"谢谢火焰给你光明，但是不要忘记了那执灯的人"，他们以身为灯，将光投在了身前，燃烧了自己也照亮了别人。

"祖国，这里有我守护！"

警察，就是城市黑夜里的一束光，心中燃烧一团正义的火焰，就会照亮每一寸黑夜的角落。正义必达，警察向前。即使在黑夜中，他也浑然不觉得迷茫，始终确定光明的方向，因为那颗燃烧的初心从未改变。

仰望头顶的星空，他张开怀抱，在清新的法治空气中自由地呼吸。

想起李大钊先生写的《青春》，情不自禁地吟咏起来，"进前而勿顾后，背黑暗而向光明，为世界进文明，为人类造幸福。以青春之我，创建青春之家庭，青春之国家，青春之民族，青春之人类，青春之地球，青春之宇宙，资以乐其无涯之生。"

那些为了民族事业矢志不渝、终生奋斗的革命先烈、仁人志士们，你们看到了吗？

今日之盛世，一切如您所愿！

（作者系湖北省汉阳监狱民警）

闲话阅读

王 航

在我的认知里,历史上那些嗜书如命的人,均有一个共同的特点,那就是对于藏书这件事都乐此不疲:巨大的书架上堆满了书册,桌上摆了一盏油灯,在昏暗的灯光下,孜孜渴求,读破万卷书。

坐拥书城意未足,这种场景令人心生向往。每一层书架上都会绽放出智慧的零散星光,它们汇聚成束投向读书人的案头。

文人们都喜欢给自己的书屋起上一个富有文化气息的名字,譬如"浣花草堂""七录斋""项脊轩",读起来雅俗共赏,趣味十足,单从名字即可读出书屋主人的平生性情。

我是个阅读爱好者,喜欢读书也喜欢整理自己的书架。我给自己的小书架起了一个别名——书冢。在高高的实木书架上,随着时间的推进,更换一些书籍,再填充一批书籍,让每一隔层都保持盈满的状态。书架的每一处空余之地,我都想方设法利用起来,或放上多肉盆栽,或摆上自己喜欢的小饰件。当我拖着略有疲倦的身体回到家中,总会在书架前流连一番,在众多的书籍中抽出一本,伴随着清茶香味,让思绪跟随着文字而走。

读书,俨然成为家中专属的高端体验和休闲风尚。捧起书卷,眼前仿佛有万里山河、金戈铁马;闭上眼睛,脑中绽放的华彩斑斓全部由白纸黑字映射而出。我可以沉浸在由书页所堆筑而成的幻想乡中,可以排除周遭事物的干扰,仿佛外界的一切于我而言都无关紧要。我的书架就像是一棵正在茁壮成长的树苗,同我的思想一起渐渐变得枝繁叶茂、根深蒂固。

书架上,那些书的命运又是怎样的呢?

每个人的读书趣味和阅读喜好都会随着时间悄然发生改变,在人生的某一个阶段,或许因为一本书中的一句话、一个人物或是一个故事情节,能让自己的世界观发生转变,这便是书籍涵养人的地方。

春风化雨，润物无声，书籍在人格塑造过程中会起到潜移默化的作用。当我将一本书放回书架上，有时候会有些不舍，仍感觉意犹未尽，我要感谢它在一段时间内与我相伴，这是一种机缘巧合，让我在茫茫书海中与之邂逅。很多书籍读后只会变成一些零散的片段，贮存在大脑中，偶尔有闲余时光，便在脑海里"反刍"一遍。而那些仅凭一时兴起或者因为促销而仓促购买的书，就会被遗落在书架上不起眼的一角，任由岁月和蛀虫侵蚀。

手指从书籍的封面上婆娑而过，眼神中流露出一种对于文墨爱不释手的喜悦，掺杂了对知识的渴望，对古人灿烂文明的追求，想要拾取一段璀璨的如同珍珠一般的思想，却总是在浩瀚的知识海洋中断章取义。这就好比抬头仰望天穹，看夜幕下的点点繁星，伸手却难以触碰到。

将自己的书架取名"书冢"，其中的深意就在于此，对于每一本阅读过的书籍，既是一种离别，也是一种留念。

（作者系安徽省白湖监狱管理分局民警）

友谊篇

装修那点事儿

杨会娟

因种种原因，房子装修计划被搁浅了，直到2020年深秋，作为装修小白的我铆足了劲，在忐忑不安、徘徊不定、纠结十里、权衡对比后一锤定音，决定包给惠敏所在的惠家整装，房子装修这才算是紧锣密鼓地拉开了。

惠敏眼睛很大，五官大气，发型短俏，精致干练，很飒的感觉。初见她一愣，心里嘀咕着：终于见到了一位比我眼睛还大的女子。惠敏的表姐看着贤淑端庄，她俩组成文武双全的搭档。跟随她们看了几家装修好的房子后，无论整体效果、做工用料，还是简约风格，都让我心仪，且她家口碑好、回头客多，只是价格略高了点，她很坦率地说，一分价钱一分货。

经过斟酌、商量，她爽快地答应附带把我的储藏室也铺砖批墙，我提出做飘窗柜，看她和表姐面露难色，"那把吊顶取消了吧"我说。她们松了一口气，双方利好，互相理解吧。

房子是客卧向阳的阳光房，结构还算合理，设计规划后先是拆非承重墙，打一组玄关鞋柜，镂空部分放包包之类的零碎；拆除客厅通阳台的推拉门，这样打通后通透，空间变大，光线充足；阳台上的护栏也拆了，换成断桥铝的，整体效果有了，还隔音隔热。

说句题外话，本在山门外，不识内风景。入此门后，呼啦啦地扑面而来、汹涌而至的全是各行各业的资源，但也总有贵人相助，风景不错，靠谱给力。我总说，表面上是我一个人统领着江山，而身后有智囊团、财团、助力团，从来都不是一个人在战斗啊。

借用同事地下室搁放杂物，方便腾空拾掇；闺蜜帮我搬运物品，在明暗之间跑的趟最多；伙计帮我换瓷砖，从同事家拉线借电；同学视频遥控，帮我出主意、定方案；姐妹们介绍装修公司，不遗余力献计献策，现场提建议，参观借鉴她们家的成果；同装的景姐，一起选购油烟机灶具，交流逛街，乐趣多多。

先是水电暖开工，小李父子俩上阵，预留插座，合理布局，这不在话下。主要是老李师傅帮我把两个体大量重的钧瓷用推车装下，不惜力气，辗转运至储藏室，这可帮我了大忙。

无论是做水电、做地暖、做防水，规范化施工，留图存照。专业人做专业事，让我省心不少。在和同事刘妹妹的闲聊中，知道她帮姐姐选的瓷砖是堂弟家的，一看图样，灰色泛青，素雅清淡，也相中了，就决定用她堂弟家的了。

杜师傅铺砖对线对缝，高低坡度拿捏得好，出活省料，麻利干脆，做工细致。

带惠敏去看我选的瓷砖，她一看款式，"姐的眼光好！这砖质量不错！"其实这是同事的眼力功劳。惠敏和刘老板互加了好友，方便合作，这真是卯榫相遇，严丝合缝，互利共赢，也是无意中成就了他们的合作。

中间等砖、调货、送余砖，真是好事多磨，幸亏离市场近。耗的心神、力气，都是为了圆满结束，有效果就值得。

之后做美缝，然后做木工，彭师傅要计算备料，和惠敏一起，三人共同定好柜子尺寸、位置、柜门开合方式、内部格局、设计样式，就这样开始了，当看到一片片板材，在他的切割、钉合，做活干净利落，一气呵成之下，书桌、玄关柜、餐边柜、橱柜、衣柜、隔断、吊柜边柜镜柜等定型成形，竖立成架，还是很惊艳的。这样收纳方便，想到买买买的剁手之果终于有了妥善安放之所，心里美美的。

而且装修在女人之间不是那么严肃，争执之余回归温情活泼。有时候见面我们聊聊天，摸摸彼此的衣服料子，看看穿的鞋子款式，展示一下工装裤的酷闲，摩挲一下包包皮质，分享一下购物心得，讨论一下性价比高的，还去她介绍的理发店剪个姐妹款发型，甚或在样板间的展示床上小憩酣卧。

然后是布石膏线、挑大理石台面、选壁布颜色、木门柜门款式、定电视背景墙样式，我基本上的原则是宁简勿繁、多素少亮，以耐看经典为基本，舒适实用性为主题，颜色多是亚白，搭配灰色，只有电视背景墙用了深海蔚蓝作个跳色，冲撞一下视觉，给全屋提个亮。蓝色也是我一直中意的，灰色则是万能搭。

接下来还有封吊顶、配门套、安剔脚线、配卫浴产品，以及灯具、窗帘、家具家电，都要添置备齐。在这个冬天经历了父亲住院，危重渐转好，孩子也得自己克服困难，严冬季自顾，我在这三处奔波，装修没停，工期没落下。其中，有慧敏她们在安排，有同事们在担待，有家人在支持。

从最初毛坯房的简陋落魄、蛛网附着，到一天天的焕然一新，真是旧貌换新颜，如同一向素面朝天的女子化了个淡妆，收拾打扮后家的温馨感觉渐渐浮现，而个中迷茫、挣扎到选择、决定，其中滋味，从暗影到明亮，从苦涩到甘醇，真是让向来离事万丈远的我，踏实落地，化凡为俗，由云入泥，一直成长，再不惧悬崖冰。

装修的事儿，捋一捋，数不完；装修的人儿，拨拉着，谢不尽。春天的风儿，春天的故事，就在这暖意习习、不紧不慢赶来的路上。

（作者系河南省豫西监狱民警）

知心姐姐宋大

高凤池

她，在我的印象里总是留着一头精干的短发，乌溜溜的双眸闪烁着睿智，对讲机几乎不离手，连吃饭的时候都在忙着工作，就算已经身心疲惫，但脸上始终洋溢着灿烂的笑容，就是这一抹微笑鼓舞着我们始终保持高涨的工作热情。

她，就是我心目中的老师——宋鸣凤。

还记得当年的我刚刚20岁出头，怀揣梦想，参加竞争激烈的省公务员考试，最终如愿穿上了梦寐已久的警服，在江苏省女子劳教所工作。来了没多久，就常听人提起宋大队长的"威名"，工作中处事果断、雷厉风行，在劳教人员中具有极高威信，还有一个响亮的外号"老虎"……

听了她众多的事迹，这是怎样一个奇女子啊？我顿生敬畏之心，内心充满了好奇，心想这个宋大队长究竟是个什么样的人呢？

经过一年的努力工作，我顺利地通过了公务员试用期，成为一名合格的司法警察。单位就此重新调配了警力部署，恰好将我分配到了宋大队长当时所在的六大队。当时我内心充满了忐忑，但又心生向往。

第二天我到六大队报到时，宋大早已迎在大队院子的门口，一见我便热情地攥着我的手，将我拉进办公室。经过一番真诚的沟通与交流，宋大对我有了初步了解，于是喊来了内勤，不容置疑地说："小高刚来，考虑到你们那边的办公室已经满员，恰好我这边还有一个办公桌没有人，就先安排在我这边吧，请你帮她准备一下。"

当时我的内心是充满喜悦的，因为对于初来乍到的我，宋大这样的安排无疑是充满了信任，并且无形中拉近了彼此的距离。紧接着，宋大依然热情地攥着我的手，马不停蹄地带我熟悉整个大队的环境，认识新的同事，也对我提出了新的要求，并坦言对我今后的工作充满了期望，我觉得我的心在慢慢地向她靠拢。

一段时间后，在宋大不厌其烦的指导下，在同事们热情的帮助下，我逐渐适应了六大队的工作节奏和要求。宋大见我在工作中比较严谨，就放心地把整个大队值班表的编排工作交给了我。她私下对我说："我们这个工作场所比较偏僻，单位也刚刚成立没多长时间，你们都是20岁出头的小丫头，离家都比较远，所以排班之前一定要征求每一个人的意见。每个月没有特殊情况，每个人的休息时间都是相同的，要让大家都休满，在这个基础上充分尊重大家的想法，尽量合理安排好同志们的工作和休息。工作的时候要把工作做好，休息的时候也要好好休息，可不能耽误年轻的小丫头们找对象呀，我还想多喝几顿喜酒呢！"

听了如此暖心的话语，我颇为感动，作为大队的"一把手"，大事小事都需要她作决策，所以她把更多的时间扑在了工作上，根本无暇顾及家里的老人和年幼的女儿。在我看来，她才是那个不能安排好自己工作和休息的人，工作仿佛就是她的全部，可就是这样，她从来没有怨言，反而凡事先替我们着想，把我们的事情安排妥帖才放心，有的时候我觉得她不像我们的领导，更像是我们的家人。

因为我们都是刚走出校门不久的一群年轻人，在她口中就是一群"小丫头"，而宋大就像知心姐姐一样，处处为我们考虑，经常跟我们促膝谈心，带我们"吃喝玩乐"，缓解我们的思家之情。工作上事无巨细，细致讲解工作要求，毫无保留地传授她的宝贵经验，帮助我们尽快上手，能够独当一面。

慢慢地，在她的引导下，我们的工作能力越来越强，管理能力不断提高，处理各项事务得心应手，同事们之间的感情异常融洽，整个六大队的大院经常洋溢着欢声笑语。

大家在相处过程中，表面上看起来好像领导与下属之间没大没小，其实我们内心对宋大特别尊重。而后，我们这些曾经稚嫩的"小丫头"们，也陆续找到了自己心仪的对象，看着我们一个个的事业、家庭双丰收，笑的最灿烂的人就是我们的知心姐姐了。

那一年，我也找到了自己的另一半，准备举办婚礼。于是我就邀请宋大担任我的联系人，帮我召集单位的参宴人员，其实有一些不好意思，毕竟她那么忙。没想到她满口答应了，并且表示这方面我不用操心了，联系人和车子这些事情全部交给她，肯定办得妥妥的。不仅如此，宋大还给我精心准备了新婚礼物，婚礼当天，帮我忙前忙后，像嫁自己女儿一般，省却了我很多琐碎的事情。

时至如今，每当想起这些情景，我都特别感动，想念当年六大队的"小丫头"们，更想念那个对我们呵护备至的宋大。

后来，因为团警政策，我调到了老公工作的单位，与宋大之间的联系也就慢慢减少了，但我的内心始终有那么一个地方，存放着当年种种的美好记忆，那些欢声笑语从来就没有消散过，反而随着时间的流逝日久弥新。

时光荏苒，曾经的六大队的"小丫头"们，或走上了领导岗位，或调到了外单位，更有一位辞职到社会上闯荡，竟然还小有成就。那天接到"王总"的电话，说她今年回江苏过年，我们约好一起回去看看曾经战斗过的地方，看看宋大。记得那时离过年还有两天，我们在赶往女所的路上，宋大已经电话不断，不停地问我们到哪里了。等我们到达的时候，她已经站在单位门口，远远地看去还是那头短发，还是那个爽朗的笑容，一切都没有变化，就好像那一年在六大队门口热情迎接我的那个她，想到这里我的眼睛湿润了。

如今，她已经是单位的企业老总了，现在似乎应该称呼"宋总"，但是我们"没大没小"惯了，还是"宋大"来得亲切。心情激动的我一下车，就扑向了宋大，和她紧紧地拥抱在一起，久久地，等我回过神来，在她脸上结结实实地亲了一口。真香，熟悉的味道又回来了，那是家人的味道！

曾经的单位名称已经改成"江苏省女子戒毒所"，如今的大门很是气派，人员也发生了很大变化。宋大提出带我们到工作过的大队去看看，一路上我们围着她絮絮叨叨："以前是什么样子的，我们之前的办公场所，还有哪些人在这里……"

不知不觉，叽叽喳喳的，一个上午就过去了。时光总是那样的短暂，离别的时候该来还是会来，这一次，我们又携带着满满的情意踏上下一段旅程。

有人说：回忆也是一种相会的方式，离别亦是一种美丽。感谢我的人生旅途中出现过你——宋大，再见是为了下一次相会，再见亦会再见！

(作者系江苏省监狱管理局民警)

愿你被世界温柔以待

李勇琳

听说倩儿要去新单位工作了，心中不免有些伤感。

虽说依旧生活在同一座城市，但其实大家都明白，想再聚也很难，远不如每天生活在一座楼里，打一个电话、发一条微信、爬一层楼梯就能约饭来得方便。

我一直相信人和人的相处是有缘分的，我们择友的标准往往也反映出自身的喜好。倩儿几乎符合我对好女孩的所有定义：好学、上进、谦虚、爱美、友善……

刚认识她的时候，只听别人谈起这姑娘是西南政法大学毕业的高才生，又是从外省过来挂职的选调生，而且还单身。单凭这几点已经足够认定这姑娘很优秀了，完全具备傲娇的资本，我甚至猜测她也许是因为条件优越、眼光过高而在跟我相似的而立之年依旧单身。

我们开始的相处仅限于微信客户端，大部分是上下级的沟通，相互了解得不多。直到有次倩儿跟着书记到我们单位检查工作才第一次"网友"见面。

倩儿长相甜美，让我相信"相由心声"这个词，大大的眼睛，略显羞涩，得体的衣着，说话轻声细语，丝毫不像是在边疆生活了10多年的姑娘。

可能是第一次随领导赴基层单位考察，倩儿还显得有些生分、拘谨。我主动请她到办公室坐坐，给她倒了杯茶，让她坐到我的老板椅上休息会儿。

倩儿特别不好意思，着急忙慌地把椅子还给我。那神情感觉让的不是椅子，而是红包。从那次见面后，我们的聊天就不局限于工作了。

也许是缘分使然，很快我跟倩儿相遇在局里，协助书记准备团的换届会议。虽然从事团的工作已有几个年头，但是准备上级的换届会议对于我俩来说依然是项挑战，时间紧、任务重。我很珍惜领导的信任，也配合倩儿认真筹备。程序不清楚就翻阅白皮书、指导手册反复研读，人员拿不准就请示领导和上级组织。因为重要领导的参会时间不好提前确定，会议流程跟着修改了很多稿，一直到开会的前一天晚上，所有的日程才尘埃落定，剩下就是准备会务材料。

晚上11点，我们几人跑遍了江宁大学城所有的文印店，即使印刷材料数目可观，但因为时间太晚，店家还是朝我们摆摆手，表示拒绝。

我是第一次碰到有生意不做的老板，更何况还是千份以上，急得满头大汗。到了最后一家文印店，看到正在运转的印刷机，隐约感觉到了希望。老板看我们急切的样子，经我们好说歹说同意帮忙印刷。要知道就算接单，12点之前是不可能印完的。为了表示感谢，我们几个人主动承担了打印和装订的活，开始自助服务。最终赶在1点之前将会议材料带回了会场。

下面要做的就是分装材料。这时候倩儿完全可以回去休息（从江宁赶回家还需一个小时），将材料交给承办单位。但是她没走，作为朋友我知道她所想：材料装包也是会议重要的环节，必须负责到底。我们一起装，所有人都能早点回去休息；最关键的是别人忙，自己回去休息，心里总是不安和愧疚的。

第二天正式会议开始前，我就看见她顶着黑眼圈儿在那跑前跑后，带着我们彩排会议流程。

我们开会时，她又自觉跑到后场去协调音响，精神紧绷，确保每个环节都没有差错。因为我们的认真细致，会议圆满完成了既定议程。通过这件事也让我学会了很多换届知识，在后来的几次换届会议中，我们俩就像黄金搭档，轻车熟路，默契有余。她做事麻利，效率很高，我比较细致，考虑全面，两人在性格上有些互补。通过一段时间的相处，我们成了无话不谈的朋友。

最让我替倩儿高兴的是，在挂职的这段时间里，她遇到了那个对的人，也是我们系统的。大家都有点不可思议，平时闷不作响的单身姑娘，居然说结婚就结婚了。未婚夫是本系统内一名普通的民警，跟她一样待人接物体贴友善，对倩儿更是爱护有加。我记得倩儿曾经说过很喜欢我们穿制服的样子，也希望自己能加入我们。如今她在系统内结伴，我们成了她的娘家人，也许这就是她和这个系统的缘分吧，和我们这群人的缘分吧。现在她调到了更好的工作岗位定职，真心替她感到高兴。

衷心祝福倩儿将来的工作、生活越来越好！
更祝福她永远被身边人温柔以待，做个被岁月呵护的小姑娘。

（作者系江苏省龙潭监狱民警）

下个路口见

王 喆

前段时间,与许久未曾碰面的好友 F 和 Q 视频,聊起了高中的往事,当谈起我们三人在班里元旦晚会上合作表演的哑剧《等待"戈多"》时,三人均一番感慨。

那时,历史课刚学过荒诞派的代表作品《等待"戈多"》,让我对其中的一段经典台词印象颇深,"我们走吧,我们不能走。我们为什么不能走?因为我们在等待'戈多'"。

恰逢班里组织元旦晚会,我们三个便合作,利用这段经典台词自编自导自演了一段哑剧,通过一系列的肢体动作表演,收获了大家很多的笑声。节目逗大家一乐,也是为繁重的课业加点"糖"。

我和 F、Q 是死党,一起嬉戏打闹,一起直面挫折,一起畅谈未来,仍记得那时课业繁重,压力很大,每天早起晚睡,大家都乞求早点"渡"过那段时光,早日跨进大学的校门。

正是那时三人间相互扶持,才顺利完成了高中学业。现在讲来还真是怀念那段时光,毕竟那时可以一起躲在宿舍里激情地谈理想,一起躺在草坪上惬意地看蓝天,而现在却只能在网络的另一端互相寒暄。

时光总是那么匆匆,转眼间到了那个路口要"考核"的日子,既庆幸即将解放,又担忧前途未卜。"考核"结束,我和 Q 发挥一般,拿到了去下个路口的"车票";F 发挥不太理想,他没有选择那张车票,而是选择在这个路口再努力一年,我们相约下个路口见。于是我和 Q 背上行囊,踏上旅途,和 F 挥手告别。

经过一番颠簸,抵达目的地,和上个路口相比,这个路口更加便利,拥有更多的高楼,街道更加繁华,同行的人都迫不及待地融入到了新生活中去,我和 Q 也下了车,到达了各自的地点,继续学习,也期待着 F 早日到来。

那段岁月里，有一部分人没有经受住考验，被左右两个方向的风景所吸引，越走越远；而更多的人依旧原地蛰伏"修炼"，等待着下一场"考核"的到来。这期间，F也顺利到达。虽然每个人在这个路口所处的小环境不一样，但是只要更加努力就能继续前行，到下个路口享受更好的待遇。

"呜呜呜……"，这熟悉的鸣笛声再次到来，大家背起行囊，攥着辛苦付出换来的车票开启了下一段美好的旅程。我们三人也如愿一起前行。历经一阵疲惫的旅程，抵达了一个更加繁华的路口，这里高楼林立、车水马龙。我们也很欣喜地下车，期待着一段崭新旅程的开启……

现在，我们三人都谋到了一份工作，只是总有一些不满足，总有一些不适应，也总有一些不甘心，总是在手机的一头互相发牢骚，又总是怀念那段逝去的美好而单调的青春……或许静下心来"修炼"才是正道，努力争取再换到一张车票，潜心等待下一辆火车的到来，去往下一个更加繁华的路口……

其实，漫漫人生路何尝不是由一个个路口组成的呢？没有人知道终点究竟在何方，自己究竟何时才能到达梦想的彼岸。更没有人知道下一个路口的风景，但是有一点可以明确，下一个路口风景肯定会更加迷人。

与其在原地痴痴地等待"戈多"，不如转变思路，把"戈多"放在心中，主动向下一个路口前进，或许在前行中就能收获意想不到的结果。

回过神来，聊天也在一番回忆与感慨中结束，手机锁屏，内心仍是波澜。此刻，打开收音机，聆听电波，放松心情，一首李宇春的《下个路口见》涌入耳海，伴随着曼妙的旋律，放空大脑，沉浸其中……

让我们相约下个路口见！

（作者系江苏省徐州监狱民警）

那个可爱的"老杆子"

张楚彧

俗话说，家有一老，如有一宝。

电视剧《三叉戟》里面的三位老同志可以说是他们单位里的"吉祥三宝"。每个单位都有这样的老同志，但大伙心里都清楚，老同志可不好惹呀，这哪是宝呀，这可是一群老顽童。

在我们监狱，"老同志"俗称"老杆子"，和《三叉戟》中的"吉祥三宝"很相像，他们身上有一些共同的特征，让我给大家娓娓道来。

老杆子爱抽烟，喝点小酒，钓钓鱼。保温杯常年不离手，里面泡着枸杞、菊花，看似很养生，其实身上一堆病：高血压、糖尿病、脂肪肝、心脏病，多半是年轻的时候生活不规律造成的。每天上班都要带不少瓶瓶罐罐，但总爱说一句，我没病！

老杆子脾气很冲，不管是谁，只要招惹到他，老杆子可不买你的账，一种我的地盘我做主的感觉，但你从老杆子那里总能听到真话。

在我们监区，和我关系最好的老杆子是孙叔。起初，我和孙叔的关系非常"恶劣"：我来单位的第一天，跟他热情地打招呼，"您好，孙叔，我是小张"，他却头也不抬一下，只是朝我挥了挥手。前段时间我问他，您当时跟我挥手，是不是在跟我打招呼。他肯定地说："不是，我是告诉你，我知道了，让你走远点，别打扰我。"那一天的中午，孙叔还因为我上厕所时间长了，告诉我影响到了他的生物钟，让我非常的无语……

后来一段时间，我曾一度怀疑是不是哪里得罪了他？只要是他安排的事，我都会尽心尽力地做。

考虑到孙叔对我的态度，有一段时间，我就故意躲着他，只要他在办公室，我就尽量在监管区值班，他去监区，我就偷摸着跑回办公室。我和他两个人就好像是在打游击，倒也相安无事。

一日，孙叔在办公室拍拍打印机，又敲敲电脑，再捶捶打印机。我便快步上前，小心翼翼地问："孙叔，需要帮忙吗？"

他也不理我，只是默默地移开座位，指了指座位，示意我坐下，又指了指电脑。原来老杆子想打印一份资料，但纸卡在打印机里不出来。我三下五除二就把资料打印好给他了，隐约听见他小声说了声"谢谢"。

我装作没听清，"你说啥，孙叔？"

"赶快干你的活去吧。"

回头望向他，看他对我笑了笑，又挥了挥手，我想这次挥手应该不是第一次见我时的意思了吧。

从那天起，我开始慢慢接受这个可爱的老杆子了。不过从接受到仰望往往还需要一个契机。一天晚上，监内出现了突发情况，有罪犯打架！监舍内充斥着叫嚣的声音，我第一次处理这种事情，经验不足，站在那里有些手足无措。

"都不要打了！"我想用我那慌张的眼神和略微发颤的声音解除这次危机，但事态并没有缓和，相反还在不断扩散。

不知道什么时候，孙叔站到了我的面前，"住手！"孙叔的喊声坚定而有力，让整个焦灼的空气宁静下来。老杆子及时组织警力分开了罪犯，有条不紊地教育他们。他胸有成竹的样子和他平时的样子形成了鲜明的对比。处理完后，他看出我似乎还有一丝惊魂未定，拍了拍我的肩膀，招了招手，喊我过去，仔细跟我说碰到此类情况应该怎么做。说完后，他笑了笑，叫我先回去休息一下，我匆忙转过身向外走去。背后听到孙叔对着旁边另一个老杆子说："咱们以后得多教教这小子，让他以后少吃点亏。"

我很自然地想起了电视剧《三叉戟》中男一号崔铁军讲的萨姆3的故事：萨姆3是苏联在20世纪50年代研发的一种导弹，1999年在南斯拉夫击落了美国的F117隐形战机。F117号称高科技神话，永远不可能被击落，结果折在了老掉牙的萨姆3手里，所以千万别瞧不起老同志。

年前休息的一天，我在菜市场碰到孙叔在买菜，我跑到他面前："孙叔！"

"吓我一跳，你从哪冒出来的？"孙叔的眉毛紧锁着，显得有些不耐烦。

"中午别做饭了，我请你下馆子去。"我也不知道哪来的勇气。

"下馆子，算了，那菜烧得还没你阿姨烧的一半好吃呢，跟我回家吃，也好认个门。"孙叔紧缩的眉毛也慢慢舒展开，把我拽到了他的车上。

饭桌上，一杯酒下肚的孙叔，很快来了兴致，大声对我说，"你小子，悟性差了点，态度还可以，以后好好跟着我学……"

那一天，饭桌上充满了欢声与笑语……

（作者系湖北省沙洋熊望台监狱民警）

脚伤

张丽红

"甲沟炎！"

听罢医生给出的诊断，我颇为惊讶，第一次知道有"甲沟炎"这个病名。

两脚拇指痛疼已半月有余，一直忍着没来看医生。没承想前一天痛疼加剧，走那段回单位约100米的上坡路已是寸步难行，步步钻心；晚上下班下坡更是时而横着走，时而小心地倒着步走，近乎连移带挪才下得坡来。痛到这种程度，不得不看医生了。

"交费后到治疗室治疗。"医生用手指了指隔壁，把病历递给我。

"好的，谢谢医生！"我接过病历走出了诊室。

"闺女，我们打的士过来了，很快到！"在治疗室外等候治疗，掏出背包里振动的手机，看到了这条信息。爸妈知道脚痛得难以行走的我要来看医生，说要过来陪我。我不答应，爸妈年纪大了，又住在别处，我不想他们奔波劳累。而丈夫要照料生活不能自理的家公，我也没让他来。

爸妈此刻已坐上出租车在赶来医院的路上。我只好将"就诊通知"发给他们，并告知治疗室就在诊室旁边。

轮到我了，护士让我坐在那张比较高较宽有靠背的木方椅上，脱了鞋袜，右脚掌放在浅 U 形的木架上。护士左手用熬了药水的棉签按在痛疼那侧甲沟的甲根处，右手拿着棉签在涂抹着甲沟。

"会痛的哈，你要忍一忍！"

我还没反应过来，猛地刺痛了一下，接着两下、三下……

"啊！好痛呀！"我失声叫喊起来。

护士却没停下来的意思，依然在使劲地刨着、刮着。"都化脓了，不清理掉怎么行……指甲不要剪太短呀，都长肉里了！"护士边操作边训我。然后涂抹、上药，黄红色半透明的药膏敷在伤口上，用棉签硬的那头，把药膏按、填、埋进去，每按一次，都是钻心的痛。

我痛得不自主地用双手掌托举着腿关节弯角处，一时又痛苦地扭曲着上半身，用手去抓扶椅背，几欲痛晕过去。都说十指连心，这还真如一下下刺扎心脏一般。

这算是酷刑了吧，这么痛都不上麻药吗？心又想，不上麻药应该自有道理吧。难怪方才给我做治疗前，护士把治疗室本来开着的门掩上了，应该是怕我的叫喊声传到外面，也避免外面的人看到里面恐怖的场景。

右脚做完，正在喘息等候着做左脚，治疗室的门被轻轻推开，爸妈从门外小心地探身进来。护士准备为我做另一只脚了，我朝爸妈挥手道："爸妈你们出去吧，不要看，在外面等就行！"

爸妈却不移步，不愿出去。

"很痛的，你们不要看啦！"却没想这句话会让爸妈更不忍心离开。

跟处理右脚时一样，护士又在左脚患处刨、刮、按、填、埋，我极力忍着痛疼，还是不时失声叫喊起来，眼泪都出来了。好在戴着口罩，没让爸妈看清我痛苦扭曲的面容。

"能不能穿鞋呀？"爸妈望着我那被纱布层层包扎的脚拇指，又望望我的鞋。

"我今天特地穿了比较宽松的鞋，刚才最痛都过了，现在穿鞋没问题！"

护士也扭过头笑了："是呀，最痛都过了，可以穿鞋，不怕的。"

虽然没方才治疗操作时那么痛，但还是比来时痛得多。我用脚后跟往前推移着步子，在爸妈一左一右的牵扶下，颤巍巍地走出了医院大门。如果爸妈没来，我一个人还真难以离开医院。

第二天晚上做了个恶梦，梦见自己独自站在一处陌生的悬崖边摇摇欲坠……惊醒！一身冷汗，棉被都渗湿了。接着还头痛了两天。后来想想，那个恶梦和头痛大概是治疗时痛疼的投射反应。

隔了两天去换药。换药又两天后，两脚拇指仍觉痛，小心地打开纱布，发现伤口还没好，只得再次挂号复诊。

爸妈知道我要复诊，又说要去医院陪我，我说不用。爸妈又说他们正要去那边开点药，顺便去看看我。只好由了他们，我叮嘱丈夫在家早点买菜做午饭。

见我脚伤未好，医生比第一次检查仔细多了，又喊来护士查看，商量着是不是该拔甲。然后医生、护士一致建议：拔甲治疗！

这回拔甲是打麻药操作了。注射麻药时，妈妈怕我打针痛，轻轻地抚摸着我的腿。妈妈轻轻的抚摸，竟让躺在治疗床上的我产生了一种错觉：仿若时光倒流，又回到了小时候，生病时妈妈守护在旁。其实经历了第一次治疗的痛疼，这次注射麻药扎针的痛已可忽略。

麻药起作用后，护士熟练地操作着，切、割、刮、捺、上药、包扎。闭眼躺着，虽然一点痛感都没有，但想像着那血腥恐怖的场景，我心里还是充满着恐惧，幸亏有爸妈在旁边守候着。我感慨万分，又深感羞愧，在我最需要时，爸妈都真的出现在了我的身边。而他们都是白发苍苍的老人了，却依然在为我担心操劳。

进了电梯下了楼，麻药的药效正在慢慢散去，痛感慢慢袭来。坐在出租车上痛感已相当明显，而且仍在加强。我发信息让丈夫拿着拐杖在小区门口等，我知道等会下车时肯定是无法行走的。丈夫早年曾做过腿手术，拐杖还一直放在家里，没想到这次我的脚伤竟又派上用场了。

拄着拐杖"走"在小区回家的路上，感觉双脚不像是自己的，每迈一步都那么痛、那么痛。一阵北风吹来，地面几片落叶打着圈儿又被吹远。那时刻，我整个身子也在风中凌乱。

进了屋门往最近的餐椅一坐，已不想再动。没胃口，也不感到饿，吃了个苹果当午餐。坐了许久才挪步进了卧室，坐着痛，躺下也痛，平日不得不午休的，这会儿却痛至毫无睡意。那天，进了卧室后没再挪出卧室一步，晚饭是在卧室吃的，痛得实在是茶饭不思、毫无胃口，也得勉强吃点。

拔甲前的第一次治疗，痛的时间短却痛得异常恐怖。拔甲后痛的时间长且密集，痛疼持续往心脏、脑部涌来。很难比较这两种痛哪种痛些，只能说，两种痛都让人痛得怀疑人生。

我在忍受着痛疼的同时，心底还忐忑不安。拔甲时各种操作完成后，我才知道并没有拔去全甲，两脚拇指都只是剥拔了病甲那侧约全甲的四分之一部分。这让我感到很不安：这样不拔全甲，旧甲会不会阻挡新甲的生长？旁边剥甲后的伤口，又会不会影响旧甲的安全？如果真的还不行，还得重新拔甲，还拔吗？这疼痛实在太痛了！

后来每隔两天去医院换药，能感到伤口在慢慢好转。前两次是挂着拐杖去的，第三次不用依靠拐杖了。最后的复诊，医生肯定地说道："放心，康复得良好！"我一直忐忑不安的心，总算得以平复下来。

我是不轻易请假的人，前期半个来月我一直忍着痛疼坚持上班，拖着不看医生，就是怕看了医生要休假上不了班。没想到这次脚伤还伤得不轻，不得不在家病休疗伤。打乱了工作计划，连累了搭档同事，这是我所不情愿的。

"安心养病""不用想工作的事，身体要紧""保重身体，早日康复！""我的小姐姐，快快好起来！"政治处的及时批假，科长对工作的妥善调整，所长知悉情况后的关心过问，还有其他同事、姐妹的牵挂问候，暖心的话语，如冬日暖阳，温暖着我的身心。更有在将近一个月的时间里，帮我顶值班的何处、山哥两位兄弟，对于他们的付出和帮助，我满怀感恩。

"好啦，改天再聊，你好好休息，我去散步了！"

一句平常的话，此刻听来却是多么的动人心弦。啊，我已将近一个月未能轻松愉快地行走了！我们平常总是对健康、自由、幸福熟视无睹，待我们不小心弄丢了它们，才发现它们平日里的弥足珍贵。

多事之秋的2020年，极不寻常的2020年，因一场新冠肺炎疫情，我们的国家和这个世界都遭遇了前所未有的挑战。而我个人又在这一年的最后一个月，遭遇了脚伤这一劫，真乃刻骨铭心。愿世间的疾苦劫难少些，阳光欢乐多些；愿肉体的伤、心灵的痛，都能被爱和时间治愈。

2021年新年的第一天，寒潮南下，北风凛冽，清晨走在回单位值班的路上，我心里却暖乎乎的，因为我又可以轻松自如地行走了，我又可以正常上班返回工作岗位了。

（作者系广东省广州市未成年人强制隔离戒毒所民警）

老指导员

汪明启

近三四年来，机关小区林荫道上，几乎每天可见一位八九十岁的老爷子推着既能放东西又能当凳子坐的小车子慢慢前行。

这个老爷子是我参加工作后的第一任指导员。我每次从他身旁经过时都会停下脚步，轻轻地喊道："张指导员，您好！"老指导员便回过头应声道："小汪好！"老指导员的慈祥脸庞、温和目光还是三十多年前我们第一次见面时的样子。

1987年7月中旬的一天，我中专毕业分配到安徽省九成劳改农场工作。分场政工股刘同志带我去上班的中队，刚走到中队办公室门口，一位着83式夏季警服的老警察从里面走出来相迎。刘同志跟我介绍，这是中队的张指导员。

那时已59岁的张指导员身板儿稍瘦却很结实，穿着的淡黄色短袖警服的红领章崭新鲜红、肩膀上的红星盾牌耀眼夺目。笑容满面的张指导员伸出双手把我的手紧紧握住说："欢迎新同志，我们的队伍又有了新兵，党的劳改事业后继有人。"

望着张指导员希望的眼神，我觉得肩上沉甸甸的。

关于张指导员的大概情况，刘同志已在来中队的路上跟我说了：1951年参加工作，1954年入党。参加过土改和治淮，还参加了安徽省太湖县花凉亭水库的建设，来九成农场的20年里，组织中队的农业生产、带领家属办好商店。1985年，快退休的他又干起老本行——教育改造罪犯。虽然工作37年，但职务仍是中队指导员，是股级。退休后，他享受"三五干部"待遇（监狱工作30年、年满50岁的享受副科待遇）。这当然是后话了。

我清楚记得张指导员跟我第一次谈话的内容。他说，管理教育罪犯，不得打骂体罚，要文明管理。但要使罪犯服从管教，最关键的是要做到秉公执法。

一定要跟罪犯及其亲属划清界限，做到不抽罪犯的一根烟，不贪不拿不占公家一点东西。

他说，吃小亏但不会犯大错。他的话直白不深奥，但把大道理讲得清清楚楚。三十多年来，我一直把他的这几句话记在心里。

那时候，中队干部每天夜里必须下监房组织罪犯"三课学习"，快退休的张指导员每天夜里都坚持在"三课学习"现场，雷打不动，风雨无阻。一位年轻民警一天夜间没下监房，第二天张指导员发了火，把那位年轻民警狠狠地批评教育了一顿。这是我第一次看到张指导员发火，也是唯一的一次。

组织上照顾老同志，半年后，把张指导员调到大队股室，让他提前几个月"退休"。从此我与他的接触不多、有关他的信息也不多，因为他的退休生活很平静。

2004年，我转岗从事离退休干部工作，跟张指导员又有了接触。

这些年来，张指导员来我的办公室次数不多，找我的次数也不多。就是不多的这么几次，他也不是为自己的事，而是为所在支部能更好组织学习、开展活动提建议。这是一个有着五六十年党龄老党员的党性自觉。

2021年1月3日早晨，我惊悉张指导员去世的消息。他很少生病住院，行动也还方便，2020年12月30日早上，我还向推着小车的他问好。

张指导员走得如此悄然无息，或许契合了他不事张扬的个性。他这辈子未谋得一官半职，也未能攒下殷实家底，但他知足常乐、不屈身事人。在悼念中，他的弟弟深情朗诵了《石灰吟》，以表达对大哥的崇高敬意。

我在张指导员遗像前虔诚地插上三根香，深深地鞠了三躬，以示深深的哀思。

老指导员，您一路走好！

（作者系安徽省九成监狱管理分局民警）

理想篇

红心永向党

张志明

我的宝宝今年4岁半,活泼可爱。

最近幼儿园放学回家路上,宝宝对接她的姥姥叨咕:"100周年、100周年,建党、建党。"

等我们下班回到家中,宝宝又对我们说:"100周年、100周年。"

我故作不知地问她:"100周年是什么?"

宝宝说:"爸爸,建党!建党!"

我故作疑问地看着她,她明白了我的意思,就又对我说:"爸爸,建党100周年!共产党!你不知道吗?"

我呵呵一笑,还是装作不知道的样子。她又说:"爸爸,你不是共产党员吗!你和妈妈都是共产党员啊,你不知道建党100周年吗?我们幼儿园的小朋友都知道,我们还唱'起来歌'呢。"

然后,宝宝大声唱了起来:"起来,不愿做奴隶的人们……"

我感到很欣慰,开心地一把将她搂进怀里,幸福的滋味涌上心头,同时,深深地为我党取得的历史性辉煌成就感到骄傲,为我党创造新时代中国特色社会主义的伟大成就感到骄傲,为中华民族伟大复兴建立了彪炳史册的伟大功勋感到骄傲。

回顾100年来,中国共产党书写历史,改变世界就证明了一切。我们今天取得的一切成就,是中国共产党人、中国人民、中华民族团结奋斗的必然。中华民族近代以来180多年的历史、中国共产党成立以来100年的历史、中华人民共和国成立以来70多年的历史都充分证明:没有共产党,就没有新中国!历史和人民选择了中国共产党,无数事实和经验告诉我们:只有中国共产党才能救中国!

宝宝目前说话还不太利索,吐字还不太清晰,但红色基因已深深地埋植入心,"共产党""100周年""建党"等词汇已深深烙在她的脑海里,今后,我们只须在这些词汇前加上"中国"。

今后我会告诉她,我们国家能够战胜来自各方面的风险挑战,实现从生产力相对落后的状况到经济总量跃居世界第二的历史性突破,人民能够当家作主,全面实现小康,过上安居乐业的幸福生活,这些伟大的成就都是中国共产党领导中国人民创造的。

今后我会告诉她,一定要铭记历史,铭记无数先驱们坚持真理、坚守理想、践行初心、担当使命、不怕牺牲、英勇斗争、对党忠诚、不负人民的精神,这些伟大的精神都是中国共产党领导中国人民创造的。

今后我会告诉她,一定要弘扬光荣传统、赓续红色血脉,永远把伟大党的精神继承下去,永远把伟大党的精神发扬光大。这些伟大的红色基因都是中国共产党和中国人民一代代传承下来的。

今后我会告诉她,一定要好好学习,天天向上,未来属于她们,希望寄予她们。一定要增强做中国人的志气、骨气、底气,不负时代,不负韶华,不负党和人民的殷切期望,红心永向党!

(作者系司法部预防犯罪研究所办公室副主任)

从警 25 年，真的白过了吗？

宋立军

这一天是神奇的一天，三个人给我打来的电话、发来的信息竟然可以将我过去的 25 年串连起来。

我觉得有必要写几句，权当人生的纪念。

◆ 蒯政委来电

上午九点半左右，正当我开车即将进入校园时，接到蒯政委的电话。他是我从事第一份职业时所在监狱的一把手领导，已经退休好多年了。

蒯政委在电话里感谢我，说谢谢我在小蒯读警校时给予的关照。小蒯是他堂兄弟的孙子，其实，我没有做什么，只是当小蒯和女朋友闹别扭甚至出现危机时，我愿意做一个耐心的倾听者罢了。而当他的倾诉有听众时，自然就不至过于纠结，不至影响学业，因而也就保证能顺利考取公务员，于 2019 年成为一名强制隔离戒毒所的人民警察。

蒯政委在电话里还问了警校未来的发展，以及什么时候搬迁等。我简单地回答他，并汇报，我已于 2020 年下半年调到了南京信息工程大学。

蒯政委说，你是人才啊，当年监狱引进你时就是人才。我是在 1995 年江苏省人才招聘的市场上，与监狱签订的协议，当年 7 月到监狱工作。那时监狱里的本科生很少，当年 20 多名新警里只有 4 位本科生，而其中的两人是从人才市场上招聘来的。

在蒯政委等领导同事们的关照和帮助下，第二年，我的女朋友也毕业来到我所在监狱工作，我们俩于 1996 年结婚，1998 年有了孩子，成了三口之家。如今，25 年过去了。

1997 年春节刚过，我从老家东北回来就被告知，我被调到监狱办公室做秘书，这在我们同批来的人中，算得上是脱颖而出了。

大概是1998年，蒯政委调到另一所监狱。1999年，我从办公室调到基层中队带班。2001年，我到政治处做宣教副科长，2003年12月又调到监狱办公室。2004年9月，我调到江苏省司法警官高等职业学校。

我于2002年至2005年在苏州大学攻读法律硕士，这期间，我还专程去看望过老政委。

◆ 刘ZY来电

中午临吃饭时，接到一个陌生电话，一看是无锡的号码。对方说："宋老师您好，我姓刘。"

我问他叫什么名字。

他说："ZY"。

我惊呼："是ZY啊，我知道，我记得。"

ZY的声音和模样立即反映在我的脑海中。他从我的一位朋友那里要到我的电话，向我咨询儿子考公务员的事。他以为我还在警校工作。

我与他的交往是源于曾经监狱的外协业务。

大约是在2000年，我到劳务中队带班。那时我所在监狱刚开始承接外协业务不久。通俗地讲，外协业务就是为狱外的企业做来料加工。我所在的中队做变压器的线圈，是用铜线绕的。

几乎每一两天就要将做好的产品运送到厂家，厂家离监狱所在地并不远。运产品需要有车，而中队租用的就是ZY的小面包车。监狱的管理不允许服刑人员随便出监狱的大门，也不允许外边的车随便进入，那么产品的搬运只能由警察来做，我和中队的女会计杨大姐负责这一块。

那时，作为监狱警察的我，就成了搬运工。把成品送到厂家，将次品从厂家再运回来。铜线圈太重了，搬上搬下，大夏天经常是汗流浃背，衬衫湿透。ZY经常帮助我们搬货，慢慢地就熟悉了。他是一位文雅、帅气的人，说话的声音尤其好听，音质很淳净。

ZY告诉我，从2005年起他就不再开车了，转做紫砂壶，这在监狱附近的丁蜀镇是一种尽人皆知的手艺活。我加了他的微信，在他的微信圈里看到了他做的壶，很精致。ZY的那双手，从操作方向盘到捏泥巴，这种转型真是令人惊讶，也许他有家传，也说不定。

以我个人的观察，1995 年至 2000 年，丁蜀镇至少存在两座水泥厂，包括我所在监狱开办的一座。此外，还有不少烧琉璃瓦的窑。那个时候，本该风景如画的太湖之滨的小镇，却一直笼罩在污烟瘴气中。我发现，监狱里的树叶只有春天刚长出时是绿色的，用不了多久，它们就都成了水泥灰的颜色，一直到落下时。头发、眼睛上是水泥灰，鼻孔每天清洗时都是黑黑的水。水泥窑上工作或劳动的带班警察或者服刑人员收工回监房时，个个像土人。

如今，丁蜀镇山青水绿、空气清新。采石宕口变成公园，山坑里水波荡漾，山光俊朗，令人留连忘返。嬉戏的孩子们绝想不到，1999 年冬，我正带着服刑人员在冷飕飕的宕口中冒着监管和生产两重危险采石。这些石灰石，经过加工，变成了一包一包、一车一车、一船一船的水泥，运到各地。

◆ 岳父来信息

晚上，岳父给我发了两条信息："你没过上警察节，白当 25 年警察了。""什么时候回东北呀？"

是啊，我当了 25 年警察，2020 年离职，而 2021 年是第一届警察节。在岳父看来，这是多么遗憾的事啊。世事难料，人的流动与变化，在这个时代是再正常不过的事了。

可是，25 年警察真的白当了吗？

我在监狱工作 9 年多，我管理和教育了至少上千名服刑人员，这其中我也帮助了一些人，当然主观或客观上的原因，我可能也给某些服刑人员添了不少"麻烦"。

如果说我帮了服刑人员的什么忙，我大都忘记了。唯一不能忘记的是为某服刑人员配眼镜的事。他姓赵，高度近视，一次不小心将眼镜弄坏。他找中队里的警官帮忙，可是由于配眼镜需要从他的账户上扣钱，手续比较烦琐，一直拖着没能办成。后来，他找到我，可能是看到我戴眼镜，人也挺好说话。在宕口劳动，没有眼镜是比较麻烦的，影响劳动产量事小，如果发生安全事故就麻烦了，每次带班我都不敢有丝毫马虎。当我把眼镜送给他手里时，他的神情是感激的。赵某想从账上把钱给我，但是我没有收，眼镜算是送给他的。我不知道他何时出狱的，但很想知道他现在生活得如何。

至于给服刑人员带去的"麻烦"，应该有不少吧。有一件事我记忆犹新，那是我在监狱二大队做内勤的时候。监狱规定，服刑人员减刑出狱或者刑满出狱时，内勤要逐一检查他们的身体，不允许带某些东西出去。服刑人员赵J是苏州人，他出狱时手里拎个袋子，里面有几张纸，上面写了好多电话号码，那时还没有手机，记的是固定电话。我不让他带走。他央求我，说这些号码是借给他钱的人的电话，他出去后要把钱还给人家。我当时很固执，坚持认为那是他为别人捎信的号码。现在想想，这件事我做得很不妥，太教条、太不近人情了。

赵J出狱后，很快在苏州开了家公司，成了老板。他还为大队捐了不少桌椅。

在警校的16年，我并没有白过。我的博士学位就是在警校工作期间获得的。

在警校的工作生涯中，最让我不能忘记的是2017年4月11日至2019年11月25日。在两年半多的时间里，我担任学校图书馆负责人。这个图书馆原来的状态是，缺设备缺人缺书，冷冷清清。我到图书馆后，把图书馆打理的有了人气。用张晶校长的话说，"门可罗雀"的图书馆搞活了！负责图书馆卫生的庄阿姨说："你来了之后，每天的垃圾变多了"，来图书馆的学生越来越多。据统计，2018年11月至2019年11月的借还图书总册数是上一年同期的七倍。

真要感谢图书馆的同事和学生（他们是热心于图书馆工作的勤工俭学人员和志愿者），正是他们，恢复了图书馆的活力。直到现在，我还清晰地记得一张照片，一位同学推着小车在三楼书库，汗水浸透了警用衬衫。这位同学就是卢CH，他也是家乡图书馆的志愿者。

我把这张呈现背影的影像作为对新生入馆教育的展示内容，着实令人震撼。说起入馆教育，我也有深刻的体验。从2017级新生开始，我亲自给每个班级做一场入馆教育。2017级每个班45分钟，2018级每个班90分钟。两年下来，我义务开展入馆教育1300多分钟。每到入馆教育的时节，我的嗓子都会沙哑不堪，看到同学读书的热情高了，我很有成就感。

◆ 我们是使者

如今，我离开了监狱系统，不再是警察，也不能过警察节啦。然而，我的生命中 25 年的从警经历，永远无法从记忆中抹灭。

我在一个访谈节目中说，25 年警察经历是我人生宝贵的财富，我会一直关注监狱事业，研究监狱领域。在另一场讲座中，我说我要和其他学者一起，尽力打开监狱的大门，推进监狱的适度开放进程。

我知道，有不少像我一样中途离开监狱系统的人，他们内心中都存有一个情结——我们真正能成为连接监狱与开放社会的使者。

我有理由、有底气大声地说，我没有白当 25 年警察！

（作者单位：南京信息工程大学法政学院）

阳光真好

曹强新

阳光真好！

此时此刻，已经是2020年的最后一天。

没想到，经历了前几天断崖式降温的武汉，前天还在刮风下雪的武汉，今天竟然是难得的艳阳高照！

此时此刻，暖暖的阳光洒落在这片曾经遭受疫情肆虐的土地上，也洒落在中南三路这个院落里。

看到院落里那一排排五十年代就栽下生长、一直矗立在办公楼前的水杉，在冬日阳光下安静和祥的样子；看到院落里那些不畏严寒依旧倔强在寒风中绽放的花朵，此时的心情不由得澎湃涌动起来。

是的，再过几个时辰，我们将一起告别这满载沉痛回忆、五味杂陈、记忆深刻的2020年，我们将在希望、憧憬、幸福、祈祷中迎来新的一年。

无论过去的经历和回忆是高兴、幸福、痛苦，抑或是欢笑、眼泪；无论未来是理想、追忆或是预期，时光毕竟不会因为任何人、任何事而停下脚步。

它所要做的，就是奔流不息，向着前方。

是的，无论我们经历了多大的沧桑，无论我们承受了多重的磨难，无论我们留存了多痛的回忆，我们无法逆时光而行。

我们能够赢得的，无非是见识和记忆，无非是封存和丢弃过往的一切，把自己的心情收拾得坚强、再坚强，向着前方有光、有风景的地方，喊一声：出发了！

是的，出发了。

也许2020年不会有跨年的倒计时活动，但跨年的钟声依旧会响起；也许2020年不会有聚集的团拜活动，但2021的新年贺词依旧会如期而来。

所有的希冀，所有的祝福，无非是对明天的祝福和生命的尊重，无非是更多的激励我们毅然前行。

回想我在撰写《我在武汉，一切安好》小文时，那时的武汉是怎样的悲惨境地啊，困境中的我一边敲击文字，一边泪水洒落在键盘上。

多么好的一座城市啊！多么坚强的武汉人民啊！多么暖心的四方同胞啊！牺牲的勇士用生命撑起了这座城市的脊梁，也塑造了这座城市不死的英雄魂魄！

如今，我们挺过来了，我们活下来了，我们还在继续防控病魔，所有的一切都难以阻挡这座城市绚丽的"人间烟火"，真的，"人间烟火味"真的很好！

是的，出发了。

尽管中南三路不断在发生变化，但这个大院所坚守的职业、所担负的使命却一直没有变。尽管在过去的那个春天，我们经受了严峻的考验，尽管我们付出了沉重的代价，有的战友甚至献出了生命。但更多的是，这个群体为了职业尊严、为了荣誉使命感天动地的搏斗：那些白发苍苍的老民警、参警不久的青年精英、亦妻亦母的女警、逆行出征的援鄂民警，在方舱，在隔离点，在监舍，在医院，所有的眼泪和坚强，所有的劳累和生死，有力喊出了我们这个职业的价值和尊严！

勇敢者并非没有恐惧，也没有天生的勇敢者，但这场考验确确实实造就了许许多多真的勇士，他们用无畏的行动告诉我们：所有的磨难和不幸都会过去，再大的风再大的雨，我们一起扛，一起走过。

是的，出发了。

尽管经历困守之痛，尽管叹息空城之悲，尽管留有蹉跎之憾，但凝望着这温馨金色的阳光，看到万物在阳光下生机勃勃的景象，我为自己能够健康地活下来、能够满怀希望跨入新年喜极而泣。

是的，经历了这一切，才深深知道生命是多么不易。回想自己在这场战役中，也曾经历深度接触新冠患者，到方舱医院实地采访，到重症病区开展工作，到社区化缘求助；也曾拿起手中的笔，为英雄立传，为勇者讴歌，为群体呐喊。

犹记得，全国各地领导、亲朋、好友诚挚的问候；犹记得，那历经辗转、千辛万苦抵达的援助物资。

所有的一切，更坚定了我们坚强走下去、活下去的信心。

那个曾经在家里埋头上网课、备战高考的少年，也勇敢地接受了挑战，从 2020 年 5 月返校到 7 月走进考场，看到他戴着口罩了无遗憾地走出考场的那一刻，看到他在操场上奋力奔跑 1000 米的那一刻，我就知道，那个不谙世事的少年长大了，他一定会走进他所期盼的人生学校。那个曾经在疫情中耽误了治疗，最后不得不含恨离开人世仅仅只有 53 岁的姐夫，如今已经化为青烟静静地躺在青山绿水间，逝者已去，生者还要继续生活下去，还要继续出发，不断向前。

送走了 2020 年最后一缕阳光，纵然有太多的眷恋和不舍，还是要让往事随风而去。

世事千帆过，尽头有理想，唯愿明天迎接新年第一缕阳光的时候，山河美好，你我依旧，阳光正好！

（作者系湖北省监狱管理局民警）

伟大的觉醒

刘青松

"思想是行动的先导。"

平时写感悟文字谈学习体会时，往往人云亦云地这样表述。但扪心自问，我对这句话的认识仍是较肤浅的。

这段时间观看电视连续剧《觉醒年代》后，我被深深震撼到了，真切地感受到了穿透电视荧屏的思想伟力。

1915年，陈独秀创办《青年杂志》，后改为《新青年》，致力于倡导科学、民主和新文学，掀起了轰轰烈烈的新文化运动，为当时封闭的中国引入了"赛先生"和"德先生"。

李大钊的《青春》《我的马克思主义观》等雄文，感召和激励着无数有志青年。他真心关注工人阶层，帮他们排忧解难，真情感知他们的所思所想，为创建马克思学说研究会打好了基础。

蔡元培到任北大校长后，大刀阔斧厉行改革，不拘一格选拔人才，提出并践行"思想自由，兼容并包"理念，使当时的北大成为全国思想交汇的主阵地，真理在新旧思想的激烈交锋中愈辩愈明。

一大批专家学者云集北大，一大批优秀青年齐聚北大，都凝聚在科学、民主的旗帜之下……

陈延年发起工读互助社并带领10多名同学实践无政府主义。两个多月的互助共产失败后，互助社解散时，同学们含泪演唱校园《夕歌》，为他们的激情澎湃而折服，也为他们的苦闷无奈而感伤。在陈独秀、李大钊、蔡元培等人的鼓励指导下，互助社成员擦干眼泪，认真进行反思，并为寻找适合中国国情的思想和道路继续努力奋斗。

毛泽东在北大的半年多时间里，充分感受到了最前沿思潮，并跟随李大钊到长辛店实地调查工人阶层的生存状态，宣传新文化新思想。送别留法同学，告别几位老师和陈延年兄弟后，毛泽东又重回湖南进行再思考再实践，实现了从认可无政府主义思想到笃定马克思主义思想的转变。

还有赵世炎、邓中夏、周恩来、马骏、傅斯年、许德珩等，这些热血青年积极参加和声援"五四"运动，主动将个人前途命运融入国家前途命运中，以陈独秀、李大钊为精神领袖，努力探索着改变贫穷落后面貌、谋求劳苦大众幸福的救国理论和道路。

历史是最好的教科书。

1915年至1921年，中国共产党成立前的这段风云激荡的历史，一大批仁人志士用智慧、鲜血甚至生命在当时的中国大地上进行马克思想主义思想启蒙，为中国共产党的成立做好了思想上、干部上的准备，最终找到了一条适合中国国情的革命道路。

这6年波澜壮阔的历史，是中国近代以来国人逐步觉醒，自觉用先进思想理论致力救亡图存的6年！中国共产党的成立，是开天辟地的大事件，深刻改变了中华民族的发展方向和进程，中华民族从此走上了一条救国、建国、兴国、强国的复兴之路。

在全国上下学习党史，共同庆祝中国共产党成立100周年的当口，我们能观看《觉醒年代》这部优秀电视剧，幸甚！

致敬，伟大的觉醒！

礼赞，伟大的觉醒！

（作者系湖北省江北监狱民警）

我叫高国良

高思思

1966年深秋，北京市某监狱会议室坐满了人。几百人的会场没有一个人说话，安静压抑的气氛好像空气都凝固了。

"我最后问一遍，有没有人自愿报名，如果没有，就抽签决定！"说话的是监狱的一把手。

"我去！"他的话音还没落，一个洪亮的声音传来。大家的目光瞬间齐刷刷地投向声音传来的方向。会场瞬间炸开了锅。

"怎么会是他？他干嘛出这个头啊！"

"他是不是脑子有问题啊，要表现也不是在这种时候啊。"

"下个月他不就从车间副主任转为车间主任了吗？干嘛在这种事上出风头啊。"

"听说他家里成分不好，可能怕被揪出来，所以要好好表现吧！"

会场里，各种议论声不绝于耳。

"安静，安静，都给我安静！"监狱领导拍打着桌子，大声地维持着会场秩序。

"高国良同志，你说说，为什么要自愿报名押犯去新疆？"

"我没什么好说的。毛主席教导我们，要到人民最需要的地方去。我这次自愿报名，只是觉得应该听从党的指挥，服从党的安排！"

"好样的！大家看到没有，这才是我们党的好同志，我们都应该向高国良同志学习，我在这里当着大家的面向你保证，等你从新疆胜利归来的那一天，就是你升为车间主任的那一天。等你回来，我们给你庆功……"

赞扬的话说了很多很多。可是谁也没想到，从此，高国良再也没有回到北京市这所监狱。高国良自己也没有想到，他这一个决定，从此改变了高家几代人的命运。

理想篇

1966年12月，高国良带领其他20多名同志，押送着几百名罪犯坐上了开往新疆的火车。新疆是什么样子，他们谁也不知道，脑海里对新疆的所有印象，还停留在新疆是"大漠孤烟直，长河落日圆"的画面中。

一开始，同行的民警们有说有笑，幻想着新疆的葡萄美酒夜光杯的美好生活，幻想着"大漠沙如雪，燕山月似钩"的秀丽景象。几个活跃的年轻民警有时候还会组织罪犯唱唱红歌，搞搞政治学习。高国良自始至终只有需要的时候才说几句话，其他时候他不是紧闭双眼，就是翻来翻去地看他手中的毛主席语录。大家都知道他脾气古怪、刚正不阿，在单位威信极高，所以也没有人敢多和他搭话。可是谁也不知道，他一直都在忍受着胃病的折磨。有时候实在疼得受不了，就卷一根莫合烟猛吸几口，或者倒一杯滚烫的水喝几口来缓解一下。只有他爱人知道，他胃病不犯的时候，是从来不抽烟的。

随着一路上自然环境越来越恶劣，车窗外的景象越来越荒凉。渐渐地，再也没有一个人说话，就连罪犯也都保持着静谧，所有人都像被关了静音，一路上只有火车的轰鸣声，咣当，咣当，咣当……

经过近半个月的长途跋涉，列车终于来到新疆乌鲁木齐。这时候上级的命令又来了，一部分人将部分罪犯送往乌鲁木齐周边监狱，剩下的人将其他罪犯送往喀什农三师水工团监狱，因为条件有限，只能乘坐卡车去喀什。

经历了一路上的艰难困苦，谁都不愿意再往前一步了。在动员会上，谁都不想发言，好像多说一句就会被抽去前往喀什的队伍。高国良猛吸了几口手中的莫合烟，站起来说："我是这次任务的领队人，我就要起一个带头表率的作用。我先表个态，喀什我肯定会去的，剩下的你们自己决定，没想好的就抽签。明天早上我要见到去喀什的队伍，解散。"

就这样，高国良带着一队人马又经历了十几天的风吹日晒，拉着剩下的罪犯来到了中国版图的最西端——新疆喀什图木舒克。

一下车，所有人都傻眼了，这哪里有监狱？目光所及之处都是茫茫戈壁，风沙打在脸上像刀割一般的疼，连喝的水都是碱水。

本以为放下罪犯就能返程，水工团监狱的领导又告诉高国良一行人：接到中央命令，押送北京犯的北京籍民警全部留下支援建设新疆。这对他们来说简直就是晴天霹雳。支撑着他们来到这里的最后一点期盼就像肥皂泡泡，消失得无影无踪，同志们这段时间所有的压抑情绪瞬间就爆发了，有人说女朋友等着回去结婚，有人表示家中父母病重，有人说孩子还小没有人照顾……反对声、抗议声，此起彼伏。

作为领队的高国良又一次站了出来，他家里的情况也是困难重重，爱人一个人照顾三个年幼的孩子和近百岁的不能自理的老人，他是家里的精神支柱和唯一的经济来源。可是他是领队，他只有听党指挥。他只有打起精神安抚民警，管教罪犯。安抚工作不好做，等到把大家都说通，已经是后半夜了。他安慰了每一个人，可是没有人安慰他。躺在露天简易的地铺上，望着满天的星辰，想起临行前小儿子问他，"爸爸你走了，还会回来吗？"他信誓旦旦地说，"爸爸当然会回来的，等爸爸回来给你买小糖人，爸爸一向说话算数。"

这是高国良一生中为数不多的在孩子面前表现出难得的温柔；也是他一生中为数不多的食言。

由于水工团条件受限，监狱没有现成的，要自己盖。为了管教便利，从北京带来的罪犯也要独立管理。所以成立了一个独立中队，高国良被任命为中队长。同行的民警不服气，"高主任在北京的时候是车间副主任，回去了就是车间主任，怎么就给分配个中队长，最低也应该是个大队长啊。"

高国良说："职务大小无所谓，都是为了工作。"就这样，高国良带着干部和罪犯一起盖监狱。

所谓的监狱，就是拿沙枣树和红柳扎成圈，然后在上面拉几根铁丝网。沙尘、狂风、干燥，物质上匮乏和精神上的空虚还都可以忍受，可是由于水土不服加上地窝子潮湿阴冷让很多人都开始闹肚子，一时间北京籍民警叫苦连天。高国良更是因为喝碱水加上胃部受凉，导致胃病发作越来越频繁，常常一夜一夜的冒冷汗，一夜一夜的抽莫合烟。再加上害怕罪犯逃跑，他经常半夜爬起来围着监狱转啊转啊，一直转到天亮。

水工团监狱的工作就是拉着罪犯到处搞基建，建大坝，盖房子，挖水库。哪里有基建项目他们就去哪里。1969年的夏天，叶尔羌河发大水，洪水来的很猛，把附近的村庄和田地都淹没了。高国良奉命带领所在中队罪犯前去防洪。新疆夏天的太阳毒辣猛烈，很多人都中暑了。在搬运石头的时候，有个罪犯突然晕倒，高国良冲过去一把推开了他，可是自己的双脚却被狠狠地压在了石头下面，大拇指被硬生生砸掉了，顿时血流如注。等众人把石头搬开的时候，只看到高国良血肉模糊的双脚。他马上被送进了当地的医院，就在大家都以为至少十天半个月见不到他的时候，第三天早上高国良就奇迹般地出现在抗洪一线。大家问他为什么不多休息几天，他只说了一句："抗洪是人命关天的大事，我怕我不在你们这些小兔崽子们偷懒。"

由于条件艰苦，伙食差，加上没人照顾。高国良的胃疼越来越频繁了，冬天的夜里只有靠在火墙上才能睡一会儿，夏天经常夜夜无眠。这也养成了他来新疆后每天半夜起来围着监狱巡逻的习惯。可是这些事他从来没对任何人提起过，在大家眼里，只看到高队长日渐消瘦的身体和越来越大的烟瘾。

1970年，高国良的爱人为了照顾他，带着儿女们来到了新疆。八岁小儿子一下车看到恶劣的生活环境，顿时号啕大哭，哭闹着说："我不要待在新疆，我要回北京，北京才是我的家，这里不是。"

高国良生平第一次伸手打了小儿子。"你哪里也别想去，从此以后，新疆就是你的家，你给我老实待着！"

小儿子被吓坏了，看到爸爸发这么大的火，他吓得大气都不敢出。其实高国良不是在气孩子，是在气他自己，让老婆孩子跟着自己到这里来受苦。可是他的责任感和使命感要求他要到新疆来，到祖国最需要的地方。

1976年的一天，几个北京籍罪犯趁外出干活逃跑了，知道这个消息以后，高国良第一时间组织民警实施抓捕，可是时间过去一个多月了，一点线索都没有。在那个年代，罪犯逃跑的成功率比现在要大很多。别人都放弃了，可是高国良依旧坚持着。他经常带着几个窝窝头，一出去就是好几天。有时候睡在桥底下，有时候睡在水渠里，有时候出现在集市上，有时候徘徊在沙漠边。终于在罪犯逃跑50多天的时候，找到了流窜在外的几名罪犯，谁也不知道他一个人是怎么说服那几名罪犯的，也不知道他是怎样把他们从30多公里外的地方带回来的，只知道他回来的时候瘦了5.6公斤，满嘴血泡。

高国良的胃病终于让他病倒了。

高国良的胃病，让他扎扎实实地在医院的病床上躺了一个月。水工团监狱在请示了上级领导之后，在别人每个月都只有苞谷面吃的情况下破例给他一半苞谷面、一半白面。就这样，高国良像偷了公家的东西，占公家的便宜，一直觉得很愧疚，工作上更卖力了，因为刚正不阿，不给任何人走后门，脾气也变得更古怪了。谁也别想在工作中偷一点懒，谁也别想占公家一点便宜。大家背后说的那些话传到高国良爱人的耳朵里，高国良的爱人想劝劝他，工作中不要太较真，能过去的就让它过去吧。结果是碰了一鼻子灰。高国良说："组织把权力交给我，我就要用好这个权力，我要对得起组织对我的信任，不然，我高国良成啥了？我叫高国良，知道是啥意思吗，就是国之栋梁！"

90年代初的一天，高国良接到中央下发的一个通知：所有支援新疆的北京籍监狱民警，夫妻二人可以带一名子女回北京。北京市政府负责安置夫妻二人及子女的住所和工作。这本来是个好消息，可是就这样一个消息，让高国良一夜未眠。先不说他有三个子女，带谁回去都不合适。就说来新疆的20多年里，他已经完完全全从一个北京人变成了一个新疆人，从感情上他已经离不开新疆，放不下新疆了。最后，他和爱人商量后，放弃了回北京的机会。别人都说他傻，连北京都不回去，干嘛留在寸草不生的戈壁滩。可是他说："祖国把我派到新疆来，就是让我守在这里，建设这里。我人在这里，我的家也在这里。我现在已经完完全全是个新疆人、新疆魂了。北京是我的故乡，可是新疆，是我的家。"

在新疆的日子一年年过去了，因为工作表现突出，高国良从最早的水工团调去了条件相对好的牌楼农场，现牌楼监狱。在他的教导下，他的儿女们一个个也子承父业，成了监狱警察。他战胜了恶劣的自然环境，战胜了艰苦的生活条件，却战胜不了胃病的折磨，高国良的胃病最终还是击垮了他。组织上照顾他，让他提前退休了。退了休的高国良洗去一身铅华，在家带带孙子、钓钓鱼、喝喝小酒、养养花。他朋友很少，就几个，可是每一个见了我的人都会说："思思啊，你的爷爷可是个了不起的人物啊，你的爷爷是英雄！"

对了，高国良就是我的爷爷！

爷爷把他仅有的温柔都给了几个孙子：他一辈子都是认真严肃的人，可是对孙子却宠爱包容。

我很崇拜爷爷，也很想爷爷。爷爷因为胃病退休没几年就去世了，可是依然给他的孙女留下了极为深刻的印象和美好的回忆。

如今，我也成了一名监狱工作者，在工作岗位上默默奉献着。这么多年过去了，我依然记得爷爷说的那句话，"我叫高国良，意思就是国之栋梁，我永远会在祖国最需要我的地方发光、发亮！"

（作者系新疆维吾尔自治区第一监狱民警）

碧空中最美的花朵

张东波

随着春天的节拍，迎春花开了，桃花、杏花也都开了，为大地带来了新美的色彩，让世界一下子特别绚丽起来。与此同时，天空也色彩斑斓开来：蜻蜓、蝴蝶、蜈蚣……形态各异的风筝，在空中争艳飞舞，把我们的眼界，吸引得更高远、更深邃。

小时候，春天里放风筝，就像秋天里玩蟋蟀一样，让我的童年充满了生动和欢愉。我们几个小伙伴，用废弃的竹帘子篾做成蜻蜓形状的风筝，牵着它在马路上飞奔。很多时候，我们做的风筝放飞不到天空上，脚步一停，风筝立刻也就落在了地上。即使这样，我们也乐此不疲。

母亲会做风筝，做的是蜻蜓状风筝，能飞得很高很远。大哥、二哥也都会做，做出来的风筝都比我的好。但我比他们更喜欢放风筝，这是因为家务活他们俩都干了，给我腾出了更多的空余时间。大院里的人都管老三叫"三奸子"，意思是不管谁家，老三都比较懒惰，比较偷奸耍滑。与兄长和姐姐相比，我确实也是如此。

我还喜欢看别人放风筝。大哥哥们尽情地把风筝线放撒，让风筝飞得更高更远。让人使劲往天空看，使劲往天空找。谁放得更高更远，谁就是榜样，谁身边观众就多。看那放风筝的线，都搭在了平房顶上了，让人好生羡慕啊！

那时候，家里都比较拮据，都是一分钱掰成八瓣花。没有风筝线，我就到附近的合线厂门口去捡。做风筝的浆糊，是白面加水，放进勺子里烧成的。有的人家不舍得那么一丁点白面，就用高粱面做浆糊。这种浆糊没有黏性，粘不牢。

从合线厂门口捡来的线都是一节一节的，连接起来后都是疙瘩。放风筝的时候，人们喜欢玩"送饭"的游戏。就是把纸片当作饭夹在风筝线上，让风把纸片吹到风筝面前,这就是喂风筝饭。而有疙瘩的线,就玩不了这个游戏,疙瘩会把纸片卡住的。

　　捡拾的线,还有细细的猴皮筋儿。用这种猴皮筋儿接起来,放风筝也挺好玩儿的。风筝放起来之后,猴皮筋儿越伸越长,有一种欲罢不能的感觉,但收线、放线都不好把控。

　　正常放风筝,当把线放到很长的时候,线有时也变得像皮筋儿了。这个时候,就没有办法了。待不了一会儿,风筝线就会断掉的。

　　看着断了线的风筝向远处飘去,心中非常痛苦,追也追不上。不追吧,心里难受,于是就去追。但几乎每一次都追不回来。这种事情经历多了,看到别人对这事很不在乎的样子,我也渐渐地变得平静了。有人说,风筝飞跑了,就是飞掉了烦恼,飞掉了晦气。这种说法就像是说破财免灾、碎碎平安一样,很哲学。

　　放风筝是一项十分美好和惬意的室外活动,尤其以春天放飞最佳。空旷的原野,微微的春风吹拂着,五颜六色、千姿百态的风筝在人们的牵引下,迎着风飞向蓝天。每一个风筝都像是一个精灵,在空中欢乐地舞蹈;每一个风筝,都是一个美好的希望,令人心旷神怡。如今的风筝,大多是买的,自己制作的极少了。纸质的少了,绢做的多了。风筝线更结实了,几乎见不到断线的风筝了。

　　风筝不仅是开在春天碧霄上的风景,还是一种牵系和惦念。亲朋好友,在工作中遇到不快、在生活中遇到烦恼,不仅印在我脑子里,也出现在我的梦中。他们该走出来,放飞一下自己了。他们该到广阔的地方去,以闲适的心情,把风筝放起来,极目远望,一定会释怀,或许还会有意想不到的发现,获得某种灵感与心灵的升华。

　　做放风筝的梦,无疑是好梦。梦中,我有时会把一件棉衣当成风筝放飞起来,可能是太想实现某种心愿了。最近的一次梦,我居然把家人当成风筝放飞起来了。这件事,不用看梦的解析,是在告诉我该与家人联系一下,嘘寒问暖了。

　　2021年最隆重的盛事,就是将迎来中国共产党100周年诞辰,我们的第一个梦大功告成。这是一个激动人心、万众欢腾的时刻。我想制作一个红五星风筝,在上面绘上党徽和"100年"的字样,在风和日丽的一天,把她放飞到湛蓝的天空。

这该是碧空上最美的花朵吧!

（作者系河北省石家庄市第二强制隔离戒毒所退休民警）

红色是监狱民警永远的基因

覃文民

延安,中国革命的圣诞。延安,中国共产党领导的监狱工作发祥地。1937年,陕甘宁边区高等法院在此建立,拉开了新中国监狱工作的序幕。党鸿魁,就是中国共产党领导下监狱工作中涌现出的第一代模范典狱长。

党鸿魁一生深受毛主席"惩前毖后,治病救人"思想影响。他倡导以"让犯人在监狱里变好人,回归社会做好人"为宗旨,始终遵循"对犯人绝对不能打骂用刑,要从思想上教育他们"的监狱工作理念的实践,这个中国共产党改造罪犯的优良传统,时至今日,历久弥新。

在党鸿魁管理监狱的4年时间里,监狱关押设施十分简陋,管教人员非常紧缺,却没有跑掉一名罪犯,甚至书写了逃跑的罪犯自己又跑回来的传奇。在他的领导下,陕甘宁边区时期监狱工作建立的改造罪犯的许多制度,为新中国监狱制度建设积累了极为宝贵的经验。

宝塔巍巍,龙湾郁郁。如今边区监狱的旧址依旧在龙湾山上巍然屹立,80多年,30000多个日夜,一代代延安监狱人始终守护着这座新中国监狱人民警察的精神高地,守护着我们今天不能忘的根、不能丢的魂。

马栏,陕甘革命边区的又一方热土,苍茫雄浑的马栏山,留下了刘志丹、谢子长、习仲勋等老一辈革命家的足迹。全国公安系统二级英模李振合,始终是马栏监狱人的一座丰碑。1956年,马栏农场筹建,李振合从部队转业到公安系统,他主动要求到条件最艰苦的马栏参与筹建工作。

与李振合一同到马栏建场的共有18名党员,他们告别妻儿,只身来到这片大山深处,他们不知道前路等待着他们的将是怎样的艰难困苦,他们唯一可以确定的是,他们怀揣共产主义信念,即将开创一段属于马栏监狱的辉煌,支援国家建设,保卫一方平安。他们夜夜苦战,抓晴天,抢雨天,月亮底下当白天,披荆斩棘,战天斗地,历时3年累计开垦荒地2万余亩,李振合的英雄事迹在全国广泛传颂。

从1956年一直到80年代，马栏监狱人修公路、开荒地，修水库、筑水坝、兴水利、搞工业，先后建成13个工作站，累计改造罪犯3万余人……

如今，一代又一代的马栏监狱人，将这份源自陕甘边革命老区的红色基因代代相传，秉承着"艰苦朴素，顽强拼搏"的马栏精神，用忠诚和无悔践行着"对党忠诚、服务人民、执法公正、纪律严明"的铮铮誓言。

时代是出卷人，新一代的陕西监狱警察是答卷人。

2020年初，一场突如其来的新冠肺炎疫情肆虐荆楚大地，在全国疫情最严峻的时刻，在湖北主战场最为吃劲的关头，3月18日，陕西监狱人民警察援鄂工作队30名巾帼勇士怀着对党的无限忠诚，肩负人民警察的光荣使命，带着对湖北战友的深情厚谊，逆行千里驰援武汉抗疫一线。

无论是在防护等级最高的确诊病区，还是在随时有返阳危险的康复楼，无论是在方舱还是在监控中心，队员们与湖北本地民警同心协力、并肩作战，心往一处想，劲往一处使，圆满完成监管、抗疫等各项工作任务，取得了疫情阻击战阶段性、关键性的胜利。她们用实际行动诠释了陕西监狱警察恪守职责、敢于担当的家国情怀，把好品质、好作风、好形象、好口碑留在了江城武汉，为陕西监狱系统争了光，添了彩！

历史是一条奔腾不息的长河，80多年来，一代又一代的陕西监狱警察，把这份源自陕甘宁边区的红色基因薪火相传，在这红色基因中，我们读到了对党忠诚的坚定信仰、公平正义的价值取向、敢为人先的开创精神、执法为民的百姓情怀以及维护平安的职业操守；在这红色基因中，我们找到了陕西监狱人的初心。走进新时代，这份红色基因依然给予我们力量，引领我们接续奋斗！

（作者系陕西省监狱管理局民警）

关于梦想

孔秋阁

关于梦想，我们小时候说过，要当医生、要当老师、要当科学家、要成为百万富翁……非常的傲娇和自豪。

长大之后的我们，去了不同岗位，做着一份普通又觉得拧巴的工作，隔三岔五地向别人倾诉，这不是我想要的生活。却从不曾问自己，到底想过什么样的生活？是否为之奋斗过？

我身边有太多可爱的朋友，工作体面，生活安稳，但问起他们的梦想时，他们却也都不知道怎么回答。一些人不知道自己要什么，另一些人压根没想过这个问题。

一份靠谱的工作，一个靠谱的爱人，组成一个靠谱的家庭，然后这一辈子就在一日三餐、日升日落中 get over，这或许是最正常的一种人生。

但是我，是拒绝这样的。

我是有梦想的，无论是否能够实现。

我经常在想，人如果能把生命中的每一天都当作最后一天来过，那该活得多么斗志昂扬：那埋藏的小秘密，只在深夜赠与叹息的梦想，一定会说出来，为它做点什么。

大一的时候迷上小四，想要收集齐和他有关的所有作品，书店的《最小说》一买就是全套，梦想着有一天那些让人深陷而无法自拔的文字，也能出自我的笔下。有一次，为了一期错过的《N世界》，几乎跑遍了昆明所有的书店。炎炎夏日，满头大汗地一家一家翻过去，陪我跑了大半天的死党终于发火了。她说你差不多得了，你还真梦想像郭敬明一样拿文字当饭吃吗？别做梦了！

不知道为什么，至今我都记得她冲进旁边街道的背影：一条棉麻长裙，裙角在街道口一闪就不见了。我喊她，她也没回头看我一眼。我呆呆地怔在原地,第一次反省自己,为了自己所谓的梦想,是不是太执拗了?但是,我依然相信一句话,为梦想坚持,从来都不等于无作为,至少在精神上是富足的。

大四尚未毕业那年,第一次参加公务员考试失利,那是我在踏入社会这条未知的道路上栽的第一个跟头!当时的心情可想而知。回去写毕业论文的时候我就不断地问自己,我的梦想是什么?我为梦想又做过什么?我能傲娇得跟那些相信我的人分享一下吗?

那一次,我自己把自己问的哑口无言,抱着自己不可一世的骄傲可劲地作死。那时候,我甚至连再去参加下一次考试的勇气都没有了!曾经我嗤笑着朝九晚五的上班族,梦想着能做一名出入高档写字楼、咖啡厅,光鲜亮丽的白领。现在,我毕业10年了,连高档写字楼的大门都没进去过,连一丝咖啡的香气也没嗅到过。

我常安慰自己,梦想可不是白日做梦,是行动啊。是的,梦想不是闲来无事的嘴上叨叨,在梦想面前,失败又不是啥大事,谁的人生中没有失败过。

轮班休息时偶遇发小,一别十多年,再见已是故人换了新颜。想起十年前,那时的我是那么意气风发,骄傲得不可一世。大学毕业,参加公务员考试虽然经历过失败,但终究还是有了这份监狱警察光荣而体面的工作。发小高中毕业就下海创业,就这样我俩在别人眼里就是天壤之别了。

是啊,人民警察,多么神圣而令人骄傲的职业。工作后,我依然喜欢有事没事就鼓捣些文字,但始终收效甚微,工作业绩也没那么出色,过的就是平淡无奇的人生。常常沉醉在文字里的我,在无数个惆怅不眠的晚上,在一日日去寻找黄金屋的路上,不知道给了自己多少岁月里的成长。发小如今已是小有名气的老板,而我却开始怀疑是不是我在追逐梦想的路上走错了,应该脚踏实地地回归能保证我物质需求的监狱警察的这份工作。

再见发小,发小倒显得有些不好意思。他问我是不是还在为梦想坚持?我没好意思回答,只是淡淡一笑。但从他的眼神里,以他对我的了解,即使我没有回答,他也知道答案。话没多说,只是扔下一句话,"你爸妈这两年的白发明显多了,有空多回去看看,梦想有的时候可能并不能那么任性。"

我知道他的意思,他想劝我,该把梦想放一放了。

在梦想这条道路上,不知道会有谁记得我多少次哭过、笑过,我们都没有那么坚强,但是对梦想的执着,偶尔会给疲惫不堪不想往前走的路上垫上一块砖瓦。

  没有人过多注意你的梦想是什么，也没有人告诉你该怎么选择。我们为了梦想都走了很久很久，有时候或许远在天边，有的时候或许只有一步之遥。

  我们总是告诉自己，可能再迈一步就好了。关于梦想，我从不曾把它附加给物质。生活，有最基本的物质需求，但也需要精神的依靠。只是我们把太多的压力给了梦想，却忘了梦想也是生活。如果梦想脱离不开物质般的生活，那即便一步之遥，即便你功成名就，又真的能安慰你在追逐梦想的路上所受的痛吗？

  关于发小对我那没说完的话，其实我已有了答案。

  这么多年来，我每天都在挑着担子，一头是生活，一头是梦想。但这几年忽然发现，其实我把梦想和物质般的生活混为一谈了：至少在我的字典里解释梦想，它不是物质的，不是用金钱来衡量的，它只是一个人的精神依托。因为这样的梦想，才对得住任何付出，是承受得住任何伤痛的。

  要梦想还是要生活，其实本身就是个没有答案的选择题。

  人生一程，从来都是梦想与生活两掺。

  谁又能说，你想要逃离的生活，不是别人的梦想呢？

（作者系新疆生产建设兵团金墩监狱民警）

幸福，像条延绵的河

涂光军

冬日的阳光，泛黄、温暖；清晨的小区，安详、静谧。

起了个大早，吃罢早饭，出门前，老李特意用毛巾把警帽的警徽、制服上的肩章仔细擦试了一遍。打上领带，戴上帽子和口罩，在镜子前，又好好审视、端详了一番，还不忘给自己敬了个礼。虽然两鬓斑白，皱纹早已爬上额头，但在敬礼那一刻，感觉自己依然帅气、威武。

今天，老李要值最后一个班。明天，他就要与陪伴多年的这身警服说再见，光荣退休了。

小区离监狱不很远，步行十来分钟便可到达自己的岗位——监管区门卫，专职检查进出车辆。老李平时总是脚步匆匆，而这次步子却放得很慢。就要离开工作岗位，离开多年的同事与战友，心中有着许多感慨与不舍。

小区树木蓊蓊葱葱，刷黑的小路弯弯曲曲，站在哪里眼前都是一幅画。而这样宜居的生活环境，至少在十年前，那是想都不敢想的。

20世纪80年代，自己从农村勤学苦读考入一所中专学校，以为会跳出"农门"，哪晓得毕业分配到监狱农场下面的一个农业中队当劳改干部，仍然是与"黄土地"打交道。中队到场部还有好几里，场部到总场又得几十里，全是土路，晴天满路灰，雨天满路泥，到总场办事就像进城一样稀罕、新鲜。交通差、生活苦，夫妻感情多年不冷不热。这样的日子，熬了二十几年，真不知道什么时候是个头。

十年前，监狱从百里之外的邓林农场整体搬迁至襄阳市郊，并就近征了一块地为民警职工建经济适用房。2019年根据"三供一业"统一移交要求，小区由襄阳市专业物业公司进驻管理，小区建设提档升级，环境绿化美化，焕然一新。最近还统一装上供暖设备，集中供暖。小区外道路宽阔，通了两班公交车，这样到市内逛街、购物、看病什么的，确实方便。自己在小区买了房，之后又买了车。妻子在市内一家超市找了一份工作，儿子武汉大学毕业，直接参加校招入了职，如今也已成家。不能不说，是监狱党委当初的英明决策，让民警职工进了城、圆了梦，才有了今天生活的安稳、幸福。

走出小区，右拐、直行，经过小区门面房，不一会儿就到了监狱大门。想到从明天起，就不必再按点跨入这个进出无数次的大门，老李又放缓了脚步。

呈现在老李眼前的，是办公楼前最近安装的一处文化景观。红色底座、红旗造型，显示着监狱作为政法机关的政治本色。上面"守正创新、尚法崇德、团结拼搏、追求卓越"字样十分醒目，这是监狱根据当前新时代监狱工作特点，总结提炼出的"襄南精神"。别说，这"襄南精神"还真是当前监狱民警职工精神状态的真实写照。

这几年，监狱党委一手抓从严治警，加大民警纪律作风整治力度；一手抓从优待警，足额保障民警福利待遇，把关心关爱送到民警心坎里。2019年自己生病住院时，监狱的肖书记派人专门到医院看望，嘘寒问暖；今年抗"疫"最吃紧时，肖书记发来慰问信，给大家打气、鼓劲。这样暖心的事，光是自己亲身体验的，就不少。民警职工的心慢慢凝聚到一块来，大家心气顺了，干劲足了，成绩也就上来了，监狱年年被评为"党建工作、综合治理、精神文明、档案达标"先进单位。"大河涨水小河满""单位好，个人就好"这些话不能不说是很有道理的。

2020年初，因为疫情，监狱实行封闭值勤时，自己不顾家人劝阻，坚决申请第一批进入监内，支援监区工作。没想到，这一封，就是两个多月，但自己很享受这种历练。与年轻时工作中吃的苦比起来，封闭值勤的苦根本不值一提。在监管区里面工作，与罪犯开展个别谈话，落实防疫安全措施，参与夜间值班，样样不输年轻民警。

"要么就不做，要做就做到最好"，这个处世之道，自己多年就是这样坚持的。监狱宣传部门还以《抗疫一线的"老黄牛"》对自己进行报道，并编入监狱统一制作的抗疫画册中，监狱战"疫"功劳簿上有了自己的一笔。自己都快退休了，还着实荣光了一回，值！

前几天，收到监狱政治处专门为自己制作的一本荣休纪念相册，参加了监狱举办的集体荣休座谈会，监狱的肖书记亲自为大家佩戴荣誉绶带、颁发奖章。到现在，自己还依然能感受到肖书记与自己握手时的那份真诚和温暖。而以前退休的同事，哪有这个福分和荣耀？

……

想起这些往事以及身边发生的翻天覆地的变化，老李不由得脱口而出："跟党走，什么都会有；记党恩，向着小康奔。"对这首打油诗，老李颇为满意。

老李继续向前行走着、回味着，脚步轻快。往事，如一幕幕电影在脑海不停浮现；幸福，像延绵不断的河水，在心里一直"咕咕"地流淌。

"其实不想走，其实我想留，留下陪你每个春夏秋冬……"路边飘来一名年轻民警用手机播放的周华健的歌，不禁让老李心头一紧。是啊，监狱工作步入新时代，处处流露新气象，心里还装有那么多的留恋与不舍！如果能"向天再借五百年"，乘这静好岁月，自己也愿意继续身着警服，把监狱警察这份工作进行到底。但岁月不饶人，这毕竟只是一种假设、一种奢想。

明天就要与大家告别了，今天必须把最后一班岗值好。虽然自己一直在基层没担任过任何领导职务，但工作上的事，自己从不含糊，也从不抱怨，多年养成有板有眼的工作作风不能因为最后一天的失守而留下缺憾。

人的一生，不管是平凡、平淡还是平庸，但必须完美。当然，上班后，还要给值班室种的花浇最后一遍水，打扫最后一次卫生，与同事作最后一次工作交接，还要把一路上所感所想以及退休后好好孝敬父母、外出旅游、种花养草、当汉江环保志愿者等诸多打算、快乐，与同事们作最后一次分享、交流，力所能及地为大家留下最美、最好的念想。

不知不觉，老李已来到自己的岗位，抬头一看值班室墙上的钟表，跟往常一样，比正式上班的时间提前15分钟。与同事打了招呼，做了简单的交接，重新整理一下自己的警帽警服，便开始了这最后一天的工作。

此时，监管区大门内外，被一片金色阳光笼罩着。

大门上方悬挂的警徽，在阳光的映照下，显得分外庄严、朗润，灿烂而夺目。

（作者系湖北省襄南监狱民警）

永恒的青春记忆

惠 强

"高考是你们农村孩子,凭借自己努力改变命运的一次重要机遇!"

这是高中时,老师经常对我们说的一句话,即使高考已过十年,却依然经常回响在耳畔。

2010年6月,我怀揣着知识改变人生的信念,肩负着父母鱼跃"农门"、望子成龙的殷切期望,走进了为之奋斗了十几年的高考考场。两天的时间里,我将多年所学毫无保留地写在了那几页答题卡上。我期待着二十几天后成绩公布,榜上有名,金秋九月能走进向往的大学校园。

一个下雨的傍晚时分,父亲委托在学校工作的表叔帮我查了成绩。初战高考失利,家人安慰我,这个成绩可以上三本。然而,我心里清楚,父亲打工养家不容易,再加上高昂的三本学费,家里怎么承受得住?

父母虽然文化程度不高,但是他们支持我上学的态度是坚决的。许多亲戚对父母说,让孩子早点出去打工挣钱,上学有什么用,将来还要找工作,父母却坚定地说,只要孩子想学,就是砸锅卖铁也供他。

为此,我暗下决心,一定要努力学习,用自己的行动证明父母的坚持是正确的。

后来,我收到了大专录取通知书。自己也动摇了,到底要不要去报到。可是不努力,不争取一下,我确实心有不甘。为了不留遗憾,我选择了重回校园,再战高考。复读的那一年,总是担心考不好耽误一年时间,如果再考不好怎么面对父母。那时候总觉得,高考是我改变命运的唯一途径。

很幸运,经过一年的努力与付出,我最终被一所省属院校录取。虽然不是重点学校,但是总算没有辜负父母多年默默的支持。我上大学之前,家族里只有两个堂哥在90年代上过大学。为了供我上学,父母不仅要承受巨大的经济压力,还要忍受许多委屈,尤其是大学生遍地是、读书无用之类的闲话。

—— 理想篇 ——

但现实告诉我们，读书无用论是断章取义、以偏概全的狭隘之见。虽然高考不是实现理想的唯一途径，但是大多数人，尤其农村孩子，还是通过高考这条公平的道路，实现了人生价值。

如今，距离第一次高考已过去十年，可我好像还没有完全走出当年的高考。经常梦见快要交卷了，自己还没有来得及写作文。

有人说，经历过高考的学生时代才是完美的。虽然高考很残酷，但是高考也带给了我们许多无形的东西：备战高考中我明白了，想要实现梦想，就要懂得取舍，持之以恒；报考志愿时，我学会了权衡利弊，如何做出选择。

高考，一个挥之不去的永恒记忆，见证了我们永不服输、不轻言放弃的青春风采。

（作者系新疆生产建设兵团第一师幸福城监狱民警）

成长篇

用智识愉悦达致良知初心
——新时代青年科研人员如何践履使命

叶勇豪

2021年5月22日，91岁的袁隆平院士离世，举国悲痛。母校雕像前鲜花铺地，送行道路上车鸣呜咽、人声悲泣、十里空巷。一时间，线上线下，从学生娃到白头翁，不约而同地悼念这位自称"90后"可敬可爱的老人。

像袁隆平这样从饱受苦难和屈辱的旧中国走过来，始终心系祖国和人民，一辈子潜心研究、清贫守节的老一辈科研工作者们正一个个逐渐离我们而去，每每在微博微信上看到"痛失某某院士""某某科学家去世"的消息，扼腕之余，自我反思的声音便接踵而至：当那段苦难记忆褪去，在革命先辈们荫佑成长的中国青年，该如何自立自强，坚定理想信念，继承发扬先辈遗志？

客观上看，虽然中国人民物质生活水平逐年提升，总体实现了小康，但精神追求还比较匮乏，尤其是我们出身平凡的青年一代，普遍经历过或正经历着迷茫、焦虑、无助。我们将其归咎于社会"内卷"，自嘲是"社畜"，不想努力"搬砖"只想"躺平"混日子。这其中反映出来的，既有这个年龄段体现出来的特点，又有鲜明的时代特征。

从根本上改变这一现状，需要从上至下多方面、长时间的努力，但作为个人，至少可以从改变自我着手。

在我这样一名青年科研工作者看来，科研是一条孤独之路，多数时候没有鲜花掌声，也不能快速兑换功名利禄，唯有自己找寻支撑点和兴奋点，或求内或假外，从兴趣爱好到光宗耀祖，从报效祖国再到造福人类、改变世界等，每个人的动力来源不尽相同。

我认为，对智识愉悦的追求是让自己保持昂扬斗志、砥砺前行的最原始内驱力。所谓"智识愉悦"，就是通过获取知识、思考和内省而获得的满足感、成就感、认可感。通过智识取悦自我是人类之天性，是自然造物写在个体基因里的"算法"，具有生物情绪反馈基础。婴孩天生就有极强的探索欲、求知欲，只是受后天教育导向、社会环境的影响，被物欲所遮蔽。智识愉悦是内在驱力，只要留心省察自我、返身内求，就能觉察到它的存在。智识愉悦既是动机又是目的，就目的性而言，它不同于外部动机，时常会因为认知冲突、目标未达成而产生挫败感，而智识愉悦具有类似"生物正反馈"的特点，几乎不会引起消极体验，在智识上积累的愉悦体验越多，求知欲和探索欲就越旺盛，工作积极性就越高。智识愉悦比一些外部动机更加高级、纯粹，让人内心富足充盈、平静泰然，在焦躁、逐利的现代社会沙漠中觅得一片绿洲，获得意义感。此外，智识愉悦没有消极情绪带来的心理阻抗和内耗，因此也更能激发工作创造力。

和"智识愉悦"相比较，拥党爱国亲民这类"驱力"看似属于外部动机，实则是与生俱来的"良知"，只是其认知属性更为突出。要唤醒这些"驱力"，且保持恒定持久，其中一个条件是由强烈的事件（一般是负性的）触发深刻的身体感受和情绪体验。袁隆平研究杂交水稻的初心发端于他年轻时目睹饥荒，这成为他立志解决中国人民吃饭问题的使命。另一条唤醒路径则是经由"致良知"来实现，良知本就存在于人的内心，只是被私欲妄念所掩盖，但只要向内体悟本心、向外践履初心，做到知行合一，便能达致良知。成长在和平年代的我们缺乏对特殊历史的身体情绪"记忆"，没有"身受"难以"感同"，唯有诉诸"致良知"来唤醒服务人民、报效祖国的使命感。但要做到"致良知"并非易事，幸运的是，我们可以借助"智识愉悦"这一阶梯来实现，形成"智识愉悦—致良知—爱国为民"的认知逻辑链条，即智识愉悦的动机促使个体主动求知、思索、内省，从而在学思践悟中唤醒爱国为民之良知。同理，中国人对共产党的认同、拥护和感念，也是中国人的基本良知、大是大非。

中国共产党百年征途，是一部栉风沐雨、筚路蓝缕的艰难创业史，共产党带领中华民族从积贫积弱、受尽屈辱的历史中走出来，建立新中国，并一步一步走向复兴、富强，使人民从饥寒交迫、流离失所奔向小康和幸福生活。共产党用长达百年的实践证明了只有共产党才能挽救中国，才能重振中国。

作为一名青年科研工作者，我相信并坚持返身内求，通过唤醒内在的"智识愉悦反馈系统"，知行结合，体悟并践行初心，实现科研工作日益精进、理想信念不断坚定。

在科研工作方面，享受阅读、写作过程获得纯粹而美妙的"心流"体验，通过推动一项课题、完成一份报告、获得一个独到的科研灵感等具体细微的小事中不断累积成就感、愉悦感，逐渐形成不断探索求真、专研精进、刻苦奋斗、精益求精的良性循环。将个人科研生涯规划、岗位职责同研究所服务中心决策、建言献策、队伍培养等方面的长远发展计划相统一，并寻求最大公约数。与此同时，兼顾基础理论研究与应用研究、平衡专向发展和全面锻炼、协调科研业务和行政事务、融入集体和独处省察并行不悖，在学思践悟中不断进取，享受过程而不过分看中结果，但要有"功成不必在我"的奉献精神和"功成必定有我"之自信。

在践行初心方面，通过智识愉悦唤醒"拥党、爱国、为民"的良知初心。在百年建党到来的过程中，通过积极参与党史学习教育，温故知新、鉴往知来，获得智识愉悦感。

百年前，承载着救亡图存、复兴中华的历史使命，中国共产党的小小红船从南湖扬帆启航，船上十几个鲜衣少年，目光坚毅、满腔热血，正在运筹谋划着一个伟大的红色理想。在一代代主舵手的领航下，小船在暗礁险滩中磨炼，在惊涛骇浪里成长。

百年后，这艘小船已经蜕变成东方巨轮，继续乘风破浪，驶向中华民族伟大复兴的中国梦，一群风华正茂的新时代中国青年，此刻正站在船头，站在"两个一百年"奋斗目标的历史交汇点，整装待发。

今天，向第二个百年奋斗目标进军的号角已经吹响，让我们以良知初心为帆、智识愉悦作桨，遥望星辰大海，破冰逐浪，携手开启全面建设社会主义现代化国家新征程！

（作者系司法部预防犯罪研究所助理研究员）

坚决听从党中央号召
——观看《庆祝中国共产党成立100周年大会》有感

唐 田

1921年,中国共产党成立。2021年,中国共产党成立100周年。

作为这百年辉煌伟业的阅读者,翻开一本本党史学习的书目,满怀激动和兴奋,又满怀伤心和泪水,从一页一页的历史画卷中,看到了昨日里战争的伤和痛,看到了今日里人民生活幸福的美好模样,这翻天覆地的变化,就是中国共产党带领全国人民通过艰苦卓绝的奋斗取得的。

今天,作为中国共产党这百年华诞的经历者,必将在我的人生中开启新篇章,也为我的人生留下浓墨重彩的一笔。

百年大党,风华正茂。百年征程,我心向党。

2021年7月1日上午8时,庆祝中国共产党成立100周年大会在北京天安门广场隆重举行,我所组织全体党员通过电视收看直播实况,我看见天安门广场全体党员领导干部群众齐声高唱中华人民共和国国歌,五星红旗冉冉升起,在天安门广场上空高高飘扬,解放军空中梯队飞越天安门上空,歼-10与歼-20纷纷亮相,中国共产党领导下强大的祖国让我格外的骄傲和自豪。

庆祝大会上,总书记的重要讲话,让我的内心汹涌澎湃。我们党带领全国人民经过百年苦难辉煌走到今天,非常不容易,习近平总书记在大会上强调,"新时代的中国青年要以实现中华民族伟大复兴为己任,增强做中国人的志气、骨气、底气,不负时代,不负韶华,要从这100年里吸收无尽的养分,茁长成长,行稳致远、进而有为,扮演好新时代下的新角色"。

作为一名年轻党员,我要把今天总书记的重要讲话精神逐字逐句学、原原本本学,将学习成果转化为提升我本职工作的内生动力,以高度的政治自觉开展工作。

我的儿子今年3岁半了，儿子所在的幼儿园上个月举办了"童心向党润心田，趣味悦动忆百年"趣味运动会，我有幸作为党员代表参加了歌曲《没有共产党就没有新中国》的演唱，儿子平时话不多，却很喜欢唱歌，这首歌曲，他只是在我上台演唱时听了一次，但这首歌语言朴素、旋律流畅，他竟然能跟着哼唱下来。现在，每当我在家里再播放这首歌时，他都会有模有样地学着电视里军人的样子走正步，伴随着旋律齐声高唱。儿子稚嫩的声音和略显滑稽的动作，使我心中涌出一丝感动：《没有共产党就没有新中国》这首歌唱出了人民群众对中国共产党的衷心拥护和跟党走的坚定信念，唱出了只有中国共产党才能领导中国人民取得国家独立、民族解放，实现人民幸福的心声。70多年来，这首歌一直传唱在祖国大地，历久弥新，激荡着亿万中华儿女的心。

在庆祝大会上，习近平总书记代表党中央向全体共产党员发出伟大号召："牢记初心使命，坚定理想信念，践行党的宗旨，永远保持同人民群众的血肉联系，始终同人民想在一起、干在一起，风雨同舟、同甘共苦，继续为实现人民对美好生活的向往不懈努力，努力为党和人民争取更大光荣！"

作为共产党员，我坚决听从党中央号召，努力用自己的行动为党和人民争取更大光荣！

（作者单位：司法部预防犯罪研究所）

从《新青年》杂志说起

童海浩

"香红嫩绿正开时,冷蝶饥蜂两不知。此际最宜何处看,朝阳初上碧梧枝。"从热烈奔腾的七月到金秋的十月,从蓟门桥到平安里,和老师同学在法渊阁、拓荒牛和法治天下碑前拍照留影后,发走行装,告别校园,我心情激动忐忑,赶赴司法部预防犯罪研究所《犯罪与改造研究》编辑部报到,同事们真诚的笑容和朴实的话语让我备感亲切。

根据所里的安排,我主要是要配合编辑部李芙老师和席逢遥老师完成《犯罪与改造研究》月刊和《黄丝带》内部资料的编辑校对工作。虽然此前我曾在出版社实习过一段时间,并有幸参与创办过一本集刊,还担任一本期刊的外审专家,不能说没有丁点儿办刊经验,但真正进入这个行当,全流程了解、全身心投入一本专业性理论期刊的建设与发展,却实实在在感受到不小的挫败感,在专业技能的提升上更是无从下手。幸运的是,李芙、席逢遥、张群、李红梅等诸位老师始终对我非常理解,并保持了充分的耐心,从工作环境与流程的熟悉,到春风细雨般的日常关心;从指点审稿特别重视的要素,到提醒编辑过程中容易疏漏的盲区;从介绍中国共产党的奋斗百年路,到引领我向党组织进一步靠拢;他们给予我的全部帮助,既无私,又热烈,既在工作中,也在生活中。通过边学边做,边做边学,在有关预防犯罪与刑事执行专业知识之外,我逐渐对党领导的法治建设,特别是司法行政事业的改革与发展的进程有了一定的了解,对党领导的宣传思想工作的意义与重要性也有了进一步的认识。

入职后不久,电视剧《觉醒年代》刚好在各大卫视开播,引发社会好评如潮,我看得也是津津有味,每天都要"追更",看完一集后总觉得不过瘾,每天都要"催更"。这部电视剧是从《新青年》这本杂志讲起的,作为新时代的青年人,更作为一名编辑人员,这本杂志引发了我强烈的兴趣,在观剧之外，我通过查阅相关资料和请教李芙、席逢遥两位老师，进一步了解了《新青年》这本杂志，也由此产生了很多的共鸣与思考。

作为一本创刊于百余年前的杂志，《新青年》具有重要的历史意义。《新青年》的诞生标志着新文化运动的发端，它高举民主和科学的大旗，发起反封建的思想启蒙运动。迫于时局变化，几度休刊复刊，并最终停刊，但《新青年》每至一处，每到一时，都能担负起呼唤新青年、传递新思想的使命。

《新青年》是马克思主义早期传播的重要阵地，培养了整整一代青年人，促进了时代的觉醒。在编辑队伍中，有陈独秀、李大钊、李达、李汉俊、陈望道、瞿秋白等人，在作者队伍中，有毛泽东、蔡和森、张太雷、恽代英等人。毛泽东在接受美国记者斯诺的采访时说，"有很长一段时间，每天除了上课、阅读报纸以外，看书，看《新青年》；谈话，谈《新青年》；思考，也思考《新青年》上所提出的问题。"1945年4月21日，毛泽东同志在中共第七次代表大会预备会议上强调，"那个时候有《新青年》杂志，是陈独秀主编的。被这个杂志和'五四'运动警醒起来的人，后来有一部分进了共产党。这些人受陈独秀和他周围一群人的影响很大，可以说是由他们集合起来，这才成立了党。"这段论述，很清晰地表明了《新青年》杂志对青年人，对时代，特别是对建党的重要积极作用。

通过对《新青年》这本杂志波折但辉煌的存续历史，对先辈志士们艰辛但执着的办刊经历，对早期共产党人孜孜以求，为国为民赤子情怀的深入了解，我分明地看到了坚持真理、坚守理想的无尚价值，分明地体会到践行初心、担当使命的无上意义，分明地见证了不怕牺牲、英勇斗争的无上伟大，分明地要延续对党忠诚、不负人民的新时代要求。

作为青年编辑，以史镜鉴，在今后的工作生活中，我务必要围绕以下几个方面，不断提升自己的政治站位、思维深度、意志韧性、理论水平与业务能力。

一是要胸怀"两个大局"，心系"国之大者"。理想指引人生方向，信念决定事业成败。《新青年》始终把自身与国家与民族的前途与命运联系在一起，它的创办主要关心的不是发行了多少册数，盈了多少利，不是发表了多少文章，引进了多少概念，作了多少训诂，相反的，它真正关心的是以思想革命为先声，"救中国，建共和"，这就是《新青年》和它的"国之大者"。

直到现在，并在可预期的将来，《新青年》都能够收获社会的巨大认可，能够得到后世的高度评价，我想，不是因为别的，正是因为《新青年》它所关注之主题的厚重，它所从事之事业的伟大。在新时代，挑战与机会并存，《犯罪与改造研究》同样能够立足本职，发挥优势，为中国特色社会主义法治事业作出自己的贡献。作为编辑部的一员，想要投身其中，有所作为，就要胸怀"两个大局"，心系"国之大者"。具体来说，就是要坚持以围绕中心、服务大局为根本立足点，认真贯彻落实党中央与部党组的决策部署，积极推进研究所的整体工作安排，主动配合研究处（室）的研究重心调整，以繁荣学术、创新理论为首要职责，讲好司法行政的中国故事，传播好司法行政的中国声音。通过主动学习，进一步加强理论素养，不断坚定共产主义远大理想与中国特色社会主义的共同理想。通过深入学习马克思主义理论，跟进学习习近平新时代中国特色社会主义思想这一马克思主义中国化最新成果，在学思践悟中坚定信仰，在奋发有为中践行初心使命。通过创新方法，坚持学习党史、新中国史、改革开放史、社会主义发展史，做到学史明理、学史增信、学史崇德、学史力行。

　　二是要不畏艰险，勤思苦干。伟大的事业需要伟大的精神，伟大的事业也塑造伟大的精神。不畏艰险说的是"坚韧"。《新青年》从创刊、休刊到复刊，受肘时局，颠沛流离，北上南下，进退失据，仍能坚守最初的想法，持续发挥了重要作用。我想，一方面，靠的是理想信念，即我们通常所说的"做正确的事"；另一方面，靠的是意志品质，即我们通常所说的"坚持做正确的事"。勤思苦干说的是"担当"。"哲学家们只是用不同的方式解释世界，而问题在于改变世界。"马克思的名言告诉我们，理论理性很重要，但实践理性更重要，而最重要的还是实践本身。无论是陈独秀，还是李大钊，完全有能力依靠自己非凡的才学与显赫的名气，过上书斋学者的体面生活，但他们却选择了另一种更有意义的人生。"铁肩担道义，妙手著文章"，《新青年》的先辈们勤于思考，更勇于实践。以他们为榜样，接近这些坚韧而有担当的灵魂，我希望自己坚持做到既"抬头看天"，又"低头走路"；既要"有理想"，又要"能行动"。在"走路"时遇到坑洼不必惊恐，在"行动"时遇到困难无所畏惧。反过来，也务必时刻告诫自己，学高如陈独秀、李大钊尚且埋头实干，我辈有何资格人浮于事，得过且过？！不沉下心，不踏踏实实、真真正正干点事情，更高的学历，非但不意味着任何东西，反而会成为更大的包袱、更重的枷锁，只会阻碍自己的进步！在今后《犯罪与改造研究》的编辑工作中，我务必要从细微做起，从点滴做起，用勤劳的双手、灵活的大脑，创造出一流的业绩，不辜负研究所的培养与支持。

三是要精进业务，磨砺技能。《新青年》的编辑队伍中多是才高八斗的大教授、大学者，尤其是在同人编辑的北大时期，我想，这也是内容质量的重要保障。我自知，作为一名新晋编辑与科研爱好者，自己与他们相比，恰如云泥之别。但我也乐观，以他们为标杆，坚持正确的方向，保持坚韧有所担当，慢慢靠近总是可能的。这不是一件容易的事情，不是轻轻松松、敲锣打鼓，不是写几句励志名言、喊几句感动自己的口号就能够实现的，重要的是对这份事业心怀热爱，并决心、愿意，也能够持之以恒。我想，在今后的工作中，要始终坚守职业道德，提高编校水平；主动作为，精益求精。成长没有捷径可走，要牢牢立足本职、埋头苦干；及时跟进学习新知识，快速落实新要求，围绕新时期司法行政工作中的重点难点热点，提升技能，拓宽视野；立足"（预防）犯罪"与"（罪犯）改造"两个研究与实践领域，精耕细作，认真编辑校对，推出更多、更新精品文章，不断提高杂志质量，为推进完善中国特色社会主义刑事执行制度和预防犯罪制度搭建好学术交流平台提供智力支持。

有一首歌里唱到，"没有国哪有家，没有家哪有我"，我想说"没有国哪有所，没有所哪有我们"。同样，有一种理论告诉我们，在同他人的关系与共同体中，人才得以使自身完满，研究所尽其可能为所有人提供了展现自身才华的平台，我想对自己说，好好干，别辜负！

（作者系司法部预防犯罪研究所《犯罪与改造研究》月刊编辑）

愿有岁月可回首

刘 颖

时间不息不止，荏苒岁月流逝，惊起举头望，梅花春讯又一年。

2021年已至，但却无法轻挥衣袖谈笑作别2020年的日子，不寻常的这一年，总有那么多的片段缠绕在记忆中，挥之不去。

疫情笼罩下的这一年，想说轻松不容易，对于基层民警，对于我，这一年的关键词首先是"封闭"。

从大年初二整装，从此就开始了一轮又一轮的封闭执勤，经历了最长56天与外界隔绝的日子，我看到的是成长，让我感动的是每一个身在其中的人迸发出的光亮，所谓苦难辉煌，磨砺让我们的民警变得更担当。

回望这一年，工作似乎成了生活的重心。全新的岗位，陌生的基层，更高的要求，我不得不诚惶诚恐，我不敢不全力以赴。从最初磨破双脚到后来的奔走自如，每天轻轻松松过万步，而业务也在9轮的进监执勤锻炼下有了底气。整个人被一种时不我待的急迫和干事创业的氛围带进去，忙碌后来已经是自发自愿，难得在家休息，除了信息电话，自己还会琢磨工作上的事情，有时突然意识到，也哑然失笑，我竟然这么鸡血，也许真是环境改变人吧。

其实，即便有工作日、休息日，基层的事情也确如抽刀断水，无法分得开、分得清，何况我们这个职业本身就是24小时的连绵不断呢。

环顾自身，一年的打磨，我似乎有了脱胎换骨的变化。工作的快节奏、只身在外的无枝可依，逼着我学会独自面对：分管工作要推进，事情要处理，自己首先是个要拿主意的人，哪里还顾得上娇惯自己。真的是可以有眼泪，没有时间去伤悲。

刚值主班时，晚上11点迎着寒风回宿舍，黑黢黢的四周，除了脚步的回声，可谓万籁俱寂，那种静让我心慌，但随着时间推移，感情滋生，我喜欢上了这里的人、这里的风物，无论早晚都坦然自在地行走。记得第一次看到蛇尖叫,第二次急抓同事的衣服,第三次默默走过去。许多以前在我不可想象的事渐当惯常,相较于南京的都市繁华,暨南农场很乡村、很清冷,以至于周末回城后,我会刻意在大街上走一走,看看人来人往,听听街头叫卖,感受一下喧嚣热闹。这些我以前从来没想过,所以有时候幸福是需要比较的。

当然,大暨南的风光有着天然纯粹之美,天高地阔风野,也认识了许多农作物,欢喜遍地的蒲公英。

还有一件荣幸的事,在 2020 年的岁末,参加了江苏省作协的九代会,文学之都的文学盛会,五年一次,是江苏文坛最高规格的文学盛事,看到平日追捧的名流大家,聆听到文学强音,长了见识,开了眼界。除了个人的欣悦,在这样的盛会上,能够出现监狱民警的身影,哪怕只有一个,至少意味着监狱警察不缺席。我在 2015 年当选为省直代表曾参加过作协的八代会,那是零的突破,这次是第二次参加。希望今后我们监狱系统内能有更多的写作人在这样的会议上展示监狱警察的文学素养、风华才情。这样的时刻,我们都不代表自己,而是我们身处的整个监狱警察队伍。

回看 2020 这一年,我的每一天,是酸甜苦辣的充实,是一步一个脚印的走过。

2020 这一年,真的是很长很长。头顶午夜的星光,追赶早上 6 点的太阳,大暨南的欢笑串成串时常叮当作响,这些都回眸难忘。

愿有岁月可回首,且以深情共白头。感谢生命中的真情陪伴,这世界我们温柔以待,花开成景,花落成诗,生活纵有艰难不易,更有烟火笑语,愿 2021 新的一年,活出万千新气象,因为人间值得!

(作者系江苏省镇江女子监狱民警)

总结评优话感想

马传法

处室召开 2020 年年终总结会议，根据计划要求，评比推荐优秀先进。

综合各方面因素，我们处室应该毫无争议地推荐上报 L 君，但最终却因为 L 君自己的强烈反对，并列举了我的许多优点和成绩，结果推选上报了我。

已经过去的 2020 年，在大灾大难、得失取舍、忠诚担当等方面，我和许多同志一样，克服了困难，经受了考验，做出了牺牲，创造了成绩，例如在疫情最严重的时刻，当许多人躺在家里就是为社会作贡献时，我从大年初二就奔赴工作岗位，宣传报道基层单位抗疫的经验做法和感人事迹，当好局党委喉舌，为基层加油鼓劲；在局机关成立党员应急先锋队赴省监狱人民警察训练基地，封闭隔离培训时，我积极响应组织号召，丢下有病在身的妻子在家，与子同袍，共赴一线，为此，我和儿子落下了"不仁不孝"的"怨名"；在被局机关党委挑选到徐州"跟班先进找差距"活动中，能够严格按照计划要求，不仅身到、心到，而且情到、义到，既取到了跟班对象"先进"的真经，又展现了监狱人民警察在基层普通群众中的良好形象，等等。

列举了这许多，并不是想说明自己就应被评为优秀、就该被推荐为先进。而是想由己推人，在过去艰难的一年里，哪项工作不需要团结协作？哪项任务不靠众志成城？哪份成绩不凝聚着集体的智慧？

我们每个人都不容易，我们每个人都有担当，我们每个人都做出了牺牲，正如习近平总书记在元旦新年致辞时所说：我们每个人都了不起！

因此，我们每个人都有当先进的条件和理由。

当然，评比只是一种形式，总结经验，激发动力，弘扬正气，形成真正干事创业的良好局面才是最终的目的。因为优秀先进名额毕竟有限，不可能人人戴红花，个个上光荣榜，不过也正因为如此，总结评优，从另一方面更能体现反映出一个人的精神境界、一个单位的风气优劣。

记得在部队当战士时，我所在的三连，是个特别有战斗力的连队，连队风气正、人心齐、荣誉感强，连队的口号是"见第一就争，有红旗就扛"，每年在上级举办的比武竞赛或执行地方支援任务中，都能取得优异的成绩，连队的荣誉室挂满了锦旗奖状。但最令全连官兵头疼的，就是年终总结时的评功评奖。"仗好打，功难评"在我们连队是最真实的写照：都是血气方刚的热血男儿，都有争强好胜的意志性格，都有喜报传乡的热切期盼。但真正面对评功论赏时，大家却都想到了别人，想到了战友，想到了兄弟，想到了情义。于是乎，干部让班长，班长让老兵，老兵让新兵，几经周折才能确定下来。但每次评比过后，人心更暖了，风气更正了，士气更高了，连队的战斗力更强了；因为被评上的同志知道荣誉中的情义，自我要求更严了，榜样的作用更强了；没评上的同志也感受到了集体的温暖，战友的关爱，付出的值得。

正是在那样"工作标准看我的，成长进步听党的"良好氛围中，我由一名地方懵懂青年，慢慢成长为一名合格军人、优秀士兵、班长标兵、代理排长，后来入了党、立了功、提了干。时至今日，无论在部队，还是在地方，每年的评优推荐投票时，我都严格按照德才勤绩廉等要求，为身边的战友或同事投上神圣的一票，还真没有为自己投过票，偶尔有此念头时，不由得脸红心跳难下手。这么多年，有人常提醒我，既要踏踏实实干工作，也要主动找组织汇报思想提要求，可真要把人家的善意良言落实行动时，不由得羞羞答答难开口，未付出行动却打起了退堂鼓。

领导的关怀，同事们的友爱，特别是L君的礼让，使我时隔多年后，可能有机会再上光荣榜、登上领奖台。当然无论最终能不能被评优，对我这样的年龄及心境的人来说，都已经不重要了。但一想到这次处室的总结评优，那种气氛、那种情义、那种感觉，足以让我在这样寒冷的严冬里感受到无尽的温暖。

感动之余，我暗下决心，一定要心怀感恩、认清自己、珍惜情义、好好做事、忠诚为人。

唯有如此，才能不负组织的培养、领导和同事们的期望！

（作者系江苏省监狱管理局民警）

后浪
——献给青年监狱人民警察

高　峥

听，远处的海浪奔涌而来，如同具有穿越百年的力量。

听，一群青年正走上街头，为国家、为民族奔走呼告。

100多年前的1919年，五四青年如同中华民族漫长黑夜里猛然拍岸的一阵惊涛，惊醒了沉睡中的中华民族，为中国带来了马克思主义，带来了中国共产党！

100多年后的今天，当新冠肺炎疫情的阴霾笼罩中华大地，当宁静被打破，繁华被冷落，喧嚣被淹没，当花儿失去色彩，小草失去生机，孩童遮住笑脸，那阵五四运动以来响彻百年的爱国、进步、民主、科学的汹涌波涛，反而更加威猛，响彻云霄！一波又一波的后浪们追随前人的步伐，前赴后继，绘就惊涛骇浪！

是的，这后浪是你，这后浪是我，这后浪是每一名坚守在一线的监狱人民警察，是我们每一位在疫情面前毫不退缩的太行人！

五四的巨浪带领我们迎难而上。

我们看到了敢医敢言、国士担当的钟南山院士，看到了一个个的"80后""90后"监狱人民警察奋勇而出。一封又一封的请战书，一段又一段的动人故事。一年多来，年轻的后浪们与家人聚少离多，许多人错过了孩子的新生，错过了老人的别离，错过了人生的许许多多。

五四的巨浪带领我们锻造利剑。

我们听到了"若有战，召必回"的庄严承诺，听到了"对党忠诚、服务人民、公正执法、纪律严明"的庄严宣誓。我们用最严格的纪律，做最坚强的队伍；用最纯粹的党性，做最坚韧的堡垒。

五四的巨浪带领我们勤勉工作。

我们看到了后浪们对罪犯孜孜不倦的教导，入情入理的感化，细致入微的帮扶，无怨无悔的守护。口罩后面是后浪们最纯真的笑容；防护服里，有后浪们最坚强的灵魂。

五四的巨浪带领我们继承传统。

前辈们无微不至的指引，以身垂范的担当，他们将生活中的智慧、工作里的见识与后浪们薪火相传，他们将赤诚坚定的党性、炙热无比的为民情怀与后浪们继往开来。

五四的巨浪带领我们奋勇前进。

嘉兴南湖风雨飘摇中异常坚定的红船，井冈山艰苦奋斗、执着追求的燎原星火，西柏坡谦虚谨慎、团结统一的昂首赶考；脱贫攻坚中一例例精准务实、躬身为民的感人故事；太空遨游中一段段追逐梦想、勇于探索的探月传奇。学史明理、学史增信、学史崇德、学史力行，后浪们在党的历史中汲取能量，在前辈先烈英模的感召下不断前行。

栉风沐雨，不忘初心。五四运动中为国呐喊的青年是我们，长征中跨雪山过草地的革命战士是我们，高墙内担当作为、英勇无畏的基层民警是我们。他们也曾像我们一样，我们也终会成为他们，我们都是历史洪流中奔腾而来的后浪。不管是青春正值，还是老当益壮，我们都曾站在巨人肩膀，也都会是化作春泥的红花，我们都在同一条奔涌的河流，都是中国精神的传承者！

深沉的藏蓝、闪耀的党徽、炙热的忠诚、坚守的激浪。永远跟党走，奋进新征程！

亲爱的后浪们，让我们用生命赴使命，用挚爱护苍生，让我们将涓滴之力绘就磅礴伟力，随中华民族的伟大复兴乘风破浪，成就不平凡的青春！

（作者系河北省太行监狱民警）

步履不停　向阳生长

张　宁

伟大的中国共产党，虽诞生于中国历史至暗时刻，却如同海上明珠，熠熠生辉。

踏着这百年足迹，回首望去，作为一名监狱人民警察，更感慨于在中国共产党带领下，我国监狱事业逐渐发展再到质的飞越的伟大成就。

为解决共和国诞生之初面临的窘境，党中央决定将一大批罪犯投入劳动和生产之中，青海省柴达木监狱（史称诺木洪农场）便在这样的历史大背景下应运而生，为新政权的巩固和青海经济的发展做出了不可磨灭的贡献。

那个时候，一大批优秀知识青年和复转军人响应党的号召，万里迢迢赶赴柴达木盆地，打响了一场轰轰烈烈的没有硝烟的战役：这场战役对监狱初建的将士们来说，是与大自然的博弈，更是将士们践行着为了祖国建设事业，面对艰苦卓绝环境，甘于牺牲并奉献自我的铮铮誓言！

漫天风沙，黄土盖地，柴达木盆地似乎并不欢迎这些来客，可是我们的热血勇士们哪里还顾得了这些，他们激情满怀地投入到诺木洪农场的建设和生产之中，凭着双手和一些简单的原始工具挖地窖，垦荒地，通沟渠。他们沐霞趁露而出，披星戴月而归。

在柴达木，夏天多如牛毛的蚊虫叮咬让人奇痒难捱，冬天凛冽刺骨的寒风势要刮人三层皮。艰苦的岁月一年又一年，改变却也如期而至。没有辜负这片荒地的守望者们，一片片的绿色拥抱着盐碱沼泽，无数小河渠滋润着荒山大漠，一个新绿洲在祖国西北荒漠之地悄然而生，这是生命的奇迹，更是在党旗照耀下，中国共产党人理想信念开出的灿烂之花！

坚决服从，乐于奉献，牺牲自我，这就是传承几代人的诺木洪精神。几代诺木洪人用青春、鲜血、生命践行着自己的信念，始终牢记自己的使命，不曾忘却初心，未曾背叛信仰。进入 21 世纪，我们柴达木监狱人，在诺木洪精神的感召下，一路挥洒热血，一路播种鲜花，将昔日的荒漠之地建设成为现代化的改造之城，为祖国的稳定繁荣提供了坚强后盾，为祖国的社会和谐提供了有力保障。

在建党百年的今天，我再次想起了自己从警之初的入警誓言：我宣誓，我志愿成为一名中华人民共和国警察……

这誓言中每一个掷地有声的字句都是我不变的初心，都让我不敢忘却来时的路。

今天，站在党旗下的我，成了一名光荣的入党积极分子，准备着用自己的实际行动去追随党的脚步。

站在历史与未来的交汇点，作为新时代监狱事业的接班人，我一定要秉承老一辈革命者的理想信念，高举新时代旗帜，以奋发进取的精神，谱写新时代的篇章。

知所从来，方明所去。我们要与时代和社会一起，让初心融入血脉，把使命扛在肩头。

为中国梦的实现而奋斗虽任重道远，道阻且长，但只要我们步履不停，向阳生长，就一定能够实现我们的中国梦！

（作者系青海省柴达木监狱民警）

难忘的打字岁月

陈忠萍

坐在电脑前，指尖在键盘上飞舞，一行行文字跃然屏幕，犹如弹奏出的一首首美妙音乐，每当此时，就仿佛又听到了那"哐铛、哐铛"的清脆敲击声，又闻到了那沁人心脾的油墨清香。

1985年，不满19岁的我出于对文字的喜爱，毅然放弃了转为正式职工成为荆州市民的机会，以较好的成绩如愿成为湖北省江北农场（现江北监狱）机关的一名打字员。

上班第一天，师傅拿出一张8K密密麻麻布满汉字的字盘表让我记。

看着那张毫无规律可循的表，我倒吸一口凉气。师傅说，这张表是最基本的常用汉字，所以无规律，只能靠强记。接着，又指着旁边两个备用实物字盘，里面装满了一个个的铅字，说那是有规律的，主要是按偏傍部首排列，但也得记住位置在哪，使用时就可以以最快的速度拈出来。

当时打字室有两台机械打字机。打字机是由一个个小方格的凹槽里装着的与字盘表相符的汉字字盘和一个安装在上面的滚筒组成，四个小滑轮托着装满汉字的字盘，左手滑动字盘，右手按动手柄，找准汉字所在的位置，将凹槽里的汉字一个个敲击到安在滚筒上的专用打字蜡纸上，一排排的汉字印就打到蜡纸上了。

每打完一张蜡纸，就得从滚筒上取下再安一张上去。文件打完，由原作者拿回校对修改，我们再用修改液将每一处修改的地方涂改修正。如果修改得太多，得重新排版的话，我们就只得将此张作废，重新打排。这之后，将校对修改好后的蜡纸安装到一台滚筒式油印机上，涂上专用油墨，摇匀，再放上白纸，调整好要印刷的份数，摇动手柄，一张张散发着油墨香的文件材料就印出来了。等油墨干后，我们再一张张折叠装订，交到各科室。

两台机械打字机、一台滚筒式油印机、两名打字员，就承担起农场机关当时的场办、管教科、宣传科、财务科、劳资科、生产科、公、检、法等所属业务部门的文件和材料的打印工作。遇到劳资科调资、法庭减刑，医院、学校及下属机构等单位参加各种学术研讨会材料及交流论文，加班加点是常事。

特别是法庭的减刑材料，每年有300份左右，每份内容虽然格式相同，不同的文字部分很少，但落后的打字机不可能像现在的电脑有复制、粘贴、剪切功能，相同的内容得打上几千次，枯燥乏味。

此外，每逢下属企业初期筹建，如江北化工厂和棉纺织厂，堆积如山的可行性材料和报告，弄得我们晕头转向。记忆最深的要算每年一次的三级干部会议，要与各科室配合好，准备会议材料，有时要提前一个星期，几乎每天都得加班到十一二点。好在当时没有家庭的拖累、孩子的牵挂，再加上年轻时的工作激情，没感觉到累和苦，每当看到那一份份出自自己之手的文件材料，倒觉得很充实、很自豪。

1991年，打字室添置了江北监狱第一台"四通"电子打字机和一台复印机，而这时，我也因为结婚生子和视力原因依依不舍地离开了人生的第一个工作岗位。师傅手把手的耐心教导；陶场长在机关大会上对"打字室两个小鬼"的肯定和鼓励；彭主任看到我们脸上、身上的油墨，写专题报告批配工作服等，那些频生温暖的瞬间，至今记忆犹新。

1992年，出于对打字工作的不舍，在孩子还在哺乳期时，我毫不犹豫地接受了监狱的通知，给孩子强行断奶，代表江北监狱参加了全省组织的打字比赛，凭着六年的打字功夫，沉着应战，拿到了第二名的好成绩，也给自己的打字生涯画上了一个圆满的句号。

或许，潜意识里还是出于对打字员生涯的一种眷念，1998年，在低矮潮湿的平房里，我舍得花了近20个月工资，用6000多元购置了家中最奢侈的家当，一台组装电脑。

那时，电脑刚走入家庭不久，还没有多少人能熟练地使用，我也是一个门外汉，好在老公是个钻研型的人，他对着书本摸索，竟然学会了编程，而我也拿出当初学习机械打字机背字盘的劲头，每天背字根表，在键盘上苦练，最后竟能用五笔型输入法盲打，让一个个优美的文字轻松地在屏幕上舞蹈，为今天的电脑在生活、工作中运用打下了良好的基础，如罪犯亲情电话的快速跟录。

2006年4月，借调到监狱政治处整理档案，当看到档案里当年用机械打字机一个个敲击出来的文字，感觉是那么的亲切和自豪，清脆的敲击声再次响起，油墨的清香飘来，脸上、手上沾满油墨与同事相互取笑打闹的场景再现，我甚至还能清楚地辨认出哪份文字是我的那台打字机打出的，哪份是出自同事的那台打字机。档案里的文字是岁月的痕迹，也印证了当初自己辛勤劳动的价值，动容之余更多的是欣慰。

随着科技的高速发展，监狱各科室、各部门、各行业都配备了电脑、打印机、复印机，当初的"打字员"称号也被"文字录入员"所替代。那两台见证过江北监狱发展一页的机械打字机虽不知被尘封在何处，可那清脆的敲击声、油墨的清香却永远留在我的记忆中，更难忘的是那无悔的青春岁月。

时间如一列飞驰的列车，转瞬即将到达退休的站点。

感叹之余，重拾人生中的美好瞬间，以作纪念。

（作者系湖北省江北监狱民警）

努力让自己变得更好

符琼莲

不经意间，2020年已经接近尾声了。

从2020年2月底至今，从海南省司法厅机关到监狱局政治部工作已经快9个月了。这9个月里，可以说是参加工作以来挑战最多、压力最大、工作最繁忙的日子。

刚来到政治部的时候，面对从未涉足过的领域，面对从未接触过的业务，面对高强度的工作压力，曾不断地给自己打气：要以如履薄冰的心态面对新的工作环境，踏踏实实从零开始，向身边同事学习，向书本学习，少说多做，不断开阔视野，不断提升能力，争取尽快适应新岗位。

只是，事与愿违，直到今天，依然显得有些手忙脚乱、顾此失彼。

或是因为知识结构、知识储备存在短板与缺陷，或是对政工业务的认知、思考过于简单和肤浅，或是长期以来养成的惯性思维作怪，总之，虽然一直在努力，但和工作岗位要求依然还有很大差距，而且，好像这种差距在短时间内很难弥补。

20多年来，我一直都在业务部门工作，尤其是在研究所待了12年，习惯了遇到事情都要先退一步，换个角度思考，再经过深思熟虑、反复斟酌之后，才开始着手操作。

而如今，面对新的岗位，应付各种繁杂而且紧急的事务，顺利转型显然不太容易。加上岁月不饶人，长期熬夜码字，严重失眠，记忆力衰退，注意力下降，学习的效果很不理想，身体状况也越来越差，常年处于亚健康状态，面对越来越快的工作节奏和越来越繁杂的工作任务，难免有些跟不上节拍。

以前，一直保持奋力前行的主要动力，是因为在从事理论研究或其他业务工作的过程中找到了工作的价值与意义，尤其是当各种设想或建议变成文字，甚至获得各种理论成果奖项的时候，内心充满幸福感。一直向往着工作与生活的平衡，理想的状态应该是在一个自己擅长的领域，一边从容不迫、游刃有余地开展工作，一边能够有足够的时间和精力去进行思考，闲暇之余还可以四处游逛，顺便写几篇随笔，可谓是快乐工作、幸福生活。

只是，现在遇到了新难题、新挑战，不仅跨度大、难度高，还显得有些凌乱，必须全力以赴才能勉强完成工作任务，甚至有时竭尽全力、加班加点，也有可能无法按时、保质保量地完成任务。如此，快乐工作已经无从谈起，更别提幸福生活了。

在研究所工作的时候，烦恼大多是因为开展理论探索或者经验研究时引发的困惑，而在新的工作岗位上，烦恼更多是来源于身不由己或者力不从心，有些茫然，有些底气不足，甚至，开始自我怀疑、自我否定。

1991年大学毕业后，有幸进入海南省司法厅工作，对此，我一直心怀感恩，因为这份工作不仅相对稳定，而且，让我的人生顺利迈进了一个全新的篇章。因为珍惜，所以不敢怠慢，一直坚持努力向前奋进。一路走来，辗转了几个部门、岗位，从厅机关到基层，回到厅机关，再到局机关，无论是建章立制、法律援助、理论研究、法治宣传，还是戒毒、监狱工作，每一个岗位都让我大开眼界，收获颇多，而在努力前行的过程中得到的那些感悟和收获，更是让我累并快乐着。

回想这二十几年的职业生涯，不得不承认，曾经的同事与领导都给予了我足够的关爱、鼓励与支持，让我能够坚持以自己喜欢的角度与方式去开展工作。但是，当新的工作岗位需要放下自我，用规章制度去教育、引导别人，去用心地关注和服务别人，而不只是单纯的自我完善、自我探索的时候，才发现，以前那些所谓应对自如、得心应手的背后，深藏着多少的理解与包容。

以前的工作大都以务虚为主，而且凭着单打独斗就可以顺利完成任务，我可以凭着满腔的热情和朴素的人文情怀激励自己去努力探索。现在的工作任务则是虚实结合，既要有独立思考，还要注重团队协作，需要协调、沟通；既要善于谋划，还要学会服务大局、服务基层、服务群众。

我不能简单地凭着激情去开展民警队伍教育、培训，更不能任性地凭着自己的喜好去开展各种宣传工作。

曾经，我可以大胆地论述如何创新工作方式方法、随意畅谈各种新颖而独特的工作思路，但是如今时常感到有些束手无策，心态也随之发生了微妙的变化，书越来越读不进去了，心越来越难静下来了，时常感到烦躁，心烦意乱。

有时难免困惑：苦思冥想赶出来的一份文稿，意义无法立竿见影；费尽心思制定的活动方案，效果难以想象。学习任务越来越多，教育活动一个接着一个，但如何才能真正做到学懂、弄通、做实？在梦想与现实、付出与回报、严格管理与人文关怀之间，如何才能实现协调统一？制度越来越细、规定越来越多、要求越来越严，如何才能让民警真正往深处走、往心里走、往实里走？外界喧嚣越来越多，如何才能放下浮躁，静下心来深入思考？

或许是因为长久以来过于安逸，以至于现在前行的步伐变得困难重重。郭沫若说过：一个人总是有些拂逆的遭遇才好，不然是会不知不觉地消沉下去的，人只怕自己倒，别人骂不倒。但如果明明知道有问题却不去想办法解决，结果只会使问题越来越复杂化、越来越难处理。成长就是一个逐渐发现自身缺点的过程，不完美并不可怕，怕的只是面对时逃避、怯懦的态度。

塞内加说过：教诲是条漫长的道路，榜样是条捷径。在我的身边，就有着无数个常年坚守本职岗位、默默做出奉献的同志。监狱人民警察是仅次于公安队伍的第二大警种，实践证明，这是一支对党忠诚、听党指挥、作风顽强、特别能吃苦、特别能战斗、特别能攻关、特别能奉献的纪律部队。

特别是在这次抗击新冠肺炎疫情的战斗中，广大监狱民警发扬大无畏的革命精神，舍小家顾大家，义无反顾，逆风而行，夜以继日地奋战在疫情防控第一线，涌现出了很多可歌可泣、惊天动地的英勇事迹。那些坚守在基层一线的监狱警察，没有感人的事迹，没有闪光的人生，但他们爱岗敬业、恪尽职守、无私奉献，或许，终其一生，他们都无法达到理想的职位，也不会成为人们心中的英雄或者楷模，但他们勤奋努力、不辞辛苦、有召必回、迎难而上，在平凡的岗位上做出了不寻常的贡献。

他们当中，最久的曾经连续封闭执勤天数达到102天，为抗击疫情、确保场所平安，尽了自己的一份努力。他们最精彩的不是实现梦想的瞬间，而是那些坚持梦想的过程。所谓见贤思齐，也正是他们这些逆行者，用实际行动激励着我：要勇于担责，要勇于拼搏，努力做一个有勇气、有责任、有担当的人，这才是人生的价值体现，也是幸福、快乐的源泉。

人总要有个梦想，有个目标。

或许，每个梦想、每个目标不一定都能实现，但必须有梦想，才可能有未来。

或许，努力不一定能带来快乐，但只要一直努力下去，以后的日子里，放眼望去，全部都是自己喜欢的人和事，即使再平凡，也会拥有属于自己的那份自豪。

与其在迷茫中蹉跎，浪费时日，不如去乘风破浪，去逐梦前行，在困惑中思考、在思考中沉淀、在沉淀中领悟，尽快适应新的岗位、新的要求，努力让自己变得更好！

（作者系海南省监狱管理局民警）

放"菲"

易雪芹

菲持手机导航，目标——越秀公园。

她一路引导我们上下地铁公交，偶尔和她爸交流一下，分辨正确的方向。这是广州行程的第四天。

三人中，我操作各种 App 差一些，调健康码，调行程图，调公交电子卡等不够快速，在三人行中落后了几次。

渐渐地，我发现自己成了照顾对象：菲过了地铁刷卡口会停下脚步等等我，招呼我跟上。搭公交前，她会先凑过来检查我的手机："妈，你公交卡调出来了吗？"

不知不觉中，菲由被保护者渐渐变成了保护者，我不动声色，乐见其成。

我们到达越秀公园时，天气正好多云转晴。阳光透过厚厚的云层照下来，去了烈度，只有温柔。风从不知名处蜿蜒而来，穿过山上层层叠叠的绿，夹杂着浓厚的草木馨香，清风拂面，心旷神怡。

也许是周一的原因，游人不多，三三两两。

拾阶而上，偶见一些健身休闲的人，或静静打拳，或极目远眺，或藏身绿叶丛中打坐吐纳。身处广州闹市，这个巨大的天然氧吧，处处鸟语花香，静谧迷人。偶尔"啪"的一声响，是高大的木棉树上，鲜红的花朵被山风吹落了。

菲第一次见到木棉树，惊诧木棉树的高大，也非常喜欢它硕大鲜艳的花朵。她爱惜地将草地上、台阶上的落花捡拾起来，摆了半张石凳子："太漂亮了，落地上被人踩坏了，多可惜。"

老公掏出手机，记录风景，也记录风景中的家人。

我感慨地看着女儿："以后这样一家三口出来休闲的机会越来越少啦。"

老公点头赞同："这次请几天假，也是下了狠心的，沾了菲的光。每天忙不完的事，疫情闹的两年没出门了。"

菲今年大四，再过几个月拿到毕业证，就算社会人了。这次来广州，她本打算独行。

"菲，你一个人去行吗？下飞机天就快黑了，到酒店有点远……"

菲一直在湖北省内上学，没单独出过远门。想到她一个单身女孩在陌生的城市要摸索着走夜路，我有些不安。

"妈，放心，没问题，我很勇的！"

对于我的忧虑，女儿很是不以为然，她在语调上着重强调了"很勇"两个字。

权衡良久，最终我和她爸还是陪着一起来了。

老公比我更不放心："女儿不比儿子，还是小心些好……我们再陪一次吧，就当休假，在边上看着，以后就让她一个人去。"

越秀公园很美，几步一景，让人流连忘返。我们游览至花苑，被一处精致的小景吸引。

曲折的游廊环抱着一方小小水池，水中点缀着怪石和水车，近看很多小鱼游弋其中。有点婉约韵味，游廊顶上茂盛的藤蔓和水车边艳丽的三角梅凸显出羊城热情奔放的气质。菲飞奔去游廊那边看花花草草，我和老公在水池边拍游鱼。

陌生的粤语响起，一位身穿大红色绣花连衣裙的胖婆婆不知何时靠近了我们，生硬地和我们搭讪。我满头迷雾地和她交流几句。语言不通，模糊猜测她是在称赞："先生照相照得真好！"不是问路。看老人打扮时尚，穿金戴玉，神情轻松，也不像是遇到困难求助的样子。摸不清她搭讪的意图，心中警铃响起，我礼貌地笑笑感谢她的称赞，草草结束了交谈。

拍几张照片的工夫，回首一望，突然发现红裙子胖婆婆已朝着游廊那边去了。她已成功地接近了菲。两人先是比比划划，后来头凑在一起看手机，相谈甚欢的样子，菲还不时微笑点头。

这个人想要干什么？看到老婆婆接近菲，在我心中，她瞬间由"奇怪的人"升级为"疑似狼外婆"。我忍了忍没有过去，把情况交给菲处理。紧张的我头脑中瞬间已闪过N种骗局。我甚至警惕地环视了一遍四周，看周边是否有可疑的接应人员。菲那边却依旧是风平浪静，笑语融融。过了一会儿，老婆婆把手机交给菲，让菲拍起照片来。

我暗自松了一口气，虚惊一场。

我远远看着菲。

"很美！就这样，很好！"

她笑容满面，对老婆婆的各种姿势、表情不停夸赞着，捕捉着最佳镜头。菲拍一会儿，让老婆婆回看一下，然后老婆婆比划着提出新的要求，要横拍，要竖拍，要拍到鱼等。两人从这个点拍到那个点，过程长得有些过分，但菲格外有耐心，一直到老婆婆心满意足离去。我赞赏地看着忙忙碌碌的女儿，觉得她真是又美丽又善良。

菲回来时，还有些兴奋："妈，那是个网红老婆婆，她请我帮她拍点照片和视频，她自己回去剪辑。这么大年纪的老婆婆，她自己会剪辑视频！她真的好可爱呀，她让我拍她在游廊上走，她一边走一边上下拍打着胳膊，还念念有词：'小燕子飞飞，飞飞，哈哈哈哈，好可爱……'"

我打探详情："老婆婆说的方言，语言不通，你们怎么交流的呀？"

"还能怎么交流？多听几次，连蒙带猜呀！"

"陌生人来搭讪，你不怕她是骗子吗？"

"大白天在公园里，你们又都在，她一个老人，我怕什么。再说她可能被拒绝过很多次，很有经验了，一上来就给我看她的视频号。我确认过了，是本人。有30万粉丝呢，不过播放量只有几千次，哈哈哈，她真的很可爱呀……"

听到菲不是一枚"傻白甜"，没有丧失戒心，而是有自己的判断。我暗暗点点头。这一刻，我无比庆幸及时管住了自己的腿，选择了旁观。这个问题，菲明显比我处理得更好。手机即是保险柜的时代，老婆婆将自己手机交给她人，是一种信任，而愿意倾听帮助老人的菲，也要有信任陌生人的勇气。因为信任，才有了这个美好的小插曲。

从小到大，我一次次告诫女儿："不要接受陌生人的食物，不要随意去同学家中，不要独自走阴暗小巷，不到万不得已不要晚上独自打车……"每个"不要"后面都有一个血淋淋的警示案例，我不敢不说，谁都怕自己的宝贝成为那个"万一"。但其实，这个防范的"度"也让我感到矛盾困惑。少了，怕女儿因缺乏防范受到伤害。多了，又怕她心中有阴影，成为"装在套子里的人",不敢对人敞开心扉。

这次"陪"在越秀,对菲是一次实习,对我们家长也是。

一路上,我见到了不一样的菲,她防范,也信任,更能享受到生活的美好。

菲这样,挺好的。我们可以放心地让她独飞了。

(作者系湖北省孝感监狱民警)

许多吃过的苦最终都会成为生命的滋养

李复三

一

黄河入海口处,农场的条田,一眼望不到头。

偌大的棉田里,爷儿仨拾掇棉花,姥爷、哥哥,还有落在后面的我。

从播种下去,然后出苗、现蕾、开花、结铃,直至吐絮采摘,四五个月的时间,对我来说,是个漫长的过程。每到周末不上课,正上初中的哥哥和上小学的我,借来邻居家大金鹿自行车,骑行十多里,去分场的棉田里帮姥爷干活。

说是棉花,但我觉得,结铃前开出的不叫花,那个只能看。只有棉铃成熟裂开时,那一团团柔软的纤维才能称得上是花,才是人们期待的收获。

浇水,喷药,整枝,打顶……

不愿戴沉重的苇笠,跨肩背心抵不住烈日骄阳,汗流浃背、口干舌燥,却也只能往遥远的地头一步步挪。地头是高大耸立的成排白杨,那里有阴凉,有凉白开、白馒头和咸鸡蛋,还有小蚂蚁、蚂蚱、螳螂和天牛,这些是我的向往,但距离很远很远。

棉田远处还有一座四面有高高围墙带着岗楼的建筑,听说,里面关的是做劳改的坏人。曾看到背枪的大兵,押着一群从里面出来灰衣光头的人在大田里干活。

有些恐惧也有些好奇,他们都是偷小孩、抢东西的坏蛋吗?他们会不会趁大兵不注意,跑到一边藏起来,然后突然在我身边青面獠牙地冒出来……姥爷一遍遍地解释,也挡不住我不着边际的猜想。

想得最多的还是早点歇着。没遮没拦的日头把胳膊晒脱了皮。说什么小孩没腰，弯得时间久了，人恨不得跪着往前挪。

不停地问，什么时候能到头？

姥爷一次次帮我修理完几株故意偷懒没动的棉株，一边数落我干活要"典实干"（方言，踏实、认真的意思），一边说咬咬牙一会儿就能到头……

咬着牙，真的能到地头。咬着咬着牙，小苗就窜到了一人多高，随后，棉花就长出来了，摘下来，卖到棉站，换来贴补家用的"花花纸"，充实了我的成长。

"山再高，往上攀，总能登顶；路再长，走下去，定能到达。"

再艰苦的历程，咬咬牙都会撑到头，会让人一点点磨出韧性，这种能吃苦开拓的劲头，可以让人受得住烈日炙烤，经得起风霜雨雪。

二

20世纪80年代的非农业户口，能吃商品粮，能招工上班，很值钱。为了给我们兄妹转户口，父亲放弃了落实知识分子政策可以进城的机会，离开了工作20多年的老根据地，调到离省城五十多里的一所劳改农场工作。父亲文革前从师范院校毕业，重视教育，舍弃农场的子弟学校，辗转托人，交上不菲的借读费，让我跟哥哥去了驻地县重点中学读书。

县重点中学坐落在一所镇上，离农场20多里。父亲工资有数，母亲在场里做临工，为了多挣点钱，一年加班加点折算下来能有380多天。家中六口人吃饭，经济紧巴巴的，不能像其他来此就读的农场子弟有条件吃教师食堂，我们哥俩只能跟农村学生一样，从家里带干粮咸菜。三顿干粮按班级打捆提前送到学校食堂，加热后抬回来，就着咸菜、白开水下咽。

冬天，一次带够一周的干粮，满满的两大编织袋，捆在自行车后座右侧下，我和哥哥一人一袋。我家带的是馒头，这已经感觉比农村同学优越了不少。到了夏天，馒头要分两次带，一次吃三天。即便这样，潮湿炎热的空气中，琳琅满目悬挂在教室四壁的馒头也会发霉、长毛。

发霉的馒头，只有部分霉斑的，揭下外皮，不管不顾地吃了。整个长毛变色的，就不敢吃了，只能恨恨地扔掉。为了不饿肚子，同学间会相互借着吃。有时离星期天回家只有一半天了，便会硬扛着凑合。

缺少油水和营养，对于正在长身体的半大小子来说，饥饿感是家常便饭。那种在腹腔深处咕噜噜反复滚过的收缩，时常在上半晌、太阳偏西时和深夜光临，从胃肠扯到咽喉，再泛化到大脑神经，让人刻骨铭心又浮想联翩。那时不懂得什么叫边际效用，只会幻想，如果有一盖垫包子，或是新出锅的热馒头，我会一直吃吃吃⋯⋯

青春期的饥饿，让我养成了舍不得扔剩饭菜、不挑食的习惯。我看不得浪费，暴殄天物，无异于犯罪。

艰苦的生活、恶劣的环境、重大的挫折，这些是锻造意志品质最好的课堂。能吃苦能耐劳，信念坚定，朴素勇敢，就能孕育出干净的灵魂和不竭的精神力量。

<h2 style="text-align:center">三</h2>

酷夏。低矮的老车间里机床轰鸣。

门和窗户都敞着，却没有一丝风。头顶上大吊扇徒劳地转动着。

裹着厚重的工作服，戴着护目镜，防备车床加工飞出来的铁屑烫伤身体、伤着眼睛。

工作服从穿上就湿透了，脸上的汗淌成了河。车间里充斥着机油的腥臭味、铁屑的焦糊味、旧棉纱的腐朽味，还有操作者的汗臭味。

热，忍着。气味难闻，忍着。连续站立劳动的疲倦，也要忍着，不忍着也不行。忍着，会带来可观的回报。承包机加工车间的月收入大约是厂里干部工资的四五倍，对于刚刚二十出头的我来说，成就感爆棚。

成就感也不是白白来的，还来自于"硬实力"——经常有连县机械厂都加工不了的活，让客户打听着跑上几十里路，来找"小李师傅"解决。最终，我也会让来者满意而归。

没有系统的技术培训，农场里的技术传承就是以师带徒。我的师傅是个"老慢支"，一年有多半年耗在医院病床上，每次住院厂里就安排我去陪他。看得多了，有时配药打针输液的活我也能替护士给师傅做了。师傅50来岁就走了，生前没教我几天手艺。技术靠师傅扔给我的那本"秘笈"——《车工基础知识》，还有后来自己买的几本工具书，看过之后，就不间断地去练、去做、去琢磨。后来，车铣刨磨，电焊钳工，都能说得过去，系统内行业技术比武中名列第二。那时很自信，无论是工种、收入还是艺德，在这个农场职工群体中，我都是一流的。

我一直坚信"劳动创造了人本身"的科学论断，相信"劳动是一切知识的源泉"的名人名言，也相信"人生没有白走的路，每一步都算数"这样的心灵鸡汤。因为，个人的经历体会验证了这些，深以为然。

在漫漫人生道路上，总有许多艰难困苦和坎坷挫折，你总要越过去。而在迎接挑战和逾越屏障的过程中，激情和力量，智慧和光芒，就会带来无限的机会和创造，进而给人带来收获和欢愉。

四

大多数人的人生都不是按着自己的设计进行的，只能争取。

那一年，为安排几位退下来的领导，单位成立了一个类似研究室的内设部门，我稀里糊涂地被任命到这里。

从警十多年间，在监区当过管教，在狱政部门干过"减假保"，做事不遗余力，不敢懈怠。此前经常在大小报刊登些散文小说评论之类的豆腐块，发表了几篇其实挺肤浅的论文，亦多少有点自以为"重要"的骄傲。专搞法律政策理论研究，自觉起点低，不踏实，也不情愿。

从忙碌到闲置下来，很不适应。好长一段时间，没有人给我安排事做，也少有人找我公办，甚至，跟我说话的人都很少，一天天连个电话也没有，办公室里静得只有石英钟表针转动细碎的"嗒嗒嗒"声，让人体会到了什么叫清水衙门、冷板凳，个中滋味无法言表。

把个人说了算的事做好，把事做成精品。这是我对自己的要求。

想尽快提升并非易事，理论的储备不是翻翻专著和期刊就能一蹴而就。去了解调研论证，因为人家忙，多有怠慢推脱，间或有对理论研究捧损掺杂的话语。争吵没必要，辩论不值得，遂自嘲遮掩。过后独处时反刍，会想很多，想到撂挑子。

可还是坚持下来了。当年最大的成果，一篇文章获得省监狱学会年度研讨一等奖，一篇在部办刊物发表。吃苦就是吃补，"冷板凳"坐出了温度。

时间推移，探究越深，范畴渐宽，相继撰写了狱政管理、刑罚执行、队伍建设、发展规划、企业生产、文化建设等不同方面的几十篇文章，在《监狱工作研究》《监狱工作论丛》《中国监狱学刊》等刊物发表。自助者人助天助，就像农民种庄稼，年景好，干活用心，不惜力气，收成也越来越好，让人欣慰鼓舞。

学习思考如同一扇窗，让我看见星辰大海，看见万仞宫墙，并借助平台，从省内到更大范围研讨交流，进而领略大师风范，对话法学高端，论剑行业精英，在环渤海、华东地区及全国范围的业内理论研讨活动中获得奖项，有幸成为中国监狱工作协会会员和中国法学会会员。一路艰辛之余，自觉获得了付出带来的最高职业"礼遇"。同时，也深感所知甚少，多了敬畏之心，更加老老实实学研践行。

五

人生能有多久？人生能工作多长时间？人生能留下多少值得圈点的回忆？"新冠"带来了许多影响和麻烦，也催人引发无限思考。

2020年元旦后看到有关疫情的报道，隐隐预感到事态的复杂严重，在武汉封城之前，遂采取了相应措施，领取口罩、手套及消杀用品等，与同事和服刑人员及时分发下去，引导要积极防护，无须过度恐慌。后来表明，当时的预判和做法是正确的。

春节依然是值班。疫情越来越严峻，1月27日正式实行封闭管理。在进行了一段长达数十天的辗转磨砺之后，开始了一轮轮的NNN模式。

第一次回家的时候，已是4月末。回家的路都陌生了，看着繁花绿草，车流如织，恍若隔世，感而慨之。

这一年，多数时间里，三分之一的人承担一个团队正常的任务。因为疫情防控的需要，平添了很多工作量，有诸多不确定的风险因素需要应对，日复一日，烦琐、忙碌、紧张、焦躁、疲惫，还有困惑、茫然、牵挂、烦闷……还有失眠，那种凌晨两三点钟就会定时醒来，等天明的感觉或许就叫修炼。

但只能坚持，还要从容与达观。不仅要做好自己，还要影响带动其他同志，这不消多说什么，是职责所在，也是品质和价值。

一次次轮换中，错过了春节、清明、端午、中秋、元旦，还要继续错过下一个春节；错过了母亲的寿辰，看到老人家苍老的面容，内心无比酸楚；错过了儿子成长的陪伴，与他外出度假的计划泡汤，聚少离多让"青春期"与"封闭期"互不理解；错过了许多朋友的邀请约会，这次执勤，下回隔离，再一个是不允许聚集，渐渐地联系就少了。这些并非我所愿，其实其他同事同行也差不多，都在默默承受。

　　每个人都不容易，每个人都了不起。

　　经历不仅带来痛苦和煎熬，也给人带来了对法治与真理的追寻。把所思所悟写下来，留下点有价值的东西，悦己及人。如今，已有几家正能量期刊和公号向我约稿，甚感欣喜。爱就是充实了的生命，正如盛满了酒的酒杯，我们不可辜负自己。

　　相信，一切都是最好的安排。

（作者系山东省德州监狱民警）

约定

董艺文

成长篇

自记事起,父亲的形象就是个严肃认真、硬朗挺拔的人民警察。因为他的工作原因,我们一家聚少离多,随之而来的距离感和威严感,更让我与父亲少有亲近。

我六岁那年,父亲从矿部调往珠山监区工作。交通的不便,工作的繁重,一周一见对于我们一家而言都是奢侈。年幼的我,对于父亲的印象,只能模糊地停留在家中父亲常睡的老旧枕巾时常伴有的香皂味上。为了团聚,母亲会带我赶赴珠山,我们一家常在父亲的单身宿舍度过周末。即便这样,父亲还是不能全天候陪在我身边,他总是穿着笔挺的警服,出入于珠山监区的大门内外。我只好趴在宿舍楼的窗口,看那一抹藏蓝走进大门,走过操场,走入一栋栋我看不见他的大房子,依然不舍收回目光。

在珠山探亲时,我看见过很多"光头叔叔",他们统一着装,步伐整齐,喊着响亮的口号,训练有素的样子。有时在会见大厅,隔着会见玻璃,我也能看见他们的身影。他们对我总是带着友善的笑容,前来会见的家属也常逗我开心,并塞些水果、零食给我。

那时幼小的我,并不明白这莫名的善意源自何处,只会一言不发,手足无措。这一切都被父亲看在眼里,他把我拉到一旁,理理自己的衣服,又整整我的领子,对我说,"这些叔叔以前犯过错误,目前在监狱里为他们所做的错事接受惩罚,正在慢慢变好。爸爸和你约定,如果他们或者他们的家人找你,给你任何东西,你都不要接受。"

年幼的我不太明白父亲在说些什么,更不明白这背后的深意,只是点了点头,在心底牢牢记下。

我十岁时,父亲结束在珠山的工作,调回矿部上班,因为监狱体制改革子弟学校停办,我转去樟树继续上学,和父亲的见面频率不但不见上升,反而有所下降。年少的我，对于父亲的印象，渐渐停留在家里老车驾驶座暗红色的座椅里。

随着年龄的增长，知识的增加，对于监狱警察这一工作我有了自己的认知，我开始理解父亲，也倍加珍惜周日父亲开车送我上晚自习的时光。

在樟树上学七八个年头，读高中的我有了不少朋友，对于我的家庭，我的父母，同学们也渐渐了解些许。有一次周末，父亲忙于工作，没能赶上接送我晚自习，于是我便搭乘同学家的车。同学的爸爸一脸络腮胡子，头发长长的，我和同学坐在驾驶座后排，大家相处融洽。闲聊一阵我们到了学校门口，同学的爸爸从口袋里掏出一个红包，递到我手里。我有点不知所措，赶忙拒绝。他将红包塞进我的书包，对我说："马上高考了，叔叔看你们学习很辛苦的。你和我家儿子也是好朋友，这些钱拿去给自己买点补品，不要和你爸妈讲，你自己用就可以了。"

同学也在一旁劝我，让我赶紧收着。

我稀里糊涂地揣着书包下了车，又稀里糊涂地度过了一个晚自习。忐忑不安的我回到家中，正巧遇上父亲来樟树看我。他看出我的不对劲，稍一询问，我便将红包拿出，一五一十全招了。讲到那个叔叔长相的时候，父亲眉头一皱，好像想起了什么。他叹了口气对我说："你现在是个大小伙子了，我也不瞒你，你这个同学的爸爸，是我监区关押的服刑人员的亲属，他曾经来找过我。所以你自己觉得，这个红包，你该不该要？"

我猛然想起父亲与我的约定，立即将红包交到父亲手中。父亲对我投来赞许的目光，带着我连夜找到同学的家，把红包原封不动地还了回去。事后回想起来，我不禁感慨父亲的先知先觉。十几年前，父亲就想到会有今天，早早地在我心里打好了预防针。

2018年9月，我成为了一名监狱民警，圆了儿时的警察梦，也荣幸地和父母成为战友。

初入警营，父亲与我促膝谈心，语重心长地告诫我一定要行得正、坐得端，不能和服刑人员牵扯不清，也不能和服刑人员亲属界限不明，更不能被服刑人员利用，做有损民警形象的事。每逢我休息在家时，父亲常问起我的工作情况，为我答疑解惑。父亲在管教一线摸爬滚打多年，经历过太多人和事，无论从哪个角度出发，他都希望我做好工作，走好从警路。我总是边听边记，将父亲的教诲牢牢印在心中。

　　入警两年来,由于监管工作的特殊性,以及自己阅历的局限性,使我在工作中也常会遇到一些诱惑或困惑。当我犹豫彷徨时,耳边常会响起我与父亲的约定,它时刻提醒着我,在我的人生道路上不停敲打着我,鸣响警钟。

(作者系江西省赣西监狱民警)

搬家的记忆

张 恋

刘若英的《我想跟你走》中有一篇文章"老房子的回忆",写的是她从小和外公、外婆居住的一幢大房子因政府拆迁,要搬到另一套公寓里,在搬家过程中,她对老房子的怀念,对因搬家不得不丢弃的一些物品的不舍心情。

我深有感触,从小在监狱农场长大的我,回忆里随父母乔迁的次数很多:父亲因工作调动过多次,每调一个工作单位,我们就要搬一次家,而待在农场里的每一所房子,住的时间长了,它不单是一个物,更多的是留给我深深的记忆,如童年时在屋前栽的一棵小树苗、与小伙伴在家里某个角落躲猫猫。

记忆里,小时候住的是一大排平房,左邻右舍都很融洽,夏日黄昏,家家户户都会在房前端个小板凳,把自家炒的菜放在凉床上,共享美食。小伙伴们会在夏夜里一起捉迷藏,房前有香樟树,屋后有勤快的奶奶种的西红柿、黄瓜,让我们这些"小馋猫"品尝到最甘甜的美味和多年后回想起来美好的回忆。

6岁那年,我依依不舍地告别了邻居小姐姐和慈祥可亲的隔壁奶奶,搬进了另一个新家,当然又结识了许多新伙伴。只是每次搬家,总会遗失一些旧的东西,画过的水彩画,玩过的脏兮兮的布娃娃。但至今家里还完好保存着妈妈细心为我留下的儿时作品,每当看到自己小学一年级日记本上歪歪斜斜、稚嫩的笔迹,心中总会感动万分,看到它们,童年美好的回忆便会浮现于脑海。现在想来,搬一次家总会有些许感伤,住了几年的房子对它们都会有深深的感情。

席慕蓉在"月色两章"里说:"生命应该就是这样了吧?在每一个时刻里都会有一种埋伏,却要等几十年之后才能得到答案,要在不经意的回顾里才会恍然……"也许曾经年轻岁月20岁的我还未领悟得那么深刻,但随着年华逝去,我也慢慢体会出了些。刘若英在《我想跟你走》中写过这样一段话:

"每个人都搬过家,但每个家在人心里有不同的分量。有时候你离开的不只是一个吃饭、睡觉的地方,也是舍弃你生命的一部分。你离开那个空间,等于把你自己的一部分也永远遗留在那里了……"

在我看来,从某个程度上来讲,每搬一次家,生活就必须重新开始,生命的长度要重新计算。这样,舍弃的不只是身边的物品和邻居,也切断了时间的延续性。曾经居住过的房子清空了以后,远离了那些让自己记得生活曾是多长多远的味道。看了刘若英写的这段话,每位经历过搬家的人看了后心底都会有点酸酸的感觉,因为她写出了我们的心声。

童年时随父母搬家,成年后工作原因搬家,结婚后搬出自己的单身公寓,有了自己的小家,一次次"远离"曾居住的家,但回忆不会消失,总会在记忆里努力让它保存下来,用自己的方法,让后代也嗅得到老房子的味道,然后陪伴着自己就这样一直走下去……

(作者系湖北省洪山监狱民警)

嘿，你好吗？
——写给自己的入职纪念

丁昕婧

我猜想，大部分人如果写这封信，也许是想表达一些期望，求得了一个好工作或是成功上了岸，也许只是想单纯地问问未来的自己，遇见了怎样的人，又是否变成了想要的模样。

而我只想对自己说，不忘初心，走进司法，经营法理服务。

◆ 探今朝

嘿，你好吗？

你，还记得我吗？

我？我是谁？曾经的济大丁昕婧，当年芳龄十八，以一等奖学金的资质由特教转为法学，静如处子，动如疯兔，疯狂段子手。我喜欢寻找并发现生活中的乐趣，与人分享。爱笑，也爱玩，认真起来毫不马虎。爱自由爱探索，笑声爽朗真情实意。如今，入职大司法，我又是一个什么样的人？

我啊，乐于尝试，勇于置疑，敢于打破，信于自我。

我啊，追求提升，不迷安乐，富于好奇，愿意舍得。

他们说，我很"奇葩"。刚入大学的时候，积极表现想出风头，一番精彩的自我介绍和才艺展示让大家记住了我，军训时充满号召力的语气和自信饱满的演讲让大家发现我是个有趣的人，但这同时也产生了一些"偏见"："奥，她玩得很开嘛，一定是玩闹型的，学习成绩肯定会差一点喽。"

是这样的吗？我可不服气！一方面的突出就一定暗示着另一方面的弱小吗？如果这是定理，那我就要打破它！我是个倔强的姑娘，也不喜欢给有主观意识的东西下定义。

可是，当我开始脚踏实地去努力，我却越来越觉得力不从心。上课重点在哪里？学习、娱乐如何平衡？高中的那套显然已经不太适用，需要重新探索。哎呦，我还就不信了！我记得来回串场赶课时的奔波、恶补转专业落下的"前科"，考试前不分昼夜的摸索和努力，记得为了提高效率，早上6点多的操场；记得10门功课，6门过90分的欣慰。当成绩列表下发，看到同学些许惊愕的神情，哈哈哈，一种扬眉吐气的快感。我证明了自己，证明了法学人文的内涵！

在公考路上，我疑惑过；在市中级法院见习中，我迷茫过；在更好待遇的刺激下，我动摇过。思考了很久，犹豫了很久，我到底想要什么？

乐于尝试，勇于置疑，敢于打破，信于自我；追求提升，不迷安乐，富于好奇，愿意舍得。这样的我，你，还记得吗？

当有人提醒我成为入职最小的司法工作者时，当拿到红印通知书时，我懂得暗示，不忘初心，方得始终，自在安好，记得当初出发时的模样。

◆ **望远方**

嘿，未来，你好吗？

未来的你，也会受挫吧。我知道你一直很努力。肯定很累吧，也可能在我不知道的地方偷偷抹眼泪，其实没什么大不了的，谁还没个情绪失落的时候。不过啊，既然决定了要去做，就要努力把它做好，无论是责任还是尊重，绝不能轻言放弃。你要知道磨难最能历练人了，你现在所经历的都是一个职业司法人必须经历的。思维的质变升华都在痛苦和磨难中进化而来，这是契机，把握住，就当是场历劫。

还有一些事，如果真的努力了，就已经很厉害了，过程和结果都是辩证的。许多东西需要积淀，无须急于一时。而对于那些不能理解甚至有些偏激的情况，不要太在意，一笑而过，剩下的让时间去消磨。当然，历劫之后还是要好好总结，你的弱项、不足，对生存环境的看法，人们口中所说你却毫不清楚的"常识"，好好领悟，好好优化。

别小看了基层司法所，别怠慢了公共法律服务，别低估了社会矛盾化解，别规避了社区矫正和所有来访者，他们需要你赋予法治、规整秩序、创造和谐。

◆ 有信念

我相信，不管岁月如何蹉跎，你都会坚持自己的内心，你可能表面上一本正经，那可能是因为你长大了，面对的世界更大了。你有很多我现在无法理解、无法处理的事要去解决、实践和学习，所以我一点都不担心，就算你正儿八经，依旧会接受喜爱我的嘻哈"无礼"。另外，我也有点私心，我不愿对你太严肃，我只希望你快快乐乐，别给自己太大压力。让阳光洒在每一个角落。

我想告诉你，我一直都在，一直支持着你，欢喜着你，所以，勇敢去做吧。

你一定要很努力，成为一个受人尊重的人、博学的人、谈吐优雅的人；你一定要过得开心，善待良师益友，相伴知己。

最后，愿你不忘初心，经营好自己，无论面对什么样的情况，依然相信美好，对世界充满好奇；愿你在自己的职业圈子里，用自己的勤奋为创新司法服务。

（作者系安徽省芜湖市镜湖区司法局基层司法所新入职公务员）

细雨纷纷　你在长大

刘菲菲　陈玉东

夜末微明，细雨敲窗，惊蓦了迟睡酣然的你。

细雨借风敲响窗音，你已欢喜得不得了，和着若隐若现的窗音咿呀欢语。

这样的雨，你出生那日就有，只是那时的你在雨中梦，今日的你已知雨且喜。春雨或是最不禁人们的欣赏的，晓才微晴又降疏雨，时骤时缓，真如你之面庞，难度晴雨，这便是孩童天真吧！能随欲任性，能逆势行举，能顺随逆为，全在刻念，由心所欲，不计后失。

晨午多阴少雨，阳光暂破阴云，难得微晴，赶忙带着你去"晒太阳"，怎奈阳光只匆匆"串场"，阴雨又再度登场，慌忙带着你悻悻离开，一路上你不停地想要从我怀里挣脱去叛投春雨的怀抱，无疑，废了半天劲的你还是徒劳无功，只有赌气风雨为何不落予你身上一滴与你嬉伴，却只偏袒在我和妈妈身上，你怎么会知道，那是我和妈妈将爱倾斜给了你，风雨留给自己，爱留给你。

风雨不会偏袒，但父母会偏爱。

暮夜雨势骤长，雨水顺窗不断滑落，隔窗而望，棕黄的街灯在暗墨的雨夜中为世间万物托举着光，光影下雨连成了一根根笔直明利的水弦，水弦被吹过的风拨弯，万物被拨弯的水弦映衬下也弯曲了姿态，在光和雨中，一切万物都向四周淡淡地晕开来，分不清了，能分清的只有这座城、这天上的雨和这窗外的万家灯火。

灯火里响唱起"祝你生日快乐，Happy birthday to you！"

又是一个雨夜，你一岁了，一年前的雨夜你带着我们的期待降临世间，温暖了冬末雨夜；一年后的今天，你带着我们的祝福，继续滋润着初春雨夜。

细雨纷纷，你在长大。

（作者陈玉东系新疆生产建设兵团石河子监狱民警，刘菲菲是陈玉东的妻子）

新警的信念

张景琦

放眼四周,满是稻田,一派恬静祥和,但眼前,监狱大门却尽显神圣庄严,这就是洪泽湖监狱给我留下的第一印象。

入警之初的几日专项技能培训让我深刻意识到,想成为一名真正的监狱人民警察,不是一朝一夕就能做到的,而是需得从内而外的转变。

首先,要筑牢思想根基,转变自我认知。

思想引领行动,我的入警第一课是参观监狱场史馆。在这里,我见证了一所监狱的成长历程,老旧照片记录着艰苦的工作环境,一砖一瓦承载着前辈们的重托。在监狱这片13.9万亩的土地上,代代监狱人薪火相传,守护着法律的最后一道防线。震撼之余,便是满满的自豪:震撼监狱在新中国成立初期物资设施欠缺的条件下依旧闯了过来;自豪自己荣幸地成为其中的一员。

而真正意识到自己不仅仅是学子,更是一名人民公仆,是在警号徽章分发下来的那一刻:熠熠生光的警徽是人民警察的象征,徽上的盾牌代表着我们是法律的忠诚捍卫者。

如何体现监狱人民警察的忠诚,我想,要用一辈子的时间才能完成,入警第一课帮我走出舒适圈,让茧出现裂痕,而我的成蝶之路也将由此展开。

其次,要找准自身定位,对歪风邪气说"不"!

之所以监狱警察会被认定为高危职业,是因为面对的是一类特殊群体。前几天,观看的警示教育片中,罪犯恶意刺伤民警的视频让我看着揪心,即使防护措施严格,也不能百分之百地阻止危险的发生。周监区长讲解的教育矫治罪犯课上,让我了解到罪犯的危险不仅如此,更在于长期接触可能会产生的同化反应,这种隐形的危险会潜移默化的影响我们,尤其新入职的民警。但我们应当看到,同化是双向的,像面镜子,我们民警要成为里面的主导者,才能感化改造好罪犯,帮助他们重新回归社会。

明确自我定位能有效预防错误的发生，严格遵守职业规范能让我们在面对罪犯的财物诱惑时毫不犹豫地拒绝。身为一名监狱警察，要时刻牢记自己是教育改造罪犯的执行者，找准自己的位置，走好每一步。

最后，要设立远近目标，不做工作上的"无头苍蝇"。

"目标"这个词，我想它存在的意义是为了给每一个认真生活的人一点动力、一点希望，让枯燥反复的生活变得来日可期。朱主任在"年轻民警如何成长进步"的教育课上讲到过"仕而优则学，学习永远在路上，人与人之间大部分差别的体现都不是一时半刻形成的，大家可以浑浑噩噩的过一天、过一周，但是不能过一辈子"。设定目标，无论到哪个阶段，都要学习，都要有目标的活着，这个目标可以很远大，大到成为打造高质量现代化监狱不可或缺的一分子；也可以很微小，小到今天多掌握一个罪犯的个人信息。

在我们的身边，那些精通常用法律法规、熟知剪裁缝纫技术、只看到罪犯背影便能讲出其基本信息的民警，是我们现阶段努力的方向，以他们为目标去工作，会让我们的每一天过得充实有干劲。

我相信，实现目标的意义从来都不是为了从他人口中得到肯定，而是为了因不断实现自我的预期而产生的自豪感与获得感。

成为合格的监狱民警的前路漫漫亦灿灿，20岁于我而言，是时间上的大跨越，更是心理逐步迈向成熟的阶段，尤其是成为一名监狱警察，更为我在这个年纪留下了独特的印记。

我知道，之后的工作充满了未知与挑战，但我相信，信念和坚持会成为解决所有问题的良药。

（作者系江苏省洪泽湖监狱民警）

父亲篇

父亲的"抗美援朝"情怀

宋建伟　米冬青

2020年11月3日，87岁的老父亲领到了由中共中央、国务院、中央军委联合颁发的"中国人民志愿军抗美援朝出国作战70周年"纪念章，山西省太原市第三监狱的领导来到家中进行慰问，并为父亲佩戴了纪念章。

打开精美的红色方形盒子，取出紫铜镀金、银质的纪念章，父亲像孩子一般高兴，嘴里喃喃自语："党和国家真的没有把我们这代人忘记啊！"

端详着纪念章中志愿军战士、和平鸽、鸭绿江水、金达莱花等设计元素，父亲思绪万千，激动的心情久久不能平静。一向低调的父亲在子女们的一再追问下，向我们讲起了他抗美援朝出国作战前后的点点滴滴。

时间追溯到1951年7月，当时父亲在北京辅仁大学附属中学读书。伴随着新中国的成立，18岁的他是一个热血青年。当听到"抗美援朝，保家卫国"的号召后，他坐不住了，瞒着在山西交城老家的父母毅然报名参加了中国人民志愿军。

在当时的志愿军战士中，父亲的文化程度算是比较高的，所以一参军，部队就直接安排他从事文化政治宣传工作。1951年7月至1952年9月，父亲先后在华北军政干部学校、第十九兵团军政干部学校培训学习。培训结束以后，于1952年9月赴朝参战，分配到64军192师574团，后调到576团，先后在师团政治部（处）任文化教员、政治理论教员。

据父亲回忆，当时文化教员、政治理论教员的主要职责是搞宣传鼓动、文化教育及文化娱乐活动等。初任教员时，因时局尚处于战时状态，所做的工作就是每晚收听国内广播、中央电台新闻、翻看报纸新闻等，然后做好记录，通过刻蜡版、印小报等方式，向全团指战员传递有关国内外形势的重要信息。同时，在干部战士中进行扫盲教育，使他们在短期内识字脱盲。

那时在朝鲜，来自战争的威胁时时处处都存在。父亲回忆，有一次团长在一个山村的山头上召集大家开会，突然美军的飞机呼啸而过并不停向地面投放炸弹。一颗炸弹在距他们不远的地方爆炸，所幸的是没有伤着人。但正在做饭的炊事班的战友们却因灶烟暴露了目标，在飞机俯冲过来的一刹那，大家相互招呼分散隐蔽，不幸的是，有七八个人没来得及躲避，在敌机的狂轰乱炸中为国捐躯了。

炊事班全班覆没，好端端的战友瞬时阴阳两隔，这是留在父亲赴朝作战记忆当中最为刻骨铭心的一件事。

回国后，父亲继续在陆军64军192师团政治部（处）任政治理论教员，为干部讲授社会科学基本知识、政治经济学等课程。由于父亲教学成绩突出，被师政治部授予"五好教员"，并推荐到兵团政治部为旅顺口驻军教员作教育示范讲课，受到兵团政治部的通令嘉奖。

1963年4月，父亲转业至太原气体压缩机厂（太原三监），先后任太原三监宣传干事、汾阳监狱教育干事、山西省监狱管理局教育科长、太原三监纪委书记、副支队长等职务。

往事已成追忆。

父亲在感慨今天的幸福生活来之不易的同时，也为祖国日新月异的强大而备感自豪，同时，父亲还非常感谢党和政府的关心与关爱，衷心祝愿祖国的明天更美好，祖国的未来更强盛！

（作者系山西省监狱管理局民警）

父亲刘明智*

吴 渺

1947年，16岁的父亲参军，戎马了半生，直到1978年，才从空军高炮三师转业到安徽地方。

我们兄弟姐妹三人，姐姐和哥哥随父亲调防而生活工作在不同的城市。姐姐留在南京，哥哥留在了浙江杭州。我是老小，1976年在上海高中毕业后下放到杭州萧山。父亲转业到地方时，因母亲不忍三个子女都不在身边，强烈要求把我带在身边，这样，已经在萧山待了两年的我就和父母一起来到了安徽。也正因如此，我才与九成结缘，也得以见证父亲在九成工作生活的点滴。

父亲转业到九成后，先后担任农场副书记（1978.9—1978.12）、书记（1979.12—1984.3）等职务，历经了九成从农垦兵团单位恢复到押犯单位的变化，并亲历了1983年抗洪抢险。我随父母来九成，直到1982年离开去了合肥，也先后在那里生活工作了近四年。可以说，在九成几年的工作生活经历，给我们父子尤其是父亲留下了深刻的印记。

要说父亲这个人，跟他生活五六十年，感觉最大的特点就是无私。他对家庭的关心很少，在任何时候，从来没说对家人关注照顾一下，对母亲、对我们都是一样，什么事都是按原则来，挂在嘴边的始终是一句，"你们不要想得太好，国有国法，家有家规。"

我刚来九成时，想在机关找个事情干干，但是公安局、机关办公室他都不同意，就要把我放到车队干修理。当时车队车少，就几台车子，一台解放、两台江淮、两台跃进嘎士、一台吉普。吉普车是农场领导出差时才用的，父亲他们下队都是骑自行车。

---

* 本文根据安徽省九成劳改农场原党委书记刘明智的次子讲述整理而成。

在车队维修班，我加班加点干，干熟悉后，我就想转到驾驶岗，和父亲提出想学个驾照，他愣是不让，说，"那么多修理工，为什么你就能去学驾驶呢？你安安稳稳地干你的本职工作吧！"

我当时很不理解，但是父命难违，只能耐下性子老老实实在车队干。后来我在车队找了个老师傅签个字，自己偷偷跑到安庆去考了驾驶本，拿到驾驶本后，他还不让我开车。我当时想不通啊，就想着在哪干都行，只要不在九成，不在他眼皮底下，省得他这也管那也管。后来农垦厅新成立的建筑公司缺人，我就申请到合肥的农垦建筑公司当工人，也就离开了九成。

再后来，因为种种原因，我被借调到司法厅从事驾驶工作。几十年间，我不能讲自己工作干得多好，好几次有工转干的机会，他总是给我泼冷水，总是讲要按党的政策来办，到退休，我还是个驾驶员。现在想想，他就是这样的人，这我也不怨。

他对我们严格，对自己也很苛刻。我在九成的时候，有一次他颈椎病犯了，疼的人形都变了，黄豆大的汗珠直冒，九成医院看不了，要去安庆看病。我在车队上班，提出和他一块去，他很坚决地拒绝了，说我在上班，不能让我去，只让母亲陪他去。虽然是为我着想，但是我当时很不理解，心想，他可是我父亲，太不近人情了。

印象中，父亲在职期间，在九成也好，在白湖也好，没有吃过单位一次招待餐，每次开完会他安排好伙食，就回家了。包括退休后，他每年的医药费也不会超过四千块，他买回来的药，他不吃了我们可以拿，但是要用他的医保拿药，那是绝对不可以的。

他对自己家不怎么关心，但是对农场的干警职工却又是另外一个态度。农场民警职工，哪家小孩上学上不好了，哪个工作不顺心了，对领导有意见了，都来找他。哪怕是个家庭妇女、普通工人，有什么困难找上门，他都能耐心对待。别人来的时候没吃饭，他就让母亲烧几个小菜，经常是一叙叙到晚上十一二点。当时，我家在农场住的是两个房间的平房，他在家饭厅里接待来访的同事，那时候，几乎天天晚上都有人来，我们在房间都休息不好，真是有点不胜其扰的感觉。

父亲为人性格耿直，对待工作从来毫无保留，凡事都冲在前面。我印象最深的是1983年九成防汛，当时我在农垦厅防汛机动队里，开着大黄河车，给各个防汛单位运送毛竹、大米、竹把子、面粉等物资。

一次拉着大米、竹把子等防汛物资去九成，正好赶上汛期最大的时候，华阳闸的水涨了起来。那天正下着大雨，大坝上住的全是老百姓。我们车队赶到杨湾闸，水已经漫上来了，小车过不去，水里都是农场往外撤的人，有的年纪大的抱着小孩艰难往外涌，我一辈子都不会忘记那个场面。

车子开到二道坝的时候被堵住了，当地老百姓要把二道坝堵起来，农场不让，公安局周局长在现场协调，僵持半天，里面人不得出来，外面的人不得进去。我心里着急，就开着车子硬冲进去了。到了黄湖坝子跟前，防汛人员把物资卸掉后，就不让我再上去了。

我环顾四周，水面已经和坝子齐平了，一片汪洋，长得正茂盛的庄稼在水里飘摇。大坝有一节叫"老窝子"的地方，是由当地农村老百姓负责的，但是老百姓都跑回去抢收庄稼去了，那节没人管了，大坝出现了管涌渗漏，坝子在水浪的冲击下摇晃，情势十分危急。农场防汛人员告诉我，说我父亲讲了，是党员的留在坝子上，他自己带头上坝子抢修去了，其他人都不让上坝。无奈之中，我就去了场部，回家见到母亲。母亲告诉我，她已经好几天没见到父亲了，她也不知道父亲到哪儿去了。没待多久，防汛指挥部打电话让我们运输队去其他地方运送物资，我也就匆匆离开了，直到后来听到九成防汛成功，我心里的石头才落了地。

父亲在家极少和我们谈论工作上的事情，但是在我九成工作生活的几年间，有几件事情印象特别深，一个是农场拉高压电，还有一个是农场中学扩建，再一个就是修杨湾闸到华阳码头的路。

我们来的时候，农场还是自己内部发电，每天晚上5点到9点供电，其他时间照明都是靠蜡烛和煤油灯，一到晚上就是轰隆隆的发电机声，而且供电时间得不到保障。

解决农场用电困难是父亲最关注的事情，他经常在家里讲，"没有电，一个单位那就是瘫痪，任何事情都受影响。"

大概是1980年左右，他向上级报告同地方协调，最后确定从望江往农场拉进高压电。买电线杆、电线都是农场自筹资金，施工也是由基建队和车队一帮人在搞。那段时间，为了保证尽快把高压线架起来，他经常是自己亲自到现场指挥督促。

那时候经常下雨，施工到哪，他就跟进到哪，经常往稻田和烂泥坑里跑，长时间泡水使得他在援越期间染上的皮肤病犯了，脚烂得一塌糊涂。母亲不让他去，好讲歹讲他也不听。他说电一天不通，他一天睡不安稳，母亲既心疼又无奈，只能用茶叶水和高锰酸钾给他泡脚缓解。就这样，从1980年秋天到次年年头，农场高压电终于架上了，用电有了保障，晚上发电机的轰鸣声也就消失了。

我们来的时候，九成学校只有小学和初中，因教育属地原则，民警职工的小孩不能在望江就近升学，上高中要去宿松，极不方便，经常有民警职工找他反映这个问题。

他在家里经常讲，"我动用一切资金为了小孩，我不怕担责任！"

1981年，农垦厅拨了5万块钱，中学教学楼破土动工，中间还因为资金问题停了一年工，后来钱到位后，终于建成一栋建筑面积为964.4平方米的教学楼，成功地把九成学校扩建成小学、初中、高中的一体制学校。

我记不清是哪一年，九成中学培养出第一个大学生，他得知消息后，回家高兴地直蹦直跳，吃饭的时候兴奋地跟我们讲，"农场也有小孩考上大学了！"

后来，父亲又张罗着给那个学生开欢送会，给那个学生家里发奖金。母亲为此还不无埋怨，讲别人家的小孩考上大学你这么高兴，自己家的小孩上学从来没见你这么上心过。的确，我从小学上到高中，他从来没在学校露过一次脸，即使是下放，也是自己扛着背包去的，他从来没去看过一次，即便是给我写信，也仅仅只是讲，"这是党的号召，你要好好劳动，好好锻炼"。

在我的印象中，父亲一辈子不送礼，过年过节也不去领导那走动。但为了修杨湾闸到华阳码头那截路，有一年春节他破例把杨湾镇里的领导请到家里，让母亲烧了一桌菜，和他们协调修路的事情。当时的江堤因为防汛要求水利厅不让走，九成人出行只能走江堤下的村庄，进出都很不方便。那时候，没有拆迁，也没有补偿，修路要占耕地，当地老百姓不干，父亲只能找当地政府协调寻求支持。在父亲他们那班人马的努力下，前后搞了好几年，终于修通了一条杨湾闸到华阳码头的乡村公路。

心底无私天地宽，父亲一心记挂着单位的人和事，不管在哪个工作单位，不论是民警还是工人，大家对他还是比较肯定和支持的。

1984年，父亲从九成调去白湖，我和爱人来九成帮他搬家。当我们把行李打包好出门以后，我们包括母亲都不敢相信，场部附近的邻居和同事，老的小的都来了，大概有一两百人，自发地过来给我们送行。我印象特别深，我们经过办公楼的时候，当时薛培龙书记他们正在开会，看到院子里的情况，会也不开了，说赶快赶快，先送送老刘。当时的景象是小小的院子挤得到处是人，我们一家确实是非常感动，我心想，老父亲的付出是值得的。

离休后，父亲就一直居住在合肥，和母亲独住在二里河附近的房子，我隔三岔五去看看二老。父亲退休后生活极为简单和规律，很少再关注以前工作上的事情，几次单位邀请退休同志参加纪念活动，他都谢绝了。但是对九成，他心中始终是牵挂的，特别是生命的最后几年，那时候他已经感觉到身体不太好了，他几次主动和我提起，"三儿，什么时候有空带我去九成转一转，我们就住在望江，你带我去九成看一下就行了……"

我知道他的心里还是记挂着远在安徽地图西南角的那方水土。几经耽搁，终于在2011年的夏天得以成行，在一个周末我开着车带着一家几口赶到望江。第二天一早便从望江出发到九成，看着杨湾闸，看着场部，父亲坐在车里，看着熟悉而又变化巨大的地方，原来熟悉的地标只剩电影院，父亲兴致很高，一路讲现在比以前好多了。感觉他言语中的欣慰，就像是自己家里的喜事一样。

父亲一辈子走南闯北待了很多地方，晚年唯独对九成的念想最为深重。之于九成，或许父亲在内心深处是有一丝游子情怀。我想，也大概是因为他对那片土地倾注了太多工作热情，与质朴热情的九成人在工作生活中结成的深厚情谊吧。

如今父亲离世有6年了，我也两鬓斑白，看着九成这个我和父亲都曾工作生活过的地方能有今天的成就，内心也感到由衷地高兴和自豪，希望九成建设得越来越好。

（作者系安徽省九成监狱管理分局民警）

拿什么奉献给你 我的父亲

李 蓉

父亲走了，带着对人世间的眷恋，带着对亲人的不舍，走完了他81载的人生历程，告别了四个深爱着他的儿女，永远地离开了。

对于父亲的辞世，我是有精神准备的，父亲已年逾八旬，加之重病多年，可是当我真的听到医生宣布父亲死亡时，仍觉突如其来，痛心不已，泪水像失控的洪水般倾泻而出。

父亲一生坎坷，童年极其悲惨，2岁时失去父亲，3岁时疾病又夺去了母亲的生命，孤苦伶仃的他是跟着年长他18岁的哥嫂，伴着苦难长大的。

成年后的父亲和母亲，带着我们一群儿女，在那个物质极度匮乏的年代，生活的艰辛和拮据是可想而知的。好不容易盼到儿女们长大成家，社会经济好转，可怜的母亲却患肝癌去世了，从发病到去世仅仅1个月零2天。

母亲的突然去世，对父亲无疑是一个晴天霹雳，人一下子变得苍老了许多，原本就话语不多的他变得更加沉默了。

望着父亲日渐消瘦憔悴的面容，我心急如焚。乌鸦尚知反哺，羔羊且能跪乳，做为女儿，我能为父亲做些什么呢？除了每天下班后赶回一分场家中为他做点家务外，没有任何能让父亲开心的办法。在那段时间里，说话都要格外小心，每当一提到母亲，父亲的眼眶里总会满含泪水。

为了帮父亲走出失去亲人的阴影，我四处托人，为父亲介绍老伴，终于在母亲去世2周年后，父亲又组成了一个新的家庭。可是事与愿违，父亲再婚后并不像我们所期望的那样。由于性格原因，加之几十年养成的不同的生活习惯，两位老人分手了。

为了方便照顾父亲，我在总场为父亲寻得一套住房，虽然小了点，但位置、楼层都很好，父亲非常喜欢。这时，热心的老乡、邻居及老同事们又张罗着为父亲介绍老伴，我也从中撮合，可父亲说什么都不同意再找了，究其原因，是父亲不愿意再给儿女添麻烦了。但父亲毕竟年事已高，又不愿与儿女同住，没办法，我只好为他请了保姆。

父亲年纪越来越大了，四肢末梢血管循环也越来越差，每年一到11月份，双脚就生冻疮。我想了许多办法，先是让他每天晚上坚持热水泡脚，接着又按偏方用辣椒水泡、胡萝卜煮水泡，但都收效甚微。后来我在杂志上看到足底按摩可以促进末梢循环。可是父亲一生节俭，怎么舍得花几十元钱去做足浴呢？即使儿女给钱，他也不会去的。

我绞尽脑汁，终于想出一条妙计。我知道父亲虽然一生节俭，但对我这个唯一的女儿却从小娇惯，只要是我想要的，他都会尽其所能满足。

有一天，我回到家对父亲说："爸爸，您今天要请客。"

父亲听后高兴地问："有什么好事呀，要我请客？"

我说："您加工资了，加了300元生活补助费。"

父亲听后说："你也加了呀，为什么要我请呢？"

"我只加了200元呀，比您少100元，当然该您请啰。"我说。

"哦，原来如此，那你想吃什么，我给钱，你买。"

我说："我不想吃什么，我要您请我去洗脚。"

虽然父亲没在外面洗过脚，也认为那样很奢侈，但为了让女儿高兴，他还是痛快地答应了，说："多少钱？我给你。"

我说："既然是请客，哪有让客人自己去的道理呀，您陪我一起去吧。"

在我连哄带拽下，我和父亲一起来到了足浴室。洗脚时，师傅很热情，一边为父亲按摩，一边给父亲介绍脚上有多少个穴位，并告诉他这里管心，那里管胃，这里管肝，那里管肺，还说经常按摩足底穴位既能舒筋活络，又能强身健体。

父亲听后很是高兴，我就趁热打铁，对父亲说，买月票吧，月票便宜很多，很划算。就这样，在我的精心策划下，父亲坚持每周一次足浴，从此冬天再也没有冻过脚，直至去世。

家里虽有保姆，但保姆终究是外人，除了洗衣做饭，跟父亲没有任何精神上的交流，更无法替代儿孙给他带来天伦之乐。由于三个哥哥都在外地，孙子们也都有了工作，每天回家陪父亲说话就成了我必须完成的任务。

近几年，单位每年分批组织外出旅游，由于父亲每天口服药种类较多，仅心脏病药就有好几种，保姆不会分，加之有些药容易潮解，必须现分现吃，所以旅游一直未能成行。

有一次，父亲听说单位又要组织外出旅游，心情复杂地问我去不去，我说不去，他就十分内疚地说："都是我拖累了你。"

看着父亲难过的表情，我连忙说，哪里啊，您还是我的挡箭牌呢？旅游多累啊，自己还要出一部分钱。我跟人家说了，"圣人云，父母在，不远游，游必有方。"有您在，我不受累、不花钱，还落个孝顺老人的好名声，一举三得，多好啊，您一定要争取多活几年，我也背靠大树好乘凉呀，等我也成老干部（退休）的时候，就把保姆辞了，我就当您的保姆兼护士，您最好能活到一百岁，到那时，我就请人在江北报上写一篇文章，表扬我自己，题目叫什么呢？就叫《亲情感动天地，孝心创造奇迹》，还加一个副标题，记百岁老人王景占之女孝敬老人二三事。另外，您给保姆费的时候一定要从优哦。

父亲听后，忘记了病痛，忘记了难过，开心地笑了。

在父亲病重的几年里，无论冬夏，我每天早晨必须六点起床，为父亲买菜、准备早餐，中午为父亲分药、输氧。为了让父亲高兴，周六、周日我也尽量减少外出，给保姆放假，在家里陪伴父亲。

在春暖花开的季节，还和哥哥一起陪父亲参观江北水库，参观章华寺、万寿宝塔，还去了父亲年青时曾经参加修建过的荆江分洪大坝。

在父亲生命进入倒计时的一年里，父亲生活已不能自理，我除了把每天早晨、中午两次回家，改为早、中、晚三次回家（或到病房）外，还为父亲四处求医问药，上网查询。这时的父亲对我的依赖，就像我小时候对他的依赖一样。

可是，不论我怎么做，都没能改变病魔带走父亲的决心。2010年9月18日，就在我给他喂了最后一次晚饭后不久，父亲就永远地离开了。

无论我怎样大声地哭喊，都没能阻止他离去的脚步。保姆说他是吃饱了上的路，一定会走得很好。此时我真的好愿意相信有天堂，在那里没有疾病，没有痛苦，愿父母在天堂生活幸福。现在我也清楚地知道，今生若要想再见到父亲，那只能在梦里了。

雨季奉献给大地，岁月奉献给季节，我拿什么奉献给你，我的父亲，唯有女儿那颗真诚不变的孝心。

（作者系湖北省江北监狱退休民警）

父亲的爱党情结

周东风

写下这个题目，其实心里有些纠结：父亲今年已九十有六，但却一生没有入党。

因目不识丁，父亲从来没有学习过党的理论和章程，也从来没有什么豪言壮语，更不用说有什么名言了，但在我的记忆中，父亲从来都是把爱党体现在生活的每个环节中。

在家中，我们永远不能提国民党，因为父亲恨透了。原因就是那时国民党实行抽壮丁制度，为了躲避这一制度，父亲只好被过继给周家二房的一户人家，可惜命运不济，爷爷去世很早，奶奶随后就改嫁了。从此，父亲失去父爱母疼，孤苦伶仃，更为重要的是失去了生活来源，有时几乎要靠乞讨维持生计。这段痛彻心扉的经历，加之新中国成立后的好日子，让父亲对于共产党与国民党的态度那是非常旗帜鲜明的。

新中国成立后，已经结婚成家的父亲响应党的号召，主动报名参加了湘西剿匪，这一去就是八年，所以我家大姐都快七十了，大哥还六十没出头。我们曾经想让父亲讲讲湘西剿匪的故事，但父亲很少提及。前几年寻找父亲的身份证时，竟然发现了一枚军功章。大哥在没有征得父亲同意的情况下去找了政府相关部门，可惜父亲把当时的转业证交给了政府的工作人员，而这些知情人已全部离世，父亲当年的战友也没有一个存活于世，真是有些可惜。不过，父亲看得很淡，他告诉我们，回农村是自个儿主动要求的，在政府工作，我又不认字，那不是给党添乱嘛。只是在这事上，父亲可能感觉对母亲亏欠太多，如果母亲提及这事，父亲就总是遮掩过去。

20世纪60年代初，父亲又主动报名参加了县里柘溪水电站的建设。我看过当时修建水电站的相关资料，建设难度之大、生活条件之差，是我们这一辈人无法想象的。但就是凭着那鼓干劲，仅用三年半时间，第一台机组就装机发电了。本来这段经历我们并不知晓，是后来落实政策，水电八局通知我们去领补贴，才知道原来父亲还是当时15000名建设大军中的一员。我们问他为何没有留在电站工作时，他却说，我留下来干什么，不识字，不懂技术，对电站无用处，回农村，我可以为集体干很多活。当时父亲是八级木工，工资也相当高的，每月43.5元。

70年代，从我开始记事起，父亲就在生产队当队长。一天到晚也见不到他的人影。早上我还在睡梦中，他就到队上安排农活去了，晚上等到他回家，我们都已进入了梦乡。见到父亲的日子就是冬天下雪的日子，那也是我们非常快乐的日子，他会带着我们，顶着飘飘洒洒的雪花满山转，最高兴听到的就是土枪开火和那条大黄狗的叫声，那样的话，晚上就会有美味了。

按理说，当了那么多年的生产队长，父亲应该入党，我曾问过父亲，当年思想不进步吗？为啥这么多队长都是党员，你为何没入党。父亲嘿嘿一笑说，我吃了没文化的亏，学不了党的理论，提高不了思想觉悟，也不会写入党申请书，我唯一能做的就是带领社员干好农活，争取多收粮食，为国家多交点公粮。

80年代，责任制后，父亲充分发挥了他那干农活的狠劲，承包了集体的一处农场。农场面积很大，我们在不上学的时候，父亲就带着我们去农场劳作，为此，我们家也很快从解决温饱到慢慢成为富裕之家。承包六年农场，我记忆最深刻的就是，每年秋收后，父亲总是组织我们把公粮按时交给国家，从来没有差过。他时常告诉我们的一句话就是，这是国家的地，种了地，就要交公粮，天经地义。我没有多高的觉悟，但做人的基本道理还是懂的。

90年代，随着六个子女先后长大成家，父亲也在岁月的打磨中慢慢变老。但父亲还是一如既往地告诉我们，做人做事，一定要跟着党的政策走。正因如此，我大哥当了多年的村支部书记。2020年疫情暴发，他是第一个担任村里防控值班任务的党员。我也是近30年党龄的老党员了。三姐现在还在担任着村里的妇女主任，姐夫也是村里的工作人员，都是党员。后辈人中就更多了，反正我们家，按照章程足可成立一个党支部了。

父亲虽然没有说过爱党的话，但他把那种爱党的情结释放在为集体做事上，体现在积极参加国家建设上，凝聚在教育好子女身上，传承在家风中。

（作者系海南省海口监狱民警）

父亲

梁 银

这些年,感觉时间在不停的提速,尤其对年逾花甲的父亲:在他身上,岁月的辙痕一年深过一年,内从牙齿到骨骼,外从挺拔到佝偻。他所有坚硬的部分,都迅速钝化、脆弱。

走在大街上,每每遇到和父亲一样的老人,吃力地行走着,我总会忍不住多看他们几眼。甚至,还会从身后追到身前,总觉得,那就是我的父亲。

老了的父亲,失去了标识度和分辨率,变成所有老人的样子——身体干瘦、目光呆滞、不苟言笑。但年轻时,他高大威武、棱角分明、眼睛有神,哪怕在深夜远远的一声咳嗽,我也能辨认出是他。

在我的印象中,他是一个严厉的父亲。小时候,每次我做了错事,都会有他暴风骤雨般的痛骂,板子也会紧随而至。那时,总怀疑我的父亲是假的,羡慕别人家的父亲更和蔼、慈祥。

有一次,我帮着父亲做木工,甚得他的欢心。不巧,老师在家访时,随口参了我一本,父亲便顺手抄起一根木棍抽向我。虽然我眼疾手快,但屁股没有及时躲开,被狠狠地抽了一下,烙出一道血印。

夜里,我疼得睡不着觉,父亲悄悄推门进来,轻轻在我的屁股上敷了止疼药,静静地看着,看着这个让他心疼的儿子,直到我安然入睡,他才离开。原来,当我疼时,父亲心里也在痛,我的一半疼痛是由父亲这样默默承受的。

父亲脾气暴躁,一半是他从小的性情,一半是遭受家庭变故的原因。父亲出生在 20 世纪 50 年代,一个知识分子家庭,祖父和伯父们早早相继离世,自那以后,他开始变得沉默寡言,心思全部用在做工活上了。听母亲说,那些年生活稍有不顺,他就火冒三丈,"借故生事",火爆的脾气一直延续至今。

读大学那几年,父亲怕在异乡的我受委屈,为了给我挣学费,什么样的苦活、累活他都干过。曾因为暴脾气,不甘受人白眼的他,竟瞒着我一个人跑到青州养鸭，后嫌他手脚不便，予以辞退；他又托人辗转到唐山喂猪，老板看他为人忠厚老实，才勉强留下。

大学毕业后，我离开故土，一个人到青海打拼，回去的日子也越来越少，但我经常念及父亲，想象我这个年龄段时的他。起初是做反面教材，警醒自己别像他，慢慢地，我谅解了父亲，开始与他和解。无论在基因上，还是在生活里，我们都有了彼此的影像。

回首这些年，也许我和父亲原本就是两个不同的自己。在两个平行的世界里，隔了整整30年，他见证了我的怯懦、勇敢，值得他自豪的东西，像是曾经的自己一样；我见证了他，生命长河中的历史光影，平凡的汗水早已干涸，那些沉重的铁锈和尘土的气息，我感同身受。直到有一天，那些他赐给我的东西，已经无法改变，尽管我曾用尽全力去挣脱过，这一场轮回的束缚，等到我欣然接受的时候，这才发现，我的身体里，有了他的影子。

或许，也可以说，父亲有一半是我，我有一半是父亲。

而今，我和父亲相隔千里，分别在两个城市生活，父亲依然从事着他热爱的环卫事业。凌晨四点，当城市的人们还未从睡梦中醒来时，父亲却已经开始了他一天的工作。偶或闲暇之时，一个人走在大街上，每一次看到那些熟悉的"红马褂"，我都会想起父亲。

现在，我唯一能做的，就是在有限的时间里，还能多陪一陪老父亲。无数次，拿起电话又放下；今天，我终于鼓足勇气，在视频中对他说："老爸，谢谢你。"

父亲一脸愕然……

（作者系青海省东川监狱民警）

父爱如山　愿时光温柔以待

刘　源

我的父亲，今年66岁，他是一名老党员、老退伍军人，这些都是父亲身上永不褪色的标签，哪怕现在的他只是建设工地上一名开洒水车的司机。

66岁，已经步入了老年人的行列，这个年龄的很多人已经把闲暇的时间花在麻将桌旁、鱼塘边或是山水之间，而我的父亲，却依然在辛苦奔波着。

洒水车的工作，可能是这个年龄的老年人能够从事的为数不多的工作了。父亲在新疆的部队当了许多年的汽车兵，转业到地方后，在国企开大货车，一直开到退休。开车对父亲来说，也许算是一份顺手的差事。最近几年，因为国家环保的要求，基建工地都需要洒水车进行洒水作业，洒水车只需要跑固定路线，不需要太操心，自动化程度又高，不需要做太多手工活，这似乎是父亲还能坚持这份工作的原因。

尽管如此，已经超过法定退休年龄6年的父亲，其实不愿，实际上也没有太多力气再继续在工地上去做一份工了。父亲透露过，如果有可能，希望在市区觅一份他这个年龄能从事的工作，他说过，比起县城，他更喜欢市里。

20世纪70年代，父亲是一名正牌高中生，写的一手好文章。在那个满大街飘扬着广播声的时代，父亲的文章，曾经多次被县广播站全文播报。虽然高中毕业后他没有上大学，而是入了伍，这之后退伍、结婚、养育孩子、开起了货车，但退休后，他依然流露出一个老牌高中生的些许文化追求。

父亲有一台属于自己的笔记本电脑，这是我上大学时从淘宝上买的二手笔记本电脑，我毕业后，应父亲的要求，无偿转让给了他，这台笔记本电脑厚度达到了惊人的5公分，硬盘容量也只有60G，但父亲却将它视如珍宝，用它敲击下了不少文字，直到有一天工地宿舍一场失火，将笔记本电脑化为灰烬。后来，二姐给了他一台更先进的二手笔记本电脑，他至今使用着。

父亲有过几台相机，这与他喜欢摄影的爱好有关。最近用的一台相机，是一部数码长焦相机，也是我从淘宝上买的，后来流转到了父亲那里。如今，不知道这部相机这两年都到过哪些地方，是否仍在服役？

如果相机能早十数年到他的手里，我想应该早已拍下了数以万计的风光、人物照片，比如北京、北戴河，或者是江苏某地的风景。

这些地方，都是我曾随父亲长途奔赴的目的地：在北京新发地，父亲的货车停靠卸货，我独身前往西单，领略了首都的繁华；在秦皇岛，货车停到了工厂里，我在父亲的带领下，去了北戴河的夏日海边，第一次领略了浩渺的海风；在前往江苏的某个高速服务区，我被父亲和副驾请下拥挤的车厢，在凌晨安静又明亮的高速停车场，无聊地踢着空瓶子，苦练任意球脚法，忍受瞌睡的煎熬。这些地方，我想总能在父亲的记忆里留下难忘又亮丽的风景吧……

当然，旅途不总是充满诗情画意的。在外省某地，当醉徒驾驶摩托车，追尾撞上我们临时停靠在路边的货车时，恶人拍击车窗，围攻躲在车里的我们，他们脸上的那种凶狠，以及当地警察到场后，仍无法赶走的恐惧感，让我体会到了，善与恶、外地与本地、忍让与猖狂之间的差别。那个时候，我在想，是否我们有些懦弱？时至今日，方才暗暗感到，忍让，也许在当时是保护我这个小孩子的一种手段。

至于发生在跑长途路上的更多事情，我无从得知，毕竟利用假期坐着父亲的大货车去看世界的机会并不多。到底一路上有多少酸甜苦辣？可能只有父亲最清楚吧。

那几次跟着父亲坐货车去远方的经历，距今已有十几年了，印象中，能与父亲朝夕相处、相互了解的经历，这十数年间也为数不多。

同样，相距遥远的，还有母亲与我们的永别。第一次感觉自己与这个世界近在咫尺，又相隔万里的时刻，是在2008年奥运会期间，当所有人都沉浸在这场奥运盛会、国家幸事之时，我的母亲却遽然抱病离去，离开热闹的世界，留下一个顿时空荡荡的家庭。后来的2009年春节晚会，使我再次体会到了这个难以言表的感受，在那万家灯火、爆竹齐鸣的除夕之晚，电视机哑然无声，我和父亲、大姐、二姐呆坐在家里，没有了丰盛温馨的年夜饭，更没有了操劳一辈子的母亲。

从那时起，失去母亲的我，在成长中曾遇到过很多挫折，也曾差点走入人生的黑洞。那时，我所经历的种种负面的情绪和思想，使我变得爱抱怨：抱怨父亲当时为何没能再努力一点，为何没能找到更好的办法，让母亲从病魔的围攻中脱困，让我们不去经历失去母亲的那种切肤之痛。那时，沉浸在无尽抱怨之中的我，曾经和父亲有过一段漫长的冷战。那段岁月，我感觉自己就像一只被世界遗弃的困兽，在与家庭决裂，在与社会抗争。如今想来，那时无言的父亲，内心里，对我有几多心痛、几多担心、几多难过……

寒暑交替，斗转星移。

当我考入河南省洛阳市残疾人联合会，拥有人生第一份正式意义上的工作时，父亲久违的宽慰和骄傲使我体会到长辈对于晚辈那种真正发自内心的期许。也许，就是从那时踏入社会开始，我和父亲的关系也开始慢慢的缓和了。

彼时，参加工作、踏入社会之后，当我看到社会的现实、人际关系的复杂性、人情世故的种种，我才渐渐明白，亲情曾包容了我多少幼稚的错误，又曾指引我躲开了多少人生的暗礁。对于我来说，父爱如山这个词，从那时开始，才有了生动的意义。

把时间的指针往前拨，上一次我让父亲感到那么的宽慰和骄傲，应该要追溯到我考上大学的时候了。当时父亲和母亲的心情有多宽慰，我已无法想起，但始终记得，作为我们这一大家子第一个考上二本学校的孩子，父亲操办了一个隆重的仪式。当时，在县城找了一家比较上档次的饭店，奶奶到场了，外公也到场了，还请到了曾经在电视台工作的表姐。表姐来的时候，带了一台索尼的肩扛摄像机，用电视台的标准来拍摄这场庆祝酒席。在当时拍摄的数码画面中，如今还能看到母亲欣慰的面容。开货车跑长途的父亲，和长年在陶瓷车间辛苦工作的母亲，省吃俭用，一起供养出这个家庭的三个大学生。在那个欢聚的时刻，我记得，最亲的人，全部都在。

时间教会了我宽容，还赋予了我成长的力量。

大学毕业后进入市直机关工作，对于我的自信心是一个很大的提升。有一年，有幸参加全国残联现场工作观摩团的接待工作，虽只是接待组的一名工作人员，我还是第一时间告诉了父亲，我想让父亲知道，那个不懂事的孩子，慢慢在长大，慢慢在提升本领。又过了一两年，我考上了公务员。随着工作经历在丰富，见识在增长，我也在成长，而我的成长，伴随着父子关系的缓和，还伴随着父亲的日渐年迈。

我的父亲是一个不太显老的人，虽然他已经66岁了，但给我的感觉，还像是50多岁的中年人。能泄露他年龄的时刻，好像并不是太多，今年年初的体检算是一次。他的体检有十几项指标不合格，就像一台运行几十年的机器一样，他的身体开始出现各种小毛病，开始慢慢地衰老了。

这位66岁的老党员，虽然目前享受的政治待遇是在社区党组织定期交党费和领取政治学习书籍，但他的政治觉悟并不低。他告诉我，从新闻联播真的能看透一些国家大事，读懂一些社会发展道理。在我被录用为公务员后，他向我念叨说，哪怕你将来当不了什么大官，也真的要树立一颗公心，真的愿意去成就一番为政为民的事业。

这位66岁的老退伍军人，与汽车兵这个字眼也已相去甚远。相距遥远的，不仅仅是从河南到新疆数千公里的路程，还有从20出头的青年到花甲老人所经历的漫长岁月。如今能找到父亲曾经当兵的印记，恐怕只有两个了：一个是一本纸张泛黄的毛泽东选集，那是当时在法院当院长的爷爷赠给他参军的纪念品，时间是1976年2月26日，上面盖着新安县人民法院公章。另一个是数年一次的战友聚会，战友都来自铁道兵第19团汽车连。听他提到过的战友中，有几个成就较高的，或在部队成了师职干部，或在地方成了党政领导，或是做出了一番商业成就。和他们相比，父亲的履历，显得有些波澜不惊、普普通通。

但就是这样一位普普通通的老人，和我母亲一起，把大姐培养成了一名公路建设工程师，把二姐培养成了一名财会人才，把我培养成了一名国家公务员。而今，他又靠积攒的为数不多的薪水，支撑着我买了房子、结了婚、组建了家庭。

而今，这位普普通通的老人，正在普普通通的变老。

我幻想过，有那么一天，我的父亲，能像唐朝的白居易引领的香山九老一样，在洛阳找一处山清水秀之地，携三五志趣相投的老友，寄情于山水之间，赏玩泉石风月，兴怀沧海桑田，真正享受属于他的退休生活。

我曾幻想过，有那么一天，如今的广电局，能从当时县广播站的故纸堆里，翻到父亲曾写过的文情激扬的文章，为这个路面车水马龙、街角显示屏循环播放广告画面的拥挤又快速的时代按下暂停键，读一读父亲曾写过的文章，找到属于六七十年代那代人的思绪精神，纪念一个已经老去的时代，鼓舞一个曾经怀揣文学梦的花甲老人。

我还曾幻想过，有那么一天……

可无论我如何幻想，时间的车轮仍在一刻不停地碾过。

在岁月的印迹中，我只愿能够留下对父亲，对一位66岁的老党员、老退伍军人的敬意和祝福。

父爱如山，愿时光温柔以待。

（作者系河南省豫西监狱民警）

体味父亲

田 霞

看着觥筹交错的两桌至亲，因高兴而满脸红光的父亲，我由衷地欣慰，甚至有些泪目：我们从没有过多的话语和表达，可此时我却看着他幸福的笑脸而感动。

父亲与新中国同岁，童年和青少年时期虽过得艰辛，但那时新中国刚成立初期，百废待兴，所有人都一样。

父亲又是幸运的，参军在部队的教育培养下，虽没上成战场，但也成为部队驻地冲入火灾现场抢救人民群众生命和财产的英雄。父亲在提干之际面临裁军，主动选择了转业读书，分配到学校工作。他一直感恩着祖国和党给他的这一切。因此，在学校几十年，就像是颗螺丝钉，哪儿需要就哪儿上，不管在哪个岗位都兢兢业业。

父亲70岁了，退休也十年了。这十年可以说是他变化最大的十年：头发白的差不多了，曾经硬朗笔直的腰开始弯了；坚定明亮的眼神开始浑浊了；一向康健的身体时不时这儿有问题那儿有毛病了；做事情明显动作慢了许多。虽然我明白这是每个人都不可抗拒的自然规律，但每当看到越来越苍老的他闲不住地做着事，心就痛，好想时光能慢些、再慢些，不要催得这么急。

朱自清的《背影》将那份无声却深厚的父爱写得触及人的心灵深处。而父亲对我，也是从来不将爱直接表达出来，没有多余的话语。但对我来说，却有着更多的敬畏。

我们家距离老家有五六十里，小时候回老家，只要不是赶时间，几乎全是走路回去，那时也就是八九岁。直至现在，仍清晰地记得走回去的滋味儿。

回去的早上，早早吃过早饭，父亲将带给爷爷奶奶的东西背上，带着我和妈妈出发。沿着不知几代人走出来的石板小路，在山间、田野间穿梭。在现在，可以说是看风景。但对年幼的我来说，那几十里石板路简直就是漫无尽头。走了大半天，预计着差不多吧，可一问还不到一半。那种绝望、无奈，逼得眼泪花儿在眼里打转。但父亲一句话也没有，他只是停下回头看着我，等着我。等走近了，一言不发又大步流星往前走。走过两次后，我知道撒娇、耍赖是没用的，从此每次忍着越来越痛的脚，哪怕磨起泡，也一声不吭，咬紧牙朝着目的地走去。

现在想想，回头看自己一路走来，不管是在学习还是工作和生活中，我只要认定了目标，确定了方向，就不管是曲折还是困难，甚至一般人无法想到的困难，都会咬着牙，甚至忍着痛，默默地自己扛着，朝着目标坚定地走下去，从来没有畏惧或退缩：我的第一次高考，考完第一天的晚上在开水房打水，因水多地滑，摔倒后新打的开水几乎全倒在了右脚右腿上，老师和同学赶忙送我去了医院。而此时父亲正在一两里外的理科考场点，一直到第二天下午那科考完，他才来看我。现在都记得他来时的情景，眼里满是担忧与关切，但除了一句"怎么搞的"，就再没有一句话。而我也除了一句"地滑"，就啥也没有了，更没有流半点泪或乞求剩下的一科不考了，忍着川南七月的炎热坚持考完最后一科。

父亲很少生气，不管对任何人、任何事都是和和气气的。每学期结束，我的一些同学都会将不带走的行李存放在我家，不管哪个同学来他都很欢迎，并把东西码得整整齐齐，保管得好好的。

我也很少被父亲严厉批评，更别说被打。印象中，只被父亲打过一次，就因一次，所以记忆深刻。

那是上初中的一次美术课，老师发图画本，本应一个个往后传，可是隔我前面两位的那个男同学却直接把本子丢在了地上，我喊他捡起来，他不仅不捡还说脏话。于是我抓起书直接掷了过去，他也不服输，冲过来就要打我，于是……

没想到下午一回到家，父亲就一巴掌扇了过来。这一巴掌，扇得我眼冒金星、头晕眼花。在父亲连说带骂的咆哮中我明白了，美术老师曾经也是他的老师。我居然把我的师公气到了！

那一次父亲的暴怒，甚至有些肝胆俱裂的神态，让我从此牢牢地记住了，无论对谁，要尊重、敬重；无论做什么，要牢记纪律和规矩。这也是以后几十年，不管是跟同学，还是跟同事，不论有什么事儿，能忍则忍，即使发生了矛盾，过去了就让它过去吧。

父亲话不多,做事从来不唱高调,不喊假大空口号,只一门踏踏实实、默默无闻地做,用自己的行动说话。用现在的话说,就是个"钢铁直男"。

我大二时的一个春节,一天傍晚我们走亲戚回来,在学校外被一个人喊住。我定睛一看,心里一阵叫苦,此人是学校所在地一个有些势力的人,说俗点就是一"霸"。

我心里正担忧,没想到他一路小跑过来,双手握住父亲的手,热情地说:"走,田老师,到我家喝两杯。"什么情况?鸿门宴?我心里一阵忐忑。老爸婉拒着,我们已经吃过晚饭了,吃不下了,也不吃了。可是那人就是热情地邀约着让去他家喝两杯。

那人边拉着父亲边回头对我说:"小田,你不晓得,全学校我就佩服钟校长和你爸,其他人不管哪个我一概不买账。"剧情逆转,惊得我合不拢嘴。

他接着说:"学校修新教学楼和花园,我带着钱物找到你爸,可你爸一点没收。最后经过几家建筑队评审后,我胜出,还是我做了这项工程。我服他!"噢,原来是这样!我提着的心放了下来。在老爸的坚持下,婉拒成功。

回家的路上,父亲又说了这事。原来当时他是最有实力的建筑队,可是他怕做不了,就带着东西找到父亲,但父亲不仅没拿他一点东西,连一支烟也没抽他的,最后经比对,他以实力胜出。此后,他对父亲无比敬重。听到这些,我瞬间就明白了以后要做个什么样的人?我该做个什么样的人?我要怎样做?

都说父爱如山,伟岸绝伦。

但我觉得,父爱,其实更像一泓清泉,让情感即使蒙上岁月的风尘依然纯洁明净;更像一座山峰,让身心即使承受风霜雪雨也能沉着坚定;更像一片大海,让灵魂即使遇到电闪雷鸣依然仁厚宽容。

抑或许父爱就只是如清茶,只需品尝,不需言语,在慢慢回味中才能体会出味道。

(作者系四川省川西监狱民警)

母亲篇

亲爱的老妈

徐 波

亲爱的老妈：

您好！

虽然知道您老人家没上过几天学，认不全这封信里的字，但我还是想给您写下这封信。

老妈，我是1971年冬月里出生的，在家排行老三，您总是亲昵地叫我"三姑娘"。

从小就常听您说那年月父亲作为"公家人"总是忙着工作，在单位的时间比在家里还要多。您曾调侃父亲说家就像是他的旅馆。所以，自我出生后都是您一个人照顾着我，根本没有享受到"坐月子"的待遇。寒冬腊月里，您要自己做饭、洗衣服、洗尿布，还要照顾襁褓中的我。因为总是用凉水，您的双手长满了冻疮……还因此落下了"月子病"，这些年只要遇到变天，您就浑身上下的关节疼痛。但您从来没有在我面前叫过痛喊过苦，还总自嘲地说自己的身体就像是天气预报表，可准咧。

老妈，七八十年代是个物质匮乏的年代，很多家庭都是缺衣少食。我们家里兄妹三个，上面还有奶奶要照料，家里的经济情况自然是很糟糕的。但是勤劳能干的您却从没让我们受过冻挨过饿。买不起新衣服，您就跟着别人画纸样儿、学做衣服。

那时节，很多家庭里老幺都是拣上面哥哥姐姐穿剩下的衣服，但是我却总能穿上您专门给我量体做的衣服，整洁又合体，不知引来多少小伙伴羡慕的眼神；那年月家里没有电扇，大夏天里我一觉醒来，经常看到您坐在我床边，拿着大蒲扇给我扇风驱蚊虫去暑热，自己却是满头大汗。

您经常给哥哥姐姐说：三姑娘最小，你们都要让着她点儿。

老妈，1989年夏天，因为高考发挥不好，我的情绪一落千丈，到家后一言不发。您期盼的目光望着我,我却转头进了房间。晚上我躺在床上翻来覆去睡不着,您悄悄推门进来,在我的床边默默坐了许久。

您用满是老茧的手轻轻抚摸着我的脸,像是对我说又像自言自语道:"三姑娘,没有关系,只要尽力就行,考好考孬你都是我最疼爱的幺姑娘。"

黑夜里,我看不清您的脸庞,却读出了您给我无尽的力量和支持。

老妈,自您过80岁后,身体每况愈下,前两年因为膝盖骨半月板坏死下不了床走不成路而住进了医院。医生下断言说您这样的年龄这样的病情,既使出了院轻则也要坐轮椅,重则就要卧床不起。而您老人家硬是不信邪,稍微好转就每天坚持锻炼甩腿三千次,现在不仅没有坐轮椅,平时还把家里料理的井井有条,有空还能拄着拐杖走出家门到处看看转转。现在,您老还经常把"要活九十九"挂在嘴边当成歌唱。

老妈,我知道您没有上过几天学,这一直都是您心里最大的憾事。

刚从邓林搬到襄阳时,您很想报名上老年大学,想学习电脑知识,但苦于您的眼睛患有多种疾病,终未达成心愿。但即使这样,您也从来没有忘记学习。

从小您就教育我们说"只要功夫深,铁杵磨成针",我们给您的那个笔记本上密密麻麻地写着"张静华"三个字,那是您为了去银行办理业务签好自己的名字,经常在家里苦苦练习;"社会主义核心价值观二十四字""志愿者精神"、习近平总书记的一些讲话要点,您都一笔一画地写在本子上,记在脑海里。

"好记性抵不上一个烂笔头",现在每次回家看望您时,您都要给我滚瓜烂熟地背上几句。

"为民服务孺子牛,创新发展拓荒牛,艰苦奋斗老黄牛。今年是牛年,我和你爸又都属牛,牛年就要牛劲十足,牛气冲天。"我滴个妈妈啊,2021年习总书记提出的"三牛精神"您老都记得一字不差。

老妈,我要给您点赞:"老妈,您是牛,是真牛!"

亲爱的老妈,"家有一老如有一宝",您和老爸就是我们家里的两宝。

亲爱的老妈,"父母在,家就在",您的三姑娘2021年也50岁了,但回到家里还能喊声"爸、妈",还能吃上你们亲手做的饭菜,我觉得自己就是天底下最幸福的人。

亲爱的老妈，有人说父母是挡在我们和死神之间的一堵墙。我想自私地说：请您和老爸一定要照顾好身体，要健健康康，要快快乐乐，携手到老。

亲爱的老妈，纸短情长，女儿想对您说的千言万语都化成一句话：老妈，是您养我长大，我要陪您变老。

您的三姑娘　徐波
2021 年 3 月 27 日

（作者系湖北省襄南监狱民警）

母亲的"唠叨"

侯秋棉

早上起床,习惯性打开手机微信,连续进来四条语音,都是母亲发来的,"老二,你那边开春化雪早晨会比较冷,出门穿厚点的衣服,在外面等车上班,小心着凉感冒。"

看着母亲的微信"唠叨",心里一暖。

自从 2019 年 5 月休假回家教会母亲用语音微信后,60 多岁从未踏进校门半步的母亲,开始喜欢上这新潮时尚的交流方式,经常会在微信上给我发语音。

"老二,你身体不好,要早睡早起,一个人要照顾好自己。"

"工作中做事要踏实,遇事慢慢来,别着急。"

以前从不看天气预报的母亲,现在每天都要坐在电视机前,等着看我所在城市的天气预报。一旦看到我这边气温有变化,就会第一时间在微信里发语音"唠叨"我。

母亲有三个孩子,虽然现在都没能陪伴在她的身边,然而只有我一人最让她放心不下,所以母亲对我的牵挂和"唠叨"最多。从小到大,总觉得母亲话太多,总想着赶紧长大,赶紧摆脱这无休止的"唠叨"。

直到经历 2020 年 6 月份的一个小手术,我才真切体会到,"儿行千里母担忧""养儿一百岁,长忧九十九"这些话的含义,明白自己以前的想法有多么幼稚,辜负了母亲的心意,心里很是愧疚不安。

当时因为身体原因,下班后一个人连夜去医院做检查,检查后,医生告知需要做手术,当晚就要留院观察,一个人躺在冰冷的病床上,当时觉得自己还是很坚强,这些事我一个人可以应对自如。那晚母亲又像往常一样打电话时,听到电话那头母亲的"唠叨"后,我彻底崩溃了,做手术的事也没能瞒过母亲,母亲执意要我回她所在的城市做手术,她要照顾她的女儿,她心疼她的女儿。就这样，第二天一大早跟单位请假后，立马定了下午六点多飞回母亲身边的机票，在父母的陪伴照顾下，手术很顺利，后期的恢复也很快，那段时间虽然每天躺在病床上，但那是这几年与父母久别重逢后一起度过的最快乐的时光。

在母亲眼里，我们永远是长不大的孩子，一切冷暖苦乐，都紧紧牵着母亲的心。生活中，我们被母亲的关怀和"唠叨"包围着，她们从没想过回报。她们用尽一生为我们撑起了一片爱的天空，而我们做子女的，却常常忘记回报给她一份小小的体贴。

有时特别想吃母亲做的饭菜了，买来食材又不会做，就发语音问母亲，母亲就会细细地给我语音讲解做菜的步骤。有时和姐姐闹矛盾了，觉得自己很委屈，就与母亲语音诉苦，母亲会告诉我："姐妹之间多理解，少抱怨，我不在你们身边，你们更要互相关心、互相照顾对方。"然后发来一个大大的拥抱，我也回过去一个拥抱、一朵玫瑰花，并附上一句："亲爱的妈妈，女儿知道怎么做了，女儿爱您。"

现在，我写的文章几乎都是关于母亲的，我是一个不善言辞的人，加之这些年我觉得最亏欠的人就是母亲，高中三年，大学四年，而后参加工作，一直都处于忙碌的状态，一年下来与母亲相处的时间不到两个月，总觉得有时间了，再好好陪伴他们，直到现在母亲身体每况愈下，还在操心着远在他乡的女儿，现在只希望我的文字能让母亲多一丝慰藉。还依稀记得2019年在《幸福的黄丝带》发表过一篇关于母亲的文章，因为母亲不识字，所以我就打电话一字一句读给她听，虽然当时没在母亲身边，但是电话那头母亲的哽咽声还是刺痛了我的心，我知道母亲想她的孩子了。

无论长多大，无论走多远，儿女在母亲的眼里永远是孩子；无论是青丝暮年，或是贫穷富有，母爱一生相随，时时温暖我们的旅程。我们千万不要嫌弃母亲的"唠叨"，母亲的"唠叨"是牵挂，是关爱，是生活的哲理。

母亲的微信语音"唠叨"，温暖着我的心，使我倍感幸福和踏实，让我在人生漫漫长路上萌生希望，温暖我前行的路。

（作者系新疆生产建设兵团第八师钟家庄监狱民警）

母亲的眼泪

余功才

2021年2月9日15点15分,小哥打电话说母亲走了,泪水顿时模糊了我的双眼。

母亲出生于20世纪40年代,一生历经坎坷,饱受沧桑,那苦难的日子铸就了母亲坚韧的性格,骨子里的那种倔强、不服输的精神让我无比钦佩。

记忆里,很少见母亲流泪,更何况是哭泣,但在我的记忆里,母亲有过三次哭泣,那已经永远刻在了我的心里,因为那是母亲幸福的眼泪。

母亲的第一次哭泣——泣不成声。

1983年的夏天,我放牛刚回家,只见家里挤得满满的,村里男女老少都拥到我家来,原来是大哥从军校回家探亲了。大哥穿着崭新的绿军装,在一屋子灰衣服里,显得英气凛凛,特别耀眼。

那一天,母亲热情地招呼乡亲们就坐,父亲一路小跑挑回一担新鲜井水,我和小哥拿碗请邻居们喝水。乡亲们好奇地向大哥问这问那,家里从来没有这样热闹过,人越来越多,我从里屋挤出来透口气。不一会儿,听到母亲在屋里哭起来了,哭的声音很大,乡亲们怎么劝也劝不住。于是我又挤进去,只见大哥紧紧握住母亲的手,任由母亲放声大哭。

大哥回来母亲应该很高兴,怎么还哭起来了?

母亲用哭声向乡亲们讲述这来之不易的幸福。大哥读高中时,父母经常患病,家中口粮都不够吃,好心的乡亲劝说母亲,要大哥回家种田挣工分,为生计发愁的父亲有点动摇,但母亲说再苦再难也要让大哥读书,父亲拗不过母亲,母亲也为她的执着付出了难以想象的艰辛。母亲一边忍受着大脖子病的折磨,每天坚持跟着生产队出工,一边还在烈日炎炎的夏天去打枸叶、捞水草喂猪,寒风刺骨的冬天步行五六里和男人们一起上山砍柴,晚上还要熬夜纺线、织布。苍天不负人,苦尽甘自来,大哥成了我们村里恢复高考的第一个大学生。

母亲哭完了，抹干眼泪，站起来向乡亲们致谢，然后高兴地去给大哥做饭，后来我长大了，才明白这是母亲幸福的眼泪！

母亲的第二次哭泣——热泪盈眶。

2019年大年三十，我在新疆的援助单位值班，在吃饭的间隙给母亲视频拜年，母亲在小哥家中吃团年饭，在外打工的侄儿侄女都回来了，两个曾孙子抢着给母亲斟酒，幸福洋溢在母亲的脸上。视频时恰好遇到我们工作队的领队，他和母亲打招呼拜年，说我在这里工作认真努力，还说新疆的同事很关心我们，请母亲不要担心。视频中，新疆虽是零下十几度，但中午阳光温暖灿烂，挺拔的旗杆直刺苍穹，鲜艳的国旗迎风招展，我们身着藏青色的警服，显得特别精神和耀眼。母亲很开心，脸上露出久违的笑容，她嘱托我安心工作，不要牵挂家里，话还没说完，母亲已是泪流满面。

小哥后来和我说，视频后母亲在家里哭了，这次母亲没有放声痛哭，她边喝酒边小声向去世的父亲诉说，小儿子没有辜负你的培养，这次援疆还得到领导的表扬。"在家尽孝，为国尽忠"，这是我们家的家训，在父母的言传身教下，这颗爱国的种子也在我们兄弟的内心深处开花结果。1987年，大哥在部队因公牺牲，父母没有给部队领导提任何要求，他们说大哥是为国家牺牲的，牺牲的光荣，后来还坚决支持我选择警察岗位。2013年父亲病故前，他还叮嘱我，自古忠孝难两全，吃公家饭的人，一定要先有国后有家！正是受了父母的影响，2018年我得知上级支援新疆工作号召时，就第一时间向组织申请，主动接受组织挑选。

援疆前，回家向母亲告别，开始我还有点担心，自2013年父亲去世，母亲就执意一个人住在老屋，当母亲得知我要去很远的新疆工作，叮嘱我别想家，别牵挂妈妈，工作干出了名堂，妈妈脸上才有光！母亲给父亲讲完后，抹干眼泪，和侄儿侄女们说，你三爹是去保家卫国，值得我们全家人骄傲！

母亲的第三次哭泣——低声哭诉。

2021年1月28日，嫂子打电话说母亲病得挺厉害，当时我在外地出差，要嫂子和侄媳妇将母亲从镇上医院转至县城医院。第二天我就赶到医院，我那坚强而固执的母亲竟然躺在了ICU病房，侄媳妇在帮母亲擦洗身体，医生把我拉到一旁，压低声音说母亲病情很严重，要我们做好心理准备，我禁不住捂着嘴啜泣,那一刻,我才深深体会到人生什么叫作真正的"无奈"。

母亲刚高烧抽搐经医生抢救稳定下来,身上布满监护仪的管线,吊针从白天到晚上一直没停,没想到我那刚强从来不打针吃药的母亲,竟然连翻身都需要人帮忙。第三天,在深圳打工的小哥连夜赶了回来,母亲夸奖小哥的儿媳妇孝顺,说这几天多亏她细心照料,母亲说着说着眼圈红了,低声哭了起来。

我和小哥坐在母亲的病床边,拉着母亲的手,静静地听着母亲低声诉说。

母亲说她比父亲享福多了,她看到了孙子结婚,还看到两个乖巧的曾孙子,说到孙媳妇、曾孙子,笑容绽放在母亲苍白的脸上,泛起朵朵红晕,这可是父亲临终前都没有实现的愿望。母亲说自己的身体自己清楚,没必要花冤枉钱住院治疗,在医院里太受憋了,医生不许她下床,也不让大声说话,母亲说她今年活到80岁了,在我们家这几代人里算是寿命最长的,这辈子没什么遗憾!

母亲说话已经很吃力,护士来提醒不能让母亲激动,母亲闭上眼睛眯了一小会儿,坚定地对我们说,过两天就出院回家,这样你也可以回单位上班。

母亲虽然大字不识一个,但她识大体、明事理,孝敬长辈,抚育弟妹,母亲嫁到我们家后,奶奶因病早逝,家中三个幺幺和小爹都未成年,长哥长嫂做爹娘,父母和爷爷一起撑起这个苦难的大家,先后把大幺二幺风风光光送出嫁,把小爹送去当兵,把三幺送进工厂,还把家从老屋搬了出来,再后来爷爷和我们分家,父母把我们兄弟三个拉扯长大,可以说,母亲一生历经磨难,颇为艰辛,现在有条件享点福,没想到竟然病倒了!

我盼望着奇迹出现,我想母亲肯定能挨过春节,怎么也没想到,母亲竟然不让我去陪她过最后一个春节!

树欲静而风不止,子欲孝而亲不待。

跪在母亲的灵前,我不敢放声哭泣,我怕坚韧倔强的母亲不开心。

母亲啊,您的眼泪就像永远的太阳,乐观坚强,温暖光亮,一直将我们陪伴!

母亲啊,您的眼泪如不灭的心灯,给我们力量,给我们希望,让我们今生难忘!

(作者系湖北省沙洋强制隔离戒毒所民警)

母亲，儿想您了

熊信奎

母亲……

忽然间再没人唤儿的乳名，乍然间少了操心的唠叨，环顾四周不见慈祥的面容，身边一下少了温暖瘦弱的双手……

母亲！

当初，儿当兵，您送儿一程又一程；而今，只有您的爱，尚存儿心！

2021年1月27日，庚子年腊月十五日晨，母亲走了！享年89岁。

儿知母亲不舍，母亲惦念着儿！而今，儿思念着母亲，又有何人知？

俗话说，儿行千里母担忧。而今，儿念母，母可知？

阴阳两隔！

母子分离！

我无时无刻，不在思念您：母亲！

夜里，我念您入睡；梦里，我见您惊醒；晨曦，我带泪醒来；白日，我仿如梦境。母亲，在儿的世界里，仿佛回到了最初的原始，一切都在母亲的怀里。

当华美的叶片落尽，生命的脉络才历历可见。

含泪追思往日事，记忆的碎片才从模糊变为清晰！

1970年，母亲还不到38岁，父亲却因意外去世，从此，母亲扛起严父慈母的重任，养大了我们兄弟姐妹七人。严厉又"心狠"的母亲，面对闯祸的儿女毫不留情，鞭棍抽打，甚至饿饭，教育孩子们如何规矩做人。"自恨枝无叶，莫怨太阳偏"。

母亲是一位坚强俭朴的女人。在缺衣少食的时代，子多母苦，生存艰辛。母亲自强自立，不等不靠，勒紧裤带，节衣缩食，宁可自己挨饿，也要努力让儿女吃饱穿暖。为了生活，母亲拼命劳作，就像一只老家雀一样，早出晚归，为我们捕食。白天下地,晚上纺纱,多次在纺车前困顿睡着!我们劝母亲休息,她总是说,"不累,很快就好了"。

等布匹织好后,母亲买来染料在锅里煮,艳丽的布匹就鲜艳而出了。当我们穿上母亲亲手缝制的新衣时,母亲开心地看着孩子们的欢喜。

日常生活中,母亲十分节俭,剩饭剩菜从来舍不得倒掉,她总是教育我们,不要忘记以前的苦日子。

母亲是一个爱面子或说"虚荣心"强的女人。我家姐妹多,针线活是女孩子的强项,插秧割谷更是得心应手,乡亲们好生羡慕。闲暇之余,我很喜欢跟姐妹们学习打毛衣、纳鞋底之类的针线活,旁人耻笑说我不男不女,像个"小媳妇"。

母亲不高兴了,说:"男做女工到老不中"。让我去跟男孩子们玩,要多学习文化。当家里墙上挂满姐妹们获得的奖状时,母亲开心极了,觉得很自豪,很有面子,逢人便夸自己的孩子有出息。母亲这个争强好胜、爱面子、爱荣誉的"毛病",一生未改。每当我获奖回家,母亲总是把奖状证书看了又看,摸了又摸,十分开心,很是满足。

母亲是一个好奇心强且记忆力极好的女人。母亲没有上过一天学,大字不识一个,但母亲勤奋好学,在我们眼中是个"知识渊博"的人。小时候,母亲跟我们有讲不完的故事,长大了才知道,有些是母亲瞎编、现场即兴发挥的原创。最令我佩服的是,无论哪一天,母亲都知道是农历几月初几,是谁的生日等。乖乖,母亲没有手机,也看不懂日历,是如何得知这些的?我只能说,我的母亲,有这方面的超能力。

母亲对新生事物也喜欢刨根问底,经常给我们讲道听途说的奇闻趣事,母亲饶有兴致地说着,而我们只当耳旁风。

有一年夏天,我出差很晚回家,进屋开灯,吓我一跳,只见母亲身穿一件黑色的短布衫,坐在沙发上摇着蒲扇,见我回家很高兴,起身迎接。我把摄像机放在茶几上,责怪母亲天热干嘛不开空调。母亲说,不热不热,你几天不回,我猜想你今天肯定要回来的……

母亲盯着摄像机很稀奇,说:"这是什么东西,你把公家的东西拿回来干嘛?"我告诉她,明早还要出差,这机器还要充电,办公室没人,不安全。

母亲点了点头。

母亲没有见过摄像机，有些好奇，便用手挪动了一下，说："好重啊，有几十斤吧。"我简单告诉母亲，这是摄像机，电视里的影子就是这个东西拍出来的。

母亲似懂非懂，我便给她录了一小段视频，在电视机上放了出来。母亲看后脸色发红，说："太丑了，不好意思，知道了，这机器很重，你扛着也辛苦了，早点休息啊"，说完便开心地回房了。

看着母亲微驼的背影，我知道母亲天天等我，是盼儿归来，我理解了"儿行千里母担忧"的含义，眼里有些湿润。

母亲是一个诙谐幽默乐观的女人。小时候家里穷，没钱买新衣，我经常捡姐姐们打过补丁的旧衣服穿，花花绿绿的，被同学嘲笑为"地主婆"，便不愿意穿了。

母亲说，你是男孩，应该是个"地主公"，将来有出息，有钱了，可以讨个"地主婆"做媳妇。姐妹们都笑了，母亲也笑了，并教育我，"笑破不笑补"、勤俭节约是传统美德等道理。接下来，母亲给我们讲故事，和我们一起玩猜谜语、穿手绳等游戏。我们兄弟姐妹簇拥在母亲的身边，在母亲羽翼的护佑下，幸福温暖，健康成长。

母亲是一个能干且胆大的女人。母亲的针线活儿和腌制泡菜技术堪称一流，无论我们的日子多么艰难，母亲总是将我们几个子女收拾得干干净净，不落人后。

母亲性格开朗，热心快肠，经常帮人改衣服和教他人腌咸菜，无论在农村还是在城市生活，都能很快适应，别人都愿意与母亲交往，乡亲们有难处母亲总是乐意帮忙，谁家嫁姑娘梳洗打扮、接生等之类的活儿母亲都能帮上忙，街坊邻居都夸母亲是个既能干又善良的热心人。

回想母亲的种种，还有很多很多。

母亲一生承受了太多的苦难，但并没有磨灭母亲对生活的热爱。

母亲对生活充满了自信，在厄运和困难面前，从不听天由命。年轻的时候，因为闹饥荒，母亲在月子里，赤脚下到水田中，捋未成熟的稻谷度日，落下了"月里病"，时常筋骨痛。我经常看到母亲将腿部拍得发红渍血，却硬扛着与乡亲们一道下地干活，挣工分养家。

母亲身材瘦小，身高不到一米六，长期的劳累，使母亲更显老态。看着母亲佝偻的脊背、疲惫的神情，还有那一双龟裂的手，这都是为了我们兄弟姐妹的生活而操劳的。我读懂了母亲的眼泪，在瑟瑟的秋风中，我的泪水浸满了眼眶，独自站了很久很久……

参加工作后，我便将母亲接到身边一起生活，在医院为母亲检查身体时，才发现母亲已患股骨头坏死多年！医治困难加上费用较高，母亲执意不肯做手术。母亲与我们在城市共同生活的20多年时间里，一瘸一瘸地帮我带孩子、照看家庭，全力支持我的工作，晚年靠拄拐棍坚强生活，母亲默默承受着疾病的折磨和痛苦……

人们常说，母亲是孩子的第一位老师。对我来说，母亲不但是我的老师，更是我人生的榜样。母亲一生朴实无华，说到做到，从不矫饰，特别是母亲自强不息的精神强烈地影响着我。

我家兄弟姐妹七人，一群用眼泪泡大的孩子，听从母亲的教诲，为人善良，与乡亲关系融洽，个个自强自立，人人夸奖。

那年我十几岁离家当兵，母亲拉着我的手，好久舍不得松开。

至今依然清晰记得，母亲用浓厚的家乡话说："伢儿，在部队要听首长的话，与人讲团结，多吃点苦，好好干，不落人后，为家争光，自己照顾好自己……"

离别时的伤心，分别后的孤独，天底下哪个母亲不望子女成龙成凤，又有哪个母亲舍得孩子远离家门，十指连心的泪水，母亲只有在无人的地方洒落。

岁月送给我苦难，也随赠我清醒与冷静，更使我变得自信和坚强。我把期待降到最低，所有遇见的都是惊喜。参军入伍后，我努力工作，埋头苦干，奋勇争先，多次立功受奖，入党、提干……

母亲克服困难自强不息的精神我会牢记一生，无论何时何地我都会勤奋工作，踏实做人。

母亲的恩情比海深，比天高，诉不尽的情怀，写不完的思念。勤劳善良的母亲，您若有知，下辈子您还是我敬爱的母亲。

母已故，伤我心，再也难闻慈母声，只有梦中见母亲。母亲的品德和精神是不朽的！我深深地懂得，母亲的伟大是所有母亲高尚品德的凝聚，是我们伟大民族精神财富的一部分，我将永远铭记和传承！

愿母亲一路走好,愿天堂里没有病痛!
更祝愿天下父母健康长寿,永伴终身!

(作者单位:湖北省司法厅政治(警务)部)

我们的母亲

刘文禄

我的母亲蒋雪英，是一位普普通通的母亲，她全身心的付出，给了六个儿女一生的温暖。

母亲1936年出生在广西全州县白宝乡大脉岗自然屯的一个普通农户家庭。大脉岗的山山水水赋予她坚韧而自强、自信而乐观、淳朴而善良的本性。这种性格在她结婚生子后便融化成一股股暖流，流淌在儿女们身上，犹如山涧涓涓溪水，流入心田，沁人心脾。

在六个儿女的记忆中，母亲是一个累不垮、闲不住的人。为了赡老扶幼，与父亲一道用勤劳双手在一穷二白的家境下挑起重担，穿梭于田野与山地之间，在青苗与黄叶之间躬耕。看着儿女们一天天长大，一家人拥挤在狭窄的三间半旧屋内，母亲暗下决心建新房，改善居住环境。借改革开放的东风，母亲带领儿女们上山开荒种植经济作物，披星戴月，不知疲倦，几年下来有了不少积蓄。为了找一处地方建房，母亲跑东家，奔西家，求这个，求那个，历经千辛万苦，终于选择到现在的地方建房。建房时为了节约开支，母亲安排一家人轮流上阵帮忙，她做好可口饭菜后，总是最后一个离开建房现场，最后一个吃饭。

在六个儿女的记忆中，母亲是一个崇尚教育、倾情教育的人。"在女孩子读书多嫁出去、迟早也是别人家的人的封建思想影响下，母亲只读了不到一年书，成年后，母亲尝到了没有文化的苦与痛，发下狠心，再穷再苦再累也要送儿女读书，为此，有时过着三个月全部吃青菜甚至几天无油下锅的日子，也要想尽办法送子女读书。大女儿、大儿子、二儿子、小女儿受时代影响，高中或初中毕业便回家务农。三儿子有幸到县师范进修学校，后在本村小学谋得一个代课教师岗位。小儿子幸运地考取大学，成为家中第一个大学生。母爱如水，不仅流淌在儿女身上，而且也流淌到下一代人身上。记忆中的母亲从没打骂过儿女，对孙子孙女外孙也从没打骂过。儿女们因生计问题从农村迁到城市自由创业，每次回家，母亲总是千叮咛万嘱咐："你们生意要做，小孩读书要管。读书就是几年工夫，一滑就过去了，别害了他们一辈子！"母亲总是不停地用村中和她所知道的读书成功例子来鼓励孙子外孙们好好读书。后来，她的孙子外孙们相继考入大学，让母亲欣慰不已。

在六个儿女的记忆中，母亲是一个与人为善、能帮就帮的人。她为人善良的品质注定与佛结缘，成为忠诚的中国传统佛教信奉者，平时吃斋修道，渡人渡己，诵读经文。无论是在计划经济年代，还是在市场经济年代，母亲凭善良与仁爱与村里人交往，与村外的人来往，宁愿自己吃亏，也不愿意别人吃亏。母亲菩萨心肠，曾经救过三条生命。有一年，村中一孩子读书放假回家时没车费，母亲知道情况后，主动帮助买票，这孩子至今记得母亲的好。即使来到城市儿女家中居住时，遇到需要帮助的人，她也总是热情相助。

在六个儿女的记忆中，母亲是一个经得起打击、受得起磨难的人。那年，村里几个坏人合伙以莫须有的罪名诬告父亲与伯父，导致两人蒙冤被关押。母亲为了解事情真相，四处打听，到处托人，后来上级派人调查清楚后，发现是诬告，还了两人的清白。村里几个坏人见阴谋没能得逞，仍不肯善罢甘休，他们容忍不了父亲先后在大队、生产队担任会计的"爽工"，合伙诬告父亲贪污，临近春节被抄了家。为了讨回公道，母亲强忍悲痛，受尽无数委屈，最终父亲无罪获得自由。在村中受欺负的岁月里，母亲从来不畏权势，勇敢面对，据理力争。母亲在生活面前从不向困难低头，面对疾病更无所畏惧，晚年病重住院治疗的时候，在病床上连续10个月与病魔斗争，从不轻易喊一声苦、叫一声痛。

天地为证，皇天不负母亲芳华，祖国给予母亲的获得感、幸福感越来越多。母亲儿时的梦想、成年后的梦想、成家后的梦想，以及从来不敢奢望的梦想都一一实现。1984年，圆了新房梦想，安居乐业。1985年圆了南岳衡山梦想。1997年小儿子大学毕业后成为监狱人民警察，圆了母亲家中有"吃公家饭"的人的梦想。后来，母亲圆了"飞机梦""北京梦"，再后来到桂林、南宁市安享晚年，享受了城市生活，感受到新时代的幸福。

母亲，您用一生吃的苦不断引领后人创造更加甜美的生活，您用一生积攒的德不断照耀后人的光明前景，您用一生的爱温暖后人涵养成善良品质。人世间最美的词语，莫过于最真诚、最朴实的一句话：母亲，我们永远爱您！

(作者系广西壮族自治区监狱管理局民警)

母亲的言行是我生命的坐标

吴志毅

都说母亲是孩子的第一任老师。这话千真万确！

我出生于20世纪70年代初，在那个物资匮乏的年代，吃百分百的白米饭是一种奢望，经常是与红薯、地瓜菜一起混着吃，母亲的饭碗几乎没有米饭，全是红薯、地瓜菜，为的是让幼小的我们饭碗里多些米粒。母亲是一个心地特别善良的人，即使过这样的苦日子，家中来了要饭的人，母亲从不会将其拒之门外，而是让其吃饱后，再到米缸旁舀出一碗米放进乞讨人的布袋里。因为家里的米是算计着的，给了他人，全家都紧巴。幼小的我不懂事，怪母亲"多管闲事"，母亲就郑重地对我们说：谁都有困难的时候，能帮人一把就帮一把。

母亲不经意的话语，牢牢地记在了我的心上。日后长大的我，始终牢记母亲的忠告，并从日常生活中去践行：见到弱小者，总想帮一把；碰见谁受欺负了，总想站出来说句公道话；看见残疾人，就会给他一点儿钱；为灾区捐款，责无旁贷等。反正，能帮人时就帮一把。

我们兄弟姐妹五个，我上有一个姐姐，下有三个弟弟妹妹。那时最盼望自己过生日，因为谁过生日谁就有一碗肉丝面条，还会加上一个荷包蛋，其他人只能分点面条汤。最奇怪的是，一年到头都没见母亲过生日，问母亲，母亲说，她的生日就是"小年日"（事实上不是），我们直笑母亲不会选择"生日"，"小年日"是家乡一年当中最隆重的日子，什么好吃的食物都有了，谁还稀罕一碗鸡蛋面条？等许多年后，我才知道，母亲说了个善意的谎言，母亲的生日也是一个平常的日子。但善良的母亲心里都是儿女，唯独没有自己！

20世纪80年代以后，人们的生活渐渐好起来，虽然还不富裕，但偶尔能吃到鱼了。母亲就把最好吃的部位分给我们，自己吃大家不喜欢吃的部位。

母亲的这种无私潜移默化地感染了我,让我学会了先人后己,学会了责任和担当,学会了照顾弟弟妹妹。于是,家务活抢着干,一些好吃的也都让给弟弟妹妹们。走上社会工作岗位后,与人相处也秉着厚道为先、吃亏是福的理念,和周围人相处融洽。

我们一家七口,父亲是上户缝纫手工业者,白天几乎都不在家,我们五个孩子的吃喝拉撒睡全落在母亲一人身上。记忆中,每天天不亮,母亲就起床、生火、做早饭、剁猪草、喂猪食,然后就上生产队做工。收工回来,做中饭,简单吃完饭后,趁未出工间隙,母亲提着满满的一竹篮衣服,到小河边洗,晾晒完毕,就到了出工时间。傍晚收工回来,做晚饭,安顿我们吃饭、洗澡,等我们睡觉后,她还要在煤油灯下给我们缝补衣服。每天都是连轴转,却没有一丝抱怨,有的只是对明天幸福生活的渴望,对子女一天天长大的欣喜。

在母亲的含辛茹苦养育下,我们兄弟姐妹各自成家,经济也日渐宽裕,母亲不再需要像以前那样劳作了,乡亲们都说母亲有"福气",这时母亲的脸上笑开了花,体会到先苦后甜的滋味。

母亲这种吃苦耐劳、乐观向上的精神在我的脑海里深深打下了烙印,每当工作、生活遇到难题时,我都会想到母亲的默默付出,想到母亲的坚韧不拔,便鼓励自己"没有过不去的火焰山""坚持就是胜利"。于是,努力克服一个个困难,迈向一个个新的起点。由此,自己也一直被领导、同事们认为是"能吃苦""有韧劲"。

小时候,家里虽然穷,但母亲告诫我们要穷得有骨气,不能拿别人的东西。

村里有一户人家种着一颗枣树,那青里透红的枣子实在诱人,趁人家不在家时,我与小伙伴一起,爬到树上偷摘枣子吃。母亲从生产队里收工回来,看见院子的枣子籽,就问怎么回事。我低声说是人家给的枣子,我们吃了。母亲追问弟弟,弟弟就说是我摘的。母亲一下子火了,拿起扫帚边猛抽我边说道:"看你以后还摘人家东西,看你还敢撒谎!"

在那个年代的农村,淘气的孩子大多摘过人家的瓜果梨桃等田间地头能吃的东西,但母亲对此却绝不姑息,当即领着我到人家家里认错,回来后告诫我们兄弟姐妹,要以我为鉴,谁也不准再犯这样的错误。

我想，母亲一定懂得"小时偷针，大了偷金"的道理。母亲特别严厉地强调我不准说谎，要做一个诚实的孩子。有了这次教训，我知道诚实做人、踏实做事是做人的根本。工作中，我从不偷奸耍滑、投机取巧，流自己的汗，吃自己的饭，丁是丁、卯是卯，表里如一，善始善终，始终以党性良知努力干好本职工作，经得起检查，也经得起"不检查"。因此，多次立功受奖。

母亲今年70岁了，与父亲相伴，在千里之外的江西都昌老家生活。我现在有条件让他们来海南居住，但父母来了几次，住了一段时间后就闹着要回去，说是不习惯、没有家乡人说话、没有地方种菜，等等，也许这是他们真实的想法，但我想父母恐怕还是担心我们生活开销大，不想增添孩子的负担吧。

我的母亲如同千千万万的农家妇女一样，优秀的品质不胜枚举，她赐予我的精神财富，令我受益一生。

"在那遥远的小山村，小呀小山村，我那可爱的妈妈已白发鬓鬓，过去的时光难忘怀难忘怀……"这首虽然过了很多年的老歌，我依然喜欢听，因为这首歌最能表达我的心情。每当听到这首歌，母亲那慈祥亲切的笑容就浮现在我的眼前。

母亲，您是我生命的坐标，永远激励我走正道，行远路。

（作者系海南省海口市罗牛山强制隔离戒毒所民警）

母亲的心

王晓光

2020年深秋，时令已过白露，母亲从W市的弟弟家打来电话，叮嘱我要注意保暖，说疫情以来我一直封闭工作，肯定有许多不便，让弟弟给我送些衣物来。我回答母亲说不用担心，单位都统筹安排了。但挂了电话后，我禁不住潸然泪下。

母亲今年76岁了，新中国成立前，外公参加革命牺牲时，她还不满两周岁。在那战乱困难岁月里，母亲和守寡的外婆艰难度日，受了很多苦。成家以后，把我们兄妹几人一个个拉扯大，自己也老了，本该安享晚年了，可她哪里闲得住，又帮我们照看孩子。6年前，当我最小的弟弟有了小孩后，她和父亲从几千里外的山东到弟弟那儿，看了大的孩子又看小的。父亲去世后她仍然坚持着，至今没能脱开身。

2019年援助工作时我积极争取，除了工作之外，也想能方便看母亲。人们常说，什么都可以等，唯有孝敬等不及。在内地，我也是远离家乡工作，回老家陪伴父母的时间极少。对"子欲孝而亲不待"这句话有着很深的体会——四年前父亲病重，回老家不久后就去世了，其间我没能多陪他，留下了永远的遗憾。现在母亲年纪越来越大，能多些机会陪陪她是我的愿望。

然而，援助工作真正开始后，才发现事情并不如我原先预想的那样。工作队有严格的纪律要求，我是一个党支部的书记，还兼着其他职务，要时时处处起模范带头作用，要求别人做到的，自己必须首先做到。援助工作以来，各项任务异常繁重，经常加班加点到深夜，尽管离弟弟家并不远，却一直没能抽出机会看母亲。我在电话中给母亲解释，她却宽慰我说，你不要有任何自责，能来到这里，咱娘俩儿的心就在一起了。她还要我一心扑在工作上，多带领大家争先创优，只要平平安安的，比啥都好。

这样过了两个多月，一直到2019年12月底我生日那天。俗话说，孩子的生日就是母亲的苦日，我打算这一天下班后请假去看母亲，没想到她却提前打来电话，说要和弟弟来看我。那天晚上，我终于和朝思暮想的母亲见面了，就在单位附近的一家饭店聚餐。我虽然50岁了，可吃饭时，母亲还像我小时候那样，边唠叨边不时往我盘子里夹菜。相聚的时光很是短暂，一个多小时后，母亲和弟弟离开了，望着她有些老态的步履蹒跚的身影，泪水再次模糊了我的眼睛。

转眼就到了万家团圆的春节。我打算节前去看望母亲，当我把想法告诉她时，没想到她却说，越是过年过节你越忙，再说你是来援助工作的，应该处处吃苦在前，何况本地的同事也有父母，还是把机会留给他们吧。我懂母亲的心，却仍然坚持说只要有机会还是会去看她的。谁知母亲为了我能安心，却作出了一个令家人吃惊的决定——强迫弟弟送她回山东老家去过年。知道这些后，电话中我流着泪对她说，我来这儿就是想借机陪您过个年的，可您却要回去。她坚决地说，我想你去逝的父亲了，要回老家给他烧纸，机票已经买好了。

母亲离开那晚，寒风刺骨，天下着茫茫大雪，我参加会议没能送她。当天深夜，我心里特别难受，独自在寒冷的操场转圈，任凭风雪吹打面颊，泪水一次次奔涌而出。那时那刻，我一遍遍给自己说，等母亲从山东回来，一定找机会弥补我的不孝。

然而春节前后，一场突如其来的新冠肺炎病毒肆虐全国。疫情就是命令，我责无旁贷，义无反顾地投入这场没有硝烟的战斗中。春节期间和母亲通话，她不仅问了我的情况，还叮嘱我在疫情面前积极响应党的号召，在危险面前冲锋在前，还特别强调说不要挂念她，我在外好好工作，就是对她最好的报答。我牢记母亲的嘱托，不仅春节期间连续值班，而且一直坚持了180多天，直到6月19日出来轮休。尽管母亲3月底从山东回来了，其间却没能去看她。

本想这次出来轮休，能有机会看望母亲的，可是根据要求，在轮休的半个月里，每人只有三次外出机会，每次不得超过五小时，而且这仅有的三次外出机会，我还被安排了任务，要帮助办理相关的事务。领导知道了我的情况后，很是重视，专门安排两名副领队陪我慰问了母亲，我深受感动，也深表感谢。那天，当见到越发苍老的母亲时，我的心里酸酸的。只可惜时光短暂，在弟弟家只待了半个小时不得不匆匆而别。记得转身离开的一瞬，我的嗓子哽咽了，眼泪在眼圈里打转。

　　随着疫情的好转，在看望母亲这件事上，我的心里再次增多了希望。可未曾料到的是，进入7月中旬，又不幸来了第二波疫情，我再次进入封闭管理的工作状态，母亲和弟弟一家也被封闭在小区的家里。在给母亲的电话中，我本想宽慰母亲一下，没想到她比我站位还高，再次嘱咐我在这个关键时候，不要老是惦念着她，而要一心一意地工作，面对危险要敢担当、冲在前、多吃苦、勤奉献，把该做的工作做细做实，决不能有任何意外。母亲的理解和叮嘱给了我安慰，也给了我信心和力量。

　　母亲身体不好，患有高血压和糖尿病，腰椎也经常疼痛，可为了不让我担心，总对自己的病轻描淡写。我于是经常通过弟弟了解她的情况。弟弟告诉我，年前母亲跌了一脚，撞在了桌子上，右腰肋部出现了两处骨裂，又不巧哮喘病也犯了，连呼吸都困难，半个多月起不了床，但她坚决不让弟弟告诉我。弟弟又说，7月底，也就是在我第二次封闭工作不久，母亲的血压高到了240，晕眩呕吐了好几天，怕她过不了这个坎儿，几次想打电话告诉我，但都被她制止了。弟弟还说，母亲也经常抱怨她的腰和那双老寒腿，随着年龄增长两个孙子跑的越来越快了，她有些追不上他们了……

　　俗话说，父母在哪里，哪里就是家。年轻时我不懂母亲的心，不愿回家也不愿多陪母亲说说话，甚至还对母亲的唠叨表现出厌烦。现在我也到了知天命之年，深悟了人世间许多道理，可是想回家陪陪母亲却又身不由己，哪怕想多听些母亲的唠叨，也感到那么奢侈、那么不易了。

　　母爱是世界上最伟大、最无私的爱。实际上不仅是我，这世上所有的母亲都是一样的。特别是在这次疫情防控期间，许多母亲为了儿女们能够在一线战斗，都做出了这样那样的牺牲。

　　今天，谨以此文，祝愿天下所有的母亲平安幸福、健康长寿。

（作者系山东省滕州监狱民警）

母亲的笤帚把教育

刘利平

周岁那年，母亲把一本书、一支笔、一杆秤和一把算盘放在我面前，让我随意抓拣。

听邻家的六奶奶说，母亲刻意地把书和笔放到了最前面。不过，我抢先抓到的是三婶家那把土得掉了漆的算盘，珠子被两只小手拨拉得噼里啪啦作响。也许是声音好听的缘故吧，那时的我玩得十分开心。

母亲的本意是想让我抓到书或者笔，将来当个教书先生风光风光门亭，可我偏偏让心性要强的她失望了。长大后，我果然从事的是拨拉算盘的工作，且一干就是近三十年。

依我周岁时的本意，自己是要成为一名世界顶级的钢琴家的。即使成不了鲁宾斯坦或者贝多芬，至少也应当是与郎朗旗鼓相当级别的人物。因为错把算盘当钢琴敲打，加之父母是地道的农村人没理解我的本意，终究没有成为钢琴名家。所以，村上自然遗憾地错失了一位名人。这当然是玩笑话了。

记忆里，母亲对我不满意之时远比满意之时甚多，我便一直断定母亲对我抓到算盘这件事耿耿于心。所以，我也就渐渐接受了母亲的笤帚把教育。从我稍微懂事时起，母亲就常安排我做这干那，稍不如意，笤帚把就来了，浑身常是青一块紫一块的。三婶多次埋怨母亲，你这简直就是后娘的做法嘛，但母亲自是不理会。

和母亲对阵的时间久了，我就采取了三十六计走为上策的逃跑办法。母亲愤愤地说，除非你永远不进这个家门。结果可想而知，躲得了初一躲不过十五，换来的又是一顿变本加厉的笤帚把教育。

后来家里添了弟弟妹妹，照看弟弟妹妹的责任部分地落在了我的身上。干不完的家务活儿，叠床叠被，洒水扫地，剥葱捣蒜，割草送粪，家里的地里的，小小的我就这么日复一日、年复一年地过着这种遥遥无期的农作生活。

偶尔也能博得母亲的欢喜，不过时间甚是短暂。我的勤劳吃苦劲儿、我的善解人意的秉性、我的爱干净的习惯都是从这个时候逐渐培养起来的，母亲真的是功不可没。

孩童时的我十分淘气和贪玩，常常和伙伴们玩到天黑到饭时还不愿回家，母亲焦急而又悠长的呼喊声，穿越时空的隧道至今还清晰地萦绕在耳际。母亲怒道，真是三天不打上房揭瓦、棍棒底下出孝子，母亲就用这种简单而又十分奏效的方式教育着我。

上学后，我发现了竟然能让母亲高兴的事情，就是自己每次从学校拿奖状回家的时候。母亲一改往日的怒容变得和颜悦色起来，好吃一两顿是免不了的，每次还能奖励我一角二角零花钱，从此家务活也慢慢做得少了。

当我发现这个秘密后，我就拼命地发奋学习，从小学到初中，再到中专毕业，直至19岁那年我顺顺当当地参加了工作。

17岁那年，父亲过早病世，长兄为父，我自然成了家里的顶梁柱。拉扯弟妹长大成了自己责无旁贷的一种天职，从来没有抱怨。多年后，终于弟弟成家了，妹妹也参加了工作。现在，我开始抚养自己的一双儿女。生活的风风雨雨，常常伴我左右，每当此时，我才深刻体会到母亲当初的那份良苦用心，才真正感受到母亲的坚韧与伟大。

感谢母亲！

笤帚把教育，虽然至今仍然在我心灵上烙下深深的印迹，但母亲这种老土的教育方式，让我在成年之后有了一份稳定的工作，小日子过得还算稳当。

母亲说，能吃上公家的饭，要知足。

我深以为是！

（作者系陕西省榆林监狱民警）

我的母亲

谢倩倩

"我的小泪罐儿，不哭了，总有一天，你要离开妈妈独自生活的。"

"小时候，你那么离不开妈妈，现在大了可好，属你离家最远。"

……

母亲温柔的话语总是萦绕耳畔。

长大后，总想着远离父母，渴望自由，等真正离开了，却只能用回忆来充盈自己。

母亲曾是一个傲娇的姑娘，能说会唱，在乡卫生所工作的时候，十里八乡论样貌气质和文化那都是数得上的。

父亲回忆初见母亲时的场景：一次休假回家的路上，眼前突然一亮，以为看到了仙女，两条长长的麻花辫搭在胸前，头顶自带光环，笑容像蜜一样甜，当时幻想自己若娶上这样的媳妇，不吃饭也成。

不过，这个想法也只是一闪而过，因为父亲曾被媒婆说过多次媒，都被对方直接拒绝，原因很简单：家里太穷！

也许上天总是眷顾善良的人，父亲居然美梦成真了。

母亲的姑姑和父亲住在同一个村子，母亲经常到姑姑家串门。因为心气儿高，母亲一直等到25岁的年龄还未出嫁，这个年龄在当时可是"老姑娘"了，母亲的姑姑看着着急，到处为母亲寻觅适婚对象，而我的父亲就是被母亲的姑姑列入的候选人之一：一来因为父亲忠厚老实；二来父亲可是端"铁饭碗"的公家人。

经过母亲姑姑的说媒，父亲母亲正式见面了，父亲那是个满心欢喜。经过几次交谈，母亲也觉得父亲是个靠得住值得托付终身的男人。一桩美好姻缘就这样促成了。

母亲从小一直被母亲的奶奶带大，虽然出生在农村，但母亲的奶奶从未让母亲做过农活、粗活，嫁进父亲家之前，母亲是从未出过苦力的。母亲嫁给父亲后，家中有公婆、兄弟，还有几个小姑子，父亲是家中老大，大部分时间又在外上班，家中的担子自然也就落到了母亲身上，夹缝中生存，母亲总结出了一套独特的方法和经验。

母亲生活的那个年代，每家每户要靠挣工分分粮，大家在一起干活，难免会有人投机取巧，但母亲却时常给家里人说："力气浮财，用掉又来"，意在告诫自家人干活时不要偷奸耍滑。

母亲回忆说，怀着姐姐时，每天还要下地劳作，营养跟不上，导致早产。父亲每月挣到的工资全给了奶奶，从未给过母亲一分，母亲又气又无奈。但母亲非常理解，面对这样的家庭，父亲也是没有办法，只有咬牙撑起这个家。

后来，父亲将母亲和姐姐接出了村子，带到了工作的镇上，母亲的苦日子慢慢开始有了转折。后又几经周转，父亲调到了城里，母亲带着姐姐一路跟随，相继我和弟弟也出生了。在城里生活，一家子的吃穿住用行，仅靠父亲上班的工资远远不够，于是，上班之余，母亲便开始做起了小买卖。

父亲业余时间下河种莲藕、挖莲藕，母亲便带到集市上售卖。父亲夏季下河挖莲藕，身上晒秃噜了皮，秋季下河，水凉冻出关节炎。为了减轻父亲的担子，母亲养起了鹅鸭，卖鸭卖蛋又增加了一项收入。

一个入秋的夜晚，母亲骑自行车将父亲挖好的莲藕沿河带回家，那时河边小路是没有路灯的，只能借着月光凭着经验走，那晚刚好赶上下雨，路面湿滑，一个拐弯连车带人，直接冲进了河里。

母亲回忆时说，当时脑子里一片空白，第一反应就是紧紧拽着自行车奋力向岸边游，等游上岸，才发现自己手脚都没了知觉。我想母亲当时肯定把那一车子的莲藕看得比自己的命还重，因为那是父亲一晚上的付出。

母亲起早贪黑，风里来雨里去，因干活长期站立，腿部出现了严重静脉曲张，膝盖也受到了不小损伤，经常半夜睡觉时疼醒，每当疼痛时母亲就用煮开的花椒水热敷，贴几贴膏药，就这样一年又一年地坚持着。

母亲不仅勤劳肯干，而且心灵手巧。

小时候，我没有读过幼儿园，识字、算术、画画都是母亲在家手把手地教，直到上小学，母亲教授我的知识都很受用。在教育上，母亲是开明的，从来不逼迫，辅导作业、指导手工，还会陪我们玩耍，引导式教育，让我们从小养成独立自主的好习惯，这对我们以后的成长起到了关键的作用。在饮食上，每日三餐不重样，还总能吃到不应季节的瓜果蔬菜，因为母亲会在当季亲手种菜、采摘、晾晒，当季水果下来，也会多买些。经过处理，将蔬菜氽水，用保鲜袋密封冷冻，或利用阳光晒成果蔬干。等那样的季节过去，母亲就像变戏法一样，拿出一包包她的杰作，叫我们做儿女的接过这些食物，心里总是充满欢喜与赞叹。

除了吃的，母亲还干得一手漂亮的缝纫活儿。母亲总会买来布料用她的那台老式缝纫机给我们做各式各样的衣服，还会改制旧衣物，每次母亲做的或是改制的衣服款式比集市上的还好看，每每穿着母亲亲手制作的衣服跑出去玩耍，常使羡慕的小伙伴看直了眼，而我们会骄傲地说："这是妈妈刚给我做的！"

我经常想，为什么母亲这么能干，拥有这么多的生活智慧？有一次我问起母亲，她微微一笑，告诉我："我哪里有什么智慧，就是想着人要劳动，不劳动，连颗花都养不活，无论什么时候，都要记住，自己动手丰衣足食。"

听了母亲的话，我心里暗暗吃惊："不劳动，连颗花也养不活！"这不是老舍先生《养花》一文里的句子吗？我觉得母亲是没有读过这篇文章的。原来是对生活真谛的领悟，母亲的生活智慧那是生活经验的积累，这就叫作实践出真知！

父母都是诚实善良的劳动人民，他们靠自己的双手，靠自己的智慧，给了儿女无比温暖的家，养育三个儿女长大，顺利完成学业，直到成家立业，又把儿女的孩子带大。母亲操劳大半辈子，也算经历了大风大浪，曾做过两次大手术，每次与病魔的抗争中，她都坚强地挺了过来，她还跟我们开玩笑："经历了两次重生，活到百岁肯定不成问题，将来还可以把重孙子带大。"

母亲就是这样一个心宽的人，再苦再难的日子，她都能让它充满希望与甜蜜。

长大后，本该在父母身边尽孝的我，却离家千里之远，每次承诺的常回家看看也总是食言，不过值得庆幸的是一张"一再退掉的火车票"却换来了另一张更有意义的"车票"，我的父母，坐上了与我风雨同舟的同一辆车，通向为女儿的独立、责任感而自豪、备感荣耀的时光。

不知何时起，我开始发现，电话那头的父母，在和我说起参加亲朋好友聚会时，总会话语中透着自豪地告诉我，你知道吗？他们都特别羡慕我和你爸，羡慕我的女儿是警察，可以穿警服，能为老百姓办实事。

我的工作，虽然给不了他们更多的陪伴，却给了他们得以骄傲的资本，我在警察生涯里的不断历练成长，也正是父母"第二次成长"的过程，我学会了坚强、独立、处理应急事件，守护监狱安全，追逐着自己的梦想和生活。

如今，已不知有多少个母亲节没陪在母亲身边了，谨以此小文来纪念，唯愿母亲幸福安康！

（作者系新疆生产建设兵团第八师北野监狱民警）

亲情篇

我的爷爷是红军

葛向伟

我的爷爷葛成俊，曾用名得胜。生于1904年，故于1992年，离开我们至今已整整27年了。

回想起小时候和爷爷在一起的日子，常听他讲革命战争年代，在山东老家费县石井与枣庄边联的抱犊崮山区一带打鬼子，闹革命，出生入死的动人故事，仿佛就在昨天，就在眼前。

爷爷是个苦命人，本不姓葛，遇大灾之年，一潘姓人家因孩子多吃不饱，为找生路，便将刚满8个月的第三个孩子，也就是我的爷爷送给了当时还没有孩子的葛姓人家抚养。

爷爷的养父母也是穷人，没有地种，没有屋住，全靠给地主扛活维持生计。爷爷刚满6岁时，养母突患重病无钱医治，又遇灾年，不幸身亡。养父在外扛活，爷爷孤苦伶仃，只好去本乡信行庄养姑母家，在山上看蚕。养姑母家经营大片山场，以放养土蚕为生。春天大群的布谷鸟最爱吃蚕，幼小的爷爷看不过来，常挨养姑父打骂。养父听说了，便把我爷爷领回家又送到邻村沟北峪一个绰号"干巴"的财主家放牲口。"干巴"家有一牛一驴，牛驴不合槽，8岁的爷爷只得赶着牛去追驴，一天下来牛吃不饱，爷爷累得筋疲力尽，"干巴"还凶狠地对爷爷说："牛吃不饱，你就别吃饭"。无奈，爷爷只能仰天长叹，以泪洗面。幸好，"干巴"有个晚娘，也是穷人出身，有同情心，偷着给爷爷饭吃，爷爷很知足，第二天又去放牛放驴。

秋天，山里人早起耕夜地，庄稼人都住在"秋秸攒"里。"干巴"是小地主，心眼很坏，有时也下地干活。他起得早也不喊别人，背起犁耙梭头就走，爷爷就得赶紧牵着牛送过去。一次，爷爷睡过了头，一觉醒来见"干巴"走了，便急忙送牛。只见"干巴"铺好牛具，正手拿使牛鞭吹胡子瞪眼，爷爷害怕极了。果然，"干巴"不由分说，扬起使牛鞭猛地抽到爷爷背上，顿时爷爷的背上被抽裂了一道两寸多长的血口子，鲜血直流，疼的爷爷在地上翻滚号叫。那真是叫天天不应，叫地地不灵。没人给包扎，还得强忍伤痛继续干活。那个秋天，爷爷就住在地头搭建的"秋秸攒"里，地上铺一件蓑衣，伤口刚要结疤，一到晚上睡觉时就被蓑衣毛刺给磨了去，反复感染，流脓淌血，久不愈合。

狠心的"干巴"还欺负爷爷年小无知，原本讲好的干到年底给工钱两吊五，结果只给了一吊五，还都是铜钱。爷爷愤愤不平，可也无处讲理。第二年，爷爷离开了"干巴"家去了村南高岩庄给一个外号叫"大砍皮"的地主魏之田家放牛。魏家答应的条件是"放牛管饭，干一年秋后给一斗二升高粱"。爷爷在"大砍皮"家一干就是五六年。

高岩庄地处抱犊崮山麓，东有马山、阴阳寨，西有高山、泉崮山，奇峰幽谷，历来为兵家屯居之地。爷爷在那里赶着牛群，光背赤脚，走遍每个山头，足迹遍及每个角落。苦难的经历磨炼了爷爷的意志，为爷爷日后打鬼子奠定了良好的基础。

爷爷长到十二三岁时就开始学种田，到十七八岁已是耕三耙四、摇耧晃耩，常给高桥村荆家"二掌柜"扛活。他身材敦实，两眼炯炯有神，自小练得骨如钢筋，走路快如风。虽然整日里给地主扛活，仍觉得有使不完的劲儿。一有空闲还常帮助四邻干活，深受村里人尊重。

城前村梁家也是穷人，常得爷爷帮活。梁家看爷爷心眼好，能吃苦耐劳，长相又英俊，经人说合，将家中长女嫁给爷爷为妻，日子开始有了转机。谁料，1927年，费县大旱不收，穷苦人纷纷外逃要饭。刚刚成家的爷爷便挑起生活的重担，撇下让其自食其力的父亲，带着我的奶奶和岳父母一家逃荒江南，在一个山野处搭个草棚定居。白天，岳父母和他们的两个女儿出门讨饭，爷爷到山上打柴，挑下山卖了再买米下锅，常常是有上顿无下顿。在逃荒江南的艰难日子里，爷爷喜得爱女，取名建华，也就是我的大姑母。

不久，奶奶梁氏因月子里风餐露宿留下病根，又无钱医治，爷爷只得又拖老带小，举家返回山东老家。其岳父母回了自家城前村，爷爷一家3口在高桥村西一棵大核桃树下支起一个窝棚暂住，他仍给荆家"二掌柜"扛活。奶奶病情加重，不久就病去了。爷爷含泪将奶奶埋葬在村南乱石堆中，用高粱秸在坟旁搭个窝棚，白日里在坟堆周边开荒拓地，夜里在窝棚里搂着不到两岁的大姑母为奶奶守灵整整3个月。

恰在这个时候，一个名叫沈廷信的远房亲戚常来走动。沈是高桥信行庄人，时任中共高桥区委员会书记，参加过临沂八区农民运动，是人私下议论的"穷人党"。他和爷爷自小熟悉，于是白天地头拉，晚上屋里说，都是些闹翻身，求解放，让穷人早早过上好日子的话，行动很神秘，爷爷动了心。立志走出穷窝窝，跟定"穷人党"，从此走上了革命的道路。

1935年4月，爷爷因表现突出，经沈廷信介绍加入了中国共产党。1936年6月，苏鲁边区特委机关由枣庄转移到费县南部石井高桥街，以经营天德堂药店作掩护，在抱犊崮山区一带发展地方武装势力，郭子化任特委书记，并组建了高桥镇党支部，爷爷任书记兼郭子化的秘密联络员。每天到各村秘密传达郭子化的指示，有时将信件藏在衣角、棉絮里，有时藏在油条里，佯装提着油条走亲戚，一次次躲过敌寇哨所的疯狂盘查。郭子化对爷爷的工作十分满意，还曾以葛幼如的化名与爷爷兄弟相称，挡人耳目。

1938年春，国民党庞炳勋部在临沂阻击日军，武器装备储存在抱犊崮山西黄连洞内。爷爷受于化琪委派，以自卫名义独自向大北庄庞军部要枪未成，便连夜赶回高桥，带领十几个同志复返大北庄，一下领取了57支枪，组成一支小武装。不久，驻枣庄日军扫荡抱犊崮，爷爷随队转移苍山大炉村，编为义勇军直辖六团，参加了燕柱山伏击战，后改编为苏鲁支队。

爷爷终日为抗日奔波，引起地方劣绅和反动势力仇恨，他们到处抓捕跟随八路军的人，并扬言要"活埋当八路的孩子！"

当时姑母还小，在家和我的太爷爷相依为命，年迈多病的太爷爷整日里担惊受怕，7月的一天趁姑母不备，一念之差，悬梁自尽。反动派闻讯大喜，认定爷爷要回家尽孝发丧，正好拿下送官，并派人将宅院围住，让太爷爷尸体在家摆放数日。料敌如神的爷爷强忍悲痛，躲在离家不远的一个小山洞里，茶饭不思。幸有好心邻居相助，备一棺木，趁敌人离开之机，将尸体装入棺木偷偷运出掩埋。姑母暂由邻居收留，后进了抗日小学读书。

失去了妻子，又没有了父亲，爷爷好心痛。恰在此时，一位知情达理、心胸宽阔且又十分同情抗日的农家女子，不顾世俗的偏见和家人的反对，毅然出现在爷爷身边。她，就是爷爷的第二位妻子，并和爷爷同甘共苦，共同生育6个子女（三儿三女，我爸最小，我是爷爷最小的孙女）的伟大母亲——

我亲爱的奶奶刘锦兰（已故）。从此爷爷心无牵挂，更加不遗余力铁了心跟党走、干革命。

1940年，四县边联组织地方武装势力，准备扩大6个中队。春节刚过，正月初五一大早，边联支队政委于化琪召开会议，要求恢复"扫荡"后被破坏的各村党组织，扩大武装。会上于化琪操一口苏南腔拍着爷爷的肩膀诙谐地说，"葛成俊同志，你原先的人马都调走了，你这个光杆司令还得再努力哟！"

已经担任高桥区公所区长的爷爷，立马表态，"嗨，不就是筹款筹枪，再拉起人马大干一场！"

爷爷说得于化琪满意地笑了，他夸赞爷爷，"好样的，葛成俊，党是相信你的。"

爷爷不负重托，当天召集骨干动员会议，并于次日带头把自家多年扛活攒钱买的一头牛，牵到集市上卖钱买回90排子弹。随后，他去一姓焦同志（焦，名前喜，后参加革命成为一名南下干部）的家里说："我的牛卖了，你卖点什么？"

焦同志说："我卖地！"遂说服家人，卖了13亩地，买了两支汉阳造步枪。

后来，爷爷又通过熟人关系连要带借，至当年三月初十，成立了一支有28人、17条枪的武装队伍，时称"四县边联（即临、郯、费、峄）第六中队"。

拉起了队伍，没有饭吃。爷爷说那年头，幸亏他人缘好、朋友多，走到哪里吃到哪里。穷苦百姓无不同情支持他，都争着为爷爷和他的战友送水、送饭。遇到险情，也有人配合掩护，动人事迹数不胜数。

一次，爷爷被敌人围在一个小山村里，情急之下，他钻进一农户粮食囤里躲藏。囤是空的，在一棵桑树下搭着高粱秸，两个汉奸追到院里，大喊几声不见人影，抬头见桑葚熟的发紫，便踩着粮囤去采摘，边摘边吃，还不住声地说："好吃，好吃，真好吃！"直到外面集合哨响才悻悻离去。爷爷蹲在空囤里大气不敢喘，惊险躲过了一劫。

又一次，他被日军追赶，跑到村边打麦场里，和主人小声耳语几句，摸起木锨就扬麦子，主人会意忙拿着口袋装小麦，爷爷扛着就走。鬼子对面迎来，问爷爷，"刚才那个八路哪里去了？"爷爷不慌不忙，一边用毛巾擦着脸上的汗水，一边向村中指去，说："那里去了一个人。"鬼子信以为真，顺着爷爷指的方向奔去，爷爷趁机放下麦袋，快速离去。

再一次，爷爷被汉奸追到水城子村，逼进开染坊的刘某家，刘某认出爷爷，赶紧递给爷爷一个布（成卷的布称"个"），叫他夹在腋下快走，正和追他的汉奸撞个正着。汉奸问："你是干什么的？"爷爷扬起腋下的布说："我是来取布的！"汉奸继续往里屋走，爷爷走出刘家大门向西一拐，飞也似地跑走了，敌人捕了个空。

1943年4月，进入抱犊崮山区一带的敌人先头部队，被爷爷的区中队消灭了一个排，打死了一个连长，敌人恼羞成怒，贴出告示，明码标价，"谁逮着活的葛成俊，赏大洋500块，死的同赏。"并还编成歌谣："抓住葛成俊，一两肉换一两银，一两骨头换一两金。"敌人在石井一带挨村拉网式搜捕。

一天夜间，爷爷到石井卞庄执行任务，不幸落入敌手，四个鬼子把他抬起硬塞进一农户家萝卜窖里，上面盖了一块几百斤重的青石板，然后放心地睡觉去了。鬼子本指望第二天一早到司令部报功领赏，哪想到力大无比的爷爷趁夜深人静时，试探着用头顶石板，因菜窖狭低，站立不起，他弯腰弓背，两手扶膝，咬紧牙关，慢慢用力，终于将石板撑开，逃出敌手。

爷爷又惊又累，跑到野外，一阵头晕目眩，猛地吐出一口鲜血，只觉口内凉风飕飕，用舌一舔，原来两个门牙不见了。次日，鬼子惊呼，八路神力！

敌人抓不着爷爷，又生一计，借高岩庄地主"大砍皮"魏之田家娶儿媳，密令设下"鸿门宴"，请爷爷去喝喜酒，一旦赴约，便前去捉拿。赴宴这天，爷爷手提两包点心作见面礼，带着一名战士如期来到魏家。"大砍皮"见爷爷一惊，忙扣手点头，把爷爷让进正堂屋里，遂摆上酒菜，然后皮笑肉不笑地对爷爷说："大兄弟，您和众位先慢慢地喝，我有点小事去去就来。"

爷爷双目圆睁，用手将"大砍皮"一拦，一手搂住，一手从怀里掏出一把20响的匣子枪，"啪"的一声砸在酒席桌上说，"大伙别惊慌，咱该怎么喝就怎么喝！"

因客人大都是十里八乡的亲戚，认识爷爷，于是你一言我一语数落开了魏之田的不是。爷爷把"大砍皮"狠狠教训了一顿，喝下两盅，端起枪来，扬长而去。"大砍皮"胆小，怕喜事搅黄了没面子，待爷爷走远，赶紧到高桥敌指挥部汇报，被敌人大骂了一通。爷爷深入虎穴，毫发未损，返回驻所，领导和战士们无不佩服地称他是"孤胆英雄"！

亲情篇

303

1947年3月，国民党发动内战，鲁南全部伪化，对革命党人进行疯狂屠杀。地方干部大部分北撤渤海区，爷爷随大部队去了滨海区。当年6月下旬，新四军攻打费县城，接到上级命令，爷爷第一批返回费县石井，准备狠狠地给还乡团一次打击。

一天夜里，爷爷听说还乡团的保公所就在石井边家庄，便把区中队埋伏在村西边，派人进村侦查，不见一个还乡团。爷爷纳闷，直等到天快亮时，露宿村东山上的还乡团以为平安无事，便回村杀鸡做饭，正准备吃，忽闻爷爷率部冲进村里，这些还乡团吓得魂不附体，纷纷逃离驻所，并装扮成百姓模样跑到农户家躲藏。谁料爷爷和区中队员都是附近村人，对于谁是好人谁是坏人了如指掌。爷爷指挥区中队员进门入户，一气抓出19个坏蛋，给了还乡团以沉重打击。

1948年10月，费县全面解放后，爷爷随部队南下，任江苏省铜山县武装部长，1950年调回费县，先后任新庄区、梁邱区长，后因身体原因调县人民委员会工作。到了退休年龄，组织上按红军长征时期参加革命的经历给爷爷办理了离休手续。从此，爷爷在沂蒙老区800万英雄儿女中，便有了"老红军"的光荣称谓。

历数爷爷在抱犊崮山区，从1935年参加革命，亲历了抗日战争和解放战争，到1948年家乡彻底解放，历经13个春秋，出生入死，名震一方，让我由衷敬佩。

2021年是中国共产党成立100周年，抚今追昔，缅怀先辈，不忘初心。谨以此文，献给我敬爱的红军爷爷！

（作者系司法部预防犯罪研究所副研究员）

小别离

虞幸翰

一场疫情打破了所有的节奏，加上工作的特殊性，每一次往返单位的日子就像是和家人的一场小别离，总是让人印象深刻、难以忘怀。

冬去春来又是一年，一年能回几次家？又将经历怎样的经历？提起笔来思绪万千。

回家仿佛成了我们这群人对所有美好的希冀。厨房里母亲锅碗瓢盆间忙碌的身影，客厅里父亲爽朗又质朴的笑声，奶奶总是把眼睛眯成一条缝，念叨着："回家好呀，你回来我就很开心。"妹妹这时有个偷懒的合理理由，先放放手中的功课，陪远处归来的姐姐玩耍玩耍。

然而，作为远在三百多公里外上班的我，回家注定是受时间限制的，回单位便注定是有归期的，小别离来临之时，总有那片刻甚至更久让我黯然神伤，内心久久不能平静。

"好了，我该出发了！"

我每次都十分淡定地说着，就仿佛自己还跟小时候上学一样，只不过这次背的不是书包，而是提着塞得鼓鼓的行李箱。里面有母亲早起买的水果、父亲踏着晨露收割回来的绿色蔬菜，还有一些其他的物资，仿佛父母对我在外地工作生活有所"误解"似的。

嘿嘿，我边走边心里想着，笑了笑下楼到门口，又忍不住和母亲絮叨一番，无奈天色不早，狠狠心出发吧。

我从母亲手里接过行李箱开始往外走，背后总感觉有些灼热，一回头和母亲复杂的目光撞个满怀。

在外工作的这几年都没好好端详母亲的身影，平时我总觉得母亲很年轻，这么一看，她忽然老了很多。脸上皮肤比以前黑了许多，身材较年轻的时候也有些走样了，但她依然尽量站得笔直。

"快走吧，路上注意安全，到了记得说声。"母亲抓紧叮咛几句。

"你快进去吧。"我加快脚步左转走到大路上，假装自己很专心地在赶路，用余光一瞥，母亲还是刚才那模样，站在门口眺望着，对我摆摆手。突然，心头一酸，双眼热乎乎的。

还记得有次同事来我家，我便和她一同回单位。那是个炎热的夏天，母亲顶着大日头，任由灼热的阳光照在她那紫外线过敏的脸上。我不禁在车里默默流泪，一旁的同事却戏谑地对我说："你妈妈怎么像嫁女儿一样。"

这或许是我一直以来不愿自行开车返程的理由，我不忍父母在这三个多小时里，为我牵挂，更不舍那灼热亲切的目光。

可怜天下父母心，可敬天下父母爱！

每次离开外婆家，外公外婆也是站在门口一直目送着我们，或许他们有些失落，有些温暖，又有些留恋……

"所谓父母子女一场，不过是在目送他渐行渐远。"我想，不论多么遥远的路程，我都要加快每次能够回程的速度，因为远方有我深爱的父母及家人，他们是我这辈子最亏欠的人儿。

（作者系浙江省第二女子监狱民警）

父母之爱

陈 峻

今年的高考期间，许多家长不约而同地身着红衣送考，期盼孩子能在考试中取得"开门红"。而27年前我参加的那次高考，印象最深的却是另一种"红"。

当时正值酷热的7月，烈日当空，父亲骑着自行车将我送到考点，开考后便一直在考场外守候。结束的铃声响起，我走出考场，只见他身上被晒得红通通的，因为场外的遮阴之处很少。

收到大学录取通知书后，父母在欣喜之余，又不免犯起了愁。因为所在的单位实行改革，母亲刚刚下岗。对于只有一个人上班的工薪家庭来说，我上学的费用成了不小的负担。

怎么办？

经过一番权衡和思考，母亲在家附近摆了一个早点摊。父亲十分支持，并帮着"打下手"。

每天清晨，天刚蒙蒙亮，父亲就拖着满载各种家什的板车，搭棚、生炉子、烧水、采买原料，然后去上班，风雨无阻。凭借着母亲的手艺、父亲的辛劳，早点摊的人气日渐兴旺，我的学费、生活费也有了来源。刚刚参加工作时，我将这些经历写成一篇《妈妈的早点摊》，在一次征文中获奖，我用不多的奖金给父母买了点小礼物，聊表寸草之心。

多年后，一次拉家常时，偶然谈起这段往事，母亲说："你爸还为摆摊受过伤，你不知道吧？"原来，有一天下大雨，父亲拖板车时不慎滑倒，撞断了一根肋骨。作为医生，他自行简单地作了包扎处理，并未上医院，一段时间后竟痊愈了。听了这些，我很吃惊，而父亲只是笑了笑，说："这不是什么大事，没有影响你的学习就好。"

2020年春节前夕，父母来到武汉过年。谁料新冠肺炎疫情突袭，武汉封城了，不久之后全市所有小区实行封闭管理，父母宅居家中。我在单位封闭执勤，无法照顾他们，只能通过手机了解他们的生活情况，为他们联系购买"爱心菜"和日常用品。

一天，父亲发微信说，治疗高血压的药快吃完了，米、油等生活用品也即将告罄，怎么办？

幸好当地社区建了居民群，我连忙在群里求助。社区工作人员得知后，询问了具体情况，立即安排志愿者紧急采购。志愿者将购买的物品送到后，父亲给我发来了微信照片，我才松了一口气。2020年3月的一天，社区在群里通知：邀请了理发师在小区广场为居民义务理发。我想到，父亲来武汉后已经两个多月没有理发，便告知他按社区安排去理发，并一再叮嘱要戴好口罩、排队时保持距离、回家后立即洗澡换衣。理完发，父亲发了张自拍照给我，高兴地说："焕然一新，神清气爽！"

困守在家的日子是孤寂的，但父亲始终是乐观的。他说，这是在武汉过的一个特殊春节，我们一家人虽然不能团聚，但这是与疫情斗争的需要。党和国家很关心我们，武汉封城了，"爱心菜"来之不易，我们要珍惜、要感恩！

父亲把所感所想写成了一首诗："新冠疫情袭武汉，党政军民上战场。国家主席发号令，人民总理亲督战！消杀洗晒常开窗，口罩、84（指84消毒液）出力量，四类人员大排查，封城限行严控防。白衣逆行洒泪汗，场馆一夜变方舱。医疗驰援八方来，火、雷、南山（指火神山、雷神山医院和钟南山院士）镇毒王！捐款献物爱无疆，众志成城排万难。中国作为撼天地，世界人民齐点赞！"

对于包括我在内的监狱民警的工作，父亲也非常理解和支持。读了一篇反映监狱民警抗疫的微信文章后，他写了这么一段话，被该公众号选为精选留言："监狱民警，在这次新冠肺炎疫情阻击战中，你们的默默奉献一定会载入中国监狱史册！你们是这次武汉保卫战中最可爱的人！你们是新时代的英雄！向你们致敬！"

父母思念故乡，总是询问何时能返乡。我在电话中安慰他们说，应该快了，但疫情是不可预料的，还是要做好打持久战的准备。2020年4月8日，武汉解封。听到消息后，他们欣喜不已。而此时，我仍在封闭执勤。我在手机上为父母订了火车票，"遥送"他们离开武汉。

回到家中，父母继续着平淡而安宁的生活。但是天有不测风云，2020年下半年的一天，母亲给我打来电话，说父亲不幸遭遇车祸，右脚踝部骨折！我急忙请假，赶回老家照顾。到了手术的那一天，原本预计的手术时间是2小时左右，但不知为何，过了4个多小时，父亲的手术还没有结束。我们又心急如焚地等待了近半个小时，终于看到父亲被推出了手术室。医生说，手术是成功的，时间延长是因为局部需要精细处理。

三天后，尽管心有不忍，但父母怕耽误我的工作，劝说我返回了武汉。又过了一个多月，我接到通知，要离开武汉去执行任务，将有较长一段时间远离家人。本来我准备在临行前回去见父母一面，但父母执意要来武汉，与我多相处几天。

分别的那一天，父亲拄着拐杖，一直将我送上出租车。离开武汉途中，我含泪写道："儿行千里，父母挂心。七旬老父，骨伤未愈，拄拐来汉，送我启程，泪满衣襟……"

意虽未尽，但情不能已，无语凝噎，再也难以写下去！

2021年的春节，我们一家人又一次未能团聚。

除夕之夜，父亲给我发来微信："为了听党的话，为了国家，我们舍小家、顾大家，团圆时不能团圆，我们无怨无悔！"朴实而真挚的话语里，饱含着家国大爱。

想起父母对我所做的一切，耳边就回响起黄品源在"经典咏流传"节目中献唱的那首《岁暮到家》："爱子心无尽，归家喜及辰。寒衣针线密，家信墨痕新。见面怜清瘦，呼儿问苦辛。低徊愧人子，不敢叹风尘。"

蒋士铨在原诗中虽然描写的是母爱，但伟大的父母之爱是共通的。以上记叙的这些经历，可以作为父母对子女爱的一种缩影吧。

也许，在广大监狱民警心中，有着更加感人的故事。这些闪烁着光辉与温暖的点点滴滴，我将永远记取与珍惜。

（作者系湖北省武汉女子监狱民警）

奶奶，我想您了

舒梦玥

敬爱的奶奶：

您好！

2014年2月22日，您悄默声儿地离开了我们。

那年我大二，正在学校琴房里敲着琴，突然被妈妈告知您去世的消息，我连琴盖也来不及盖上就奔向了汽车站。

妈妈说您是在客厅洗脚的时候突然走的。这些年，我总是努力在脑海里勾画着您最后的样子，我总是会不由自主地想，假如那一天，有人陪您在家，发现了您的异样，及时送到医院，那后来的节假日，您就会好好地出现在我面前……可是，人生没有那么多假如，总是事与愿违。

那年距爷爷去世已有十年。那十年，无数光阴，我们陪伴您的时光少之又少，没有家人的陪伴，您经历了多少寂寞与孤独。

奶奶，我现在已是一名人民警察，这是最让您为之崇拜的职业。

奶奶，我记得小时候，您就像太阳一样，我们所有的孩子都喜欢围着您转，您不厌其烦地陪着我们疯，陪着我们闹，给我们讲故事，带我们喂养您院前的小鸡仔，看我们表演"绝技"……玩累了，您就给我们煮一碗鸡蛋面，我们看着您在厨房捡柴火的背影弯成了一把刀。夏天热，您就拿着一把旧旧的蒲扇给我们轮流扇；冬天冷，您就用空塑料瓶装满热水塞到我们的被窝里。每次进家门，您总是准备好一大堆零食等着我们一拥而上；每次临走时，您总会拿出积攒许久的钱，折得工工整整交到我们手上。我们开心，您也乐呵得合不拢嘴。总之，去您那里是童年里最快乐的一部分。我们都蒙受着您的疼爱，同时我们也都爱您。

后来，您慢慢地老了，我们都长大了，哥哥们结婚生子了，我和姐姐去外地读书了，我们都离家在外，去看您的次数越来越少。每次春节团聚的时候，我们都围绕着小家伙们说说笑笑，您早已过了能陪我们疯闹的年纪，只是一个人坐在旁边温柔地看着我们。您走之前的那个春节，我拿着手机和您自拍，您配合着我比着别扭的剪刀手，对着镜头温柔地扬起嘴角，"咔嚓"，怎料想，那竟是我和您的最后一张合影。

爸爸说他每次回去看您，老远就看见您在阳台上站着，望着路口的方向。我知道，您每天都盼着我们回去。

您这一生也没有用过手机，家里只有一部旧的座机，那是用来您有急事时与我们联系的，但这样的电话我们一次也没接到过。我知道，您期盼着我们回家，但您又害怕打扰我们。

奶奶，我想谢谢您，我们长大了，不再像小时候那样围着您转，不再和您打打闹闹，总是留您一个人，但是，您从未生过我们的气，您还是一如既往地盼着我们，想着我们，爱着我们。

奶奶，您知道吗？您特别棒！年近九十的您走路不需要任何人搀扶，您可以每天坚持徒步几公里到集市上去；您与人说话，还是清清楚楚，一点儿也不糊涂。您总是主动和隔壁左右交谈，不管开始在谈论着怎样的话题，最后总是能把话落到您的儿孙身上，每当说起我们，您的眼里总是闪烁着关心和幸福，尽管有时邻居们听得不耐烦，转身走掉，您也会喃喃自语把话说完。而这些，都是在您的葬礼上从隔壁爷爷奶奶的口中得知的。我知道，我们每一个都是您的骄傲。

奶奶，您知道吗？您的脾气特别好，您是天底下最温柔的奶奶，您从没对我们发过脾气，总是不介意我们对您的不耐烦，您就像个孩子，依赖着您的孩子。有一年，您听信别人的推销，买了一大堆"保健品"回来，您的儿子们因此高声斥责您，可是您依然柔言以对，像个孩子一样乖乖地听着，细声保证下次再也不买了。我知道，那是我们对您的关心不够。

奶奶，您还记得吗？有年暑假，爸爸接您到我们家，那天您见我玩了一天的电脑，便问了我一句"作业写完没"，我不耐烦地叫您别管。晚上临睡前，您悄悄地走到我的床边，攒了攒我的被子，"奶奶再也不管你写作业了，别生气了。"您留下这句话就默默走开了。我偷偷睁开一只眼，看着您佝偻的背脊，心里内疚极了。那是我唯一一次和您闹别扭，还没来得及和您说声对不起，您就静静地走了，留给我一生抹不去的遗憾。

奶奶，现在的您依然在我们身边，您化作了一颗星星在天上看着我们，守护着我们，祝福着我们。每个夜晚，我都会在窗边寻找天上最亮的那颗星，星星眨眼时，我知道，那是您在对我微笑。

奶奶，87个春秋，您辛勤劳作，您养育儿孙总是付出，从不索取。每个节日，您都期盼着我们回去看您，但我们没做好，对不起，奶奶，在您最孤单的日子里，我们没能多陪陪您，没能多陪您说说话，请您原谅我们。

噢对了，奶奶，您知道吗？您洗的衣服总有一种特殊的味道，那是放心的味道。我现在特别想念那个味道，我想狠狠地吸上一口，永远记住那个味道。

奶奶，我想您了。

您的孙女：舒梦玥
2021年3月25日

（作者系湖北省沙洋平湖监狱民警）

您的样子

王慧敏

又到了清明节，忽然忆起辞世的长辈，心中有些惆怅，有些感伤。

先生的外公，我生命中最不能提及的老人，因为在我儿子出生的第一个月里，87岁的他永远离开了我们。尽管我们是他生前最疼爱的，但是在他最后的日子里，我却因为坐月子不能去医院最后看他一眼，当时，我只能窝在家，每每想起他来的时候，就淌一阵眼泪，在心里默念，"到了那里，安好！"

这个慈祥和善的老人，我与他相处不过几年的时间，但他那久经岁月磨练积累的智慧、处事不惊的沉着和从容隐忍的豁达，却时时刻刻在保护和提醒着涉世未深的我们。在家里发生矛盾时，他也总是支持我们这一边，仿佛，我们根本不会犯错误似的。

在先生那个人人忙碌的家中，由于性格的关系，大家很不习惯过多地交流，所以当我进入他们家时，自然就成了话最多的一个了。每天回到家里，我总会陪他说几句话，后来有心事有压力了，也要找他请教一下，他总是不厌其烦地听我说，耐心地安慰或者指点我。他的人缘极好，无论搬了家还是换了环境，都在很短的时间内就能拥有一批陪着他打麻将的老友，小区院子里，常常能听到他爽朗的笑声。

他的知识很渊博，接受能力也很强，身为当地政协委员的他，每天的新闻联播是必须看的，每天的晚报也是必须看的，我们对什么新闻事件和新闻话题与他交流，根本不会存在障碍。

要说有什么遗憾的话，就是对于他的孤独，我们没有能深切地体会。每天，他都是在下班时间准时坐在客厅的沙发，眼巴巴地等我们下班回来，虽然开着电视，但几乎不看，总是急忙和我们讲话。偶尔，我们一时兴起，带他去逛一下公园，他总是乐呵呵地，东张张、西望望，仿佛没有看够似的。而那时年轻的我们，总是以"忙"为理由，只顾找同龄人玩去了。

所以，平日里，他只有自己打出租车去公园，回来还自豪地告诉我们，公园对高龄老人不收门票，可以天天去。每每那时，我的心里也不是个滋味，可是，一转眼就忘了，也想不起来要主动为他多做点什么。

当他不在了，我有时经过小区里他曾经打麻将的地方，总会得到那些爷爷奶奶们热情的招呼和关爱，偶尔帮助他们做了些什么，他们都会说："以前，你们的外公常常夸你，说你有涵养。真的是个好孩子呢！"眼泪不由得又要掉下来。

最疼我们的那个人去了。今年，您老在那里还好吗？

另外一个最疼我的人，是我的外公。他是一名老邮递员，老实巴交的劳模。

在我外婆家这边，和我一辈的都是些男孩子，只有我一个女孩。而且，我的学习相对较好，也比较听话，所以，经常得宠多一些。在我的记忆中，他从来没有呵斥过我，却对于我每一次取得的小小的进步都开心不已，一高兴就奖给我一支钢笔作为纪念。

因为在邮局工作的关系，他每年会给家人订阅很多杂志（其中也包括给我们儿孙辈看的刊物），也会给我们小孩子买很多连环画，只要妈妈带我们一回到他那里，我总是把那些花花绿绿的书本翻个不亦乐乎……

他是个沉默寡言的人。他在世的时候，每个周末，只要母亲没有时间带我们回去，他和外婆就会过来我们家里坐一坐。到我们家时，必定是外婆先去敲门，他则慢慢踱步到厨房的窗子外，给我们一个会心的笑容，然后，才走进家来。进来了，也不大说话，静静地坐在沙发上，听着我们与外婆叽叽喳喳的，偶尔露出一丝微笑。

听妈妈讲，外公像这样悠闲地待在家里的日子并不多。外公服从组织的安排，在边疆地区工作了20多年，与外婆聚少离多，80年代调回家乡后又总是忙于送信，甚至于多少年的除夕都没有在家吃过一顿年饭。有一次，一个华侨寄了一封信回来，收信人的地址含混不清，为了将那封信及时送到，外公连家也顾不上回，除夕夜也忙不上过，推着辆自行车在乡村里查访了两天，才找到了收信的人。而这只是他诸多先进事迹中的一例。

因着他的公而忘私和勤勤恳恳，1983年他被评为邮电系统的劳模，到北京人民大会堂开会接受表彰。到了那里，我那可敬可爱的外公哟，为了不给国家乱花钱，做出了许多令现在的人匪夷所思的事情，譬如：在吃会议伙食时，他总是多吃些米饭，尽量少夹桌上的菜，说是要节约；组织去风景区参观，他就是不愿意进去，非让组织者少买一张门票，自己坐在公园门口外等大伙出来……

但，就是这么一个时时刻刻注意节约的老革命，却从北京给我带回了一条在当时看来极其漂亮的粉红色连衣裙，当然，他一再声明，裙子是用他自己带去的钱买的，没有花国家的。我高兴极了，尽管裙子还有点长，快及脚踝了，还是立刻换上新裙子，系了一条新的红领巾，迫不及待地跑到学校参加少先队的活动，在众多小朋友羡慕的眼光中，我美滋滋地过了一个自豪的下午，因为，我的漂亮裙子是当劳模的外公从首都北京带回来的！

这些年来，虽然我也看过些世态炎凉，也经历过点风雨，但始终没有对生活完全绝望，没有对世上的一切彻底失去信心，我想，是因为这些老人的缘故吧，他们让我看到了人生有多种的可能，不止一面，也不止一种。

我始终相信，生活无非是给自己一些考验、惩罚或补偿，没有什么是绝对的。因为，有这些长辈的阅历和言传身教，对我成长的这个环境作了最好的注解。

（作者系云南省第一监狱民警）

鹩哥声声

陈无忧

还未到北京，女儿便买了几笼鸟和许多花草，安排好了我的生活：种花养鸟，安度晚年。

未退休时，我曾侍弄过一些花草，开始也还有趣儿，在报刊上登过一些豆腐块文章，得来几块稿费，便去买一盆花以志记念。一篇一盆，日久月长，倒也堆满了后园与阳台。

养的花草多了，人家便以为我爱养花，会养花。实际上，它们都是些普通的而且是易活的花草。我不求它繁花似锦，只要它青枝绿叶，给居室的氛围增添一丝绿意便足矣。它们都是自生自灭的，我也依然是个养花的门外汉。至于养鸟更是擀面杖吹火——一窍不通。到北京后好在有阿姨帮忙，清笼添水、施肥浇灌都由她去办，我仅仅观赏逗乐而已。

初见鹩哥，它还是只黄口小雏儿，身长不足15厘米，全身羽毛蓬松，尾翼的尖端散乱而污秽。小小年纪居然是个秃子，头顶上缺了一大片头发，可怜兮兮地蹲在笼子里。女儿说，这是一个月前在官园花鸟市场花了几百元买来的，来的时候刚满月离娘，先天不足，后天失调，便成了现在这个样子。

书上说鹩哥善效鸣，其声多变，能模仿人的语言。我们这只不要说模仿人的语言，便是鸣叫，也有气无力的，能够延续生命，已经是上上大吉了。它可怜巴巴的样子，令我产生怜悯同情之心。于是，我到官园花鸟市场去找卖鸟的老板请教饲养技巧，又买了专供鹩哥的食粮——增加蛋白质的面包虫、补充钙质的骨粉，还经常喂以肉屑、鸡蛋。过了二十多天，它开始变了，羽毛乌黑发亮，喙部桔红，肉质垂片鲜黄娇艳，秃顶的空白处也隐隐可见茸茸的细毛了。两个月后，完全出落为一个光艳灵秀的小伙子，每每见我走近它，便兴奋得上窜下跳，无所适从。

《红楼梦》里的鹦哥见黛玉来了会叫"雪雁，快掀帘子，姑娘来了"，会对黛玉念"侬今葬花人笑痴,他年葬侬知是谁"。黛玉的鹦哥不但会模仿,还善解人意,它不是鸟,是人。卖鸟的老板说,鹩哥比鹦哥更会调嘴学舌。于是我便开始试着教它。

每天早上,将鸟笼从洗衣房里提出来,挂到院子的柿树上,边走边说:"Hello,你好!"晚上提笼子回洗衣房也对它念:"你好,Hello!"

十天半月下来,不用我念,见到我它便喊,"Hello,你好"。一个月后,它居然能用几种不同的语调喊"你好"了。每天服务员来打扫院子,它都会冲着他们喊"Hello",服务员也回以"你好"。于是,只要有人推门进来,它都会以"Hello,你好"来迎接。

对面的院子里住着一家法国人,他的小女儿叫涅儿,鹩哥特别喜欢她,只要她一来找我的大外孙玩儿,鹩哥就会不住地叫"Hello,你好",日子长了,宾馆上下都知道我们一号院子里有一只懂礼貌的鹩哥了。

这鹩哥不但一教就会,还能自学成才。一天,我们在小客厅看电视,突然大外孙跑进来说:"奶奶,你喊我了吗?"

我们说:"你玩得好好的,谁也没喊你呀!"

正在这时,又来了一声"包子——",院子里传来像我妻子唤大外孙小名的声音,我们面面相觑,院子里没有人,只有鹩哥啊。

外孙知道上了鹩哥的当,便跑到笼子底下大喊:"我不叫包子,我叫杰夫瑞!"

原来鹩哥常听奶奶唤孙声,日子久了,就听会了。之后,它还学会了许多——"包子""包子呢""包子哪去了""包子外面去了"。其声音语调与妻的完全一样,竟达到以假乱真的程度。

老弟来看我们,在大客厅说话,传来了院子里鹩哥喊"包子"的声音,他惊异地望着他姐,我们都会心地笑了。后来,它又听会了妻子喊女儿和小孙子司包特的名字,全家都欢乐不已。鹩哥不辜负我对它的关爱和呵护,回报以它的聪慧,让我们愉悦快乐。

我们的住处——西藏驻京办事处的宾馆,离后海不到半里地。每天晨练,我都要围后海跑一圈儿。一天,在宋庆龄故居前,看见里三层外三层地围着一个老大爷守着的一辆小三轮车,车上几只鸟引起了人们的兴趣。其中一只是鹩哥。它的个头比我家的那只大得多,是只成鸟,身上油光水滑的,从嘴喙和羽毛的色泽上可以看出主人是位养鸟的老把式，照料细致，饲养有方。它的叫声，似从喉咙底下发出的，咕噜咕噜的，不十分清楚。经老大爷翻译，才知道它在说："开饭了，电话，睡觉了。"再听它重复时，倒还真有点儿像。突然，它放开喉咙叫道："黄—河—入—海—"，字正腔圆，清清楚楚，招得围观者们一阵喝采与赞叹。老大爷说教它时，它对"流"字不感兴趣，任你如何引诱威逼，它总坚贞不屈，咬紧牙关不说"流"，直到现在还只是"黄河入海"而不"流"。有人问这只鹩哥可卖多少钱，他说市面上一句话值五百元，他的鹩哥可卖三千多元了。

鹩哥会背唐诗，我在晨报上见过，现在又目睹了。我们的鹩哥是只小鸟，接受能力又强，音质好，何不试试教它唐诗呢，于是教它唐诗。

和上次一样，每天集中教两次，一次五分钟左右，不住地对它念"白日依山尽，黄河入海流"。

个把月下来，一点儿反应都没有，它只会发出疑问似的叫："啊——"可能是两句话十个字，难度太大了，但想到又必须一次到位，不然，半途而废，像那只一样"黄河入海"而不"流"的。于是便加大力度，在添水加食时，也一边加肉屑蛋黄一边教，一天五六次不止。又坚持了一个多月，还是没教会，我都快失去信心了。

一天早上，阿姨刚上班，便跑来对我说："爷爷，鹩哥会念唐诗了。"

我们的鹩哥终于开口了！几个人一起跑过去，对着它大声喊"白日依山尽"，想引起它的共鸣，可它只在笼中惊讶地上下跳窜，缄口不语，令我们十分扫兴。

一日午后，我在看妻教两个小外孙搭积木，院子里静悄悄的，只有鹩哥在叫"包子——包子哪儿去了"，停了一会儿，突然传来"白日依山尽，黄河入海流"流利的朗诵声。我们全都兴奋起来，转向窗外，鹩哥悠闲自得地扯开嗓子学它所会的人语。

"包子"跑过去，在笼子下面把他所会的唐诗都背出来："锄禾日当午……春眠不觉晓……鹅，鹅，鹅……"如比赛一般，希望鹩哥再来一遍"白日依山尽"，鹩哥却只是惊诧地望着他。此后，鹩哥开始把念唐诗作为它的保留节目，不时地在人前展示。听到的人都说完全是我带有上海尾音的声音——我教的嘛，当然像我的声音哟。

五月，女婿工作变动，他们举家迁往菲律宾，我们也准备暂回湖北。我那住在湖北的老岳父，早就听说这里有只会说话背唐诗的鸟，便要我们带回去。

北京的初夏依然干燥，难得会有雨下。在一个燥热的下午，我们送女儿一家上飞机，回到寓所，已是黄昏了。闷热预示着一场急雨即将来临，果然天上布满了乌云。天提前黑了。山雨欲来风满楼，不一会儿，开始刮风了，一场暴雨即刻便至。

花草鸟笼都送了人，只有鹩哥要和我们一起回沙市，还在院子里挂着。我把鸟笼提进屋里。大小十几个房间里，除了属宾馆的一些家俱外，已空空如也。我和妻，竟是"对鸟成三人"。早上还是一家几个欢天喜地地聚在一起，今宵一觉醒来，已不是"杨柳岸晓风残月"了，而是椰影婆婆的天涯海角异国他乡。

年纪大了，感情也变得脆弱而容易产生联想，"念去去，千里烟波，暮霭沉沉楚天阔"，心里不禁升起一丝失落与惆怅。

妻红着眼圈问："他们现在到哪儿了？"

我说："应该到香港了。"

"在飞机上，包子与司包特都睡着了吧？"妻又不放心地说。

"会睡的。"我说。

"睡醒了，他们会找奶奶的。"妻有点儿哽咽，接着就幽幽地落下泪来。

我只好好言相慰："久聚必散，久分必合，这是客观规律，自古都是这样。我们与儿孙一起生活也有五个年头了，分开也在情理之中。更何况女儿当时准备嫁给外国人的时候，我们也有了思想准备。嫁鸡随鸡，嫁狗随狗，嫁个老外向外跑，这一天终究是要来的。今天的离别，也在预料之中。"

谁知我越说，她越伤心，开始呜咽起来。

"白日依山尽，黄河入海流。"突然，鹩哥放开喉咙吟起诗来。我们这才意识到屋里还有第三者存在，不约而同地转视鸟笼。

鹩哥大约也受到离情的感染，便放大声音呼叫："包子——包子呢？包子哪儿去了？"

都说鹩哥仅能模仿人的语言而已，难道也有人的感情？也知道悲欢离合？它也在思念包子一家？

"恨别鸟惊心",这哪里是一只会学人语的鹩哥呀!这分明是我们家里的一员嘛。声声的鸣叫更撩起我们的别离哀愁。妻开始喊着"包子"放声号啕大哭。

两个交集在一起的呼唤"包子"的声音激起了我的共鸣。悲莫悲兮生别离,抑制不住的离情别绪从我的眼眶奔突而出。

我推门到院子里,大雨已经瓢泼而下,倾盆大雨从头顶淋下,而我,只觉得脸上流的是热乎乎的。

现在,鹩哥依然念唐诗,喊"包子",说"你好"。

鹩哥声声,令我开颜,让我思念……

(作者系湖北省江北监狱民警)

亲情琐事一二

李 环

我出生在政法干警家庭,有两个哥哥。

父亲是第一代监狱民警,印象中经常看不到父亲的身影,偶尔看到他也是满脸严肃,特别是当我们犯了错的时候,对我们的教育大多以"你是什么思想指导的"开场。

母亲在法院工作,经常说"法院是门诊部,监狱是住院部"。

我们的父母感情很好,但更多时候我却感觉自己就是单亲家庭成长的孩子,从小到大只有母亲陪伴着我们。家庭的熏陶和成长环境的影响,我和二哥毕业后都参加了监狱工作,也很适应不断发展的监狱事业的要求,当然也希望亲人们理解和支持我们。特别是父母的先后去世,我们三兄妹的感情越来越深,就更注重亲情了,然而有时候,还是会有些许矛盾。

2020年的某天,正在忙的时候,手机响起来,一看是大哥打来的,大哥说,"17号是妈妈过世二周年,咱们三兄妹一起去给妈妈上个坟,再聚聚吧。"

我赶紧翻看了一下值班表,说:"下午过去吃了饭我就要赶紧回单位哦,晚上要值夜班呢。"

电话那边沉默了一下,大哥又说,"你给你二哥打个电话说一下,他的电话一直打不通。"

我答应了,大哥又强调,"这次一定要到哈,去年他就没去,太不重视这事了。"

拨通了监区的电话,找到二哥说这事,他犹豫着说:"正好值班呢,调班不容易,现在监区人少,两三天就要值班。"

我劝他:"还是尽量调班吧,你去年就没去,大哥都有意见了。"

二哥说:"我可以第二天去的啊。"

我说:"这个意义是不一样的,咱们中国人特别重视忌日那天去的。"

二哥默然。

隔了几天，乡下的堂弟一家人来了，大哥通知当天小聚的地点，二哥又值班去不了，吃饭的过程就一直听到大哥抱怨："总是值班，为什么不和别人换班？再说，有围墙、有武警的，还怕人跑了啊。"

堂弟也说："是啊，我们来看你们，二哥总是不在，是不是不想见我们啊。再说，说是值班，值班到底在做什么，怎么也不告诉我们啊。"

我耐心解释，值班表是一周前就排好的，每个人都有自己的事，临时调班不容易，再说，监狱工作很多都是有纪律约束的。

亲戚们还是一脸悻悻然，觉得哪有这么严重。我忍不住说："那我问你们，如果此刻遇到暴徒逞凶，情势特别危险，随时可能牺牲，你们是希望自己冲上去还是希望警察冲上去。"

大哥和堂弟异口同声说："当然是警察冲上去！"

我说："对啊，二哥和我就是警察啊，这是我们的职责啊，你们希望大家时常团圆美满，但是警察就是为你们守卫团圆美满的啊。"

亲戚们不由得面面相觑，我继续说："在你们看来，警察穿着警服威风凛凛很帅，也有点小权力，但实际上我们的工作就是这样，要随时服从命令，奉献，甚至牺牲，你们遇到危险希望警察上，但如果这个警察是你们的亲人，你们是不是就会心疼这个警察一点呢？"

大家都沉默了，过了一会儿，堂弟说："你们又不像公安警察那样要和歹徒搏斗什么的，犯人不听话，打一顿不就行了吗？"

我失笑："现在是什么年代，对罪犯是要教育改造、文明改造，怎么可能打骂体罚？"

堂弟说："那也不用这么辛苦啊，不可能连请个假都不行吧？"

我说："在监狱工作就是这样，每个工作都有自己的职责，必须在岗位上做完自己的事，在规定的时段做规定的事，这就是制度。"

看到我情绪有点激动，大家默契地换了话题，说起别的事来。但我心里却觉得有些难受，既为自己的职业连亲人都不理解，也觉得我们监狱警察默默无闻做了那么多仍然被误会而觉得辛酸。

之后，大哥就开始关心叮嘱我和二哥的身体起来，有啥事会提前一周和我们商量。有次我忍不住问他怎么想的，他说："那天你说了后，我回去仔细想了想。我们的父母都是从事政法工作的,父亲带犯人劳动的那个时候,几个月不回家的情况都有。这个事业现在要求越来越严格,你们的工作我又帮不上忙,理解关心一下总是可以的吧,你们都是我最亲的人,我当然希望你们不要太累了,国家需要你们,我们也需要你们。"

猝不及防地,我的眼泪就流了下来。

亲人的理解、支持真的很重要,在2020年疫情防控战期间,很多监狱警察封闭执勤的几个月时间里,家里的大事小事搭不上手,父亲、丈夫、儿子,母亲、妻子、女儿的职责严重缺失,尽管监狱已经成立保障组尽力解决某些问题,但有些亲人能够理解和支持,有些亲人就不理解,也有小年轻民警因此分手甚至离婚的,但没有一个监狱警察退缩,使命在身,坚守岗位。

还记得基辛格说的那句话,"中国人总是被他们中间最勇敢的人保护得特别好"。

和平时期,战争仿佛离我们很远,我认为我从事的警察职业,就是这种"最勇敢的人"。

希望2021年,国家越来越强大,社会越来越安定,人民越来越幸福,我们监狱警察的付出和奉献能被更多人理解。

(作者系贵州省遵义监狱民警)

家的味道

张 冬

早晨起来,落叶铺满了路面,有的被风刮到了路两旁,有的跟在疾驰而过的汽车后面飞舞。

门前的菜地铺满了一层白霜,心想,不觉已到了冬风蹑足敲门的时节。小雪过后,天气愈加寒冷,这个时候,老家的农村已炊烟袅袅,家家户户都已把火炉烧旺。

离冬天越近就越想家,从离家求学到现在未曾变过。想着一家人围坐火炉旁,聊天、说笑和畅享火炉盘上热气腾腾的饭菜。

说到老妈的厨艺,光说鸡辣子这道菜就能让我垂涎三尺。小时候,农村生活条件艰苦,在我家,也只有春节时才能吃得到,我稀罕得很。每当老爸宰鸡的时候,我就屁颠屁颠地跟在后面,帮着打下手、拿碗、薅毛、清理垃圾。一切准备就绪后,妈妈开始炒菜,我当小助手。有了那么多年打下手的经验,对于这道菜的做法,我也能说出个大概。我往往等不急出锅,就夹上一块往嘴里送,烫得又吐回手里,再吹吹,一口吃掉,不停地咀嚼,那是幸福的滋味。

高中毕业后,到千里之外的异乡求学,第一次离家那么远。上学的地方饮食主要偏清淡,对于无辣不欢的我来说难以习惯。此时,更想念家里的饭菜了。寒假结束回校时,老妈会在我的行李箱里放一个玻璃瓶装的鸡辣子,瓶身用塑料袋裹了一层又一层。

当我小心翼翼地将瓶子放到桌上时,室友惊讶地说道;"你带了这么一大瓶辣椒,这么辣,怎么吃啊!"

我笑了笑没回答,因为我想他们肯定也吃不习惯这么辣的口味。一连两天,我都把盒饭带回宿舍里,拌着鸡辣子吃得津津有味,满嘴流油。旁边的室友终于按捺不住,用筷子夹了一小块裹满辣椒的鸡肉尝了尝。

"呀,没我想象的那么辣,味道真的很不错啊!"没两天时间,在其他舍友的加入中，一整瓶鸡辣子被一扫而空。我想，这家的味道有一种神奇的魔力。

三年前，刚参加工作的我，没能陪家人过春节，那年是我第一次缺席。年夜饭的时候，找了个空闲，拨通了家里的电话，"妈，你们吃饭了吗？儿子给你们拜年了，祝你们新年快乐！"

"我们正在吃呢，今年做了鸡辣子、腌菜扣肉、酸辣肉丝、清真鲈鱼、甜饭……一大桌菜。"妈妈说。

爸爸接过了电话，"冬崽，单位的年夜饭丰盛不？在里面要好好值班，站好岗啊，家里面有我们呢，放心！"

媳妇说："听妈讲，往年做菜都是你给她打下手，今年换我来，我的厨艺还真得和妈多学学嘞，你安心值班吧……"

听着，听着，我的眼眶湿润了。

现在，回家的次数少了，陪父母的时间就更少了，又是一年冬天到了，这个周末回家，看到几大包用蛇皮袋装好的煤块堆放在墙角。

现在把炉火烧旺起来，再过段时间，又到吃鸡辣子的时候了，我就盼望着，到那时能够由我掌勺，我一定把这道菜做好！

（作者系贵州省太平监狱民警）

节日篇

迎接新年

焦莹慧

过了腊月二十三,年的脚步越来越近,仿佛就等着过新年了。

周末,同往常一样睡到自然醒,可不同的是,头天晚上就开始以分秒计算今日的大扫除了。

说起大扫除,这是很久以来就养成的一个习惯,每周一次彻彻底底的清扫房间,尽量不放过任何一个角落。同时,每年临近春节的某一个周末会斥巨资请一次家政,对于这笔支出说心里话还是有些心疼,因为请来的家政工人干的也不过是自己年复一年重复着的家务劳动。而此时的自己所能做的就是坐在旁边赏赏花、喝喝茶,陪手里干着活儿的她们聊聊天,偶尔也会过去搭把手。运气好的话遇到责任心强的工人,会把你往日没有留意到的犄角旮旯都打扫的彻彻底底,尤其是擦玻璃,这活在我看还是有一定难度的,可一经她们的手,为时不长就会让整个房间窗明几净。作为主人,甚是欣慰。欣慰自己的银子没有白白浪费,欣慰自己遇到了一位负责任的好师傅。

说起今天的大扫除,算是年前的最后一次清扫,因为待到下次休假就是除夕了,故此,格外用心。洗漱完毕后,按照头天晚上的分工,户主进了厨房,而我开始了清扫之旅。

说起清扫这事儿,凭心而论,如果能沉下心来,把它视为一场旅行,一路走来充满遐想与憧憬,就会越干越起劲。而如果只是把它当作今天必须完成的一项任务,尽管依然会很卖力,任务完成得也会很彻底,但也免不了会平添腰酸背痛这些个后遗症。

之所以感受颇深,就是在长期的清扫过程中,在身心俱疲的矛盾交织中不断总结出来的,所以必须保持一颗"我劳动我快乐"的平常心态。

我一边抹着桌子上在阳光普照下一览无遗的粉尘,一边又不住地嘟囔着"这才几天就又脏成这样了",眼神瞬间却又飘移到了自己刚刚铺好的新床单上，还好还好，甚是欣慰。待到抹完了所有的房间，接下来开始扫地，机器人是个好物件，能给我帮很大的忙，可大多数又是倒忙。一会儿哼着小曲横冲直撞，一会儿又是四面楚歌，把自己卡在那里，欲罢不能，哎！

最难收拾的是门口的博古架，虽说上面摆放的都是一家人在游历祖国大好河山时从天南海北带回来的小物件，可是因为出处不同，意义非凡，所以都是心爱之物。那么，这活儿只有由一向心细如发的户主来干。可偏巧，这两日户主因为闹牙疾，情绪极不稳定，似乎不宜干这种颇有难度的事。这活儿其实也并没有想象中那么不好掌控，大概是因为我一拿起那对贝壳制作的小海龟，就想到了深情似海的三亚，还有那只目光炯炯有神的木刻小兔子，让我回到了雄壮的大西北，这只小兔子正是来自那里，甘肃是我的第二故乡。

在一件件拿起又放下的细小举动中，我仿佛梦中人一般，又一次放飞思绪。

突然，厨房里的户主发出了声响，"看一下你洗的衣服快好了吗？"转身过去看了看洗衣机的定时，衣物大约还需要一刻钟才能"出锅"。户主的饭菜似乎也即将上桌，乘机赶紧故作关心地问了句，"今天还去打针吗？"

"去！再打一天。"

"哦，那顺便帮我去趟银行吧"。

醉翁之意不在酒呀！是的，马上就过新年了，老人的新衣服，孩子们的压岁钱，一个都不能少！

脑子里一边盘算着，手里一边忙活着，情不禁地哼起了"新年好呀，新年好呀，祝贺大家新年好……"

（作者系陕西省庄里监狱民警）

年关到来馋面皮

闫晓梅

小孩，小孩，你别馋，过了腊八就是年。

已至不惑之年的我，临近冬至、腊八，腊梅飘香的季节，耳畔就时常响起这首儿歌。

小时候，日子清贫，至今想来连玩具都没有几个。什么竹蛇、竹制圆盒子，可以旋转着发出吱吱响声，也可随手一扔，滚出好远，然后屁颠屁颠地捡起来，现在想来这应该是大人为了锻炼小孩子的脚力，不然也没什么其他的意义。还有就是丢沙包、赢烟纸壳子叠的面包，那时候虽不富足，但时常走街串巷，集体游戏，还一起约好去附近的农村偷地里的红薯、花生、土豆，用小口袋一装，或生吃或野外生了火烤着吃，以对付肚子的抗议，糊的满手满脸的黑，相视还会互相嘲笑，一片嬉笑打闹声，想来那时光也很是快乐、无虑的。

小儿贪吃，是真的有道理，遇到自己喜欢吃的，那是挪不开步、迈不开腿，馋相上脸、馋虫上头。

父母的工资要养活一大家子人，恨不得一分当作两分花，所以鲜少吃肉，偶然吃肉，就像过年一样快乐。母亲手巧，就算是调料有时不齐全，也能把肉做的很美味，但更多的是吃不上，期盼很久却又常常落空，就像镜花水月，久了内心里反倒不再抱希望。对我来讲，想吃面皮却始终是一想吃就有，成本不高，做起来简单，还时常可以满足口舌之欲，每有期待，母亲更是尽量满足。

母亲蒸的面皮，可谓是一绝，吃过的人都交口称赞。当然，也是有点窍门的，每每做时，米是提前一天就泡上、打好浆，用勺子搅一搅，放置一阵还会将上面的清水倒掉，米浆就会更干净更白。为了怕放凉后发硬，母亲还会往里面掺和一点红薯粉，这样蒸成的面皮又薄又有骨劲，真是透如纸、白如玉，看着就很有食欲。

在辣椒油、料汁水和配菜上，也很讲究。母亲每次会现炸一小碗辣椒油，油中放入香叶、姜片、香菜、芹菜，油炸至发黄，把酒炸香，然后捞掉残渣，再分两次倒入加入芝麻的辣椒面中，热油泼下去，满屋子香气，小时候每次到这一步，就会开心地拍手、跳跃，体内馋虫翻滚，迫不及待，现在想起还会不由自主地露出笑意。

配菜时，母年会把菠菜、绿豆芽、胡萝卜丝、包菜丝、土豆丝等焯过水，五颜六色，看着就赏心悦目，装盘子里备用。这还没完，还得再炒上一点调味汁才完美，一般是加上葱叶、蒜苗叶，用少许油炒香，再加点水，点入一点醋和酱油，煮开就出锅，碗里调入料汁、调料，也可加入鸡汤。放入配菜，锅开直接将面皮溜入碗中，用筷子拌匀，一口下去，那简直叫唇齿留香，千金不换。每周至少要吃一次，后来条件好了，直到现在天天吃都不厌倦。

吃母亲做的热面皮，再喝上一碗菜豆腐，感觉温暖且满足，后来在西安上学，或遇出差，心里碎碎念的还是那馋人的热面皮。成为我挥之不去的记忆，烙在心里。

现在，母亲已经七十多岁了，头发花白，动作已不如以前麻利，但每次回家，吃上一碗母亲亲手做的热面皮，仍然是一件必须的事。

虽然面皮在街上随处可以买到，但总觉得缺点味道。从年轻到年迈，已记不清多少次了，母亲蒸，父亲洗洗菜，搭手帮着忙，一幕幕在眼前。从浆到面皮，每每挂念这味道，有时自己都弄不明白，是馋这一口，还是想回家。但岁月年轮中，早已觉得分不开了，那味道挥之不去，早已刻在骨子里、淌在血液里。

总有起风的清晨，总有温暖的午后，面皮的故事承载着一代人的甜苦回忆，也是从儿时起，最暖心的记忆，承载着家的温暖。如今，家乡的美食已经走出陕西、走上央视、走向国际。

择一食而入心，那定是热面皮了。

年关将至，大鱼大肉腻了嘴，就馋这一碗热面皮。我心头的最爱，从一爱上，就是挚爱，一生都不会变。

（作者系陕西省汉江监狱民警）

儿时的年味

李志国

新年将至,我和妻开始忙碌起来,除了正常上班,下班后去超市买了些待客所需物品,似乎也没有什么好准备的!

已快到知天命的年纪,对年的期待早就没有概念,岁月的流逝更替,两鬓已经斑白,越发恐慌岁月的匆忙,品尝着茶几上种类繁多的糖果,索然无味。麻木的味觉虽感觉不到想象中的香甜,却激起我对儿时年味的怀念。

那摇拽在心梗上的记忆,那跳跃在我贪婪舌尖上的回味,那些久远的画面鲜活如影像在眼前浮现。

记忆中,过了腊八就是年了,春节进入倒计时,母亲便会为了"年"忙得不可开交。

首先是打扫家里的卫生,寓意就是"扫尘",要把旧年的尘土和晦气清理干净。要把炕上的毛毡、床上的被絮拿出去挂在院子里的晾衣绳上,找个棍子使劲敲打,这种体力活一般都是由父亲来干的,而我只是在远处观望着。

敲打完毛毡之后,就是拿个扫把把家里每间屋子的墙扫一遍,扫掉墙上的灰土和粘在角落的蜘蛛网。那时候的墙都是用石灰刷的,扫起来有点呛人。只好用头巾和口罩把自己武装起来,这是我最不爱干的活儿,可是每次也逃不掉,总是在母亲的呼喊声中参与到扫房的劳动中。

接下来就是拆洗家中的被褥,不管脏不脏统统都要洗一遍,在晴好的日子里,家家户户的绳子上晾满了各色的床单、被里被面,鲜鲜亮亮地在风中摆动着,家家户户仿佛都成了彩旗飘飘的活动场地。

写春联、贴对联那是要在年三十早上进行的。

初中文化的父亲深谙书法,每年来家里要求父亲写春联的乡邻很多,写春联是父亲的拿手好戏,贴春联则是我的必修课。在贴春联之前,母亲会

节日篇

熬一碗稠稠的白面糊，调皮的我，总是忍不住悄悄用食指在碗中一蘸，再迅速放到嘴里。那好像只是厚厚的、带着一丝甜味的粥味，但每次就是经受不住诱惑，免不了被父亲训斥一句，"臭小子，别急，有好些好吃的在等着你呢！"

年三十的晚餐下午4点多就开席了，在我们那冬天里，很多人家一天只吃两顿饭。大人们围聚在一起，而早已乱七八糟吃饱的小孩们喝几口小香槟便开始缠着大人，想去穿新衣了。得到母亲的首肯，我立马跑进屋，把她给我做的新衣都拿出来。

那时候，家里条件不好，但母亲总是会给我做一套新衣服，这也是我在小伙伴面前一直炫耀的事情。穿上新衣，爸爸妈妈会递上压岁红包，"哈哈哈哈……"穿上新衣的孩子们蹦跳跳，好不兴奋。

好吃，本就是小孩子的天性，在这一天，我会将这一天性发挥到极致。

年三十的晚餐是全年最丰盛的一餐，父母吃完午饭便在厨房忙碌着，也只在三十这一天，真正的年开始，才能吃上好吃的。

那个时候，家里还是柴火灶台，我负责烧火，母亲和姐姐负责炸油条、油饼等食物，年幼的妹妹站在锅台旁，等炸好的肉圆、春卷……用手捏着送进嘴里，直到肚子里满满当当。

20世纪70年代，社会物质匮乏，家家都不富裕，生活艰苦，一日三餐大都为粗粮，油水少，有时还吃不饱，衣服也是大的传给小的，唯有过年时才能吃油条和大肉、穿新衣服、有押岁钱，所以，过年成了人们对美好生活的祈盼。

过年忙碌是大家共同期盼的，大人、小孩齐上阵是极有意思的，将自己完完全全融入过年的喜悦中，和辛勤的劳动一起酝酿，收获满满的福分。

如今，小的时候视如珍宝，只有过年才能吃到的糕点、罐头、肉蛋等物品极大丰富，日子的富足让人们的生活更加幸福美好，人们把日子过成了年，把年过成了每一天，缺吃少穿的岁月终成一瞥中的回忆。

也许，就是当初这些东西太少了，又不常吃得到，心里就更想吃，才对过年充满着期待，现在摆在面前的太多，随时都可以吃到，反而觉得无味了。

现如今，每到春节那久远的年的味道，裹挟着浓浓的回忆，盘踞在我的味蕾之上，总是让我终生难忘。

有人说，现在年味淡了，过年不像是过年，但是在某一个瞬间，当现实和久远的年味重合的时候，心里仍旧充满了那一份年味的回忆。

（作者系新疆生产建设兵团芳草湖监狱民警）

城市过年

汪大义

无论是疫情防控还是春节值守的需要，农村出生的我，2021年注定无法回老家农村过年了。

大年三十离开家两个小时后，妻子发来微信，称女儿在家伤心地哭了，说是想外婆、姨妈、姨夫、哥哥、还有爸爸等人。因为在年幼女儿的心中，过年是个非常重要的日子，这一次，只能无奈地和妈妈在家，一下子失去了在农村过年时大家对她众星捧月般的宠护，对于孩童最直观的感受就是这个年缺乏热闹了。

而于我，则感觉年味越发的淡了。至此，很想说说我老家农村的年或者说年味吧。

儿时，大年三十是忙碌的，有很多重要的事情要做，偷不得懒，耍不了赖。其中，重头戏是贴春联、祭祖、吃年饭与放鞭炮等。

农村的门是木质的，春联贴的必须要服帖、工整。为此，每年必须将上一年贴的春联全部清除，最难的是铲除以前粘附的旧春联纸屑，这是个耗时的"工程"。清除干净后，要用面粉熬的糨糊，用毛刷沿着上一年所贴的春联印记齐整地刷一遍，再把新春联贴上。除了门上要贴春联以外，鸡圈猪圈也要贴上春联，而且以"六畜兴旺"的字意最合适，更有甚者会将门前的树木也贴一圈红纸。放眼房前屋后，一片火红，年在这红红火火中慢慢走来。

祭祖最为神圣，也最为严肃，通常安排在年夜饭之前。

老家的习俗是要去祖坟焚烧纸钱，以此表达在重要节日对亲人的思念。年夜饭前，要将各种美味佳肴摆好，酒杯里象征性地倒点酒，之后默默地等待几分钟，其间不得大声喧哗，全程肃穆，寓意接待祖先回家吃饭。待这一套仪式下来后，将方桌旋转一个方向，这时才是年夜饭的开始。

在老家，越是上了岁数的人越是在意这些习俗。因为疫情封闭执勤，

2020年，清明我没有回家祭祖，父亲很是生气，电话里无限感慨地说："你们这样不回家做清明，是对逝去的先人不敬，看来这家道是要中落了。"如此云云。恰如鲁迅《风波》里的"九斤老太"常常感慨"一代不如一代"似的。每每此时，我便要和他辩论几句，我们在心里是有祭奠的，人活的时候多关心、多孝顺比百年之后的这些仪式更重要吧。

但回头想想，成家后回家还是少了，陪伴他们的时间少了，陪他们做他们觉得有意义的事情少了，心中还是有所亏欠的。

年夜饭是最温情的时刻，无论年龄大小均上桌吃饭。以往重要场合的宴会、酒席，我们小孩是不能坐桌上吃饭的，胆子大一点的，会要求大人夹自己喜欢吃的菜到碗里，然后和小朋友们在桌旁慢慢品尝，胆子小的或者脸皮薄的只能大人夹什么菜吃什么菜了。而年夜饭期间，大人们也是笑脸相对。快结束时，大人们会给压岁钱，这是小时候玩具钱的由来，相当珍贵。

在过年期间，父母们也约定俗成地不对小孩子发火，哪怕是犯了很严重的错误。这样，年就在味蕾的满足和温情中度过。

鞭炮和焰火是过年不可或缺的道具。年夜饭之前必放，大年初一必放，其中寓意不一一阐述。

对于我们小孩，鞭炮更是玩具、是乐趣。

每年大年初一开始，村里的小伙伴们会到各家燃放过鞭炮的地方捡一些还没有炸开的零星鞭炮，揣在裤兜里，走到哪里就燃一只，听着响声，便开心的大笑。有时候扔到水缸里，看着引信的烟从水底慢慢升起；有时候塞到烟花的纸棍里，听听可有闷响；如果有牛粪，会塞到牛粪里面点燃。无忧无虑，怎么快乐就怎么玩。

城市的年与农村的年大相径庭，我努力地在城市的大街小巷寻找着年味，往往只能在街头巷尾火红的春联与灯笼中、在炒货摊前熙熙攘攘的人群中、在流光溢彩的霓虹中寻得一丝年的慰藉，而这城市的年总觉得缺少了点什么，也许缺少的是热闹、团聚、放松与陪伴吧。

2021年在城市过年，明显感觉街道的车流比往年的多，很多人都在积极响应国家"就地过年"的号召，也有很多人选择了在岗值守，践行着奉献和担当。

城市的年与农村的年谁更有意义，仁者见仁、智者见智吧。

我想更为重要的是，只要心中有年，在哪里应该都是团聚。今年，第一次一家三口在城市过年，感觉还行。

(作者系安徽省马鞍山监狱民警)

就地过年

周 明

2021年的春节又被疫情打乱了人们的计划,"就地过年"成了流行语,也给村里增加了很大的工作量:如何让群众过一个健康年、祥和年,是我们驻村工作队和村两委的首要任务。

为了响应"就地过年"的号召,我们工作队的同志商量邀请安徽出版集团、淮南戒毒所来村开展送文化、送温暖、送祝福等活动,把党的关怀与温暖送给贫困户,让节日意更浓、情更切。

活动得到了安徽出版集团、淮南戒毒所的大力支持。

◆ 幅幅春联送文化

2021年1月27日,安徽出版集团党委副书记程春雷一行三人来到寿县双庙集镇公庄村开展送春联慰问活动。

自2014年安徽出版集团帮扶公庄村以来,在基础建设、文化建设、产业发展、人居环境等方面都给予了很大的支持和帮助。近年来,安徽出版集团始终坚持把文化扶贫作为重点帮扶项目,为公庄村捐资修建了文化广场和图书室,使其成为广大村民休闲、娱乐、健身的场所,以及法治宣传的重要阵地。

由于2021年的疫情防控要求,安徽省书法家协会的书法家不能亲临现场写春联,但安徽出版集团早谋划,提前书写印制了春联。幅幅春联蕴含着中华民族的传统文化,村民高兴地说:"这么好的字,这么好的春联,送到我们心坎上了。"

◆ 户户走访送温暖

贫困户王永喜2020年底去世,他的儿孙年怎么过?这一直是淮南戒毒所政委常跃牵挂的事。常政委不仅定期来村走访帮扶,而且随时与王家保持电话联系,解决王家的实际困难。

2021年2月1日,常跃来到王家,查看春节的年货准备情况、询问家庭春节安排细节、了解存在的困难,并给王家送来物品和慰问金。王家人见到常政委,倍感亲切,王永喜的儿媳妇张晶晶说:"春节的年货都已经准备好了,感谢党和政府帮助我们脱了贫,致了富。"

贫困户谢齐团,妻子身患肝浮肿病,不能从事重体力劳动,儿子在芜湖上高职,家庭收入全靠谢齐团一人打工维持。如何帮助谢家摆脱贫困?帮扶责任人魏树勇接对帮扶后,全力支持谢齐团就地务工,既能打工挣钱又能顾家;同时魏树勇还鼓励其妻子从事力所能及的养鸡劳动,并帮助提供养殖技术、销售渠道,为谢家解除了后顾之忧。

2021年2月1日,魏树勇来到谢家时,谢齐团的妻子高兴地对他说:"我们天天都盼着您来。您看看,过年的年货都已经备齐了。"望着谢家人的高兴劲,魏树勇也开心地笑了!

◆ 声声电话送祝福

公庄村在外务工、上学、生活的人员有2068多人,针对这一情况,我们把全村40个村民组1301户4802人实行网格化管理,要求包组干部、各村民组疫情防控员必须做到早发现、早报告、早诊断、早隔离、早治疗。

2021年1月26日,村干部、村疫情防控员张书格打通了在外务工的贫困户方玉华的电话。

这边张书格在宣传安徽省寿县疫情防控要求,那边方玉华在认真听。每逢佳节倍思亲,谁不想回家过年?但经过张书格的宣传和解释,方玉华放弃了回村的想法,就地过年。张书格表示将及时回应和满足你们的需求,让年味"不打折"。

公庄村后安组的贫困户邹多成独居一人在家,唯一的女儿在外地工作,过年不能回村陪老人,怎么办?淮南戒毒所四级高级警长、驻村工作队副队长邹成光、村委会副主任陶忠连、村干部谭恩慧主动上门,问寒问暖,了解年货准备情况,给他送去春联和慰问金。

在邹家,谭恩慧还与邹多成的女儿进行了电话交流,让在家的人安心,让未能回家的人放心。邹多成的女儿说："好人一生平安,我祝福我们的村干部!"

这次活动,安徽出版集团为公庄村贫困户送来200余幅春联和1.5万元慰问金;淮南强制隔离戒毒所送来慰问金1万余元及部分慰问物品;我们和村干部电话慰问群众1000余人次。经过宣传,有700多人放弃了回村过年的想法,就地过年。

让群众过一个健康年、祥和年是我们的心愿,更是我们驻村工作队的责任!

(作者系安徽省淮南强制隔离戒毒所民警)

最念是那鞭炮声

杜 威

每年大年初一的早上，很多地方抑或是在除夕夜刚过十二点就挂上一串红红火火的鞭炮，惯例由家里的男性壮劳力在全家人的注目礼下完成这一庄重的仪式：从裤兜里掏出火柴或打火机，在寒冬里擦（打）出火苗，试探着将火苗喂进鞭炮的捻子里，迅速抽身逃离，只留下原地噼里啪啦的鞭炮和落了一地的鞭炮屑。

在我们老家，放鞭炮的时候，总能见到有胆大者，左手拿鞭炮右手点火，等到鞭炮声热闹起来后，才慢慢将其扔向空中。一时间，妻子咒骂似的关切声、孩童的叫喊声和鞭炮声热闹地搅和在一起，共同在丈夫的嘴角上留下了一道向上的甜蜜弧迹。

我们老家的习惯，是在大年初一的清晨响起阵阵鞭炮声。打记事起，在这清晨热闹的鞭炮声中，我家总是占了一份。我很小的时候，总是由父亲承担着放鞭炮的任务，喜爱热闹的我是从来不会缺席这个重大的仪式的。

在我的眼里，父亲每一次点鞭炮的动作都是那么干净利索的一气呵成。而我，也总要等到所有鞭炮全部响完，鞭炮屑全部落地，炸出的黑色烟雾在空中散尽后，才心满意足地转身离去，回到灶房和姐姐们喝着面茶、吃着糖包子。

等到稍大一点，我便将点鞭炮这一项艰巨的任务接了过来。刚开始的时候，家里人总是不放心，叮嘱我半天，然后站在不远处，一个个用警惕的目光注视着我放完鞭炮后，才一起转身离去。

那个时候，在家人的这种注目中，我总是倍感自豪：神气十足地在家人的注目下完成这一重要仪式，似乎这是年幼时我能够为家里出的最大的一份力。

等到更大一点时，家里人便完全放心让我自己一个人点鞭炮，也就渐渐地没人为我投来关注的眼神了。为此，我曾感到过一些失落，但是，在鞭炮声响起时，所有的这些失落感很快就烟消云散了。

那个时候，在点鞭炮这件事上，我还跟儿时的玩伴有过很多次深切的交流。每年过节期间，我会伙同三五个小伙伴拿着压岁钱，轮流去村里的小卖部买来鞭炮，拆开后，每人分一把，三五个人在村里窜上窜下，走到哪里，哪里便响起鞭炮的声音。马蜂窝、牛粪、土疙瘩都成了受害者，甚至在大人扎堆晒太阳闲适地聊天时，也会突然传来"啪"的一声，随后在大人们一阵叫骂声中一溜烟地跑没了影。

在百般试验中体验单颗的鞭炮相比于成串的鞭炮来说，给我们这些孩子带来的欢乐更为持久。因此，鞭炮声结束后扑向一堆鞭炮屑寻找未爆炸的鞭炮，再将这些鞭炮一颗颗重新点燃，是我们乐此不疲的一件事。

某年的大年初一，家里人还在熟睡中，我一个人早早起了床，在板凳的助力下，从家里的大柜上取下一串鞭炮，再从厨房灶台上拿了一盒火柴，然后跑到大门口，将这串鞭炮点燃。待清脆的鞭炮声响过后，我就冲向烟雾弥漫的现场寻找未点燃的鞭炮继续体味那份快乐。那一次真倒霉，有一颗鞭炮点燃了很长一段时间，一点反应也没有，我就走上前，仔细观察之后将其捏在手里，准备从中间掰开，然后点燃其中的火药呲火花玩，却没想到，这颗哑炮竟然在我手中炸裂了。于是，那年大年初一的清晨，除了鞭炮声外，还传来了我清脆的哭声，那一年，村里到处放鞭炮的队伍里便多了一个一只手肿得跟桃子一样大、另一只手还不忘在小伙伴的协助下伸手去点鞭炮的流着两条鼻涕的男孩。

在我们老家，除了大年初一放鞭炮，在婚丧嫁娶、耍社火以及春节、元宵和清明到坟上祭奠的时候，也总是少不了鞭炮的响声。

村里有人办喜事，其他人登门时总要带上一串鞭炮在喜事人家大门口点燃，喻示着对这一家人的祝福；有人家办丧事，前去帮忙或者悼念时也会带上一串鞭炮，表示对主人家的慰问和感同身受；社火等热闹时节，每家每户总是不约而同地带上一两串鞭炮前去打响，祈求神明对家里人的保佑，也祈求来年五谷丰登、六畜兴旺；在坟头祭奠时，也总不忘点燃两串鞭炮，唤醒地下沉睡的祖先前来领受纸钱……

在我成长的记忆里，过年的鞭炮声带给了我无数的欢乐，教会了我很多人情世故，也寄托了我对逝去亲人无尽的哀思。

如今，老家在以飞快的速度发展着，村里人搬离了生活条件艰苦的小山村，前往生活条件更加优越的河谷地带，儿时熟悉亲切的小山村已经渐渐变成了空村。

不过，无论搬到了哪里，每年除夕，大家始终不忘的是点上一两串鞭炮。随着生活水平的提高，鞭炮的种类也更加丰富多样，从最初的几块钱一串的鞭炮，到后来的1000响鞭炮，再到后来20来块钱一箱的"震天雷"，再到现在耗资成百上千的烟花礼炮，老家的人们总是以新的形式延续着在旧土地上传承了百年的历史记忆，小小的鞭炮不仅见证着老家翻天覆地的变化，也记录着老家人们的人情世故和兴衰更迭，一声声鞭炮声里更加蕴含着庄稼人一年四季的酸甜苦辣，鞭炮响了，庄稼人把一年的烦恼统统抛之脑后，继续用肩背扛起来年的活计。

只是我最想念的，还是那时过年的鞭炮声。因为，那时过年的鞭炮声已经成为我对老家小山村最亲切的记忆。

（作者系新疆生产建设兵团钟家庄监狱民警）

哦，又到了端午节

河在河东

山茸茸的绿色，青翠欲滴的感觉，驱散了一春的寒意。

在马栏，这个渭北的山区小镇，只有到了端午节前后，山才真正充满了绿意，人们才感觉到夏天来了。

那年的五月，对我来说，有着特别的感觉。

因为来到了这个难忘的大山，来到了人生的第二故乡，认识了常年生活在大山里的人们。

马栏地处渭北高原西北偏西，属陕西甘肃交界。

有个地方叫转角。

说是镇，其实也就是一个普通的山村。只是一条路通向甘肃地界，一条路通向旬邑县城，一条路弯弯曲曲的走向铜川。

转角地处偏僻山野，却有一个富有诗意的名字。因此，从山外分来的大学生们在来到这个山村后，都对这里的山山水水充满了诗意的想象和美好的向往。

也就是那年的七月，我带着行李铺盖，乐呵呵地来到了这个叫转角的地方。

那些年，学生就像一块砖瓦一样，分配到哪里，就去哪里。我们一同分来的有18个人。一下车，有的人懵了，这么大的山啊！

那时候，风华正茂的我们，对这个山村一样充满了美好的希冀。

来到转角，单位热情的招待和安排，使我们这些新来的学生很快融入了这个地方的生活。

天，格外的蓝，山色苍茫。

云彩，悬挂在不远的山上。

只是，山区的宁静也让我们感到了深深的孤独和无助。特别是到了夜晚，窗外掠过的鸟鸣，让你在空旷的山间感到特别的清脆，声音若缓缓的音符在静夜里走得是那么的舒缓和悠扬。

很快，在工作和休息的交替中，半年过去了。

转眼，山慢慢的变绿了。山鸟开始了歌唱，远方山上的白桦林吐出了丝丝新芽，桃花的芬芳飘荡在这寂静的山谷。

跨过一个年头，我们从新学生变成了一个个成熟的工作人员。青春依旧，只是在岁月的年轮上，让我们的稚嫩已经消失殆尽。

静静的马栏河，在山谷间流淌，绕过了一条条山谷，也流走了我们的青葱岁月，流走了我们的梦想和天真。

静静的马栏河，在静静地、静静地流淌。

山绿了，又一个季节更替。习惯了晚夏的来临，也习惯了这里的静寂。

但最难忘的，还是那个五月，那个端午节。

那年，山刚刚吐出新绿，茸茸的、淡淡的。加班一个晚上后，我的胃病发作了，涨涨得疼。吃不下饭，人浑身无力、匮乏。若山间冬季的野鸟，显得戚戚而无助。同事把我送到了场部医院，那里的医生说，这是老胃病犯了，需要治疗。

夜晚的医院，只有几个窗户亮着。盯着慢慢流动的点滴液体，心里是苦苦的孤单。

一天一天，伴着阳光的变化，我在这个山村的医院度过了十天。大夫说，恢复得不错，快出院了，也要过端午节了。

我听说到端午了，心里突然升起一丝淡淡的乡愁。

家在远方，家在山外那遥远的山村。

一丝泪花从眼帘悄悄划过。来这里几年了，这个端午节，却躺在这里。

门开了，来的是单位同事和他的家属，我认识的一位老阿姨。她说，这里水土硬，肠胃不好要特别注意。以后食堂饭不好了，就到她家里来吃，别吃坏了。她拿出一个小香包，那种紫色里透出一丝新绿，红色的丝线绕过悬挂的葡萄糖液体瓶，吊在空中，随着空气的流动，微微的飘曳着。

门框上，插上了一撮发着新绿的艾草。

一丝清香扑鼻而来。

又是几天过去了。场部的老干部们都来看望我。病房里的香包也挂起了一簇簇，散发出浓浓的香气来，我在梦里也是满满的清香扑鼻，满满的笑意。

粽子是节日的象征。临近出院的当天，阳光格外的明亮，天空瓦蓝瓦蓝的，没有一丝儿云彩，家属院里老干部给我送来了香甜的粽子。

按照关中的习俗，粽子只有包枣的和纯糯米的。含枣的，咬一口，透心的甜；糯米的，特别的黏糊，黏得你想放都放不下，黏得人忘不了这个浓浓的端午。

吃着他们送来的粽子，听着他们真心的问候，看着他们真切的眼神，我感受到了山里人的淳朴和真诚。

多年过去了，我也离开了那个遥远的地方。但每到端午节，我都会记起那年那月的那个端午节。

我知道，在我的记忆里，转角已经成为挥之不去的乡恋。不是因为美丽的山花和流淌的河流，也不是那飘荡在山峦的彩云和布满山谷的白桦林，而是那个节日，那个端午！

（作者系陕西省监狱系统民警）

妈妈味道的粽子

杨 征

炎炎夏日，浓情六月，又是一年端午时，吃粽子、赛龙舟、挂艾草，那阵阵粽香，寄托着人们祈福辟邪、求取平安的美好愿望。

儿时的记忆中，端午节的香味首先是芦苇叶的香味。那时候不知道什么是端午节，也不知道为什么要过端午节。只知道，端午节到了就能吃上美味的粽子了。

每次快要到端午节了，妈妈就会对我们说，赶紧去采摘芦苇叶。那时候团场没有粽子叶卖，都是自己去连队附件的田边、沟渠、河边采摘芦苇叶。我们小伙伴们相互一吆喝，就高高兴兴地去寻找芦苇叶了。

我们都会钻进芦苇丛中，冒着炎热，汗流浃背地挑选水边那些粗壮的、高大的芦苇，这样的芦苇叶子才宽大、厚实、平整。采摘完芦苇叶，就可以回家包粽子了。

回到家，母亲已经早早准备好了糯米，仔细挑出里面的小石头和杂质，把糯米细细地洗干净后用清水浸泡上。然后，把采摘回来的芦苇叶一片片挑选好，精心修剪后，捋整齐后对折用棉线捆扎起来，放到锅里煮。很快，叶片的清香就弥漫了整个房间，最后，把煮好的粽叶放到清水里浸泡。

开始包粽子的时候，母亲从盆中拿出煮好的粽叶，问我们喜欢吃大一些的粽子还是小一些的？当然是越大越好啦。在我们的一再要求下，母亲笑着在盆中挑选出几片宽大的芦苇叶，然后抚平，左手握住叶子将叶子捻开，只有少部分重叠在一起，右手顺时针往里一卷，把叶片卷成漏斗状，把一粒粒晶莹饱满的糯米，提前浸泡好的红豆、绿豆、花生、红枣、葡萄干混在一起填进去，再把上面的粽叶翻下来压紧，一层层的裹好，最好用嘴咬一头棉线，一头系粽子，缠饶几圈右手捏着然后打结，很快一个精致的粽子就在母亲的手中包好了。

每次包粽子，母亲都会根据我们的口味包各种不同的粽子，喜欢吃红枣的就多放几颗红枣，喜欢白米的就什么都不放。母亲包粽子的速度很快，转眼间一个个棱角分明的粽子就把盆里堆满了。

母亲把包好的粽子放到锅里煮，一会儿，粽子的清香就弥漫了整个房间，让人垂涎欲滴。等到煮熟的粽子出锅了，母亲就拿筷子给我的盘子里放一个，迫不及待的我总是顾不得烫，一把扯开棉线，剥开粽叶，一层浓郁的粽香味便扑面而来。

这时候，用筷子挑着粽子，蘸上白糖，狠狠地咬上一口，那粽子绵软可口，粽叶的清香、糯糯的米香味立刻让我的食欲大振，一口气可以吃好几个。

母亲心灵手巧，三角粽、四角粽都会包，包好自家的粽子后，还会去邻居家或亲朋好友家里帮忙包粽子。回来时，总会带几个不同味道的粽子，让我们小孩子大饱口福。那时候的粽子一直是自己家包的，后来母亲年龄大了、老了，身体多病，而且现在生活也好了，市场上各种各样的粽子越来越多，再也不用她老人家自己亲自动手了。只是年少时吃惯了母亲包的粽子，从内心来说，再好的粽子也没有母亲亲手包的粽子香醇、清甜，没有母亲亲手包的与众不同的味道。

在我看来，端午节，最幸福的味道就是母亲亲手包的粽子，把满满的爱包进粽子里，那是一份沉甸甸的母爱，是我记忆中难忘的"妈妈的味道"！

（作者系新疆生产建设兵团科克库勒监狱民警）

职业篇

走进《劳改农场》

张 晶

得子的长篇小说《劳改农场》的背景跨度长达50年,从新中国成立到21世纪初,涉及的人物众多。在这50年里,劳改(监狱)事业发生了巨大的变革:从劳改到监狱,从传统到现代,从经验逐步进入科学,从粗放逐步走向规范……

原本创作这样一部契合劳改(监狱)工作发展沿革实际的小说,是相当困难的,但作者得子对于这半个世纪劳改(监狱)的历史驾轻就熟。在小说里,将劳改(监狱)的历史事件、脉络娓娓道来,丝毫没有疏离感和造作感。小说所用语言,都是行业术语、法言法语、乡土俚语,读来亲切、自然。

一、《劳改农场》的主题表达

在《劳改农场》里,得子把劳改到监狱的沿袭所历经的主要阶段、主要事件、主要影响等,都通过小说的情节转乘、人物对话、事件沿袭等,将整个小说串联起来,给读者呈现出五彩斑斓的画面。尤其是再现了在国家由高度的计划经济转向市场经济中,原有劳改体制严重不适应给劳改(监狱)工作所带来的困难、迷失,尤其是国家层面的工农业"剪刀差"造成的粮食销售困难——丰产不丰收的困境,由此,中国的劳改工作终于迎来了监狱法的颁布和国务院总理办公会议,确立了"监狱吃皇粮,罪犯吃囚粮"的"监狱经费保障体制",从此劳改事业转身为监狱事业,在推进国家法治化的进程中发挥了不可替代的重要作用。在此背景下,小说中的黄泊湖劳改农场也改为黄泊湖监狱,各项工作有了长足发展的同时,在保护生态的大趋势下,黄泊湖人服从大局需要,执行省政府的命令,完成了退垦还湖的终极使命,并实现了转型发展,迎来了新的局面。

在新中国成立之初，共产党全面接手的是国民党反动派留下的一个国民经济到了崩溃边缘、社会混乱、民不聊生的烂摊子。这样的条件下，政府不可能拿出更多的钱办监狱，因此，依靠罪犯的劳动力，实现自收自支养活自己，并尽可能为国家做贡献，既是改造罪犯的现实选择，也是当时条件下的最具智慧的一种制度创造——劳改制度。对比国民党反动派的旧监狱，新中国劳改事业一开始就表现出了彻底的全新的革命性的理念、全新的政治架构、全新的组织体系、全新的运作模式，这是毛主席等老一辈无产阶级革命家的独特创造，可以追溯到共产党领导下的解放区劳改工作。

黄泊湖劳改农场是全国劳改农场的典型和缩影，除了小说描绘的黄泊湖劳改农场外，全国各地还有工厂（机械、汽车、纺织、建材等）、矿山、采石、冶炼、晒盐等，形成了比较齐全的生产体系。并且，还组织罪犯参与了修建鹰厦铁路、治理淮河等重大的国家建设项目，在劳动改造罪犯的同时，也极大地支援了国家建设。

《劳改农场》就是在这样的背景下渐次展开主题的。围垦黄泊湖是小说着力渲染的劳改农场创业场面：想不到的困难、几乎无法完成的任务，可是，在章文琪、叶旭、江立春等第一代"黄泊湖"人的拼搏下，200平方公里、可以关押2万名罪犯的超大劳改农场（包括后来创建的工厂）横空出世。

从监狱学理论研究的角度来看，当下监狱发展中存在一系列的问题，如监狱经费保障不力，监狱职能的较大偏离，监狱人民警察的专业化不够，以至于罪犯刑满释放后重新犯罪率不断增高等问题。但这些问题的出现，并不能够证明曾经的"劳改模式"的错误或者武断地说成劳改体制的失败，恰恰相反，劳改体制的构架，是在当时条件下的一种"伟大的创举"，不仅是符合创业的实际，也在国家高度计划经济的体制中如鱼得水，并且取得了举世瞩目的辉煌成就。只是劳改体制在20世纪80年代以来尤其是21世纪以来遭遇的问题造成监狱工作距离"惩罚和改造罪犯"的要求越来越远，其主要根源在于人们对于监狱在国家"以经济建设为中心"的时代转变适应上的滞后和迟钝，并且一直抱着陈旧僵化的思想，抱残守缺，加之迟迟没有按照党中央的要求深入推进监狱从认知到理念的提升、从体制到机制的改革，因而造成当下的尴尬局面。

二、《劳改农场》的艺术手法解读

如果说，十多年前我读《劳改农场》最关注的是小说的情节、故事，而这一次一读再读、直到六读《劳改农场》，则是以庖丁解牛的方法，走进小说人物，解释小说主题，分析小说解构，判明小说段意，复盘纵横交错的情节编织，生成诸多场景，甚至于对号入座、还原真实。因而，得以更进一步把握作者小说的思想深意，进而深及《劳改农场》的精神内核。

蒋勋在评价曹雪芹《红楼梦》的创作手法时，特别强调了曹雪芹的"编织"艺术。"《红楼梦》的章法是编织，把很多线编在一起。通常一部小说读一次以后你不想再读，因为这部小说只有一条线，他没有编织。可是在《红楼梦》里你到处都可以看到复杂的编织。"曹雪芹把人物、故事、情节、事件等通过精致精准的构思，非常巧妙编织成一个天衣无缝的至今中国无人比肩，更无人超越的小说高峰。我觉得得子悟得了曹雪芹《红楼梦》的创作真谛，在编织故事、创造跌宕起伏的情节中表现得十分明显。

得子深谙小说的"编织"之道，把《劳改农场》"编织"的花团锦簇，景象万千。这种"编织"的功夫和技艺，我觉得应该这样来解析：

《劳改农场》设置了五条主线（可以称之为"经线"）：叶旭的人生起伏与抗争；刘晓莉的"右派"分子人生，被王锦葵强奸，与叶旭的感情生成，孤独一人把刘平安带大，迎着苦难与叶旭成婚；江立春由大队长成长为场长，而又因运动靠边，后又崛起，同时，伴随江敏与赵家林的婚姻以及变故，刘平安与江云的感情波折的人生；刘平安作为王锦葵强奸刘晓莉而播下的"孽种"，在众人的冷眼中长大，堕落成为罪犯，赶上"严打"遣送新疆服刑回来后，纠集形成黑恶势力，为害一方，穷凶极恶一生；赵家林作为青年民警的优秀代表在黄泊湖劳改农场茁壮成长，成为场长后，面临劳改向监狱转型里的挣扎，以及与江敏婚姻、与进入刘平安圈套的王倩的感情歧途。这些主线，使整个小说的情节全部关联在一起：叶旭与刘晓莉、江立春与赵家林、江立春与叶旭以及刘晓莉与刘平安、刘平安与叶旭、刘平安与江云、刘平安与赵家林等，矛盾的冲突一个连着一个，高潮迭起。

与此同时，《劳改农场》辅助设置了至少六条"纬线"：王锦葵、夏晓菊、江敏、江云、江捷、孙勇等。在主线呈现的同时，辅线恰到好处地"跳出",作为连接主线、点缀主线不可或缺的元素。如叶旭和刘晓莉的交织里，王锦葵的出现以及叶旭对于王锦葵的"教育和引导"，既增添了小说的戏份，又使得叶旭与刘晓莉的感情更加牢固和紧密。如同样在叶旭和刘晓莉的交织里，刘平安在关键时候的多次出现阻挠，使得叶旭与刘晓莉的感情增加了更多的悲剧色彩。如在赵家林与江敏温暖的爱情里，刘平安设计了一个圈套：把失足女王倩安排在黄泊湖办事处，王倩对于赵家林的引诱，使得赵家林与江敏原本美满的婚姻发生坍塌。还是由于刘平安的布局，让赵家林的大哥赵家田去顶罪，蒙在鼓里的赵家林还以为是刘平安的摆平，从而更增加了对于刘平安的信任，尽管赵家林自己的定位是以黄泊湖农场的发展在利用刘平安，其实是中了刘平安的圈套。

《劳改农场》就是用经线和纬线的基本交叉来展开小说的情节和故事，就像一张宏大的锦绣大网，编织了精美别致、异彩纷呈的"目"与"结"。尤其特别之处是，在作者精致的编织好经纬线的同时，还信手拈来小"饰物"，作为若干点缀，巧妙地缝补到经纬线的"黄金分割线"上，使小说更加时尚和更具趣味性。这方面的描写，在小说里可谓是璨若星河，使得这部50余万字的长篇小说，没有暗角，没有虚置。如叶旭和刘晓莉在调查刘平安、歪子一伙人黑恶势力的恶行时，王副镇长和木匠铺老黄的出现和助力，使得叶旭陷入僵局的调查出现了柳暗花明的转机。如江云知道自己被刘平安欺骗之后疯一样的行为，恰恰发现了刘平安的性爱光盘，从而让刘平安这个恶贯满盈"孽种"的品质更加令人愤恨，也使得刘平安的黑恶形象更加丰满、立体。

一般认为，冲突是小说的灵魂。冲突的设计也特别考验作者的功力。一个好的小说，情节的发展、高潮是通过冲突来推动的。《劳改农场》作为一部优秀的小说，一个个冲突情节，犹如一颗颗名贵的珍珠，用50年新中国劳改事业发展的辉煌来串联，达到了大珠小珠落玉盘的效果。

我把《劳改农场》的冲突具体分解成五个方面：

一是认知冲突。关于认知的冲突，最先表述为关于劳改工作的认知和把握的冲突。在对待反革命犯对抗改造的态度上，章文琪的宽容、宽大和江立春的置之死地；在对待王志新贪污、受贿的态度上，叶旭的同情和江立春的绝不姑息，形成鲜明对比。这不仅突出了江立春坚持原则以至于滑向保守、固执、认死理的个性。在赵家林出任黄泊湖农场场长后，江立春的"原则性太强"和赵家林的"原则性太弱"以及二人关于农场发展、关于劳改队的管理、关于人生的争论与冲突，更是常态。小说中，还精彩的呈现了刘晓莉、叶旭与刘平安的认知冲突，直到刘平安畏罪开枪自杀也没有达成和解，甚至某种意义上的妥协。

二是事件冲突。如押解罪犯与私放罪犯的冲突，如"月亮之城"的兴起与覆灭的冲突，如"江家风云"的冲突，如起初的黄泊湖围湖造田与后来的退垦还湖的冲突等等。

三是人物冲突。如作为军人教导员的叶旭与被押解的对象——反革命犯王锦葵的冲突，作为罪犯刘晓莉面对作为罪犯的王锦葵强奸的冲突，场长江立春的传统江氏家族面对江云背叛的冲突，江云的梦想爱情被以玩女人为乐的刘平安冲突等等。

四是心理冲突。如叶旭要不要与王锦葵妥协的心理挣扎；叶旭与刘晓莉的爱情长路在刘平安的捣乱下，要不要结婚；刘晓莉对于被王锦葵强奸，要不要告发王锦葵的内心矛盾；王锦葵对于刘晓莉强奸的性欲满足以及此后长期挤压在内心的歉疚、悔恨以及对于他的儿子刘平安的思念；叶旭与夏晓菊要不要离婚；叶旭、刘晓莉对于刘平安为非作歹，要不要举报的矛盾等等。

五是成长冲突。在《劳改农场》这部小说里，这个冲突以刘平安的成长和江云的成长塑造最为典型、最有看点，也最成功。

最大限度地展示人性，而不是中国主流文学常常极致的正面人物的"高大全"或者反角的恶贯满盈的极端表现手法。如王锦葵，从第一章"未完成的押解"到第十七章"叶落归根"，从头至尾都是小说的"反角"，然而，即便这么一个彻头彻尾的"反革命"也有人性闪光的时刻，如当他得知，刘晓莉因为他的强奸而怀孕时，不仅是牵挂的放心不下，他还冒着极大的风险，两次在夜里去食堂偷"猪油"送给刘晓莉补身体，在即将走向人生的末路时，从台湾专门过来相认"儿子"刘平安。

《劳改农场》在作者的精心"编织"下，故事的展开毫无违和感。同时，作者的高明还在于多点埋设伏笔，让读者在不经意的持续阅读里，获得意外惊喜。这一点，可以借用诸多著名评论家对于《红楼梦》的评价，即是"草蛇灰线，伏线千里"。

这里摘取两个例子：第一个是孙勇。

孙勇在《劳改农场》里不是主角，但是孙勇这个人物也不是可有可无，而是很重要。在表现人物的形象方面，作者显然是做了精心的构思：孙勇原来是一名普通的军队转业民警，并且长期没有得到重用，当"文化大革命"来袭时，孙勇如鱼得水，一下高升到了黄泊湖农场革委会副主任的要职，于是，实现了他的政治抱负。"文化大革命"结束后，孙勇在黄泊湖南方办事处借公肥私，当他做大时，自己另立门户闯天涯。小说中，在孙勇这个人物上的伏线是：孙勇从部队转业时，曾经因为提拔升官的事给时任大队长江立春送过礼，后不仅没有得到提拔，还受了处分，由此对江立春和时任副场长的叶旭记下了仇恨。当叶旭因"变节"被判刑，投送到孙勇所在的中队时，孙勇一副幸灾乐祸的样子，故意为难叶旭。同时，在他一步登天当上革委会副主任后，试图将当年批评他的江立春列为第二批下放名单，所幸被革委会主任挡驾了。

第二个是刘平安。

刘平安是《劳改农场》小说的主角，关涉刘平安的伏线更多、更长，这一点在后文将会专门论述。

我曾经两次去过小说黄泊湖农场的"祖籍"原型之一———地处安徽省庐江境内的白湖农场（现安徽省白湖监狱管理分局），基本走遍了白湖最具特色的监区、农场，在场部周围散步，并且受邀参观了白湖监狱陈列馆，感受了当时运用全国监狱系统最先进电光声像全景回放的白湖监狱创业、发展的历程。因此，在我多遍地阅读《劳改农场》时，会有深深的代入感：我脑海或者眼前，常常与白湖监狱陈列馆的影像重合，甚至把小说里的大堤、河道、野鸭塘、小羊山、大队、食堂、监舍、队部等对号入座。

这种亲切与愉悦，是阅读其他小说从来不曾出现过的。因而，此轮阅读里，我会情不自禁地呈现出电视剧里的画面。那黄黄的泛着蜜香的油菜花海，那碧波荡漾波光粼粼的黄泊湖，那一望无际金灿灿的水稻，那作为黄泊湖真正主人的"野鸭子"的自由翱翔……都使我沉醉其中，难以自拔。

《劳改农场》不是悬疑小说胜似悬疑小说。悬疑小说一般是通过一个或者数个悬疑吸引读者去阅读、探究、揭秘，以增加读者的好奇心、探究欲、窥视欲。所以，不到大结局，一般看不到真相。而《劳改农场》的悬疑是一个接着一个，揭秘了前一个，而后一个的谜题已经在前一个谜里埋下了伏笔。

我主观猜测,这可能是作者受了曹雪芹《红楼梦》写法的影响——"伏线千里"。

也许,《劳改农场》还没有达到《红楼梦》的高度和难度,但是,其小说的"机关"重重,悬疑处处,却是不争的事实。如第一章呈现出的叶旭,本来是负有押解反革命犯的任务,为什么他会放走了本来就是反革命犯又劫持人质的王锦葵?叶旭为什么会由黄泊湖农场的副场长沦为阶下囚?叶旭娶刘晓莉为什么一波三折,历尽千辛万苦,成为苦难夫妻?如王锦葵强奸刘晓莉,导致了刘晓莉怀孕,这个还没有结婚的右派姑娘该怎么面对?她为什么要生下这个孩子?她原谅这个本身就是无期徒刑的强奸犯了吗?作为留场人员子女、又是强奸被骗怀孕生下的刘平安聪明伶俐,为什么从还未成年开始的人生道路就一错再错,走上了不归路,成为孽种?他为什么设计挖坑给叶旭为难?为什么陷害和他没有任何利害关系的赵家田?为什么对打小的玩伴同学江云狠心遗弃……

这些情节,这些伏笔,这些疑问……都在阅读里一一展示出来了。

三、《劳改农场》的人物形象塑造

阿诺德·贝内特说:"优秀小说的基础就是人物塑造,此外再没有别的什么东西是有价值的。情节是有价值的,观点的新颖独创是有价值的,但是,它们中间没有一项像塑造令人信服的人物那样有价值。"我们知道,小说是以刻画人物为中心,通过完整的故事情节和具体的环境描写来反映社会生活的一种文学体裁。其中,人物、情节、环境、语言是小说的基本要素。而人物这个要素,是第一基础性的。

一般而言,一个长篇小说出场人物的多少,是根据作者对于小说复杂难易程度把握的重要考量。小说容量大,人物自然就多。反之,就少。评论家一般也认为,一个长篇小说里,如果主要人物超过了40个,就是写作难度很大的小说。如我们知道的中国最伟大的长篇小说《红楼梦》,到底有多少个人物,到现在还是一个争论不休的问题。

由此而言,《劳改农场》的人物塑造是相当成功的。无论是主角的鲜明,还是配角的补位,都恰到好处。

我们再回到《劳改农场》的人物上来。《劳改农场》的人物众多,相互关联,盘根错节。因此，要把握好人物的个性特点、语言特色、角色定位，都非常重要，其难度更是超乎想象。

我是一个不善于驾驭人物众多的小说书写者，或者说视人物过多为禁区。我的长篇小说《总矫正师》一共才20多个人物，其中，最重要的人物是牛阳以及任和；而另一部长篇小说《爱上爱》，连20个人物都不到，且关联度很弱，大多是客串，也只有男女两个主人公。不过，后来的中篇小说《伊甸圣园》反倒是写多了，大约接近20个。

因此说，得子的长篇小说《劳改农场》就是一部真正的大作。仅以小说人物而言，其数量之多，大大超出一般长篇小说的上限。

在《劳改农场》里，人物庞杂，出场的人物上至副省长，下至留场人员和众多的罪犯。而中间的人物更是众多，如武警总队司令、司法厅长、监狱局长、公安局长、监狱长、教导员、大队长、指导员、中队长。即便是罪犯，也是按照需要和监狱的规范，资格、身份各不相同，如大组长、小组长、值班，还有属于那个时代特有的留场人员等。众多丰满人物的人生大戏，你方唱罢我登场，情节起伏跌宕，故事高潮迭起，让读者欲罢不能，直呼过瘾。

据我对《劳改农场》全书的不完全统计（因为是纯手工统计，难免会发生误差）。数据是这样的：

出场人物共141名：有的有名有姓、有的有名无姓、有的是外号绰号（如歪子等）代替的，有115名；有职务身份（如通讯员、保安、纪委书记、武警司令等，并且在小说里有情节等的，有26名。此外，《劳改农场》小说涉及的作为"串场"或者没有出场的，就更多了。

主要人物6名：叶旭、江立春、赵家林、刘晓莉、刘平安、王锦葵。

长篇小说主要人物的塑造是否成功、出彩，是小说成功的关键。所有的情节、情景，都是根据主要人物的出现而展开的。

《劳改农场》的主要人物有多个，并且在小说中发挥的作用是纵横交错、起伏跌宕、异彩纷呈的。通过他们命运的不断转换，昭示着社会环境的复杂，而这些人物只能在环境的旋涡里挥洒、律动和挣扎。

这里主要分析两个人物，叶旭和刘晓莉。

毫无疑问，叶旭是《劳改农场》的男一号。叶旭的形象不仅立体多维，而且尽善尽美。

叶旭是一个真善美的男子汉。小说在两百余字的时间、地点、季节、事件等氛围的交代之后，叶旭就第一个出场了。"在一个被油菜花覆盖了的小村子里，几百名解放军战士正在紧张地操练，他们隶属于粟裕司令员的第三野战军，在营教导员叶旭的带领下，一个星期前刚开拔到这里。"这是对叶旭身份背景的交代，也是为接下来的转行到"劳作队"（新中国劳改队的前身）的铺垫，更是为叶旭"变节"行为做伏笔。此后，小说围绕叶旭的命运起伏，在真善美上着墨，一个可爱、真实、原则性极强的好男人跃然纸上。

叶旭的"真"。右派刘晓莉在服刑期间一直表现不好，但由于刘晓莉外表清纯如水，被副队长刘大新所暗恋。在大队讨论给予刘大新较轻的处理时，叶旭"一拍桌子""你们真糊涂"，叶旭从队伍的纯洁性，从党的劳改事业的高度来认识"拜倒在一个右派分子的石榴裙下"的严重性。叶旭的目光"像一把利剑"：嫉恶如仇，正直讲原则，是叶旭的基本品质。

叶旭和刘平安有着剪不断理还乱的多重关系。为了刘平安的成长，叶旭不惜与他仇人王锦葵谈判。可当刘平安成为了为人凶狠、蛇蝎心肠的黑恶势力，危害一方的时候，叶旭又冒着生命的危险，只身去"月光之城"调查取证刘平安的犯罪事实，进行了正义与邪恶的较量。

叶旭的"善"。通观《劳改农场》，叶旭是一个极其善良的人。在反革命犯王锦葵构成了对于他父母生命威胁的时候，他选择了孝，私放了王锦葵。这是很多读者读到这里之后，最为纠结的问题：这么一个原则性强的人，在亲情面前丧失了原则。不过，读者都能原谅、理解、同情叶旭的艰难抉择，这是一个自古忠孝不能两全的艰难抉择问题，从来没有标准答案。

叶旭和王志新有很深的战友之情，叶旭结婚时，是王志新腾出了自己的婚房，用来做叶旭的新房。然而，当王志新犯了贪污罪时，叶旭以一个党员的原则性在同意处理时，依然表现了同志之情。这是很自然的。

在"进军黄泊湖"中，由于围垦黄泊湖的恶劣条件，个别罪犯得了伤寒而死亡，有的罪犯便借机闹事，大队的五个支委，只有叶旭反对枪毙三个闹事的罪犯。叶旭说"人头掉了，再也长不起来了"。成为"变节"的罪犯后，叶旭为了妻子夏晓菊的前途和儿子叶小龙的成长，毅然的与情感甚笃的夏晓菊离婚，而选择继续到黄泊湖独身生活。当叶旭看到刘晓莉、刘平安母子生活艰难时，他伸出了援手。在得知与他有刻骨仇恨的死对头——那个让叶旭由黄泊湖副场长而变为阶下囚的王锦葵是个强奸犯，并且不断的干扰刘晓莉正常生活的时候，叶旭不顾后果的去找王锦葵谈话，让王锦葵承诺不再打扰刘晓莉的生活。当叶旭得知刘平安已经堕落为黑恶势力时，他又勇敢地走向取证之路。这些内容，我以为都集中地表达了叶旭的善良、善心和朴实。

叶旭的"美"。小说给我们充分展示了叶旭的心灵美，如对于刘平安的儿时视同己出，以及对刘平安一再干扰的迁就。叶旭的美还表达为叶旭的担当精神，如对于铲除刘平安黑恶势力的努力。

其实，这样分开来评价叶旭，其实是割裂了叶旭作为一个整体的面貌，或者说，真善美是一种复合的品行，如同五脏六腑之于一个生机勃勃的生命体。这里的分解评述，只是借助于文学评论的一种分析鉴赏的方法罢了。

刘晓莉，是仅次于叶旭的二号人物。如果说叶旭是重要角色，没有叶旭就没有《劳改农场》，那么刘晓莉就是关键角色，没有了刘晓莉，《劳改农场》就没有那么精彩。刘晓莉的命运，在《劳改农场》里正好与叶旭的先扬后抑相反，刘晓莉的命运是先抑后扬。从出场时的右派到80年代初的平反后继续她热爱的记者职业，中间的峰回路转，让人唏嘘和同情。这也是与叶旭有着差不多命运的人"同病相怜"的基础。

刘晓莉是美的。不仅是容貌的美，更是心灵上纯洁的美。表现在她被王锦葵强奸后，对于王锦葵无奈之后的宽容，还表现在应对副队长刘大新追求时断然的拒绝，只是刘晓莉误解了刘大新完全出自于内心的"赞赏"与"好意"，当叶旭告诉刘晓莉，刘大新是单纯的喜欢她并由此被开除公职时，刘晓莉的反应是深深的歉意，后悔不应该那样对待刘大新。

叶旭出于同情、保护而后发展到出于爱情而对刘晓莉表达后，刘晓莉义无反顾地投身到叶旭的怀抱，接受了他的爱。尽管受到了儿子刘平安的百般阻挠，但刘晓莉一直坚定地和叶旭在一起，最后终成眷属。这对患难夫妻的恋爱史，是刘晓莉真诚、纯洁、不屈不挠的最真切、最本真的大放送。

这里，还要特别提及一下《劳改农场》的具体时间场景。

小说的大场景是以新中国劳改（监狱）事业发展的50年来展开的，中间涉及冬初夏秋四个季节。如小说开头的季节是春天，而劳改干部带罪犯开入黄泊湖是数九寒冬，驱赶野鸭子是收获的秋天。但作者对于春天特别钟情，尤其是油菜花盛开的季节，这是作者着力渲染、一唱三叹的主题。尽管着墨不多，甚至只是轻轻一点，但是，这恰到好处分的"粉点"，一如张僧繇的"画龙点睛"。

在《劳改农场》里，写到油菜花开的内容，至少有八处，而每一处的出现，几乎都是喜庆、喜悦、美丽的场景，且多数与爱情有关。如小说的开头就具体的点名了《劳改农场》故事发生的地点、时间正是长江两岸"油菜花盛开的季节"。

第一章描写了叶旭与女朋友夏晓菊分别三年后相见的场景，"一道踩着油菜花环绕着的农间小道向小叶村走去"。这 21 个字的惜墨如金，渲染了爱情的浪漫与甜蜜，非常契合油菜花所呈现的喜庆、愉悦的情境。

第九章描写叶旭"变节"被判刑刑满释放后，再次回到小叶村的景象。作者给读者描写的依然是油菜花盛开的季节，"小叶村像往年的这个时候一样，静静地掩映在浓密的金黄色的油菜花中间"。再如，刘晓莉的右派在 1982 年平反后，和叶旭的爱情长跑也到了应该谈婚论嫁的程度。小说此时给我们展示的景象也是"油菜花开"，并使叶旭回忆起，他与夏晓菊那刻骨铭心的初吻。

在小说里，仿佛"油菜花开"就是叶旭的宿命，到了小说的结尾，叶旭在离开人世的最后一句话竟然是"看，油菜花，油菜花！"两年后江立春的去世，"也是在油菜花盛开的季节"。

至此，我终于明白了作者得子在谈到《劳改农场》时，反复表达的一个话题：这部小说，起初的名字是《油菜花开》！

多么浪漫、多么温暖、多么甜蜜的构思啊！

四、《劳改农场》对刘平安形象的塑造

《劳改农场》的每个人物都个性鲜明，有血有肉。这充分反映出了得子出类拔萃的语言功力。《劳改农场》是作者奉献给广大读者不可多得的饕餮盛宴，其作品对公众的影响力、感染力、认同力，非一般新闻宣传所能及。

在此，我想着重谈谈小说对刘平安这个人物形象的塑造。

在我看来，刘平安是《劳改农场》里写得最鲜活的人物之一。

在作者笔下，刘平安有活力，有头脑，有创意，擅长骗女孩子欢心，擅

长经营关系；刘平安作为一个刑满释放人员，通过他的运作，把整个市里的上上下下安抚的舒舒服服、妥妥贴贴；刘平安更善于经营经济，凭借他的天赋，风生水起，赚得盆满钵满。

然而，这一切都毁于他的品行恶劣、人格分裂、心狠手辣、毫无人性。因而，得子在《劳改农场》的情节里，安排刘平安最后走向开枪自杀，完全合乎小说情节的发展与演进。

只是，我们评价一个人，单单究其现象，往往是偏颇的，是带有成见的，因而，也是不全面、不可靠的。就如刘平安，他的坏，甚至不是起于流氓罪的判刑劳改，甚至也不是因由严打而遭送新疆。其实，他的"坏"，以成长心理学的理论而言，是基于他自小成长所面对、所遭遇、所见证、所参与的环境、情境。这个环境，让他心灵挤压、人性扭曲，积淀对于现实社会以及关涉到的人的仇恨和愤怒。这种仇恨和愤怒，一旦有了合适的出口，就会酿造出自己以及关涉人的悲剧。

很显然，作者在《劳改农场》里，给我们描述了至少两个方面的问题。一是孩子之间的歧视和欺侮；二是成人的公开羞辱和暗示。

在刘平安还是少儿时，与农场干部江立春的女儿江云玩耍，就因为刘平安是"就业"的子女，被江立春奚落，并叮嘱女儿"以后不要和他玩了"。当刘平安和农场革委会主任许志中的孙子许国庆玩特务的游戏时，刘平安因反抗许国庆的霸道，而将许国庆咬了一口，后来许志中训斥刘平安的母亲刘晓莉说："再不好好教育的话，小心长大了就是一个劳改胚子！"江立春在对就业队的大清查时，遇到了刘平安，跟着玩的女儿江云因画书与刘平安发生了小孩子间的争执后，江立春对刘平安和刘晓莉一顿恶骂，为此，愤怒的刘平安捡了一个小石头把江立春的耳朵打出了血。于是，江立春拍着刘平安的鼻子骂道："妈的，老就业家的孩子没有一个好东西，你小子长大了就是个劳改，滚！"此后，刘平安发誓要报复劳改干部。

后来，涉及刘平安的故事，《劳改农场》大多都是围绕他的报复行动展开的。无论是涉及让劳改干部薛冰跪地求饶、玩弄江云、让江云的姐夫赵家林的哥哥赵家田顶包，还是安排王倩勾引赵家林，导致赵家林与江云的姐姐江敏离婚，都是这一伏线的逻辑结局。

所以，当刘平安在自杀前，曾经恶狠狠的对江云的哥哥江捷冷笑道："你妹妹死在我手，你爸爸因我而残，你被我陷害，对了，还有你不清楚的，你姐姐和你姐夫离婚，那也是我的杰作。哈哈，我太高兴了，知道为什么吗？去问你爸。妈的，从小的时候就能看出我是劳改坯子，说明他比你看得深，看得远！"

由刘平安的成长史、劳改史、发家史等，我们可以得到的一个判断是：对于罪犯的改造是很难很难的事情，唯其难，才充分体现了监狱事业的伟大；唯其伟大，监狱人民警察才被誉为"人类灵魂的工程师"！

当然，这更需要监狱作为刑罚执行机关的威严、惩罚和威慑：一个对于刑罚缺乏敬畏的罪犯，就很难悬崖勒马，回头是岸。

这二者的结合，就是我们通常说的"霹雳手段与菩萨心肠"。

以此而言，现在我们要审视的问题也是两个方面：一是以"改造人"为天职的监狱人民警察，"伟大"了没有；二是监狱作为国家的刑罚执行机关，如今的"威慑"力度应在哪里？

（作者系江苏省监狱工作协会副会长、研究员、二级作家，上海政法学院特聘教授，南京理工大学MPA硕士生导师，教育部学位中心专家库成员）

话说"劳改"
——读《劳改农场》一书有感

孙 平

近来一段时间,经常看到有人评论得子所著的《劳改农场》一书,因为自己曾经从事过 20 多年这方面的研究,于是准备找来看看。

现在人们买书主要是从网上采购,不会去实体书店的。打开网站一查,一种是 130 多元的,一种是 80 多元的。我知道这些定价都是超过原定价了,也没有办法,只好选择一个定价 80 多元的下单。

没过多久,就有一个北京的座机打了过去,因为不知道是何人,不接。但是,又有一个北京的手机打了进来,估计是真找我的,于是接了电话。对方说是北京一书店的,告诉我订的《劳改农场》超过原定价,我答应;又告知书是别人看过的,我答应。于是第三天就收到了寄来的《劳改农场》一书。一看原书定价 34 元,网上的价钱涨了近两倍。想想自己的《监狱亚文化》一书也是如此。前段时间一位广州美术学院的老师要我的书,我手头上只剩下一个孤本了,只好在网上帮他买一本,结果都涨到了 360 多元,原价 79 元,已经涨了 4 倍多。所以说,监狱(劳改)一类的书,不可能成为"一时风光"的畅销书,但是能够成为"慢慢发酵"的畅销书。

"劳改农场"其实不是官方正式的监狱的名称,是一种习惯性的俗称。在 1994 年《中华人民共和国监狱法》正式颁布前,"劳改机关"包括监狱、劳动改造管教队、少年犯管教所和看守所四种场所。

监狱是关键重刑犯的场所,监狱的犯人一般不在野外劳动;劳动改造管教队简称劳改队,主要关押轻刑犯,其形态有农场、矿山、工厂等,以农场居多,因此人们习惯性地称呼为"劳改农场"。

"劳改农场"的正式名称应该叫某某劳动改造管教队。所以说,《劳改农场》一书的名称其实是俗称，不是官方正式的名称。劳改农场里的人自然进行的主要是农业劳动。换句话说，一个在农业单位改造的犯人主要从事的是农业劳动项目。

我国自解放以后，很长一段时间就是依靠劳动改造的手段改造犯人的。当时没有雄厚的物质条件，其实也完全没有必要，有劳动能力的人就应当进行劳动生产。现在，监狱是把犯人关押在大墙之内管理，因此农业劳动已经很少了，犯人主要从事的是工业化的劳动生产。

1988年，西北政法学院和西南政法学院同时成立了"劳改法系"，培养新中国成立以来的第一批劳改专业的本科生，之前的"劳改法系"叫"劳改管理系"，培养了三届专科生。

有人会问：中国有《劳改法》吗？

我们说：没有。

中国从来都没有《劳改法》，只有一个1954年政务院颁布的《中华人民共和国劳动改造条例》。没有《劳改法》居然设立了"劳改法系"，这在共和国司法行政史上和监狱史上也算是一个特殊事例。

《劳动改造条例》第1条规定：根据《中国人民政治协商会议共同纲领》第7条的规定，为了惩罚一切反革命犯和其他刑事犯，并且强迫他们在劳动中改造自己，成为新人，特制定本条例。第2条规定：中华人民共和国的劳动改造机关，是人民民主专政的工具之一，是对一切反革命犯和其他刑事犯实施惩罚和改造的机关。第3条规定：犯人的劳动改造，对已判决的犯人应当按照犯罪性质和罪刑轻重，分设监狱、劳动改造管教队给以不同的监管。对没有判决的犯人应当设置看守所给以监管。对少年犯应当设置少年犯管教所进行教育改造。

当时的《劳动改造条例》还专门设节规定了看守所的职责，把看守所归入劳动改造机关的序列。所以有人提出，现在的看守所应该划归司法行政部门管理也可以说历史上是有依据的。当然，1983年以前监狱归公安部门管理，再早前，监狱归法院管理。

在很长一段时间里，"劳改"一词被泛化了，在许多场合都离不开"劳改"二字，其实有时真是让人一头雾水。

在1994年监狱法没有颁布前，我们对"劳改"一词的泛化使用确实让人感觉有点不妥。如"劳改犯""劳改警察""劳改头""劳改局""劳改队""劳改学校""劳改警校""劳改系""劳改子弟"等，到底"劳改"是指什么呢？好像知道，好像又不知道。比如"劳改头"，你知道指的是监狱干警吗？往往正面的意思也被人们用在了调侃、讥讽的场合，使得这个系统的人感到许多不自在。所以到现在，"劳改"的语境多使用"监狱"代替了，但是这个系统的警察也不愿意使用"监狱人民警察"的称谓，而是喜欢使用"司法行政系统人民警察"的称谓，但是又往往和《中华人民共和国警察法》里的"司法警察"混同了，一般的人根本分辨不出司法警察即"法警"和司法行政系统人民警察即"狱警"的区别究竟在哪里。

"劳改"本是改造犯人的一种手段，即劳动改造手段。现在人们一说起"劳改"，感觉是个过去的事务，有一种不适的感觉，我们自己提"劳改"一词的场合也少了，监狱系统对劳改即劳动改造的自信心也不足了。

殊不知，"劳改"即劳动改造依然是我们监狱改造犯人的手段之一，而且经过多年的实践证明，这是一个行之有效、利国利己的改造手段。

反过来说，如果我们放弃了这个监狱改造犯人的手段，我们的监狱可能从形态上就是让犯人"坐吃闲饭"，对国家、对犯人自己都没有多少益处。当然，我们要解决的是劳动改造的强度要适宜，不可将其作为一种惩罚的手段。

《劳改农场》一书讲到了劳改工作的由来和历史发展过程，让人们对劳改事务能够有一个全面、客观的认识。劳动改造在新中国成立初期确实是为了解决国家的困难，解决犯人"坐吃闲饭"的问题，在一定程度上属于自救行为。在当时的历史条件下只能走这条道路，别无他法，像《劳改农场》一书描绘的当时犯人的生存情景确实如此。

当前，监狱管理的一个困惑，更是难题，就是刑满释放人员最初的安置问题。

像《劳改农场》中刘平安这样的人释放后，一直没有人帮助，只能靠"故友"生存，靠"狱友"发展壮大了。刘平安最后成了黑社会的头子，这样的人和事例在现实中存在。我们也能够在新闻中看到有的人一出狱又犯罪了，而且越发残忍的事例。

对刑满释放人员如何安置？表面上看这是社会管理问题，其实是监狱与社会管理的衔接环节没做好,是一个社会管理缺位的问题,正是这个衔接环节最容易出问题。

从《劳改农场》一书的加价销售,我们能感受到"劳改"题材的作品其历史意义非常浓厚,想在监狱管理和社会控制方面创造一种合理的调控方式,对"劳改"的历史如果不了解,就不可能客观地看待今天社会控制发展的轨迹,就可能走向"异想天开"的路径。

历史本是一部教科书,没有接受历史教科书的洗礼,怎么能够防止不走历史的弯路呢?

《劳改农场》一书就是一部很好的历史教科书,值得大家一看。

(作者系广东省政协常委,广东开放大学副校长,法学博士、教授)

我眼里的《劳改农场》

胡安乾

得子创作的长篇小说《劳改农场》的历史跨度长达50年,从新中国成立之初,共产党全面接手的是国民党留下的一个国民经济到了崩溃边缘、社会混乱、民不聊生的烂摊子这样一个历史背景写起。

这样的条件下,国家财政经济状况尚未根本好转,没有足够的财产来源修建监狱和供养犯罪分子,为了把绝大多数的犯罪分子改造成为新人,毛泽东同志提出,为了改造他们,为了解决监狱的困难,为了不让判处徒刑的犯罪分子坐吃闲饭,必须立即着手组织劳动改造工作,这就是最早的指导劳动改造工作的"三个为了"方针。

因此,依靠罪犯的劳动能力,实现自收自支养活自己,并尽可能为国家做贡献,既是改造罪犯的现实选择,也是当时条件下的最具智慧的一种制度创造——劳动改造制度。

劳动改造体制的构架,是在当时条件下的一种"伟大的创举",不仅是符合创业的实际,也在国家高度计划经济的体制中如鱼得水,并且取得了举世瞩目辉煌的成就。

《劳改农场》就是在这样的背景下渐次展开主题的,围垦黄泊湖是小说着力渲染的劳改农场创业场面。1954年公布的《中华人民共和国劳动改造条例》第4条明文规定:"劳动改造机关对于一切反革命和其他刑事犯,所施行的劳动改造,应当贯彻惩罚管制与思想改造相结合、劳动生产与政治教育相结合的方针。"

黄泊湖农场是全国劳改农场的典型和缩影。除了小说描绘的黄泊湖农场外,仅贵州省就有机械厂、锑矿、硫磺、煤矿、钢铁、汽车修理、制造、采石、冶炼等劳改单位,一直到"文化大革命"前,形成了比较齐全的生产体系。在劳动改造罪犯的同时,极大地支援了国家建设。如贵州省毕节机械厂生产的汽车配件，不仅国内使用，还出口阿尔巴尼亚。

毛泽东主席将罪犯也看成是社会主义的建设者，让他们在劳动中改造自己，并为社会主义建设创造财富，这与西方资本主义国家将监狱单纯视为囚禁犯人场所的做法，有着无可比拟的先进性。

1983年4月，全国公安工作改革会议作出决定：将劳改、劳教工作移交给司法行政部门管理。同年8月15日起，全国的劳改、劳教工作正式归司法部领导和管理。1994年12月29日监狱法颁布，劳改事业转身为监狱事业，1998年国务院总理办公会议研究解决监狱经费保障的问题，"监狱吃皇粮，罪犯吃囚粮"的监狱经费体制得于保障，从此，在推进国家法治化的进程里，监狱发挥了不可替代的重要作用。

在《劳改农场》这篇长达51万字的作品中，作者把劳改到监狱的沿袭所历经的主要阶段、主要事件、主要影响等，都通过小说的情节转乘、人物对话、事件沿袭等，将整个小说串联起来，以其高超的技艺为我们安排了一个个极为曲折生动的故事情节，展现在我们面前的是一幅幅惊心动魄的场面，产生在我们头脑里的是一个个生动清晰的画面。作者在我们心理上设立了一串串扣人心弦的悬念，把我们带进一个神奇的境地，置身于此而流连忘返。其中虽然没有"山重水复""柳暗花明"的美景，却有着峰回路转、引人入胜的意味，其对读者的吸引力绝不亚于陆游诗中所描写的大自然的美景。

我们知道，新中国的劳改事业是在新中国建设为主体的背景下展开的，小说以塑造人物为主，但又离不开环境和事件的描写。既有栩栩如生的人物形象，又有娓娓动听的故事情节，二者融为一体，创作出了一部非常好的小说。

在这本书里，人物出场的方式方法是多种多样的，体现了作者高超的艺术才能。例如，作品一开头，在简单交代了第三野战军营教导员叶旭的身份及经历后，在押运俘虏的任务中发生了俘虏逃跑事件，国军的副连长王锦葵劫持叶旭的父母，为了保护父母不受伤害，叶旭只得选择放弃了任务。"记住，你们是军人，不是还乡团！"成了叶旭对王锦葵道义上的要求。

事过十年后的一天，农场修配厂独立设计制造的农用拖拉机成功了。在大家庆祝的时候，时任黄泊湖农场的党委副书记叶旭，倡议把这一喜讯向毛主席报捷，向党中央报捷，大家一致赞同。

叶旭挤在人群中专注地看着郑志远落笔，身边的郭厂长突然指着不远处的一个犯人说："那个犯人叫王锦葵，刚从六里店劳改支队调来，他刚才看见你，告诉我说和你家是一个村子的，他有话对你说。"

叶旭见王锦葵确实眼熟，一时想不起来。

"我是王锦葵，就在你们家后面不远……十年前，要不是叶书记高抬贵手的话，我这一百多斤早就报销了。"

王锦葵的话像一把毒刺，深深地刺痛了叶旭，"是他，就是他！"接着，王锦葵提出，一是要求叶旭调他到一个干活少的地方去，二是设法给他搞个保外就医的证明材料。叶旭愤怒了，他指着王锦葵怒吼一声："你给我滚！"

事后，叶旭向组织讲述了十年前发生的事。由于叶旭的"变节"行为，被人民法院判处有期徒刑三年，投入黄泊湖农场三大队劳动改造。这种戏剧性的变化使读者难以理解，一名"三八式"的革命干部，怎么会受到这样严厉的处理？叶旭的人生沉浮是读者关心的问题。

小说是语言的艺术，小说中最能体现作家风格的地方之一，就是语言。鉴赏小说语言，不仅要注意用词、修饰、语法，而且要琢磨逻辑行为所散发出来的特殊味道。杰出的小说家多是语言大师，鲁迅语言的凝练深刻、茅盾语言的确切老到、老舍语言的幽默通俗、巴金语言的热情酣畅、沈从文语言的清新自然、赵树理语言的质朴平易，都是值得我们仔细体味的。作者得子以母语描绘思想，勾勒风物，叙写经历，发抒性情。那些文句本身，就是满目色彩，满耳旋律，其字句、体式和节律，生动简净，充满情目韵，峭拔而又美丽。

《劳改农场》中人物庞杂，相互关联，盘根错节。因此，要把握好人物的个性特点、语言特色、角色定位，非常重要，其难度更是超乎想象。《劳改农场》中，仅出场的人物，上至副省长，下至留场人员和众多的罪犯。据不完全统计约200多人。众多丰满人物的人生大戏，你方唱罢我登场，情节起伏跌宕，故事高潮迭起。让读者欲罢不能，直呼"过瘾"。正如高尔基说："假如一个作家，艺术家能从20个到50个以至从几百个小店铺老板、官吏、工人中每个人身上，把他们最有代表性的阶级特点、习惯、嗜好、姿势、信仰和谈吐等抽取出来，再把他们综合在一个小店铺老板、官吏、工人身上，那么这个作家就能用这种手段创造出典型来。"评论家一般认为，一篇长篇小说里，如果主要人物超过 40 个，就是写作难度很大的小说。

《劳改农场》是弘扬监狱干警英雄事迹的优美赞歌。在作者的笔下，无论是牺牲了的还是活着的，他们的英雄形象都非常饱满感人。在《劳改农场》中，充分展现了作者热爱生活、勤于创作、讴歌大爱的情结。我认为，要用文学作品再现监狱管理的情况，不熟悉那一时期劳改农场的生活是根本写不出来的，没有监狱生活的真挚情感是根本写不出来的，没有一定的写作功底是根本写不出来的。得子不仅有真情实感，而且也有实践经验，故他的创作就显得得心应手。

小说是生活容量最大的一种叙事文学形式。高尔基说：小说是时代的生活和情绪的历史。我们鉴赏一部小说，不能仅仅停留在故事情节的枝枝叶叶上，而要透过故事的枝叶，仔细寻味生活这棵常青的大树根，仔细寻味一个特定的时代各种各样的人物是怎样生活、思考、憎爱和追求的。在《劳改农场》第八章中，叶旭发现自己的中队里成立了一个地下反革命组织，以张泉水为头。为了彻底揭露这个组织，指导员布置他潜入这个组织中，就在任务即将完成的时候，叶旭却暴露了，张泉水决定把他干掉，帮凶董明初举起菜刀朝倒在地上的叶旭剁去，一共砍了他十六刀，幸亏那把菜刀刀口钝了，没有造成他致命创伤。

人的善心恶性除了天生的禀赋之外，跟其所处的环境密切相关，人一时的恶行或善举多由环境所决定，由此说来，"人无完人"是切合实情的。

对于这件事情，副场长江立春语气凝重地对下属同志说道："这血的教训确实足够让我们反省，你想想这几天在我们眼皮底下搞这些活动，我们一点儿也没有察觉，连监院的值班犯人都让人家给调换了，我们也不知道，真是麻痹呀！这样下去，弄不好，我们自己怎样掉脑袋的都稀里糊涂弄不清楚。"

从上述事件，可以了解到我们的司法警察，始终胸怀崇高理想，心系党和人民，敢于面对各种复杂局面，面对罪犯的隐蔽性、狡诈性、欺骗性和日益复杂的执法环境，一线民警唯有对自己要求更严、更高，从心理素质到警体技能等多方面提升自己。

当然，从监狱学理论研究的角度来看，当下监狱发展中存在一系列的问题，如监狱经费保障不力，监狱职能的较大偏离，监狱人民警察的专业化不够，以至于罪犯刑满释放后重新犯罪率不断增高等问题，都值得我们认真思考，去借鉴历史。比如说，劳改体制的构架，是在当时条件下的一种"伟大的创举"，不仅是符合创业的实际，也在国家高度计划经济的体制中如鱼得水，并且取得了举世瞩目辉煌的成就，这段历史就值得我们好好加以总结。

这本书的情节虽然较为曲折，但结尾却非常圆满甚或具有预见性。

叶旭这个人物，劳改刑满后留场就业，后来，上级给了政策，在表现好的就业人员中聘请一部分人当干部，他被聘请当了生产科副科长，连他本人都不敢相信，突然之间自己又成了干部，感觉好像是在做梦。

在进军黄泊湖时，作者是这样描写的：眼前的黄泊湖，烟波飘渺，群山环绕，岸边芦苇、杂草丛生，杳无人迹。一个整整200平方公里的大湖。围垦工作想不到的困难、几乎无法完成的任务，可是，在章文琪、叶旭、江立春、赵家林等几代"黄泊湖人"的拼搏下，在上万名干部、工人家属和关押的罪犯努力下，围垦工作取得重大胜利，农场摆脱了经济困境，也有多余的粮食向国家销售，经济效益有了好转。

在此背景下，黄泊湖农场也改为黄泊湖监狱，各项工作有了长足的发展的同时，在保护生态的大趋势下，黄泊湖人服从大局需要，执行省政府的命令，完成了退垦还湖的终极使命，并实现了转型发展——水上游乐总公司。

作者对于这一环境的描写：清晨，太阳刚刚爬上小羊山顶，湖弯边的草丛里回荡起各种鸟儿的鸣叫声，这个时候，从水天相连处缓缓驶过来一艘游船，船身上挂着"黄泊湖水上游乐总公司"的牌子……

站在小羊山顶，举目向黄泊湖望去，只见森森湖水，碧波荡漾，飞鸟击空，鱼船如履。

"美，太美了！"五个人中最年轻的那个人连声发出感慨。

小说最后部分这一段里的描写是非常重要的，这暗含着新时代监狱建设中也要注重生态文明建设，更是对绿水青山就是金山银山最好的注解。

（作者系贵州省毕节市人民检察院退休检察官）

我读《劳改农场》

褚荣兴

上大学时，我就对"劳改农场"一词充满了好奇。

那时，听监狱学老师说，过去的劳改农场就是一个小社会，吃饭有食堂，住宿有招待所，看病有医院，读书有中学小学幼儿园，老了有敬老院，购物有供销社、商店等，可以说应有尽有，不需要与外界社会联系就完全可以独立运转。

虽说在上海的监狱农场工作过五年，但此时的农场已物是人非，很难找到劳改农场的感觉，是得子先生的长篇小说《劳改农场》，满足了我这个好奇心，将我带到了那个鲜为人知的"小社会"。

得子先生的《劳改农场》全文51万字，堪称史诗般的大气之作。从一批转业军人带领犯人在黄泊湖围湖造田写起，到后来的发展壮大劳改农场事业，再到劳改农场的转型与退耕还湖，时间从新中国成立初到20世纪末，小说通过描写干部、犯人、就业、工人、家属等多种人物角色的工作、生活、家庭、感情等内容，全方位展现了一个有血有肉的劳改农场创业发展场景。借用张晶先生的话说，"这部小说就是新中国劳改事业的清明上河图"。

我自知，以我的阅读理解能力，读上一两遍，是没法精准掌握小说的主旨，更不可能读透这部小说的，所以写一篇书评对于我来说是做不到的。但读完这篇长篇小说，还是有一些不成熟的感想。

◆ 听党指挥，能打胜仗

小说中的人物故事虽然充满曲折，但主题还是充满正能量的，我觉得这其中一定有一个主题：听党话，跟党走。

从以章文琪为代表的第一代劳改农场干部白手起家、围湖造田，到以江立春为代表的第二代劳改农场干部艰苦奋斗、无私奉献，再到以赵家林为代表的第三代劳改农场干部积极探索、改革创新,不同的发展时期,黄泊湖农场所面临的挑战和承担的任务不同,甚至故事开始的围湖造田与结尾的退耕还湖看似矛盾,但贯穿小说始终的主题之一一直没变,即劳改农场干部那种忠于党、忠于国家、忠于人民的赤子之心一直没变。不管哪个时期,监狱机关都是党领导的政治机关,都必须全面贯彻党的方针政策,践行党的宗旨,也只有这样才能取得不断的发展和进步。

◆ 初心使命,贵在坚守

小说中的叶旭对党的一片赤子之心最令人感动。他由部队转业到黄泊湖农场,带领干部、犯人修堤铺路、围垦黄泊湖,最高做到农场副书记,后来又沦为犯人。即使变成"变节分子"的阶下囚,他也不忘自己的入党初心。在劳改期间,他发现中队有地下组织,及时向指导员汇报,并潜入地下组织,在完成任务过程中险些丢了性命。当他"宣读"地下组织的"入党誓词"时,他的内心是复杂的,他想起了十八年前在杨柳镇加入中国共产党时的场景,即使是劳改了,他的内心依然属于党,属于那个他十八年来一直孜孜追求的美好理想。

在小说的结尾前,年迈的叶旭仍然带头收集证据,发动群众与黑恶势力作斗争。叶旭的一生,是在用实际行动践行对党忠诚的一生。

◆ 乱贴标签,伤人害己

当刘平安在宾馆与王锦葵相见时,他让王锦葵跪下,并对他说:"我说我怎么这么坏呢?感情都是从你这儿继承的。"

表面上看,刘平安说的好像有那么点道理,毕竟他们父子都犯下不可饶恕的罪行。但其实刘平安的"越轨"、违法、犯罪是多方面原因造成的,其中与被别人贴标签有很大关系。比如,江立春在清查收音机行动中,耳朵被刘平安砸出了血,他对刘平安骂道:"真是龙生龙,凤生凤,老鼠的儿子会打洞……你小子长大了就是个劳改……"这话在刘平安心中埋下了仇恨的种子,直到临死前,刘平安还记得对江捷说的,"……去问问你爸……从小的时候就能看出我是劳改坏子,说明他比你看得深,看的远……"江立春的话也似乎变成了咒语,长大后的刘平安真的就没变成好人。

回过头想想，如果没有人带着有色眼镜看老就业家的孩子，再对"越轨"的孩子保持一颗宽容之心，他们一定会少为身边"培养"一个恶毒之人。

◆ 多行不义，必将自毙

小说中的第一号反面人物刘平安的罪行不计其数，从打架斗殴和玩弄叶旭侄女，到流氓罪被判刑和在劳改队对抗管教，从移押新疆和欺诈"立功"，到跑中巴事件和经营"月光之城"，从腐蚀政法系统干部和暗算江捷，到玩弄侮辱江云和破坏赵家林婚姻家庭，他的双手沾满了鲜血。正所谓"得道者多助，失道者寡助"，就连刘平安的母亲刘晓莉也加入对抗刘平安黑恶势力的队伍中去，即便有市长作为"保护伞"的刘平安，也难逃最终的一条死路。

同样，另一反面人物王锦葵，从他和张彬越狱及挟持叶旭父母，到服刑期间要挟叶旭和强暴刘晓莉，再到拒绝防汛劳动伺机逃跑和敌台恶毒攻击大陆，他的一生也是充满罪恶的一生，当然最终也没有好下场。他们的结局也正应了"多行不义必自毙"这句话。

◆ 心怀希望，未来可期

小说中每个角色刻画的都不尽相同，尤其是在角色的人生挫折上体现的很明显，始终一帆风顺的人物几乎没有，最为典型的代表是叶旭和刘晓莉。

作为农场副书记的叶旭，向组织交代当年私放两个俘虏后被判刑，饱受世态炎凉的滋味，在劳改期间因潜入敌对组织暴露而被砍伤，后又为了孩子前程离开妻儿，返回农场就业。刘晓莉被错划为右派，变成犯人，后又遭到王锦葵的强暴，再后来又未婚生子，结婚遭到儿子反对，儿子变成恶贯满盈的大恶人。这两个苦命的人最终相爱了，却又因为儿子的不同意而迟迟未能在一起。当他们身处在黑暗的绝境中，还能绝处逢生，无疑是令人敬佩的。这里最重要的原因，是他们始终心中有希望，并坚定地追随着希望的方向不断前进，最终走出绝境，救赎自我。

这让我明白：绝境最可怕的不是绝境本身，而是绝望。只要心怀希望，成功终将到来！

（作者系上海市新收犯监狱民警）

教育科长观教育

丁祖胜

安徽省白湖监狱管理分局作为全国特大型监狱，那些外人看起来的规模、场面、气势以及影响力，除了热闹，对于在此监狱工作的教育改造科科长而言，神圣之外的压力，就不仅仅是二次增压了。

◆ 直面：监狱工作的高质量

高考制度考出了学生成绩是否高质量，竞技制度赛出了运动员是否加速度，由此，"改好率"量化了监狱工作绩效，绝对值放大了五位数押犯规模的动态风险。

在高质量比对中，监狱法的实践版，劳动法的地方版，刑罚执行的实务版，都需要优化质保；固有思维的僵化，发展模式的短平快，负重爬坡的疲惫，都成了眼前不可回避且必须完美解答的附加题。

比对监狱工作，需要监狱人理性分析，理应认识，罪犯入监前认不认罪是社会因素，很复杂；改造中服不服法是监狱因素，很针对；出狱后对社会的应激反应是综合因素，很现实。刑释后，曾经的教育改造就是赤裸裸的量表，是否有质量、高质量，一目了然；社会化过程是检验剂，红色预警、绿色通过、黄色过渡，完全由外界评判。数十万的已释放人员是巨大的执法名片，这个数据平铺，到哪都是一座城。正向，平静、稳定和谐；跑偏，无底线自杀式定时炸弹。几代白湖人用心用情甚至用生命在呵护守护着来之不易的安宁，其间的心酸辛劳，哪是几段文字可以打发掉的事，不可替代且必须面对，最优化处置是无二的选择。

◆ 防范：做好自己的事

不要被少数影响大的影视剧带偏，他们追求的是收视、效益和猎奇，事实上，入监罪犯中文盲、法盲加流氓比比皆是，刑事判决可以佐证，犯罪档案字字记录，社会毒伤一直在控诉。进来的是浑蛋，出去的还是坏蛋，我们的流水线操作就整体失败；进来的糊涂胆大，出去的知晓敬畏，完成基本职能，改良行动进行中；只有知敬畏、懂规矩、最大化的守法治，控制在可控之内，才算得上有质量；真正正向化实现逆袭罪恶、逆转犯罪、涅槃，才是高质量。

教育改造工作，是监狱发展高质量的基础和前提；需要我们不断地寻求内在发展规律，遵循和完善。说到不如做到，要做就做最好，这是每一位监狱民警时刻追求并力拼的职业理念。监管、管人、人造、造化、化身、身正，接龙的不是词，是职业精髓。必须远离干扰，去除杂音，还监狱一片净土，改造育新枝。

◆ 省思：教育改造的尖锐

社会层面广义的教育改造，作为自然人，从摇篮到坟墓，全员全程，无论是主动接受还是被动顺从，被锐利一荡，划开后，所有一切的外在、内生的，改变我们认知和能力的，都是教育改造。

工作层面狭义的自我认知，教育改造工作，早已在监狱管理中站位靠前靠中，成为核心和中心之一，是监狱发展的总体趋势、主线条。忽视教育改造，结果会处于迷茫和困惑期；我们始终要有一个信念来支撑，知晓干什么，懂得怎么干。

把教育改造行为置换成监狱事业作为，宏观层面深度思考，传统做法的破解，短线行为的截断，认知短板的嫁接，"上位法"寻求解决方案等，科学规划、完善和充实，是中长期发展的内在内涵。教育改造工作的高质量，表层形式多必须靠时效指数高来对接，不看热闹看疗效。不能靠所谓的主观感知，更不能断章取义。教与育，协调同步。时时处处都在，人人事事不落。矫治寻求矫正，个案提炼共性，长久依赖点滴，一代接力一代，一个都不能少，一段都不能丢。

◆ 使命：事业无悔看行军

让感知上的担负定格为新时代的担当，担负是交给我的，必须背着的，视为压力和负重。担当是赋予我的，理应高质量的，是责任使命使然。教育改造工作，需要传承接力。与前辈，有个交代，不辱使命；与同行者，有个说法，一直奋进；与后生，有份底气，值得评价。每一名监狱民警，都在从事教育改造工作，都在为监狱大教育奋进。在大考面前，取得理想的成绩，是我们始终不渝的内在追求。与前有感，与众有力，与后有声。做到退休后，拍拍脑袋反思，在那个年代，我们没有瞎混，监狱事业的奋进，值得自豪；拍拍胸脯，坦荡，脚踏实地，与时俱进，跟随我的团长我的团，致力运行；拍拍手掌，祝福，未来更好的发展，必须共同维护和推进。

一名普通的教育科长，一段民警的心声，如果有一天，有人耳语，教育改造，不知道干什么，那便是无效担负，失败的监狱人；如果送来社会的中肯，传过来一句，他们还是做了一些事的，做了无法替代且有积极效果。这才是担当，监狱人的高质量根基，在前行。

（作者系安徽省白湖监狱管理分局民警，高级工程师，二级作家）

克刚

罗忠贤

老陈刚从厕所出来，就听见新警小何急促的声音："陈叔，不好了，那个尤小木像疯了一样，你快来看看吧！"

原来，尤小木会见完了一副垂头丧气的样子，一回到监舍就情绪失控，歇斯底里地用头撞墙，鬼哭狼嚎："我不想活了，我不想活了。"

值班警察想制止他，他操起身边一条一米多长的条凳挥舞着咆哮："谁敢过来，我跟谁拼命！"

两名警察只得僵持着与他保持着一定的距离。

"尤小木，放下凳子！"

老陈一声喝斥明显让尤小木紧握长凳的手微微颤抖了一下，但随即又大喊大叫："陈警官，你……你也不要过来！"

尤小木虽然给了老陈一点面子，但还是声色俱厉。

老陈对尤小木的情况了如指掌，他因讲哥们儿义气，犯故意伤害罪被判刑十年，刚进来时不服判决，是老陈一次次找他谈话终于让他低下了头，拍着胸脯答应要积极改造。

老陈示意身边小何等三名警察快速退后，自己则解下腰带、警棍，一副松松垮垮的样子慢慢向尤小木靠近。

"尤小木，你曾答应过我无论发生什么，都不再惹事，你说话不算数，你还算不算个男子汉？"老陈的厉声斥责中分明透着关切和期望。

"陈警官，我老婆刚才说要跟我离婚，老爸老妈也不管我了，我没人要了，我不想活了……"尤小木带着哭腔，似乎找到了可以倾诉的对象，躁动的情绪有了不少缓和。

"你把东西——放下，有话——慢慢说！"老陈放慢了语速，命令的语气中更多地包含着劝慰的成分。

"不用了，谁也帮不了我！你也别管我！"尤小木突然又激动起来。

老陈猛然摘下警帽，用手指了指尤小木手中的长凳，又拍了拍自己有些谢顶的脑袋，厉声喝斥道："如果这样能解决问题，你朝我这来！"

时间一下子凝固了，静得能听到彼此的呼吸和心跳，只见尤小木茫然失措，紧握凳子的手悄然松开了，"咣当"一声凳子滑落在地。

"陈警官，我……"

老陈先是一摆手，示意尤小木不用说下去，走上前去摸了摸他的胸口意味深长地说："算你还有点良心，这次是你帮了你自己！"

尤小木愧疚地低下了头……

（作者系广东省清远监狱民警）

女警的力量

李小培

一

走到大门口,她转过身来,含泪对送她的警官说,"我能抱抱您吗?您让我感受过母爱!"

很小的时候,母亲离家出走,父亲服刑,寄人篱下小心翼翼地生活。上学要穿过郊外的公路,从来没有人接送,飞驰的大车让她恐惧不敢走又怕迟到而崩溃大哭,孤独的小小身影……是警官的教育和温暖,抚慰了她内心的伤痛。

抱抱你,这个世界总会有人爱你的,因为你依然值得被爱……

二

出了名的刺头,进监区就大吵大闹,扬言道:"我做过三次牢,谁也不怕!"

看着她嚣张跋扈的脸,警官静静地说:"你也是个苦孩子!"

猝不及防,眼泪从那张依然扭曲的脸上喷出,她慢慢安静了。

知道她要调入,警官已经提前将她的三史摸清:12岁丧母,父亲极其不负责任被家族鄙夷,下面还有弟弟妹妹。终于,那个梳着马尾辫的小女孩不见了,变成了凶霸,打亲戚、打父亲、打老师,被学校开除,离家出走,最后跟办案机关打起来……

她哭了好久,说,"想爷爷奶奶了,他们已经80岁,不知道能不能等到我回去""想弟弟妹妹了,妹妹正在读硕士,这个姐姐给她丢脸丢大了"。

内心的情感和良知并没有完全泯灭。那么,原生家庭带来的创伤,警官帮助你治疗，但你自己也要明白，暴力不仅不能解决问题，只会产生更多问题，要懂得及时止损啊。

她若有所思地点点头，这应该是一个好的开始吧。

三

家里的娇娇女，长大后嫁给了疼爱他的丈夫，继续娇宠任性。结果一次争执，她失手用水果刀捅死了丈夫，随后在自己身上扎了 12 刀。丈夫死了，她经抢救活下来了。肚子上留下一道道惊心触目的伤疤。情绪很不稳定，头疼肚子疼全身疼，也许是伤口，也许是内心。这次又蹲到了墙角，给她凳子也不坐，蜷缩一团，时不时用头去撞墙。

警官上前，也蹲下来，摸摸她的头，细语抚慰，又忘记啦，我们说好的要好好改造，早点回家照顾儿子和公婆的。拍拍她的肩膀，拉着她的手坐到凳子上。

半个小时以后，她自己站起来了，甚至笑起来了。情绪变化诡异，一定还会有下次折腾，但是这次的危机算是暂时解除了。

警官松了口气，预备着下一次的危机干预……

四

因为拆迁闹腾而犯罪，但在监区，她却是安稳的。

她说，来这里第一天，警官为了让新犯都穿上大小合身的棉袄，忙了一个多小时。这里的警官工作真的很辛苦，又真诚真切地关心我们，深感触动，我不会闹腾的。

她刑期不长，三个月后就要刑释了，临走时她告诉警官，她想通了，她要带着女儿好好生活，拆迁闹腾不仅浪费了自己很多时间，也让女儿的工作生活受到了很大影响，太不值了。

曾经无理又强势的人终于改变了，警官也欣慰地笑了。

五

组织绘画活动，一位学员握着画笔哭了。

她在小学三年级时第一次用过颜料笔，然后很快就辍学打工结婚生子，又因犯罪锒铛入狱……

这次是她人生中第二次拿到颜料笔，是警官让她记起了曾经的美术家梦想。

六

她们是罪犯，但也是女儿、妻子、母亲。

多么希望，有一种力量将她们唤醒，有机会过好自己的人生，也能够成就别人的人生。

监狱人民警察神圣的使命，就是唤醒她们的良知与人性。

警官想尽千方百计，说了千言万语，吃过千辛万苦，但是永不放弃！

（作者系江苏省镇江女子监狱民警）

墙角的一朵小红花

于 翔

"布谷、布谷",窗外传来了清脆的鸟鸣。

在这春天的清晨,鸟儿给世界带来了活力,大地被喧闹声唤醒,一切都显得那么生机盎然。

"赶紧起床,要迟到了!"他猛一起身,略带迟疑了片刻,又缓慢地躺下。

"我哪里还有什么学上啊!"

他狠狠地抹了一把眼角的泪,用手堵住了耳朵,恨不得时间就此停滞,偏偏不随人愿,一缕阳光透过铁窗射了进来……

他叫袁奇,此刻本应该是个大学生,他的目标是省会的一所211大学,曾经,也是这样清脆的鸟鸣,开启了他一天的奋斗,拿起英语单词本背诵,朗读古诗词,古人"为学需早"的理念深深扎进他的思想,他觉得自己应该是天之骄子,有着大好的未来。

但在那一天,一切都变了……

只是和同学的两句口角争执,让他难以克制情绪,随手拿起了身边的扫帚柄,砸向同学,任性的代价是惨痛的,因故意伤人致人重伤,他被判处有期徒刑3年6个月。

同学们走向了考场,他却迎来了铁窗。

在监狱里,他时常靠在墙边发呆,一愣神就是一个下午,远处的山上翠绿环绕,但对于他,那却是遥不可及的。

自由没有了,自然再没有心思欣赏美景。

他把自己封闭了起来,拒绝向任何人坦露心扉,父母来监狱看望他,他也不愿相见。

一颗种子,如果没有希望,终将会腐烂。

也不记得具体是哪一天,分管他的警官小煜找到了他,"我给你拿了几本书。"

小煜的语调平和而亲切。

他急切地挥手拒绝,"不、不、不,我看不下去。"

"别急着下结论嘛。"小煜打开了文件袋,从中抽出一本,递给他。

《高考常用英语词汇精选》,他很熟悉这本书的封面,但他不清楚,大学,对于自己,究竟还有没有可能。

他苦笑着,想放下,却又觉得自己割舍不下。

"你过来",小煜带着他,走到了墙边的角落。

"看到那一束小红花了吗?"小煜指向台阶前,包裹在严实的水泥缝隙中的,可能只有一丝雨水冲刷带来的泥土,那颗种子扎在了这里,头顶万千压力,却终究冲破了阻碍,固执地绽放着。

"曾经,也没有谁相信,就这么一点儿土,没有人照料,它也能活,但它还是绽放了。我觉得,你也可以!"

那一刻,他握着书的手,抓得更紧了。

当布谷鸟再次停歇在窗前树梢上的时候,他赶紧起身,因为再过一刻钟,阳光就能照到床头。翻开书页,默读起来,曾经的阴郁早已消失不见,此刻的他,拾起了怀揣的梦想。

后来,他给父母写信,告诉他们觉得自己还有希望,他对因一时冲动伤害别人深感后悔、对那段漠视父母亲情的时光万分歉疚,他相信自己,也会成为"墙角的小红花"。

当小煜再次找到他时,他告诉警官,自己还想再买几本教材。

小煜拍了拍他的肩膀,笑了,有梦,一切就终不算太晚。

当面对人生的困境,有的人醉生梦死、有的人浑浑噩噩,有的人却能于绝境之中发现希望的闪光,墙内的初春和墙外的春天并没有什么不同,改变只需要一个微小的瞬间。

那一天,当他终于刑满,重新获得自由,小煜送了他最后一程。

"警官,我们可能不会再相见了吧!"

他的语调里略显伤感。

"不会的,当你圆梦的那一刻,我会为你好好庆祝!"

1年7个月以后,小煜收到了他的来信,他考上了理想的大学,在父母的陪伴下，找到了因他受伤的同学，深深的鞠躬致歉，那段昏暗的人生终于被翻过，紧接而来的，是充满希望的每一天。

小煜欣慰地笑了，当他面对每一个迷途却值得挽救的灵魂时，他都会于心里盼望着这样的画面。

墙角的那一朵小红花，最近又长高了，如果你迎着阳光，一定能看见希望的方向！

（作者系江苏省高淳监狱民警）

这就是我们的工作

王成刚

　　她，头发全白，略有些凹陷的眼睛下方透着灰黑色，目光似乎在搜寻什么，四处移动着，不时低下头，生怕被人看见似的。

　　和她同来的老伴，与她年纪相仿，满脸褶皱，眉心间像是雕刻的中国结。衣着朴素但很整洁的他俩，缓缓地朝我走了过来。

　　"大爷、大妈，你们是李秋的什么人？"我问道。

　　"我是他妈，这是他爸。"她抬起头，看着我：

　　"李秋在里面怎么样了？"

　　"能吃饭了吗？"

　　"在家里他就不吃饭啊，都是他爸喂他吃！"

　　"有时候也打他爸爸，"她哭了，"原来也不是这样的，自从车祸撞了人之后，人家里让赔钱，他害怕，人家向家里要钱，唉……媳妇一看这样也离婚了。"

　　"现在孩子也不好好上学，三天两头地往外跑……"

　　"领导，您能让他回家吗？"

　　"法院的领导说 A 市的监狱不收他这种情况的。"

　　"司法所的张所说的，哪里是法院！"她老伴补充道，边说着边给她拿出一块泛着黄色的手帕。

　　她擦了擦脸上的眼泪，眼睛虽然疲惫，可却透着炯炯的目光。

　　她提到的那场车祸是在 2018 年的初冬，她的儿子李秋无证驾驶着小型轿车与过路的姜某驾驶的二轮电动车相撞，姜某受伤后经医院抢救无效死亡、车辆受损，造成了道路交通事故。事故发生后，李秋拨打报警电话并在事故现场主动投案，法院认定自首，对其从轻处罚，判处有期徒刑一年六个月。

　　2020 年 1 月 13 日，李秋被送押至鲁南监狱的那天，头发又长又杂乱，呆滞的脸上好像许久没有洗过，龟缩着身体，躲闪着往两边打量着。当天，他没有吃饭，拒绝穿配发的棉衣，只是套了一件囚服在身上。问他话，没有任何反应，只是呆呆地看向一边。

由于李秋不进食，加上他的身体十分虚弱，如果不采取措施将随时有生命危险，入监监区将这一情况向监狱领导做了汇报，监狱领导安排由狱内医院对其开展治疗，由狱政管理科负责联系其家人，由入监监区成立专案小组，对其开展心理矫治。

1月17日，接到通知的李秋父母来到了监狱……

这个原本生活就比较艰辛的家庭因为这场车祸更加的艰难，而其儿子的这种状况导致无法说话吃饭的病情又更是让两位七旬的老人担心不已。

和我同来迎接的崔院长向两位老人询问了他在家中的服药治疗、身体检查等情况，介绍了李秋入狱后的病情，和他父亲签订了病情告知书。

"监狱是国家的刑罚执行机关，严格依照法律规定对罪犯执行刑罚。我们监狱是部级现代化文明监狱，始终坚持文明规范执法"，我从餐厅拿来餐巾纸递给了还在流泪的她，"大爷、大妈，对罪犯，我们可不是说放就放的啊，刚才我们医院的崔院长了解了李秋的情况，下一步就可以对症治疗，而且我们也有心理治疗的丰富经验，您们放心吧！"

午饭过后，我把我的手机号码留给了她。

"大妈，这是我的号码，有事情的话可以和我联系，我听狱政科的同志说，你们的电话打了好久才联系上呀！"

"别提了，我们都不大会用，那天听见响了，不知道怎么接……"她拿出了一个磨损的看不出原色的老式手机，拨弄了一下按键，对我说，"我们来这一趟，心里踏实了，小秋在这，我们也放心了。你们都是好人，还留我们吃饭，谢谢你们！"

"你们回去注意安全，放心吧！"

两位老人步履蹒跚着，不时回头、摆手，逐渐远去了。我看了一下表，到下午上班的时间了，于是向监狱大门跑去。

我在入监监区工作，这个月收押罪犯人数达到历史最高值，"黑""恶""团伙""精神病""重病""建立档案""入监谈话""危险性评估"，这些词语这几天萦绕在脑海里，压力何止山大啊！没几天就过年了，必须要把各项工作任务落实好。想着这些,我不禁加快了步伐。

……

1月26日,"大年初一,习近平总书记主持召开了中央政治局常委会议,听取了疫情防控工作的汇报……",电视新闻中,传来了关于疫情的最新信息。

"妈,我看这疫情挺厉害的,今年就不回去过年了。"我给260公里外的母亲打电话,"您孙子、孙女都很好,您和爸爸都放心吧!给爷爷、奶奶、姥姥问好!"

"好,没事,把工作做好,自己也注意身体……"

2020年除夕,我24小时值班,就没有回家,原计划初三值班后再回家看看,突如其来的疫情打乱了这个计划。

挂了电话,定上闹钟,明天早上七点起床。

"成刚,成刚!"

我看了下周围,这是在会见室?母亲和岳母正拿着会见电话喊我。

"妈,妈,你们怎么来了?"

"来看看你啊,你瘦了啊!注意身体!"

"嗯!"

我猛地睁开眼睛,一场梦啊!好奇怪的梦,怎么妈妈们来会见室看我?我瞧了瞧时间,六点半,老婆和俩孩子还睡着呢。

刷牙、洗脸,值班去喽!

只是没有想到,2020年1月27日的值班历程居然会持续90天。

到达单位,交接班时,我特意问了一下李秋的情况。

"昨天一切正常,每顿吃两个馒头,就是还不说话。"刚值完瞪眼班的老赵,声音略有些沙哑地说。

"好的,辛苦了!赵队!你快回家吧,上午我去医院看看他!"

"好的!再见!"老赵朝我摆摆手……

可没有想到的是,晚上九点我又见到了老赵。

因为疫情,监狱从1月27日的夜间开始实施封闭管理,始终未离开居住地的老赵等人紧急集结,一场激烈的战斗就此打响……

罪犯按照监舍隔离管理,板块式移动,每天体温检测、消毒消杀;干警则在狱内封闭执勤;每天来自外界疫情的消息像一个又一个炮弹,持续地攻击着在封闭监狱内的每一个人。

在这期间，不会拨打电话的李秋母亲找到好心的邻居，给我打过电话。

"李秋在春节期间已经可以正常吃饭了，大小便也恢复了正常。不过，因为疫情原因，现在是暂停会见的。"

是的，在医院的治疗下，在专案小组的努力下，李秋已经有了初步的恢复。虽然与人语言交流仍然存在困难，但是他可以用书写文字来表达自己的想法了。

为了缓解封闭管理对罪犯心理造成的沉重压力，监狱决定为新收罪犯提前开通亲情电话。李秋听说其他罪犯可以拨打亲情电话后，他寝食难安，一度十分激动，可以看出他急切地想与家人联系，但又苦于没法说话的痛苦。

得知这一情况，我喊来李秋，和他一起用亲情电话拨打了他母亲的电话。

"小秋呀！"

"儿呀！"

"儿呀，你在那里怎么样？秋！"

李秋一听到母亲的声音，就在纸上写下了"妈妈"两字，我把李秋在狱内的表现情况如实地告诉了他的母亲，这时李秋又在纸上写出了"孩子""身体好好"等字样询问孩子的学习情况以及让母亲注意身体，我把这些信息传达给他母亲，电话那头的她哽咽着："真是想不到啊，太谢谢你们了，他在家里都不能恢复得这么好啊，你们真是大恩人！"

在与他母亲通话后，我抓住机会立即与李秋书面谈话，他写到自己感谢政府联系他的家人，"你是好人"，他拿着笔在纸上歪歪扭扭地写了这四个字。

但丁说，世界上有一种最动听的声音，那便是母亲的呼唤。我始终难以忘记李秋听到他母亲声音时的表情，那是久别后的欣慰，更是感受到爱和温暖的真实流露。

李秋这一次与他母亲的"对话"，成为他顺利转变的关键因素，此后不久，李秋就可以开口说话了，先是几个简单的词语，再到一句完整的话语。

我回到办公室，找到同事老郭从手机保管柜中拿回了我的手机。

"轮到你打亲情电话了。"老郭打趣道。

"嗯，该我了，郭队！"我笑着说。

"妈，我姥姥怎么样了？"

"她已经出院了,你放心吧!"母亲疲惫的声音传来。

哎,怎么能放心得下,疫情最严重的时期,在寒风中,六旬的父母骑着自行车到医院送饭、陪护年迈的姥姥。那段时间,商店基本没有开门的,菜价又猛涨,医院住院的人都很少,真不知道他们是怎样度过那段艰难的时光的。

"还在里面吧?你要注意身体!"母亲嘱咐我。

"……"我欲言又止。

"我这边都很好,你放心吧!特殊时期,国家需要你们!要把自己的工作做好!"

"嗯。好的,妈!我这边也都很好,孩子们都在家里上网课,你和我爸也多注意,吃些可口的!"我感觉眼泪在眼眶里打转。

"王教导,403监舍有罪犯争吵!"执勤的对讲机传来了焦急的声音。

"好的,收到!"我回复。

"妈,挂了啊,这边有事!"

"快去忙吧!"

我匆匆挂断了电话,和老郭一起,穿戴好装备向403监舍奔去……

(作者系山东省鲁南监狱民警)

栀子花开

吴国平

Z教导员把监内教学楼一楼文化活动中心门锁上，回到宿舍时，已经是晚上9点多钟。

全国疫情防控好几个月了。

监狱按照居家隔离、备勤隔离然后封闭执勤模式运转。Z教导员是3天前进来封闭执勤的，在第三批。按照督查组的分工，他负责监内罪犯的教育改造、功能监区的手机管理，还兼教学楼民警活动中心的管理。活动中心每天都要开放，晚间6点至9点，周日、周一全天开放。管理内务，开门锁门，事情还真不少。

Z教导员在宿舍里插上电热蚊香，打开空调，两个膀子一撩，褪去上衣，光着身子，朝卫生间走去。卫生间一股热浪，里面的蚊子嗡嗡作响。单位在山区，每天都这样，五月的天已渐湿热，电热蚊香根本不管用，用明火点的那种，又把人熏得半死。洗完澡，又洗了衣服，他坐在床上，看着床头柜上从外面带进来的《精神明亮的人》《白话史记》等书，想看，但又疲劳、犯困。

民警活动中心是监内督查组的办公点，每天离开这里到会见楼二楼宿舍休息（临时腾出来的，给督查组的人住的房间）要经过一条300多米长、10余米宽的水泥路，路的一边是高高大大的杏树，一边是罪犯的监房楼。

走在路上，路两边的栀子花开得很活泼，虽然晚上看不清楚，却能闻到淡淡的、幽幽的花香，还有草间虫鸣，一种能让人感到欢快的断断续续的叫声。栀子花冬季育花苞，几近夏季才会绽放，含苞期长，清芬久远。栀子花枝叶经年常绿，遇冬不凋。虽看似不经意的绽放，却是经历岁月长久，四季轮回而终以坚韧、醇厚、美丽、清香，而在百花丛中争得一角。

进入备勤封闭执勤的轮值班次里三四天来，几件事情让Z教导员感慨良多。

那天进车，他到了装卸现场，也是专门管材料、成品周转的17监区，看见17监区的民警们来来回回地跑。炎炎烈日，车来车往，穿梭频繁，其中一个瘦瘦的、小小的身影，那是老李——从备勤楼换班才进来的一个老民警。前一天晚间例会上，17监区的领导在会上反映他便血，担心他身体又有什么"新"问题了。一个老同志原本慢性病不少，危险吧谈不上，严重程度还不足以请长假。老李也说，好几年了，颈部动脉硬化、脑动脉硬化等，在附近的溧水人民医院挂了固定号，定期去，体检，续药，再体检，再续药。只是昨天便血，吓了一跳，原来没有的！说在备勤楼没发现，怎么刚进来就出现这个情况呢？

Z教导员看得出他的担心和无奈，监区一个萝卜一个坑，换班很难，一个人要提前出去，就得有人进来，居家的要进备勤楼隔离等，动一人，其余三个班次上都要动一人。他建议老李去监狱医院看看，并推荐了内科医生。老李说那医生临时有事，中途出去，检查很麻烦云云，还说老毛病了，挨一挨就过去了，出去了再好好查查。还有，女儿今年高考。很瘦弱的一个女生，身体不是很好，老咳，精神压力大。看女儿这样，老李也急，想在家多留几日，但又帮不上忙，对女儿牵挂的煎熬中，老李有心理负担，欲罢不能，对女儿的事远超对自己的担心。

Z教导员听老李话家常，不时安慰几句，主要还是倾听。老李连声说谢谢。因疫情影响，长时间在单位执勤封闭，冲击了人们正常的生活作息，对家人的事情照顾得也少，但在疫情导致的可能的生死大事面前，其他的又都可以忽略。看着他瘦削的身影，Z教导员没说什么，也不知说什么。

L警官，是一名医生，在备勤楼隔离备勤，第二轮隔离中被封闭多日，不知道后面还要在监区执勤多少天（总共69天，这是后来知道的数字）。原先在备勤楼、在医院监区时，还真不知道何时是尽头，就像在一个隧道里，能听到外面的声音，却看不到亮光，令人窒息。

L的母亲70多岁了，与母亲通过几次电话。L医生被问到什么时候回家，几次都无法回答。母亲高血压，长年吃药，还有小腿上静脉曲张，一根根青筋凸起，近来又感觉腿上筋涨得难受……人上了年纪，身体又不好，特别想儿子。

那天下午，L警官突然接到电话，他姐打来的，说"到你们楼下了，妈想看看你……"

L从床上一个激楞,翻身而起,冲下楼。在楼下警戒带内,隔着四五米,看妈妈,姐姐搀扶着妈妈。

看到儿子下楼,妈妈推开姐姐搀扶的手,自己挺直地站着——身体硬朗着,不需要儿子担心——还笑嘻嘻的,L的家在监狱附近,相距四五华里。

"伢子,我和你姐走走,顺路到这边了!"怕儿子挂念,说谎是顺路经过。

"妈,身体还好吧,别走太多路!"L医生说。

"我知道的,你是医生,我会听话的……身体好着呢。昨儿我还采茶叶呢!"妈妈看似说话杠杠的。

"妈,你就别采茶叶了!站时间长了,腿吃不消的,特别是小腿。"L医生知道妈妈小腿静脉曲张的情况。

"好啊,行啊,明儿我就在家歇息……什么时候回家啊?"又被问起回家的事。

"妈,你先回去吧……想来看我不是很方便嘛?我还有事呢!"L医生闪烁其词,催妈妈回家,却眼含着泪,眼眶湿润,转身离开。

Z教导员在备勤楼上是组长,民警会见家属要监督。L医生上楼,他跟在后面,两人一前一后,一句话不说。

疫情发生后,在监狱工作语境里,这种平凡的酸甜苦辣,这种酽酽浓浓的牵挂,这种拭掉眼角的泪花认真填写体温测量表,这种一边汗流浃背指挥装车现场,一边竭力纾解家人的担惊受怕,强作坦然无事而负重前行的情形随处可见。

著名作家鲍鹏山说过:"中国的脊梁,真的不一定是那些光鲜的端坐庙堂的衮衮诸公,像这样行走颠沛在乡间道路上,衣衫褴褛、蓬头垢面之人,才会是中国的脊梁。"

"乡间道路,衣衫褴褛、蓬头垢面"的说辞此处引用,稍有点夸大其词,但他们与普通监狱民警的内骨子里着实一模一样,他们的实诚是让所有知晓的人都眼角湿润的。

D监区长是前几年结婚的,女儿今年4岁。

忙完一整天的工作,Z教导员与D监区长边走边谈,路边栀子花静静地开放,一路幽香。

D的妈妈和媳妇关系一直不是太好。原来没有疫情的时候，他两头跑。单位还有许多事，今年过完年他就30岁了，现在是监区长、支部书记，家里的事、单位的事催着他成熟，特别是监区去年分了三个新民警，加上以前分过来的，监区民警平均年龄28岁不到。疫情当前，他没有退路——现实不会过问你的年龄，需要的是你的执行和完成。在父母面前，你可以是小孩子，但在单位，在你的监区，民警看到的是支部书记和支部书记位置上的人。监区无小事，稍有不慎，"针孔大的窟窿，可以漏斗大的风"，不说事必躬亲，但时时事事谨慎小心，久而久之，精神压力实在大啊。

　　昨晚通电话，得知妈妈患了肠道息肉，要手术，是个小手术，叫他不要担心。"家里的饭菜不是一直干干净净的吗？妈妈也极爱干净的……怎么回事？"他的声音一下子高了起来，一连问了三个"怎么回事"。

　　他能不担心吗？冷静过后，他知道，肠道息肉极有可能是内脏出现慢性病。听中医说，内脏有慢性病征与长时间心情不好有关系。D监区长首先想到了妈妈和媳妇的关系，以前不在一起住，"眼不见心不烦"，现在捱不过去了，女儿还小，得要俩人抚养才行。想着想着，D就烦了起来，但又有什么办法？媳妇和婆婆之间，儿子是纽带，是桥梁。一定不能冲动，一定要处理好——D竭力控制情绪，时时提醒自己，否则一招不慎，满盘皆输。原先胖嘟嘟的、魁梧矮壮身材，瘦了一大圈，警服穿得空落落的，他坚持说是减肥减的。

　　Z教导员说"至于吗……待过了这阵子，这肉会给你长回来的！"

　　D一脸愕然，"喂，老兄，你这是鼓励，还是损我啊？"然后两人哈哈大笑。

　　月亮上来了，路边花草枝叶颤动，洁白的栀子花有的开了，芳香幽幽，有的未开，蓄势待发！

（作者系江苏省高淳监狱民警）

重生

田长锁

十年前，吴某入监时，我是他的包组警官。

吸引我注意力的是他那虽然大而圆的眸子，但却没有漱滟的水光，就像两口干涸的井，空荡荡的，六神无主，让人看了心慌。

我调阅了他的档案后知道，吴某是过失致人死亡罪，判了9年，入狱前是某公司墙体广告画师。

罪犯小组生活会上，大家七嘴八舌地发表意见，他却像一尊石像，纹丝不动，仿佛自己是多余的。大家都把他当作瘟疫，刻意避开，他好像也不怎么在乎。

除了不合群这一点以外，惜语如金的吴某并不是一个问题刺头。平时按时完成劳动任务，"三课"学习也照常参加，遵守监规纪律，警官也很少提及他。

然而，有一次，吴某的名字竟出其不意地从符科长口里说了出来。

符科长是教育科科长，那一天，我们一起在民警食堂用餐，符科长突然问我："吴某是你们监区服刑人员吧？"

"是啊！"我抬头看他，"他违规了吗？"

"不是啊，这个吴某实在太厉害了！"符科长竖起拇指说，"那天我们下去检查监区文化氛围建设，在监区外墙上看到吴某正在用丙烯颜料作画，那画工，说真的，我从警这么多年从来没见过比这更好的。"

符科长啜了一口茶，继续说，"他作画的境界也不同，看八监区外墙的《千里江山图》包罗万物，细致入微，甚有古宋遗风！"

很欣喜符科长让我看到了一个截然不同的吴某，我觉得这是一个接近他的突破点。

劳动休息后，我偷偷观察吴某。其他服刑人员都打球、看电视，只有他一个人在板报栏前静静的坐着。

我在旁边坐了下来，他的脸、身体立刻条件反射似的绷得紧紧的，整个人像一只刺猬。

我微笑着问他："怎么不和其他人一起玩啊？"

他垂下眼睑，半晌，才以细小的声音应道："我想看看板报画要怎么设计。"

我说："我也学过画，不过是国画。"

他看了我一眼，眸子里有了一点亮光。他把手上的草稿图递给我："警官，你看看板报这样画怎么样？"

我一看，忍不住暗暗喝彩，这小子太厉害了，这构图和笔法，比我们培训班老师还厉害啊。我问："为啥用圆珠笔能画的这么细致？"

他一听，便来劲了，说道："监狱条件有限，只能用一支圆珠笔来表现高光、明暗、立体感。"

我暗自吃惊，他讲话条理分明，而说这些话时，他眉飞色舞的样子和平时判若两人。我把符科长的话转告他，看到他的笑意从眼角一直蜿蜒蜒蜒地流到嘴角。

谈着谈着，集合哨响了。就在我站起来时，他忽然仰头对我说："警官，我不想在鞋加工二组，我想去监狱烙画组，以后出去继续干本行。"

当时，我没有意识到他在对我说出这些话时，其实已经痛苦得近乎崩溃了，我只是老生常谈地劝告他："先把眼前的工干好，再考虑其他，烙画组对年龄有要求，你不符合条件。"

他一听这话，眸子又快速蒙上了一层厚厚的灰尘。我完全不知道，这其实是一个危险的信号；我更不知道，因为我的这几句话，他好不容易打开的心扉，又紧紧地关上了。他就像一个热水瓶，外边看上去完好无损，瓶胆却已经四分五裂了。

我是在一周以后看到这个可怕的"裂痕"的。

那天下午，组长找到我说："吴某最近在劳动中不时以拳头击打自己的脸颊，有时候喃喃自语，有时候将鞋面高举过头，不断地摩挲自己的头。"

此刻，一种非常悲凉的感觉掠过我心头：显然，吴某的精神已经出现了问题。

我与监狱心理中心的咨询师安排了时间，带吴某过去。在长达两个小时的晤谈里，咨询师巧妙地把吴某藏在内心深处的话掏了出来。咨询师于事后呈交的报告中明确指出，吴某的精神失常，是因为他无法承受过重的劳动压力，建议给他调整工作岗位。

我拨通了吴某父亲的电话，让他有时间到监狱参加亲情会见。

吴某的父亲准时到了会见室，肤色黧黑的他，像一座塔，直挺挺地站立着，显得非常高大。和他高大身材不相衬的，是他的神情——有点不安、困窘。我请他到会客厅，他一坐下，便搓着双手说："是不是小吴又违反纪律了？"

说这话时，他一副忧心忡忡的样子。

我把吴某在监狱反常的举动告诉他，一听这话，他原本柔软的目光突然变得坚硬，有点愕然。他长长地叹了一口气说："他母亲在他五岁那年得了绝症走了，我一个人把他拉扯大，不容易，不好好改造，争取早点出去，怎么能过上好日子？"

"警官请你多关照他。"说完，站起来，与我握手，他厚厚的手濡着汗，却是冰冷的。随后他和小吴亲情会见，聊了很久。

接下来的日子，吴某又恢复了常态。不过走路时，他好像一个漂浮着的纸人，一下一下地踩在空气里。

有一天集合出工，组长点名发现少了一个人，互监组报告说吴某不见了。监区马上组织地毯式的搜索，终于在墙角发现了吴某，他还在摘菠菜（用于制作绿色颜料）。

夏虫不可语冰。我呵斥了他一声，多余的话被我嚼碎于唇齿之间而未说出。

那之后，我拿着吴某的心理咨询报告和一张作画成品，帮吴某申请调动岗位，但因为吴某年龄不符合调入烙画组的条件，情况又很特殊，难以转圜，没有获得应允。

一旦服刑人员出现事故，那么在调动书上签字的领导将被追责，我明白领导的顾虑，但眼看着吴某每天恍惚煎熬，我的内心也难以平静。就好比明明看到树木已经被白蚁蛀得岌岌可危，我却无计可施，那种焦灼感和无力感，使同样身为书画爱好者的我寝食难安。

我又找到了领导并且写好了签字背书，承诺只要吴某出现事故，我全权负责，并且承担责任。领导看我怎么都说不通，拗不过，只好同意了。

两天后，吴某收到了调动通知书，如愿调到了烙画组，和自己喜欢的事情打交道，吴某就像换了一个人，每天勤勤恳恳、精神饱满。

人一旦有了念想，日子就会过得快。在年年岁岁的风起云动和晨钟暮霭之后，吴某因为表现好，获得减刑，提前出狱了。

不久，我收到了一封信。信里装有五年前那份有着我背锅风险的签字背书和吴某的感谢信。

一周后，我接到一个电话，是吴某拨来的。

电话里他对我表示感谢，这让我心里暖暖的。

再后来，吴某凭借在监狱多年锻炼出的基本功，以画功作为技术股合资开了一家墙体广告公司，日子已经过得有声有色了。

（作者系海南省美兰监狱民警）

女犯林素晓

孟天妹

一

很多年前,我在苏北的一所女犯大队实习,正逢女犯艺术团到省内各监狱巡演,当时的指导员和我负责女犯带队。

出发前两天,领舞的林素晓被指控盗窃,如果属实,她必须离开艺术团,接受相关处分。但是巡演在即,指导员说:"暂不查,演出回来后再说。"

还不认识林素晓的时候,就听很多民警说起过她。

"那个领舞的林素晓跳得真好。"

"林素晓桑巴跳得好,她可以教其他女犯。"

"林素晓如果不是脾气暴会成为一个艺术家。"

"林素晓入狱前一直是小三。"

艺术团排练时,我抬头向舞台上的那个领舞的女犯看了两眼:一个苗条瘦弱的女孩,嘴角有小小的酒窝,单眼皮大眼睛。

林素晓确实很漂亮!

排练休息时,林素晓对我喊了一声:"警官好!"

其他 14 名女犯集体立正喊:"警官好。"

这是很正常的一件事,但 24 岁的我不知为什么脸忽然红了。

她们笑着围过来:"警官,您是新分来的吧?"

小队长林素晓端张椅子给我:"警官,您坐。"

这样美好的女孩居然是小偷?

指导员靠在车后座上说:"她账上有两千多,为什么偷?她也没有偷盗前科。"

也许是诬陷?但是被偷的东西确实在林素晓的箱子里被查到了。

林素晓在巡演中的表现让我们知道这次的决定是对的。她吃苦耐劳、舞技精湛，在女犯中有号召力，对于外出演出的文艺队，有这样的人很重要。

那天下午，本来预定在操场上的演出，因为大雪改为晚上在礼堂演出，所以那个有雪景的下午，艺术团的女犯们在宿舍休息。

男朋友来信，我跑到宿舍后的雪地里看。雪花在我眼前飘来飘去，我的心里美滋滋的。忽然听到有人叫我，回过头，是窗户里的林素晓。

她的脸上涂得五颜六色，艳红的嘴唇，扇子一样的假睫毛，在舞台的灯光下觉得这样美，可是在白雪的辉映下，这样的浓妆艳抹却成为这个朴素的世界里凛冽的丑了。

林素晓笑着说："指导员喊您喝姜汤。"

房间里挤满了人，空气里弥漫着生姜和红糖的香味。我在口袋里摸摸男友的信，怕刚刚走的急丢在外单位的空地上——那岂不成笑话了？一触摸到那封信，我的心就又柔软起来，端着热汤慢慢抿着，全身渐渐出了一层细汗。

指导员说晚上的演出要好好演，当地的市长要来看。

林素晓第一个拍胸脯："指导员放心！我们团什么时候出过差子了？"

口红在嘴角洇开。指导员笑笑。

晚上的演出很成功，霓虹灯下林素晓的《红旗颂》大气磅礴，妖娆多姿。

在后台我给她补妆时说："下午那么早上妆做什么？现在又要补妆。"

林素晓说："我喜欢化妆的自己，要是允许，我睡觉都会化妆。"

然后她取出一包东西给我，有牛肉干、巧克力、薯片。我爱吃零食的毛病连女犯的眼睛都逃不过，但我婉拒了。

林素晓说："警官你比我小，让我想起我妹妹。"她急急地塞给我就上了舞台。我将那些食品就么放在后台的桌子上了。

第二天，我们即将去往下一个单位，林素晓拎着行李经过我面前，说："你很喜欢吃啊，谢谢警官。"

我很诧异，她头一扬上了车。怎么回事啊？

指导员到了站点，悠悠地跟我说："女犯都在议论你偏心，喜欢林素晓。"

我疑惑地望向指导员，指导员望着我："你单独给林素晓那些食品，林素晓分给大家一起吃了。"

我简直气得七窍生烟，又急又气："我没给她什么食品呀，没有！"

指导员审视了我一眼,我的脸色一定很难看。正当我抬步时,指导员拉住我,问我:"干什么?"

我嚷道:"我要跟她对质!"

指导员反问我:"她一口咬定,你怎么办?"

我难以用一句话描述当时的心情,指导员靠近我,在我耳边轻轻说了一个办法。我看看指导员,初出茅庐的我不愿听指导员的意见,但也没有更好的办法了,并且我也必须无条件服从上级。

时隔多年,再回顾起这一段,我真心钦佩感谢这些默默无闻的前辈。一路上,我不断地咽下就要冲出喉咙的怒火,指导员游刃有余地点评每一场演出的经验和教训,林素晓异常高兴。

一个月的巡演结束了,如果没有林素晓这件事,我很开心。经过这么多单位,我借机会同学聚会,满山梅花,同学少年,意气风发,都铆足劲儿要在各自的人生中有一番作为。

回到单位的第二天,指导员就着手调查出发前的那起盗窃案,林素晓百般狡赖,最后承认作案:她偷东西不是眼馋人家的物品,而是讨厌分管民警总是批评她,她的目的就是让这个民警管理的小组乱成一团。

林素晓愤愤不平地讲述民警的过错,在暗淡的灯光下,她与昨日舞台上那个美的化身判若两人,除去妆容的林素晓脸部扭曲,嘴巴一张一合地表述着她那内心的阴暗。

二

林素晓受到监狱管理规定的相关处理,她最不能接受的是被艺术团开除。指导员说,不要她。艺术团代表监狱的形象,演员从监狱挑选出来,要求外表美,更要求心灵美。

这时,我即将被调到省女监工作。周末,中队的姐妹们吃过散伙饭后,卸妆的林素晓来找我,她神情焦虑地说:"我学不会缝纫,警官,我只会跳舞。"

我说:"你很聪明,能学会。"

她的目光又凶狠起来,我镇定地看着她,她渐渐妥协了,"我学。"

回到南京，我开始了新的生活，结婚，生女，结识新朋友，开创新事业，我几乎忘记林素晓这个女犯了。直到省局将艺术团调南京收押，我开始不断收到林素晓的信。

先是问好，接着为巡演时食品事件道歉，后来讲述自己不能适应车间的劳动，最后说自己想回艺术团。

我和老指导员联系，将林素晓的情况反映给她，指导员说："她到现在仍然听不得任何批评，有什么资格进艺术团？"

停了停，指导员又说："林素晓在舞蹈上的特长在罪犯中少见，不用也实在是可惜。"

过了些日子，监狱在调整押犯结构时女犯被重新调整，有个叫林秀的女犯被调到我这，她是个杀人犯，作案时受了刺激，说话时会忽然一甩头"啊"地叫一声，挺吓人的。

林秀问我："艺术团，啊！已经都来了，啊！怎么不见我姐？"

"你姐叫什么名字？"

"我姐叫林素晓，在艺术团跳舞，警官我想，啊！想我姐。"

我打量着林秀，确和林素晓有几分神似，她很健谈，透着股单纯的傻劲。林秀干活麻利，性格开朗，人缘好，很崇拜姐姐林素晓。

"我们姐妹，啊！在一起，男人只看我姐，我真羡慕，啊！她，那么多男人喜欢她。我不喜欢姐夫，比我姐大17岁，我和我姐，啊！最后还因为他杀人！"

我问："你们怎么到了杀人的地步？"

林秀说："是我姐让我帮忙的。"

林素晓入狱前是个舞蹈演员，跟舞伴有绯闻传出，被害人长期嫉妒林素晓做舞台女一号，乘机散布绯闻，并告诉了林素晓的丈夫。夫妻间硝烟四起，被害人幸灾乐祸，并借此将林素晓排挤成龙套演员。林素晓恨丈夫不能替她出头，遂和妹妹合伙杀死被害人。

如今，丈夫每次去接见，林素晓都不肯见。姐妹两人认为她们犯罪是这个男人造成的。

三

林素晓经常给我写信,我给每封信都编了号,到第七封信的时候,我看到了信上的泪痕:"我就是一个罪犯,请原谅我的过错,我想进艺术团。"

此时,我和另一位同事负责艺术团罪犯。

我向领导汇报了林素晓的事,费了一番周折,只是把她调来了我们监狱。

当林素晓欢天喜地来到我们监狱,却被安排在车间干活。她不安地盼望能与我见面。她感谢我,但是不明白为什么不能够回艺术团。

我说:"你和心理医生谈谈好吗?"

她点头。

之后的一年,林素晓定期接受心理医生的心理调整,和妹妹林秀见面两次,在车间的劳动质量好。休息的时候,她坚持练舞,保持身材。

2003年的立夏,艺术团在纳凉晚会上给大家表演节目,我坐在林素晓的身旁,夏虫吟唱,操场上是青草和泥土的味道。

林素晓看着浓妆的演员们眼圈红了,动情地说,"如果可以重活一次就好了!"

服刑前,年轻貌美的林素晓曾不停更换男朋友,任性霸道,到了结婚的年龄,那些声称爱她到海枯石烂的男人却没有一个愿意娶她,只有丈夫,他包容她的过去,愿意给她未来。

婚后丈夫说,你要检点一些。她却为了名利一再出轨,抱怨丈夫不能帮他摆平是非。回顾这一切,林素晓发现这就是她曾经美丽的噩梦:在虚荣的泡沫里消耗青春,害了自己最爱的妹妹,还归罪于给自己温暖和承诺的丈夫。

林素晓捂着脸,泪从指缝里流出:"当我失败的时候我总是怪别人,那次巡演,我给您食品是喜欢你身上那种纯净,您拒绝了,我就想报复。偷东西也是报复,我总是将别人善意的提醒当成丢面子,我错了!"

我用纸巾给她擦泪,想起当年我给她补妆,说道:"其实你不化妆挺好看的。"

林素晓笑了起来:"我这么糟糕,为什么您还帮我来到这里?"

"因为你的才气和对艺术的执着。"

林素晓吃惊地望着我,诚恳地说:"即使不回艺术团,我也感激您。"

月光下的林素晓眼睛亮晶晶的，指导员当初对我耳语被实践证明是真理，指导员说的是：无伤大雅的小事让时间去证明对错，对罪犯的教育需要时间，我们的威望也需要时间来积累。

我看了一眼舞台上的演员："林素晓，现在的艺术团对演员要求很高，你能适应吗？"

林素晓脸上的表情立刻生动起来，抑制不住的喜悦，立刻起立对我鞠躬："报告警官，我能！"

"哗啦啦"掌声雷动，纳凉晚会结束了，演员谢幕，观众鼓掌，苍穹笼罩下的女监如一座温暖小城。

（作者系江苏省南京女子监狱民警）

"你一定要好好的"

巴晓松

一个肝癌晚期的父亲,来看坐牢的儿子。

父亲有50多岁,弓着背,皮包着骨头,让我第一次理解了什么叫骨瘦如柴。母亲小心地搀扶着,仿佛一不小心就会散了似的。六月的天气,还穿着薄毛衣,外面套着褂子。蜡黄色的脸上,颧骨突出着,眼睛深深陷进去,眼神时不时有些飘忽。母亲也很瘦,身上的衣服很宽松,两人一步一挪地慢慢走进会见大厅,旁边陪护着一起来的亲属和会见大厅的干警。

儿子24岁,因为聚众斗殴打伤了人,被判了10年,现在还剩7年。平时表现一般,身上有一些坏习惯。

接到接见通知后,换了一身干净的囚服,仔仔细细的整理好,戴上帽子,就跟着我出了监区。一路上安安静静的,一句话没说,不像平时那么多话了。

做完登记,走进会见大厅,一看到他父亲,眼圈就红了。母亲看到他进来,就开始抹眼泪。

因为情况特殊,民警们专门搬来桌椅,让这一家子人能面对面地坐在一起。

"我……跟你妈……来看看你。"父亲用虚弱的声音先开口了。

他哽咽着,说"嗯……"

"都挺好的吧?"

"嗯……"

"吃的还好吧?"

"嗯……"

旁边的人可能是他的叔叔,说:"你爸的身体,挺不好的,有啥想说的话赶紧跟你爸好好说说。"

他抽泣了几声,低着头,却始终没有说出话来。

会见大厅的老民警说:"见一面不容易,有啥想说的就说说吧。"

说这话的时候,我看到这几个老民警也是沉着脸,眼圈发红。

这时候,他母亲哭的更伤心了,边哭边说着他父亲的事,啥时候查出的癌症,如何做的治疗,对他这个独子又是如何放心不下,边说边用手帕擦眼泪。

作为一个监狱警察,我平时最不愿意办这种差事,心肠软,见不得这种生离死别的场面。触景生情,眼泪也在我的眼眶里打转,又不好意思掉下来,更不好意思擦。只希望这次会见能赶快结束,可是又想着让这一家子能在一起多待会儿,心情很是复杂。

"好了",他父亲打断母亲,"别说这了。"

母亲就停了嘴,转身看着父亲。

父亲把手扶在儿子的肩膀上,"儿子啊,我等不到你回家了,以后好好的吧。"

儿子紧紧抓住父亲的手,两双泪眼红红的,哽咽着不能自已,"爸,你放心,我一定好好的。"

在一旁的叔叔也拍拍他:"好好干,早点出来,家里以后还指着你呢!"

"咱走吧,身体忒难受!"他父亲说完,就缓缓地站起来。

他母亲给整了整衣服,就扶着往外走。刚走两步,扭头又嘱咐儿子:"你一定要好好的。"

儿子不住地点头……

带他回监区的路上,他不停地擦眼泪,袖子都湿了。

在以前,他算是比较活泼的,但是在那之后的几天,他几乎没有说过话,只是埋头干活。不到一个月,就传来他父亲去世的消息。家里托人捎话过来,家里的事都操持好了,让他安心改造,好好干,早点出来比啥都强。

监区把这个消息告诉他的时候,还担心他会控制不住情绪,不过,他的反应倒是很平静,感觉突然就成熟了很多。

年轻人总是要经历过很多事情,才能成熟起来。

想想也是,只有默默地接受现实,好好改造,争取多减刑,早日回家,才是对他父亲最好的告慰。

(作者系河北省监狱管理局冀东分局第一监狱民警)

一池荷香

何 娅

"咕嘟咕嘟……唉!"

开门进屋,一杯冰水下肚,文馨长叹一口气,瘫坐在沙发上,豆大的汗珠滴落下来,这天气,真是热啊!也是,三伏天了,不热才不正常。

文馨起身开了空调,一股凉气瞬间席卷全身,很快,客厅温度降了下来,文馨的内心也稍稍平静了些:这熊孩子,平时成绩稳稳地能上四中、五中,这下可好,今天出分数线,勉强能上四中国际学校,前提是交3万6千块钱!

真是坑爹啊!哦,不对,他爹还在封闭执勤呢!坑娘,只能坑娘了!

从学校回家的路上,文馨心里一直不是滋味,刚与班主任聊了聊,也差不多想通了,只要能上襄阳的重点高中,也算是一只脚踏进了重点大学的门槛,能交钱上,多少也是个安慰。

汗干了,冲个澡,文馨美美地睡了一觉。儿子还算孝顺,奶奶生病住院,爸爸封闭执勤出不来,自己整天忙着上班,照顾奶奶的活儿就全落在儿子身上了,一会儿起床做饭,给他们送饭去。

叮铃铃……电话声响起,文馨拿过手机一看,发小张小梅的电话,这鬼丫头,这个时候打电话来,何事?

"喂!老同学,忙什么呢?好久不见,今儿晚上一起聚聚?"

"我婆婆生病住院,走不开啊!"文馨推脱着。

"咱们同学好久不见了,挺想你的,他们能否先在食堂将就一顿呢?听说中医院食堂还是不错的,既干净又养生,又不是顿顿如此,你就答应老同学一回吧,啊!"张小梅的语气不容推辞。

最近压力挺大,文馨心情大受影响,刚好也想找个人当面倾诉一下,也好,文馨拨通了儿子的电话,安排好晚餐的事宜后便欣然赴约。

文馨心里装不得太多的烦恼,见到发小,自是一番不吐不快,推杯换盏间，文馨不胜酒力，很快进入微醺状态，叫了代驾，车子临发动时，张小梅递过来一盒茶叶，郑重其事地说："这是咱们老家的新茶，你留着自己喝，不要送人哈！"同时还抛了个媚眼，这家伙，还跟我挤眉弄眼的，这是弄啥呢？文馨晕乎乎地急着回家，也没多想。

20余分钟就回到了家中，文馨想起分别时张小梅的话，正准备翻看手中的茶叶盒，张小梅的电话来了："老同学，到家了吗？是这样的，我老家有个侄儿，因故意伤害判了十年，前不久分到你老公他们单位了，麻烦你跟老公吹吹枕头风，照顾一下呗！"

听到这里，文馨便往茶叶盒看了看，隐约看到一个牛皮信封，鼓鼓囊囊的，取出一看，妈耶，是2万元钱，文馨心头猛的一怔，继而掠过一丝欣喜，她虽口头拒绝着，"这样可不行，你呀，可不能这样"，心里却美滋滋的。

简单收拾了一下，文馨准备上床休息了，虽然酒劲还没散，但心里郁结的疙瘩倒散了许多，至少，儿子上学的钱，有人帮着凑，总能轻松不少。还有婆婆住院的钱，她是农村合作医疗，能报销的部分很少，公公去世后，她心情一直很不好，再加上慢性疾病反复发作，近年来，成了医院的常客。还好，老公由于表现出色，去年刚提拔，当了单位领导，总算是一件值得高兴的事情……想着想着，文馨带着笑意进入了梦乡。

许是下午睡的时间长，抑或是酒劲散了，凌晨三点多，文馨便醒了，上了洗手间，再返回床上的时候，就再也睡不着了。

文馨是个勤劳的女人，睡不着就索性起床收拾下房间，先从书房开始吧！自新冠肺炎疫情发生以来，监管安全第一位，老公大部分时间都在监内封闭执勤，儿子上了一段时间的网课，学校复课后，就住校了，这书房啊，有些日子没有打扫了。推门进入，映入眼帘的是一幅全家福照片，那是儿子12岁生日，老公特意和别人换了班，他们一家五口去照相馆照的，老公和自己都是一身警服，英姿飒爽，公公婆婆脸上笑开了花，还有儿子童真的笑脸，多么和谐、多么幸福的画面，擦了擦镜框上的灰尘，照片更加亮了，旁边书柜摆着老公、儿子和自己的荣誉证书，优秀公务员、优秀党员、三好学生……大红的荣誉证书四个字闪烁着夺目的光芒，文馨心里咯噔一下，眼前浮现出老公刚提拔不久，自己参加监狱家庭助廉活动的场景，纪委书记说的话，别伸手，伸手必被捉，要把权力锁进制度的笼子，要想人不知，除非己莫为……

谆谆教诲警铃般在耳畔响起，文馨似乎看到了那冰冷的手铐正向自己和老公走来……

文馨的心里顿时七上八下的，自己和老公都是大学毕业分配到监狱工作，由于工作勤勉尽责，组织上一直对他们很重视，特别是老公，不光年年当先进，还提了职，工资待遇也水涨船高，新一届党委班子关注民生，现在小区的环境也改善了很多，民警职工的的日子真是芝麻开花节节高，想到这里，文馨心头一紧，连拍脑门，自己真是糊涂，怎能心生贪念，拖老公的后腿！

文馨羞愧不已，好在及时醒悟，要不，会酿成大错，毁了小家的。

虽说是凌晨，但暑气并没有消退多少，文馨更是满面通红，心跳加速，不行，这个礼品和钱一定要退回去，退回去，她在家里踱来踱去，一分一秒数着捱到天亮，文馨估摸着张小梅起床了，第一时间打电话约她一起吃早餐，很快，张小梅就驱车赶来，两人用罢早餐后，她带着张小梅在小区附近转了转，把茶叶和那2万块钱交还张小梅手中，"老同学，你要转变观念，现在执法环境很好，你侄儿只要遵守监规监纪，听警官的话，好好改造、重新做人，任何民警都是他的关系，都会照顾他，还不需要你们花一分钱！"

文馨连珠炮似的把话说完，全然不顾张小梅那惊讶的表情，她心里的石头落了地，脚步轻快地朝前走着，前行处，有一池荷花，正迎着朝阳映衬下的文馨，散发出淡淡的清香，沁人心脾。

（作者系湖北省襄南监狱民警）

硬气

刘玉功

职业篇

老侯当了一辈子监狱民警,从劳改煤矿到塞上监狱,从带工干事到监区长,如今他已晋升为四级高级警长,即将退居二线。虽然职位止于正科,人们却喜欢叫他"侯处",也有人叫他"侯四高",但不管同志们怎么称呼,他都笑眯眯地应一声"哎",从不琢磨别人的话外之音。

从入警那天起,老侯就一直待在基层,从事监管改造工作,一天也没离开罪犯,他曾自命为"劳改家"。但是打从老单位调入塞上监狱,老家的亲戚朋友很少有人知道他在哪儿上班、做什么工作。每当回家有人问起,他都告诉别人他在北边从事司法工作。

有人问:你搞普法宣传?

他说:嗯。

有人问:你管律师工作?

他也说:嗯。

反正司法工作外延很大,一般人也想不到监狱方面去,老侯就给他们打马虎眼儿。在本地工作,最忌有人找你办事,他怕麻烦!

在监狱工作,经常会遇到"关系犯"问题,有个别民警总是在人情方面纠缠不清,但跟老侯搭班共事多少人,没有一个发现老侯在罪犯中有关系,虽然他也是当地人。

不过,监狱机关终究不是"保险柜"。前年夏天,有家单位来监狱搞警示教育,其中有位初中同学一眼就认出了他,过来握紧他的手惊讶地说:原来你说的司法单位就是这里呀!

这下,不少同学就知道了他是在监狱工作,还当官了哩,他预感到今后可能会有麻烦。

果然,还没到年底,另一位同学就找到了他,说是她的亲姑舅因为虚开增值税发票被判刑三年，就关在塞上监狱，恳请老同学给予照顾。

老侯向同学交代了监狱的基本政策，口头上没有拒绝，同时让她明白一名监狱民警是没有什么法外特权的，减刑奖励全靠罪犯自己好好改造。事后，他抽空儿到罪犯所在监区翻看了档案，了解了改造表现，也找罪犯本人谈了话。他以一位老民警的名义，给罪犯指明努力方向并给予鼓励，但无论对罪犯还是民警，都丝毫没有透露他和罪犯有什么关系。

后来那位同学几次打电话，他都明确告诉她监狱关于罪犯计分考核及减刑奖励的具体规定，并希望家属积极配合管教工作，从未给同学以任何承诺。

临近年节，老侯突然接到一个陌生电话，说是罪犯的弟弟，给他送来一只杀好的山羊。老侯立刻意识到问题的严重性，当即告诉来人：他们一家都对羊肉过敏，如果他不想他们过年一个个都去住院，就赶紧把东西拉走，否则他就是存心想害他们。一番话吓得来者唯唯诺诺，只好调头走了。

长假首日，老侯携妻带子回家陪父母过年，进门就看见老母亲已穿上了过年的新衣，一件棕色团花缎面棉袄，老人一见儿子就高兴地夸奖他的朋友做事大气，前天来看她，送她这么好的棉衣，还提了一箱牛奶、一盒糕点。

老侯仔细打听那同学的长相、说话的声气，就猜到母亲口中所谓的"朋友"是怎么一回事了。他上网查了一下那件棉袄的价格，心里大体有了数。然后他不动声色，也夸母亲穿上新棉袄显得富态，哄母亲高兴。

年后上班，老侯再次找罪犯谈话，从侧面了解到他儿子已谈好了对象，本打算等他刑满回去后结婚，却不料女朋友已怀孕，不能再等了，已择好吉日准备下月初六就办喜事。老侯捕捉到这一信息，打电话告诉他哥，要求他于下月初六务必代他到人家去行礼，再忙也不能耽误。

那天上午，当他哥匆匆赶到罪犯儿子的婚礼现场，以朋友的名义上了800元大礼，众人颇感诧异，但只有主家心知肚明，从此打消了给老侯行贿的念头。

凡事就怕意外。翌年深冬，罪犯半夜突发心梗，经狱内医疗站初诊认为病情危重，立即办理外诊手续，当晚便由民警护送到当地医院急诊，并据病危情况及时通知家属。

第二天，病人亲属远道赶来，其中包括老侯的同学。有朋自远方来，老侯也赶到医院看望。同学相见，没有多少寒暄，明显感觉亲属面有愠色，罪犯妻子甚至质问监护民警："好好的人，怎就弄成这样？"

面对家属的无理，年轻民警一时不知如何应对。老侯看着家属，淡淡地说："人吃五谷杂粮，哪有不生病的？就是在你家里，也保不齐不害病吧？"

罪犯妻子看着这位老民警，仿佛想起了什么，她嘴唇动了动，没敢再说什么。老侯又转向同学，"监狱关押几千罪犯，出现个别突发病，有什么可奇怪的？我们按规定全力救治就是了。"

他又指了指挂在墙上的执法记录仪，说，"一切依法按程序办事。"

他同学凑近耳边问："万一有个三长两短，怎么办？"

老侯毫不犹豫地说："我们先尽力抢救。万一抢救无效，请检察机关鉴定，然后依法进行火化，按规定发给家属丧葬费。"他完全是在陈述一件理所当然的事，"法律都有明确的规定"。

亲属们当场有点发蒙，他们一路上气咻咻地商量着怎样提出转院，怎样要个说法，万一不行怎样提出天价赔偿等，瞬间都咽进了肚里。

毕竟，面对这么硬气的警官，这么规范的执法，他们还有什么底气无理取闹呢？

（作者系陕西省榆林监狱民警）

哲理篇

手持利刃　心怀慈悲

刘凤英

曹操狩猎，有三个山民进入猎场，惊扰了他的猎物。操怒，将拉弓欲射猎物的箭指向山民。心神一动，操大惊，冷静下来，放下弓箭。想想自己刚才的冲动，操后说："手持利刃，心怀慈悲。"曹孟德没有因为自己的愤怒而迁怒于惊走猎物的人，一代枭雄的人性可见一斑。

在"幸福的黄丝带"微信公众号上读了张晶研究员写的《怎样改造：从〈劳改农场〉对刘平安形象的塑造谈起》一文，突然就想起了"手持利刃，心怀慈悲"这句话。刘平安作恶，他的恶也是一种成长挤逼的结果。如果当时江立春没有歧视他这个留场就业人的孩子，如果许国庆的爷爷没有仗势维护自己的孙子而恶语相向，也许，刘平安幼小的心灵就不会被扭曲出"以强凌弱""仗势欺人"等邪恶的"不平安"的芽。

我们的《三字经》中说"人之初，性本善"，而西方说人性本恶。人性善恶其实就在一念之间，佛魔同心。你相信善，人性就善；你相信恶，人性就恶。

如果"利刃者"能在手持"警察身份""主任大权"的"利刃"时，有一点儿慈悲，善意的没有成见的允许刘平安和江云一起玩，包容许国庆和刘平安小孩子的抓特务游戏，刘平安的恶又怎会有源头活水？

每一个孩子都是一张白纸，社会在白纸上的印记将成为一个人永远无法抹去的触觉。即使成长之后的无数印记掩盖了最初的痛苦，但在冰山之下不为人知的暗面，每一个人都敏感而脆弱，这些印记就是不可割裂的原点。这些原点都是一个个活火山，表面的风平浪静、呆若木鸡只是它休眠的恬静之态。一旦它苏醒，就有可能成为凶残暴虐的炸弹，伤人伤己。

当然，世间没有那么多也许。刘平安以牙还牙实施了一系列报复，最终开枪自杀为自己的恶画上句号。这样的结局虽在情理之中，却让人心痛。因为，他传播的恶为与之交集的人带来的痛苦并没有随着他生命的终结而终结，他，终究污染了这个他曾经来过的世界，他名"平安"却给别人带来不平安，也没有给自己谋得或者修得平安。

如果他能在手持"经商智慧、讨女孩子喜欢、打通关系、风生水起"的"利刃"时心怀慈悲，不是去玩弄感情，羞辱他人，而是真诚地帮助别人，成就别人，也许，他就是另外一个人生。他应该有一个慈悲、宽容、平安的"穷则独善其身，达则兼济天下"的智慧人生。

再读这个故事，除了警醒自己时时镜鉴，也希望自己如果曾经伤害了别人，请不要恨，请原谅。因为，每一个人，只有原谅了别人，放下执念，自己才能解脱，获得圆满的生命经历。

人的一生，也是修行的一生，生活以痛吻我，我却报之以歌，是一种豁达。如果确实无法报之以歌，也尽量不要报之以怨，冤冤相报何时了？

人作为高等生物，习得智慧。最简单的智慧就是：是非恩怨穿肠过，清风明月留胸中；不以善小而不为，不以恶小而为之。人的精气神是自己养出来的，而最好的营养品，就是自己的德行。而这种德行中有一种叫"手持利刃，心怀慈悲"。

习近平总书记在2018年纪念周总理诞辰时用："大贤秉高鉴，公烛无私光"以赞扬周总理的品格。警察作为国家公器，依法执法，以德执法，就应该记住这句话，认真学习周总理的人品；警察作为国家执法的工具，无论任职与否都有"利刃"，这把"利刃"胜似曹操的箭，不能法外施罚，不能徇私枉法。

这把"利刃"不是曹操的箭，而是一种尊重，一份理解，更是人民赋予的公权力，关键时刻要敢于"亮剑"，平时则收敛锋芒、心存敬畏之心。

（作者系云南省保山监狱民警）

"断头树"遐想

赵 桥

前两天，小区里来了几位穿黄马甲的工人，扛着长梯，带着电锯，把小区里一些香樟树的头锯掉，只留下粗壮的树干和少许几根带着枝叶的树枝。

居住的小区有20年了，当初只比一个成人高一点的香樟树，经过20年的阳光雨露，棵棵都生长得枝叶浓密、亭亭如盖，高度大多都超过了三楼，几近四楼了，影响了不少住户的采光。现在，经过工人们这样大刀阔斧"断头式"的修整，略显逼仄的老小区，显得空旷不少，部分住户确实是"拨开浓阴见太阳"了。

小时候，每到春天，也时常跟着父亲修剪树木。这不是因为树木遮住了太阳，而是为了让它们长得更快、更高大些，将来可以卖个好价钱。父亲将那些旁逸斜出的枝条砍掉、锯断，我在旁边把树枝归拢在一起，这些枝条是非常好的烧火柴。

大自然有许多让人类叹为观止的地方，仅仅是最常见的树木，就让我们自叹弗如。虽然我们人类可以对树木、对森林加以斧钺，施以火烧，那些风华正茂的树木被伐倒、成灰烬，但它们顽强的生命力还是有目共睹的。人生七十古来稀，超过百岁就号称"人瑞"，而超过千年树龄的古树，却不在少数。

多年前看过一则新闻，北京圆明园的工作人员发现一棵被八国联军火烧枯死的榆树上，居然冒出了新绿，他们用这棵大半枯死、历经沧桑的老榆树做盆景，并起了个寓意深刻的名字："枯木逢春"。时隔多年，我还记得自己看到这则看似很平常新闻时百感交集的心潮。

诗人牛汉有一首诗《半棵树》：
真的，我看见过半棵树
在一个荒凉的山丘上

像一个人
为了避开迎面的风暴
侧着身子挺立着

它是被二月的一次雷电
从树尖到树根
齐楂楂劈掉了半边

春天来到的时候
半棵树仍然直直的挺立着
长满了青青的树叶

半棵树
还是一整棵树那样高
还是一整棵树那样伟岸

人们说
雷电还要来劈它
因为它还是那么直那么高
雷电从远远的天边盯住了它

　　较之于树，人如果遭砍头、被火烧、遇雷电，非死即残。以现在发达的科学技术，一个人如果不满意自己个子的高矮，或者四肢的长短，还没有外科手术一般的"截长补短"的方法，如同修剪树枝那样。更不用说幻想通过"换头术"让自己有漂亮的五官、超群的智商了。这种时候，我们大约只能抱怨上天不公平。

　　生理上、肉体上的人，无法像一棵自然生长的树那样删繁就简、领异标新，也不能像盆栽那样任意造型，更不能像小区里的香樟树一样，可以砍去"头颅"，只保留躯干。

　　人的高贵之处在于，他不只是生物性的，从呱呱坠地起，父母的首要愿望固然是孩子健康成长，但这种成长不是单纯的生物性的"野蛮生长"，它包含着更多的社会性的期待。

家庭、学校、社会的种种教育，乃至人的自我教育，都是为了实现这一社会性的期待。成功的教育，使人的个体臻于完善。"玉不琢不成器，树不修不成材"。教育的过程，就是雕琢、修剪的过程。各种超出限度的物欲等，都是影响人成长成才的"枯枝败叶"，必须时时修剪之。

树，被断头，往往会勃发出更加旺盛的生命力。人呢？看到小区里这些"断头树"的时候，我马上想到了两首诗："砍头不要紧，只要主义真。杀了夏明翰，还有后来人。""断头今日意如何？创业艰难百战多。此去泉台招旧部，旌旗十万斩阎罗。"每个人都想尽量延长自己的生命，没有谁会轻言死去。但有一种"断头"，叫大公无私、舍己为人，比如小区里的这些香樟树；有一种"断头"，叫向死而生、精神永存，比如夏明翰、陈毅这样的革命先驱。

德国作家、诺贝尔文学奖获得者赫尔曼·黑塞在《树林》中写道："树木是神物，谁能同它们交谈，谁能倾听它们的语言，谁就能获得真理。它们宣讲学说，它们不注意细枝末节，只讲生命的原始法则。"

就让我们静下心来，倾听一下树之物语吧！

（作者系江苏省句容监狱民警）

凡人小事

林 青

我是一名基层的普通监狱民警：工作中坚持原则认死理；生活中大大咧咧不讲究；做事情丢三落四特马虎；走路脚底生风不稳重；说话信口开河没戒心；对人以诚相待没城府；遇不平拔刀相助显豪气。

哈哈，没错，这就是我——一个不拘小节、一身毛病，却又为人正直、侠肝义胆、嫉恶如仇的性情中人。没有做过坏事，却也没什么可圈可点的事迹，如果非要让我谈谈，我就说两件小事。

那年我去欧洲旅行，在德国科隆大教堂自由活动期间，有个中国人正在散发反党宣传页，并造谣天津大爆炸案是党中央一手策划的阴谋，蓄意掩盖某些真相。

我一听，气的脸都红了，立马上前大声质问："大爆炸的时候你在场吗？"

她摇摇头。

我接着追问她："你参与策划了吗？你是组织成员吗？！"

她赶紧说"不是"。

我义愤填膺地问道："那你怎么说是党中央策划的？你是哪只眼看到的？你这是造谣污蔑！"

她理亏地冲我发脾气说道："请你注意你的言行，这是德国，是言论自由的！"

我也针锋相对道："言论自由？你去德国议会骂一下德国政府试试！你别忘了你是什么人，你来自哪里？你吃着中国共产党的饭，却到德国骂中国共产党，你是标准的汉奸！如果在战时，你是第一个被拉出去枪毙的！请赶紧收起你那些反动言论！"

旁边同行的游客突然给我鼓掌叫好，"说得好！"

发宣传单的人见状只好赶紧灰溜溜地走了。

什么是爱国主义精神？什么是对党忠诚？不是喊几句口号，要实实在在发自内心热爱我们的祖国，热爱伟大的共产党，要敢于驳斥污蔑毁谤党和祖国的人与事！这看似简单的事，难道不是根植于内心最纯粹、最质朴的爱党爱国情怀吗？

记得在国外吃完自助餐，我和朋友自觉将餐桌收拾干净，把空餐盘放进回收处，这一行为让在场的服务生很意外，他用简单的英语问道：Japanese or Chinese？

他大概以为只有日本人会这样做，我自豪地回答：China！

他立马竖起大拇指 China！ great！

也许你会觉得这有什么？其实不然，我们再也不是他们眼中愚昧无知的东亚病夫，我们是站起来、强起来的中华龙，我们要让外国人看到我们的脊梁！

从小我的父亲就一直教育我们：没有共产党就没有新中国！我们现在的幸福生活离不开一代又一代共产党人的无私奉献！我不允许任何人污蔑我们的祖国和我们伟大的共产党！无论到什么地方，我们都要挺起胸膛自豪地说：我是中国人，我爱我的祖国！

我怀孕那年，陪有病的母亲去医院做检查，看到一个小偷正在偷钱包，我一个箭步冲上去抓住了他的手，大喝一声：你想干什么？！

小偷一哆嗦，看也没看我一眼，拼命甩开我的手，头也不回地跑了。

我捡起钱包还给了一脸茫然的失主。母亲却吓坏了，她后怕不已："你真是憨胆大！也不看看自己挺个大肚子，如果他给你一拳踢你一脚，这孩子可就没有了！"

我笑了："他敢！啥叫做贼心虚？你没看他头也不回就跑了！"

其实那一个刻我压根没想过自己是孕妇，并不是为了夸耀自己，我之所以想到这件事，是因为我觉得从这可以看到：任何邪恶的东西在正义面前都是藐小的，是见不得人的，哪怕是在力量上悬殊巨大，也不要惧怕邪恶，因为正义的力量总是比邪恶的力量更强大！

我曾经问过一个服刑人员，你在抢劫的时候就不怕吗？

他说：咋不怕？第一次抢劫时，腿都是哆嗦的，那时候，他只要敢反抗，我就立马跑掉，但他没有反抗。有了第一次就有第二次，次数多了胆子也越来越大，即便是在人多的地方，我也敢抢，因为大多数人是"事不关己高高挂起"的想法，抱着"多一事不如少一事"的态度，躲在一边不敢管。

于是我跟他讲了我抓小偷的事情，他感慨地说：他不敢打你，他还怕你揪着他不放呢！我如果第一次抢劫的时候遇上的是你，也许我就不会进到这里来了。

是呀，邪恶势力也是在一次次得逞后壮大的，一旦正义之剑将他刺破，他就土崩瓦解、魂不附体。所以不要惧怕任何邪恶势力，因为正义之师是战无不胜的！

我的言行也同样影响了我的孩子，他阳光善良，嫉恶如仇，从小就热心公益、拾金不昧，连续多年资助贫困学生。2015年高考结束后，我带他去日本游玩，他在日本机场拾到一部最新款的苹果手机，在问遍周边无果后，他将手机放进了口袋，这一行为遭到了日本服务生的鄙视，用轻蔑的口气说道："拿回国内刷机就可以用了。"我也感到不理解，很是羞愧，儿子则大方地说：留在日本更找不到失主了，拿回国内有了信号，就可以还给失主。我这才明白，这手机在日本是没有信号的。

果真回国后，这个手机有了来电，儿子高兴地接起电话告诉对方自己的电话号码，让对方把通信地址发过来，当对方提出给予现金补偿时，儿子却毫不犹豫地拒绝了，及时用顺丰快递并细心地做保价，为失主寄回了手机。

你如果问我为什么讲这样的小事，是在炫耀自己吗？不！我是希望通过这些小事告诉大家，平凡之中有真谛，在平凡的日子里做好平凡的自己，就是为和谐社会添砖加瓦。

"苔花如米小，也学牡丹开。"苔花虽如米粒般微小，但它从未看轻自己，依然像雍容华贵的牡丹，活得风华正茂，开得热烈奔放。我只是千千万万警察中普通的一员，工作在平凡的岗位上，更要像苔花那样，不甘平庸，努力奋斗，做一名合格的监狱人民警察。

（作者系河南省豫西监狱民警）

苦楝花

佘苏生

"梅花为首，楝花为终。"

在南方，苦楝树是常见的。

我工作生活的城市，旅游汽车站附近有两棵直径三十多公分、十余米高的苦楝树。

暮春之际，百花谢幕之时，它却姗姗来迟，开始吐露翠绿的枝叶，随后开出一簇簇紫色的花朵，显得与它那魁梧的躯干极不相符。

如果不是路过这里，闻到一阵又一阵浮动的暗香，促使你蓦然抬首，你是不会发现那一株寂寞的苦楝树的。

它没有赶上繁华似锦的盛世，却在春夏之交绽放着自己。每年花开时我都会去那走一走，看一看。人生总有许多东西，念念不忘，触景生情。看着那一树紫色的小花，思绪仿佛又拉回到那过往的岁月。

20世纪70年代中期，我下放在安徽的一个生产建设兵团，开始了人生的苦练。这里曾经是省公安厅的一个劳改农场，从五湖四海汇集而来的热血青年怀揣着穿军装、背钢枪的憧憬，在这四季轮回、日复一日中开始了宿舍、食堂、田间三点一线，简单而枯燥的劳动、学习、生活。

那时，我们连队的房前屋后、生活区和劳动场所及道路边，都是建场时老前辈们栽下的苦楝树和柳树。每年的春天才是最美的田园景色，遍地的野花和满树的苦楝花及满天飞舞的柳絮，带来春的希望。

每当节假日和劳作之余，苦楝树下是知青们最好的休闲约会的去处。苦楝树见证了知青们的苦乐年华和鹊桥相会的人生爱情。由于它是我们这唯一的树花，开的又是十分的香郁、漂亮，给我留下了深刻的印象。

连队的老指导员保留着建场时的传统，每年春季都组织大家种树。虽然成活率不高，但每年都必须种，只是取而代之的则是杨树等速生树种。

苦楝树生长周期长，20多年才能长成大约碗口粗。虽然苦楝树有一个寒碜苦涩的名字，它的果实不仅是特别苦，而且是有毒的，不少人并不喜欢它，但我们老指导员喜欢它，他常用"只有知苦，方能吃苦"来勉励我们奋发进取。一到苦楝树开花，晒稻种、泡稻籽做秧田，就是他最忙的季节。

苦楝树是队里主要木材来源，修修补补没它不行，小青年结婚，打个家具也需要它。苦楝树枝是伙房的柴火，可以节约煤炭，曾记得连队组织过挖苦楝树根比赛。

苦楝树还有药用价值，过去人易得蛔虫，苦楝树皮熬水能驱蛔虫，皮肤瘙痒，就用楝树皮熬水清洗，有些知青还用苦楝树木头做呱啦板穿（拖鞋），据说可以防治脚气。

几年后，我被调到学校，当了一名教师。每当家访或去连队，特别是春季，都会去看看苦楝树花。可是后来，越看越少了：苦楝树这时大都成才，大树被连队做了农具和修理桌椅板凳。兵团也几经变更，最后隶属司法厅监狱系统。2000年后因工作需要，我调离监狱，再回去的时候，那里已经没有几棵苦楝树了，也没有那一丛丛一片片壮观的紫色的花海了。

在我看来，苦楝树以自己充满苦涩的身躯，陪伴了一辈辈不畏艰苦的奋斗者，赢来了累累硕果，燃烧着自己。我也犹如苦楝树一样在艰苦的生活中磨砺成长，以苦为乐，苦练人生。无论在什么岗位，身处何地，都以苦楝树耐得住寂寞、守得住清贫的精神告诫自己，走好自己的路，做一名合格的监狱警察。

往事如风，岁月流逝，虽然再也留不住那逝去的岁月，但记忆深处第二故乡的那一丛丛一片片的苦楝树花，却常留心间。

（作者系安徽省马鞍山监狱退休民警）

一两茶叶

贾志保

2020年非常的艰辛，回首这一年的点点滴滴，最难忘的是在车间发生的一件事。每当我自己想起这件事的时候，我都为自己当初那样做而感到庆幸，也许我不能改变他的人生观，但至少我认为，我点亮了他黑暗岁月里的烛光。

2020年6月中旬的一天，明晃晃的阳光透过北边的窗户投射在打扫干净的安全通道上。每个罪犯都在自己的位置上铆足了干劲儿，墙壁上的摇头风扇配合着踩缝纫机的节奏，一切如常，安定平稳。

正当我坐在一个机位上看工序时，罪犯大组长朱某跑过来跟我说："厕所监督岗王某放在小塑料凳下的一包茶叶被人偷了"。

我吃了一惊，上午按规定时间和秩序管理的厕所开放，监督岗罪犯自己也在旁边看守，自己的东西怎么会好端端的丢了呢？我调取了从厕所开放到关闭期间的监控录像，加速快放着这段视频，在20分后发现了作案嫌疑人——邓某。

邓某有过三次服刑经历，前后服刑时间长达13年，无依无靠，家里也没有什么人，这次是因为盗窃罪入狱，余刑还剩7个月。邓某的平时改造表现就不好，大事不犯小事不断，经常和线长同犯起争执，没理都要扯出三分理，而且死要面子，上个星期我才对他个别教育谈话过。视频上看到他的手伸进了凳子下，翻弄了一下，转过头确认当时没有人在现场，就迅速恢复原状，坦然地离开了。看到是他，我也就不吃惊了，心想这次可让我逮到机会了，一定要对他进行一次深刻的教育，以他的案例树立一个典型，在全体罪犯中开个大会，对其他罪犯进行震慑，以儆效尤。

正当我这样计划的时候，被偷的罪犯王某跑过来诉苦，说自己仅有的一点茶叶被偷了，还是那个关系好的罪犯刑满走之前给他的，自己一直没舍得喝。他一张口我就能猜的差不多了，至于为什么扯那么远什么罪犯刑满走留

哲理篇

下的，完全是为了撇清不准往车间带茶叶这一规定。我又一想，为什么邓某敢去拿这个茶叶，也是料定了被拿的人不敢去警官告状。我说了一句："我知道了，你回去吧，这件事情我会调查。"他跟受气包一样愤愤不平地离开了。

我心里估摸着，一个茶叶被偷的人的心里想的是什么：是让我立刻找到偷窃人，把被偷的茶叶还他，再将其严厉的惩罚来解恨，还是仅仅想着今天本打算喝茶水感受幸福，突然这样的预想消失了，一天改造的好心情也不复存在了？而偷茶叶的人是不是已经在开心地泡着茶，喝的堂而皇之，还是在内心痛苦的挣扎，茶叶水是苦的喝到嘴里更苦了，会不会后悔自己做这样一件见不得光又很丢尊严的事？

就在这个时候，罪犯邓某来到我坐的台板边，第一句话就是："贾大，我有事要跟您汇报。"

我故作吃惊地问："哦！你有什么事要汇报，晚上回监房再汇报来不及吗？"

他说："贾大，我现在就要说，不然，我干活干不踏实。"

我猜想他可能看到王某找我了，也可能他自己真是觉得万一被拆穿，就丢人丢大了，就一点尊严都没有了，毕竟他是个非常要面子的人。

我说："好，那你就说说吧。"

于是，他一五一十地把早上去厕所拿了王某茶叶的经过说了一遍。

我听完未做评价，而是问他："你是怎么看待你这个行为的呢？"

他看着我，认真地说："贾大，我知道我做错了，我不应该拿人家的茶叶！"

看到他认了错，我就说："好！既然你知道自己做错了，那你就去跟人家道个歉，以后别再干这样的事了，晚上再写一份检讨给我，你先回去吧。"

我想，教育改造的目的不就在于让犯错者认清自己的行为，认识到自己的错误所在并加以改正嘛。

但转念一想，这样做还是没有解决被偷者的心态问题。于是，我就到办公室的柜子里，找出自己带来的一小袋茶叶，应该是一两茶叶吧，拿给邓某，让邓某给王某道歉的时候，把这一两茶叶也给王某。

邓某的道歉诚不诚恳我并不知道，但没一会儿工夫，王某就拿着这一两茶叶过来说要还给我。我说不用了，这个不是我给你的，是邓某还给你的。

茶叶一开始虽然是我的，但我已经给了邓某，这就是我跟邓某之间的事，再怎么算，也算是邓某欠我的，与你无关，你回去吧。"

原以为一两茶叶的事情就这样结束了，但后面在邓某身上发生的变化，却让我越来越觉得一两茶叶的价值是巨大的。

在一次监房大规模床位调整中，涉及监舍上下床铺调整，以及同犯之间关系远近的编排等等。有一个勤杂事务犯对我事先三天做了铺垫，提前两天对调铺安排表示了抗拒，而这时的邓某却站了出来，呼吁大家有意见的可以保留，先按照我的安排去执行，有问题的事后在私下找我沟通，这让我在当晚的监舍床位调整工作中摆脱了很大的困扰。

这之后，在他临释放前，监区组织队列会操比赛，要挑选出100个人的方阵，要求一定是动作规范、精神面貌好的，正当我为挑人发愁的时候，他挺身而出，说，"贾大，看我行不行，我上！"

我说会操要理光头，你快刑满释放了，把你头发剃光我于心不忍，但他坚持要上。正是因为他的带动作用，后面的人员挑选就很快完成了。那一次，整场比赛中，所有人精神饱满，斗志昂扬，比出了应有的风采。

也许，在我的身边，在我的战友中间，一两茶叶的故事每天都可能会发生，因为改变，往往就是从最不起眼的一件小事开始的。

（作者系安徽省白湖监狱管理分局民警）

一碗热汤面

卓 凌

  幸福的生活莫过于在疲惫一天之后，能够吃上一口热乎乎的饭，尤其是成为一名监狱民警后，见惯了人生悲喜、见惯了后悔莫及、见惯了连天哀怨，对于幸福的定义也就越来越简单：能够和亲人每日相见，能够拥有自由的活动空间，甚至一碗普普通通的热汤面，也能带来莫大的幸福。

  因为工作原因，休息的日子时常不固定，时常加班加点，吃饭不在点上是常有的事，因此，回家吃饭只求简单，不求烦琐，能够填饱肚子，让饥肠辘辘的胃舒舒服服就是我的要求，而面是最好的选择。

  面条是家中常见的食物，因其制作简单，时间少，就成了我的首选。

  "肥葱细点，香油慢焰，汤饼如丝。"

  面条虽然做法简单，水煮的方式却多种多样，这一点从古诗上就可见一斑。古代文人墨客，除了关心国家大事，对于吃也颇有研究，单就面条这一项，就留下了许多脍炙人口的诗句，如陆游"天上苏陀供，悬知未易同"，竟将自己所做的面条与天上供奉的甘露相比，想必其手艺十分了得；还有词人黄庭坚的"汤饼一杯银线乱，蒌蒿数筋玉簪横"，短短十四个字，就将一碗平淡无奇的汤面勾勒成如画一般的意境来，即便品尝不到，也能遐想出那一份鲜香来。

  我没有那么好的厨艺，也没有诗一般的情怀，对于做面条只选最简单的方法，滚水下锅，把面先煮上，而后在汤碗底放一把切碎的葱花或是青翠欲滴的香菜，加几滴香油，一勺生抽，待面煮好后，把热乎乎的汤先盛到碗中，随后装入面条，一碗简简单单的阳春面就做好了，再窝上一个荷包蛋，更为美味，这一碗简简单单的汤面就成了忙碌一天最好的慰藉。后来，因为回家时往往已经是灯火阑珊，家里人就在我回去前先给我煮一碗面，等着我回家。

  每次回到家，看到桌上那碗热气腾腾的面，虽然简单、平凡，心中却会情不自禁地升腾起一股幸福感。

幸福如此简单，幸福也如此滚烫！

一碗热汤面喂饱的不仅是我的肠胃，还有那颗疲惫的心。我想，这碗面里蕴含着的力量，温暖了我，支撑着我走过一个个漫漫长夜，也让我懂得幸福是最简单的平凡，因此，我也想做一个如热汤面一样温暖的人，用我的这份温暖去捂热狱中那些被困的心。

（作者系海南省乐东监狱民警）

金毛狮王谢逊教育改造成功的启示

李亚伟

一

最近在研究罪犯的教育改造案例，发现金庸武侠小说《倚天屠龙记》中金毛狮王谢逊的教育改造个案很有特点：谢逊前期滥杀无辜，成为武林公敌，但后来谢逊却被渡厄禅师收录门墙，立悟佛家精义，终成一代大德高僧。

从一个令人闻风丧胆的杀人狂魔到一代高僧，谢逊的教育转化过程值得令人深思。

谢逊，字退思，明教四大护教法王之一，屠龙刀长期持有者，因修习内功原因，头发在中年时转为金黄，故江湖人称"金毛狮王"。

谢逊的一生可以说是命运多舛。谢逊10岁时，因机缘巧合，拜混元霹雳手成昆为师学习武艺。成昆对其颇为赏识，待之如师如父，并将武功倾囊相授。23岁时谢逊离开师门闯荡江湖，在西域结交了白眉鹰王、青翼蝠王等，后加入明教，位列四大护教法王之一。

28岁，父母妻儿、弟妹仆役，全家13口被师父成昆所杀。此后一直尝试报仇，却不料两次败于成昆之手。后成昆失踪，谢逊为逼成昆出来开始沦为工具人，以成昆之名滥杀无辜，自辽东以至岭南，半年之间接连做下30余件大案，杀害许多成名豪杰，成为武林公敌。

41岁，谢逊于王盘山强夺屠龙刀，与张翠山、殷素素北渡冰火岛，十年未踏足中原。63岁时回归中土，后被丐帮设计擒走，又被成昆秘密转移至少林寺，由少林三神僧看押。

二

谢逊年少时颇为自负，文韬武略，于诸子百家之学无所不窥，且对武林各家长短均有自己的见解。他曾在王盘山与人对赌，未尝一败。在冰火岛上时，常指天骂地，非汤武而薄周孔，品评天下豪杰，往往有独到之处。

但谢逊却因为全家被杀事件，性格变得偏激起来。用他自己的话说，"13年来，我只和禽兽为伍，我相信禽兽，不相信人。13年来我少杀禽兽多杀人"。

由此可见，成昆杀其全家对谢逊的打击有多大。在此之前，谢逊是一个文武双全，一腔抱负，正直善良的人。但在此之后，谢逊完全变成了一个杀人不眨眼的魔头。在主观上，他虽未将自己的不幸迁怒于他人，但是却用了一种更加极端的方式来达到自己的目的——滥杀无辜逼成昆现身。可以说，谢逊因自己家庭的不幸又引发了无数家庭的不幸。

后来，在冰火岛上的时候，张无忌的出世，多少唤醒了一点谢逊的良知。但这点良知，也仅限于对张翠山一家。此时的谢逊，内心依然对自己滥杀无辜这件事情毫无悔改之意。唯一心有悔意的，便是他失手打死少林神僧空见这件事情。

那个时候，谢逊一心想的还是如何破解屠龙刀的秘密，然后找到成昆，报仇雪恨。

三

谢逊重返中原后，被成昆关押在少林寺中，虽说受了一点苦头，但是对于他来说却是福祸相依的好事儿。因为，他真正认识到自己所犯的罪行，诚心忏悔其实正是其被囚禁于少林寺那段时间。

那段时间，谢逊虽被囚禁于地牢之中，但是渡厄、渡劫、渡难三僧却天天给他讲经说法。

谢逊被困少林寺，张无忌举大队人马前来解救。最后不得不与周芷若联手再破金刚伏魔圈。当时张无忌所用的是圣火令上所载的功夫。而圣火令上的古波斯武功的始创者"山中老人"，更是个杀人不眨眼的大恶魔。所以，这套功夫也充满了魔性。

张无忌与少林三神僧比武，招式越使越精，而心灵中的魔意也越来越盛。

如果继续下去，张无忌难免走火入魔，毙命于少林金刚伏魔圈中。这个时候，在地牢中的谢逊察觉了出来，便诵读金刚经以助张无忌摆脱危境。

其实，此时的谢逊基本上已经完全认识到了自己之前滥杀无辜的错误，并认同了少林寺的价值观。更难得的是，他已经开始用少林寺的价值观来影响别人。

四

纵观谢逊的"教育转化"过程，我们不难发现，谢逊之所以被成功改造，主要得益于这几个方面：

第一，少林空见神僧能"以身饲虎"，不畏艰险，为了教化谢逊，不惜以一死来换取谢逊的悔悟，身中谢逊数十掌而不还手。事实证明，也正是空见神僧的付出，让谢逊开始对自己的所作所为进行反思、悔悟。

第二，少林寺三大神僧数月来不眠不休，每日对谢逊进行教育谈话，且入心入脑。三神僧在佛经上的造诣自不必说，而每日坚持对谢逊讲经说法，且能坚持一个多月也实属难得。好的导师，每句话都有千钧之力。

第三，谢逊本身文武双全，悟性奇高，虽然性格偏激，但是一旦顿悟，便能立刻回头。若是遇上个榆木疙瘩，别说是少林三神僧了，就是达摩复生，也无法将其改造成守法公民。

细数金庸武侠，我发现，高僧们都惯于做思想工作。一灯大师曾将裘千仞带在身边，天天对其进行谈话教育，终于将其改造成一代宗师；扫地僧寥寥数语，便解脱了萧远山和慕容博几十年的执念。

渡厄说：我佛门户广大，世间无不可渡之人。

其实在我看来，这句话对于罪犯来说也是适用的。

"世无不可渡之人"，同样的，理论上来讲，这世间也没有不能被教育、被感化的人。

只不过，想彻底改造一个人，并非一日之功，需要无数人前仆后继、不计心血的付出。

（作者系河南省许昌监狱民警）

慎独·慎初·慎微

高延钧

以前，曾看过一篇文章，讲述了古时候一位州官"灭官烛看家书"的故事：这位官员极清廉，见京中来件有家书，"即令灭官烛，取私烛阅书。阅毕，命秉官烛如初。"这位官员可谓是以慎独慎初慎微精神成为廉洁自律的典范，我喜欢这个故事，他带给了我们榜样的力量，令我心生敬意。

慎独，就是一个人独处时也能谨慎自律，操行自守，不靠别人监督，自己监督自己，这种谨慎独处时的行为，通俗的意思就是人前人后、"台上台下"一个样。

慎初，就是戒慎于事情发生之初，在思想上筑牢第一道防线，不存侥幸之心，把住第一次，守住第一关，自觉不越雷池一步，行所当行，止所当止。

慎微，就是谨慎及于细微之处，注意小事小节，做到防微杜渐。隐蔽的东西最能体现一个人的品质，微小的事情最能看出一个人的灵魂，有道德的人在独处时也不会做任何不道德的事，可以说灭官烛这件小事体现了这位官员一种高尚的情操和人性的良知，更是达到了修身的至高境界，由此为后人所铭记。

感慨之余，也许有人会说，人无完人，现实中我们不可能都达到像这位官员那样高尚的境界。但罗素曾经说过："我们不可能都成为圣人，假如圣人般的德行无法做到，我们至少应该努力，尽量让自己可爱些。"我想，既然我们不可能都达到像这位官员那样的高度，那么法纪是我们自我约束不可逾越的底线要求，法纪大过天，遵纪守法这应该是我们必须而且是可以做到的。

世界上任何事物的发展变化，都有一个由小到大、由量变到质变的演变过程。独之不慎、初之不慎、微之不慎，终贻大患。如果不从独处之时、发端之举、细微之处谨慎对待，便是走下坡路的起点，而往往是有了第一次，便一而再、再而三，一发而不可收拾，最后自己毁掉了自己。

"第一次"既是"缺口"，也是"关口"，第一道防线被突破了，就如同闸门被打开，欲望的"洪水"就会一泻千里，腐败分子无一不是从第一次开始，一步步滑入深渊的：有了第一次后，人生的方向盘就握在了别人手里，刹车就踩在了别人脚下，从此人生的方向就不在自己的掌控之中了。

不能慎独慎初慎微既是沦落的开始，也是将自己陷入万劫不复终生痛苦的开始。一个个惨痛的教训告诫世人，任何人都要敬畏人民、敬畏组织、敬畏法纪，任何时候法纪都是不容触碰的高压线，对自己负责的最好办法就是管好自己。

无禁区、全覆盖、零容忍的严厉惩治使人不敢腐，全域化、立体化、常态化的强力监督使人不能腐，而不想腐则会内生自律动力，让人懂得慎独慎初慎微，自觉去约束自己的言行，这是思想上的、根本性的、积极的、主动的。

自律是一种行为准则，慎独慎初慎微是行为准则的修为境界，自律的最高境界是慎独慎初慎微。自律是遵循法纪、自我约束，做事之前要考虑好什么该做什么不该做。一个人只有独处时才会表现出真实的自我，在别人不能看见的时候，能慎重行事；在别人不能听到的时候，能保持清醒；在没有别人在场和监督的时候，能严格要求自己，不做违背道德的事，不做违法违纪的事，不做违背良心的事。而大节与小节在本质上都是一样的，一个在小节小事上过不了关的人，也很难在大节上过得硬。

人生贵有善始，更要有善终。"靡不有初，鲜克有终"，"坚持"这两个字，写易行难，一个人做点好事并不难，难的是一辈子做好事，要相信只有登不了的天，没有越不了的山，"慎终如始，则无败事"，这才算是人生真正的完美。

做改造人的工作，打铁还需自身硬，不能正己，何以正人。监狱人民警察从事罪犯改造的工作，被誉为拯救罪犯灵魂的特殊园丁，可以说是一项光荣而神圣的职业，同时也是一种高危险的职业，整日与罪犯打交道，容易成为被围猎的对象。以为神不知鬼不觉，结果是吃了人家的嘴软，拿了人家的手短，最终造成执法不公，损害了社会的公平与正义。

曾经我们所熟悉的领导和同事为此栽了跟头令人痛惜，没把别人改造好，自己却被拉拢腐蚀了，结果把自己关进了自己曾经管理的高墙电网之中，令人既恨其居官之贪，也哀其结局之悲，更惜其不能自重。自己以为很聪明，结果聪明反被聪明误，自己砸了自己的"饭碗"，而其实真正聪明的人则会把别人的教训当成自己的教训，而不是以自己的教训来警醒他人。如果以为当了警察我们就心安理得、高枕无忧，就意味着对诱惑敞开了大门，对攻击放弃了防御，如果以为当了警察可以随心所欲、为所欲为，就是积极地创造了风险，主动地拥抱了风险，欲望的背后是陷阱，贪婪的尽头是毁灭。

所以说，一个人能否廉洁自律，最大的诱惑是自己，最难战胜的敌人也是自己。

自律是一种不可或缺的人格力量，没有它，一切纪律都会变得形同虚设；自律是一种信仰、一种觉悟、一种素质，也是一种自省、一种自警、一种自爱，更是一种修养、一种境界、一种责任，它会让人淡定从容、内心强大，感到幸福快乐、永远充满积极向上的力量。

一个懂得"慎"的人，不一定是完人，但是一个不懂得"慎"的人一定是有瑕疵的人，慎独、慎初和慎微，护我们驻守清本，佑我们安得自在。

（作者系广西壮族自治区桂林监狱民警）

时尚

文锁勤

时尚是个热词，也是个高频词。

时尚所有的形式形态，总留着历史时代的印痕。

民国时，北平女子的大方格长围巾、齐耳剪发、一袭旗袍、大襟立领衫、侧开衩墨色中式裙、黑带浅口单布鞋，在宽宽窄窄、挤满人力车大街小巷，显眼出一抹时尚的亮色。

新中国成立初期，大城市里双排扣的绒质半长西服，大翻领左右开兜的列宁装，姑娘们爱不离身的 Blazy（布拉吉），引领了一帮中国人细腻热烈的心灵悸动。

"文化大革命"中，青年男女的一身军黄绿、背包黄、袖章红的装扮，红火了大江南北。

对外开放初期，满街道一拨拨小青年稀奇古怪的爆炸头、时髦女郎波浪翻卷的烫发头、刷地扫路的喇叭裤、叮叮咣咣的高跟鞋，着实给国情世风带来了一缕别样的异域风情，开启了我们睁大眼睛看世界的先河。

八十年代中叶，读中学时，有同学荷尔蒙旺盛，心热俏，爱穿那种风行的高尔夫面料西服，尤其喜欢把衬衣白生生的三角领叠压在西服笔挺的领沿上。像羚羊翘翘的角，出尽风头的装饰，纠结得情窦初开的女学妹，忍不住地流盼顾眄。

九十年代初，那些燥热的夏天，满大街身着 DIYT 恤（文化衫）小青年，哗哗地招摇过市，又一轮时尚，风起水生。这帮张扬自我，不甘寂寞的狂生，借着"文化"这个文明优雅的招牌，装腔作势地"煽情"和"先锋"了一回。

世纪之交的 2000 年，时尚更如乱花迷眼，汹涌而来。影视明星不伦不类的粤语秀口、娱乐新秀歇斯底里的舞台摇滚、加上奇形怪状发式、发饰、服饰，让一帮标新立异的新潮人，竞相效仿，妖化得天籁乾坤都少了清静。

既至时下的商业社会，时尚更是名目多多，层出不穷。看车模、腿模、内衣模挑战传统，极尽夸张刺激的超短、超薄、超透的秀身；瞧满城美女反串季节的热裤、冷衫、雪裤、筒靴；还有奶油男生情有独钟的碎发、耳坠；酷哥、霸姐反叛时宜的花拳绣腿，嗲声嗲气和这股股挡不住的欧风韩流，给满世界染色，让每一天新鲜，热闹也好看，蔚为还壮观。每一个时尚的主儿，总揣着一团死灰复燃的星火，时刻都想热情地放大，热烈地燎原。

时尚就这样潮来潮去，潮涌潮落。大多的时候，时尚还像乔装打扮的魔鬼，张着血盆大口。精明的商家，盯着你鼓鼓囊囊的钱包，装成要你很滋润、很潇洒的样子，打着领潮炫美的招牌，开心得意地赚钱。时尚的潜台词叫作"让你爱上我""宰你没商量"。前卫的帅哥或潮姐，常是时尚的俘虏。时尚会用听不见的花言巧语哄着你，让你心甘情愿、痛痛快快地为它买单，或大大方方地花上一笔冤枉钱。时尚到来的时候，先是煽情地微笑或抛你一个媚眼，等你拿定主意，毫不犹豫跳下去的时候，已是万丈深渊。过往的时间和飞流的季节，是时尚致命的杀手。时尚的海潮，往往气势汹涌却仓促短命。

时尚，像开花和花开的季节，大红大紫地缤纷着、灿烂着。追求时尚的人，好比给自己开了一扇心灵的窗。自己看别人，眼花缭乱；别人看进来，清清楚楚，亮亮堂堂。

（作者系陕西省崔家沟监狱民警）

我的童心之《哪吒之魔童降世》谈

乔悦智清

我生于20世纪90年代,印象中,小时候能看的电视剧很少,动画片也很少,记忆里最深刻的就是《哪吒闹海》。

当时家里有台VCD,爸爸给我买了套影碟片,一群小伙伴守在电视前,一起哼唱主题曲:"上天他比天要高,下海他比海更大,智斗妖魔降鬼怪,少年英雄就是小哪吒……"

哪怕已经过去了20多年,我在打这些字的时候,这首歌的旋律依旧萦绕在耳边,怎么都挥之不去。

时间会改变很多东西,长大以后的我们,渐渐发现生活节奏越来越快,一切像被推着往前走一样,很少会有机会去回忆童年。

但每每听到这些旋律,看到这些图片,总能瞬间就将记忆带回到过去。

时代在发展,我们的认知也在改变。这些年,我们将钢铁侠、蜘蛛侠等当作自己的英雄,却忘了我们本可以有自己的英雄。

这个"六一",我在家想起了儿时的乐趣,一部名为《哪吒之魔童降世》的电影映入我的眼帘,这部电影一经出世,一夜间就刷爆了朋友圈,就连一向苛刻的豆瓣,都打出了8.8的高分,究竟拥有怎样的魔力。

一开始,这部电影遭受了我的质疑,因为哪吒的形象太"毁童年"了,锅盖头,烟熏妆,一副很丧、很凶的模样。

但看过以后才发现,这个哪吒完全俘获了我的内心。

他假装自己对一切毫不在意,只是因为他从未得到自己想要的。

他从一出生就不被人们所接受,被人们当作妖怪,内心的孤独感让他不得不选择将自己藏起来。

这部电影除了画面精美、场面震撼、特效感人这些硬性条件以外,最让人感动到落泪的是哪吒不服输、不信命的精神。

他在最后说出"我命由我不由天，成魔成仙我自己说了算"的时候，我瞬间就被感染了。

哪吒代表了我们之中的很多人，很多人无法选择自己的出身、自己的父母，但这并不代表我们必须认命。

《哪吒之魔童降世》不同于我们小时候看的《哪吒传奇》，它是一个全新的故事，是一个不屈服于命运，做自己的英雄的故事。

看完电影以后，我被震撼了很久，心里久久不能平静，我用一天的时间梳理了这部电影告诉我们的道理。

越梳理越发现，这是一部没有童心看不了，不是成年人又看不懂的电影。

人的出身是无法改变的，但是我们能改变活着的方式

《哪吒之魔童转世》里的哪吒，一出生就是魔丸。而魔丸长大以后会造成人间大乱，为此，哪吒只有三年的寿命。

在这三年的时间里，他每天都活得很"委屈"，因为没有人愿意跟他一起玩，别人看到他，恨不得躲得远远地。大家都认定哪吒是妖怪，只会杀人、害人、捣乱。

但他不认命，一直用自己的方式试图改变。他跟太乙真人学法术，拯救被妖怪抓走的小女孩。虽然依旧不被认可，但他的努力，时间会记得。

他就像我们之中的很多普通人一样，有时候哪怕活着，就已经需要拼尽全力了，还要面对周围人异样的目光和嘲笑。但这并不足以把我们打倒，有质疑才能有突破，只有将此化作动力，才能证明自己。

◆ **被人误解是常事，一旦开始自我放弃，才是真的输了**

哪吒生而是魔丸，但他从未有害人之心，从他出生开始，就一直被别人误解。大人们看到他，能躲则躲，能跑则跑，哪怕有小孩子想跟他一起玩，也会被家长一把抱走。

他们害怕他，只是因为偏见而已，但被人误解是常有的事，一旦自我放弃，才是真的输了。

有很长一段时间，哪吒自暴自弃，他沮丧地想："既然你们认为我是妖怪，那我就做个妖怪给你们看"。

于是，他恨不得一气之下火烧村庄，杀光村里人。但她的母亲从未放弃

过他，跟他说："被人误解是常有的事，但如何做好自己，由你来决定。"

所以，他救了被妖怪抓走的小女孩，哪怕依旧不被村民所接受，但他至少努力了，迈出了心理上的那一步，就是全新的开始。

◆ 人们的成见是一座大山，但你不努力改变，永远无法搬动

看完电影你会发现，申公豹是一个完全让人恨不起来的人。他虽然作恶多端，调换了龙珠和魔丸，让哪吒一出生就成魔，但其实他也有着自己的无奈。

人们的偏见，就是一座大山，无论是申公豹还是龙王，他们都曾是偏见的受害者。

因为是妖怪出身，无法位列仙班，哪怕为天地间做了再多贡献，依旧无法被人们所承认。尤其是龙王，他平定天界大乱，立下汗马功劳，却依然被压在熔岩之下镇守妖魔。天帝对于他，何曾有过信任呢？

他让儿子敖丙成为龙珠，位列仙班，不过是为了改变龙族的命运。

他们遭受的不公太多了，只有努力改变，才能活得有尊严，才能搬动那座名叫"成见"的大山。

◆ 自我否定的人会永远爬不起来，看不起自己，才是失败的根源

敖丙从小便担负着拯救整个龙族的使命，他的父王和师父申公豹告诉他，只有他杀掉魔丸哪吒，立下功劳，才能位列仙班，改变家族的命运。

他和哪吒一样，从一出生开始便被人看不起。别人看到他头上的龙角，就断定他是坏人，是妖怪，恨不得有多远躲多远。这种固有的成见伤害了他，让他觉得自己只有努力立功，才能改变命运。

所以，他即便内心挣扎，依旧在申公豹的怂恿之下，决心杀哪吒的父母李靖夫妇，决心活埋整个陈塘关。但敖丙内心深处仍然深埋着一丝善念，哪吒是他唯一的朋友，他终究下不了手。

在活埋陈塘关的时候，哪吒一手撑起整片天，告诉他："我命由我不由天，我都不认命，你有什么好怕的？"

敖丙内心的挣扎不仅关于家族的使命，更关于自己的内心，因为不被认可，因为人们的偏见，他很难有活着的尊严。

但是他忘了，人自我看不起，才是失败的根源。

◆ 用真心交朋友，才会换来对方的真心，坦诚是人际交往的第一标准

哪吒是一个从小被人误解的人，人们固有的成见不止一次的伤害了他，这一点他和敖丙如出一辙。

敖丙是除了母亲以外，第一个愿意陪他踢毽子的人，他告诉敖丙："你是我唯一的朋友，我三岁的生日宴，谁都可以不来，但你不可以。"

对于敖丙而言，哪吒又何尝不是唯一的朋友呢？

所以他狠不下心杀哪吒的父母，他坚定地告诉申公豹："哪吒曾经救了我一命，这个人情，我必须还。"

所以，在最后哪吒快被天雷即将劈死的时候，他用命去护他，不惜将自己的龙甲披到哪吒身上，跟他一起去死。因为哪吒救过他的命，他也一样愿意用命去还，我们在现实生活中，又何尝不应该如此呢？

只有以真心换真心，才能得到真正的友情。将心比心，任何关系都一样适用。

◆ 孩子是父母的命，为了孩子，父母豁出性命都在所不惜

最催泪的除了哪吒的不认命和敖丙的友情，还有哪吒父母对于哪吒深似海的爱和付出。哪吒从一出生命运就注定了，他在三岁的时候就会死去，但是父母从未放弃过他。

哪吒的母亲，是一个将对孩子的担心写在脸上的母亲，她看着哪吒被人误解会心疼，看到哪吒自暴自弃会流泪，她愿意不惜一切陪在他身边，只盼着他能有快乐的人生体验。

父亲李靖，跟我们很多人的父亲一样，不善于表达，但将深深的父爱深埋心底，为了救哪吒，不惜替他去死。

哪吒的父母又何尝不是我们的父母呢？他们无时无刻不在为我们操心，为我们打算。哪怕有时候我们不理解，他们也从未放弃过。

◆ 我命由我不由天，自己的命运，自己说了算

哪吒豁出性命救陈塘关的时候，将整部电影推向了高潮。与其说他在拯救整个村子，不如说他在逆天改命。

哪吒心里一直都有一股不服输的精神，他从未向命运低头过：凭什么我一出生就是魔丸？凭什么我活到三岁就要去死？凭什么我要一直忍受着人们的偏见？

怎样活着，活成什么样的人，应该由我们自己做决定。

命运又如何，现实难以改变又如何？没有人能决定我们成为什么样的人，以什么样的方式活着，即便真的有命中注定，也要相信事在人为。

哪吒最后救了整个陈塘关，人们下跪感谢。这一跪，不仅是感谢他救了自己的命，更是对于他们曾经对他的偏见和伤害，而道歉。

◆ 那些曾经帮助自己的贵人，无论如何都不能忘记感恩

电影中的太乙真人，操着一口四川口音，虽然一直是笑点担当，但他对哪吒的帮助不可估量。是他一直在哪吒身边陪伴，教他法术，助他渡过难关。

对于哪吒来讲，太乙真人不仅是他的师父，还是他的贵人。如果不是太乙真人的帮助，哪吒可能不会是后来的哪吒。

还有太乙真人的坐骑，虽然它是一头猪，但如果不是它，哪吒不会看清父亲李靖为自己做的一切，更不会有后来哪吒为了救父母的命豁出一切。

无论是哪吒还是我们，在生活上或者工作上，总会遇到一些真心帮助我们的人。无论以后走多远，有多大的成就，都不能忘记感恩。

《哪吒之魔童降世》这部影片，让我们从中看到了自己的影子，从而得以更好的思考人生：人的出身是无法改变的，自己无法决定自己出生在一个什么样的家庭，但是这并不代表自己的人生从此被固定。只要有心改变，自己的命运由自己，不由天。

除了命运，还有友情和亲情，这都是电影所传达出的最具能量的地方。

最后，愿自己做自己的英雄，无惧他人的偏见和命运磨难。

不认命，是哪吒的命，更是我们的命。

（作者系新疆生产建设兵团钟家庄监狱民警）

别让人生有遗憾

蔡正云

生活一日又一日遵循着昨天的节奏,似乎一切还在昨日,而时间却不知不觉一滴一滴地消失在寻常的目光之下。

经常会错觉生活就是在重复许久许久之前的一切,那种感觉如此的真实。

转瞬即逝间,我们送走了极不平凡的2020年,迎来了崭新的2021年。畅想新的一年,每个人都应该有所用,碌碌无为不是我们想要的,我们需要开好头、起好步,不负韶华敢担当,勇于拼搏做贡献。

回顾以往,短短的流年里堆满了太多难忘的瞬间:年少的悲痛,而立的急躁,再过几年将至的不惑。但无论如何,人生都断然不会回头,唯有不断努力前行,才能够不留下人生的遗憾。

总是怀念那一段匆匆岁月,喜欢一个人戴上耳机,在大学校园里漫步。不论心情是好还是坏,一遍遍听着自己喜欢的歌。

如今,漫步在宁静校园的荷花池边,回想以前在这里晨读的一幕幕,脑海里情不自禁地闪着逝去的画面,思绪万千,觉得心里酸酸的。看着太阳渐渐西斜,当我回过神来已到了傍晚。夕阳制造了晚霞,晚霞又染红了那大半边的天。最后归了山那边,如同归林的鸟儿,也入了山的怀抱,静了下去。此时,路灯亮起来了。起初是不知觉的,尔后夜色更浓了,才发现这片难得的夜色如此迷人。

事实上,能一个人静静地在亭子里坐着,就是一个上天赐予的福气啊!有些人忙碌了一辈子,奔波了一生,从没想过自己活着到底为了什么。他们日出而作,日落而归,脚步匆匆,很难停留在这宁静的夜色里。而此时的我将烦心之事抛之脑后,静静地坐在池边的亭子里,只为享受这轻轻吹起的冬日的晚风,这悄悄被涂浓的夜色。

有时想,外面的世界也许会暂时把自己遗忘了,但只要自己不气馁,那只不过是自己换了一种生活方式罢了。有时是自己把外面的世界遗忘了，但自己依旧会用自己的方式为社会默默奉献。

校园里的人越来越少了，而这里的夜色，还是如此这般的美好。只是在越发安静的时光里，幽幽的灯光透射出了丝丝寒意。人们都走光了，这里只剩下形只影单的我。灯光依旧在闪烁，时间终究会变成记忆，记忆终究抵不过逝去。

寂静的夜被一阵急促的电话铃声打破了，原来是年幼的女儿催促我回家。归了吧，归去的是来来往往的行人。而这里的夜永远都是静谧的。

一个人的时光，是百合花，也是苦丁茶。当一个人拥有了回忆时，那些陈旧的故事，会成为自己继续成长的印记。

过去的这三十多年，对于我来讲，仿佛是看了一场电影，听了一场演奏，曲终，场散。每一阶段，都有一个结束的句号。

人这一生都在做着同样的四道题目：学业，事业，婚姻，家庭。平均分高，才能及格。快乐的时光，从未预设。曾经的抱怨、曾经的感慨，最后都化为了无尽的留恋。

过去的喜怒哀乐，都已成为过去，留在自己的记忆中。对于未来，我们需要面对的还很多，我们所要做的，就是必须再努力一点，让自己更优秀一点，别让成为未来记忆的人生再留有遗憾。

（作者系贵州省太平监狱民警）

励志篇

我的监狱煤矿记忆

岳光明

2021年，原属监狱煤矿的阳泉荫营煤业有限责任公司，正式和监狱系统脱钩，移交给晋能集团太原煤气化公司。

回望监狱煤矿走过的近70年光辉历程，追忆监狱煤矿伴随自己走过的日日夜夜，百感交集，思绪万千。

1952年夏日的一天，249名操着不同口音的管教干部，作为阳泉第一监狱的奠基者，作为阳泉荫营煤矿（监狱煤矿）的开拓者，押解着一批罪犯经过长途跋涉，来到阳泉郊区荫营镇的一条深沟里，在一个叫作裕民煤矿的小煤窑基础上，开始了艰难的创业历程。

深沟里的大泉眼日夜流淌着清澈的泉水，满足了人畜饮用。他们自己动手搬石筑房，盖起十三孔窑洞（至今还在），作为关押罪犯的监房和办公场所。修通了通往阳泉的十三公里路（路名一直延续）。他们既是管教干部，也是井下生产管理者。在这个满目荒凉的大山里，栉风沐雨，艰苦创业。

沿着老一辈监狱人开创的道路，一批批年轻的监狱民警走进大山深处，接过老管教递过来的接力棒，秉承了他们献了青春献子孙的奉献精神，在这片远离红尘彰显忠诚的土地上，默默耕耘着，日夜奉献着。

伴着一批批管教民警从青春到白头，昔日的监狱煤矿，也在他们的奋斗中日新月异：一批批煤矿院校毕业生充实到带班采掘一线，一台台现代化采煤设备落户井下，一座座高层居民楼拔地而起；一个个浪子经过监狱这个特殊学校的锤炼，经过无数管教民警日复一日的说服教育，在这里脱胎换骨，走向新生；一车车乌金满载着监狱民警起早贪黑的辛劳和付出，把从这里采掘的光和热输送到全国各地。

1990年7月中专毕业分配开矿，年轻的我平生第一次穿上警服，那种新鲜感和自豪感，至今记忆犹新。

当时单位有两个名称，对外称阳泉荫营煤矿，系统内部叫山西省第二劳改支队。参加工作的我直接被分在矿调度室，虽然知道井下一线弟兄们的辛苦，但毕竟没有亲身体验。2002年，为了补充一线警力，我到了生产监区成为一名井下分队长，才切切实实体会到监狱煤矿的真正含义。

分队长身兼监管生产双重责任，是两个安全的第一责任人。在井上穿着警服是监狱管教民警，在井下换上窑衣又变成煤矿班组长。井下三班一周倒一次，每个班次在井下的时间就是八小时，算上乘矿车、换窑衣、洗澡的时间，每个小班从出工带出到收工带回监房，一般都要在10个小时以上。

早班是两头不见太阳，中班顶着烈日出工下井，踏着月光下班回家。好多时候下班回家一躺床上，没多大工夫就鼾声如雷。最盼的是节假日，这样可以不用下井、穿窑衣、吸煤尘，可以轻轻松松享受地面的阳光和空气，即使在分监区一连两个值班，相比于井下的环境和辛苦，也感觉轻松得多了。

当然，生产只是手段，管教永远是第一。个别教育谈话一次也不能少，对自己分队新老罪犯思想动态改造表现必须了如指掌，对分监区一些挂了号的顽固改造分子也必须心知肚明。就这样寒来暑往，迎来一批批新犯，送走一批批刑满释放人员。

一晃十多年过去了，伴随着自己的青春和热血，监狱煤矿一路艰辛一路向前发展。由于时代的发展和监狱总体要求，"监狱煤矿""高危退犯"不断被提上议事日程，所有在井下基层一线带队的监狱民警也热切盼望那一天早日来临。

2017年国庆节十九大召开前夕，阳泉第一监狱正式接到上级命令，罪犯彻底退出煤矿井下劳动。"监狱煤矿"这个凝集着无数监狱人心血和汗水的名称，从此正式成为永久的历史。

监狱煤矿，作为监狱发展史上浓墨重彩的一笔，记录了阳泉第一监狱发展壮大的艰辛历程，凝聚着老一辈监狱人筚路蓝缕、艰苦奋斗的奉献精神，是新时期监狱创新发展的原动力，是激励一批一批监狱新兵忠诚坚守的宝贵精神财富。

（作者系山西省阳泉第一监狱民警）

铁梦豪情映丹心

何 杰

一

当窗外的微风吹走那些信纸的碎片时，主人公保尔·柯察金似乎已经彻然明白：他那短暂生命里所经历的一切际遇，全是由于信念的支撑和异乎寻常的坚强才渡过难关。

在小说《钢铁是怎样炼成的》中，成长的坎坷，青春的悲感，以及理想的坚定，贯穿在保尔生命里，成为最灿烂的印记。

他看着丽达那湿润的眼睛里盈溢的温情和微微的忧郁，心里止不住地疼痛。

一番重相见，如同两条匆匆相交的直线，来不及回味这个喜悦的交点，旋又彼此离散各奔四方。

他的故乡是那个战火不断的乌克兰小镇，有含辛茹苦抚养他长大的母亲，有他那暴躁冲动的哥哥阿尔焦姆，还有侮辱欺凌过他的瓦西里神父。再回故乡，鬓上满是银色发丝的保尔感到无限的亲切和宁静。

他积极参加布尔什维克工作，并且投入了极大的热情，于是广大共青团员和他成了亲密朋友。他心中始终装着人类的壮丽事业，用自己对国家的赤子忠诚，奉献着一腔青春热血。他是一个优秀的苏联红军战士，更是一个关心国家解放和人民命运的爱国青年。

他那永不熄灭的信念之火，让他在党的革命工作上充满激情，常常废寝忘食。革命风潮一日千丈，各级苏维埃工作也在普遍开展。无论是乌克兰的铁路车站，还是国境线附近的别列兹多夫小镇，他工作过的地方总是留下革命的友谊，成为共青团员们的一面旗帜。

二

十月革命所产生的巨大历史效应,为全俄劳苦大众及世界工人阶级带来了惊天喜讯,进一步唤醒了无数工人的革命激情。热火朝天的社会主义建设,在这充满活力的新生国家蓬勃开展起来。

保尔和其他共青团员一样投身到建设之中,修筑博雅尔卡车站,参加利沃夫激战,领导别列兹多夫的共青团工作。他们以饱满的激情,战胜冰天雪地的严寒,在敌人的战火中幸存,忍住格里沙被暗杀的悲痛,长年累月坚守在第一线。

新生国家的建设,的确离不开像保尔这样的一群豪情男儿,时时为国家着想,甘愿处处奉献,运输苏联的木材,刮油漆桶里剩余的油漆,每分每秒都在考虑着国家利益,置生死安危于度外。

受苏联十月革命深刻影响的中国,"五四"运动和北伐战争相继席卷全国,青年学生和工人游行示威,向军阀政府请愿,冒着血腥屠杀的危险,投身于全国人民的解放事业中。新诞生的中国共产党积极组织青年,开展革命工作,竭尽心力为国家贡献青春力量。

当时中国青年的革命斗争,与苏联国家建设的革命氛围的影响是分不开的。在当时中国的基层工作岗位上,也有着无数不知名的保尔,关心民族解放,积极参加革命工作。

三

保尔忍受身体的病痛,得到允许,从红军前线回到乌克兰小镇。还记得他的母亲给他料理出门的行装,留着泪说:"不管养多少孩子,可是一长大就跑了。你瞧,你们全是那样,什么话也不肯对我这老太婆讲。只有在你们生病或者受伤的时候,我才有机会看到你们。"

字字肺腑,没有经历过大悲大爱的人是说不出这样的话的。中国的读者除了感叹"可怜天下父母心"之外,似乎也没有更多语言记述保尔母亲那样的情怀。我们只能钦佩小说作者尼·奥斯特洛夫斯基,用独特深情的艺术手笔,将这些平凡的母爱细节展现在字里行间。

保尔十几岁就离开故乡,在铁路工厂,在红军前线,在边境小镇,处处都留下他战斗和工作的身影。他爱他的故乡和母亲,更爱全国的劳苦大众。为了肃清资产阶级,建设一个人民大众的共和国,他毅然离开故乡,用他永不熄灭的激情燃烧自己的青春,献给世界上最壮丽的事业——为人类的解放而斗争。

故乡是一生的牵绊,是一世灵魂枝叶的所在。无论是苏联的革命儿女,还是勤劳勇敢的中国人民,都何尝不是对心中的故乡难以忘怀。

这让人想起我们的三峡移民,举世工程三峡大坝的兴建,百万三峡移民远离故土,去全国各地安家落户,舍小家顾国家,又怎能不让人动容?

正是因为这些点点滴滴,才有那么多的安定和谐,那么多的感动牵挂,让许多人一生不忘。

四

保尔起初是深爱着冬妮娅的,那个他少年时代的恋人。然而冬妮娅出现在保尔检票的站台时,两人已经形同陌路。冬妮娅觉得保尔穷困到如此地步,不便和他握手。一种阶级的鸿沟阻隔在彼此的面前,出身贵族的冬妮娅终归接受不了一个青年工人的贫穷。这一切保尔感到酸楚,就如他所说的,"两年以前,你还好一些,那时候你还敢和一个工人握手。现在你浑身已经发出卫生球的味道"。

和保尔保持着多年革命友谊的丽达,也终是他生命里的过客。

丽达曾说过,在我们的生活里不光有斗争,而且有美好的感情带来的欢乐。上帝给丽达开了一个玩笑,在误传保尔阵亡后,她无奈地和一个军人结婚。后来一次偶然的开会,又重新看到保尔的身影。一切为时已晚,正如丽达所说的,"现在只有遗憾了",成为永久的记忆之痕。

最终陪伴保尔走完人生路的是达雅,她是保尔的学生和党内的同志。这似乎是一个很让人感动的结局,保尔经历重重磨难之后,终于不再漂泊无依。然而保尔的生命是如此短暂,身患重病,走向死神,又更加喻示着世事中无法兑现的完美,以及生活中不可或缺的悲伤。

这部小说所展现的真实感,在文字细微处可见一斑。于情于爱,都是源于现实的艺术缩影,尽显人世悲欢。

五

　　列宁格勒的电报，让他实现了日夜盼望的梦想。他坎坷的一生里，在老一辈党员的教育培养下，刻苦学习，严于律己，锻炼成为一个平凡又伟大的革命战士。虽有过缺点错误，但他心中的信念始终坚定不移，经历种种考验，兑现了曾经在烈士墓前的誓言。

　　蓦然回首，无限的感慨都化为喜悦。

　　永不熄灭的热情像一盏心灯，始终是他前进的动力。无论遭遇怎样的险阻，保尔已然清晰告诉我们，直面困难，向前挪一小步，就是自我的巨大跨越，便离彼岸不远了。

（作者系湖北省江北监狱民警）

记得的幸福

余智明

人一生会遇到和认识很多人，会经历很多事，随着时间的推移，这些人和事会像水一样慢慢流走，直到无影无踪。或许某一天，偶尔回头，却又幸福地发现，某些清晰的、隐约的、模糊的记忆恰如天边的星星，依然闪闪发光。

20世纪50年代初期成立的四川省龙日农场位于阿坝境内，平均海拔近4千米，占地7万多亩，押犯最多时超过1万人，70年代中期撤销之前，曾一度是四川最大的劳动改造场所。

刚解放不久，农场常有土匪骚扰，在抗击土匪最激烈的两次战斗中，共有六名民警牺牲。在筹建民警传统教育基地四川监狱博物馆的过程中，我们发现档案记载只有两名烈士的姓名，还有四位烈士竟然连姓名都没有记载。

为唤醒历史深处那一缕缕照亮未来的光芒，为告慰先烈的在天之灵，为勉励更多后来的监狱人记得前辈不惜抛头洒热血的英雄事迹，四川省监狱局筹建办的同志跋山涉水多方收集资料、查阅历史档案、一个一个采访健在的老人，竭尽全力帮助他们掀开尘封半个多世纪的一道道锈迹斑斑的记忆闸门……

有幸，我参加了一个专门为原在龙日农场工作过，现已离退休的老同志准备的座谈会。与会老人共7位，几乎都在80岁左右，一个个头发斑白，腿脚不便，他们口中说出的缓慢话语却如闪电划过我的心空。

一个最年轻、刚满78岁的长头发老人抢先发言：记得，就在我刚到农场不久的一天下午，我们打完篮球，农场就通知了一些人第二天出差。谁知，才过了两天，就传来不好的消息，说出去执行任务的解放军战士和我们农场的人在回来的路上中了土匪埋伏，全部牺牲了，至于他们叫什么名字，我就不知道了。

挨着她坐的另一位女老前辈接过话头，激动地说：对，我记得在事件发生后不久，有一天我碰到两个同事，他们告诉我说，场部本来也安排他们出去的，因为临时有事就留了下来，不然，恐怕也一样牺牲了，这两个人真是幸运！如果能找到这两个人，或许就能知道牺牲同志的姓名。

其他的老人也因此打开了记忆的话门——

一个瘦高个头的老前辈清了清嗓子，以愧疚的语气说道：我们农场共发生了两起死人事件，第一次牺牲了两名战友，第二次牺牲了四名，其中一个好像是个翻译，姓丁，因时间太久，姓名我就不记得了。

那个年岁最大、最先到农场工作的老人接话说：农场成立的第二年，大丰收，中央和省里专门派出工作组来慰问，发的慰问笔记本我至今还保存着，舍不得用。但下一年，农场遭到特大霜雪袭击，庄稼几乎颗粒无收，电线也被霜雪压断了，农场派人去维修，他们就是在回来的路上牺牲的，听说还是两个身穿囚服的罪犯爬回农场报的信呢。

一个一直在场部做后勤工作的老人发言说：我记得那时农场的天气非常恶劣，除了五六七月，其他月份都是雨雪交加，最冷时达到零下四十度，我们洗衣服必须烧两桶热水挑到河边，先用扁担砸烂冰层取水，再加上部分热水才能洗衣，否则，水一舀到盆里就结成了冰，洗好的衣服还不能折，一折可能就断了。冬天去拉铁门把，如果手上有水，手上的皮子就会拉掉一层。那时的路杂草丛生，只能骑马外出。土匪杀了我们的人，还把物资和马都抢走，牺牲的人中有一个同志为了不让土匪把枪抢走，在牺牲前是把枪都砸烂了的，叫什么名字我就不知道了。

一位参加工作就一直在农场最基层的老人接着说：我记得在场部召开了隆重的追悼会，每个中队长都参加了，我们当时的中队长退休后，现住在都江堰，可以去问问他是否记得那些牺牲同志的名字。

先前已发言的瘦高个子老人再次发言说：对了，我记得这几个牺牲的同志是去维修农场线路的，去问问农场通讯班健在的同志，他们也许还记得牺牲战友的名字。

以前在场部工作的老人也激动地举手说：是，是，是！我记得通讯班有一个姓王的同志退休后住在大邑县，最近好像在医院，方便时去问问，应该就知道了。

一个老前辈因为年迈，耳朵已经听不见了，其他的老人想见见他，好不容易也把他请到了会场。他一直靠在椅子上，从头至尾没说一句话，只是偶尔抬手缓缓端起面前的茶杯喝一口水，偶尔点点头，偶尔摇摇头，偶尔目光微微扫过面前在坐的人。那些美好的、辛酸的、惊险的、完整的、残缺的如梦往事，不知他是否依然记得……

座谈结束，搀扶这些老前辈返回。

望着一个个颤颤巍巍的背影，泪眼朦胧中，我已然记不起他们每一个人的姓名，但我永远、幸福地记得他们共同的名字——

共产党员！

(作者系四川省监狱管理局民警)

英雄无名

汪　彤

一

一个百人的会议室里，异常安静。

主席台上坐着主持人和宣讲团的成员，一位年轻的女孩，穿着白色衬衫、黑色西装，她很平静，脸上没有一丝喜怒哀乐的表情，她坐在年长的人们中间，她是最不幸的人，却又是带着人生最光荣的使命来到这里……

她是英雄的女儿，她在台上演讲的几十分钟里，脸庞的泪水始终流淌着，她说："爸爸，我昨晚梦见您了，爸爸，我想您了，您可知道，每每想到您已经离开了我们，我的心都如刀割一般地痛，爸爸……"

会场上，除了她轻轻地讲话声和努力克制的抽噎声，及人们不时抬手抹眼泪和抽动鼻子的声音，剩下的便是燃在人们心中，对英雄张树俭无限的敬仰和惋惜……

二

张树俭是甘肃省白银监狱狱政科副科长，一名再普通不过的监狱人民警察。2015年5月16日，张树俭心里依然惦记6点30分该开号子门；6点45该组织服刑人员打水、打饭；7点半该给服刑人员整队、点名，做一天的动员讲话；该带着服刑人员出工去劳动岗位接受劳动改造；该带服刑人员去看病；该找几个闹情绪的服刑人员谈话……

这些事情，他每天不知要想多少遍，做多少遍，他一生不知重复过多少遍，他在每天晚上和清晨的梦里，不知要为这些事情警醒多少次。

然而，就在这一天，他溘然倒下了，再也没有醒来。

三

　　管理一个人很难，管理一群人更难，管理一群曾经衣来伸手、饭来张口、无恶不作的人，更是难上加难。然而，张树俭和他无数千千万万的同事们，每天都重复着这些艰难。

　　5月16日这一天，是星期六，张树俭又一次值班，他一大早来到办公室，用颤巍巍的手倒了杯水，茶杯上白色的水汽慢慢飘散，他似乎从那些水汽里看到这一天要为服刑人员做的所有事情，都井然有序地全部做完了，他还看到母亲慈爱的手，看到妻子、女儿的微笑……

　　他慢慢地趴下，趴在桌子上的材料堆里，他太累了，他从没这样累过，平日里他再累也能爬起来，然而这一天，他却不能，他因脑出血牺牲在了工作岗位上。

　　51岁的他，牺牲在自己惦念了32年无数点点滴滴管理和改造罪犯的各种事物和工作中，牺牲在为监狱事业奉献了一生的道路上……

四

　　在张树俭同志的一张履历表上可以看到，1983年19岁的张树俭已经是甘肃省劳改第七支队二大队的一名民警，这名民警与从事监狱事业的无数名监狱警察一样，没有荣耀的政治生涯，一辈子带服刑人员、管服刑人员、为服刑人员写材料、为服刑人员的事情辛苦忙碌，在监狱队伍里奉献了32年，从事狱政科副科长19年，他的职务虽然仅仅只是个正科级的副职领导，但是他在工作岗位上，一生教育过的服刑人员、为监狱事业做过的事情，却如他的无数个监狱同仁们一样，烦琐、细碎和沉重，数也数不清，说也说不完。

　　19年里，每年张树俭分管办理的服刑人员减刑、假释、暂予监外执行的案件多达2000余人次，可想而知他要签署一式三份的文件6000多份，而这也仅仅是办理程序的一部分。十多年里，张树俭因患严重的糖尿病和高血压，每次握笔签署文件或者为服刑人员写材料，他的手都抖得很厉害，这时，他才从口袋里掏出一把药，往嘴里一送，他心里想，吃了药，手就会好一些，可以端端正正地把法律文书填好。实在抖得写不到纸上时，他只急得恨自己的身体不争气，却从来没有想到，要抽出时间去好好看一次病。

他心里只有工作,那么多的事情,还等着他去做,他是真的不想把时间花到看病上。低血糖导致心跳加快、头晕眼花的时候,他找一块糖含在嘴里,在桌子上趴一会儿,押送因病暂予监外执行的服刑人员还等着他,他一咬牙,爬起来就走,他不顾旅途的劳累和颠簸,为服刑人员的事情、为服刑人员家属的事情,不知走过多少路,不知操过多少心。

每次回到家里,妻子都怜惜他的腿肿得像面包,但他只是笑笑,他心里安安稳稳的,他知道自己公平、公正的执法过程,是对自己良心的一个交代。

五

"一个饼子,一袋榨菜,一杯清茶。"

这曾是张树俭的早餐、也是午餐,还是晚餐,很多人可能都会觉得他很傻,他却把自己的大爱和大智慧奉献给了自己热爱的监狱事业。他用病痛的沉重身体,扛着平凡而枯燥的监狱工作,他就这样,如同他的无数为监狱事业奉献着的前辈们和同仁们,一步一个脚印,不求回报,没有索取的前行,为我们30万监狱警察树立起精神的标杆,这标杆要用诚心、真心,没有一点点私心杂念的心去体会。

若要问,张树俭是谁,他是监狱人民警察的一分子,张树俭就是你,就是我,就是我们无数在监狱一线的普通民警,他们夜以继日地坚守着"炸药包""火山口",只为:"守住法律的公正,只为对得起身上的警服和高墙外服刑人员家属们的期待……"

这一句是张树俭同志的原话,纪念他,缅怀他,让我们接过他身上的重任,大步勇往直前地践行在监狱事业的大道上……

(作者系甘肃省天水监狱民警)

这一次，我们为自己感动

华志浩

标题实为有感而发。

大年初六晚，休息时间打开电视看到《感动中国》2020年度颁奖典礼开始了，白岩松的开场白让人深受感触：远去的2020年，有难关、有难题，令人难忘，也因此，感动在这一年变得必须、必要，也那么必然……

颁奖典礼上，张定宇、毛相林、张桂梅……他们的事迹随着一幕幕感人画面、一句句催泪致辞呈现在亿万观众眼前。武汉金银潭医院院长张定宇，让我在肃然起敬之时又备感惋惜。感染新冠的妻子与隔离病房的病患，张院长选择了后者。正如颁奖词所说，他矗立在死神与病患之间，步履蹒跚与时间赛跑，为患者多赢哪怕一秒。可谁来为他多赢一秒？他身患无法医治的"渐冻症"，自己坦然说运气好可以有七八年时间，也可能只有五六年时间，自己能做几年就做几年，能做多少就做多少。他就像习总书记所说的孺子牛、拓荒牛、老黄牛，举起骨头当火把，为抗疫、为病患燃烧最后的生命精华。

由此及彼，我想起我也在监管抗疫一线，此时此刻有多少身着藏蓝的战友正在高墙内辛苦值勤。从2020年开启封闭管理模式至今一年有余，我们虽谈不上生离死别，但却也已习惯与家人道一声"我要去封闭了"。作为中国公民，我们朴素平凡；作为监狱人民警察，我们肩负重担。这身警服是党和国家给予我们的力量，更是一种责任，一种信任，一种担当。

单位内网上的春节期间民警履职奉献纪实，其实就是写给我们自己的颁奖词。身处监管一线，我们的职责便是忠于职守，全力确保监管安全。监区领导从早到晚聚焦安全、聚力改造；精力不比从前的老同志主动参与带值班；青年民警多次顶夜班、积极留至下批次，包括很多依然拖着婚期的大好青年，从无怨言。每个人都为了心中那份忠诚的信仰，那份执着的信念，放弃了与家人团聚的机会，为国家扛坚盾，为人民守安全，为队伍铸警魂。

其实，我们应该为自己感动！

远去的2020年，进行着的2021年，我们该为自己感动，更应该为自己骄傲。

无言的我们，虽够不上感动中国，但足以做自己的英雄。这是我参加工作的第二年，也是在单位度过的第二个春节。

2021年除夕，值备勤民警相聚在一桌桌特殊的"年夜饭"前，这是一桌七八老友相聚的年夜饭，家中更是一桌少了一人的年夜饭。他们与家人视频时，都是乐观的，积极的，充满斗志的，可最兴奋的应该是小孩子吧！因为他们的父亲此时正在奥特曼打怪兽，为维护世界和平而战，像极了电视里的超级英雄。若干年后他们长大了，你老了，他们拿出老照片问道："爸，还记得那个你不在家的春节吗，对，就是那一年的春节。"看着照片里的自己，你一定会回想起那个特殊的春节，你一定会想起当年的"疫情不退，我不退"。

没错，你是无名之辈，因为你的职业特殊，没有人会为你手捧鲜花、为你喝彩；然而，你是无名英雄，因为你是光荣的监狱人民警察，你是矗立在疫情与安全底线之间的人，因为有你，高墙才坚不可摧。

我们，该为自己骄傲啊！

那些打不倒我们的，只能使我们强大；那些我们苦苦求索的，终将实现。我们坚韧不拔的意志终将战胜狡猾的疫情，我们艰苦卓绝的付出终将夺取最终的胜利。正因为有点滴努力才能集涓流之功汇江海之势，疫情终将过去，我们会在时代前进的轨迹中留下属于监狱民警的痕迹。

同志们，请不要心存疑惑。

此时此刻为自己而感动，为自己而骄傲，昂起头颅，挺起胸膛，迈开脚步，继续我们的坚守安全长征路。

谨以此文致敬全体为抗疫辛勤付出的监狱人民警察。

（作者系江苏省南通监狱民警）

他们的三十岁

范 明

俗话说:"二十如花似玉,三十工作主力,四十事业栋梁,五十老当益壮,六十荣归故乡。"

老辈人口中的"三十而立"正演变成一道分水岭,鞭策着"三十岁们"弃花成树,催促着"三十岁们"早成栋梁。

2020年,当人们在为新冠肺炎疫情肆虐惶惶不可终日,当城市停市休学不知去路举足不前,当全球持续动荡愈演愈烈,有一些"三十岁们"却在"四方城"里耕耘着自己的一片天。

三十岁,一个尴尬却又注定不平凡的年纪,他们在"四方城"里坚守,你呢?

三十岁的你,是否还在沉迷声色,为下班去哪犹豫不决。巍巍高墙犹如70年前生死相隔的鸭绿江,一侧是炮火连天、硝烟弥漫的战场,另一侧是阳光灿烂、风景如画的田园。人人都渴望自由与阳光,但总有人要留下,承担风霜雨露,经历寒来暑往。三十岁的他们也有着对生活的渴望,有着对繁华的向往,是胸前熠熠生辉的党徽让他们毅然决然选择留下,坚守在这"四方城"里,继续担当。

三十岁的你,是否还在憧憬诗与远方,为爱打包行装。"芳华如梦的过往之后是岁月静好,风华无痕,不念过往纷繁与此刻的喧嚣,心静如水,用最恬静的心执子之手踏遍山河万里,穿越时空走过人潮人海,去追逐天涯、寻觅海角,找寻诗与远方"。三十而已,多少人在这梦幻般的年纪以梦为马,不负韶华。然而他们呢?他们的韶华在哪里?国旗侧、讲桌旁、头顶的四角天空下。"望断天涯路,何处不思君",伊人在侧,倾诉相伴时短;英雄无悔,暂别儿女情长。"夜夜思君不见君",多少人从此错过,天各一方。正是这些舍小爱为大家的"小小红船",航行在漩涡中心,活跃在抗疫一线,用青春和汗水书写了一幅幅壮美篇章,用实际行动践行了对党、对国家、对人民的铮铮誓言。

三十岁的你,是否还在抱怨爸妈的唠叨、妻子的任性、孩子的哭闹。人们都说,每一个男人心里都有一栋房子,在这里,没有家务琐事,没有柴米油盐,可以看球赛到很晚、打游戏娱乐任意约,男人向往自由却又害怕孤独。"失联"的半年里,他开始想念盈耳的唠叨,想给妻子一个拥抱,想和不满周岁的女儿玩举高高。每次打点行装,他都拒绝家人相伴;每次面对离别,他都欲言又止、辗转难眠,八尺男儿泪耐得住高墙寂寞,却抵不住爸妈的嘘寒问暖、妻女的满心期待。三十芳华,上有二老在堂,下有孩提需要,脱下警服,他们是孝顺的儿子、忠诚的丈夫、慈祥的父亲;穿上警服,他们摇身一变,誓为监狱的守护者、司法的排头兵,心系担当,"抛家弃子",奔赴前方。

一座监狱,一座"四方城"。

不同于最可爱的人的枪林弹雨,不逊于戍边卫士的山高水长。封闭的200多个日夜里,三十而已的他们面对的是心中的井、紧绷的弦。是"三心"让他们坚守至今——恪守本心,在"大风起兮云飞扬"中志存高远;践行初心,在"不破楼兰终不还"中奋发有为;坚守真心,在"众里寻他千百度"中感悟真谛。"初心易得,始终难守",然而每当看到这城市的安静祥和与灯火阑珊,每当看到这社会的井然有序和公平正义,高墙内的他们唯有一边用"心"坚守,一边望眼欲穿。

"一座围城,四角天空,这里是你特殊的战场。邪念,如困兽犹斗;命运,已满目疮痍。幸好你在,化作那一季春雨,润物无声;化作那一路星斗,点亮奇迹!"

这句颁奖词,不到百字,却是对新冠肺炎疫情下监狱警察最真实、最贴切的工作写照。围城内,他们净化灵魂,用法律的威严捍卫着公平正义;围城外,他们抗击疫情,用真情与博爱书写人间温暖。

左手青春,右手年华,三十而已的他们在党徽闪耀的年纪,用无悔的芳华践行青春的誓言;在抗击疫情的大旗下懂取舍、有担当、奋发有为。

疫情当下,感谢所有在"四方城"里静默无声的"小小红船",用韶华不负,保监狱风平浪静;舍无限风光,恰你我在其中!你们如今的"逆行"终将被世人铭记,抗疫胜利的大旗上有你们浓墨重彩的一笔!

(作者系安徽省马鞍山监狱民警)

《烈火金刚》铸警魂

胡 旭

20世纪70年代初,我上小学四年级。

一天,见同学的姐姐二丫捧着一本厚厚的没有封面的旧书在翻看,我好奇地问是什么书,她说是《烈火金刚》。

平时看到的书名跟标语口号似的,突然听到这么个雷人的书名,我觉得新鲜,就问里面讲些什么。她不作答,随手往回翻了几页,读了起来。我一听是"打仗的",一下子就被吸引住了。

正当我听得入迷,她却不读了。急得我好话说尽,她也不读。最终,她提出我可以拿本好书来交换。我连忙跑回家,拿来一本当时已很少见的古典故事小人书——《相思树》,才换得三天阅读时间。

这三天,我一天到晚抱着书,深深地被八路军武工队史更新的机智勇敢、肖飞的八面威风、丁尚武的勇猛过人,冀中平原军民抗击日本鬼子一个接一个的故事给吸引住了。尤其对丁尚武耍大刀、肖飞深入虎穴买药、史更新死而复生等情节着迷。末了,缠着父亲做把木头大刀和驳壳枪,跟小朋友一起玩打鬼子的游戏,还弄来自行车,模仿肖飞飞车,在家属院里"疯狂"。好长一段时间,沉迷于《烈火金刚》之中,向往抗日战争那个英雄辈出的年代,遗憾自己那时没有出生,不能上战场杀敌,当一个英雄。

后来,广播里播出单田芳的评书《烈火金刚》,我高兴坏了。每天中午放学,十分钟的路程,飞奔用五分钟就回到家,一刻不差准时收听。这时,对小说有了深刻的理解和认识,为共产党领导冀中军民同仇敌忾,抗击日寇所表现出的英勇顽强斗争精神而感动,越发钦佩抗日军民不屈不挠、不怕牺牲的大无畏英雄气概。听完评书,还不过瘾,又借来小说读,把众多英雄的光辉形象刻在了脑海中。

长大后,1982年,通过考试选拔,我成为一名监狱人民警察。从此肩负监管改造使命，扎根山区，一干就是 38 年。

其间，有英雄的感召，有前辈的引领，有组织的培养，我不断进步，参加工作 5 年后，1987 年光荣加入中国共产党，成长为一名优秀监狱人民警察。

工作中，听人说，我们守的是"火山口"，看的是"炸药库"，我认为这话说得好，便将自己的"弦"绷得更紧，丝毫不敢松懈和怠慢。1991 年，在一次追捕中，同战友一道将穷凶极恶携带炸药包负隅顽抗的逃犯围堵在古城西安一家属楼内，斗智斗勇周旋三个多小时，机智将其引出家属院，配合武警战士将其击毙，我荣立个人一等功。抚摸奖章，仰望金色盾牌，我心潮澎湃，更加热爱这一身警服，坚定信仰，越发敬重所从事的事业。

然而，天不遂人意。进入 21 世纪，一次检查发现，我患上了一种无法医治的严重眼疾，最终将会导致双目失明。这让我一度感到恐慌，不知所措，想了许多许多。

我是一个崇尚英雄、有理想和追求的人，我不想等到那一天真的来临，人生就此终结，如同行尸走肉，只有吃喝拉撒。好在上天关上了一扇门，还给我留有一个窗口，让我发挥写作特长，并将它与生命联系在一起，作为生活的一部分，可以在未来继续实现我的人生价值。

转眼十多年又过去了，我的眼睛虽已接近失明，可我学会了盲打，依然坚守工作岗位。看不清屏幕上的字，我就给电脑装上读屏软件，克服视力障碍，砥砺前行，出色完成单位宣传工作任务。在同事的帮助下，十多年来，累计组织撰写新闻稿 800 多篇，连续 8 年被陕西省监狱局评为优秀通讯员，四次被集团公司评为宣传工作先进个人，写作散文 200 余篇，在全国各类报刊发表。2018 年以来连续 3 年被评为优秀公务员，2019 年被单位评为"最美人民警察"，还荣幸被陕西省和中国散文学会吸纳为会员，出版一部散文集。

如今，再有两年就要脱下这身心爱的警服，告别警队，退休了。可我珍惜光阴，内心依然火热，不但要站好最后一班岗，还想尽其所能，用心敲击键盘，继续写作，高歌新时代，直至生命最后一刻。

（作者系陕西省崔家沟监狱民警）

我们家的四代人

赵瑞英

由于父母都忙于工作，我从小在姥姥家长大。

在姥姥家，我不仅受到百般呵护，还能听到别的小伙伴难以听到的革命故事，这就是关于我姥爷亲身经历的故事。

姥爷是在1937年"七七事变"后秘密加入中国共产党，当时他担任村长，多次配合八路军从事地下抗日工作，帮助掩护、隐藏、转移地下党员，出色完成了组织交给的革命任务。

姥爷讲过，他曾因被日军怀疑通共被抓，鞭打棍敲、灌辣椒水……但姥爷坚贞不屈，硬是挺了过来，用实际行动捍卫了入党誓言，敌人查不出证据，只好释放了姥爷。

抗日战争期间，姥爷还曾同一名叫布超（字音）的女地下共产党员长期保持单线联系，共同从事地下革命工作，后布超同志暴露，被日军逮捕并残忍活埋，英勇就义，牺牲前还高喊"共产党万岁""祖国万岁"的口号。每当讲起这些，姥爷的眼里就闪烁着晶莹的泪花。

新中国成立后，姥爷始终牢记自己是一名共产党员，积极响应党和国家号召，投身社会主义建设，参加了水库修建工程，并担任民兵连长，带领大家挖渠引水、造福百姓，时时处处体现了一名共产党员的革命本色。在缺衣少食的年代，他从没有将自己的革命经历拿出来炫耀，更没有向党和国家提出过任何要求。长大些后，记得有一次，母亲听人说1937年入党的老同志可能会享受国家优抚政策，就跟姥爷商量，也去上面有关部门找找，看能不能得到些救助，因为当时姥爷家庭情况实在不济，基本靠母亲微薄的工资维持，但姥爷坚持不让，他说有人为革命献出了生命，我们活着的人还有什么不知足的，穷就穷点儿吧。

记忆中，姥爷经常教导家人公家的便宜一分一毫也不能沾，即便吃大锅饭或自然灾害严重时期，生活艰难到无以为继，有些人会私拿集体粮食带回家，但姥爷始终告诫家人，哪怕忍饥挨饿，也不能沾公家便宜，再困难的日子总会过去，但人的行为一旦有了不光彩之处，就会背负一辈子，更对不起牺牲的革命同志。

在姥爷的内心深处，曾经并肩战斗为革命牺牲的同志就是他的标杆，时时处处作为榜样，激励他保持着顽强的革命精神和道德操守，同时他也为家人立下了规矩，树下了好的家风。

姥爷言传身教，母亲耳濡目染，她十七八岁担任乡村赤脚医生，由于勤奋好学，19岁时被选拔到公社做卫生员，工作中任劳任怨，勤勤恳恳，受到了广泛好评。母亲曾在药房工作，当时实行全社合作医疗，所有人吃药看病都是公费，尽管药房就她一个人，但从来都是日清月结、账目清楚，妹妹回忆经常半夜睡醒看到母亲在打算盘记账。后来母亲又负责全公社计划生育和胎儿接生工作，不论严寒酷暑，还是月黑风高，只要哪个村有人需要，她从来都是随叫随到，热情上门。

当时，我已到母亲上班的地方上小学，我和妹妹经常会被留在家里自己学着做饭吃。遇到晚上，母亲就把我们锁到屋里，自己一人骑自行车下村，坎坷不平的路上留下了母亲数不清的足迹，她也因此成了三里五村老乡眼中的熟人和亲人。

由于勤恳敬业、认真负责，母亲很快加入了中国共产党，曾连续多年当选县人大代表，多次被评为先进工作者，并在表彰会上作典型发言，受到了领导和老乡的广泛赞誉。

由母亲说到我，从小在姥爷家长大的我，潜移默化受他们的影响，培育了对党和国家深厚的感情，以及积极乐观、无私无欲的人生态度。

回首自己的经历，虽与大学无缘，但经过努力，作为监狱子女，19岁参加工作，26岁那年以单位第一名的成绩被录用为一名监狱人民警察，30岁光荣加入中国共产党，并成长为一名中层干部，曾在车间做过工人，也在单位当过会计，还做过政工纪检工作，不同岗位更加历练了我坚韧、正直、自重的道德品性，几十年来，内心始终有一种坚守，即踏实做人、本分做事、严格自律、洁身自好。

在我的心目中，不管干什么都要尽力干好，也许结果不是最好，但付出的努力要永远最大。多年来,我把奉献当乐趣,把工作当兴趣,不管多辛苦,只要能把工作做好就是最快乐的事。

家风代代相传,更是影响了我的孩子。女儿自幼勤奋好学,乐于助人,积极向上,追求进步。从上小学起就经常热心帮助同学,做老师的小助手,中学时曾担任文学社社长,采写多篇新闻报道。大学期间被吸收为中共正式党员,曾担任明辩社社长,带领团队数次夺冠;积极配合老师攻关某科研项目,并获取专利;热心参加大学生公益组织,服务社会弱势群体。

女儿由于成绩优异、表现良好,大学毕业获得保研资格,目前正在攻读博士研究生。跟从导师实习期间,经常加班加点,周末也很少休息,有时我很心疼地问她累不累,女儿却乐观地说:累不累,看你怎么看了,我现在还年轻,正是学东西的时候,只要工作需要,自己内心高兴并乐于接受就不觉得累。

女儿的态度让我欣慰无比,也让我看到了好的家风源远流长,是姥爷的革命故事深深激励着我们,影响了我们。

(作者系河北省邯郸监狱民警)

党员徐大义

夏必俊

徐大义同志，生于 1930 年 7 月，1951 年参军，1954 年入党，在解放军步兵 90 师 270 团 3 营 8 连参加过剿匪战斗，1952 年 9 月在水利工程第 1 团 3 连因工作积极荣立四等功一次，1954 年 7 月担任副班长转业到淮委三河农场工作，1957 年来白湖农场工作。

徐大义在部队学的是农业机械，转业后主要从事水利工作，曾经参加过佛子岭水库、王家坝水闸以及巢湖凤凰颈引江治淮工程建设，是围垦白湖建立白湖农场的重要水利技术力量，被干部群众称为"白湖的水龙王"。连续多年被评为优秀共产党员、先进工作者。1983 年荣记个人二等功一次，1984 年被评为安徽省劳动模范。1990 年退休后，徐大义同志始终心系白湖监狱事业的发展，用实际行动诠释着一名共产党员的初心和使命。

◆ 几十年不改的初心

"人退休了，思想不能落伍，党的理想信念不能退步。"这是徐大义一直坚持的信念。

我见到徐大义时，他正在家中看中央两会报道。徐大义老伴罗金芝告诉笔者："他只看新闻频道，有时我想看看电视剧都不行。他说他要学习党和国家的方针政策，看看国家的发展变化。"

徐大义说，前些年眼睛还好，就到图书馆里读书看报，现在眼睛不好，只有通过电视了解时政新闻了。但每每老干部党支部组织开展"三会一课"学习，他都积极参加，并认真做好学习笔记。在"两学一做""不忘初心牢记使命"学习教育活动中，他还认真书写了学习心得。

徐大义告诉我，他小时候是放牛娃，给人家做帮工，没上过学，不识字，参军后在部队参加扫盲班学习，脱盲后部队让给家人写封信，家人接到信后开始还不相信，他就写信告诉家人是部队教育的，是党培养的。自那以后，徐大义始终坚持政治理论学习，不断加强自己的党性修养，把一腔热血献给了党的事业。在参加佛子岭水库、王家坝水闸以及巢湖凤凰颈引江治淮工程建设中，由于出色的表现，获得了佛子岭水库纪念章和治淮纪念章。

徐大义回忆道，1957年3月，他被分配到白湖农场兆河大队负责排水工作，他心里始终想到的是在中国共产党的领导下，围垦白湖是具有历史性的光荣任务，便决心在建设穿湖大堤上拿出最大的力量。工作中他一边学习毛主席著作，一边投入到工程建设之中，天气再冷也阻挡不了工作进展。在引河工程时，"莲蓬头"经常被稻草和石头堵塞，他就下到冰冷的水中去清理，当工程建设到4200米关键时刻，有时忙的在工地上一天只吃一餐也不感觉到饿。他说，这是因为自己心中始终有一个坚强的信念，所以工作中就不怕吃苦。

从20世纪60年代起，徐大义一直从事机务工作，自1976年至退休前任白湖劳改局机务科副科长。对于他来说，机务和水利工作都是他的专长，在分管排灌工作时，他每天总是忙着检查各站的泵、机、水利安排等工作情况，更新改造排灌站闸门功效和农机设备。原7大队排灌站曾历时4年只能抗旱不能排涝，在改造工程中，他亲自带领人员进行施工，每一个环节都亲自过问，终于将这座废站救活，胜利完成了改造工程，可他的身体却拖垮了，腰病复发，疼得他身子都直不起来，只好去医院进行治疗。可刚一出院，他又投入到收割机的试验中，边打针吃药，边忙于工作。

退休后，徐大义始终贯彻"活到老，学到老"的精神，常年坚持读书学习，家中藏书大多是毛泽东选集、邓小平理论、"三个代表"重要思想、科学发展观以及习近平谈治国理政等党的理论书籍。通过持之以恒的学习，他的党性观念和宗旨意识不断增强，坚持在力所能及的情况下，有一份热发一份光，为党的事业奉献自己的力量。他先后参加白湖分局第四次、第五次党代会，作为党代表在会上积极建言献策。徐大义还十分注重加强革命传统教育。每当白湖新录用一批新民警，他就根据组织上的安排，亲自备课，整理翔实的白湖场史材料，并结合自身工作经历认真进行宣讲，准确地展现了老一辈白湖人围垦白湖、英勇奋斗的艰苦历程，进一步增强青年民警的革命传统意识，促进广大青年民警坚定理想信念，发扬白湖精神，为白湖监狱事业发展贡献力量。

◆ **1983 年抗洪抢险的那些事**

1983 年 6 月 30 日，连日暴雨如注，白湖外圩水位已达警戒线，省防汛总指挥向白湖下达了东大圩随时准备蓄洪的命令。当天深夜 11 时许，时任白湖 9 大队 2 分场党委委员、副场长的徐大义正在指挥转运物资，有人来向他报告说圩内有几名年老体弱的场员不肯撤走。此时，离指挥部命令撤出的时间不到 1 小时。徐大义立即带领一名年轻干部冒着倾盆大雨，踏着泥泞小道，摸黑赶到场员住处进行动员。将这几名场员转移走后，他又逐房查看有没有未转移人员，摔倒了爬起来，腿划破了抹抹血又继续前行，直到所有人员全部撤离。返回时，徐大义遇到一位年老体弱的场员挑着行李艰难行走，他忘了腿上的伤痛，走上前便将行李挑在自己的肩上，令场员感动万分，激动地说："你真是共产党的好干部！"

7 月 4 日，暴雨如注，水位急骤上涨，二分场尚有价值十万元的物资未来得及转移。在分工会上，徐大义主动承担了这一任务。此时，仓库前一段较长路段已被洪水淹没，徐大义就亲自涉水探路，指挥车辆前行。由于劳力少，一些场员几天几夜没吃好没睡好，情绪有些低落干劲不大，徐大义觉得此时最好的办法就是领导带头，以身作则，用自身的实际行动感染大家。连续三天三夜，他嗓子哑了，眼熬红了，衣服湿透了，手碰破了，但他全然不顾，一趟趟地往返仓库拖大件、搬重物，终于将这批物资及时转移到安全地点。

东大圩泄洪时，徐大义和另外一名同志站在交通要道口阻止少数人入圩，以防止发生意外事故。由于连续在雨中奔波，身上的衣服始终没干过，致使他的胃病又犯了。因为没干衣服换，他就找一条干毛巾放在胸前护着胃，夜里凉风袭来，冷得他直哆嗦，但他仍然恪尽职守，顽强地坚持着，忘我地工作着。

东大圩全部进水后，徐大义主动担当起打捞工作。在打捞物资过程中，他既当指挥员，又当打捞员，亲自驾船，带头下水，经常在污浊的洪水里一泡就是几个小时，身上划出了一道道伤口，全然不顾感染发炎。在他的领导下，二分场打捞出家禽家畜、粮食物资等价值数十万元，为国家大大减少了财产损失。为了解决打捞上来的家禽家畜的饲料问题，他又带人将泡在洪水里的小麦、稻子捞上来作饲料。7 月 9 日在打捞仓库的稻包时，水淹到了屋顶，下水打捞十分凶险，但他毫不犹豫地跳上屋顶，揭开瓦椽，用竹篙钩往上提稻包，再搬到船上，大家照样干起来，很快满载而归。每次打捞，他只要见到有用的东西都想方设法带回来，人们都说，徐大义对国家财产真是一分钱都舍不得丢掉。

徐大义就是这样，时刻牢记自己是一名共产党员，时刻想着党和人民的利益。这一年，徐大义荣立个人二等功。

◆ 退休 30 多年的这些事

在一般人看来，老同志辛苦了一辈子，退休了可以好好休息了。但是，徐大义不这么认为，他说："我是一名共产党员，从工作上退休了，但我还是党组织的一员，我要多学习党的理论知识，多为党的监狱事业干点事。"

徐大义被干部群众称为"白湖的水龙王"，退休 30 多年来，徐大义时刻密切关注白湖水利和道路建设，每年汛期，都要到环圩大堤上义务巡堤，及时为白湖分局党委决策提供依据，帮助解决重大水利隐患问题，确保白湖区域安全度汛。

1991 年 7 月白湖发生第四次特大洪水，组织上希望他能重回岗位参加抗洪救灾工作，他二话没说，随即领命奔赴抗洪一线。当天他带着抢险突击队连夜将东大圩 6 个排灌站所有排灌设备搬上大堤。7 月 9 日，东大圩蓄洪后，他又协助分局抗洪抢险领导组到西大圩排除险情。原 6 大队防汛段出现严重管涌，他不顾因汗水湿透衣服全身发冷，亲自下到现场查看，发现是原来筑堤时留下的涵洞水泥管接口漏水，于是，他指挥抢险人员先用沙包把四周围起来，然后用土把接口处填死。险情排除后，他反复叮嘱分局基建科同志，在洪水退后，一定要将其余的原 7 大队、8 大队类似的涵洞重新建设，直接掩埋处理，不给以后白湖防汛留下后患。

1998 年防汛期间，徐大义正在家中看《白湖新闻》，一名防汛办同志匆匆来到他家，说是原西大圩 2 大队排灌站闸口处发生严重管涌漏水，领导让他赶紧去帮助查看。徐大义当即来到现场，仔细查看后，当即指挥工作人员打开闸门放水进圩。当场许多人都怀疑这办法是否行得通，徐大义就向大家说明，这是反水漏，若不开闸放水，大堤就会鼓了，开闸放水后，就会降低外河水压，然后用土袋填充水漏，就没事了。果然，经过几个小时奋战后，人们看到的是大堤稳如泰山。

2003年白湖东大圩第五次蓄洪。徐大义随分局领导巡查西大圩途中，得知东大圩一处圩堤发生严重管涌渗水，赶到现场查看后，立即做出在外围下围障的排除险情方案，并亲自脱衣下水布点，让他人效仿，再打桩用铁丝扎紧，布排后填土袋堵住了管涌。

2008年那年防汛中，白湖裴岗卫联圩一处大堤发生管涌，从中午时分就请当地村民下水摸了5个多小时都没摸到漏水点，这时，徐大义不顾自己已是78岁的高龄，亲自下水找。他把头埋到水里用耳朵听，又用脚触摸吸水的感觉，第二次下水时就找到了渗漏处，然后用竹杆插上做好标识。上岸后，他指挥抢险人员用烂泥装袋堵漏，直到第二天上午处理好后，他又随同白湖防汛办工作人员到其他地方巡堤去了。

徐大义还曾是白湖第二代拖拉机手，虽然文化程度不高，但精通多种机车、农机具的性能作用，他一听发动机声音就知道是什么毛病，哪里有故障排除不了，他一到场就能解决问题，人们都称他为机务专家。

徐大义告诉我，退休后，他把家安置在白湖交通路口，就是为了方便检修机车。有一次，场里一个机务队的大金马收割机的发动机坏了几天都撤不下来，便上门请他去看看，他到场后几分钟就把收割机撤下来了。

1995年，北京一家机车厂听说徐大义的特殊技能后，来到他家，愿意每月给他2000元工资聘请他担当技术顾问，被他当场回绝了，他说："我工作在白湖，我还得为白湖做事。"

退而不休，积极为白湖监狱事业发展贡献力量，这就是徐大义同志，一名老党员的风采！

（作者系安徽省白湖监狱管理分局民警）

大凉山的青爸爸

简玉菊

有人说,一个人命运的改变,很多时候只需一次偶然。

对攀西监狱民警刘青松来说,他的这次偶然,既改变了自己的命运,让他十年如一日,在大凉山扶危帮困一路跋涉;更改变了至今为止200多个家庭、625个孩子的命运,成为孩子们口中的"青爸爸"。

2011年,刚刚担任攀西监狱教育改造科副科长的刘青松便遇到一件棘手的事情。入监半年的罪犯彭某趁民警不注意,企图自杀,被当场制止。

原来,彭某和哥哥共同犯故意杀人罪入狱,自此,抚养照顾8个小孩、2个老人的重担全都落在了姐姐一人身上,这让本就贫困的姐姐几近崩溃,面临绝望。为了弄清情况,刘青松第一次踏上了走访服刑人员家庭的路。

从监狱所在地到罪犯彭某家大凉山,200公里路程,山路坷坎,崎岖泥泞,陡峭如壁,3000米的海拔更让本就恐高的刘青松倒吸一口凉气。一大早迎着朝阳出发,到达时已是星光遍地。来不及喘一口气,刘青松便被眼前的景象深深震撼:这个空荡荡的家啊,除了墙角的一堆红薯,没有任何值钱的东西。年迈病重的老人,衣难蔽体的孩子,空洞,看不到希望的眼神,刺痛着这个硬汉的心。

姐姐歇斯底里地哭诉着,每一声都让刘青松感到沉重和无力。他几乎掏空了兜里所有的钱交到姐姐手上,说:"有党和政府在,不要怕!"

那时的大凉山里,不少人因为贫穷、愚昧挺而走险,一家人,甚至一个村子的人一起走上犯罪道路。而这样的结局是,年迈的老人和幼小的孩子面临巨大的生存危机,极有可能陷入再次犯罪的深渊,这些所见所闻都沉甸甸地压在刘青松心里。

如何让这些没有希望的家庭重获希望?如何让这些家庭不因绝望而再次走上犯罪道路?我能做什么?我该做什么?

刘青松一遍遍地问着自己。

帮助人的方式有很多，有人略尽绵力，有人却倾其所有。刘青松便是后者。

在刘青松看来，帮助一个孩子，就能挽救一个家庭，挽救一个家庭就能和谐一片社区，和谐一片社区就能稳定一方平安！所以，就算再难，也要奋力一试！

然而，这条路却比他想象的要坎坷和崎岖得多，横亘在他面前的三道难关犹如三座高不可攀的大山。

第一道难关是上门难。

在大凉山，一个个村寨分散在重重高山深谷之中，一边是窄窄的山路，一边是紧挨大峡谷的悬崖。不会开车，还有恐高症的刘青松常常先坐汽车，再换摩托车，很多地方还要手脚并用地攀爬才能到达。好几次不慎，从摩托车上摔了下来，弄得鼻青脸肿，满身泥浆。

如果说大山是可以翻越的屏障，语言不通则更是难逾越的鸿沟。那年，刘青松接到罪犯的申请，帮助解决4个孩子读书的问题。按照提供的手机号码，刘青松立刻拨了过去，电话拨通，孩子外公听不懂汉语，一直嚷嚷着"不会汉语，不会"，电话挂了。再打，外婆接电话，依然听不懂。再打还是不行，再打，不找到会说汉语的决不放弃。就这样，在第25通电话后，找来的孩子舅舅勉强能够听懂刘青松的话了。

正当刘青松以为可以完成任务的时候，新的问题来了，舅舅也不知道孩子们在哪里？

必须先找到孩子。

于是，刘青松和舅舅兵分两路，委托关工委、寻求当地政府帮助、挨家走访问询，一周后，终于找到了4个孩子，并为符合条件的孩子申请了助学金。就是凭借着一股子倔劲，刘青松十年如一日，跋涉数万公里，足迹遍及凉山州17个市县，把改造罪犯的触角延伸到大墙之外，为一个又一个家庭带来了前行的希望。

第二道难关是资金难。

一个人的力量总是杯水车薪，如何筹集更多的资金帮助更多的人，刘青松把目光投向了社会爱心组织，四处联系、八方奔走、到处游说，从大凉山到攀枝花，从攀枝花到成都，从成都到上海、北京，不善言谈的他，用并不标准的普通话，一次次电话短信沟通，一次次面谈，一遍遍争取。每每当谈判陷入僵局，他总会掏出随身携带的孩子们的照片，用一双双清澈眼睛的凝视配上自己坚持不懈的软磨硬泡，换来金石为开，成功将社会爱心引向了罪犯未成年子女这一特殊群体。

十年间，刘青松联系公益组织、志愿者累计为 625 个罪犯未成年子女筹集助学金 153.69 万元，吹散了一个又一个家庭头顶的阴霾，改写了一个又一个家庭的命运。

第三道难关是协调难。

不少服刑人员家庭面临的困难千头万绪，并不是单一的资金就能解决的。2013 年，刘青松接到罪犯杨某的求助，希望将无户籍、无学籍的非婚生女儿落户到奶奶家。刘青松核实信息后发现，身份信息不明、出生信息缺失，根本无法办理。

怎么办？只要有一线希望就不能放弃！他反复找杨某谈话，从细枝末节中梳理分析出杨某女儿的出生医院和大致时间。立刻行动，一边请当地卫计委核查、办理孩子的出生证明，一边委托落户地关工委帮忙联系司法鉴定机构鉴定亲子关系，同时联系落户地公安局对接落户事宜，反复电话沟通，4 次两地间往返奔波，4 个月后，小女孩终于成功落户，顺利入学。

刘青松就这样，通过一次又一次不懈的努力，终于将那些困扰着困难服刑人员家庭的问题一一解决。刘青松这样的善良，打动着越来越多的人，也感染着越来越多的人。2019 年，在监狱的统筹下，"刘青松工作室"正式成立，11 个公益组织、48 个志愿者加入进来，地方政府的力量也融合进来，帮扶对象从四川攀西监狱扩展到凉山州三个监狱，还将向着全省司法行政全面延伸，让一个个因为犯罪而支离破碎的家庭，重新找到站立的支点和人生的希望。

有人说，教育是一棵树摇动另一棵树，一朵云推动另一朵云，一个灵魂唤醒另一个灵魂。那些被"青爸爸"帮扶的孩子们中，有全县中考第一的小马卡，就读于西南医科大学、已经签订回乡就业协议的小普，成为白衣天使的阿西，在上市公司工作的小李……

而那些被"青爸爸"帮扶的孩子们身陷囹圄的亲人们，也逐渐走上人生正轨，用勤劳的双手和向上的精神创造着新的生活。

攀西监狱的服刑人员专门为刘青松写了一首歌，其中两句歌词是这样的:"村里的老树记得你,村里的阿妈记得你,岁月冲不走,你来过的足迹"。

现在的刘青松依然在跋涉着,跋涉于大墙内的教育改造,跋涉于大墙外的扶危帮困。

刘青松的脚步连着过去,更连着未来。

刘青松的身后有着四川监狱系统2万监狱民警砥砺同行,他们用一颗赤胆忠心和一份为民情怀绘就出最美的"警色"!

(本文系四川省监狱管理局民警集体创作,简玉菊为笔名,意为监狱局)

四季篇

赴一场春天的鲜花之约

春 冬

云南，春天出发的地方。

上帝不经意的把春天遗留在了云岭大地，于是，云南成了教科书里春天的模样，成了春天的代名词。

在素以"植物王国"美名饮誉世界的彩云之南，一年只有两季：一季是春天，另一季还是春天。

春天的云南从来不让人失望，随时准备把整个的春天送给你。每年的早春二月，当北方还在漫天飞雪时，春天的画卷便在云岭大地徐徐铺展开来：田间老伯挥舞着锄头，耕耘着希望；河岸山岗，一树树木棉高擎，映红江坝的一江春水；大地的心脏，一朵朵山茶开出春天的样子，开出人们对美好的期待和向往。一朵朵、一瓣瓣、一簇簇、一片片，樱花吐着芬芳，桃花映红了笑脸，山茶怒放，腊梅吐香，梨花正盛，油菜花成海。

在云之南的任何一个角落都不难看到，春天肆意而散漫，穿过村庄，越过田野，从皲裂的树干冒出来，从密织的篱笆钻出来，在参差葱茏的枝丫上争妍，在春风扶拂的山野撒野，零星的，成片的，随意，随心，随性，随缘。

鲜花是春天的眼，春天是鲜花的家。

春天的云南是鲜花的天堂，云南的春天是盛满鲜花的海洋。有多少种花开在彩云南，身边没人统计，也无人能说清。据昆明斗南国际花卉交易中心数据显示，斗南花卉当地上市的鲜花有 60 多个大类、300 多个品种，仅斗南所在地昆明呈贡区年产鲜切花约 17 亿枝，日交易鲜切花 500 万至 600 万枝，每天分别发往 50 多个国家和地区。

在云南生活的人都是投递鲜花的人、投递春天的人、投递幸福的人。

生活在云南的人，每天被鲜花簇拥在春天里，而旅居云南的人，只要稍稍放慢脚步或停留片刻，便俨然成为他们当中的一员，成为春天里的一束花。

生活在云南，五彩斑斓的鲜花在人们的眼睛里流淌成河，清香透亮的空气在人们的每个毛孔自由呼吸。在云南生活的人，注定成为"花痴"，注定被"花吃"。

春天是最好的食日，一枝枝鲜花点亮春天的盛宴。

在云南，人们不仅可以尽享春风送暖，还可以品尽春花美食。在云南，鲜花不只在花市，不只在斗南，它在百姓的菜市场、在饭店的菜谱里。人们把鲜活的春天装进餐盘里，把新香的春天吃进肚子里。

醉是一年春好处，享受云岭好"食"光。一口春花入口，便是对春天根深蒂固的味觉记忆。槐花、桂花、玫瑰花是茶饮店里的上客，海棠花、石榴花、芭蕉花是在餐桌上的家常。

在花都春城，在云南"花花世界"，百余种鲜花便有百余种吃法，甚至，一种花都有N种吃法，就云南人自己也说不清有几个品种的玫瑰花，"花痴"的你可以在早晨起来喝一碗热气腾腾的玫瑰花粥，搭一可口的玫瑰花酥饼，下午茶时候可伴着滇池的余晖品一杯玫瑰花茶，外加一份精致的玫瑰花果冻。

如果你赏够了吃腻了爱意浓浓的玫瑰花宴，那也可以换个重口味，包烧芭蕉花、金雀花煎蛋，再炒一盘鲜中带苦、苦中回甘的棕包花炒肉丝，炖一盅海菜花汤，若添上一杯养颜美容的桃花仙酒，那可真是"人面桃花相映红"。吃的正酣，店主再给远道的客人送上一碟云南人的"冲菜"（油菜花），保证你那绯红的脸颊添多一滴泪眼，只是，"花痴"的你自己也弄不清是激动还是悲伤。

在春天，在云之南，吃的是花，品的是鲜，沁人心脾的是春天的味道。当然，不是所有的鲜花都可以吃（譬如玫瑰就分为观赏玫瑰和食用玫瑰），也不是所有爱花的人都有资格去品尝鲜花美食。

2021年10月，《生物多样性公约》第15次缔约方大会（简称CBD COP15）将在春城昆明举办。习近平总书记在2020年9月30日联合国生物多样性峰会上向世界发出了"春城之邀"。

喜欢春天的你，热爱地球的你，让我们以春天的名义，向着春天出发的彩云之南，走进大自然，在云之南"看天"，在云之南"观海"，在云之南"吸氧"，在云之南"吃花"，让春天奔来眼底，让春天行走脚下，让春天住进每个你的心里。

喜欢春天的你，热爱生活的你，让我们以春天的名义，在春天聚集，从春天出发，在春天种下希望，在春天全力以赴，在春天收获梦想！

（作者本名李春东，系云南省监狱管理局民警）

武汉之春

赵 珏

都说武汉春天短,其实,武汉的春天是一点一点晕染开的。

先是春风,带着春日的明媚温软、清新柔润款款而来。一盏盏樱花、杏花、桃花……经不住这舒缓、温柔的摩挲,带着娇羞,含情脉脉地盛开。一簇簇、一丛丛,如云如霞、如纱如幻,千娇百媚、柔情万种。风一起,落红翩翩,轻舞摇曳。微风与这飘渺清雅的香气缠绵一起,一缕缕飘然而至,时有时无,忽近忽远,偶尔浓得让心灵为之怦然一动,间或又要用心感受才寻得着,不由得使人驻步,流连忘返。

再是春雨,酥酥绵绵,情丝幽长,一点点润化了泥土,津泽万物。看,那枝头嫩绿色的小芽,地头上翠绿色的野草,远山也一点一点绿了起来。湖畔,翠柳拂堤,烟雨蒙蒙中若是有一声清脆的鸟鸣划过湖面,那溅起的一圈圈涟漪在墨绿色的背景中宛若一幅更加迷离的画,恍惚间,仿佛置身于仙境般的世外桃源。

若是晴天,春景明艳,春情婉转,流水飞红、碧绦照水那是春的娇媚;莺啼雀跃、蜂飞蝶舞那是春的呢喃。

大江上,波光耀眼,蓝天白云碧水,水天一色,一座座长虹卧波,一艘艘游轮戏水,一处处亭榭楼阁,一丛丛绿树成荫,山林莽莽,气势恢宏。

亘古奔腾的浩浩长江水,衔天接日,汹涌澎湃,到了这里却转了一个弯,突然变得开阔舒缓起来,像慈爱的母亲般柔柔地环抱着大武汉,惬意地沐浴在春光里。

"青山巍峨龟蛇畔,长江东逝渺际空。"

千百年来,两江相隔、三地相望,演绎了多少大江东去的恢宏篇章。听,那是春秋时期余音缭绕的古琴台;看,那是三国时期俯瞰众生的黄鹤楼;那是从唐诗里穿越千年而来的"晴川历历汉阳树,芳草萋萋鹦鹉洲";那是"暮鼓晨钟、梵音清冽",在佛前祈祷了百年的归元禅寺;伯牙、子期在这里高山流水遇知音;屈原在这里游于江潭,行吟泽畔;洋务运动在这里兴起;辛亥革命在这里燃起了燎原之火……每一程,都有历史的涟漪;每一步,都是现实的光影。那些"黄鹤一去不复返,白云千载空悠悠"的风雅;那些"孤帆远影碧空尽,唯见长江天际流"的情怀;那些"万里长江横渡,极目楚天舒"的胸襟;那些"桃李纷飞,杏雨梨云"的明媚;那些"烟雨莽苍苍,龟蛇锁大江"的气魄;承载了这座城市深厚的底蕴。生于大江大湖之间的大武汉,交织着浪漫主义和英雄主义,是永远流淌着烟火气和侠义心的江湖人间。

2020年,也是春天,新冠病毒席卷江城,大武汉按下"暂停键",用一城"隔离屏障",护祖国山河无恙。新时代的武汉精神,是在最绝望时刻"铆起搞"的不屈斗志;是在最艰难时刻"信你邪"的守望相助;是在最危险时刻"怕么司"的果敢勇气。面对21世纪以来传播速度最快、影响范围最广、防疫难度最大的病魔,武汉这座英雄的城市风骨依旧,英雄的人民气概依然。

如今,"春风又绿江南岸",长江依旧奔流不息,黄鹤楼依旧巍然耸立,地铁里依旧人潮拥挤,高架上依旧车水马龙,那两江三岸的万家灯火,映照着这个城市的喧嚣。在这个春天里,孤芳不再自赏,看那层层叠叠的花枝下,是欢声笑语,游人如织;在这个春天里,街道不再冷清,数不清纵横交错的小巷道,都在以"九省通衢,江汉朝宗"的特有热情,诚挚地顾盼你、拥抱你;在这个春天里,夜幕不再落寞,灯火阑珊里,是数不清的烧烤摊、龙虾铺,三三两两的人群,操着汉白,喝着啤酒,快意恩仇,谈笑风生。

这个春天真好,弥补了所有的错过与遗憾。

武汉,别来无恙!

(作者系湖北省汉口监狱民警)

武大樱花细雨中

徐 晶

来武汉看樱花是每个人的梦想,来武汉看人海是每一朵樱花的梦想,因为有你,武大的樱花雨下得分外灿漫,雨中的樱花有着别样的美感。

渗入人心的最美樱花,是三月里武大校园的细雨,是暗香醉人的花荫,是小径微凉的东风,是落樱与芳草的呓语……

武大的校园有着民国时代的风韵,傍晚漫步在著名的樱花大道上很安静,儒雅的武大学子们耐心地介绍赏樱路径,游人和摄影爱好者在如火的灯光下争相拍照,那一束束怒放的樱花多美啊!一瓣瓣晶莹剔透的花瓣,盛开得娇艳美丽,白的如雪,粉红似霞,樱花树高低错落有致,美得超凡脱俗。

站在樱花树下,樱花的香味沁人心脾,能引起人们的诗情画意,难怪赏樱大潮汹涌不绝,因为武大樱花的确值得赞颂。娇艳不俗的花瓣带着晶莹的露珠,仿佛在诉说武汉的故事。浪漫樱花迎贵客,携手抗疫约你来,珞珈山把最美的花献给最美的人!

一朵朵灿漫的樱花,仿佛流动的生命。有着古典时期特有的华丽、优雅和浪漫气息。记录着历史的沧桑、文人的风雅、闺阁的风月。繁花似锦,芳香迷人,留下永恒记忆。

这是疫情后的武汉最绚烂的樱花,虽然短暂,但却光耀着历经磨炼的我们,从未黯淡……

那些逆行出征的豪迈,那些顽强不屈的坚守,那些患难与共的担当,那些英勇无畏的牺牲,那些守望相助的感动,直到邂逅这些美丽的樱花,才恍然,原来你也在这里!

朵朵灿漫无比的樱花饱含着人性的温暖,承载着让人感动的美。让它们缓缓走近你我的心扉,开始一次温存的心灵旅行,感受那份流淌于内心深处的真情。

已经过去的 2020 年,是极不平凡的一年。

面对突如其来的新冠肺炎疫情,我们以人民至上、生命至上诠释了人间大爱,用众志成城、坚韧不拔书写了抗疫史诗。在共克时艰的日子里,有逆行出征的豪迈,有顽强不屈的坚守,有患难与共的担当,有英勇无畏的牺牲,有守望相助的感动。

从白衣天使到监狱人民警察,从科研人员到社区工作者,从志愿者到工程建设者,从古稀老人到"90 后""00 后"青年一代,无数人以生命赴使命、用挚爱护苍生,将涓滴之力汇聚成磅礴伟力,构筑起守护生命的铜墙铁壁。

一个个义无反顾的身影,一次次心手相连的接力,一幕幕感人至深的场景,生动展示了伟大抗疫精神。平凡铸就伟大,英雄来自人民。每个人都了不起!向所有不幸感染的病患者表示慰问!向所有平凡的英雄致敬!我为伟大的祖国和人民而骄傲,为自强不息的民族精神而自豪!

樱花历经风雨依然绽放着夺目的光彩,坚强不屈地怒放着青春的光芒,饱含着对人间烟火的刻骨爱恋。

我们要把整个春天,都揉进每一缕温暖的阳光里,摩拳擦掌,好好呼吸这来之不易的大好春光;我们要让全新的自己积聚满格的力量,散发出热力满满的光芒;我们要像樱花一样瞄准高质量发展的目标,继续奋斗,勇往直前,创造更加灿烂的辉煌。

唯愿山河锦绣、国泰民安!

唯愿我们共同的家园武汉和顺致祥、幸福美满!

(作者系湖北省武汉女子监狱民警)

写给春天的信札

杨筱英

　　一场春雨，跨过季节的高地，给天空洗了个澡，赶走了多日以来四处张牙舞爪的雾霾，终于还给天空一片清亮澄澈。

　　宅在室内，想你，心中萦绕着一丝落寞。有个声音在耳边回响，"走出去！走出去！"

　　于是乎，梳洗一番，放下落寞，给心灵化一个淡妆，我要去找你！

　　出门，来到街上，不时看到有穿短裙的少女，从眼前翩翩而过，有赏心悦目的感觉。

　　悠然漫步，缕缕春风拂面而来，暖暖的、绵绵的、软软的，一股清新宜人的味道如影随形。

　　噢，春，你终于来了！

　　不远处，好大的一簇金黄，我的视觉被冲击了一下，哦，迎春花，何时你已悄然绽放？而且开得如此热烈奔放。空气中仍有些许寒意，迎春花，你不畏严寒？不怕寂寞吗？你忘了夏的酷热、秋的肃杀、冬的萧瑟了吗？

　　停驻在这金色的花儿面前，花儿携着春风轻轻摆动，把淡淡的心绪娓娓道来，严寒是她的老朋友，她早已把与严寒的会面当作享受了。至于寂寞，她的心中装着整个春天，又怎会寂寞？她没有忘记季节给予的那些磨难，她感谢它们，正是它们成就了今天的她。磨难已成为她灵魂前行中不竭的动力，鼓舞她在这春寒料峭之际吐露芬芳。

　　迎春花的心语，让我不自觉反刍自己。曾经，自己真诚的付出得不到理解，只感觉身寒心冷，使我经历了心灵的冬天。如今回头再看，那又算得了什么呢，它只是生活中偶然的一支调味剂。金色的花儿让我明白，不应让小插曲影响人生的主旋律，劳作着、生活着、思索着，岁月之河流向更远的远方，需要感念的是旅途中给予我温暖的人和物。

一路上品味着花的芳香，感受着花的深邃。

"呜……呜……"不远处一辆三轮车卖劲地叫着，那是人们防洪时修筑的水泥坎挡住了它的去路，我走上前去，使劲推了一把，三轮车轻松前行了，开车师傅转过头来，满脸的笑靥如迎春花般灿烂怡人。

美丽的迎春花，是你派出的使者，养眼的花颜，浓郁的花香，让我实实在在领略到了你的气息。我知道，你来了，来到了我的身边，来到了我的心之深处。

看，沉睡了一个冬天的大地终于苏醒了，野草的根部已泛出片片新绿。河边的柳树娉娉袅袅，似娇羞的新娘，她的一袭新裙影影绰绰，似有还无。路边的白杨树，卸去了冬日的寂寥，枝桠上冒出了细小而繁密的芽苞。一棵棵树粗壮斑驳的树干，修长疏朗的树枝，并不显得单调，反而热闹非凡。因为有鸟儿们在这里谈情说爱，那叽叽咕咕的叫声里，充满了温情和友爱，传递着让人感动的柔情，那是蕴含着生之欢愉的春天的气息啊！

温煦的阳光，轻柔的春风，使沉寂了多日的广场，找回了往日的生机与活力。一只只色彩斑斓的风筝，在空中随风摇曳，小孩子们手握线绳，随风筝跑着跳着，他们就像春天的使者，他们就是春天的使者。广场舞悠扬的曲子此起彼伏，随着欢快的节奏，舞出欢欣的笑颜，舞出舒朗的心情，舞出春天一般绮丽芬芳的花儿。

犹记儿时，每年春分后不久，老黄牛般不知疲倦的父亲就开始忙碌了，为春耕做着准备。他打磨农具，整理田埂，在一片片田地里兢兢业业书写自己的人生诗篇。

第一场春雨后，父亲就会带着白玉般的化肥，来到田间，一把一把，把化肥撒到麦田里。紧接着，父亲又把鸡粪运到苹果园，一锹一锹，把鸡粪埋到果树下。敬畏并膜拜土地的父亲，干这些活的时候，是极其认真而又虔诚的。春雨滋润了麦苗和果树，也滋润了父亲的心田，看着一畦畦绿油油的麦苗儿、一株株精神饱满的苹果树，父亲的脸上笑意融融，写满了憧憬。"春种一粒粟，秋收万颗子。"父亲种下了全家人一年的梦想与希望，春天，真是一个让人心里熨帖舒畅的季节啊！

父亲的人生信条里，土地是人类最好的朋友，有了土地就有了一切。土地是父亲一生最崇拜的老师，它教给了父亲朴素的生存之道与人生哲学。而今春又来，父亲却已长眠于大地的怀抱。在这个春天里，麦苗儿会想念父亲，苹果树会想念父亲，作为女儿的我，心心念念，情意牵牵，更加想念父亲。

漫步在春天里，沐浴在春风中，一股和煦明媚的气息氤氲于周身。阳光温热，祈愿岁月静好。

春天，我走进你，就走进了温暖、热情、美好！

春天，我走进你，就走进了希望、神奇、憧憬！

在人们心里，你如金子般珍贵，但你不知道，也无须知道。此刻，我想对你说，只说一句，有你真好！

（作者系陕西监狱罪犯职业技能教育监督管理所民警）

生命含香　岁月生香

戴文会

立春过后，接连几场扎实的春雨，让这座被称作"世界茶源，天赐普洱"的全国文明城市的春天提前到来。城里城外，山野溪边；高的，矮的；大的，小的花儿，带着山野气息，随地而生，随地而开，渐渐绽满了枝头，芳香四溢。

每天下班吃过晚饭，天色已近黄昏，我或是独自一人，或是邀约上好友，都要到梅子湖栈道上散步，因为普洱山上那些花香一直牵引我前往。

才走上栈道，隐隐约约的香味儿扑鼻而来。

此时，天空中的月亮足够亮，足够白。云层像棉花团似的，轻绕在月亮周围。山上依稀看得见青绿的枝头上有白茫茫的花儿，还以为是下霜或者下雪了，让人有一种"不是人间种，疑从月里来，广寒香一点，吹得满天开"的错觉，原来是思茅松林中的野生锥栗花、老白花开了。

湖对面的山峦，宛似一个头戴着花环，身上盖着花被的美人儿，在花香中沉沉地睡去。那修长的身影，优美的睡姿，和月影一起倒映在静静的湖里。

栈道上的灯带在水里闪耀着光芒，既像一个个手持火炬向前奔跑的火炬手，又像一条条奋力游动的金鱼。闪烁的灯带，才感觉有微微的晚风轻轻地拂过。

开了一个冬天，再来一场雨就要凋零的芦花，在灯光映照下，朝着湖水的方向低垂着头，一副婉约凄美的样子。

越往山林走去，花香愈浓烈。那味道既像刚蒸熟的糯米饭的香味，又像板栗的醇香味儿。想起秋天才能吃到锥栗时，我竟咽了咽口水，小时候捡锥栗的情景便历历在目了。

每到秋天，我们十几个小伙伴都要离开村庄，到十公里以外的山上捡锥栗。大山深处，一个老阿公常年住在那里，看管生产队的庄稼。我们害怕出没在山林里的豹子、猴子等动物，就缠着老阿公带我们进山捡锥栗。来到锥栗树下，扒开带刺的壳，就露出了鲜亮的锥栗，我们蹲在地上，把一颗颗的锥栗拾进背袋里。当听到猴子的嘶叫声，我很紧张，不肯离开老阿公半步，这就难免锥栗捡得少，而一向疼爱我的老阿公，总是把他的锥栗分给我很多。

锥栗捡回来后，妈妈煮熟炒香给我们当零食吃。多的时候，就让我和哥哥拿去县城卖。五分钱或是一角钱一碗，换回来能够买几本作业本的钱。那些日子，生活很苦，我们却很快乐。

没有来普洱之前，我是没见过锥栗花的。其实，锥栗和板栗同属坚果类。花儿的颜色都是白中带点黄，一串串地吊在树枝上，花期长达半个月。果实也非常相像，球形、外生刺。秋天一到，像小刺猬一样的壳炸开，黄色的果实就滚落在地上。煮熟的板栗、锥栗，又香又甜。所不同的是，就是板栗的个儿更大更圆，锥栗的个儿更小更细长一些。

我迷醉在这飘香的树林里，不由自主地抱紧身边的一棵锥栗树，把胸口贴近树干，试图听到它的心跳声，却就只听到自己的心跳声。

睡醒的蟋蟀，在草丛里低吟浅唱，停歇在树上的夜鸟"咚咚咚"地长声敲起鼓来。"轰隆隆"，不时有飞机掠过山林，飞来又飞去。普洱的气候、生态吸引着更多的省外游客前来观光游玩。有的已在这里买房安家，成为新一代普洱人。

此时，我不愿意早回家。一个人静坐在湖边的亭子里，闭目嗅香，春风拂过，锁住被染上花香的心情，尽情地释放着。

往回走的时候，风更大了。树木摇晃着身子，发出沙沙的声音。花香伴着茶香，被从南边吹过来的春风，向北边飘向城里。此时，白云也消失得无影无踪，月亮挂在湛蓝的天空上。在这清浅的月辉下，我突然想起还在岗位上执勤的丈夫。

往回走的路边，一个个大红灯笼还挂在树枝上，随着春风左右晃荡着，年味还在。环卫工人身上的"V"字型灯带闪着红光，格外显眼。他们，用勤劳的双手，让城市变美，让城市生香。

又是一阵阵浓郁的香味袭来。我循香张望，又见街道两旁的绿化带内，金黄的黄花风铃木，洁白的玉兰花、珊瑚花，正敞开心扉，捧月盛放的模样。树下是一个个用木头镶嵌出来的大筐。每一个筐里至少栽种三种花，长得最高的是杜鹃花，低处是四季海棠，花儿分层次地在筐里各自美丽。

"啊叔整你么呦喂，细叔整你么呦喂……"经过广场，一群男女老少，手拉着手，乐呵呵地把吹芦笙、弹弦子的彝家汉子围在大圆圈里，踩着调子，起脚落脚，忘情地跳着彝乡舞蹈"三跺脚"，我也兴奋地加入了这快乐的人群中。

在这和谐安宁的背后，我们能沐浴在春光里，自由呼吸，享受春光的从容，收获春光的悠然，是驻守在长达460公里边境线上的移民管理警察、广大干部、群众，无私无畏的奉献和付出，24小时轮流在疫情防控点执勤，为祖国誓守国门的结果。

"花开院落吐芳馨香"，十点钟，我回到家。打开房门，又是一阵香弥漫在屋子里。阳台上，初开的瑞香、风铃花、山茶、瓜叶菊，还有第二次开放的螃蟹兰，随着窗外的风儿摇曳生香，是对我这个回家人最好的安慰。

"花儿若要含香，需要汲取阳光和雨露；生命若要含香，需要汲取知识和力量。"努力使自己丰盈起来，馨香起来。让生命含香，多做一些"赠人玫瑰，手有余香"的事，岁月才能生香。

（作者系云南省普洱监狱民警）

手机里的春天

熊玉华

手机的时代,时间支离破碎。

足不出户在沙发上偎着逛商城。

数不清的鞋子在鞋柜里躺着,各式大小的包包得了个寂寞,衣橱里的红黄蓝绿,很久没有出门亮相了,七嘴八舌地叫唤着,我装着听不见,不知道我是骗它,还是骗自己。

2021年的第二个节气"雨水",并没有雨。

阳光穿透了冬日的阴霾,天空被染料浸蓝。春天实在按耐不住脚步,毫无羞涩的出众。

我忍不住停下了以往在客厅秒杀的手机。

还是不要错过春天的味道:即使手机能留住春色,但留不住花香;百花中梅花开了个好头,点缀了春天里的一抹红;偶尔有几支风筝调皮的来凑热闹,暖风牵着淡淡的花香,在鼻尖上游走。

我随手挑了个寂寞,衣橱里黄色吵着想出去撒欢,是想和金灿灿的阳光媲美吗?

那就一同与我和春天来个约会吧!

手机时代是孤独的存在,身边没有一个人,但始终有一群人。说着,跳着,笑着,闹着。就连留住春的色彩,也少不了按下它的快门,它从来也不考虑传统相机的悲伤。

当夏天催促春天的时候,春依然在我的口袋里。

(作者系湖北省范家台监狱民警)

崔家沟的夏天

任 宏

人生走过了 50 多个年头，其中 40 多年是在崔家沟度过的。

我深爱崔家沟这片热土，喜欢这里的四季美景，尤其对这里的夏天情有独钟。

崔家沟的夏天，与外界不同。

这里，距唐王李世民避暑行宫玉华宫风景区很近，不足 20 里，夏天气温比关中平原最少低十度以上。30 年前，晚上在广场看电影，大人小孩披大衣、穿棉袄，否则，非起一身鸡皮疙瘩不可。

每年的五月，山外的人早穿上了花枝招展的夏装，可这里的人还穿着春天的衣服；就是在盛夏，这里的男人没有光膀子，女人也不穿吊带裙，都一副谦谦君子、窈窕淑女的装扮；三伏天了，外面没有空调就过不了夏，这里连电风扇都派不上用场。有人儿子结婚，买了一台空调，一下子成了矿区的头条新闻。这里夏天隔三岔五还下一会儿雷阵雨，雨水充足得很，使得碧绿如洗的山林愈加苍翠，仿佛伸出手就能拧出几滴水来。

崔家沟的夏天，景色优美，贵在天然。

清晨，薄雾在山腰袅袅升腾，天空由暗蓝色开始慢慢泛红，约莫六点多，东边山峦渐渐镶上了一抹粉红的亮边。山间晨跑，四面八方都是一眼望不到边际的绿，仿佛置身绿色的海洋。早上，矿区定时播放的高音喇叭又响起来了，舒缓优美的乐曲唤醒了沉睡中的整座矿山，家属区里、办公楼前人影绰绰，大家又开始了新一天的忙碌。

临近中午，人们才有了一点儿夏天的感觉，但时间短暂，两三点钟以后，又消逝的无影无踪了。湛蓝的天空浩渺，雪白的云朵舒卷，人们悠闲地进出，上班的上班，接娃的接娃，买菜的买菜，丝毫不会因天热而影响出行。

黄昏时分，有几颗星星悄悄爬上了东山头，太阳留着半张脸还迟迟不愿回家。暮色四合，皓月当空，凉风习习，没有蚊子，人们很快就进入甜美的梦乡。

夏天，是崔家沟人气最旺、最热闹的时候。在外读书的学生、退休多年的老同志、亲朋好友都想起这儿的夏天了，大家纷纷赶回来，矿区大人小孩、陌生面孔明显增多，上班族没啥急事，周末也不外出，人流量比其他三个季节明显多出好几倍，人们悠闲地在社区广场、林荫道旁、后沟水库、周边山上，三三两两散步聊天，享受这难得的凉爽与幽静。

夏天，生活在崔家沟的人们真幸福！

晚饭过后，馒头山下，矿区大、小广场上，打篮球、下象棋、跳广场舞、练太极拳、玩柔力球、暴走的各路人马，纷纷出动，尽情分享大自然恩赐的这份爽意。我常想，要是国家把这儿定为某项体育训练基地，也是再恰当不过的了。

在崔家沟的40多年，习惯了这里夏天的清凉，一刻也不愿离开，我实在受不了山外酷暑的煎熬，不是万不得已，轻易不出门。那年，外甥在西安结婚，出去了几天，热得我连续多日睡不着，胸闷气短，着实难受。回来的时候，车过金锁关，离家还有40多里，就闻到了崔家沟的夏天，顿觉清凉，像是走进了舒适的中秋时节。

2021年以来，身边人都在谈论单位搬迁要进城，我不知道说啥好，心里总觉得不是滋味。

对一个地方，人随时可以离开也可以回来，但许多事情，自己却无法选择，我真想变成一棵树或是一株小草融入这儿的大山里……

（作者系陕西省崔家沟监狱民警）

关中平原的秋

王小林

听说，北京的秋是香山的枫叶红了，内蒙古的秋是风吹草低见牛羊，而我们关中平原的秋，则是从碧绿的玉米叶子渐渐变黄的时候开始的。

最先感知秋来临的是村里的老人，老寒腿在某天夜间突然感受到了不舒服和早晨起床时身体打了个寒战，身体感知的节气立即变成了老人一系列的安排活动：呼唤老太婆取出夹衣穿上，叮咛儿媳妇晚上早早把炕烧热，叮咛儿子把锄头韧一韧，架子车圈辐条紧一紧，坏了的车帮用木头帮补帮补，多多准备一些蛇皮袋子和麻包。

早晨的天气开始变得有点薄凉，田坎地头的植物都头顶了一颗颗晶莹的露珠，茅草蒿草刺菁草一摸一手的水，直立笔挺的玉米杆斜啦啦刺向天空的叶子上露水在随着风儿轻轻地滚动，顺着玉米杆悄悄地滑落到地上，玉米根下一坨一坨的润湿。雾气升腾，所有田地里的植物、到处觅食的兔子、村庄都笼罩在一片模糊和未知之中，如鸿蒙初开。东边的太阳缓慢无力而坚强地从山背后升起，薄雾飘荡，将太阳一会儿淹没，一会儿飘带一样把太阳分割成天边一抹抹的红色。阳光开始露了头，雾气在垂死挣扎了一会儿，便开始慢慢消退了，太阳终于血红着脸升腾到天空的最中心。阳光点亮黎明最后一片黑暗的时候，庄户人家已经在玉米地里了。

农村人一年四季都不得空闲，尤其有两个季节分外的忙碌。一个是黄色的麦浪铺满关中大地的时候，村里人叫它夏忙；一个是渭河平原一片碧绿的时候，村里人叫它收秋。夏忙在今年疫情的影响下，过的是囫囵吞枣，过得不正式，过得不那么专注，疫情笼罩之下，夏忙的喜悦被分去了一大半。疫情得以控制，庄户人家便把劲都攒给了这鼠年的秋天。

千百年来关中平原的秋天都是一副绚丽的画卷，华夏大地最早种植的粟、稷、黍，其后由异域传入的玉米、棉花、黄豆开始把大地的颜色装扮的丰富起来，黄白相间、碧绿莹莹，更有后来广泛种植的苹果、葡萄、梨树，古老的平原如千年古树重开花，返老还童，异彩纷呈。天高云淡的季节，红彤彤挂满枝头的是苹果、柿子，黄翠的是香梨，如天间白云掉落铺满大地的是棉花，野兔在其中奔跑乱窜的是黄豆，但庄户人家喜欢的仍然是迎风摇曳咧嘴嬉笑的玉米，因为远古人们肠胃的记忆坚不可破的认为：小麦、玉米是粮食，是农民生活的主责主业，生活不能缺少，其他的都是农副产品，可有可无。

村里的老人依凭多年的务农经验，掐指算着节气来判断粮食作物的成熟。从玉米开始结出包谷芯挂了胡子，到籽粒挂浆饱满变硬，最后变成一颗颗或黄或白的珍珠一样的时候，人们渴望的秋天就到了。

收秋的季节对农民来说是极其重要的，淳朴的庄户人家会在收秋之前去附近的集镇割上几斤大肉，大人小孩吃个满嘴流油，然后铆足了力气，在秋天的阳光驱离大地最后一片黑暗的时候，踏入茫茫的碧绿中开始了秋天的劳作。

早晨的玉米田里露水很重，常常打湿了人们的衣服，但是丰收的喜悦常常让庄户人家毫不在乎，妇女小孩在前面掰苞谷，男人们在后面跟着用锄头挖掉玉米杆，大人小孩都不说话，只是默默地干活，苞谷地里满是咔嚓咔嚓的声音。一阵疾风吹过，玉米叶子摇摆如飞天，叶子碰撞的声音响彻大地。偶尔间被惊扰的野兔会忽然间像一支利箭一样嗖的跑个没影，来不急逃跑的兔崽子便傻傻的成了孩子们的玩物。

当太阳照射在头顶的时候，大人小孩都出了汗，额头冒了热气，纷纷脱去外衣，顺手放在玉米杆上。一垄地下来，玉米杆在身后成片倒下，掰下来的玉米棒子乖顺的七扭八歪的躺在地上。

大人们开始用蛇皮袋子或者麻包捡拾地上的苞谷棒子，孩子们便有了短暂的休息玩耍的时间，寻找那些表皮酱红的玉米杆，用牙齿剥去外皮，像啃甘蔗一样的吃了起来。地里的麻雀多了起来，成群结队的开始游走在田间地头，逗引的孩子们不停奔跑追逐。

农家孩子快乐的童年其实都是和吃有关的。在麦子入仓玉米播种的时候，孩子们就开始揪心的期盼玉米快快成熟起来，就像田间的野兔一样渴望黄豆赶紧成熟，因为玉米成熟的季节，田野里很多作物就成熟了。秋天能否丰收是大人关心的事情，孩子们更关心的是田间地头那些能让他满足口腹之欲的东西，秋天的田野，更快乐的除过麻雀之外就是无忧无虑的孩子了。

为了抢收庄稼，庄户人家吃饭都是在地里解决。煮上一大锅玉米或者蒸点红薯，拿些馒头，提一壶开水因陋就简补充能量。孩子们却能变着花样在田里找吃的，鲜绿的棉桃咬在嘴里满嘴流汁，淡淡的甜，汁水浓郁；粒粒如白玉的芝麻嚼在嘴里油津津的；玉米、黄豆、红薯都可以现掰现摘现挖，统统投入地头生起的火堆中，等上半个小时从灰堆中刨出来，顾不上烫嘴，剥去表皮，热气腾腾的哈着气大快朵颐，常常吃成了一嘴的黑，即使遭到父母的斥责也觉得满足。

孩童在乎田野带来的欢乐，大人们却一丝不苟部署一天的劳作，早晨掰下来的玉米全部装在袋子里，用架子车一车车运回家，把家里的院子堆得像个小山一样。玉米杆全部转移到地头靠在田坎上等着田野的风慢慢吹干，土地露出了本来的颜色，碧绿碧绿的平原在一块又一块的土色暴露中，被慢慢的蚕食鲸吞恢复了原来的本色，天色渐暮，劳作了一天的人们才肩扛手提地回了家。

堆放在家里的苞谷，在庄户人家每天晚上加班加点的辛苦劳作中，或黄或白的玉米棒子赤条条的被三五个扎在一起悬挂在屋檐下，在门前栽起的木桩上垒成玉米塔，矗立在阡陌纵横的街道边，和门前树上枝头挂满红彤彤的柿子红黄相间、红白相间，交相辉映。

秋风习习，炊烟袅袅，街道鸡犬奔忙，孩童嬉戏，一派令人无限乡思的田园风光。

故乡的四季没有改变，但是故乡的一切却发生了翻天覆地的变化，故乡的人们在惠民政策中真正实现了安居乐业。田园风光依旧，乡音盈耳，故乡的秋天却变了模样，挥不去的乡愁再也找不到童年的痕迹，如牙板弹弦，如泣如诉，令人魂牵梦绕。

（作者系陕西省汉江监狱民警）

山水篇

山水池

骑行与徒步的情怀

囡囡梦话

清幽的小道，疲惫而快乐的骑行者，在单车或风驰电掣或蛇影曲行的酣畅中尽兴地向远方冲刺。

崎岖的山路，趔趄而坚毅的徒行者，在双脚或上下层接或前后轮换的纵横中登顶迎接日出的晕轮。

大道至简。骑行与徒步，源于心性，表于行为，载于景物，止于毅力，而终结者，则在于千万般情怀。

现代生活，骑行已经淡出交通功用的备选，作为一种悠闲的享受存留在都市人的茶余饭后，或者演变为自强者自我释放非正常心绪的极限方式。而大多数人的理解，后者才是真正的骑行。真正的骑行者会在简单的单车上演练出诸多高、难、险、奇的花样来，达到或者表现出志趣趋同、情绪忘我、信心爆满、成功励志等境地，也有单行者，义无反顾，奔向高原，千里单骑，历经万般苦，磨炼心智，在《我要去西藏》的高亢中修行修心。这是纯粹的殉道者，超越了旅游者对风景的领略，具有无上的情怀。

相比于骑行，徒步则很有小资的韵味。一个人戴着耳机，慢踱在公园或者河边的花间小径，是徒步；三五成群，叽叽喳喳，沿着平坦的大道，散乱而自在地蠕动，是徒步；千百人大军，打着横幅，擎着各色大旗小帜，熙熙攘攘，上有无人机盘旋，下有5G差转车来回前后录播，热热闹闹，这也是徒步。只不过是现代人习惯了的形式心理外在表现罢了。而真正的徒行者则是孤独者和毅力者。一个人的徒行只有远方的孤独，没有诗的浪漫。一队的徒行只有极限的疲惫，没有兴趣的盎然。但真正的徒行有无穷无尽的心绪舒畅和团体力量的爆发式展示。

每个人都可以选择各色的徒步，但骑行却不是所有人的爱好。

人对事物先有好奇，再次于激发兴趣，热情参与，然后犹豫与彷徨，最终艰难做出是否割舍的抉择。

我的第一次骑行，目标放在七十多公里外的县城，一天来回一百四五十公里。在这之前，在城市骑行之后做过来回六十公里山路的骑行体验，以为心理和经验准备过后，能力便充足了。但县城之行却充满艰难。远途的骑行不是里程的累加，而是心路和历程的考验，由于没有合理的体力和耐力分配，不到七十公里，便上气不接下气，累瘫在路边。看着呼啸而过的汽车，有了丢掉单车租车回家的念头，意志与耐受力处于崩溃的边缘。在不断的犹豫与否定之后，励志与目标的缠斗终于战胜疲乏和溃败，重新骑上单车，蹒跚而行，但一日返回的计划终究没有实现。成功的骑行是在无数次心性、信心和耐力、毅力艰难的博弈之后。虽然在远途的骑行中依旧有退宿的阴影，但不再有半途而废或者失去勇气的尴尬。

相对于骑行，徒步是快乐的。但将徒步升华到徒行，则会将徒步乐趣的轻松消减一半。徒行不再是徒步的悠闲和恬淡，取而代之的是三公里、五公里、十三公里、二十公里等节点上的体力困乏和意志力溃散。徒行者的乐趣是在战胜节点魔障之后的轻松和快意。至于暴热、风雪、泥泞、沟壑、崖壁、藤蔓，都构不成对徒行者的绳索。当凌绝顶、览山小时，一切险阻都是浮云。

骑行与徒步，空间显示是距离，可以换算为时间和速度之正比，表现为成绩。远征的骑行与徒步，成绩总是让人可以不断重复地炫耀，而醉心的骑行与徒步者，往往是沉默的壮士。团行者在途中的篝火之后带着无法聚拢的快意陷入憨憨的岑寂，孤独者在一个人的睡袋里隔着帐篷数星星，然后在鼻鼾中进入无思维、无欲望的浩瀚星空，一任困乏与浮躁散尽。

这是一种情怀。

这种情怀已经将骑行与徒步视为终身不可去的精神和寄托。

普通人活着的最大价值和终极追求就是这种精神和寄托。有人说，这是理性的或者理想的，但不是现实的，因为情怀的产生和实现很难。其实，这便是我们常常会陷入的绝对主义思维和对追求的恐慌。绝对主义限制了我们对理想或者目的的渴望，恐慌则露出了我们对追求的情色羞涩和对底气的不自信。按部就班、就地打圈圈或者循规蹈矩固化了规则，久而久之，便失去了对追求的兴趣，以至于生死轮回之际，赤条条来回，终化为土，不留一丝痕迹。

骑行与徒步的情怀犹如人们对劳动岗位的理解。

劳动岗位承载着人对生存、发展和价值实现的期望。不同的人对岗位有迥异的理解。工作、职业、事业三个牵连的概念是人们对岗位最简单的心智和价值认同表现。工作是机械劳动的开始，职业是用以饱食和养家的财源，而事业则是有思想的人将生的情感从职业层面跃升到情怀的境地，初步开始了对理想的攀爬。

把职业当作事业来做的一定是有理想情怀的人，倾注个人所有感觉、知觉和情绪。如同骑行到力竭、徒步到节点，用毅力消化所有阻碍，一往无前。

监狱人的追求朴实而且艺术。

朴实的目标是把罪犯安全顺利地再社会化，实现罪犯作为自然人在社会的人格化和适应性再现。而要实现这个朴实的目标则需要监狱人化腐朽为神奇的思维和方法，这即是监狱人的艺术。目标越是朴实现起来越是困难。宛如皖南川藏线，自驾有惊无险，而骑行穿越却是对体能和意志的极限考验。不仅山高路远，而且坡陡崖深，隘口重重，需要有情有独钟的激情、合理借势、科学配力，在顽强意志力支撑下才能完成120公里的征程。

监狱人的工作是在长时间的坚持中超越一般人的付出，这个付出远大于骑行或徒步对目标的追求。虽然都一样有风雨、困惑、疲乏和思退，但监狱人的毅力远大于骑行与徒步者对单个目标的坚持。《特赦1959》中的王光英、梁冬芳、胡大树代表了监狱已然历史中的职业者形象，面对从未经历的任务和人格固化的战犯，他们展开了与自己、与战犯的意志力较量，他们的职业情节和事业情怀是中国监狱发展的永恒之魂。过去是这样坚持，现在更需要这样去坚守，并更深一步精细。

情怀生于对事业的钟爱，更是事业推进和开花的根本力源。饱满的情怀可以催动骑行者毅力勃发，两天完成环太湖380公里的长途奔袭。在骑行和徒步者看来，只要情怀加持，没有完不成的征途，因为，情怀的动力是情感追求、目标可望、意志与品行融合的结晶，这正是现代监狱人所需要的品格与魅力。

人活着不是简单的日月累加和时光的静默流淌。

流泪看完36集电视剧《陆军一号》，是因为具有鲜明追求个性的姜海、袁建行、郭胜祥、傅颖等人物，他们对事业的忠诚和百折不挠的创新精神，他们视死如归的献身事业的情怀，感天动地，正是千百个他们组成了中国强大的空军飞行员队伍。他们与远征的骑行者、徒步者一样，已经走出简单兴趣爱好与冲动尝试的无邪，而是把个人的身心紧紧地与职业融合在一起，并血肉相连地沁入情感，成为一种执着的情怀。这种情怀是对职业的忠诚、对价值的追求、对时光的珍惜和对人生眷恋的集中体现。

现代监狱建设正需要这种情怀，如王光英、姜海一般，抛却外在纷扰，珍惜当下时光，全身心投入研究与实践。人终有一老，进入岗位即是全部工作时间消减的开始，等待意味着没有价值的消亡，做好每一件事是根本，做深每一件事是贡献，而为事业做强、做远，则是对事业无限情怀的历史印记。

愿用骑行、徒步者的意志铸成对事业的眷爱，用无限的眷恋坚守对事业的深耕探究和虔诚奉献。

（作者系江苏省监狱系统民警）

秋登大蜀山

蒋 莉

大蜀山是一座普通的山，海拔仅 284 米，但它是安徽省合肥市内唯一的一座山，物以稀为贵，遂成为市民喜爱的登高望远、休闲健身之地。

我有许多年没有爬过大蜀山了，因为见识了黄山的壮丽秀美、华山的巍峨险峻、泰山的瑰丽日出……对于形同大山坡的大蜀山未免有些不屑一顾。

2020 年，由于疫情，熬过了足不出户的漫长日子后，待到可以自由出入时，我见到外面的一草一木都感到新鲜，逛趟超市的激动堪比出国游了，随即，也萌发了再次攀登大蜀山的兴趣。

秋高气爽的一个早晨，我来到蜀山脚下，只见一条登山道逶迤而上通达山顶，道上游人络绎不绝。我看那山道较平坦，大约半小时就能登顶，未免感到不能尽兴，辜负了秋色，遂决定用正念行走的方式来慢慢登山。

所谓正念，是指带着不评判的态度，将注意力有意地集中于当下的一种修炼心性的方法。所谓正念行走，就是把正念带入行走，有意识地觉察行走本身带来的感受，一步接着一步，一刻接着一刻，感受当下行走时的身心体验。

于是，我开始正念行走，吸气一步，呼气一步，慢慢地登山。我看见山道两旁都是茂盛的参天古树，枝丫交错地形成了天然的遮阳棚，阳光洒在古树上，绿的、黄的、红的叶子被映照的纹理分明、晶莹透亮，风起时，彩色水晶般的叶子纷纷摇曳、闪烁多彩，让人望而惊叹。又听到山林中盘旋着长长的虫鸣，伴着清脆的鸟鸣和阵阵风吹树叶沙沙声，这大自然的合奏曲对于久听车水马龙喧嚣声的耳朵来说，犹如梵音，让人心生安宁，感到澄心静体。再闻那山中的空气，纯净清新，全然不同于平日里闻到的灰尘和汽车尾气的浑浊味，山中的空气清新中夹杂着淡淡的草木香和阳光甜味，让人忍不住想大口呼吸几口，吸完后身心舒畅。

因为我行走的较慢，身边的游人纷纷超越了我，只有一个三四岁随大人出游的孩子因为人小步短，与我同行，但他也很快被大人催促鼓励着奔跑向前，超越了我。

看着孩子跌跌撞撞奔跑的背影，我不禁想，一个孩子在成长的过程中会被很多人喊过加油，我们总希望自己和孩子能不断向前、超越别人，但这次疫情，却让惯于前进的我们被迫停了下来。扪心自问，往日被生活裹挟着身不由己向前奔跑的人，大约要感谢疫情按下的暂停键吧，疫情也在提醒我们，该停下来重启、慢下来反思了。

待我一步一步到达山顶时，发现半小时的山路，我走了大约两小时，但却不觉疲惫，只觉意犹未尽。在登山的过程中，我感受着脚和大地的联接，细细欣赏着山的风景，真正和山在一起，忘了时间，也忘了烦恼。

我身边很多人边登山边刷着手机，估计是觉得单调无聊，需要其他事物介入。确实，大蜀山没有奇石异景，攀登它是比较乏味的，但因为我这次选择正念爬山，于是，体会到了之前不曾有过的丰富感受。

站在大蜀山山顶，可以鸟瞰合肥市区景色。山色掩映下的城景格外生动，青山绿水脚下的合肥高楼鳞次栉比、道路四通八达，蓬勃发展的朝气肉眼可见。

看着自己生活的城市繁华美丽，我感到一种幸福，全然忘了平日生活在其中的那些烦恼，这都要归功于此次正念爬山带给我身心的愉悦吧。

我曾爬过黄山、泰山、华山……它们都比大蜀山雄伟壮丽，但我却觉得大蜀山是我爬过的山中最美丽的一座，只因正念行走其中，让我发现了它蕴含的美好不亚于名山大川。

亲爱的朋友，慢慢爬一次你家门口的"大蜀山"吧，熟悉的地方依然有美丽的风景！

（作者系安徽省白湖监狱管理分局民警）

蜀山东坡书院记

杨飞明

江苏省宜兴南部有一座城镇，城内有江南小山丘两座，各曰丁山、蜀山。蜀山，本不是其名。

蜀山原叫独山，其孤峰矗立，山上苍翠青绿，远观近看也是巍峨、秀气。独山的改名和北宋大文豪苏东坡有关。

1084年，苏东坡在经过死里逃生的"乌台诗案"五年之后，从被贬的黄州得命回调河南汝州的途中，因幼儿夭折加之路费已尽，不得已暂先在常州停息。此间，同年（1057年，同时考取进士）好友单锡相邀入宜兴（属常州）游玩。1084年，苏东坡已年近50岁，刚刚经过仕途起落、亲人别离。当苏轼踏上独山，满眼翠绿叠嶂，江南沃野生机勃勃，远眺太湖，波光浩淼，微风拂面，虽有友人慰藉陪侍，但思乡之情难以抑制，不禁发出"此山似蜀"的感叹。后来，宜兴百姓将独山改名为"蜀山"，以表达对大文豪的敬仰之情。

一座似蜀的小山，为何使胸吞江河、志存万里的大文豪动容动情呢？1057年，22虚岁的苏东坡中进士第二名。史书记载：当年主考官为欧阳修，当欧阳修看到苏东坡的策论后大为惊叹、赞许不已，因考卷覆名，欧阳修以为此文必定是其弟子曾巩所写，为避嫌故判定第二名，打开考卷发现实为苏轼。苏轼在京城一举成名，震动朝野。1061年，时年仅25岁的苏轼，经三年京察，入第三等，属"百年第一"。1079年7月28日，苏轼猝不及防地因"乌台诗案"而被捕入狱，在入狱103天后，死里逃生，被贬黄州（湖北黄冈）。当时，黄州为下等州，贫穷落后，且为长江、巴河成井型所围，苏轼叹曰："今真为井底之蛙了"。苏轼被贬黄州时，任团练副使，相当于民间自卫队副队长，且不驻会、不签字，并时时须向知州汇报行踪，俸禄也少得可怜不足以养家糊口。不得已，苏轼只得在城外一废弃的山坡上自己耕种，因山坡向东，故自号"东坡"。在黄州的五年多时间内，苏东坡写下了彪炳文史的《赤壁赋》

《后赤壁赋》等诗词，可见报国忧民之心犹存。但生活中却极尽潦倒，出世的高伟胸襟仍不得入世接纳生活的牵绊。那时续弦王闰之以及小妾王朝云等一大家子都在黄州，俸禄入不敷出，特别是妻子王闰之在经济拮据、家中揭不开锅时，竟然能够放下大家闺秀的身段下田耕作，毅然陪伴官场失意的丈夫，苏东坡再坚强的内心也应该有所触动。因此，当结束黄州"黑色岁月"，暂停常州，来到暖心好友家乡宜兴，登山望远，苏东坡定当思绪万千、内心矛盾重重。也许，一声"此山似蜀"那刻，"退耕归隐"的决意已然镌刻在苏东坡的内心，也油然开启了他与宜兴、他与蜀山的千古之缘。

蜀山东坡书院就建在蜀山南麓。蜀山东坡书院，原名"载酒堂"，始建于1097年。"载酒"一名取自汉末文学家杨雄的典故。相传，杨雄好酒，但囊中羞涩，故凡求教者，皆载酒而来。"载酒堂"的兴建与苏东坡有关。1084年，苏东坡暂停常州期间，向朝廷上奏"乞归宜兴"。1085年，宋神宗准居宜兴，苏东坡随即"买田筑室于蜀山南麓，拟将终老"，建"东坡草堂"十间，后扩建为"东坡别墅"。1097年，61岁的苏东坡被贬海南儋州。当苏东坡别驾琼州，途经宜兴时，停下脚步，仍悠悠然在"东坡别墅"为当地学子讲学。这是何等的胸襟与达观！兴建"载酒堂"应该是在苏东坡离开宜兴后，后人为纪念苏东坡，在"东坡别墅"的基础上兴建而成。历史上，"载酒堂"几经遭毁，但崇文尚义的宜兴百姓屡毁屡建。至元代，在原址建起"东坡祠堂"，后又废为僧舍。明弘治13年，工部侍郎宜兴人沈晖在此重建"东坡书院"。近现代又曾改为"东坡高等小学堂""东坡小学"。

如今的蜀山东坡书院共分五部分。一进门为大门，宋明风格的门楼，庄重巍峨，上有被毛主席赞誉的红色书法家舒同书写的隶书匾额"蜀山东坡书院"六个大字，顿生书卷之气。书院共有四进，每进七间。第一进为"门厅"。悬有"东坡买田处"匾额由清吏部左侍郎周家楣所书。第二进为"飨堂"，现为展览馆。第三进为"讲堂"，即讲学之所，有"讲堂"（清浙江巡抚任道榕所书）、"似蜀堂"（清江宁布政使杨能格所书）匾额。第四进为"望湖楼"，上下两层。院中有一颗硕大的香樟树，青砖铺就小径，四周青瓦黛墙，碑廊、书画、瘦石、石桥、泮池、古井、绿荫等勾画江南园林之意境。当代，蜀山东坡书院也几经修缮、改建，是当地百姓对一代大文豪最虔诚的怀念。

智者乐山乐水。苏东坡与宜兴的渊源，应该与宜兴的秀美山水是分不开的。苏东坡曾在《桔颂帖》（又名《楚颂帖》《种橘帖》）中说："吾来阳羡，船入荆溪，意思豁然。如惬平生之欲，逝将归老，殆是前缘。"

宜兴的山属天目山与茅山的余脉的交汇之地，既有茅山山脉的威武敦厚，兼有天目山脉的委婉秀丽。我曾多次前往芙蓉的铜官山、张渚的茗岭山、太华的太华山等处游历，百看不厌。

宜南山区最北为铜官山，绵延数峰，硬朗、坚挺，山高五百多米，山顶藏有铜官山水库，不盘山穿林难以发现，半山腰有个静乐山村，村边一条溪流，山下建有静乐山泉水厂，滋养一方百姓。芙蓉山附近更有"梁祝故里"善卷洞、洞天福地"张公洞"、玉女潭等名胜。茗岭山就是一个大竹海。山脚下就是宜兴最美山村——岭下村，时时可见山石垒成或砌成的房屋或院落，院内种植一两颗枣树或柿子树或银杏树，半山腰有清澈的水库，周边是一望无边的绿色茶田，空气清新，野花茵茵，"山里桃源"不为过。茗岭山下的茗岭老街上有一家自建自营的两层"农家乐"饭店，是我每一次宜南山区之行必去吃饭的地方，尤以白斩鸡、红烧猪蹄、昂刺豆腐汤为最，吃完再捎上一只白斩鸡那是标配，儿子周末回家必备。太华山，临界苏浙两省，高高尖尖耸立，自古就是兵家必争之地，古有岳飞驻兵擂鼓抗击金军，近有太华山游击队旧址，在太华山秀美竹海深处同时彰显太华人民面对磨难不屈不挠的坚韧。这种坚韧与命运多舛的苏东坡何其相似。

好山好水自然出好茶。茶圣陆羽曾言，"阳羡茶，芬芳冠世产，可供上方"，将阳羡茶列为贡茶。唐中期大学士卢仝的一句"天子未尝阳羡茶，百花不敢先开花"更是将阳羡茶推向数世的巅峰，至今仍是宜兴绿茶的代言词和推广语。阳羡茶，形同竹笋，又略显紫色，又名紫笋茶，与杭州龙井、苏州碧螺春同列名茶。明代袁中朗评价，"武夷茶有药味，龙井茶有豆味，而阳羡茶有'金不换'，够得上茶中上品"，即宜兴茶不苦不涩，清香温润，恰到好处。尤其是宜兴红茶，汉史以名，三国以盛。我曾多次前往太华茂花村宗姓师傅处买红茶，茶叶呈梯田状种植于云雾山间，无污染，无虫害，无添加，汤色醇厚、微微发红，久饮不减余味，令人提神醒目。于我而言，与宜红评论，祁红、滇红不足以露锋芒。历来文人皆饮茶，苏东坡曾著诗"雪芽我为求阳羡，乳水君应饷惠山"，想必大文豪苏东坡一见此茶定当不释手吧。

还有一把紫砂壶。苏东坡喜茶应当爱壶。在宜兴地区流传的苏东坡泡茶三绝——"金沙泉的水,桑树的枝,紫砂的壶"就是佐证。宜兴百姓也应当喜爱苏东坡,否则在某个年份某位大师也不会自我舍弃名分,平将一种制壶的样式直接命名为"东坡提梁壶"。紫砂壶透气,有吸附作用,泡茶茶汤剔透,出水如注,耐高温,也保温,一壶小酌,分得四友,不亦快哉。宜兴的山、宜兴的水、宜兴的茶、宜兴的壶、宜兴的菜等如此诱人,生性幽默、乐观、懂生活的苏东坡能不忆宜兴?

苏东坡与宜兴的渊源,以及至今伫立不倒的蜀山的东坡书院,留给了宜兴绵厚的文化给养和宝贵的精神财富。苏东坡是有人格魅力和文化光芒的。他的文采、他的书法、他的绘画、他的豁达、他的胸襟、他的率真、他的仁爱、他的"一肚子不合时宜"、他的"焚契还宅",导致无处可居最后在借居常州湖塘桥之地客死他乡他所;他的"处江湖之远不忘君王,居庙堂之高不忘百姓"的经世济民的家国情怀;无论谪贬天涯或海角或蛮荒之地均淡然处之还生造出"东坡肉""东坡笠""东坡方""东坡井"的乐观向善、旷达高远;即使寄居一弯赤壁山、屡受打压仍意气风发、踌躇满志的坚韧与毅力;以及对待弟弟苏辙"明月几时有,把酒问青天,千里共婵娟"的天底下兄长最伟大的关心与思念;对待结发妻子"十年生死两茫茫,不思量,自难忘。千里孤坟,无处话凄凉。相顾无言,惟有泪千行"的打自内心的念其好;对待共赴磨难的续弦夫人"唯有同穴,尚蹈此言"有诺必行,等等如此,润物无声。如清代题写"东坡买田处"匾额的周家楣,就出生在宜城西门,咸丰九年进士,为官正,不过激,不迁就;如出生在宜兴北部周铁镇的著名物理学家周培源,如出生在宜兴中部杞亭镇的国画大师徐悲鸿,等等文艺、科技、军事人才,都应当有所泽被、鞭策。

一座城,一座山,一方书院,吴地宜兴带给我们无尽的文化源泉。

今天,我们敬游蜀山东坡书院就是与东坡居士来一次穿越时空的探问,就是仰止东坡居士"进退自若,宠辱不惊,坚持操守,不忘养性"的文人风骨,就是在平凡的生活中发现身边的美,就是不断增添前行的内生动力。文化传承的力量是绵长深远的,文化师者的榜样光芒是辐射带动的,我们在当下追寻美好生活的征途中要构建、重塑、发扬文化的魅力,做一个有高度、有风度、有温度的坚实的跋涉者。

(作者系江苏省无锡监狱民警)

再游茅山

张学佳

不知不觉间，距离上次游览茅山已过去了十年。

十年前，父亲带着刚走出校门的我游览了茅山；十年后，我带着正上幼儿园的女儿再次游览茅山。

在我童年时期，父母每天忙于生计，从未想过旅游之事，哪怕是我们当地赫赫有名的茅山。只记得村里有个家庭条件比较富裕的小伙伴，她几乎年年都会随父母去茅山游玩。每次回来，小伙伴们都围着她，"在茅山底下放炮，可以听见军号的回声；在喜客泉，双手鼓掌，泉水就会生出波纹；还有天然形成的溶洞，听说那里有道士修炼成仙……"她描述得绘声绘色，加上神秘莫测的表情，我们仿佛透过她的眼睛真的到了现场似的，更是加深了对茅山的神往之情。

大学毕业后的第一年，因为所学专业比较冷门，找工作屡次碰壁，一度对未来感到迷茫，甚至返回老家，有了躲避社会的念头。平时挺善言谈的父亲，看着每日郁郁寡欢的我，好几次都欲言又止。

终于，在夏天的一个晚饭后，父亲小心翼翼地问我："佳佳，老爸明天带你去茅山旅游吧？小时候你不是羡慕蕾蕾去过茅山嘛，那时候老爸没时间，现在老爸有时间啦。"

当听见"茅山"两个字时，我的眼前好像浮现了一座巍峨大山，同时内心有个声音在呼唤我，"你不是最想去茅山看一看吗？那不是你童年向往之地吗？"但是突然想到现在正值父亲工地干活的旺季，他怎么会有空呢？满腹狐疑中，我对上父亲那闪烁着期待的眼神，恍然间明白了父亲的良苦用心。

那一次，正值盛夏，父亲早早地起床打点好了一切，然后迫不及待地催我起床，说要赶在太阳没有完全升起来的时候去爬山，否则太热了，怕会中暑。

整理完毕，我坐在父亲摩托车后座，呼呼的风声经过我的耳旁，吹拂在我的脸颊上，夏日清晨的风凉凉的又带有一丝暖意，内心积累了多日的阴霾仿佛一下子放了晴，恨不得立刻插上翅膀飞到茅山脚下。

第一缕阳光照射在茅山时，我们刚好到达。

父亲说，第一次来茅山，要从茅山的山脚下爬上去，切切实实体验一次爬山，才不枉来一趟。我记得，那天的太阳照射让天气尤为炎热，但是，当我们爬到半山腰的时候，竟然觉得身处天然空调室一般，绿树成荫，阳光透过枝叶照射在山间，影影绰绰，氧气浓厚清新，深呼吸竟然有醉氧之感，再回头看脚下的风景，只觉得云雾缭绕，恍惚间犹如闯入蓬莱仙境。沿途装饰成石头的音响播放着茅山的起源，加深了我们对茅山的认知。

当听到老子神像手中的马蜂窝时，我感到特别好奇，老子神像刚落成时，一群马蜂在神像的左手掌心筑了蜂窝，据说管理人员曾不止一次地清理过蜂窝，但是马蜂仍然坚持不懈地在此处结巢。道长说这群马蜂日夜接受道家文化洗礼，有了灵性，蜂窝意味着从此以后，来茅山的游人会如马蜂一般"蜂拥而至"，也就将蜂窝保留至今。

为此，我和父亲特地去瞻仰了老子神像，看着老子端坐在茅山半腰处，想到老子"人法地、地法天、天法道、道法自然"的哲学思想，突然茅塞顿开：自己暂时找工作的失败不能算作什么，不经历风雨，怎能看见彩虹，只有勇于接受困难与挑战，才能获得属于自己的成功。

下山的时候，我们依然没有选择坐大巴车，总觉得第一次爬茅山，无论是上山还是下山，只有徒步才能展示我们内心的虔诚。

下山是一条蜿蜒曲折的沥青大道，中间粉刷着三色线，那三色线从脚下伸向远方，宛如一条绵延的彩色丝带，与道路两旁郁郁葱葱的青草、不知名的各色野花交相辉映，为景观大道增添了无限色彩。沿途的路灯采用了道家太极图标，这是我第一次看见如此富有特色的路灯，不禁默默记在了心里。多年以后，我走过许多地方，见过各色式样的路灯，都没有见过类似太极图标的，这应该是独属茅山的经典特色之一吧。

这一次爬茅山，我半是询问半是已经替女儿做了决定："萌萌，我们坐车上去吧？！"

"妈妈，我一定要从山脚下爬上去，不要坐车。"

"你要不要和我比赛啊？"看着女儿倔强地嘟囔着小嘴，我没好气地笑了出来。

"比赛，我也是第一名，你爬不过我的！哈哈哈……"山间留下女儿一串银铃般的笑声。

十年前，父亲带我往上爬的时候还没有石头铺筑的台阶，现在仰头观望那直通山顶的青灰色石阶，不禁感慨十年弹指一挥间。

看着女儿信誓旦旦的模样，我笑着摇了摇头，小家伙，绝对要食言。然而，她一路雀跃着拾级而上，直到爬到山腰处，都遥遥领先，她站在石阶上，双手搭在嘴边做成喇叭状："哎呀，妈妈，你太慢啦，快点快点……"

恍惚间，我想起曾经自己也这样遥遥领先，而忽略了在后面气喘吁吁的父亲。父亲的形象在我心中一直都是高大、伟岸的代名词。曾几何时，银丝悄然爬上了他的华发，皱纹也拢聚在他的眼周，我和父亲并排站着，与他身高竟然相差无几，不禁唏嘘，白云苍狗，父亲渐渐老去。曾经他掌握家中大小事务的话语权，而不知何时，他与我聊天的语气已经从陈述变成了询问，当我终于赢得了生活的决定权时，随之而来的，是更多的选择和责任。

的确，我已经加入了"上有老，下有小"一族。无论自己做何决定，没有人会明确地告诉我，今后我该往哪里走，这不是一切奋斗的终点，而是我长大成人的起点。

感谢父亲，在我人生低谷时对我的耐心引导，他一辈子都做着苦力活，但是他对生活不屈不挠、乐观积极的态度一直影响我走到今天。

我望着还在向上攀爬的女儿，我知道，斗转星移，新旧更迭，在生活这座大山面前，她会迈着坚定的步伐，拾级而上。

（作者系江苏省高淳监狱民警）

沙雅小镇

郭剑敏

沙雅县在新疆南疆，属阿克苏地区，是古代丝绸之路南道的必经地之一，北靠《西游记》中的女儿国（现在的库车市，古代的龟兹国），南临塔克拉玛干沙漠，塔里木河水从中缓缓流过。

这里有远近闻名1400年的胡杨王树，有宽阔的塔里木河大桥，雄伟的北顺大油田……只要你在沙雅待上一段时间，你就会爱上这个地方，爱上这个地方的人和物。

沙雅县城是一个富有魅力、宁静、安详、美丽的小镇，瓜果遍地，四季飘香，物产丰富，油气储量大，正在不断开发，发展潜力无限。从县城的南面进入，有一条主干道，旁边有汽车修理部和工业园区。再往里走会看到酒店和居民社区。两边没有太高的建筑，十字路口交通秩序井然，有交警在守候。有浙江嘉兴援建的高标准小学和中学，挨着学校的就是沙雅县政府，楼宇不高不多，功能齐全。对面是人民广场，树木参天，花卉喷香，干净整洁，音乐缭绕，有健身器械，有休息座椅。老人锻炼，孩童游玩，年轻人静静看手机。周围没有商贩兜售商品，就是休闲处。

再往里走，就是金桥超市和塔河商场，沙雅县城最大的两个购物中心。人流不断，热闹非凡。塔河商场下面是许多小的店铺，有摄影的，有卖首饰、服装鞋帽、化妆品的，有开网吧打游戏的，有卖鲜花、蛋糕糕点、药品的，还有饭店炒菜、卖快餐的。马家面馆的生意不错，面多汤香有大肉片，经济实惠，顾客盈门。与许多地方不同的是，这里的小饭店不卖酒水。

在十字街口，有两个特色门脸，是卖当地的著名手工艺品"沙雅小刀"的，价格不菲，但量多可优惠。商场对面是饭店，卖粮油的，还有小卖店。有一个新华书店，书少，管理人员少，顾客少。往西就是宾馆酒店了。

沙雅县城上学的孩子，家长们较少接送，孩子们自己去上学，他们露着天真的笑容，男女同学有说有笑的，调皮的孩子还在一起打打闹闹的，都讲着标准的"普通话"。新疆的孩子长得特别好看，头发浓密，浓眉大眼，皮肤细腻白皙，对人友好，一说话总带着真诚的笑容。在沙雅，孩子们上学是一道风景。

沙雅街头多帅男靓女，年轻人打扮时尚，衣着得体。女孩子们乌溜溜的黑眼珠，长长的眼睫毛，一见生人就害羞的样子特别迷人，这是他处看不到的。帅男也经常出没，就是同性也会不由自主地多看几眼。

沙雅最热闹的是沙雅大巴扎银桥市场，它们在塔河商场后面隔一条街过去，有好多入口和出口。大巴扎里物品丰富，琳琅满目。有卖水果、干果、调料佐料醋酱油的，有卖熟食、豆制品、压面、面包糕点的，有单独卖馕的，还有卖烤肉串、各种小吃、快餐的，卖牛羊肉的，小店面不大但干净。汉族人吃的猪肉是单独卖的，不在一起。卖服装的专门有一个大的铁皮棚，各个商铺紧紧挨着，各种服装，色彩鲜艳，单的棉的，应有尽有，都是大众产品，价格不贵，也不还价，诚心就交易。

沙雅有两大休闲区域，景观河湿地公园和国庆广场。

景观河在阳光小区西侧，人民医院南面。景观河为人工河，30米宽，1000多米长，两岸树木环绕，绿树成荫，鲜花盛开，小草翩翩，喷水喷头旋转喷射，人行道为鹅卵石或者砖地铺就，高低起伏，空气清新，静谧安详。有学生学习朗读默诵的，有老两口颤颤巍巍相携散步的，有年轻人恋爱亲昵的。中间有座白色大理石桥从河中跨越，可以通到对岸。桥宽6米左右，桥高8米，拾级而上，微风习习，不骄不喘。登临桥头，尽看两边风景则心旷神怡，视野开阔，满眼绿色，水波荡漾，偶有红裙闪现，城市喧嚣皆无，心中烦恼流逝，是个修心养性的好去处。湿地公园就在景观河旁边，可以去锻炼，可以去打篮球。

国庆公园在县政府西北处，处北京街的尽头。面积开阔，里面有各种植物花草，有古代唐朝和汉代人物塑像，或站立或坐卧看书；有十二生肖动物造型；有不锈钢蚂蚁造型；有黑山羊雕塑；有小花狗玩偶造型；还有梅花鹿的。总之，栩栩如生，生机盎然，和谐一体，浑然天成。再加上有镭射灯光照射，更是眼花缭乱，美不胜收。

沙雅的夜市非常热闹。下班的人们出动了，全家人有说有笑，买蔬菜、买馕买馒头，准备明天的菜蔬。香甜的生糯苞米，一买一大兜。苹果、骏枣非常便宜，哈密瓜每公斤3元，新鲜核桃每公斤10元。还有卖牛头肉、羊蹄子、鸡腿、鸭脖子的，烧烤摊人头攒动，羊肉串和着孜然辣椒佐料的香味随风阵阵飘来，令人垂涎欲滴。商店门口播放着新疆民族歌曲，欢快热烈，旋律优美。日子是如此宁静、温馨、美好。

沙雅的日子在平安、宁静中慢慢流淌，各族人民非常珍惜这来之不易的幸福，认识到稳定对老百姓的日常生活和社会经济发展的重要，自觉维护国家统一和各民族团结，"五十六个民族像石榴子一样紧紧抱在一起"的共同信念更加坚定，新疆的明天会更美好，沙雅的未来也会更美好。

（作者系内蒙古自治区乌塔其监狱民警）

宝鸡青铜博物馆游记

白 茹

宝鸡是中华民族的最早聚居之地，以夏、商、周开端的中国历史源远流长，而周的发祥地就在宝鸡。

周的先祖起源于黄帝族，是夏朝时的农官，名后稷，史称神农氏。周的部族善长农耕，定居耕种，休养生息，经济大大发展，至周文王时，已发展壮大为可以与殷商抗衡的大诸侯国。

周文王重用姜尚（姜子牙），励精图治，后迁都于丰京（今西安西南），武王继续讨伐商纣，终于灭商而立周。西周历经257年，传11世、12王。后来周平王迁都洛邑（今洛阳），史称东周。东周分成春秋、战国两个时期。

周朝时期，青铜冶炼技术发达，人们用青铜铸造礼器、兵器、炊具、酒具等，可以说与人们生活息息相关。位于宝鸡市滨河南路石鼓山上的中华石鼓园内的青铜博物馆就是国内唯一的青铜博物馆，馆藏上万件青铜器静静地藏在陈列柜中（其中的何尊、折觥、厉王胡簋、墙盘等文物禁止出境展览），无声地诉说着那段遥远的峥嵘岁月。

进入宝鸡市区，就会远远望见那个巨大的石鼓立于渭河边的鼓山上，坐西朝东，气势恢宏。步入馆中，墙饰的青铜、巨石使人油然而生怀古之情，周秦之风，金石之韵，扑面而来。馆内有四个主题，"青铜之乡""周礼之邦""帝国之路"和"智慧之光"，与这些浮着青绿色铜锈的黯哑的各种各样器皿对视，不由得让人对祖先们生出敬仰之情：两三千年前的他们就有如此精湛的技艺、巧妙的构思、唯美的设计，真为咱们聪慧伟大的中华民族祖先而骄傲！

青铜器自身已是千年文物，最重要的是上面的铭文，记载着与它相关的历史，单只出土已够惊艳世界了，"窖藏"更是举世震惊：绵长久远的历史静静地躺在厚重的黄土地里，后人们一锹或一锹下去，就是一窖精美的青铜器，顺便带出了一段厚重的民族史。研究纸张文字尚未出现的周代历史，这些青铜器及上面珍贵的铭文,就是最重要的历史记载。

何尊,是博物馆的首批入馆文物,1963年一场大雨冲塌了一家人房后的土崖,何尊现身,后被卖到废品收购站,是文物保护人员花30元钱从收购站回收得来的。无价文物差点成了破烂被处理了,苍天有眼,让它重见天日,如今成了首批禁止出境文物。

何尊做工精美细致,造型古朴典雅,最关键底部的铭文中有"中国"两字,这是现存文物中最早出现的"中国"两字。何尊铭文"宅兹中国"是"中国"一词出土最早的见证,表明了洛阳是古中国的所在地,即天下之中。此外,中国邮政集团的标识"中"字的设计也来源于何尊。何尊的历史价值不可估量,因此也被限制出境展览。

青铜博物馆中还有折觥、墙盘、卫鼎等,堪称国宝级青铜器,数量之多,文饰之精,铭文之长,都是举世罕见的,看得人流连忘返。铭文是最早的史书,记载了远古时期人们的政治、经济、生活的方方面面。"钟鸣鼎食""模范""约束""管辖"等词就是从青铜器中直接得来的。用精美的器具来书写厚重的历史,也只有我们伟大的中华民族先祖才有这么伟大的智慧,民族自豪感油然而生!

周礼是我们的先祖所创,中华民族被称为礼仪之邦,自周开始,传承三千年。上下尊卑,长幼有序,大到做人做事有规矩,言谈举止有约束,小到车马兵器分轻重,鼎壶用具分规格,都是自周以来的优良传统。后经老子、孔子等圣贤广泛传播、发扬光大,形成了中华民族的传统基因而深植于炎黄子孙的血脉之中。自春秋战国至秦,虽久经战乱,礼崩乐坏,但秦始皇统一六国后,统一文字、度量衡等,严刑峻法,使国家重新统一成大秦帝国,修长城阻北戎,屯重兵驻百越,开创了秦汉雄风,也形成了秦人千百年来的地域性格。秦地自古人杰地灵,我辈秦人自当勇立时代潮头,争当时代弄潮儿,追赶超越,实现高质量发展,重振雄风。

行程时间有限,太过仓促,博物馆外的五彩斑斓的菊展虽然很吸引人也只能抱憾走马观花、一掠而过,馆藏文物也只是浏览了个大概,还有玉器馆、铜镜馆都没时间进去,下次去宝鸡,一定再去好好品味感受一番。

(作者系陕西监狱罪犯职业技能教育监督管理所民警)

湖光山色　美在流溪湖

古德英

穿上色彩缤纷的服装，带着饱览湖光山色的渴望，在刚刚过去的深秋时节里，我们远离大城市的喧嚣，来了一次流溪湖秋游。

流溪湖即流溪河水库，位于流溪河国家森林公园中部，面积2万多亩，库容量3.5亿立方米，起着蓄水发电、供应广州市60%市民饮用水、农田灌溉、滋养林木的作用。

来到流溪湖，映入眼帘的是巍然矗立的公园牌坊，牌坊前是两排浓荫蔽日的榕树，树上枝杈处挂满了一串串红灯笼，灯笼泛着红光，色彩鲜艳，好一派喜庆的景象。

跨入牌坊，右侧即现一棵高大挺拔的大树，那是一棵友谊树，是由前世界卫生组织东地中海区主任格加里博士所赠，并于1987年3月28日亲手种下，有着特殊的意义。

再往前挪行数步，环眺四周，只见植被茂盛，林木苍翠，漫山锦绣，使人顿生豪情万丈之感。岭南的秋，单是天气凉爽了些，看不出任何草木萧条的迹象，万物依然一片欣欣向荣。

我们取右侧的游览路线，先是一段下坡的水泥路，道路两旁草木葳蕤，松柏葱茏，令人心情畅爽。步行数十米，目光转向右侧，穿过树与树之间的空隙投向远方，即见一泓平静如镜的湖水，在阳光下泛着珠光宝气。那是流溪湖的一角笑脸。继续往前走，是蜿蜒而下的石级路。不一会儿，左侧现碧波楼，那是一栋二层坐南向北东西走向褚顶釉墙的住宅楼，掩映在绿林翠竹之下，宛若仙山琼阁。楼前有工人在打扫树叶，使人产生清幽隐世之感。

经过碧波楼，沿石阶而下，流溪湖赫然出现在面前：湖面一望无垠，湖水清澄明亮，碧波潋滟，浮光跃金。湖边一棵粗壮茂盛的榕树，远观犹如一把巨大碧绿的伞，彰显浩然擎天之气概；近看密叶交织，虬根错节，古铜色的树枝上，垂着一丛丛长长的根须，风姿卓美。半边树盖倒影湖中，光影斑驳，写意出一幅天外桃源的水墨画卷。树下有石凳，临水处有围栏，供游人在此观湖休憩。凭栏眺湖，流溪湖尽收眼底。

自榕树左转，经过一丛竹林，就看到一座浮桥。浮桥是一座长长的简易木板桥。木板由漂浮在湖水中的两排相连的蓝色大空罐托撑而起，浮桥中央处搭建有舞台大小的褚红色的亲水平台。褚红色象征高贵，平台如游船置于湖中央，可见设计者的良苦用心。人走在浮桥上，吱呀作响，晃晃悠悠，平添几分致趣。

从平台直视流溪湖，只见视野开阔，波光万道，心旷神怡。水是碧蓝的，一片无瑕，纤尘不染，犹如一面轻柔细滑的蓝色锦缎平铺着，延伸着。天空湛蓝深邈，片云不存。远处峰恋起伏，崇岭逶迤，苍山如黛。顾盼两侧，碧水环绕，满目葱翠，湖光山色相互辉映。远山近水，笼罩在一片瞬间可以将心灵净化的钟灵毓秀里。微风拂过，湖面泛起波光鳞鳞的俊美风姿。此时顿觉岁月静止，时光凝固，生命无限宝贵，尘世无限美好。在这个物欲横流的当代，先进智能的科技正在逐渐支配我们的生活方式，原本细腻的人心也日益被追名逐利的浮躁所包裹。已经很少有人会停下手头纷扰的工作，放慢足下的节奏，敞开心灵的窗户，慷慨给予生命中每段与之邂逅的经历一个真挚的注目礼。

离开亲水平台，再经过一段浮桥，就到了湖滨栈道。湖滨栈道呈 S 形环公园夏湾半岛蜿蜒向前，全长 3000 米。踏上栈道，旋即彷似坠入大自然的怀抱。抬眸处，身前身后，头顶脚下，全是草木藤蔓。每行几步，便有树木旁逸斜出，杂芜而立，行人须侧身或低头通过。那树木，或粗或细，或老或嫩，或苍劲或阴柔，有孤傲地直插云霄的，有独自弯弯曲曲地伸向天空的，有互相盘绕，合力向上生长的。有袅娜的杨柳，笔直的云杉，婆娑的罗汉松，名贵的中华杜英。每行一段，或左或右，皆现一丛竹林。那竹林，满眼苍翠，枝节横生，枝叶条条，有苍苍然如慈祥老者的，轻轻地拂着长髯；有刚强雄健如山区壮汉的，有力地伸着长臂；有鲜艳如素妆少女的，临风摇曳，婀娜多姿；有刚泛出一层嫩绿的，却又像一群天真质朴的小姑娘，站在你身旁，目不转睛地向你凝视。阳光透过姿态万千的枝叶，洒在栈道上，疏影迷离，影影绰绰，如梦似幻，宛若置身世外桃源。黄褐色的栅栏、葱茏的草木、墨绿的竹林、斑驳的光影，成就湖滨栈道色彩斑斓的世界。

步尽湖滨栈道，又见一道笔直的浮桥。桥头处，是一座蘑菇造型的映日亭。伫立亭下，纵目观景，但见流溪湖碧绿清澄，湖面银光跳跃，波光粼粼，如液体的玻璃，如流动的翡翠，隔岸一岭岭如画的山峦，恍如一首首耸立的诗，一幅幅立体的画，令人思维翩跹。

过了浮桥，是一段盘旋而上的爬山木阶路，路两旁林木茂盛、葱郁蔽日、落叶厚积，负离子浓度高，貌似进入深山老林。我神清气爽，一鼓作气，拾级而上，登上山顶。山顶是一片开旷的平地。迎面与鸡冠花海撞个满怀。那鸡冠花海，一片艳红。那一簇簇亭亭向上的火红的花朵，仿佛报晓的大公鸡头上的红冠子，洋溢着奔放的热情和旺盛的生命力。有不少游客徜徉其间，留恋摄影。太阳将柔和的光撒向这片花海，就像一幅充满动感的画卷。我不禁感叹生命的热烈与奔放，我多想久居于此，以鸡冠花为伴，沐浴在明丽的阳光里，头顶苍穹，静听山泉潺潺，细品一杯茶水，将凡心荡尽，使通身清明。

花海旁是向两边蜿蜒伸展的玉兰大道。向左望去，映入眼帘的是一场色彩的盛宴。大道两旁山花点翠，径幽香远，氤氲着花草气息。向纵深走去，金鱼草、百日草、醉蝶花、葵花、许愿树、樟树、玉兰树、枫香树、合欢树、山乌桕、盐肤木静立两旁，各具特色。尤其以紫荆树居多。那紫荆树巅上紫红的叶子，被绿叶托着，交相辉映。叶子是椭圆形的，那分明的脉络勾勒出红的、绿的轮廓，叶片有的向外翘，有的像内弯，有的平整，有的卷曲，真是千姿百态。它的花朵更是别具一格，花瓣呈紫红色，由外向内卷曲，就像一把彩色的羽扇，又像个晶莹剔透的铃铛，在微风中飘散着沁人心脾的幽香。花儿三朵一簇，五朵一堆，沿着紫红的花茎争芳斗艳。花枝上还缀满了花骨朵，有的含苞欲放，那淡黄的花蕊正悄悄地从花骨朵中钻出。花骨朵慢慢地绽放笑脸，似乎正为自己的未来而喜悦。一阵清风吹来，紫荆花飘飘曳曳，犹如一位飘逸潇洒的仙子。道路上一尘不染，空气中散发出各种花的香气。大自然把一切无私地奉献给了人们，让人们分享其红情绿意。

移步换景，我们沿着玉兰大道一直往南行。沿路栽有各类品种的玉兰树，有的娟秀婉约，有的清俊秀逸，有的挺拔隽永。过了森林花海，路途陡然向下，两边山势陡峻，右面是数十丈之高的峭壁，青草葳蕤，山体彷佛披上绿色的风衣，有的开了紫色的小花，在微风中摇曳。左侧是深谷，谷下古树参天，枝繁叶茂，蓊荫葱笼，密林深处传来鸟儿的欢叫声，有着"蝉噪林愈静，鸟鸣山更幽"之意境。那老杉一棵挨着一棵，全都直挺挺地站立着，依着山势，直奔云霄，给人陡增一种蓬勃生长的力量。

由于行程紧凑，很多景点都来不及去，留下遗憾。我回顾半天的行程，在美景中穿行，在画廊中徜徉，在凉风悠悠的舒适惬意里浏览水明山秀，欣赏茂林修竹，真是美哉。

我不由感叹：湖光山色，美在流溪湖。

（作者系广州市潭岗强制隔离戒毒所民警）

后 记

党的十九大指出，文化是一个国家、一个民族的灵魂。回顾建党百年，中国共产党始终高度重视运用文化引领前进方向、凝聚奋斗力量，团结带领全国各族人民不断以思想文化新觉醒、理论创造新成果、文化建设新成就推动党和人民事业向前发展。习近平总书记在教育文化卫生体育领域专家代表座谈会上的讲话中强调，中国特色社会主义是全面发展、全面进步的伟大事业，没有社会主义文化繁荣发展，就没有社会主义现代化。在全面建设社会主义现代化新征程中，司法行政工作文化建设是中国特色社会主义文化建设不可或缺的环节，对于新时代坚定文化自信、推动社会主义文化繁荣兴盛、实现文化强国战略目标具有重要作用。

为了贯彻党的十九大精神，坚持以习近平新时代中国特色社会主义思想为指导，响应习近平总书记在庆祝中国共产党成立100周年大会上向全体中国共产党员的号召，谋划与推进全国司法行政工作的改革与发展，充分发挥司法行政工作在全面推进依法治国中的重要职能作用，大力推进我国司法行政工作文化建设，司法部预防犯罪研究所组织策划、编辑出版了2017年卷、2018年卷、2019年卷和2020年卷《幸福的黄丝带——全国司法干警优秀作品选》。

初心如磐，使命在肩。作为对这一优良传统的延续，2021年卷《幸福的黄丝带——全国司法干警优秀作品选》将保留以往的做法，展示全国司法干警丰富多彩的精神世界与文化生活，并以此为视角，呈现投身新时代司法行政工作高质量发展的奋进力量，反映我国以人民为中心的司法工作改革与发展的壮美篇章。

本书由司法部预防犯罪研究所高文、李芙、席逢遥三位同志负责策划组织，《犯罪与改造研究》杂志社全体人员负责编辑排版，办公室与人事处全体人员负责联络工作，特此说明。由于水平有限，书中如有不当之处，敬请批评指正。

编　者
2021 年 9 月